主编 凌翔

大商赋

古野 著

线装书局

图书在版编目（CIP）数据

大商赋 / 古野著. -- 北京：线装书局，2025. 1.
（当代作家精品 / 凌翔主编）. -- ISBN 978-7-5120
-6284-9

Ⅰ. I247.5

中国国家版本馆 CIP 数据核字第 202492VT82 号

大商赋
DASHANGFU

作　　者：古　野

责任编辑：崔　巍

出版发行：线装書局

　　　　　地　址：北京市东城区建国门内大街 18 号恒基中心办公楼二座 12 层

　　　　　电　话：010-65186553（发行部）010-65186552（总编室）

　　　　　网　址：www.zgxzsj.com

经　　销：新华书店

印　　制：三河市中晟雅豪印务有限公司

开　　本：787mm×1092mm　1/16

印　　张：36

字　　数：534 千字

版　　次：2025 年 1 月第 1 版第 1 次印刷

线装书局官方微信

定　　价：148.00 元

序

　　古野的长篇小说《大商赋》要出版了。他邀我写篇序言。阅读小说原稿，我便被那气魄宏大跌宕曲折的故事吸引住了，读后多天，心情仍久久难以平复。

　　我与古野相识，已有三十多年了。在交往中，他给我最突出的印象，就是他那种对文学创作认真、执着的态度，那股"咬定青山不放松"的韧劲。早年他在部队从事新闻工作，就爱好上了文学，业余创作小有收获；上大学期间，开始利用课余"染指"小说创作，起步之作当然不免稚嫩，但已显露出他的才华。大学毕业后，又长期供职于文化、文艺部门，给他创作才能的发挥提供了极为有利的条件，使他如鱼得水，任意遨游。于是，他的作品接二连三地发表、出版了，且赢得了文艺界不少有识之士的赞赏，称其为实力派作家，被吸收为中国作协会员、中国民间文艺家协会会员。

　　要说，当前的创作环境与20世纪五六十年代相比，已大不相同。那时，文学被看得非常神圣，作家头上戴着"人类灵魂工程师"的炫目光环，一篇小说、一部作品即可名震遐迩、享誉全国；如今商业社会，人心浮躁，物欲横流，人们竞相追逐的是金钱、权力，是声色犬马的物质享受，文学创作早已呈现边缘化趋势。关心文学创作、认真阅读作品的人越来越少。但即使在这样的境遇中，古野仍一如既往，不改初衷，默默而又辛勤地耕耘着，公开发表的作品已达400多万字。虽未产生出特别的"轰动效应"，也应该说成就斐然了。有时和他谈起来，我曾戏说他有点"迂"，细想想，这"迂"，或许正是他的可爱乃至可贵之处吧！

前人在谈到文学创作时曾说，对作家而言，"目之所见，身之所历，是铁门槛"。这就是说，作家无论在其作品中如何天马行空、纵横驰骋，都必然受制于他的生存环境、生活阅历，这是一条不可易移的创作规律。当下有些作家，无视这条创作规律，两眼紧盯"卖点"，今天私秘小说吃香，就编私秘小说，明天官场小说热销，又去造官场小说。这些作品，也许能为作者捞几两银子，但其艺术生命也就无从说起了。反观古野，则迥异于是。古野是豫西人，他生于斯，长于斯，工作于斯，可算是豫西土著了。在创作上，他把自己的艺术触角深深扎在豫西这块有着深厚文化积淀的泥土中，去生活、去感受、去思考。他始终恪守"铁门槛"的创作理念，不看风向，不赶时髦，双手紧紧拥抱着豫西大地，老老实实地写出自己的所见、所闻、所感、所思，因而他的作品扎实、厚重，有着鲜明的地域色彩，让人耳目一新。在商品大潮冲击下的文坛中，能做到这样，已属不易了。而他那看似朴拙的文风，又和所描写的内容互相渗透，契合无间，形成了自己颇具特色的艺术风格。

这就要说到《大商赋》这部小说了。康百万家族的崛起，可谓广袤的豫西大地上的一个奇迹。这个家族，曾经创下了历经十二代、四百年的财富神话。而古野，又似乎与这个康百万家族有着不解的缘分。他出生的村庄，距声名远播的康百万庄园仅七里之遥，初中、高中都就读于康百万庄园的南大院，所以青少年时期就耳闻目睹了许多有关康百万的奇闻逸事；大学毕业后，又鬼使神差地回到故乡，抓了十几年文物保护工作，其间还有幸在康百万庄园里住了三年，从而有机会接触更多关于康氏家族的文字材料和乡里传闻，使他对康氏家族的兴衰荣辱有了更全面的了解和更深入的思考，就是在这坚实的基础上，孕育了长篇小说《神州甲富康百万》，2002年于作家出版社出版发行，影响颇大，是国内少有的全面反映古代商人生活题材的长篇小说。

事情到此本可以"打住"了，但在心中经过几年的酝酿发酵，古野对"康百万现象"又有了新的感悟和解读，应央视之邀，原小说被他改编为电视连续剧《活财神康百万》。剧本被中央电视台和河南影视集团收购后，时任上海文艺出版社社长的著名出版家张晓敏邀约他把电视剧改为长篇小说，就又诞生了这本关于康氏家族饱含家国情怀的大作。在这部小说里，作者从康氏家族中找出康云从、康应魁、康子昭、康鸿猷、康庭兰等作为原型，把发生在康家不同时代、不同人物身上的事迹揉捏到一起，重新进行排列组合，塑造了康大河、康文盛两个虚拟的典型形象，让他俩领衔主演康家几百年来那出充满酸甜苦辣、曲折跌宕的人生大戏。这样处理，一方面摆脱了史实的拘牵，给作者留下了广阔的艺术创造空间；另一方面也更有利于挖掘出潜藏在驳杂史实背后的历史底蕴来。古人讲的"遗貌取神""离形得似"也许指的就是这个吧！该小说故事引人入胜，文化意蕴深厚，读后可使人思绪如涌泉，亦如酵母蓬发。

作为豫西人，我也曾多次参观过康百万庄园。说实在的，使我感兴趣的倒不是那依山而建、鳞次栉比的豪华楼房和恭迎"老佛爷"时使用的精美器皿，而是那块已显破旧的"留余"匾额。"留余"可看作康氏家族的家训，就是教育子孙为人处世要留有余地，不为已甚，在创业、守业中要坚守中庸之道，保持一种平和宽容的心态。旧时春联有"忠厚留有余地步，和平养无限天机"，说的也是这个意思。于是，我就想：康氏家族从烈火烹油走向衰草斜阳，是否和后代子孙或遵循或背离"留余"的家训有关呢？当然，这只是我个人的揣测，不足为据。古野多年来浸淫于康百万的史料和传说中，又经过细致缜密的思考，他对康氏家族兴盛的解读肯定要比我全面得多，也深刻得多。至于他是如何解读的，用不着我在这里饶舌，你细心读完这本小说后就会了然于胸了。

周志宏

二○○九年七月

注：周志宏，河南大学当代文学教授、资深文学评论家。

河洛民歌

黄河、洛河，邙山、嵩山，中华文化的老酒坛。河图洛书、诗圣杜甫，每座古都星光璀璨，七十二座皇陵，七十二座寺院，还有个神州甲富康百万。

明朝、清朝，绵延到民国时期，历经风雨四百余年。长富不衰、家族兴旺，深藏奥妙如云似烟，民间敬奉的活财神，官府眼里座金山，让人难以猜透的康百万！

一

秀秀是个大美人，抿嘴一笑，百媚生，十里八庄都十分感慨。可今儿个一大早，她就被人拉走了，说要配给坛主当女人。只因入了白莲教，白莲教里有规矩，凡是坛主看中哪个女信徒，就有权纳她为女人。秀秀早已订过婚，未婚夫山东掌管着大生意。秀秀爹娘都着急，好多村民也着急，遇上这种麻缠事儿，真让大家没脸面。

白莲教起事，川陕浸染到了河洛地。因传说是为老百姓，热粘皮就迷了好多人，有人拉秀秀入了会，不想因长得太水灵，坛主一眼就相中了。来人庆祝她入洞房，她竭力反对却无效，着急得呜呜直哭。洛河边康家码头上，黑压压地站了一群人，陪秀秀爹一起焦急地等救星。康家管家说话，大掌柜今天估计回来。于是，大家不时地向上游张望，打量着下行的一只只船。大掌柜康大河，经历的事情太多了，准知此事咋处置。

东山日头冉冉升起来，河面亮出派金光芒。终于，有人看见了一条大船出现在黑石山下，黑乎乎像头大水牛，从清亮亮的洛河上漂移过来。一双双眼睛闪亮了。有人安慰秀秀爹："老叔甭着急，秀秀有救了！"待大船缓缓靠了岸，即刻有人搭桥板，康大河皱着眉头走下来，后跟着武艺高强的本族兄弟康广才。秀秀爹从人群里挤了过来，扑通跪到了康大河面前，带着哭腔说："大河呀，快救俺秀秀吧！"康大河拉他，说："叔，别这样，遇到啥事儿了？"有人说了秀秀的事儿。老汉说："晚了，我就没闺女了！"康大河转脸告诉康广才："这白莲教真胡来，昨天洛阳刚闹事儿，今天咱这儿又拉人，走！"他们转身又上船，跟随的几个人也上了船。康大河站上船头，指挥着船儿驶向对岸。

一片苍松翠柏掩映处，坐落着一片灰砖灰瓦建筑群，那是古传下来的二郎庙。大殿房顶上，黄色旗帜飘扬着。二郎庙门口挂着一个木牌子，上面书写着"黄路坛"几个歪斜字。墙上，贴了鳌子大的红喜字。锣鼓喧天，十分热闹，站了一群看热闹的人。庙院分两阶，后高前面低。院中间白石灰墙上，书写了朱色很野性的字：真空家乡，无生老母。阶上院子里，站着不少信徒，上穿黄色半截袖褂，下着黄色大裤头。光头坛主王天宝，一脸坠坠肉，胸脯上戴朵大红花。大殿外方形讲经坛上，留山羊胡的瘦司仪，也着黄色半截布衫大裤头，带着女人腔吆喝道："时辰已到，坛主婚典要开始了！"也着黄色半截袖的几个乐手，好似纸糊人表情麻木，用唢呐芦笙吹奏《百鸟朝凤》，但声调也不甚齐整。

曲终了，几个半老徐娘，亦着黄色半截袖和大裤头，几乎架着还哭哭啼啼的秀秀，朝会坛那儿走去。秀秀眼睛早呈红桃样。坛主的面色似乎很冷峻。瘦司仪扯腔呼唤道："坛主跟新娘拜天地了！"几个乐手又鼓嘴，仍然吹奏《百鸟朝凤》，鞭炮"噼噼啪啪"地响了起来。

突然，康大河带人手持刀枪，冲进了庙院里。瘦司仪看情形不妙，慌忙逃窜到大殿里边了。唢呐芦笙呜咽着，断气似的停下来。胖坛主忽地跳上讲坛，手里掂块砖头，朝着自己头上撞，砖头碎了好几块，歇斯底里吆喝道："谁敢搅局，砸碎他的狗头！"众信徒顿时似醒悟，呼呼啦啦地把康大河几个围住了！此刻，康广才也从地上拾块砖头，扎个骑马蹲姿势，然后大喝一声，手指头戳砖头，一会儿就戳了几个窟窿。顿时，信徒吓呆了，坛主也软了，赔笑说："误会了，朋友们若有事儿，咱大殿商讨去！"坛主前走，头目们后跟，康大河几个随着走。

　　大殿里，黄色布幔中，坐着无生老母、弥勒佛两位神像，香烟缭绕着。像前摆了几只罗圈儿椅。坛主坐到中间，随从们分坐两旁。还有空椅子，康大河几个拉到对面，也一一入了座。坛主说："我叫王天宝，咱井水不犯河水，咋要搅和本坛主好事？"康大河说："你们占庙为居，抢民女为妻，这算啥教义？土匪黑窝吗？"坛主仰面哈哈大笑说："我们的教义是，天下我等有份，吃饭穿衣，不分你我。入会的女子，随我坛主享用！"康广才指着他说："哪儿跑来的野驴，脸装得比屁股还大？看我割你'老二'，扔洛河里喂鳖去！"坛主随从二孬黑瘦脸下细脖子一拧，说："烧包哩不轻！"话音刚落，就跳过来，刀架到了康大河的脖子上。康广才也眼疾手快，空翻个跟头，三根手指头掐住了坛主的喉结。一时，双方虎视眈眈。坛主眼睛乜着康广才说："松点儿伙计，老难受，有话好好说，大喜日子啊！老母神保佑着，明年或许后年，我就成大官了，秀秀跟我，是福啊！"康大河说："就你？"坛主说："我们分红、黄、蓝三大路坛，天下定会成为我们的！"康广才说："少啰唆，快下令放了我康家闺女，要不，我真下手要割你'老二'了！"说着，他脚踢了下坛主的下身，那坛主疼得龇牙咧嘴直叫唤。坛主又说话了："咱再商量下！俺队伍里分掌柜、元帅、先锋、总兵好多官哩，我就要当先锋了。将来，我也封你们个大官干干！若不想当官，那么我保证，将来不让康家纳税银。"康大河的眼珠子顿时骨碌着转了几圈，大声说："明说吧，俺秀秀的男人就是元帅，你敢犯上？"随从二孬忙说："坛主，我好像也听说了，她男人就是元帅！"坛主的脸色马上变白了，连忙摆手："快，放了小美人吧，我怎能欺主呢，一级是一级的待遇啊！"

　　大船又漂悠着，朝对岸驶去。秀秀对身旁康大河说："大河哥，那黄路坛就要起事了！"康大河小声问："啥时间？"秀秀说："他们说十五的月亮十六圆！"康大河点头问："你还入不入黄路坛了？"秀秀红了脸："您快点说说，让我去找袁帅吧！他几次说回来办事儿，咋老不回来？"康大河说："这几天就有船往山东，你和爹娘就跟随去吧，在那边办办事儿吧！"秀秀说："谢哥了，你一提袁帅，真就糊住了那坛主！"康大河说："该谢你广才哥，指头戳砖，那坛主吓蒙了！"船上人哈哈都笑了。洛河滩人群散去了，康大河和康广才说笑着，回了康家宅院。院落背靠邙山，青堂瓦舍好大一片，雾雾霭霭的形势。

大房靠墙处，八仙桌上供尊玉菩萨，前摆水果诸供品，檀香青烟缭绕着。韩菊兰盘坐蒲团上，摇头晃脑哼唱着经歌："南无观音菩萨，南无观音菩萨……"她闭眼正入无人之境。家丁铁山先跑了进来，轻轻地叫道："婶子，俺叔回来了！"韩菊兰睁开了眼睛，看着已经进门的康大河："听见谁一说话，俺心就不静了！"康大河笑着跟康广才说："我说今天办事儿恁顺哩，原来你嫂子求着菩萨呢！就凭这，在你嫂子跟前，我也得好好表现表现！"韩菊兰脸红了说："狗嘴里吐不出象牙来！"康大河说："能吐出象牙就好了，做几双能试毒的筷子，还值好几个钱哩！"大家都笑了。这时，铁山端了一铜盆水，让康大河他们擦洗，转脸又端来沏好的茶水。康大河说："今天，广才兄弟，可给咱康家装脸了！他一运气，扑哧扑哧，指头把砖戳成了窟窿，坛主可吓傻了！"韩菊兰盯着康广才说："兄弟，咋没听说过你还有那能耐哩？"康广才说："一般情况下不露这一手！"康大河问："咋了？"康广才说："运气半天，几下子只能唬人！"康大河咧嘴笑了。

喝了会儿茶水，说了会儿话，康大河吩咐铁山说："去拿几封点心，让你广才叔带回去，家里有老人呢！"康广才说："哥，甭了甭了！"康大河一本正经地说："帮恁多忙，还没感谢呢！"

康家大货船往山东运粮棉，带走了秀秀一家人。送船队离开码头，康大河回到了青砖券窑洞里。这是他的自由天地，看书写字安排生意，独自歇息疲惫的身体。靠墙角，竖个红木衣裳架，上边挂着花翎帽，这是祖上留下的镇宅之宝。他躺桌旁的罗圈儿椅上，安心抽起了水烟袋，咕噜噜咕噜噜，很似悠然。吸水烟节目后，他关上窑门，上了门闩，爬到了榆木高腿床下。他摸把铁锤敲地下，便响起咚咚的空洞声。他笑了，醉人的声响啊！他正要继续往下动作时，突然响起了"啪啪"的拍门声。他急忙倒爬外退，不承想头碰床撑上，不由龇牙咧嘴按揉着。等他开窑门，进来的是儿子。小文盛疑惑地问："爹，你咋了，浑身灰土像土驴？"康大河连忙拍灰土，顺手端起桌上的宜兴壶，漫不经心地喝着茶水，说："汉白玉烟嘴掉床下了。"小文盛滴瞪双大眼："让我找吧！"康大河说："这不，安上了。我还要问你哩，贼头贼脑的，弄啥？"

小文盛摆手示意，让他别说话，溜到了窑门后。小杜列疆后边跑进来，左瞅右看的，康大河给他指门后。他一把揪出了小文盛："藏那鳖窝里，我也能把你抠出来！"康大河笑笑，摸着杜列疆茶壶盖头："这可不是鳖窝啊！你们外面耍！等有空，我也跟你们藏猫虎。"康文盛说："当真？"康大河点头。小文盛说："谁说假话，谁是大老鳖！谁是杜列疆家的小黑狗！"康大河笑着说："咋跟大人说话呢？"俩孩子笑着就跑了。

康大河想起了一件事，走到了夫人住窑里。韩菊兰正捻动佛珠，嘴里仍扑哧着经文，瞥见男人走进来，说："我还操心金贵的事儿，听说西省的生意老难做！"康大河说："心急吃不了热豆腐。我知道金贵是你亲兄弟！我就要给你说个事儿。"韩菊兰说："姐听着呢！"康大河说："国家正混乱不平，官府要镇白莲教，老百姓就要遭大难，当大驴驮大载，咱该给国家扛一肩，我要往河南府一趟去！"韩菊兰说："我说驴头，你对马嘴，先说说金贵咋办？"康大河说："两辙一车，勾连着呢！我生就身体苗弱，船队白老虎兄弟扛着，山东生意袁帅扛着，陕西生意金贵弟扛着，我内心都感激他们啊！"韩菊兰说："你别给我打岔！""眼前要抓的是大生意啊！""可陕西生意难题，也火烧眉毛啊！""花开咋能两朵红？咱这的黄路坛要起事了！"韩菊兰说："阴历十六，不就剩几天了？"康大河说："那坛主王天宝，原先是和尚，因奸杀民女，寺院要处死他，他逃到了秦岭山林里，入了白莲教，又跑到了咱这里，传播歪门邪道！""看来，官府也很难马上平了他们。""如果咱这大闹腾，又要夺去多少命啊！我已让逮小柱转告族长，商议咋自卫！"韩菊兰说："我明白了，西省生意就先搁下吧！"

铜锣哐哐响了一阵，康家祠堂大门外，松柏掩映的广场上，已聚来了不少村民。白胡子族长兼里正，走上了石台阶，大手一摆，声音铜钟似响亮："老少爷们，现在的形势，老鼠日猫，危险了！人家大河常在外头蹿腾，眼头明，叫他给咱们指条路吧！"康大河从大门里走出来，扫视大家，朝洛河对岸一指说："白莲教的黄路坛，扎河那边二郎庙。那帮人耍的啥把戏？谁入教，一切东西要充公。陕南四川那，更邪乎，不愿入教者，就成刀下鬼。外地闹腾几年了，又传染咱这鳖翻潭。当前紧要的，必须拉团练自卫，老虎咬住受疼呀，自己不哭眼里没泪……"人群里，康广才大声说："才跟大河哥洛阳走一遭，形势真的不妙，我也晚些回西安镖局，添个公鸡四两力气，保护家乡第一位！"康大河说："齐力拧成一股绳，若让老虎咬一口，血会流去一瓦盆！"村民纷纷表示，这就干！

没几天，团练拉起来了。邙山山咀上有团练站岗眺望，洛河滩也有团练巡逻了。康家族长和康大河领着村民，洛河滩开始了挖壕沟……过了几天，夜色又笼罩了逶迤的邙山，半夜时，康广才突兀在神龟山头，观察着洛河对面。天空挂轮圆月，在缥缈的水汽里，洛河蕴含着一片神秘。突然，洛河对岸芦苇滩上，一群夜鸟惊恐地鸣叫，扑棱棱飞起掠向远方。康广才给旁边叫毛旦的说："对岸滩有动静。"顺着指点，毛旦看见有红色火把在忽闪着移动。康广才说，他继续守着，让毛旦快通告大河哥。毛旦一路小跑，呼哧着，捶响了黑色大门。院子里传来了脚步声，内护院的逯小柱拉开了黑漆大门，听毛旦一说，匆忙往院子深处走去。又一会儿，毛旦在前，康大河走中间，逯小柱打灯笼殿后，出了大门洞。这时，村里传来了打三更的铜锣声，还有狗们忠于职守的吠叫。灯笼飘忽着，飘移到山路上。

康大河也站到了神龟山头，观看了一番河对面，说："看来，这次黄路坛要玩真了，团练全部上岗！"毛旦说吹螺号通知大家吧？康大河说分头挨门喊人，别惊了对岸那群鳖蛋儿货！康大河叮嘱毛旦："看好河对面，如有船偷渡，赶快吹螺号！"毛旦回答："知道了！"待到了天空亮起了鱼肚白，洛河上的晨雾还未飘散净。突然，三声火铳响，坛主王天宝举着黄令旗，一艘艘木船开动了，划破河面的宁静。康店村似乎还没睡醒，鸡子仍喔喔喔平心静气地打着鸣，偶有驴子悠闲地啊啊叫唤着。又一会儿，不少木船已靠岸，黄路坛道徒潮水般涌向这边的洛河滩。黄色令旗下，王天宝歇斯底里吆喝着："抢东西，发大财呀！"

男女教徒们，挥着刀斧镢头耙子类，呐喊着"无生老母、刀枪不入……"热血队伍列队前进，突然，扑通通，不少人掉进了伪装的壕沟里，被里边竹签扎得乱呼号。庄稼地埋伏的团练们，先听到了螺号响，又听到了独眼铳的震天响，到处响起一片喊杀声。弓箭雨点般，呼呼射向了敌人。大刀长矛挥舞起来，敌人乱了大阵脚……如血的太阳升起来时，洛河滩遍地躺着尸体，还有些伤员在哭叫救命。王天宝嘶哑地吆喝："快撤呀！"突然，一支箭射中了他大肚子，随从二孬搀着他，跑步上船，急朝对岸划过去。

事后没几天，康大河接了鸡毛信，洛阳那边有急事，他把村里守护交给了康广才，跨上他的黑马，挽了一下缰绳，对大门口的儿子康文盛说："听你娘的话！我要出去两天，回来给带梨膏糖！"康文盛说："中，我听娘的，你也听我的！你可甭诓人，梨膏糖不捎回来，我就揪你狗耳朵！"康大河呵呵笑着，短鞭子甩下，马儿飞驰着消失在大路上。

小文盛看着爹背影，说："小柱哥，俺爹还会回来不？"逯小柱啐唾沫说："呸呸呸，快刮风，倒霉话卷到黄河中！"

洛阳康家商号接了圣旨，看钦差脸怪熟，说透了，是康大河前时救过的人。

康大河前些天来洛阳，遭遇白莲教街上闹事儿，他带人持械护卫生意。铺面前街上，一背钱褡者前边跑，白莲教几人后边追。康大河领人挡了白莲教，不经意救了钱褡客。不想，被救者竟是兵部李尚书，微服私访探形势。李尚书代表皇上，说他们村抗击白莲教有功，奖励了一百两白银。李尚书说，平息白莲教，形势正紧急，军需供应须加强，他说调查过了，康家有这个实力，于是提议康家担当这大任。大个子扛大梁，康大河本想怎助力政府平息白莲教，谁知想瞌睡就有人递枕头了，康大河心里很高兴，一种信任啊！洛阳交涉过，与李尚书签订了协议文书，康大河急忙返回老营。焦穗的麦子要开镰，时间可是不等人。战场上，人吃马喂诸多事儿，后援必须要跟上。血里火里挣大钱，疏忽了可会掉脑袋！

残阳如血色，康大河伏在马背上，沿洛河大路一路东奔，身旁景物飞速闪过，蹲得屁股腰都疼，终于回了村。他下马牵着往村里去。洛河滩上，一群耍孩儿正翻跟头，咻溜咻溜怪麻利，康文盛也耍得正起劲儿。杜列礓在一旁看热闹，突然说："文盛，你看那是谁？"康文盛一看是爹了，跑着扑过去，康大河牵了儿子手。小文盛说："爹可回来了？"康大河少气无力说："快累趴那了！"说着，口袋里摸把梨膏糖："爹可没诓你吧！"小文盛就笑了："按你经常说的，好吃的给别的孩子都分些！"儿子开始给大家分着糖。康大河眯眯笑，想，奖励那银票，也让人转交里正，应该村里处理去。他不由打了个大哈欠。

太累了，康大河一觉睡到天发亮，窑洞里边还暗着，他点明了铁鳖棉油灯，被窝里伸出胳膊，打了个大哈欠。小心地给夫人披被子，慢慢腾腾坐起来，披上衣服，拿起条几上一封信看着，耳边似听到内弟金贵说的话：泾阳布的生意，一点没起色。坐地虎王有亭，孬孙土匪头，日弄俺真受够了……他穿好衣服，就要门外走。韩菊兰扭转身体问："你去哪？"康大河说："外边转转去，白老虎兄弟也该回来了，迎迎去，多事之秋啊！"

康大河轻轻打开窑门，走到了院子里。朦胧的村庄，朦胧的邙山。黑色大门吱呀呀被拉开，狗们懒洋洋地叫几声，康大河不慌不忙地朝洛河边走去。

河滩上，薄雾如轻纱缥缈，柳树林傍着洛河，一幅水墨画般的淡然。康大河站在一棵古柳下，习惯性脚踢平了周围，独辫盘到了脖子上，沉稳打起了太极拳。直到鸟儿喳喳叫了，他慢慢收了功，扭脸望那洛河，血色太阳冉冉升起来了。周围景致渐渐清晰，洛河对岸的贡梨园、苍茫的孝义古镇、洛河滩的芦苇林，一律渲染成了辉煌色。这段洛河，呈西南东北走向，下游不远处，冲着邙山根山口处，洛河又大转东北向，与黄河汇到一起了。他走到河边，双手圈成喇叭形，吆喝联络船的号子："啊——啊啊——啊——啊啊——"好几声呐喊，没回应。白老虎船队还没露头呢。他走到河边回流处，木橛上解开鱼线绳，朝岸边徐徐拉动。一天没在家，放的碰钩也该收鱼了。一条条黄河鲤鱼，又肥又大，扑扑甩甩；贪吃的鲇鱼，不情愿地扭动着身躯。一斤以下的，大肚子母鱼，他小心翼翼去了钩，把它们重新放河里。爹给说过的，干什么都要"留余"，不吃子孙的饭。大鱼，扔到河滩上，收获已有二十多斤了。

逯小柱跑来了，呼哧呼哧喘着粗气。康大河说："记住，每临大事有静气！"逯小柱说："叔，那张银票，里正一大早去咱家，说要跟老少爷们商量呢！"康大河说："你去打个招呼，让他想咋分都行。"逯小柱惊愕地问："咋，真给全村分？"康大河说："皇恩浩荡，少数人怎能贪占？你先弄几根柳条，把鱼儿串起来提走！"不多会儿，逯小柱提着鱼串儿去了。

这时，康店村里升起了袅袅炊烟。蔚蓝色天空下，邙山上下，房屋窑洞错落着，神龟山突兀着，新的一天开始了。

洛河大转弯，传来了悠扬的拉纤号子。领号："我说那个弟兄们呀！"随号："嗨哟嗨哟喂！"领号："要到家了哟！"随号："嗨哟嗨哟喂！"领号："娘子家里等呀！"随号："嗨哟嗨哟喂！"领号："大门外柳树下呀！"随号："数着一面面帆喂！"领号："绣花纳鞋底呀！"随号："嗨哟嗨哟喂！"领号："望船盼郎归呀！"随号："嗨哟嗨哟喂……"

康大河朝洛河上张望，船队还隐蔽在河湾那边，也不知是否自家的船队？康大河又手圈成喇叭形，喊起联络号子："啊——啊啊——"片刻，就有回号了："啊——啊啊——"金色的太阳下，大货船叶叶白帆鼓满了风。顺风，船儿嗖嗖地上行。近些，见白老虎站太平船头上，黑红脸上很凝重。康大河走到了码头上，风儿掀动着衣裳角，他把脖子上的独辫子抖下来，规矩矩奔在身后。三层高的太平船缓缓靠了岸，其他船只也都跟随靠了岸。白老虎神情严肃，缓缓走下桥板。康大河朝他拱手施礼说："兄弟辛苦了！"白老虎眼里闪出泪花说："辛苦命别苦！"康大河说："让弟兄们拾掇拾掇，按老规矩，喝迎逢酒，我先回去了！"

远行船队归来，都要摆酒席接逢，这是康家的老传统。厨房里，师傅煎炒，师傅和面蒸馍……康大河厨房里巡视一番，交代说，鱼要烧美啊，伙计们太辛苦了！师傅说，请他放心。安排停当了，康大河回到书房窑里。罗圈儿椅上坐下，咕噜噜，吸会儿水烟袋。又拿出枕头下的《三国演义》，翻看起来。读这书，读一遍有一遍的感想，奇妙处常让他心里叫绝。厨上来报，宴席已准备就绪，可船工还没回来。康大河沉了脸，自语说，生意不顺，罢宴了？他出了大门，站到井台古槐下，蹬上青石台，朝洛河边张望。一会儿，他笑了。白老虎一帮人，正朝这边走过来。

几张八仙桌上，凉菜已摆好，黑色的酒碗摆一圈。船工们有吸旱烟，有说笑话，有开玩笑捋脑袋，有半闭眼睛在养神。康大河、白老虎走进屋，大家慌忙站起来。康大河说："都自己兄弟，甭客气！"白老虎也给大家摆手说："坐下吧，站着喝酒要挨罚，老规矩！"康大河掂起酒坛子，是康家祖传的自酿白云酒，黑碗里挨个斟了。顿时，醇香酒气扑鼻而来。康大河端起酒碗说："我喝酒喜欢顺其自然，我劝大家多喝点。才开封的五年老窖，上品康家白云酒！"大家也端起了酒碗。康大河跟大家一一碰碗，白老虎也一一碰碗。康大河大声说："弟兄们，前些时，咱村跟白莲教黄路坛打了仗，把他们打呼啦了！"一名低个儿船工说："我还纳闷呢，河滩咋挖恁多沟！"康大河说："只是个小仗，官府正准备打大仗，咱的船都被征用了！还不够，咱还要雇用许多船。"大家都呈现出了惊呆状，停了吃和喝。一低个儿船工说："这下，咱小命就别到裤腰带上了！"另黑瘦船工说："吃饭家伙恐怕要掉毯了！"白老虎摆手说："都先听大掌柜说！"康大河说："其实都甭怕，咱船到那儿，都由军队护卫着！就是辛苦点！"白老虎说："咱自家的生意咋办？"康大河说："也不是天天运军需，不会耽误铺排咱的事儿！后天，就要装头批军需了，顺洛河而上，运到商州界，骡马队再驮运，都提起精神呀！"白老虎端起黑酒碗，说："放开喝，权当就是出征酒！"

二

白老虎多喝点酒，脸红似关公。酒席一散，他就坐康大河书窑里。喝一口康大河冲的茶水说："泾阳那边的事儿，得说说，你不知文盛他舅有多难！"他就说了那边些情形——

泾阳县城里，西北棉布的大市场。一水的古建筑，人群熙熙攘攘。魁记布店、秦川布行、汾阳布行……一块块匾额，煌煌得耀着眼。几辆马车拉布匹，停在了魁记布店前。白老虎和韩金贵招呼着，正往店里卸布。附近店铺的人，探头探脑在观看。胖墩墩的王有亭，光脑袋上牛铃铛眼瞪着，手摇芭蕉扇，来到魁记布店前。乜斜消瘦的韩金贵，浓重的关中腔说："麦秸当拐棍，你烧啥呀！"韩金贵说："俺咋烧了嘛，不就进货多了点？"王有亭背着手，手扒布匹的外包装，歪头看那布。

白老虎奇怪地打量王有亭，他知道这个秦商头的傲慢劲儿。王有亭走了好几步，又歪头盯着韩金贵，说："懂点儿规矩啊，价可不能压低了。"韩金贵说："我说王哥儿呀，咋好卖就咋卖，你别老给我定价格！"白老虎说："老兄啊，别咸（闲）吃萝卜淡操心了，谢你了！"王有亭牛眼猛地一瞪："到这地盘上，不听我招呼，烧了你的店！"王有亭背着手，又进了晋商汾阳布行里。韩金贵气得嘴角吹着气，扭过头说："白老兄，这王有亭，老耍急躁疯。前些时，弄了两车牲口粪，让人卸到咱店门口，我买几封点心上了供，他才同意咱掏钱，把那粪堆重拉走。不看是我姐家的生意，说啥都不能干了！今天，他准又找江云海日道事儿了。不信？今晚上我请江掌柜，你就明白他唱了啥戏文了！"

这天晚上，圆月高挂天空上。江云海走进贵妃饭庄，红光满面笑眯眯的。白老虎双手抱拳迎接他。韩金贵先介绍晋商江老板！再把魁记船头白老兄介绍给对方！大家拱手互施礼。饭局开始，韩金贵先敬酒说："江兄喝！"江云海就喝了。白老虎也劝酒："早听说您平和仗义，我也敬您一杯！"江云海也喝了，感慨道："啥酒，醇厚绵香啊！"韩金贵说："咱康家的白云酒！"江云海说："好酒！"喝了会儿，江云海说："我知道，康家在泾阳，没想显山露水！"韩金贵说："那是，老弟呀，今儿后晌，王有亭找过你？"江云海已经憋不住了："那孬孙！"他就学了。后晌那会儿，他江云海正拨算盘记账，嘴里习惯性念口诀："三下五去二，五去五进一。"王有亭走到他柜桌前伸出巴掌拨拉乱了算珠。江云海连忙站起说："王哥来了，失迎啊！"王有亭用手指指里屋："商量个事儿。"江云海朝伙计吆喝："茶水伺候王老板了！"里屋冲门敬尊金色财神像，靠墙摆张古色古香木椅子。二人坐定后，王有亭快人快语地说："咱秦晋联手，把康家挤跑吧？"

江云海皱了眉头说："不妥！生意争高下，要凭真本事，不能走歪门邪道，弄不好，吃亏还是自己。"王有亭嘴撇得像大裤腰："咦——尻娃子，好哈（憨）啊！咱使力杀价，逼魁记招架不住。想跟我争高下？要不了几天，就给抬死人草铺上了！"江云海笑着问："日弄走魁记，就该日弄我了吧？"王有亭说："你毬人，咋会那样想？"江云海说："家传的有规矩，生意行，弟兄家，平起平坐赛本事，这么大的关中地，可容下咱所有生意行哩！"王有亭不耐烦了，站起来说："你不干我干，就要杀杀魁记的锐气！"江云海学完，深沉地告诉白老虎："看来，王八真要咬人呀，可要小心谨慎点！"

就在这天大半夜，突然有人喊："失火了！失火了！"白老虎一骨碌坐起来，边穿衣服边外跑，赶到魁记布行门口，外边已站了许多人。魁记门前出现个柴火堆，正哗哗剥剥地燃烧着。大家用水泼，用铁锨打压，柴堆火才熄灭了。但风助火势，舔对门秦川布行门脸燃着了。韩金贵吆喝道："那挨刀杀的，下这暗家什？"对面站的王有亭接了话茬儿："韩掌柜，你火烧连营？想毁了我的店！"韩金贵说："俺是傻逼，自己烧自己？"白老虎："报告官府，查住那鳖儿，就叫那鳖儿住监狱！"王有亭说："算了，我烧个门脸，再拾掇下，还让官府纠缠啥？"韩金贵轻声告诉白老虎："姓王的忌妒咱进货多，就想一把火烧了咱，想不到老天爷调屁股屙他门前了！"白老虎笑着："自屙自吃，尝新鲜！"

次日，魁记布庄继续进着货，王有亭带几个人闯进来。坐地苗子惹不起啊，韩金贵仍然笑脸相迎："王掌柜大驾光临了！"王有亭傲气地看看大堆布，用浓重的土话说："该缴份子钱了？"韩金贵说："原来说好了，月底缴吗？"王有亭眼一瞪说："我砸你个铺子，我揍扁你个尻娃子！"韩金贵脖子一梗说："凭啥响不溜夜要缴？"王有亭对随从说："揍他！几个随从就拳打脚踢，打得韩金贵躺到了地上。白老虎正好进来，吆喝说："有没有天理了？"没想到，王有亭伸出巴掌，也呱唧白老虎脸上一耳光说："这就是天理！到我地盘上，让你往东，你不能朝西，让你往南，你不能往北！"韩金贵地上吆喝道："老虎哥，甭说了！"王有亭说："你个孙子，我捎信让你掌柜来一趟，他一天不照面，我就一个月揍你一回！"

这段事情，听白老虎皱眉叙述了一番，康大河叹息道："老虎弟，多事之秋，只有让金贵弟再忍受一段了，皇家的银票已经收到，李尚书要求，军需粮草二十日必须运到前线！"白老虎说："也只能这样了，军需赶到正趟上，他那边再说吧！"

太阳不慌不忙又升出了东山头，清清的洛河闪满了金光。康家码头上，一艘艘木船装满了粮草，船桅杆上都插着旗帜，黑字"军用"分外显眼。船上清兵护卫，手执明闪闪大刀。军爷黑大汉朝康大河吆喝："早过卯时了！"康大河扯长腔喊道："走了！"噼里啪啦地鞭炮争鸣，一排长蛇样的船队，顺风扬帆，往上游行驶着。康大河岸边观看着，船队渐渐远去。康大河准备抽身返回，突然看见一只小船划到了岸边，康广才从船上跳了下来。

康大河说："广才老弟，你不去西安了吗？"康广才说："到灵宝押运小灵枣，碰巧抓住了王天宝。他浑身是伤，爬着要饭，让我认出了，马给驮回来，看村里咋处治。"康广才一呼喊，几个彪汉推搡着他下了船。他不服气地瞪着康大河说："算我倒霉了，任你们杀剐吧！"康大河笑着说："真是王天宝呀，先押祠堂吧！"几个人押着他走了！康广才说："往商洛运军需，你咋不先走？"康大河说："船行逆水，后天我出发也不迟，骑的快马。我先去看看那白莲教大官吧！"

王天宝被关小屋里，垂头丧气地靠着墙坐，脚手都捆着。阳光通过窗棂子，洒到青砖地上。他野兽般吼叫着："快杀了我吧！老母神在上，小的跟随您去了！"窗户外，有团练手执大刀在巡逻，训斥道："野驴再叫唤，割了舌头喂狗！"王天宝哈哈大笑，竟然唱了起来："身陷囹圄地，风光不再有！吃喝嫖赌都干过，人世一遭都如狗。"康大河提着饭食，和白胡子族长一块儿来了。团练说："不怕死的货，里边还唱哩！"康大河说："大凡是人，都有本难念的经呀！人之初，性本善，为啥有人变孬蛋？都有因由啊！去，把他绳子解开，押到西庑殿里。"那团练龇龇鼻子，问："大河哥，恁香哩，给咱弄的卤肉夹烧饼？"康大河说："是给那大官儿吃的。"族长说："你没听说过，阎王爷前没有饿死鬼嘛！"团练押着王天宝，进了西庑殿，他们又站到了门外边。康大河说："给带的饭菜，吃吧！"王天宝奇怪地看他们，就坐在桌子边，狼吞虎咽地吃起来。康大河和族长都咕噜个水烟袋，看他的一副饿狼吃相。王天宝风扫残云般饭食吃了个精光，打着响饱嗝说："动手吧，俺吃饱了，也想走了！"康大河说："你咋知要杀你？俺可不想一还一报！"王天宝说："我就是案板上的鱼！第一仗想血洗贵村，被打呼啦了，往陕西老军那汇集，一仗更比一仗惨，难道我真就违背天条了吗？"白胡子族长说："有句老话，行善作恶，老天爷盯着，回报有时，休想逃脱！"王天宝说："真对！"康大河说："你觉自己属于善人还是恶人？"王天宝说："我先当善人，后做了恶人。我作恶比行善多！世道那么黑，我不吃了人，人要吃我啊！原先家里穷，跟爹识了字，再出家青云寺习武术。俺村有个大恶霸，杀了俺爹娘，我就报血仇，奸杀他女儿，寺院按佛法处死我，我连夜逃出去，入了白莲教。我以为，世界属于强人的，我做梦都想当强人，一直走到现如今。"族长说："你到处伤害人，害了别人害自己！"王天宝说："前头路黑洞洞，我又没长圣人毬，山这边咋望山那边？"康大河说："假如还让你活着，你准备以后咋生活？"王天宝说："队伍呼啦时，就已感悟到，本人陷入了恶泥潭。我准备跑峨眉，找个小寺院，静心读佛经，多结善缘事，赎去重罪恶！求你们杀我吧，送我脱苦难！"康大河说："我也帮你找个寺院，让你传播佛声，教化民众！"族长说："你遇到善人了！"王天宝困惑地看他们。康大河坚定地点了头。王天宝流泪了，趴地上"砰砰砰"磕头，让康大河拉住了。康大河说："明天就去吧！"王天宝认真地双手合十了。

次日，白色太阳普照着，邙山起伏若浪，一条弯曲的土路上，王天宝穿身佛家新装，跟着康大河，走到一座山峰上。康大河指着山沟里，让他看琉璃瓦残破院落说："那是灵山寺，明朝开的光，以前有过住持。你好好拾掇下，我供养日用。不过，可真要立地成佛啊！"王天宝双手合十说："阿弥陀佛，我以后就叫云深了，古诗云深不知处啊！"他朝灵山寺走去。康大河看着他背影，吆喝道："后响，供养给送到！"王天宝大声答："阿弥陀佛！"那声音回荡空谷，经久不息地飘荡着。

也是这时，康大河又想起了夫人求他的事儿，他心里说定，就明天吧！

康大河陪着夫人，进了趟浮戏山，求玉仙圣母通融，再赠送个儿子或闺女。看林莽、流泉、群山的好景致，康大河仍感到心里有压抑，军需生意大于天啊！回来，一夜失眠，晨起，康大河牵上大黑马，嗒嗒地沿洛河大道奔跑。逮小柱也骑马赶来说："俺婶子让我跟你一块儿去！"康大河说："不用了，一个人利索些！"说过，摔下鞭子，马儿消失在了大路上。历经几次日出日落，康大河到了官兵总部。他对年轻将军述说道："如果不误事儿，军需明天到。"这时，进一小官报告说，白莲教又组织进攻了！将军说："走，康大人，你也去城头观观风景吧！"

青砖老城墙上，康大河蹲在将军旁。县城位置高，下边远处是河川，逶迤明亮的河水，宽阔的河滩和田畴，片片青竹林，另有葱郁的诸多树木。白莲教徒擂起战鼓，有人摇摆三色旗，蚂蚁样盅融着涌来。城墙上，官兵或站或蹲，虎视眈眈地面对来敌，战鼓击擂愈紧急起来。三色旗帜带领下，出现黑压压的裸膊人群，声嘶力竭高呼着："真空家乡，无生老母，刀枪不入！"将军发令："甭慌张，再近些，好让他们懂得马王爷长了三只眼！"

一些人纷纷竖起竹梯子，准备攻爬城墙了。将军挥了一下手，顿时炮火轰鸣起，乱箭啾啾似飞蝗，教徒惨叫着，一片片倒地上！但仍然吼叫着冲锋，一拨拨又拼搏些时候，溃散败下了阵。太阳即将落山时，大地似火在燃烧。康大河在城墙上观望清理战场，尸垛上堆许柴草，燃起一片冲天火，与苍凉的太阳混合着。康大河心内唏嘘感慨道，苦难人生路，转眼即消逝，为何为何呀！他对将军说，他到下边转转去！将军提醒他，可要警惕些！康大河点头说："知道了！"将军要派个护卫跟着，康大河摆手说，单个走路不热眼！

破旧的小城里，行人稀疏且匆匆，康大河走上了石头街，已浑似当地老百姓。可他万没想到，后边跟俩背篓客，一老一少。老者说："莫不是总兵说的那康财东？换了装束也不像咱这人。"少者激动地说："如果是，抓住他，咱俩头功就拿了！不过，人贵命也贵，人会麻痹吗？"老者说："是鱼非鱼撒一网！"少者匆匆与康大河擦肩，乜斜一眼康大河，康大河问："背啥药材，味怪重哩？"少者说："杜仲皮！"康大河入了街市，那儿坐落个小饭店。伙计肩上搭汗巾，吆喝着唱道："城外战事刚唱罢，咱这饭庄仍光亮，走路君子请留步，醉仙楼里寻欢畅！"康大河抬头观望，"醉仙楼"金字颇气度。伙计拦住他说："大日头剩不高，肚子已是咕噜噜叫，咱这饭香醉人倒，不信里边瞧一瞧！"康大河说："那好，品尝一回醉仙楼吧！"伙计唱道："贵客请！"

店伙计前边领，康大河顺木梯上楼，进个小房间。店伙计又唱着："先生稍等，美酒伺候了！"康大河站刻花窗棂前，观看外面风光。楼后一橘林，远处一池塘，更远是层峦叠嶂的青山。康大河内心感慨，如不是打仗，幽美之地啊！店伙计进门来，油腔滑调又吆喝："上好的青顶山云雾茶来了！"康大河说："好，尝尝！"他端茶往地上倒了下，看看地上气泡。店伙计说："开水响声噗，生水响声啪，地地道道的滚水吧？客官看来是行家！"康大河笑笑，然后喝了口，但他马上皱了眉头，看着店伙计。店伙计朝下边招手。康大河歪倒了，店伙计扶住他。俩背竹篓者上来了。店伙计说："你这沾舌翻真厉害！"长者说："等天色黑下来，我用太平车推走他！"

康大河再醒来，发现躺在个破屋里。在松明子映照下，他观看周围：一尊山神像面目狰狞，白莲教小头目脸扭曲着，他想起来，那是王天宝的随从二孬了。几个白莲教徒面无表情地看着他。康大河挣扎着坐起来问："我咋在这？"二孬嘻嘻笑了说："沾舌翻把你请来了！"康大河眨着眼睛，回忆起醉仙楼，恍然大悟了。康大河说："俺是做生意的，你们阴谋我弄啥？"二孬说："你跟官府有染，我们没抓错人吧！"康大河说："做买卖，谁给的价钱高，我就把货卖给谁！"二孬说："我们也做笔生意吧？"康大河盯着二孬。二孬说："我们带着你，半路截住你们的货，给了我们！"康大河说："生意人讲究的是'信义'二字，只要说好价钱，要的货，我马上就给送来！"二孬哈哈冷笑道，总兵说了："朝半死打，咱就能做成这笔生意了！"一条绳子拴了康大河，吊到木梁上。皮鞭棍棒飞舞了起来，康大河惨叫道："哎呀呀，我哩娘啊！咱无冤无仇，为啥要这样待我？真的是钱难挣屎难吃呀？"二孬说："听到有钱人疼得叫唤，我心里舒坦着呢！"突然，康大河头一歪，就无声息了。

康家船队扬着白帆，朔洛河而上，押运士兵坐船上耍着麻将。白老虎站在船头，口里领着号子，船工和着号子，拉纤者低下身子把纤绳拉成了直的，苍翠的山林缓缓后退着。突然，黑色鸟群鸣叫着，从山林惊恐地掠向远处。白老虎皱了眉毛，吆喝："定船！"船工哗啦哗啦地卸了铁锚。白老虎大声说："军爷，不对劲儿呀！"打麻将的黑大汉说："不就几只鸟吗？别疑神疑鬼！"白老虎说："好像还有杂乱的脚步声。"大汉说："咱是厮辘轳尿井绳的主，还怕啥脚步声？"话音才落地，竟传来了呐喊冲杀声。黑大汉顿时脸变白了，嘴里说着："快，让船靠岸！"白老虎果断说："都下船危险，让我坐只小船靠岸，把拉纤伙计接到船上，朝对岸靠吧！"白老虎吆喝着让拉纤者上了船。小船朝河中间移动，白老虎指挥船向对岸横去。突然，另一面山林里，也传来了喊杀声。白老虎和军爷、船工都面面相觑了。许多白莲教徒拥过来，一律手执刀枪棍棒。

突兀的山包上，站个黑瘦头目，他身旁站着二孬。二孬喊话了，声音在山间回荡着："山不转水转，和康家又见面了！沿洛河这截官兵，让咱给端窝了！"随船军爷黑大汉回应："逆贼听着，我们运送粮草物资，井水不犯河水，拦截我们算啥英雄？"二孬大声说："粮食全部留下，不杀你们，我们还要卖给你们一个人，叫康大河！"白老虎着急地大声问："大掌柜咋了？"二孬喊道："绑在上边山神庙里，你们不买，俺就杀了！"白老虎说："别害他，咱可以谈条件。不过，真的假的？我要亲自见人！"二孬说："总兵说了，中，还怀疑是俺诓人？"当下，白老虎就要去看究竟，押船的黑大汉说："他们要扣了你咋办？"白老虎说："不要紧，我又换不来几串钱！"二孬又吆喝："两国交战，不杀来使，不要磨蹭！"白老虎扑通一声，跳进了湍急的水里，往河边游去，上了岸，脸朝天"阿嚏"了好几个大喷嚏。二孬大声说："等这勇士见了康大河，你们就可派人取钱交易了，我们开价十万两白银！其他人，谁也甭想逃！如果你们谁敢告密，发现官府兵来这，我们就杀了那康大河！"

在弯曲陡峭的山路上，白老虎跟随二孬，进了苍茫的森林中。不多会儿，他就呼哧着喘粗气了。问："还有多远？"二孬说："快了！"白老虎把汗湿的布衫脱了，光着膀子走。他说："兄弟，咱是出力人！"二孬说："出力人都命苦，不是因为穷，那鳖孙想不守规矩！"说着，他走得就慢了些。二孬又说："你们康大人，真是硬汉子！他装扮成百姓，俺探子用药弄翻了他。任凭咋挨打，半句软话都没说！"白老虎说："有救没救了？"二孬说："有我在，保住小命许没事儿！"

山头上果然有座山神庙，外边站着岗，哨兵手执大刀片。白老虎推开了发白残破的庙门。窗户下草铺上，躺了一个形容枯槁者。走近一看，正是康大河。白老虎眼里流泪了，叫道："老哥，我来看你了！"半天，康大河睁开眼，声音沙哑道："咋，我还活着？"白老虎说："救你来了，咬牙坚持坚持！"康大河叹了口气。白老虎又游到了大船上，朝徒弟毛旦摆了手，在他耳朵边说："你回去吧，给你点银子，附近租匹好马，回去找嫂子，快带银子来，若晚了，你大河伯怕就没救了！"说着，哧啦声，白衬衫上撕片布，咬破手指头，上边写个"急"字，递给了毛旦，说："你大河伯的命，这些人的命，全都交你了！"毛旦哭着说："叔，只要我活着，一准事儿办妥！"毛旦跳到了水里，朝河边游去了。

那天那时候，韩菊兰正跪在菩萨前，咕哝着正念平安咒"唵嘛呢叭咪吽。唵嘛呢叭咪吽"。逯小柱悄悄走进来，韩菊问："有事儿？"逯小柱说："大事，毛旦回来了！"韩菊兰机械地坐了起来："快让来！"逯小柱领着毛旦走进来，他的头发乱蓬蓬的，还没说话，眼泪哗哗地流出来，忍不住竟呜呜呜地又哭了。韩菊兰仔细一听，天塌的大事啊，她喊来了管家，立即安排了一二三四，要求抓紧分头办理去。

三

清晨太阳升起来了，大地渲染成一片红，康广才、逯小柱、毛旦各骑一匹马，沿洛河边大路飞驰着。黑马、白马、枣红马，村庄、原野、山川、河流和森林，忽闪忽闪飞过了。那么急，那么快，路人禁不住面露惊讶。马儿进入洛阳城，停到了魁记大门口，小掌柜慌忙迎出来，康广才跟小掌柜嘀咕了。小掌柜呼出几个小伙计，牵着马出去了，领他们到了后院里。小掌柜匆忙的脚步，跟着几双匆忙的脚，大家进了屋子里。逯小柱把韩菊兰写的信递给了小掌柜。康广才拉着小掌柜的手，说："快一点，硬货少带点，其余拿银票！"小掌柜接信快浏览，说："拿恁多银子，就能赎出大掌柜？白莲教头目孬种多！"康广才说："人命关天啊！"小掌柜是个麻利手，待大家吃过饭，他递给康广才一个钱搭，伙计也牵来了喂饱的马。几个人又跨上了马，康广才钱搭放到了马背上，绳子紧固鞍子上。这会儿，又来四个骑马人。小掌柜说："请了镖局勇士！"康广才说："弄俩高手就行了，人多反而热人眼！"小掌柜说："那也中，留下两个吧！"康广才朝马屁股上甩一鞭，一干马"嘚嘚"飞驰起来。

　　那边，打发走了毛旦，白老虎还不放心。当夜，船队就被逼靠了岸，白莲教强着卸粮食，火把照得岸边通明。船舱里，白老虎和押运俩军爷在商议。白老虎说："你们也看了，粮食让贼子弄去了，说是钱送来就放人，他们食言咱没门儿？万一杀了大掌柜，军需的大事儿肯定黄！我想趁着夜色逃出，找官军想法救我哥！"黑大汉说："你不能去，离开你，这些船不成死船了？还是我去的好！"白老虎说："还是我去好，我知他们把我哥藏哪儿了。"黑大汉说："不如趁他们乱糟糟，咱俩一道混出去，也好互相掩护着。"黑大汉对另一个瘦军爷说："你也留点意，尽量让他们少卸粮，将来咱也好交差！"白老虎说："中，咱俩分头好行动。"白老虎取出身旧衣裳，递给了黑大汉："你也换上，省得人家怀疑你。"黑大汉换着衣服，瘦军爷船舱口瞭望。夜色浓重时，运粮人停止工作了。白老虎与船工分别耳语过，先后有人下船去。哨兵拦住问："干啥？"船工答："解大手。"哨兵说："远一点，别臭人！"见解大手人多了，哨兵都笑了："看都吓屙了吧！嘿嘿。"去了，回了，哨兵不再询问了。白老虎和黑大汉先后也下船，悄悄消失在了山林里。白老虎歪断根竹子，打草惊蛇呢，顺着山谷走。到了约定那村口，俩人又算碰了头。白老虎说："兄弟，接下来咋走？"黑大汉说："往前再十里，我知有个官军营，那里就有我们的人。"

　　谁知曦光初露时，白老虎俩人正走着，扑通掉进了棚草壕沟里，成官军俘虏了。白老虎说："我们为官军运军需。"黑大汉说："我是一个押运兵！"官兵小头目说："奸细就奸细，还装什么蒜？捆起来！"白老虎说："快带俺快见您的头，有紧急军情要报告！"黑大汉说："耽误了大事情，你们要倒霉！"小头目说："带叶萝卜晃一晃，就成人物头了！审问你们，也需当官的睡够了！"俩人被官军捆结实，拉着扔进了牲口棚，凭再咋吆喝，都没人搭理他们。

太阳老高时，俩官兵才打开牲口圈，对关押的白老虎们说："快出来，我们大人见你们！"白老虎和大汉走出了牲口圈，被人绳子牵引着，到了一座瓦房里。桌旁坐个大军官。白老虎说是船老大，给前线赶着运粮食。军官问："都咋跑这了？"黑大汉就说了情况。军官说："为啥现在才来？"白老虎说了原委，军官走到小头目前，飞起一脚，那人被踢倒。军官呵斥道："误了军情，要了你小命！"小头目说：害怕惊扰您老的梦啊！"军官吩咐快喊游击过来！

转而，来了几个精干的兵。军官吩咐过，一群兵跑步出了村。

崎岖山路上，出现个和尚的背影，他似乎站在路中间，如个突兀的树桩桩。几匹马正沿河边官道跑，道路被他横拦了。领路的镖局武士呼："不好！"康广才喊了"吁"，叫停了奔跑的马。逯小柱说："镖局的，看那和尚想弄啥？"前边的镖局武士说："中，你们先等着！"

"请问，师父为何挡路上？"和尚回头，是云深和尚了。他微闭双目，双手合十，嘴里还念念有词地祈祷着："南无阿弥陀佛，保佑大掌柜安然无恙！南无阿弥陀佛！"其实和尚还在骑马走，不过走得极缓慢，好似站在了那路上。镖局武士轻拍他肩说："师父，要到哪里去进香？"云深和尚睁开眼睛，看他一眼："阿弥陀佛，先生贵干？"镖局武士双手叠抱起："阿弥陀佛，红薯萝卜，为救康善人而来！"云深和尚麻利地跳下了马，说着："同道啊！我也为搭救康大人。昨天听说了大掌柜事儿，害怕他有不然，就租了匹快马。刚才做早课祈祷呢！"镖局武士朝后大声喊："自己人，来吧！"喊声山谷中回荡着。康广才赶到时，云深和尚又双手合十："大掌柜恩情，永世难忘啊，那边咱干过，想白莲教们许给小面子！"康广才说："多劳师父了！"云深和尚说："都别客气了，快些赶路吧！"几匹马即刻快步跑起来。

他们接近了船队，远远看见了，白莲教仍然卸粮食。二孬站在个山包上，咋呼吆喝督促着。康广才几人几马跑过来，二孬眼尖看见了，掉头匆忙林里去。他跑到了一个山头上，拉起还躺地扯着呼噜的大头目："总兵，总兵！"总兵惊醒了，嘴嘟囔："觉也不让爷睡了！"二孬说："银子送来了！"总兵猛坐起，挠着头笑了："老子真要发财了？鼓捣这几年，这次财运真来了呀！"二孬附身笑着说："我可尽力帮您了，到将来，您吃了大块肉，让咱也跟着喝口腥汤呀！"总兵说："那乌龟王八才忘恩负义哩！"总兵带二孬，来到山坡地，坐到块儿山石上，说："我宝座上等着，你传他们吧！"二孬颠颠地刚走几步，突然又拐头说："还有个事儿忘说了。"总兵说："甬像掉别肚（脱肛），办事儿不利落！"二孬说："王天宝也像跟来了，还穿了一身和尚衣。"总兵说："哦，我过去的徒弟？你不说他死了，咋变成了和尚？"二孬说："灵宝那一大仗，他从山坡上滚下去，人看过，没气了，就把他丢那了。怪！"总兵："再说吧！"二孬穿过山坡，来到康广才面前说："总兵说了，让你过去呢！"云深和尚说："我呢，忘记了？"二孬说："你这身装扮，正经了起来，让俺都害怕。"云深和尚说："当年，你鳖孙把我丢荒野，我还要追你罪过哩！"二孬："实在是误会，那您也去吧！"康广才说："大掌柜在哪？"二孬说："说好的事儿了，就能见。"康广才说："毛旦，看好钱褡啊！"

总兵坐在石头宝座上，对着云深和尚说："天宝徒弟呀，你咋穿上了这衣裳？"云深和尚说："白莲教原本净土宗，可被有些人改歪了。还记得收我为徒那天吗？"总兵说："公务忙，忘球了！"云深和尚说："古庙大殿里，有俩相扣的木盆子，你让我坐上边，你说出去要办事儿，嘱咐我万万不要看。我就悄悄打开看，原来是屎壳郎凫清水。我又合上木盆，又规规矩矩坐上边。你回来了，猛然问，木盆里是啥东西？我随口就回答，你哈哈就笑了，说，许多人，假信佛，想办成自己的事儿才是真，凭你这悟性，我收为徒弟了！后来跟着你，我鬼迷心窍了。是康大人救了我，点亮了我心里一盏灯！如果你还认得我，一定要放了康掌柜，人家可是大善人啊！"总兵说："咱不探究这个了，人各有志，不能强求！现在你行善，现在我为钱，放那康掌柜，需要拿钱来！不过，看在师徒旧情上，少收你恩人银子一万两！"总兵四处望了望，又说，"哎，你们来弄啥的，咋没见背银子的人呢？"二孬说："我忘让他也来了！"总兵沉脸说："小人得志，得意忘形！"二孬颠颠地又催背银子那人了。

这一会儿，白老虎领了些游击兵，也正赶路。山路太陡峭，手抓葛藤往上爬，个个满脸流大汗。游击头问："还有多远？"白老虎袖子擦汗说："再爬个山坡就到了。"游击头说："别误大事啊！"白老虎说："我心比火烧还急呢！过去，我们船在这出过事儿，找当地老乡帮忙，就翻过这里几座山。"游击头说："好了，咱都努力吧！"

他们已站到了山头上，火红的太阳正在冒出。一块突兀的悬崖山峰上，白老虎指着对面的山林里："看，那里藏座山神庙！"游击头说："好，救出康大人，都会获奖赏！几个人山羊似跳跃着，朝那破庙冲过去。游击头让白老虎等待着。游击接近了哨兵们，扔了一块小石头，高个哨兵问是谁？游击头学了老鼠叫。低个子哨兵说："松鼠争松果！你先看着，我去解个手！"高个哨兵说："咱弟兄都抽去了，官兵来了可咋办？"低个子哨兵说："怕啥哩，谁知道咱这旯儿地儿！"游击头朝旁边士兵摆下手，那游击兵悄悄跟了低个哨兵。游击头带兵大摇大摆走，朝着高个哨兵那。高个机警问："你们是？"游击头："帮你的！"高个儿说："刚才还在唠叨呢，总兵还算眼头明！"他们接近了那高个儿，一飞镖就要了他的命。低个解手搊裤子，被游击兵另一个飞镖刺了喉咙，扑通也倒地上了。游击头朝白老虎俩摆下手，示意赶快过来吧！

几人跑到了山神庙，康大河蜷虾样躺在铺草上，苍蝇头顶嗡嗡叫。白老虎着急叫："哥！哥！"康大河没应答。游击头："是不是死了？"白老虎手抚摩康大河的头，烧得像似红火炭！"白老虎找水，到处都没有。他说："快，帮我背上，弄到水边，先让他喝点水！"白老虎背着康大河，游击兵抬着脚，游击头掩护着，匆忙离开了山神庙。也就这会儿，一些官兵，茂密的树林里快速行进，朝总兵目标靠近着。二孬离开总兵有了截距离，禁不住高兴地哼唱着："要发财了要发财了！"突然，他被人拌倒，一刀戳到了身上。

洛河岸边，官军也开始攻击了，白莲教徒纷纷乱逃窜，被杀者、伤者一声声惨叫。毛旦给旁边镖局的人说了些话，没命地就朝山上跑，他着急，半腰深茅草被撞得两边倒。毛旦吆喝着："广才叔，你过来下，有人要抢银子了！"康广才闻听，就往毛旦那跑。总兵吆喝着："你就说，谁要抢银子，总兵就割他的蛋！"然后，狂妄地哈哈大笑着。总兵附近岗哨们，一个个悄悄被收拾，总兵还在美梦中，对着云深和尚说："我也不愿干这总兵了，只要银子一到手，徒弟啊，我也要弃恶从善去！"那边，毛旦拉着康广才说："快下山，官军把白莲教杀呼啦了！"康广才停步，也朝上吆喝着："云深师父，你也来帮帮忙！"总兵说："好，你劲儿大，把银子弄上来！"云深和尚无语，大步下了陡山坡。总兵大概孤寂了，喊道："来人！"未有人应答。总兵又喊："护兵呢？"官军游击头应答着："来了！"总兵还在发愣怔，游击兵"啪"地射来铁弹子，总兵一下子被击倒。山上响起了螺号声，到处一片喊杀声。

人们抬着康大河，山路上下来了，白老虎铺排着，把他放在一只小船上。军医给康大河看病，品脉、针灸、清淤血。康大河痛苦地呻吟着，康广才、白老虎涌出了两行泪。康大河说："别那样，钱难挣，屎难吃，做生意哪能一溜顺？"

白老虎朝船工挥下手，小船便顺水向下游划去了……

康大河倚着枕头正喝药，白老虎走进窑里来。他放了碗，招手让白老虎就近坐，问："真要再去泾阳？"白老虎说："我不去，金贵该要急疯了！"康大河抓了他的手，手掌上画了一个字。白老虎说："知道了！"康大河沙哑着说："退一步是为了进几步，绅士不惹地头蛇啊！"白老虎说："那我就去了。"康大河说："代我安抚金贵兄弟！"白老虎说："自然的事！"他们又说了些话，白老虎离去了。

白老虎往陕西走后，康大河静心养着病。这天，快晌午，康大河靠床帮看着生意账，脸上不由得洋溢出了笑，这次军需大生意，利润翻滚着来！这时，逯小柱倚着窑门，似乎犹豫不敢进。康大河扫见了，问："小柱，有啥事儿？"逯小柱说："京城派信使又来了。"康大河说："让来吧！"康大河慌忙整理账本，侧身压到了枕头下。

来了一个中年人，一脸疲惫相，斜背蓝包袱。逯小柱悄悄出了门。中年人把信递给康大河，康大河展信认真看，似听到李尚书的声音："大侄子，贵体可有好转，适当时候，将去看望。讨白莲教军需的账，这次已结清，该留下的，已扣除，收据上你给签个名！"康大河抬头说："望转告李尚书，康大河十分感谢他。"信使说："一定的。"康大河又喊来逯小柱，让他好生招待贵客！信使给康大河作了揖，说：多谢康大人关照了！信使和逯小柱出了门。康大河又想喊白老虎兄弟，突然想到他已往泾阳了。

王有亭屋里练把式，耍的蝎子沾墙。家丁等了会儿，说："老爷，康家掌柜要找您。"王有亭憋气没回答，仍然头朝下脚朝上，身子贴着墙。站一旁的韩金贵、白老虎颇显窘态。突然，王有亭跃起身，两脚蹬了白老虎的肩夹窝，白老虎趔趄着，韩金贵急忙拉住他，才没倒地。家丁急忙退出门外。王有亭哈哈似傻笑，说："这一式名叫下马威！"白老虎把点心封放上八仙桌，笑脸说："果然出手不太凡！"王有亭说："我就这球样，见谁都想先打一顿！"韩金贵说："感觉怪舒坦？来，你撅起大屁股，让我鞋底擂几下！"王有亭笑眯眯地说："当然不可能都舒坦！"他顺手弯腰床下摸，拉出长嘴陶夜壶，一背脸，掏家伙，叮叮当当尿起来。韩金贵伸个小拇指，冲他背影撇撇嘴。白老虎无奈地摇摇头。王有亭操作完毕，喊：来人，家丁进来了。王有亭说：壶水倒了重掂来！家丁掂尿壶出了门。白老虎说："王掌柜，你功夫厉害啊！"王有亭说："明的说，咱拉杆子出身，啥大浪没经过？从来没有服气过人？"王有亭说过，就解开那点心，捏着吃起来。鼓囊着嘴指板凳，说："都随便坐啊、坐！"俩人分别坐下了。

白老虎说："我来拜访您，主要想商量生意的事儿。"王有亭说："没规矩不能成方圆！对了，你真是康家大掌柜？"韩金贵说："算是吧！常言，人不亲行亲，咱干的同行事，和平相处应放首位！"王有亭说："我打你，就为能和平相处，因你不咋守规矩！"韩金贵说："就说保护费，你该有个谱，经常变得难琢磨。你想打人就打人，行的算是啥规矩？"王有亭手里点心猛扔去，眼睛瞪得牛蛋大，说："你奶那个熊，我还得让人修理你！"白老虎说："君子动口不动手！"王有亭"啪"地拍下桌子，往前耸下小肚子，说："谁能咬我半截子？给！"看那蛮横劲儿，白老虎心里强忍着，涌出笑脸说："王掌柜，平心静气，两好搁一好，大家就都好！"王有亭说："鳖儿金贵不气我，好话自然咱会说！"韩金贵脸子一疙就扭到一边没再应。白老虎说："我想听听，你都定的啥规矩？"王有亭说："我给你康家够面子，如果拿先前的狼脾气，早把你那店呼啦了。先前，方圆三百里，我吐口唾沫下场雾星雨！手下有兵千把人，州县那些当官的，见咱不笑不说话。后来，官府招安我，让管了泾阳街，自己也做布生意，大家的供奉也吃点。要不，我那些兵吃风屙沫去？"白老虎笑着说："你说吧，咱咋才能和平共处哩？"王有亭说："每月保护费，定的死数，然后，凭货多少，赢利十成抽一！"

韩金贵说："其他店可没这么弄！"王有亭笑着说："人家老婆让我睡了，你能吗？"韩金贵说："不平等？"王有亭说："我平等很很的嘛！"白老虎又想起大掌柜给写的"忍"字，咬了咬牙说："中，先按照你说的！"王有亭说："板上钉钉？"白老虎说："不过，以后不能再打俺韩弟了！"王有亭哈哈狂笑说："打是亲，以后不打了！来，咱打手结掌！"

白老虎、王有亭巴掌压到一起了。白老虎也抓了韩金贵的手，也压到了两双手上，又对拍了巴掌，声音很响亮。

四

礼炮声隆隆响，从洛河滩传了过来。康大河突然想起了，才接一封信，李厚德要来这。忙吩咐逯小柱找族长。逯小柱慌忙出窑门，即刻撞住了一个人，俩人差点都坐那。来者正是老族长。逯小柱说：骑驴找驴！族长眼一瞪说："你个龟孙货，谁是驴？"窑内，康大河哈哈笑着说："撞出鸿运了！"族长说："看河边来人那架势，想是找你弄事儿哩！"康大河说："你就帮我张罗吧！"

果然，说着话，一干官员要临大门口了。族长指挥着，罗圈椅抬着康大河，已迎接到了大门外。康大河说话还发颤带着丝丝音："官人光临，蓬荜生光辉！"寒暄过后，会客厅里落了座，诸丫鬟上了水果，沏了茶水。一黑胖官员没坐下，背手打量屋子里。墙上挂有《沧海仙鹤图》《八仙祝寿图》，还有岳飞的手迹《满江红》。巡抚衙门师爷给康大河介绍黑胖子："李尚书大人的侄子李厚德。"李厚德说："李尚书派我慰劳您！"康大河说："多谢了！"李厚德说："这不，巡抚身边的师爷、新县令都来了！康大人劳苦功高，皇上还亲赠了金匾额！"说过一声呼唤，俩衙役抬了进来，红绸布遮盖着。有人揭开了红绸布，露出了劲道的金色大字：忠勇刚强。

巡抚师爷指着小字读道：白莲教匪乱，康大河奋起，身陷敌营，宁死不屈，忠君爱国，感天动地。

看着金匾额，康大河流了泪，挣扎着，逯小柱扶他扑通跪到地上，对着匾额磕头，说："皇恩浩荡，永志不忘！"然后，逯小柱连忙搀扶又坐回罗圈椅上。李厚德说："李尚书禀报了您的事迹，皇上也感慨唏嘘，就赠了金匾额，还用快报通告天下！"康大河说："尚书大人的知遇恩，大河必感恩戴德！"李厚德说："李尚书还找了个治外伤的张太医，专来为你医伤病，说是一天你站不起来，不准他回京城去！来人！"外边应。李厚德说，"请张太医给康大人医病。"李厚德又朝其他官员说："你们外边先等会儿，我跟康大人有话说。"众官员退出了会客厅。李厚德关了窑洞门，神秘兮兮地说："尚书染指那生意，一定要守口如瓶！"康大河说："大人请放心，金长银短我知道！"李厚德说："尚书大人还说了，这生意估计要几年，和您合作来日方长。绳大窟窿粗，李尚书应酬大，没办法呀！"康大河说："明白了！"能有啥办法？康大河也听说过，大凡朝廷官员们，有几个不趁机捞利的？那是为继续提升开路！康大河一脸沉思说："只要能为国家、百姓多做好事儿，我时刻听从召唤呢！"李厚德说了个"好"字，此刻，外边传来敲门声。李厚德说："张太医来了，话就打住，以后怎联络，信使常跑腾，都是贴己人！"康大河凝重地点了头。

张太医在门口亮了相，一张胖胖的老脸怪精神。李厚德互相介绍过，他说要领大家看看风景，康大河让老族长带人去了。康大河说张太医："欢迎您屈就寒舍，以后照顾不周处，还请您老多指正。"张太医说："您是功臣，我定努力给医病。"张太医当下就为康大河把着脉，互相交谈着，亲热好似一家人。

官员又都回屋里时，逯小柱切开了大西瓜，驰名的邙山游殿沙瓤瓜。

大家边吃边说话。李厚德说："康大人，贵宅大有王家之气！"康大河答："这沟叫龙窝，龙者，帝王之象。远在西周时，周平王就封了公子班，这里建了东周国。公子班当年就住这，就有了龙窝这地名。"众官员都发出了惊叹声。李厚德说："你这地方怪聚气，不过，大门南面那座山，影响你家运通达！"康大河说："说！"李厚德说："南为火，火旺财。门南一山头，阻挡了阳气来！"康大河说："当年公子班在这住，人家都不怕，我还怕啥呢？"李厚德说："我是姑妄说之，你也姑妄听之！不信则无，信则有，你应该在那神龟山下建座阎王庙。"

康大河瞪大了眼睛，似很困惑。李厚德笑着说："我是宫内堪舆大师的徒弟，不要怀疑，这庙对你家和全村都有大利益的。"

几年已过去，军需生意仍继续，那宗生意早已顺溜，银子哗哗地往家里流。康大河心情好，病情也好了不少，走路骑马都行了。遵循李厚德的建议，神龟山下开建阎王庙了。他想，那次差点丢了性命，是否没这大神护佑了？他按堪舆先生指点的，这天前晌，神龟山下空地上，摆张八仙桌，上放了猪头和整羊，宣德炉里插了一把檀香，噼里啪啦地放鞭炮，干活儿人端正跪地。领工头大声祈祷着：天神地神们，保佑这活大顺！然后长腔吆喝着：一磕头二磕头三磕头！干活人老实地按指令行了礼。

不多会儿，山头上住的朱宝贵来了，问这建啥？工头答曰："阎王庙"！朱宝贵立即张大了嘴，心里出现了一幅画，一头大猪山头上站着，凶狠的阎王沟下伸长胳膊，抓住猪填进大嘴里。想着，他脸突然变红了，走到康家大门口，吆喝道："胡球来，是人才！"康大河闻听来到门口，笑着说："兄弟啥事儿？来家说吧！"朱宝贵："这活儿马上给我停了！"康大河解释说："阎王镇邪，对全村有利啊！"朱宝贵说："还要干，我告你，看谁丢大人！"说过，气呼呼地离去了。康大河回到窑里仍发愣。夫人韩菊兰进来了，问："你咋撞了圣人球，一脸迷瞪相！"康大河说："上边那朱家，在乎咱修庙？闹生涩不值当。朱宝贵一根筋，道理跟他说不清！"韩菊兰说："不行，先放放，说通再搁上！"康大河说："也行，惹不起，躲得起。路过洛阳，我托堪舆大师邵先生，回头来一趟，朱宝贵也叫到跟前，如果真有害，咱就换个地方。也多费不了几个钱，脸红脸白划不来！"韩菊兰趴他耳朵边轻声说："多长时间没出去，散散心许好点！回来使把力，争取再整个孩子！"康大河也笑了，说："咱俩的事儿，一起使劲儿才行啊！"

正好张太医走进来，张太医说："大河，医书我翻过了，你想再要个孩儿，病在你身上，精气太疲弱！"康大河说："啥药好就用啥药吧！"张太医说："药也不是神仙一把抓，更需要的是心情好。再者办那事儿别频繁，日积月累伤肾水。"康大河说了近日出门的事儿。张太医说："你还没有彻底好，养内伤最好经四季！"康大河说了外边想躲朱宝贵。张太医说："公益事儿，好好说！"康大河摇头说："那人怪怪是，前几年给人打架吃了亏，天天掂钢叉要拼命，谁也劝不住，后来硬是人家服输了，赔了些钱了事！"张太医说："我再给弄点药丸子，带上吧！我也该回京交差了！"康大河说："我让小柱陪你走！"张太医拍拍衣服说："有腰牌，一个个驿站转，没有大麻烦！"

太阳冒出了一片火，泾河似擦了些胭脂色。在旷野道路上，康大河、韩金贵骑着马，并排悠悠往前走。康大河给韩金贵说，和他姐姐已商定，这边生意利润给他分两成，韩金贵并没因此太高兴，脸色仍忧郁。康大河问："咸阳渭河码头旁，能不能买块地？"韩金贵问弄啥？康大河说："长远看，要建个大仓库。"韩金贵："那王有亭现在还眼红，他知道那里建仓库，还不一把火给烧了？"有一搭没一搭地说着话，前边传来了秦腔调："妹子妹子你莫走，哥儿给送来个花枕头……"康大河拍打马屁股，说："这戏好听，见识见识。"韩金贵拍了下马屁股。

一条路连接树林里，他们策马入小路。突然，马被拌倒了，俩人被捆了。康大河说："兄弟，要钱吗？好说！"韩金贵也说："甭这样，啥事儿好商量！"土匪们不理睬，拉绳吊他们大树上。两个大汉子甩衣服，光着脊梁舞皮鞭，准备抽打了。韩金贵哭丧着脸说："日他的，人就害怕不讲理，他硬要蛮横有屌法儿？"康大河说："人家不说话，咱也不知咋惹人家了？瘦土匪说："先坐坐晕车再说吧！"接着，他们一来一往送俩人，如打秋千一个样。韩金贵吆喝："日他的，老晕啊！"康大河说话已不连贯："冤有、有头，债、债、有、主，咋、惹您了？"众土匪都哈哈哈大笑。这时，树上王有亭开了腔："停！"土匪拉住了他二人，他们已似大虾米，蜷腿嗷嗷直呕吐。王有亭抱树干滑落地，嘿嘿笑弯了腰："我才树上睡一觉，弟兄们就玩起了这把戏？日捣的竟然是你们俩！"韩金贵指着王有亭："你、你、你。"王有亭说："知你说我不仗义！可真要冤死我这人哩，问一问，谁让他们抓你们？"瘦土匪说："没有人！"王有亭似一本正经训斥道："你们真不识公母了，我让逗江云海玩一玩，你们咋截住了韩掌柜？"瘦土匪说："错球了！"韩金贵一骨碌爬了起来，说："王有亭，这是俺的大掌柜，就说明天拜访你，你可先使坏水了，又是敲山震虎吧？"王有亭说："娃子，对了，就是敲山震老虎！上次来个人，你说是掌柜，现在又来个真掌柜，拿我当小孩开涮吗？反正我孬名早远扬，人不孬怎敢闯世界！你玩过我了，我也要来个小报复，扳倒不日吓一跳！"说过自己哈哈狂笑。王有亭拍下康大河："不打不相识，请记住鸟人王有亭。"康大河说："老兄啊，耍得过界吧？这是我们好说话，如遇到脾气糙糙的，结果肯定就难堪！"王有亭说："任谁咬不了我锤子，送客走！"那帮人扶着他俩人，一拐一瘸到马旁，两匹马儿咴儿咴儿叫，好似欢迎他们的归来。

离开了王有亭们，韩金贵说："这家伙，原本也是生意家，后来让人挤垮了，跑到了山上拉杆子，嵯峨山里有名气。官府为安抚一方人，圈道他重新做生意，也帮助管理这布市。"康大河说："秀才遇见兵，有理难说清啊！"韩金贵说："要忍！"康大河摇头说："看来，他平常真太难为你了！"韩金贵叹气说："也没咋难为！"韩金贵长叹息，"没精力跟他羊抵架！"康大河说："好鞋不擦臭狗屎。咱生意就如山岗的松树，根须不断伸展着，待到根深蒂固时，生长谁能挡得住？明天，我就见他去！"

也就是康大河躲麻烦时，朱宝贵家出事儿了。

深夜，狗们汪汪吠叫着，朱家传出了小儿啼哭声，渐而到了声嘶力竭形势，屋里铁灯棉捻已燃亮，朱宝贵从床上猛坐起，匆忙披衣服，问孩子情况。女人说浑身烧得火炭样。朱宝贵："快，咱找看病先生！"

不多会儿，一个纸灯笼山路上飘忽着，上写有"朱"字。朱宝贵打灯笼，媳妇抱儿子。朱宝贵面对茫茫夜空说："康家存心不正，各路鬼神都听着，只要为我出恶气，我就重塑您金身！"

这天清晨，太阳染红了半边天，朱宝贵一脸怒气，站到了康家大门口，高声吆喝道："欺负人，我可掰脸了！"正巧白老虎洛河滩回来，见状就询问："咋像个气蛤蟆？"朱宝贵："说盖阎王庙，我儿子就让仿住了。"白老虎："听风就是雨，建庙咋成恶事儿了？何况地基都没挖成扔这了！"朱宝贵说："风水！"白老虎："龟孙！"朱宝贵："康大河再建这庙，我真要破上老命了！"白老虎："别吆喝了，我也是才带船队回来，进议事堂咱说话！"朱宝贵嘟囔着："讲理谁怕谁！"

逯小柱走了进来，说婶子让他来看看！白老虎："小柱，拿果子、茶水，让我跟你宝贵叔说说话！"白老虎说："大河没在家，有啥跟我说！低头不见抬头见，有啥解不开的大疙瘩？"朱宝贵咕咚咕咚喝茶水，又拿住桃子咬了两口："我实在是又饥又渴了，心里生气得没法说，不让大河建这庙，这不，我那才满月的小儿子，就被阎王接走了！"白老虎吃惊地问啥时候？朱宝贵说，半夜发高烧，找了看病先儿，天不明就走了！白老虎问啥病？朱宝贵说是白喉，阎王爷掐住脖子了！要不建阎王庙，儿子咋走无常路？白老虎说，是两码事儿，别硬扯！

朱宝贵站起来，来回走了几步，说："老弟你想想，阎王爷在下，我住上边，还能不碍他的眼？反正，我就是打定主意了，不彻底停建那座庙，咱就开始打官司，光脚的不怕穿鞋的，我还怕啥哩？"朱宝贵站起来，梗着脖子就走了。

屋墙上挂块桐木板，上有黑墨人像图，王有亭聚精会神练飞镖，人像上已扎了几把刀。他小眼死死盯着那黑人，抓住桌上的小刀直扎起来了。嘴里说着："不信就弄不死你！"

副头秦海娃前边引路，康大河、韩金贵跟在后边，来到了王有亭的屋里，康大河提的点心放桌上。王有亭乜斜了他一眼，好似没看见，继续练飞镖。片刻，康大河说："王掌柜飞镖不错呀！"王有亭砰地把柄镖摔到了桌子上，看着康大河："不吹牛，方圆左近问一问，谁不知我的飞镖好？"康大河："让我跟你也学学？"王有亭："中呀，你试下，看当我徒弟怎么样？"康大河："指点吧，让我射啥地方呢？"王有亭："好哇！先射两只眼！"两道银光就飞出，两把镖插了两只眼上。王有亭："两只耳朵！"噌噌又是两道光，两把刀又分别插到了耳朵上。王有亭："肚脐上！"一道银光，飞刀正中肚脐上。王有亭："你竟然超过了我？"韩金贵："我姐夫为了强身体，成了我爹的好徒弟！知道吗，我爹是少林寺打出三门的武林高手！"王有亭："啊，那你咋是虎门生狗娃哩？"韩金贵脸红了："我从小就不喜欢那玩意儿！"王有亭："我高兴道上人，康掌柜是道上的！"

他们便说起话，康大河说要请王有亭的客，王有亭高兴应诺。这天中午时，摆了桌盛筵，还请来了江云海。康大河端起酒杯，说："今天有幸跟王掌柜、江掌柜坐一起，我们又能拍得来，干杯，祝王掌柜、江掌柜生意都兴隆，财源滚滚如泾河的水！"王有亭："那还不把我淹死？喝吧，喝醉了，就登云驾雾了！"几个人笑着，碰杯，饮进。韩金贵："王兄，今天，你认识了我们大掌柜，以后对我这小店，可要高抬贵手啊！"康大河："我们这店铺时间短，真需您抬举呢！"王有亭："你们只要让我心情好，啥都好说道！"江云海也举起酒杯来："我是借花献佛，天南海北，今天能坐到一起，缘分啊！但愿缘分通大海！"王有亭端酒又喝了："有个康家，大明朝开始做生意，家居河洛地，你们认识不？"康大河惊喜地答："我家啊！祖上山东为官，盐业生意发的端！"王有亭脸色变阴了，掂起了酒壶来，咕咚咕咚嘴里灌，摇晃着身子就要走，韩金贵连忙拦了他："王掌柜，你这是？"他一把推开了韩金贵："咱们有缘无分，老天爷咋也瞎眼了，又把我们拉一起了！"

看着王有亭背影处，大家猛地愣在了那，江云海摇头："一阵风一阵雨，谁也难把他的底！"康大河啪地拍桌子："不信听见拉咕叫，咱就不种小麦了！"

天上一抹涌动的云，弯月儿云里藏猫虎，有会儿出来，有会儿又进去。神龟山上朱家屋里边，铁灯还在摇曳着，朱宝贵躺在大床上，唉声叹气想哭泣。他告康家到官府里，说建庙仿死小儿子，到老也没能胜诉。

女人坐在他身旁说："孩子他爹，下一步咱们该咋办？"朱宝贵说："我不信，太阳就不照咱门前？带着钱去禹州，烧钧瓷是条发财路，老话家有万贯，不如钧瓷一片，等发了财，回来再跟康家较量！孩子他妈，那埙给我拿过来，临走前，为咱娘和短命儿子吹一曲，将来无论咱到哪，他们一听这埙声，就知我们心连心！"她从墙龛拿出个红布包，一层层抖开拿出陶埙，递给了丈夫朱宝贵。朱宝贵说："娘，我们要走了，您领着小狗八，厮守咱家园，我给您吹一曲，您可听好了！"凄凉的埙声呜呜起，如山谷风声在呜咽。残月亮，眨眼星斗，朦胧的房屋，柏树林，柏树下突兀的小坟包，都似乎静听袅绕深沉悲哀的韵律。

又个清晨时，河滩道路上，太阳洒下一片金色。老牛拉着铁轱辘车，朝洛河边慢慢滚动着，上坐妻女和老爹，朱宝贵步行着。距洛河越来越近，离村子越来越远。河滩上风卷起枯枝败叶，那声很有埙的韵味儿。这时，康大河朝他们追过来⋯⋯

听说朱家要远走，韩菊兰为他们在祈祷。菩萨像前，檀香缭绕着，做完了佛事，蒲团上站起来，喊来了逮小柱，问："你大河叔去送他们没？"逮小柱说："去了，大河叔要给他银子哩，朱宝贵把银子扔到了沙滩上。"韩菊兰说："为了一座庙，闹成仇人了。这朱宝贵，人家邵大先儿都说对他家也有利，他还卖恁多地，硬要打官司！"正絮叨，康大河回来了，神态也忧郁。康大河说，"犟牛硬抵墙，拉也拉不回，我也没有日天的法儿了。我已告诉他了邵大仙的原话，他坚决不信！"

朱家离开这天后晌，夫妻俩还感慨着，逮小柱匆忙跑过来，说："叔，官府来人了！"康大河问是啥人？逮小柱答曰，洛阳府的人陪着，听说到了黑石关。刚才有个货郎挑，人家问他咱家的路呢。康大河说："快让准备准备吧，可能又有啥事了。"

果然，没多大会儿，客人真来了，一胖一瘦两官员，被引进了会客厅，和康大河拉上了呱。胖官员表情很严肃："我们受了皇令，要核实一桩大案件。有人上书给皇上，说平白莲教这些年，康家和李尚书共做那生意，有这事吗？"瘦官员也神情严肃，说："你们咋商量？你均他了多少银子？"

康大河哈哈大笑了，说："无稽之谈啊，我咋会和李尚书做生意？"胖官员说："那你咋介入了这生意？"康大河便说了洛阳与白莲教遭遇一战，偶然救了李尚书，就有了以后的生意。委托这重任，还不是因军需底垫银能拿出吗？说实话，不是为国家，不是为皇上，不是为了老百姓的安宁，我根本不愿做事儿，风险大啊！"

交谈了半天，俩官员也没刨出啥材料。胖官员说："那好吧，你说没勾当，让我们看看账！"康大河说："心里无寒病，不怕下冷子！我吩咐人准备下，咱们先吃饭吧！"胖子官员揶揄说："中原首富啊，饭还能差了？"他们哈哈笑了。结果，账本上仍没挖出啥东西。俩官员回京要交差，洛河边大路上，马拉轿车徐徐前进着，康大河和胖瘦官员跟在车后。胖官员说："康大人，这次来贵府办公事，多谢帮助啊！"康大河笑着说："大人太外气，一回生，两回熟，三回以后成朋友嘛！"俩官员爬上了马拉车，消失在了洛河边大路上！

李尚书遭弹劾，李尚书心里明镜一样，能扳倒自己的也就是军需生意那码事儿。李尚书急忙召见心腹张太医，豪宅里面商对策。胖胖的尚书说："托您办件天大的事儿！"张太医说："老朽只要能办到，当仁不让！我能人模狗样地活，怎敢忘您大恩典呀！"李尚书说："咱狗皮袜子没反正，我可就直说了！失火了，需你帮忙灭灭火！"张太医急忙站起来，朝李家后院张望着，嘿嘿就笑了："大人开玩笑，后院连烟都没冒，哪还来的火？"李尚书说："我准备让你再次去河洛，再给康大河医病！"张太医惊愕道："他早活蹦乱跳了，治啥病？"李尚书小声说了大事儿。太医一副惊慌失措，李尚书说："不办，你就回老家！"

一连好几天，张太医心神不安宁，不给李尚书办事，就要自己命啊！这夜，屋里铁鳖灯缥缈，张太医呆呆地坐在床上，邹眉在思索。他突然喊叫大儿子，张大恩慌忙跑来了，问爹有啥事儿。张太医问："二恩从学馆回来没？"张大恩答："还没哩！"张太医说："从今天起，夜里要等二恩回，然后大门关严实，耳朵都要放机灵！"张大恩问，要出啥事儿？张太医摇头说："外头太乱了，不能不小心！"张大恩奇怪地看着爹："放心吧，睡觉我也睁只眼呢！"

这夜星稠月暗，朦胧中，一处处四合院铺展着。张太医内急入茅厕，他张望着茅厕旁的古槐树，风中自由地摇摆着。突然，一黑衣人跃墙翻过来。张太医连忙紧靠那古槐，大气不敢吭一声，黑衣人直奔了他住屋，短时匆忙又返出，越墙离去没了影。张太医返回屋子里，打火镰，燃纸媒，又燃那铁灯。掀起被子看，刀连捅几个口子。拿起被子里个枕头，也被扎了几个洞。张太医出口凉气，自语说，真要灭口下毒手啊！他挟着被子，进了另一间屋子里，点燃了蜡烛，发呆又坐老半天。张二恩走过来，问是咋回事儿。张太医让召集老大也过来。

张大恩扯着长呼噜，嘴角流着涎水。张二恩推他说："大哥大哥，出事儿了！"张大恩"噌"地坐起来，张二恩说："快，咱爹他！"张大恩咧嘴就哭了："我哩爹呀！我刚睡死一小会儿，你可就出事儿了呀！"张二恩朝他身上打一拳："咱爹叫你哩！"张大恩说，吓死人了！

过去的闲屋烛光飘摇着，张太医神色严峻坐地上。两个儿子走进来，张大恩搀扶张太医："爹，坐床上，地上凉！"张太医："大恩，我屋里被子你抱来。"大恩拿来了那被子，放到了床上边。张太医掀抖那被子，又指枕头说："看看吧，李尚书要杀我，今天动手了！"兄弟俩惊讶地看父亲。张太医说："我正好去茅厕，多一心，吹灭了灯，就……我已感到危险了，几天来，我都躺在床底下睡，上边被子里塞枕头。"张二恩说："听人说，有人弹劾李尚书。你一定知道啥机密。"张太医点了头，说了祸起的根由，又商量了一条妙计。

次日，一口白棺材，抬出了张家门，张太医全家人着重孝，哭天号地出了城。张太医躺在棺材里，这天深夜里，停棺的树林里，兄弟俩抬开棺材盖，拉出了老父亲，然后搀他上了马拉轿车，轿车消失在朦胧的山路上。多天后，一只货船康家码头靠了岸，苍老的张太医走下来，身着毛蓝粗布衣，背个毛蓝布包袱，朝着康店村，缓缓走去。

洛河沙滩上，一群孩子正玩耍，扳腿抵拐比输赢，小文盛正当总指挥。张太医朝他摆了手，康文盛仰脸看看他。张太医掏出手绢擦眼屎，问："你是小文盛？"康文盛说："老爷爷，你咋知道我？你是好人吗？"康文盛眼睛忽闪着，突然想起来："哦，你是太医爷！"张太医点头。小文盛问："爷爷，你咋恁瘦呢？"张太医说："我不好吃肉！"康文盛咧嘴笑："走，让家里先给你弄碗蒜调羊肉！"康文盛恋恋不舍地看着玩伴，接了张太医的蓝包袱，斜背身上，扯了张太医的手。

康大河见了张太医。问询咋回事儿，张太医哗哗落了泪，咋来咋去说了遭遇。康大河说："老叔为了我，遭受大苦了！家里人呢？用不用帮助也接来？"张太医说："他们倒没啥危险！"康大河说："你只管在这住，我找个好后生，天天伺候着。"张太医长叹息说："大侄子，给你说实话，这里也不敢久住下，快给寻个僻静地！"康大河说："到了这，谁还敢来骚扰你，胆子大到天上了！"张太医说："李尚书万一知道我没死，追杀到这里，还会连累你！"康大河说："这你别操心，我要进京城，面见李尚书，治治他的心里病！"张太医吃了一惊说："老虎嘴上拔胡子，那敢吗？"康大河说："那边生意还有事儿，我有办法啊！"

五

没有多少天，康大河真的进了京，见着了李尚书，说了皇上派人调查他的事儿，当然没有暴露张太医。浮起的葫芦按下了，李尚书感激康大河，悬着的心又放肚子里。李尚书说："交往住你，真是找对人了！"康大河哈哈放声笑了，血与火的生意里，千万两白银入了藏宝洞，自己还没丢性命，咋能心里不高兴？当然，与白莲教的仗还未结束，康家的军需生意仍然在做，不过不像一开始，已经没有多大的危险了。

京城的事情一罢，康大河匆匆赶回家。这天，他带着逯小柱，渡船上走下来，一个卖糖葫芦老汉叫住他，问："赶集了？"康大河说："看看行情，您一天能卖多少糖葫芦？"老汉说："看运气，过河人多卖得多，图的挣个油盐钱？反正也老了，没啥旁杂事儿！"康大河小声说："过往人杂，您给瞅着点，年底给犒劳！"老汉困惑地问："有啥事儿吗？"康大河说："树大了招风，世事儿有点乱啊，小心没大错！"老汉点头说："我拦您，见个情况想请教？这几天，有个瘦干筋，常在这转悠，前晌不定点来，后晌不定点走！他总问您家的事儿。"康大河说："哦，说着，戏就开场了，关注点！"

这时候，一群孩子赤着脚，松软沙滩上正玩耍，排队走步唱儿歌，其中也有小文盛。他穿着布头织就的老虎衣，带头正领唱，小孩儿跟他学："一二三四五，哈蟆背着鼓，蝎子来吊孝，蚕住驴屁股！"孩子们的儿歌声，吸引了康大河，他也看见了小文盛。儿子看见了爹，边跑边吆喝："爹！爹！"摔一跤，爬起来，继续跑，继续喊。康大河叫喊那老汉："老哥过来！糖葫芦一人几串，分完吧！"康大河给那老汉掏了钱，老汉说："太多了，没恁贵！"康大河说："收起来，您也不容易！"老汉看看康大河说："您注意身体啊！我们一块儿议论，说您比过去瘦多了，别着急，慢慢来啊。"康大河说："谢谢您了！"老汉转身远处走了。孩子们欢天喜地地，吸溜溜吃着糖葫芦。康大河也要回家去，扭头喊儿子："文盛呀，再耍会儿赶紧回去啊，可别累得尿床！"孩子们嘻嘻一片笑，有人还说句："尿床王，命大长。"

没一会儿，船上又下来了那瘦汉，顺着洛河滩，朝着村里走。看见嬉闹的孩子们，犹豫着靠拢过来了，怪声怪气道："娃子们！"孩子们都嘻嘻哈哈笑起来。瘦汉子奇怪地摸摸头，又摸摸脸，再瞅自己的衣服上，对着他们大声说："娃子们，笑球甚？"孩子们又嘻哈地笑。瘦汉子拉住小文盛："笑球啥嘛，给我说说！"小文盛唱道："蛮子蛮，爬竹竿，掉下来，厮鸡蛋！"瘦汉子手指着自己鼻子："说我是蛮子？"小文盛掐着腰："你就是蛮子！"瘦汉子说话就慢了："我、不蛮、了！"孩子们又嘻嘻哈哈地笑了。瘦汉子闭目稳定了情绪："我打听一家，姓康，家里有船队？"孩子们指着文盛："是他家！船能蹿到大海里！"瘦汉直说好，就往村子走去了。

孩子们又开耍老鹰抓小鸡。玩乏了，一群玩伴回村去，唱着歌儿："王家的媳妇提盏灯，太阳出来红彤彤，照亮了山川与河流，照耀得猪娃直叽咛，照耀得鲤鱼跳龙门，照得庄稼打扑棱，照得老汉能还童。"猛然，瘦汉子又拦住了他："小掌柜！"小文盛往上搂了搂裤子，说："喊我？"瘦汉子嘻嘻笑着说："将来还不是你当掌柜吗？"小文盛问："你是坏蛋不是？""我？好蛋啊！"小文盛哈哈哈笑了说："好蛋？为啥老打探俺家？""人往高处走，水往低处流，谁不想日子过得美美的！"小文盛说："不错，谁都想吃香哩，穿光哩，后边跟个背枪哩！""你家里有没人当大官？"小文盛眼珠转转说："有啊，官可大了，在朝廷里，皇帝还给个匾哩，就挂我家里。"瘦汉吃惊地哦了声。看着他的滑稽相，小文盛嘿嘿又笑了，心里说，诓你龟孙哩！玩伴们也都嘻嘻地笑。小文盛回了家，就去了父亲窑洞里。

康大河正看书，露出《三国演义》几个字，看见儿子回来了，说："疯够了？"文盛："爹，你才离开河滩，就去了个蛮子。像只瘦狗，他问咱家，啥都问。"康大河惊奇瞪大了眼，问了那人咋问，文盛们咋答，然后给儿子说，奖赏你半个白蒸馍。小文盛说："你真是好爹啊！"韩菊兰走进来，也笑了，说："耍起老子了！"

这时候，逯小柱站到了屋门口，朝康大河摆着手："叔，有急事儿！"康大河出了窑门。逯小柱说："那瘦子又在村里转悠呢，专门打听咱家的事儿。"康大河说："知道了，警惕点！"逯小柱点头答中。康大河说："明天，你啥事儿都甭干，就紧瞅着那个货，看他是哪路来的神仙？"

清晨，雾气如布幔，遮了天和地，邙山下洛河边的康店村，一律沉入了朦胧中。鸡叫了，康大河点亮了条几上铁鳖灯，伸着胳膊打哈欠，然后忽地坐起来，急忙穿衣服，又"吱扭"开了窑门，外面凉气扑过来，促使他打个响喷嚏。康大河走到儿子屋门口，一声一声喊叫着，催促文盛快起来！半天了，屋里灯才亮，响起了悠长的哈欠声。康大河："我在大门外等着呢，麻利点！"又过了会儿，身着十二红的小文盛，揉眼走出了大门外，嘟囔着："慌啥哩，还怎早，你能捡个大元宝？"小文盛说着，解开裤子，边走边撒尿。他走的是曲线，眼睛似彻底没睁开，就尿到康大河的裤腿上。康大河大声呵斥他："鳖儿子，往哪儿尿？"小文盛嘿嘿就笑了："我想声音咋不对，就像雨打雨伞上。"小文盛打了个尿战，搐裤子。踮着脚，悄悄绕过一排黑槐树，竟然跑到了爹前边，靠树蹲在那。看爹走近了，他猛地站起来，冷惊喊了声："呱！"

康大河哎呀叫了一声，拉住了儿子的手："差点儿吓掉爹的魂！"小文盛咯儿咯儿又笑了，拽着爹的手："我给你讲个笑话吧！"康大河："中！"小文盛："有个人起大早赶集去，看见前边路上一黑团，以为是谁的元宝袋子丢掉了，弯腰伸手去捡拾。他没拾起来，看后边来个人，站着没有动，对那人说，看，谁的栽绒马虎帽？后来的急忙伸手抓。你猜咋？"康大河："后边的人也抓了一手湿牛粪。"小文盛又笑了。康大河："听谁说的？"康文盛："老虎叔。"回答过，他又若有所思地说，"爹，这次老虎叔去西省，能给我带好玩意儿吗？"康大河："你老虎叔给你说过没？"康文盛："说过，诓你是狗娃儿！"康大河："你老虎叔从不说瞎话。"小文盛挣脱爹的手，高兴地连翻了几个大车轮。康大河："能翻几个了？"小文盛："十个吧！"康大河轻轻拍儿子："中，比爹强，准能练成男子汉！爹喝了半辈子苦药，都为身体老虚弱！"小文盛："我知道，俺外爷教我武术时，絮叨多少遍了！"

洛河滩，柳树林透出了灰轮廓，洛河闪出了亮灰色。康大河在柳树林下找块平地，习惯脚踢平了地面，头后的独辫子盘到了脖子上，然后，开始动作。小文盛学爹，欲盘头后边的辫子，一摸，只有一拃长，就罢了，然后跟爹比画着。康大河在认真练着，小文盛却没了那耐心，脱鞋爬到了老柳树上。他朝洛河远处张望着，那里仍是雾腾腾一片。他发现树顶一个喜鹊窝，小心翼翼地爬上去。突然，脚下细枝"咔嚓"断了，他大喊一声："哎呀，妈！"康大河闻听了，急忙停下动作，焦急地柳林里喊："咋了？咋了？"康大河抬头树上细张望，见儿子紧搂粗枝在喘气。康大河吆喝："快下来！"小文盛悄悄滑下了，穿上鞋，感慨说："好险啊！"康大河说："出个啥好歹，你娘能饶我！你爬上头弄啥哩？"康文盛说："上边有花喜鹊窝，我想看看那鸟儿咋睡觉！"康大河说："来，跟我学太极拳！"康大河又开始了打太极，儿子又后边瞎比画……

康大河收了功，凝视着突兀的神龟山，许久了，长声发出叹息。小文盛说："你看着那山叹啥气？"康大河说："把神龟山买下来，上几辈人的愿望啊！"康文盛眨巴着眼说："上边又没人住，多给点钱就行了！"康大河抚摩儿子的小脑袋说："哪能恁容易？走，收鱼去！"

沙滩软软的，留下两行脚印。小文盛问他爹："咋喜欢上钓鱼了？"康大河答："修心养性哩！""你钓鱼有点儿怪，我看人家拿长竹竿，你却线绳扔河里！""我这叫姜太公钓鱼，愿者上钩啊！头天微黑时，鱼钩上插鱼饵，甩入河的回流处，一头拴在木橛上，清早请拾鱼了。""你老捣蛋，净是诳人家鱼哩！"康大河蹲到了洛河边，木橛处解鱼线，徐徐岸边拉。康文盛手端下巴，安静地观看。许多鱼线上，都有被钩的一条条鱼，扑扑甩甩欢实实的。康大河小心翼翼去了钩，母鱼和小鱼，重新放河里。大鱼，才扔河滩草地上。"爹，有些鱼咋又扔河里了？""母鱼肚里有孩子，小鱼太小没长大，若是吃它们，以后大鱼少许多。"小文盛说："原来是这样！""老话说，能干子孙活儿，不吃子孙饭！"小文盛感觉有意思，也学了一遍爹的话。康大河说："弄柳树枝串鱼去！"

　　鲜艳艳的大太阳，似只熟透的大红果，东山凹里涌动着，懒洋洋地爬出来了。顷刻，河面上忽闪起光箭，千支万支满河的金色。神龟山上，朱家祖茔的柏树林，也披上金色。洛河上，页页白帆张扬着，亦溶入一派辉煌中。几条红尾巴大鲤鱼，康大河串到了柳条上，递给儿子："先回吧，吃了饭快去学。这些鱼，让厨师先放大盆里。"康文盛提了鱼，跑着走了。

　　小半晌，康大河站到门外井台青石上，朝空旷的河边瞭望着。白老虎带船队应该回来了，迎风酒席已备好。突然，韩菊兰追赶儿子跑过来。文盛头后短辫乱扑甩，康大河喝住妻子："咋了？"韩菊兰说："鳖儿又逃学了，昨天去山上，戳了蚂蜂窝，蜇得杜列疆发高烧！"康大河给夫人眨眨眼："脚没红薯大，还能跑过他？就不会黑夜就窝按兔？"韩菊兰似乎受启迪，一扭两扭返回了家。

　　船队一行人，白老虎率领着，加入了迎风酒席。席罢，白老虎和康大河议事堂说话。白老虎说："王有亭又玩大了，豫西到关中，土匪他都拉连到一起，形势更邪乎了！"这会儿，小文盛扒着窗户台，窗户纸上戳个洞，闭只眼往里望，他想着老虎叔给带的玩意儿呢。恰好韩菊兰出门，看见了儿子，悄悄返窑里，掂只鞋，照他砸了过去。谁知砸偏了，鞋子飞顺门口进了大屋内，弄得两大人顿愕然。小文盛扭脸看一眼，撒腿又跑了。康大河皱眉头，门口去张望，说妻子："太缺乏准头了！"康大河把鞋扔出去，"真没看透《三国》书，打草惊蛇了！"

也是这天，毒辣的太阳挂在空中，逯小柱满脸流着汗，远远跟踪着瘦汉子。

这是通往黄河裴峪渡的路。崎岖道路边，竖着座座红土山峰，上边遍布圪针野树，偶尔几只乌鸦掠过，哇哇凄鸣几声。大概感到山路上寂寞了，那瘦汉吆喝起了秦腔调："我叫一声王二娘，咱咋能忘你那张床，枣红的大漆闪光亮，照着咱俩的喜欢样。做那床，我请了真正的巧木匠，三杯小酒灌得他啊，一锯一刨子都出花样！我的王二娘呀……"

瘦汉似听见后有脚步声，突然扭脸。逯小柱急蹲路边树拨后。瘦汉还是看见了他，皱紧两条扫帚眉："奶奶的，见鬼了？"瘦汉仍然前边走，逯小柱仍然后边盯。路旁有个山神庙，庙下就是灵山寺。那瘦汉忽地猫了腰，倏地钻进了山神庙。逯小柱左右盼顾着，寻找失去的目标，这货能上天入地吗？他迟迟疑疑往前走，土地庙门口探头望，里边一片黑洞洞。瘦汉猛然跳了出来，吓得逯小柱"娘呀"叫了声。瘦汉嘻嘻地笑："我是一个黑毛鬼？"逯小柱摇摇头："不老像！"瘦汉说："我看我也不像！那你为啥要跟着我？"逯小柱说："大路朝天，各走半边，你咋知我跟你？我说你一直盯着我，你的心里是咋想哩？"瘦汉说："不打嘴仗了，说说话多好！"逯小柱笑了："那谁还说他娘不是老女人呢！"瘦汉说："来，咱就坐路边说说话！"逯小柱说："半路听见你唱戏，听着心里怪暖烘。"瘦汉说："那叫秦腔，扯喉咙狠吼吼，舒坦哩！"逯小柱说："听口音你不像本地人？"瘦汉说："想学康家做生意，就来了。"逯小柱说："真的？"瘦汉说："我骗你弄啥子哩？"逯小柱问他做啥生意？瘦汉说是小本生意！逯小柱说："远看你不老小，近看你还不太大。"瘦汉说："小四十，咱那苦寒地，人长得都老相。问个事儿，我就不明白，咋都说康大户老善良？"逯小柱说："那不假，谁家有难处，人家若知道，肯定给帮助！康家生意到哪，那的人都会得好处！"瘦汉说："那还咋赢利吗？"逯小柱说："都愿交道他，还能没利润？"瘦老汉说："是这理！可王家咋还恨他呢？"逯小柱问哪王家，瘦汉知道说漏了嘴，忙改口："我说是那皇帝家，没有加封康善人！咱还走，你去哪？"逯小柱说："去俺姨家里，就住黄河边东沟。"瘦汉说："好啊好啊，我们干脆一道走！”

　　俩人说着走着，到了黄河码头旁，那儿停艘大木船，船上装满鼓囊囊的货，麻袋码得很整齐，船桅上悬面标志旗，徽印为黑色小亭子。逯小柱目送那瘦汉上了那艘船，心里自语说：“船主王有亭，狼蹿门上了？”

　　黄河、邙山接连天空上，飘浮着一朵朵灰云彩，精灵的河鸥呕呕叫着，黄河里机警地寻食物。逯小柱突然感到肚空了，咕噜咕噜唱洋戏，他匆忙离开了黄河边，急返进了里沟灵山寺。

　　逯小柱碰见个小和尚，问：“小师父，云深师父呢？”小和尚指指西庑殿，逯小柱匆匆走进去。云深和尚正坐在蒲团上，嘴里扑哧扑哧念着经，看屋门口闪道黑影子，眼睛未开启：“小柱施主，有何贵干？”逯小柱：“师父，我老饥！有事儿路过这，先弄点吃的吧？”云深和尚：“还有碗小米粥，一碟咸萝卜。”逯小柱：“也中，哄哄肚子吧。”云深和尚出去只片刻，饭食拿来了，逯小柱狼吞虎咽几下子，暂时填饱了空肚子。云深和尚接了碗：“你还接着说！”逯小柱：“都说您通神，想请您解个迷团。”云深和尚：“羞杀老衲了，哪里能通神，只是静中多思悟！”逯小柱：“来个怪诞人，打探康家事儿，几天了，啥都问，跟踪他，他刚上了黄河船，那是陕西王家船。他们想弄啥？”云深和尚：“老衲推测，王家有灭康家意，大概此来探底细，看能不能啃碎这骨头，咋啃碎这块硬骨头。你要速告诉大掌柜！”

　　中午吃饭后，康大河喜欢养会儿神，小睡过了，桌边翻三国，联系瘦汉的事儿，一直在推敲。这时，逯小柱赶回来，汇报了侦探的事儿。康大河说：“狼真来了，想玩狼的吧？”逯小柱又学了，云深和尚的一番话。康大河说：“好，你去吧！团练头给说说，白天黑夜要警惕，防止孬人生是非。”

　　大半晌了，韩菊兰沿街呼喊着：“文盛，回来吃饭哩！娘保准不打你了！”洛河边走来个年轻人问：“婶子，你找文盛？”韩菊兰问：“见没？一夜里他都没回来！”年轻人说：“他正河边玩耍哩，你要这样喊，好似给他报信说，文盛呀，快跑吧，娘来逮你了！”韩菊兰说：“对，该闷斗事儿！”韩菊兰扭动一双红薯脚，艰难走到了洛河滩。儿子果真独自打水漂，地上揭块胶泥片，兴致地朝河面打水漂，嘴里数着，一二三四五。一次又一次。韩菊兰悄悄接近了，说："文盛，不回去吃饭了，真要当憨子了？"小文盛一愣怔，立马撤退好远，奇怪地看着他娘："想诓我回到家，好关门打狗？""我真不打你了！""你跪那，对着洛神娘娘发个誓。就说要再打我，就掉洛河变鳖孙！"韩菊兰不由又发怒："你个鳖儿子，绿豆大点人，还跟老娘要心眼儿，看我不剥你的皮！"小文盛说："看看，露馅了吧！"小文盛撒腿就跑了，一会儿又没了影。

韩菊兰回到了家，站在了康大河床铺前，焦急地朝他说："看你美哩？"康大河忽地坐起来说："哄个孩子都不会，孩子要有啥毛病我可不愿意！"韩菊兰说："我可把他交你了，找不回来他，我可不依你！"康大河说："哦嗬，磨又推回我这了！"白老虎这时走来了，问咋了？康大河说："小文盛惹了祸，你嫂子把他吓跑了。"白老虎说："走，我陪你去找，我给他带了个布老虎，保准能把他哄回来。"

康大河、白老虎几个人，骑着马去到了村口槐树下。康大河说，干脆分头找，一个时辰这聚齐。白老虎朝伙计们挥挥手，几匹马散开了。太阳移到了过晌午，还没发现啥战果，大家又聚到槐树下。白老虎说："有人见个孩子像文盛，说朝黄河边蹿去了！会不会去他外婆家？"康大河说："他外婆家没人了，不会！可不敢遇到狼，可不敢遇到拐娃子！"

那会儿，小文盛已上了邙山。弯弯曲曲羊肠小道上，他手持树枝条，无聊地抡打青草棵，时而也学鸟叫声，"咕咕，咕咕，喳喳、喳喳"。前边一棵大柿树，他走过去，坐下边，背靠树干，望着山下的黄河，船只一艘艘行进着。忽然，一只灰松鼠，滴瞪滴瞪看着他，他慢慢朝松鼠走过去，松鼠看他动机不纯，倏地跳跃逃窜了。追着那松鼠，跑到地头山崖边，高出地边的酸枣树，青疙瘩酸枣一串串，康文盛摘起来，嘴里输送嘎嘣嘣嚼，咋就恁香甜？感觉好奇怪。他又发现了新大陆，土坡一块地，豇豆角肥实实的，他嘴角蠕动也想嘴嚼，即刻就摘豇豆角嘴里填，清香带甜的滋味儿似溢满了全身，他又撩衣角成包袱，一兜豆角盛满了，他返回大树下，美美地吃起来，直到打了饱嗝儿。他拍拍肚子，自豪地说："走出康家门，不会饿死人！"突然他又来了兴致，朝着山下鼓肚子唱起河南梆子包公腔：

"接过来一张人命大状，张桂英身犯王法，窝藏罪犯，知情不报，大罪桩桩，大罪桩桩，案情实，有赃证，怎能释放。举起笔做批斩，我又彷徨，我又彷徨……"唱声戛然中断了，他双手捎着肚子说："娘啊，咋恁疼？"皱眉龇牙，判断该想大解了，慌忙又跑到小块儿台地上，噼里啪啦一阵响，揪豇豆叶子擦了屁股，肚子舒坦了许多。然后，他又沿着山边走着，田野和绿树，沟谷半空飞的鸟，黄河上欢快的白色河鸥，黄河边那个小村庄，长满绿树的农家院，如果外婆外爷还在，那该多好！突然，他看见了沟口的大柿树，脸上现出了眯眯笑。连接村庄和那大柿树的路，是条长长的红土坡。

小文盛顺坡往下跑，抢着脱下的红上衣，头上独辫子左右扑甩着。土坡一边是山谷，另一边是长满了酸枣树的土崖头。离大柿树不远了，他站住，看着那棵树，听见了"嘎嘎嘎嘎"女孩儿的笑，笑声山谷里回荡着。他断定，那定是他黑妮姐了！眼前现出了打麦场上，黑妮姐教他练武术；山沟里，黑妮姐领他挖野菜……他跑到了柿树下。那里放着一捆捆青草，树上一群孩子，耍着摸树猴。一人被蒙眼，其他人树枝上攀缘着，蒙眼者根据树枝晃动程度，判断明眼猴在哪儿，沿树杆摸着向目标逼近，然后突然扑去揪住个人。然后，那人再被蒙眼，也如法炮制地捉拿目标。康文盛树下观望，那会儿，王黑妮正被蒙眼，摸索着捉其他伙伴。第一次猛扑，抓住的却是大树枝，她自己"咯咯"地一阵笑，又继续摸索，不过这次她精了，故意大大咧咧，装作胡摸，逗得大家哈哈笑，警惕性自然也低了，然后出其不意，捉住了小孬。解开蒙头布，王黑妮发现了小文盛，高兴地说："你啥时来了，也上来耍吧！"大家响应了她，也都动员小文盛。他上衣一抢，哧溜声爬上了大柿树。小孬被蒙上眼睛，王黑妮站在小孬身后，做启动仪式，念念有词："送送送，把你送到鸡肠胡同；送送送，把你送到京城开封。"然后，王黑妮赶快躲开，小文盛抓住了她的手，把她拉到了另根树枝上。小孬开始了捉树猴，大家屏着呼吸，树枝上各找合适位置。藏好的，用老鼠叫，用鸟叫引逗小孬。小孬根据判断，顺树枝朝目标爬去，然而，等他快到目标处时，目标又蹿到了另根树枝上。小文盛拿根树枝挑逗小孬，挑小孬的衣服、手，小孬错觉猛地抓住了那棍子，他就扯下了蒙眼巾，兴奋地说，我可抓住了。小文盛已松了棍子那头。小孬眼睛滴溜溜转着，突然他盯着小文盛："就是他！"王黑妮说他胡说，抓住的是棍子不是人？小孬想哭，辩解说："就是文盛了！"小文盛说："中，我也想摸一盘哩！"王黑妮说："不中，小孬重来！"小孬说："你再护着他，我揍你！"小文盛对小孬说，"你能打过黑妮姐？人家爹一巴掌能把砖头拍碎，要是拍到你脑袋上，保准拍成个烂西瓜！"小孬吓得吐了下舌头。小文盛说："重新开始，我当瞎眼猴。"说着，他先爬上了大柿树。手巾勒了眼睛，吆喝着说："黑妮姐，你还送我吧。"王黑妮便送了他。小文盛怪，先是不动弹，一手扶树干，根据树枝晃动，判断哪里有人，哪里人最多。他开始行动了，又造假象，好像是去抓单个人，突然，脚探索到了另根树枝上。那树枝活动得最激烈，上边躲了三个人。小文盛越近，那几个人越紧张，树枝摇动越激烈，马上他就抓住了一个人。竟然是他黑妮姐。小文盛说："中，我替替俺黑妮姐。"小孬说："看，多偏向你那黑妮姐！"小文盛说："俺姐是我的拳师傅，你要是俺姐，我也偏向你！我叫你小孬姐吧？"大家哄地都笑了。

这时候，村口传来大人们的呼喊声："狗蛋哩，回来哟！"大家都下了树，背着草捆朝村去，小文盛背着王黑妮的草，王黑妮跟在他后边。小孬笑嘻嘻地说，看您俩吧，真像两口子。王黑妮快人快语，俺俩就是两口子，气死你！气死你！小文盛红了脸："别，别胡说啊！"大家都笑了。王黑妮说："谁再胡说，姑奶奶我撕烂谁的嘴！"大家停止了起哄，欢叫着到了黄河边，扔了青草捆，浅水处洗澡捉鱼了。只剩了王黑妮和文盛。文盛说："姐，他们说咱是两口子，咱能做夫妻吗？"王黑妮说："咋不能？你没听人说，女大三，抱金砖。咱早就拜过堂了，你忘记了？"文盛困惑地挠头，说咋不记得了？王黑妮："前年，在那琉璃瓦亭子里。"小文盛马上想起了。

那次他住外婆家，黑妮姐领他当家家。她顶条粗格格布手巾，文盛头上顶只鞋子做帽子。小司仪叫道："一拜天地，二拜高堂。"（小司仪突然忘记了）问："三拜啥呀？"王黑妮叫道："夫妻对拜！"小司仪说："对对，夫妻对拜！"然后，地上放了四个小列僵。小司仪："开始吃四盘菜了，来，来！这盘菜是热的，吃吃让你当爹哩！"小司仪拿块列僵给文盛，文盛装作咬嚼状："太硬了，扔到了一边。"小司仪又说："这盘菜是凉哩，叫你吃吃当娘哩！"小司仪把另块列僵给黑妮。王黑妮装作吃："咦，那龟孙做这菜，好吃死了。"换来大家一阵笑……小文盛还发呆着，王黑妮问："文盛，咋了？"小文盛说了逃学的事儿，让她不要告诉人。王黑妮说："中，你饿了吧？去我家吃馍！俺爹烙的柿糠饼子，可甜了！"小文盛说："中，我真有点儿饿了。姐，我再求求你，"他指着旁边的大柿树，"我在那树上等着，我怕俺爹来找我。"王黑妮点头，背着草捆匆匆去了。康文盛爬上了大柿树，躺到了粗枝叉上，呼儿呼儿睡着了。过了会儿，王黑妮又来了，抹布包着馍，小瓷罐提了水，另带了家的小黄狗。她喊醒了小文盛，黄焦的柿糠饼子递过去，他咬了一口，嘴嚼了一会儿说，真香啊！小黄狗仰脸看他们，他掰块黄馍喂黄狗。狗吃了，尾巴摇呀摇，似乎向他致谢哩。

六

文盛吃得打饱嗝儿。王黑妮问他，为啥逃学了，文盛回答说："读书没吃柿糠馍子有滋味，天天读书像倒粪。"王黑妮说："咋像倒粪？""一遍遍就让读老书，就像村里人倒粪堆。""照你说，我也能当先生了？"文盛说："先生真没啥当！"王黑妮说："你听听我咋样啊，能不能当先生？咪咪猫，上高桥，担担水，凹凹腰，石榴骨朵结樱桃，结得樱桃会扫地，一扫扫到南场里，碰见一个卖糖哩，啥糖？芝麻糖。掐点让爷我尝尝，喝口水，粘住嘴，喝口茶，粘住牙。卖糖哩，你走吧，俺娘出来没好话，绣缎子鞋上牡丹花，一脚踢你个仰摆叉！"文盛听得眼里放了光："姐，你干脆当俺先生算了。"王黑妮说："我可不会写字呀！""不怕，我教你写，你就教我们这些曲儿。"王黑妮想想说："还不行，你不会的字，咋教我？"文盛挠挠头："就是，要不，还让原来的先生留下，专教咱认字？"王黑妮说："这法儿中！我教你们学曲儿不要钱，只要让我吃饭，只要让我天天能见你，就行了。"文盛又挠头，羞涩地说："俺也不老好，撺掇杜列礓戳马蜂窝，头蜇成了毛旦球，俺娘要打我，我才跑出来。""刚才你说瞎话了？你老不回家，爹娘急得跳河上吊了，那咋办？"康文盛摇头说："不会吧？他们还等我娶媳妇，传宗接代哩？"文盛又看着王黑妮："姐，将来你会嫁我吗？"王黑妮手捂眼睛，指头缝里看着文盛："咦，丑死了！"文盛说："那有啥丑哩？"王黑妮看着文盛说："你爹娘会愿意？"文盛说："你是女的，怕啥？"王黑妮有点儿自卑状："俺不好缠脚，怕脚疼，脚老大，人家说我是野闺女。"文盛说："野张的好。我早就想了，缠脚纯是诓女人哩！你想，女人脚小跑不快，男人想咋打就咋打，他娘那个猪狗蛋，不知谁想的这孬门？"王黑妮说："那人定是个孬孙货，你看（她抬起大脚，自豪地）俺就不上他的当！"文盛说："姐，你真英雄！"文盛又站起来，着看黄河扬着白帆的行船。王黑妮也看船。近处的黄河边，突出的山峰遮掩遮着，看不见拉纤者的人影，却传来悠扬的黄河号子声。

王黑妮指着座高船，说："像您家的太平船！"文盛踮脚看了说："桅杆上挂着康字旗哩！怕又是孟州收粮食，还往山东运。"王黑妮说："都说太平船是您家的宝，真吗？"文盛说："俺老祖祖奶赔的嫁妆。"王黑妮说："嫁妆还陪大船哩？她家保准可有钱了！"文盛自豪地说："大明朝皇帝家啊！"王黑妮伸了伸舌头说："您家真雄气！人家家里抽屉怕啥时候都有芝麻烧饼吧？"文盛说："肯定还有老君烧鸡哩！姐，有人下兔套子吗，咱去看套住的兔子吧？"王黑妮说："中啊，我领你去！"顺着沟，俩人直往里边走，许多白蓝红黄粉的花儿，路边崖头开放着。康文盛心里又高兴，扯开嗓子胡吆喝："啊——啊——"山谷里传出了回音声，惊得野鸽、鹌鹑群扑棱棱远处飞。他们拨开茂密的草，文盛突然发现兔子被套，顺手掂了兔耳朵，王黑妮蹲着就解套。

这时候，响起男人扯腔的喊叫声："黑妮！"回音经久不息。王黑妮站起张望，村口白色小路上，爹领着几个人，正往沟里走。王黑妮立刻变了脸，问："咋办呢？大概你爹找来了。"文盛说："越说怕，狼来吓，我哪藏呢？"他不由放松了手里野兔子，野兔子跳跃着逃窜了。王黑妮打眼四处看，看见了附近堆的玉米秸，说："走，藏到那，玉米秸盖起来，他们找不到！"文盛扒开玉米秸，蹲着就往里边钻，王黑妮又拿秫秸身上遮。

一行人走近了，王黑妮马上发声明："文盛可没藏这啊！"康大河哈哈大笑："此地无银三百两！"康大河拉出了文盛，文盛吓得呜呜哭了。康大河温和地说："你哭啥？我又没打你！走！"（他指着黑妮爹）你王称舅让人做着好吃的呢！

一群人进了黑妮家，黑妮拉着爹的手，说："爹，给说说，可别让文盛挨打哟，如果打憨了，难考上进士，就没法让你们享福了！"黑妮爹奇怪地看女儿，说："知道了，他爹敢打文盛，我就敢打文盛他爹！"旁边康大河哈哈大笑。院里摆了张八仙桌，一锅鱼汤，一笼油糕，大家边吃边喝。康大河还是向儿子，往他碗里夹鱼肉。王称说："委屈了，老简单，要吃饱！"白老虎应答："自己人，别客气！"王称说："大河，前几天我又去温县了，陈家沟陈大师给我纠正了三个动作，给你说说，也快更正过来吧！"一边空地上，王称表演起太极拳。看着师兄的新招式，康大河眼睛被泪水模糊了。小时候，瘦弱的康大河就听人说，他生下来看病先生就说了，最多活到十二岁。十岁那年，他偎依娘身边，娘抚摩着他的头，说："给你找个媳妇吧？"他感到很惊讶，问："那是弄啥哩？"娘念了段民谣：小小子儿，坐门墩儿，哭哭啼啼要媳妇儿。要媳妇儿，做啥哩？做袍做褂哩，点灯说话哩，吹灯做伴睡觉哩！他咯儿咯儿地笑了："还怪捣蛋哩！弄个生邦邦的女人，别扭死人了！"娘说："小傻瓜，除了你媳妇儿，谁也陪不了你一辈子啊！"没多长时间，唢呐吹奏着，大红轿车滚在黄河边的山路上，人牵着披红挂花的枣红马，上边他嘚嘚稳骑着。韩菊兰头顶红盖头上了轿车。此后，岳父家院子外，临黄河打麦场上，浩月当空，岳父指导他，一招一式学太极，还有这师兄王称……

康大河回忆着。文盛说："爹，你咋也成傻蛋了？"康大河说："我想小时候跟你这舅学太极拳！"文盛说："我得跟你说句话！到家后，你不准打我，如果你打我，我就住在这不走了。我跟黑妮姐都说好了，俺俩就成一家了！"康大河惊愕地瞪大了眼，白老虎连忙说："这家我当了，不打！"白老虎又从提兜里往外掏，文盛接了布老虎，说："爹，咱俩打手结掌，你要打我就变老鳖！"大家哈哈地笑了。

菩萨像前面，摆了盘红苹果，香烟缭绕着，韩菊兰盘坐麦在草拍子上，扑哧扑哧念经文。文盛走进来说："娘，俺错了，俺再也不惹你生气了。俺有错，给，你随便打吧！"文盛朝娘撅起屁股，扒下了娘的三寸金莲鞋，

"给，鞋底子使劲儿解恨吧！"韩菊兰怀疑地看儿子，去摸隆起了屁股处，突然惊讶道："哦！这是啥？咋恁硬！"文盛笑了，解开裤子，掏出个马搭背。他娘嘿嘿笑，说："我可不舍得费劲儿打这东西啊！"

又日清晨，康大河夫妻提点心，带儿子村路上走着，忽忽地跑来条大黄狗，摇尾巴又蹦又跳，围着小文盛直撒欢。韩菊兰连忙双手合十说："菩萨保佑，别让狗咬了俺文盛！"文盛摸着狗头："咱俩是好哥儿们！"康大河哦了声。文盛忙解释："黑妮姐家的狗，我往庄稼地扔跟棍子，它能叼出来，神着哩！"康大河皱眉说："玩物丧志，以后少跟狗交道。"韩菊兰说："啥老啥小，你不爱钓鱼吗？"康大河挠头嘿嘿傻笑说："那不是为了养性子，练身体吗？"康文盛眨巴着眼睛："你们前边走，我去下茅厕。"他藏茅厕口，机警地探头看，爹娘过去了，里边跑出来，拍拍黄狗的头，问："咱黑妮姐在哪？"黄狗懂事似的，前边撒欢跑，文盛跟在后边跑，康祠堂东墙柏树下，王黑妮笑眯眯看着他。文盛说："姐，去哪儿串亲戚？"黑妮说："昨夜做梦，你要被打死了，我就跑了过来。"文盛说："娘没动我一指头。"王黑妮说："不敢光惹事儿，小时候偷豆，长大了偷牛，偷豆了挨一鞭，偷牛了会住监！"文盛说："中，你走吧，俺爹要看见，又该熊斥我了。"正说着，康大河粗柏树后闪出来："咋，耍爹娘猴哩？"康文盛伸伸舌头，乖乖跟爹就走了。黑妮和狗跟后边。康大河扭脸说："傻妮子，办你的事儿去吧，回头你们再玩耍！"王黑妮不吭声，仍然跟在他后边。韩菊兰正坐路边个石滚上，说："孩子，你又不老实了？这是哪儿的妮子？"韩菊兰打量着王黑妮，脸蛋怪好看，头发有点儿乱，着身毛蓝粗布衣，就是大脚害怕人。康大河说："王称的闺女！"韩菊兰笑了："咦，可长成大闺女了，你该干啥就干啥，我们找人家有点儿事。"王黑妮说："姑，可甭再打俺兄弟了，君子动口不动手！"康文盛接了话茬儿："如果动手是肉头！"康大河笑眯眯说："俩小猴耍咱老猴哩！刚才我就说，文盛去茅厕，定是诓哄咱，你还不相信。看看，现在的孩子越活越精能了！"韩菊兰说："孩子要越长越傻，那是有病了，走！"康文盛跑到了他们前。黄狗半蹲那，与王黑妮一个神情，看着他们前边走。康大河又拐头看了看，说："姐，王称家闺女怪俊哩，咱孩儿跟她恁能说着，还不如……"韩菊兰着急地说："可

048

不中，光那双大脚就坏大事儿了！"

杜列礓家大门口，长了棵黑槐树，还长了棵香椿树。他爹背把锄，光脊梁搭件白布衫，正要下地去干活。康大河问："老哥儿，去地呀？"杜老汉一看，他们提着点心包，就说："可敬受不起啊！"康大河问："孩子咋样了？"杜老汉说："你打发来那先儿，弄的药水洗过了，已没事了。"韩菊兰说："俺孩儿惹的祸，领他看看列礓去。"杜老汉说："耍孩儿嘛，老天爷胡子也敢拽，走，家里坐！"进了杜家院，刚坐在石凳上，康文盛四处望。杜老汉说："他妈走娘家，院子乱糟糟！"这时，康文盛盯了槐树上，杜列礓光着脊梁穿着裤头，拿根长杆子，聚精会神地搐知了。康文盛仰头叫列礓！杜列礓也看见了他，树上就吆喝："上来吧，知了可真多！"列礓爹又朝树上喊："还不下来，你叔和婶子看你了！"康大河说："让他们玩，咱说话！"康文盛早猴样爬上了树，俩人切磋起逮知了，那么认真和有趣。老人们围坐石板旁说着话。

好一会儿了，逯小柱进院来，说："大河叔，忘了吗？张太医那边等着呢！"康大河说："哥儿，先走了！"张太医的医铺要开张，我得捧捧场哩！

洛河边邙山脚下，两孔窑洞处，鞭炮噼里啪啦地响着，看热闹人群拥簇着，康大河大门外挂匾额，上写了"张太医外科"几个字。张太医抱拳向人群说："往后去，承蒙大家多抬举了！"

一个老汉说："说反了，是您给大家造福了，我们还要感谢您，也要感谢康大人！"看热闹者纷纷发表类似话。张太医很激动："河洛古圣地，民风多淳朴！我在这住过几年了，知道这里人追求上进，勤奋好学！为啥这里能出现河图洛书，能出现诗圣杜甫、苏秦、程本和嵇寒一批英贤，大概都是地气啊？"康大河笑了说："古人言，山水俱有之地，天地润和，人性温厚，许是这缘故吧？"

大家正说笑，一个年轻人，推辆独轮车，车上坐个老汉，满头霜白，停在人眼前。年轻人擦着脸上的汗，问："听人说，这来个皇家的太医，我就把爹推来了，一大早就起了身，走了四十里。"康大河说："看，病人可来了！"张太医让大家帮忙，病人抬到了窑洞里。张太医洗手，褪掉了伤者裤子，大腿伤处血肉乎乎。大家啊地发出惊叹。年轻人说，这伤总也长不牢！张太医从陶罐倒出些啥药水，棉布蘸着洗伤处，说："看来是刀伤，刀上沾过毒，一般治疗难长牢。"洗过了，拿药面又朝伤口撒。张太医问："干过队伍吧？"老者未语，流出了泪水。年轻人点头。康大河看看那伤者，面很熟，哪见过？仰脸想，他就想起了黄路坛，还有川陕交界那场劫难，是二孬吧？他又摇了头，云深师父把他骨灰都葬了！世界也奇怪，就有一些相像人。张太医说："家离这太远，老跑也太难，还有闲窑哩，先住这，等病好，再走吧！"

稳住了张太医，康大河就告辞。骑马前走着，突然想起，明天船队又要山东去了，还有些生意事儿，得跟老虎兄弟商量下。

明亮的阳光下，康大河、白老虎登上了太平船，检查了绳索诸设备。他们边干活，边说话。白老虎说："这次棉花运上海，最害怕遭遇连阴雨！"康大河说："多带点大油布，看势头不对，再加篷捆扎！"白老虎说："也只有这法儿了！"康大河说："先给你说说，我想很久了，准备找机会，教训下小文盛，你可别护短！"白老虎说："玉不琢不成器！我那儿子白天杰，从小我也没少修理他，十岁让给人当学徒，倒尿壶抱小孩儿，啥活都干过，就懂事体了！"康大河说："以前我忙，管束不老严，有点儿后悔了！另外我还有个疑问，云深师父那随从死没有？"白老虎说："二孬呀？都葬上悬崖了？"康大河说："可我又像见到了他！"白老虎惊讶地"哦"一声。康大河就说了张太医那奇遇。白老虎说："出鬼了？"白老虎又说："我发现个奇迹！秀秀可是人才啊，现在算盘可打得溜溜熟了，账头也清亮！"康大河说："看着就是灵巧人，将来能成袁帅的得力膀臂呢！""嗨，就是女的！""只要她能干，咱就大胆使用，让她管财务，两口子成了呼雷队，穆桂英、花木兰不都是女的！"

他们说着话，过来个伙计，说一切都已准备停当。康大河下了太平船，白老虎指挥吆喝着："起锚啦！"船队缓缓离了岸，一页页白帆升起来。康大河跟白老虎招着手！送走船队后，康文盛回家进了门。韩菊兰站在屋檐下，给小文盛梳独辫。康大河问："文盛，今天不去学堂了？"儿子说先生家有事儿，让他背一天书。康大河说："那可好好背，后晌我检查！"文盛说："一会儿就会背！"康大河说："中啊，背不会，可得挨我的鞋底子哟！"

康大河回窑洞，开始宣纸上画梅花。先画了苍老的主干，再画料峭的枝梢，继而点圈红花朵。前晌画了，后晌又画，感觉站累了，停笔坐上罗圈椅，半闭眼睛养精神，脑子里天马行空都是梦境。儿子进来了，说："爹，给你背书吧？"康大河被惊醒："真背会了，挑哪你背哪吧？"康大河拿着书本，让他背了一阵。合住了书本，心内惊喜地看儿子。和气地说："你比爹聪明呀，咋就老逃学？你是孙猴子，怕先生给念紧箍咒？"康文盛说："先生不老会教书，天天让俺念瞎曲儿，还不如让黑妮姐教俺哩！"康大河哈哈就大笑，笑得眼泪出来了。他用手擦了擦泪，说："她可不如你妈，你妈跟你外爷读过书。"康文盛执拗地说："黑妮姐会说好多曲！"他继续说着，"板凳板凳摞摞，一摞摞出来大哥，大哥烧香，烧出姑娘……"康大河又笑了："那是儿歌，不是文章，你出去耍吧！"康文盛高兴地跑出了窑门。

康大河陷入了沉思，真是先生教得不好吗？他想找先生，突然想起来，先生有事儿回家了。他心里烦躁到河滩去转，路上见了王称哥。他说："哥儿过洛河有事干？"王称说："闺女催我报急信，俩人站到了路旁边。"他学了一件蹊跷事儿——他们村不是大码头，夕阳残照时，黄河里一条船，挂着亭字旗，慢慢靠了岸，船锚扎地上。几个人跳下船，就有那瘦汉。村里小孩儿感到稀奇，站在那儿看热闹。黑妮也站那儿看。黑妮拉小孬，正耍执石子。旁边俩人在说话，那是秦海娃和瘦汉。秦海娃说："骨头哥，王掌柜钱你收了，来戳康家肺窝子！你咋说话大如缸，屙得如线香？"李骨头沉脸说："细想不能弄人家。你以为怎容易？"秦海娃说："烧他一片房，谁会想到是我们？"李骨头说："你如果是英雄，咱就一块儿去！"秦海娃说："去就去，接钱就得还愿！"李骨头说："我只是不愿坏良心，那中吧，咱就给善人头上砍一刀！"秦海娃低头问黑妮："小闺女，问个事儿，往康店村路咋走？"小孬抢先指着说："顺沟一条路，就到洛河边，闭着眼睛能看到。"王黑妮奇怪地看他们，说："夜路不好走，掉沟里至少摔断腿！"

小孬说："这话不假，俺村个王老汉，夜里去逮獾，掉了沟底下，立马成巡弋了。"李骨头问："啥巡弋？"王黑妮说："地里看庄稼嘛，就是死了！"李骨头说："这个故事真骚气！"秦海娃嘿嘿笑着说："怕啥？老子命杠杠的硬！"

康大河说："真的，咱就亮亮本事吧！"

邙山朦胧了，村庄朦胧了，洛河跟着也朦胧了，百姓家灯火多已熄灭，只有狗儿偶吠叫。洛河滩柳行里，秦海娃们带的人，有的靠树打呼噜，有的嘴嚼炒黄豆。李骨头、秦海娃没有睡，不时张望昏茫茫的天空。秦海娃说："看那启明星，二更了！"果然，传来了两下敲锣声。又过些时，秦海娃说："看那启明星，三更了！"果然，传来了三下敲锣声。李骨头说："鳖儿你，掐时辰怪准头！"秦海娃说："当年跟咱亭哥拉杆子，练就了看天知时辰，看山看树知方向。"到四更铜锣刚敲过，李骨头拍醒了兵，一个一个站起来，对着树棵撒阵尿，按照吩咐出发了。

这夜里，康大河和衣卧床上，听说康广才西安刚回来，打发小柱也叫来主事着。半夜又醒，翻看《三国》。外边四更铜锣响，床帮处，他摸了根蜡木棍。逯小柱悄悄进来报告，那帮人河滩出来了！康大河吹灭铁鳖灯，提着棍子出了窑门口。弯月散发出清冷的光，康家的宅院静悄悄。秦海娃走在前，李骨头跟在后，朝康家围墙摸索去，习惯了轻巧走夜路，顺利地到了高墙下。秦海娃督促喽啰们："上！"几个人叠罗汉，艰难往那墙上爬，谁知刚跳下，就"哎呀"叫唤了一声，被人拧住胳膊捂了嘴。看那形势不妙，李骨头慌忙吆喝："跑哇！"撒腿蹿出了十几丈，跟他的还有个麻利手。一张侧拉过的大渔网，其他人全部网进了。一些团练围过去，几盏灯笼照着亮。俘虏个个被捆绑，当即押进了祠堂里！

团练追赶到黄河边，那里已没贼船影。原来，李骨头整天山里转，早看好了撤退路。

天亮了，康家祠堂里，蓊郁的柏树上，鸟们叽喳着。族长、康大河和团练头都来了。一个团练开了庑殿门，吆喝道："快起来，要送你们上西天了！"秦海娃说："我是吃粮长大的，不是吓大的！再过十八年，又是一条好汉哩！"太阳光斜进庑殿里，族长们审问几个匪。族长问："你们谁是头？"秦海娃答："是老子！"族长说："骂人？大粪塞嘴里！"团练扯了秦海娃几耳光，秦海娃说："想杀杀，想剐剐！"族长说："痛快！先把下水割了喂狗吃！"团练就掂把闪闪的杀猪刀，说："杀猪宰羊，我是麻利手，刀到命系断，保准不粘皮，俩蛋子还会骨碌碌转，若不信，请你亲自看！"说过，就扒他裤子，秦海娃连忙夹紧腿，号叫道："大爷饶命，我烧包才说的屁话！"康大河说："鸭子嘴，两片硬！哪里人，谁派来？想干啥？"一个喽啰说："我叫王疙瘩，我给你讲实情！"族长说："中！"疙瘩说："李骨头，俺大哥，大名李固铜，说是命里缺金，就叫了那名字，人们喊惯了，叫成了李骨头，他可是汉子。王有亭拿银子，让火烧康大户。他叫秦海娃，王八派来督阵哩！"康大河说："秦海娃，一句话，就可要了你的命！"秦海娃说："王有亭说与康家有世仇！"康大河说："几辈子前的仇？八百扁担抢不着！"秦海娃说："你们的货好，对买主又热心，他想把您挤出泾阳！"康大河说："天下这么大，他被子能盖住？捎信给王有亭！"族长说："都听清没？"众土匪说："听清楚了！"族长说："按规矩，该把你们送官府，随关随杀，可康掌柜说，冤家宜解不宜结，放了你去！"康大河掏出包碎银子，给了团练头，说："给他们发点饭钱，放他们都走吧！"秦海娃说："现在清楚了，康家真仁义！"说过，他跪下了。喽啰们也跪下了。

秦海娃们返回黄河边，哪里还有他的船？秦海娃说："这个李骨头，带船蹿球了！"一个喽啰说："真以为咱都死了！"几个狼狈人，黄河边小路上匆匆走，路崖下就是三尺浪。走得大家瘸了腿，不住有人发叹息。突然，一喽啰指着下边渡口，说："咱的船！咱的船！"

看他们能回来，船上的人都很惊奇。秦海娃问："李骨头呢？"一个船工指指船舱。秦海娃爬进去，疙瘩也进去。李骨头正哧溜哧溜吸着旱烟，见了秦海娃，也惊愕地问："还都能回来？"疙瘩说："人家斗住了咱，没打没送官，还给好吃的，还给小花销。"李骨头跟秦海娃说："比王有亭强！我就想交这样的客，你家王老板，路上拾粪权都想揽！"秦海娃说："王掌柜心太强！回去咱就说，人家那驻兵多着呢，跑得慢脑袋都没了！"李骨头说："对，王八诓咱咱诓鳖！以后配合好，只要能得利，得个蚂蚱，我少不了你条大腿！"

夜里经一小仗，康大河很疲累，睡了一整天。一束阳光射进靠山窑里，他伸展双腿又想睡，丫鬟春红进来说："叔，婶子让给送点银耳莲子汤。"黑亮的托盘放在了床边桌子上。康大河坐起，拿调羹喝了，然后，又打了个长哈欠，又躺到雕花罗汉床上，再次进入了梦乡——

山东日照大海边，苍茫的海滩上。二十岁的康大河，骑匹白骏马，迎着红太阳，唰唰奔跑着。突然，白马飞上了天，周围飘着白云彩。那云彩洁白像梨花，这儿，那儿，成簇成片的，织锦蓝色天空上。精灵般的各种鸟儿，如善舞的艺妓，飞出了好看的队形。他则如仙人，观赏着绝妙好景色。骏马带着他，到了大海洋上空，到了群山的上空，到了大森林上空……骏马的脚步软了，如似踩了棉花堆，忽悠忽悠的。突然，天边卷来了浑黄的风，骏马吼吼地嘶鸣，他被掀下了马背。心里说，我怕是完了吧！他在云中飘啊飘，往一座山峰上撞去……

"娘呀！"他惊叫一声，坐起来，脸上许多汗珠子，拿桌上汗巾擦了擦，然后又躺下。他辗转侧俯着，不多会儿，眨眼盯了白窑顶，推敲起生意，陷入了沉思。"吱咛咛"，窑门轻轻响动，韩菊兰进来插了窑门，轻盈的脚步到床前。康大河平躺着身，伸直了腿，两只手垂放身两边，闭着眼睛不出气。韩菊兰声音甜甜的，意味深长地叫："大河！"他没应答。她又轻轻唤，他仍没应答。

夫人爱抚他的头，康大河仍然没有动。韩菊兰小声说："不对，老天爷是咋了！"绵软的手放到鼻孔处，他忙屏住呼吸。女人眉头皱紧了。她又晃男人。她捂了脸，面朝外，坐床边，小声哭泣着："他爹，你咋恁狠心啊！说走就走了，让俺娘俩咋过哩！"康大河悄悄睁开眼，轻轻地，被子里抽出一条腿，一个大拇脚指头，准确地放入她嘴边。韩菊兰感觉不对头，一扭脸，又乐了。哭脸变笑脸，小拳头捶打康大河："鳖儿子货，差点儿把姐吓死了！"康大河坐起来，拉女人进了被窝里……

好一会儿，韩菊兰说："咱们去趟关帝庙，人说关帝显灵了。"却传来了康大河的呼噜声，他这次入梦是画着梅花图。

七

答应过给知府画幅梅花图，康大河心里难入静。这会儿，门外又传来脚步声，逯小柱门外说："叔，袁帅掌柜来了！"白老虎从山东回来，已经告诉过康大河，袁帅也趁船回来了，要商量一桩大事情。他回复逯小柱，你先招呼着，都坐议事堂，马上我就去。逯小柱应诺了。

笔洗里洗过画笔，康大河去了议事堂，已等候的袁帅抱拳站着："老兄好！"康大河说："送秀秀妹子去你那，一晃就是好几年，咱也没见几回面！"袁帅说："如果不是你见义勇为救秀秀，哪还有现在我这家！"康大河哈哈笑："你只说对一少半，救秀秀的还是你袁帅！"袁帅说："说天书吧，当年，我还在山东，咋会救了她？"康大河说："白莲教里讲名分，分掌柜、元帅、先锋、总兵诸等次，还分青、黄、红三路坛。黄路坛坛主抢秀秀，当时咱去人没人家多，我突然就想起了你的名儿，就说你是白莲教里大元帅，那黄路坛主才让了步。如见抢秀秀那人，你可问一问！"袁帅说："啊，还活着？"康大河说："过去，他也曾是莽撞汉，稀里糊涂入邪教，后来醒悟了，现在灵山寺当住持！"袁帅说："你办这事儿，和咱做好生意一个理儿！干啥都要留有余地！善德对人，人也善德对咱，世间就多些和谐。"

康大河说："侃侃那边吧！我听说秀秀的账头特清，算盘打得飞溜熟了？"袁帅说："是呀，她喜爱学习，少有的女人！记性也好，很长时间的账目都能说出一二。"康大河拍下巴掌："那就好了，你培养她将来当二掌柜吧！"袁帅说："我再想想吧，毕竟是个女子呀！""不论男女，是能人咱就要用！""中，听你老兄的！咱那边咱的生意，一直积德办好事儿，老百姓对咱也支持，可这段形势不老妙，遭遇台风大灾害，响马四处都横行。"他说起悬乎的那一夜——

夜幕笼罩济南城，康家魁记商行外围处，一盏盏灯笼在流动，许多人提大刀长矛巡逻着。小伙计跑来，对袁帅吆喝，刘家的店铺让抢了！袁帅吩咐，要小心点！隔会儿，小伙计跑来又报告，王家的店铺让抢了！袁帅又吩咐，要小心点！再隔会儿，小伙计再跑来说，瑞蚨祥也让抢了！袁帅着急地屋里来回走，一直到天明，最终没人骚扰魁记的。

袁帅说："白天和夜里，百姓都排人，义务为咱巡逻着，发现小蟊贼，都给轰跑了！"康大河说："多亏祖宗积厚德！"袁帅说："我看出来了，这样维持也难持久。饥民猛于虎！我已做安排，把秀秀他们送了回来，老家毕竟保险点，那边咱们警惕点！"

康大河皱了半天眉，说："我说个办法，不知妥当否？救济受灾者，义不容辞的事儿。可这次面太大，咱的力量没恁大，不如先救生意周围人。外面来的灾民们，咱们暂办施粥棚！这样稳下人心！"袁帅说："我看中！这边还得派去个人，我忙得难以拉开闩了！"康大河说："我让小柱去帮你，过了这个坎，再让他跟着跑船去，船队也需培养个顶梁柱，老虎兄弟也不年轻了。"袁帅说："那家里咋办呢？"康大河说："还有铁山哩，也是机灵孩儿，大梁不能当檩子，小柱本是咱招来的船相公！"

次日前晌，逯小柱提着礼品，陪着康大河和白老虎，看望袁帅的岳父母。院子落坐邙山脚，依山的土窑洞，一排发黑的草房子，配合风雨蚀坏的草门楼。俩小孩儿土堆上正玩耍，看见他们进大门，大的连忙呼喊道："有客了！"秀秀从窑里走出来，她仍那么秀气，比以前成熟了。她忙朝窑里喊："大河哥们来了！"袁帅急忙也出来，两手沾着稀泥糊。秀秀说："家里几年没人住，趁着爹娘串亲戚，他把煤火先修修。"她连忙搬板凳，让坐下，院里说起话。

康大河说："秀秀还是恁好看！"秀秀说："看俺哥说的吧，老二孩子三岁了，我咋会不老呢？""听说会玩算盘了？""近墨者黑，在商言商，得学学啊！""好，将来帮助袁帅兄弟扛大梁啊！"袁帅洗了手出来了，秀秀笑着说："你们先说话吧！"她就端了锅，放在锅台上，点燃柴火忙烧水。她喊叫大毛："来，烧火！"大儿子说："吃饭才屁会儿，烧火弄啥哩？"康大河感觉出了蹊跷："秀妹子，甭忙烧茶，都刚吃过饭！"秀秀说："老规矩，客人来，要做荷包蛋茶！"康大河白老虎都阻止，袁帅也说："不降妖还带鬼呢，弄得狼烟地洞，咋说话？"秀秀笑了："那就听你们的！"康大河说："说来见见你们和二老，不巧他们都不在！"白老虎说："咱船队都扎孟州了，那里今年收成不老赖，咱那边粮栈捎信说，后天就可开船走！"康大河说："秀秀跟了袁掌柜，咱就更是一家人了。以后无论家里啥难处，就说声！"秀秀说："先谢老哥了！"她又喊叫来儿子大毛小毛，给俩舅鞠躬！俩儿子还做挖土打窑游戏，停止工作跑过来，就一一鞠了躬，慌忙又工作去了。袁帅说："小柱，把你弄我那了，咋样？"逯小柱说："玩船，我是门里出身，做生意可是学徒啊！"袁帅说："谁不知道你是内秀？"逯小柱不好意思笑笑："咱知道自己位（胃）里几粒米！"康大河说："我今天就有这意思，让师傅徒弟见见面。那年收船相公，小柱才十四五岁，可自小跟着他外爷跑船，是一把好手。我吩咐他先出一圈牲口粪，不知谁往粪里埋个银元宝，人家发现后洗净放到窗台晾干上交了，我就喜欢这实诚人，把他先留到了家园里。袁帅啊，今儿个起，你就是个铁匠，小柱就是块铁，把他造成什么器，就看你的了！"袁帅说："看俺哥说的吧，好像我成了啥人物！"康大河说："我这身子骨不中，家还不都凭你们给撑着吗！小柱，对着我和你老虎叔，给你袁姑夫行个拜师礼！"

逯小柱俏皮地说："神三鬼四人一个！"就趴地上磕个头，嘴里还唱戏般叫板道，"师傅，徒弟这厢有礼了！"袁帅说："中了！以后你不听话，小心我揍你！"逯小柱伸下舌头，康大河和白老虎都"扑哧"笑了。康大河说："小柱，帮师傅修煤火去！"

韩菊兰挎个竹篮，康大河擦汗随后，顺灰白色大路走上邙山，站在老槐树下，短暂歇息连带望风景。太阳高高悬挂，蓝天上白云飘着，洛河似流来的宽幅青绸子，连绵起伏的邙山却像起伏的波涛。前边山嘴上，一片青堂瓦舍，古松柏苍翠，那即关帝古庙的所在了，门外两棵圆状的皂角树。歇息过，他们朝庙走去，路上灰尘没脚，二人低头挑好路走，不知道迎面来了个人。"哥嫂去哪？"康大河抬头望："哦，广才兄弟，啥时回来了？"康广才苦笑着："才到这。"康大河打量着，他广才弟头发蓬乱，脸上挂有青块，似乎虚肿了，衣服上盘扣掉了俩，走路搁踮搁踮腿，似乎路不平。

康大河问："咋了？"康广才脸红笑了笑："外边不太平，土匪成了群。这次镖局押运灵宝小灵枣，遇了帮土匪，伤了几个人。都怪咱本事不到家，没脸见掌柜，蹿回来了。道高一尺，魔高一丈，我算服气了，打算少林寺里再学学，指望原来那道行，就要饿掉大牙了！"康大河说："干啥都不能一般化，功夫深了心才强！"韩菊兰说："强中自有强中手呀！"康广才抱拳施礼说先回了，康大河想起啥，又叫住他，说："往少林寺走前，去柜上取点银子，算是哥给你的学费！"康广才说："在过去，我总觉自己能得日天了，又跑这两年，明白了先在门口成大王，再到外面当霸王吧！"看广才走去了，夫妻进了关帝庙。

柏树皂角树上，麻雀们叽喳得好热闹。飞檐走兽的正殿上，红脸关羽稳坐着，旁站周仓和关平。进殿里，摆供食，燃香火，烧些黄表纸，他们很认真地跪地上，向关帝磕头又作揖。祈祷过，康大河口袋摸出几个铜钱，开始卜卦了。问身体，问生意，问儿子学业，铜钱阴阳面那表现，都让他脸色阴郁着。康大河净手缸里又洗手，似乎洗却霉气了，拉女人给关帝再磕头。康大河又祈祷："这两年，我准备扩大泾阳生意；我想把神龟山买下来；保佑文盛学业有成！"韩菊兰接补充："事事都顺利，许您一头牛！"康大河："又拜过关爷了，看您老人家咋下棋！"康大河又来了铜钱卜卦，这次还算平和。

夫妻默默出了庙，坐庙外山嘴上歇息。太阳慢慢西坠了，到处洒满了金色。逶迤斜向东北的洛河水，起伏博大的邙山，柏林苍翠的杜甫陵园，青色连绵的大嵩山，高低错落绿树衬托的百姓院，熟悉的风景热人眼。康大河说："今天又该中秋节了！当年，爷爷带我过中秋节，一辈子我都难忘记。"韩菊兰说："今晚准备玩啥式儿？"康大河说，他准备带文盛复习当年这节日。韩菊兰困惑地看看他，俩人站起来，默然山下去。前面的柿子树，几只喜鹊叽喳叫着。白老虎匆忙走着路，康大河叫住了他："慌着弄啥，天杰武当山比武回来了？"白老虎一扭头，看见了他俩："我去找个看病先儿，讨个药方子。"康大河问谁咋了？白老虎说："天杰刚回来，肚子有点疼。"他又自豪地说，"云南提督派人到武当山，擂台比武寻护卫，三十场比赛打下来，他被选中了。"康大河说："好哇，大小当个官，强似卖水烟嘛！"白老虎哈哈大笑："但愿，也不枉他娘的希望。小时候，他就好耍打仗，他娘说，可不敢成了土匪头！"康大河说："将来能混成大将军，他伯我也沾荣光！今晚咱祭月，让天杰也去吧，好长时间没听他吹埙了，你也带上萧，我也拿上笙，同给月婆献一曲！"

这夜月亮升起时，康宅后邙山台地上，几根木柱悬挂盏盏铁鳖灯，青石板做的拜月台，摆上了时鲜水果，檀香飘溢，袅袅青烟。偏处摆放康家的先祖牌，也摆了白家祖先牌。坐着康家、白家许多人，祖上有传说，这叫康家百姓心相连。白老虎说："开始吧？"康大河看看天，点了头。白老虎歌颂："河洛古圣地，愿月长久传，仲秋月圆时，千里共婵娟。康白两家人，同邀远逝祖，共品人间味，切磋展宏业。觞飨！"铁山点新燃了檀香，分递康大河和白老虎，他们代表两家人，檀香插入铜香炉。白老虎唱道："拜月祭祖，大家叩首！"一片人都跪到了地上。白老虎接着唱："先叩首！二叩首！再叩首！复位！"大家各坐回了自己的位置后，白老虎宣布，细乐伺候月婆并祖先！

憨厚的白天杰，拿着陶埙坐到拜月台后边，说："我要离开河洛故土，到云南边关从戎了，今年中秋节，我和亲人拜明月，明年中秋月圆时，我站南疆高山上，遥望河洛故乡地！"继而，白天杰吹埙，白老虎吹萧，康大河吹笙，另有人伴奏二胡，苍凉但富有激情的古乐飘溢着，热闹到程度时，康大河说起了家史。

他说道，从绍敬爷开办船队始，就有传家宝，有了亲戚白家帮助，营商了二百来年，离不开老百姓，历经艰难险阻，不必宗宗列数。小文盛俏皮地说："爹，说个好听的故事吧！"韩菊兰说："这孩子，快嘴扑拉舌，让你爹说。"康大河看了眼儿子，用说书人的口气说话了："话说有一日深夜，我祖先洛阳渡口歇息，突然火光冲天，杀声阵阵。跑渡口一女子，抱个小女子，求我祖救命。一问得知，李自成军正在屠城。我祖令马上开船，破夜不行舟之大忌。此女系明朝皇亲李妃，正被人追杀。后来，你猜怎么了？"小文盛瞪大眼问："咋着了？"康大河说："李妃女儿许配给康家，嫁妆就是那艘太平船。"文盛夸张地说："乖乖呀，好人好报，那太平船太厉害了！"韩菊兰说："听你爹继续说！"小文盛说："怪美听哩，比教书先生说得好！"康大河说："一个好媳妇，三代好儿孙，康家从此就如虎添翼。祖先留下了副传家门联，就是刻在主门上的那副——处世无他莫若为善，传家有道还是读书。门额，克慎厥猷。一辈子无论走到哪，都要牢记先人兴家诀窍啊！作为一个人，无论啥时间，都要保持善心恒心。"小文盛滴溜溜大眼想着什么。突然，他说："爹，我将来也出去跑跑，也碰见个皇帝的闺女，招我当驸马。"大家哄然大笑了。康大河说："那怎容易，善为先啊！"

康大河说番这话，不想次日真的来大事儿了。

一轮圆月冷清地挂着，洛河康家渡口，船儿被流水摇晃着，老艄工坐在船上，风灯一摇一晃的，他喝了点酒，捏嗓子学坤角唱着曲剧：

"两身柳绿两身红，两身粉白两身青，彩缎嫁衣整八件，件件绣得都有名。头一件绣的是百鸟朝凤，二一件绣的是锦鸡打鸣，三一件绣的是鸳鸯戏水，四一件绣的是柳浪闻莺，五一件绣的是喜鹊蹬枝，六一件绣的是凤栖梧桐，七一件绣的是春兰秋菊，八一件绣的是翠竹青松……"

唱到月上邙山头，河对岸传来喊船号子："啊——啊——"艄公停止了自我陶醉，也回号子："啊——"船绳被解开，艄公摇船朝对岸驶去。船到对岸，一人牵马上了船。艄公问："先生从哪来，怎晚还过河？"骑马人："马停人不停，驿站租换马，山东跑过来！康家那边的生意，就要呼啦了！"艄公不再说话，加快了划船速度。船靠岸，骑马人牵马下船，跨上马又往康店村奔去……

康大河吩咐逯小柱，连夜叫来了白老虎、袁帅，让他带那骑马人，进到了议事堂。骑马人是伙计，山东魁记的小掌班。袁帅说："你咋也回了？"他回答："前边要有四指路，我也不会怎傻蛋，骑马蹿了这么远。"康大河问是咋回事儿？他说："灾民和生意周围百姓闹蹬了，说山东魁记要全烧掉！可靠人告诉咱，背后官府有孬人。"康大河说："自然灾害严重，当官的存心引祸水！"白老虎说："装好船，船队就起程，粮食到了那，可能会缓和那的矛盾。"康大河说："该出血时就出血！看能不能救灾也当生意做？"袁帅说："咱先赊给粮食，再从他处用东西顶账，像临沂山上的药材！"康大河说："理顺是关紧的一步。"

商量山东生意，一说就到了鸡叫头遍。白老虎说，他还得赶回去，很快就送儿子往云南，这次从山东回来，还要再往前线运批军需呢！说着，厨子端条盘送来了夜宵，鸡蛋绿豆面条，康大河也没了精神，赶紧吩咐大家浆补，安排歇息。

晨雾迷茫，邙山似藏懵懂中，白老虎、白天杰走到山坡上。这里一片柏树林，靠山根卧了座坟茔，上边拖满了常青藤。白老虎亲手燃香火，儿子认真摆供食，烧纸钱。白天杰扑通跪坟前，白老虎站一边。白老虎说："他娘，咱小虎要远行了，你要尽力保孩子。"白天杰说："娘，您总盼我能有个出息，这次，我从军当了小官，也算是往前进一步。您放心，今后我会再努力。俺爹一人留在家，大河伯对他不会赖了，在那边，您也尽力通融，让爹免病消灾！"暖暖的话，白老虎听了眼里润出泪来。

雾气渐薄，绚烂的晨曦从雾气中穿过，照到了翠绿的柳树林上。康大河带儿子文盛站在柳林下，看着焦湾村口。他们终于看见了，白老虎肩背钱搭，天杰身背行李卷，匆匆这边走过来。小文盛走到天杰旁，抬头看他高了一截："小虎哥，你多美，一下子就蹿怎么远，啥时把我也带去！"白天杰抚摩他头："中，好好读书，将来你哥当大官了，一定接你去，也给安个官！"白老虎龇着牙笑了。康大河说："小虎，路好远啊！"白天杰说："坐公船到县城，有人驿站接着我。"康大河说："那走吧，公船怕就要到了！"他们一起河边走，柳林鸟儿鸣叫了，也像是欢送白天杰。一艘带"官"字的红船停靠在河边。一旁，停着康家的船队，一排十六艘大船，旗帜写着"救灾"，扑刷刷飘扬着。大家送白天杰上了官船，待那船消失在洛河转弯处，白老虎擦了眼角泪水："文盛，你回去吧，该去学堂了！"小文盛木呆呆地点了头。

白老虎一声呼喊："太平船准备走哩！"逯小柱说，袁帅师傅还没来呢！白老虎说："有家有口拴住了腿？"康大河说："就再稍微等一会儿！"白老虎说："大河兄，这次本不让你去，身体总没过来劲儿，既然要去，到那边给伙计们鼓鼓劲儿，还有疏通官府的事儿！"康大河说："人心齐泰山移，办法总比困难多。"一个伙计船舱里走出来，说："大家正吃饭呢，你们也来吃吧！"逯小柱说："大河叔，俺婶子让送来了些茶蛋，你吃点吧！"康大河说："先放着，等想吃了再说！"这时候，袁帅和秀秀带孩子都来了。袁帅说："我来晚了？"康大河说："不晚！"逯小柱说："看师娘还有啥交代？"秀秀笑着说："捣蛋鬼！"

袁帅一上船，俩孩子都哭了，大毛大声说："爹，啥时候来接俺？"小毛也大声说："爹，你可不敢再找个女人，不要俺妈了，还有俺俩！"满船人都笑了起来。袁帅也嘿嘿笑了："两口子说笑话跑风了！"秀秀羞得满脸红，捂着嘴也笑了。

一切停当，白老虎又吆喝一声："开船嘞！"铁锚搅起，船队徐徐离开河岸。两岸山树田路，也似乎开始移动了。

洛河、黄河、沂河，船行几天水，终点码头到了，白老虎指挥着，忙碌卸粮食。百姓们议论说："还是魁记家，救灾玩真哩！""官府光打呼雷不下雨！"码头外，百姓组织的护卫队，拿大刀红缨枪巡逻着。也有人虎视眈眈地观看着，也有官们鬼祟祟地咕哝啥。

次日，当地良绅带领着，康大河拄根棍子，还有袁帅伙计们，艰难地上了崎岖山道。山上朝下望，洪水漫卷过，鹅卵石覆盖满河川，山村歪倒的草房，被风折断的树木……到个小山村，围过了许多人，穿着破旧的男女脸色呆滞。向导良绅问百姓："你们村头呢？这是魁记的掌柜们，想商量商量咋救灾。"听着话，百姓露出喜色，互相一商量，就叫来了一个老汉，两眼炯炯有神，走到袁帅旁，说："该咋谢您呢？"袁帅说："这是大掌柜，运来了粮食和布匹，帮大家度过难日子。"康大河说："这的生意能兴隆，离不开父老乡亲们！大家暂时遇难处，俺也该表心意！"村头说："这村数我年龄大，想说几句话。咱离城远，消息听不真。前些时官府来个人，说您只帮生意附近老百姓，没有俺的份儿，让俺抢你们。我就说，官府那些人是白眼窝，说话十句九句假！自己没本事，诓住憨狗咬狼哩！"袁帅说："好事办好，大掌柜想听听大家的！"另一个老汉说："一村选俩人，共同定规矩！"康大河说："咱只商量眼前事儿，一口人先给多少粮，各村谁招呼找人分？"袁帅说："说妥了，就把粮食拉回来。"村头说："俺找几个心平的，舞揽这好事！"商量了细节后，他们又要到别村，村头挽留这吃饭，康大河说，还得赶时间！

大家又走陡山路，康大河满脸流汗水。逐小柱要扶他，他甩开了，说："还没七老八十哩！"可才一会儿，他就激烈咳嗽了，弯腰吐了血。逯小柱说："叔，我陪你歇歇吧！"袁帅说："老兄啊，以后让我跑，毕竟年轻些！另外，不如找些当地绅士帮帮咱？"康大河说："怕东西走小路百姓少得呀！"逯小柱说："我找一匹马，驮大河叔回去吧？"

康大河坐在道路边，搋着地上青草秆，放在嘴里慢嚼着，涩涩的咸咸的。不多会儿，逯小柱牵匹枣红马，扶着康大河骑上了，马儿优哉游哉地走。突然，康大河歪在了马背上，逯小柱急忙喊马停，摸了他的前额，烧得已像火炭了！他扶着马上的康大河，到了前边个村庄，找到个看病老先生。康大河被弄床上躺着，看病先儿冲了盐糖水，往他嘴里慢慢喂。继而，把康大河翻得脸朝下，大青盐放脊背上搓擦，继而又扎针。康大河半天喘过了气。先生说："主要是虚，又过于劳累，多歇歇，养养！"先生用毛笔画了药方，是服洋参汤，说要喝十天，千万不能近女色！康大河笑着说："女人没带来，想近也难呀！"

康大河一躺就是好几天，之后好了些，还感觉太劳累。这天，他问逯小柱，袁帅回来没？逯小柱答，还没呢！突然，门外闹嚷嚷的。康大河让他看是咋回事儿？

来了一群人，闹闹嚷嚷地堵柜台，说是官府的。衙役头问："袁掌柜呢？"店伙计说下乡救灾了。衙役头说："哦嗬，比官府还忙呀！上头说了，税银本月起，你们增加一倍！"伙计说："哦，杀人吧！"衙役头说："你再哦，能屙出一个鹅蛋来！"众衙役哈哈哈狂笑。衙役头留下一文书，说："转告袁掌柜，给三天期限，过时生意查封！"伙计们面面相觑，顾客也都发了愣。

听了这出剧，逯小柱在院里直发呆，告诉大河叔？他又摇了头，不能，人家有病呢！就等袁掌柜回来吧！说也巧，袁帅带人进了门。逯小柱喊袁帅站到槐树下，嘀嘀咕咕就说了，袁帅脸色顿变黑，说："大概咱迈了官府门，有官喝不着腥汤儿，给点颜色看，我这就交涉去！"

逯小柱回到屋子里，康大河寻问咋回事儿，逯小柱就学了。康大河说："有官嘴像屁股眼，想咋胡呛就胡呛！"逯小柱说："袁帅哥说去交涉了！"好长时间后，袁帅才回来，脸色很忧郁。康大河问："他们加税银，总要有理由呀！"袁帅说："上下嘴唇一碰就是理由，大概咱救灾迈了他门槛，要给颜色看一看！"康大河问最后商量咋样了，袁帅说："茅缸里石头，臭兼硬！"康大河说："走，我找他们去，知府过去见面还叫叔呢，咋就翻脸不认人了？"袁帅说："别着急，慢慢来，你身体还不是太得劲儿！"

马拉轿车停在府衙前，袁帅扶康大河下了车，门守点头又哈腰，迎他们进了府衙内。后殿里落了座。知府问，"咋，把大掌柜都给惊动了？"康大河说，"本来我有病，不得不来拜会您！在我印象里，您是公平人啊！"知府说："此一时彼一时！现在，我要公事公办了！"康大河说："今年大灾，生意出多进少，您咋把税银加恁多？"知府说："饥民嗷嗷待哺，我又不会屙银子，不加税银能咋着？"康大河说："我们也正全力救济灾民啊！"知府说："真的吗？"康大河说："从来不诓人的！"知府说，"你该知道官场规矩吧？皇上设官府干啥呢？"康大河说："凭多年交情，也不能随意加码税银吧！"知府说："马嘴嚼，驴脸链，都是规矩啊！"袁帅拉了下康大河说："我们就先走！知府说恕不远送了！"

回到商行里，康大河问："跟那知府话没完，咋就起身告辞了？诸葛亮还常诱敌深入呢！"袁帅说："人家都调明局了，看咱给他送多少银子哩？哥儿啊，这里官场上，我比你知得多，都是看人下菜碟！"康大河说："对贪官，不能开这坏头，我去京城找李尚书，压压知府那龟孙"！袁帅说："润滑点银子，事儿就一风吹了！"康大河说："不对，长流水不断线，该远处看！"袁帅又看看他，说："哥呀，您拧起来，也不管自己身体了！"康大河："给准备辆马拉车，我和小柱去京城，他们都怕大官啊，我抬出来李尚书，看他咋治咱？"袁帅说："公鸡头母鸡头，不在这头在那头，都是要送钱，不如直接给知府吧！"康大河说："不是逼得没办法，最好别花钱，军需大生意多年了，李尚书现在正需咱让他添大功呢，不用送他一两银子！"袁帅听大掌柜在理，没再说什么，只说一路不要太车马劳顿了。

一路快赶，不日就到了京城，到了李尚书府外。逮小柱跟随康大河，走了进去，马上就有男丁上茶。康大河迷恋似欣赏墙上画品。李厚德晃荡着发福的身体走了进来。"啊，康大人！""李大人好啊！"李厚德问："又说军需大生意？"康大河摇了头，说了山东的遭遇。李厚德说："吃了豹子胆，太岁头上敢动土？"康大河说："我想求尚书大人给解开扣子。"李厚德说："我叔外地巡视了。山东那边，还没我办不了的事儿！不过你乱规矩了，直接对百姓，知府吃风屙沫？"康大河说："看百姓正艰难，没去讲究了！"李厚德说："看，呆了？好，我这写封信，看谁敢再鸡蛋碰石头！"李厚德走到桌子旁，画蛇走龙写就了信，念道：

"山东各官府：康家是功德之家，皇上曾赠匾额表彰。其想百姓之难，慷慨奉献，当扶助落实。如故意刁难，将严究不怠！"

康大河说这行，李厚德就喊人，拿兵部火速加了大印。

李厚德说："咱还要说些别的事儿！"康大河说："有何吩咐？"李厚德问见过张太医没？康大河答，早回京城了？李厚德说："如若见到，赶快扣押，通知我或尚书府。"康大河装模作样地问张太医咋了？李厚德说他罪恶滔天，不便透露。康大河答应，如若见到，定马上拴绑，押送京城！尚书府出来，康大河赶到京城自家商行里，告诉逯小柱说，立马去张家，叫来太医的儿子，一定要悄密！逯小柱另一个屋里去了会儿，就戴顶伊斯兰帽子，挂根黑拐杖，戴个玳瑁宽边眼镜，又到了康大河屋里，说："咋样？"康大河笑着说："看着比较烧包了，快去吧！"

张太医家，一座典型的四合院。逯小柱走进院子里，张太医十岁的小孙子正玩耍，问他找谁？逯小柱说："你猜猜！"小孩子说："找我爹？"逯小柱说："猜你爹叫啥名？"小孩滴眨了半天眼说："我爹叫？哎，你不是好人吧？"逯小柱说："你猜猜！"小孩子说："你定是坏蛋！"逯小柱说："你爹是张大恩？"小孩子笑了说："逗我玩哩！爹给人看病了，一会儿就回来！"此时，传来了一个女人说话声："洛书，谁了？"小孩子说："找大恩爹呢！"一俏丽的女子走出了屋，看见逯小柱："客从哪来？"逯小柱小声说："康掌柜急事要见大恩呢。"女子说："大恩在药房，我领路去吧！"逯小柱就点头，跟着她，出了太医家。张大恩跟着逯小柱，穿胡同过大街，进了康大河的店铺里。

让座，忙活沏茶水。康大河说："你爹一切安好，你放心！"张大恩忙磕头说："太感谢大掌柜了！本该我们尽孝，他却亡命天涯了，还给你们找麻烦！”康大河拉起他说："一家人，别外气，不是你爹，我哪能有今天？你爹的事儿，听到别的啥消息没？"张大恩说："经常有人问我爹。我就说他葬到香山山坡上了！人家硬不信，继续来打探。"人说，"李尚书的政敌一直盯着他，想撸掉他，估计我爹知道啥大事儿。另外，我家个亲戚也混朝事儿，跟李尚书是对头，带头弹劾他贪腐。我那亲戚，心里装不了几滴油，说有把烧饼我爹拿着呢，老人便被推悬崖边了！听说，李尚书的事儿，风声又紧了！"

康大河点头说："你们也要警惕点，别让人使迷魂计，钓着你爹跳油锅！"张大恩说："我岳父和皇宫也丝瓢，消息也在探听着！我爹说了，我们只当平民老百姓，绝不掺和官府的事儿！"康大河说："对，跟你爹说点啥，写封信。以后有啥话，捎信到洛阳魁记商行里！"张大恩点了头。

八

康大河递来信，胖知府打开了火漆封印，展开仔细看，脸上出现了不自然。有人曾劝他，说魁记身后有大靠山，原来不信，现在就信了，胖脸即刻变得温柔了，笑着说："好好，康家不一样嘛！如果皇上也能给赠匾，如果为国贡献也恁大，咱也可以给照顾呀……"康大河说："大人，以后还望多多包涵！"知府头点似鸡啄米，康大河也笑了。知府说："以后，兄弟我有啥需要您帮忙，您可要给予关照啊！"康大河说："也当仁不让呀！"俩人都哈哈笑了！

这天以后，码头仓库外，官府出了人，帮助维持秩序，帮助康家发放救灾粮。一天，商行外，百姓敲锣打鼓，抬了块大匾额，上书金色大字"大德大善，海山永志"。挂在了魁记商行大门上，鞭炮声噼里啪啦好热闹了一阵。数天后，康大河归家刚下船，族长带人接迎他，救灾积大德，族人的高兴事儿！突然，一匹红马疾驰到跟前，一个信使翻身下马来，问："康大河大人在吗？"康大河说："我就是！"信使急信递给了他。信使又上马，飞驰而去了。康大河微微笑着，忽的，走路有点儿晃，白老虎连忙扶住他，使他坐地上。族长急问是咋了？白老虎说是累坏了！族长吩咐几个人，船上搬下小竹床，挽他躺上边，朝村抬去了。歇了大半天，康大河缓过神，少气无力地拆信看，急忙叫铁山，吩咐说，快弄车，把张太医和云深师父接过来！韩菊兰含泪问："等到明天行不行？"康大河说："二恩来的密信，等到明天，恐怕张太医就没命了！"韩菊兰、白老虎心内震惊。

到了夜色朦胧时，铁鳖灯火飘摇着。韩菊兰端碗洋参银耳汤，刚喂了康大河，张太医和云深和尚就来了。韩菊兰先出去了。康大河说："把你们接来，为的是悄密些。从今夜始，张太医先住灵山寺，对外别声张！"云深和尚说："这可好，张太医治病救人，灵山寺又多一善行！"康大河枕头下摸出那封信，交给了张太医："我要为你，也为所有你的病人负责啊！"康大河说："你们搭上家里的车，现在就走！你家那边事儿，我会处理妥当！"云深和尚说："张太医，民之大器，我定会照顾好他！"

果真，李厚德就来了，乘轿往康家，炮声隆隆的，引来了人们看热闹。铁山去码头那办事儿，看见这阵势，匆忙跑回了家。康大河问："看你累得张嘴像离水老鲇鱼，有啥急事儿了？"铁山说："叔，你听听，炮声冲天响！有大官朝咱门口来，怕是又找你！"康大河哦了声，就整理起装束。大门口，康大河迎住了李厚德，请一干人到了会客厅。李厚德介绍了一班随从们，一个是洛阳府捕快杨大人，一个是兵部的刘大人。李厚德说，这是第二次来你家，阎王庙可建起来了！康大河说："我身体不行，将来家业只看儿子了！"李厚德说："青出于蓝而胜于蓝！"康大河说："来一次不容易，我领您饱览河洛盛景吧！诗圣杜甫故里、诗圣陵园、北宋皇陵、伏羲八卦台、河出图洛出书的洛汭，还有道教圣地浮戏山、北魏石窟、慈云古寺，好风景能转好几天呢！"李厚德说："感谢美意，待我等办完公事，再游山逛景不迟。"康大河说："需出力的，本人定唯你马头是瞻！"李厚德说："主要是依靠你，追捕张太医！"康大河说："这可难帮忙了！"李厚德说："皇上下了令，尽快抓住张太医，叔叔焦急啊！"康大河说："憋着公鸡娩蛋哩！"李厚德脸色黑沉了："明说吧，我们有消息，张太医就在你们这。"康大河惊讶地说："那我就让团练也帮忙！"洛阳捕快杨大人说："百姓嘴里刮大风，洛阳人都知道，你们这有外科神医张太医。"康大河哈哈大笑说："那是个道士，叫张太乙，甲乙的乙，太白山的云游老道，见这里古风可览，便住下了！这就看看，反正路不远！"李厚德说："就看看去！"

一行人几匹马，洛河边大路前行。洛河、帆船、对岸的贡梨园，画一样闪过了，就到了红土山窑洞前。大门口挂着个木牌，写着"张太乙远游，暂停看病"，窑里走出个瘦老汉，"大掌柜，谁来瞧病的？身上生疮了流脓了？还是骨头折了？"康大河说："听说张太乙是神医，大人们路过，都想看看尊容！"李厚德说："老人家，那张太乙长啥样子？"此时，又围过来几个村民，瘦老汉指着个老太太："女人看男人真确，你说说张太医长得咋样子？"老太太指着瘦老汉："那老头儿跟他差不多，都像瘦狗！"逗得大家哈哈笑。李厚德心想，这张太乙不像那张太医，那张太医胖胖的。杨捕快说："大概是以讹传讹吧？"李厚德问，张太医能去哪儿？瘦老汉说："他天马行空，独来独往，听说又回太白山了，大概过罢冬天再回来。听他说，有几味名药，必须天寒地冻，悬崖上采集，药性最好！"李厚德又问，张太乙说话是哪的口音？瘦老汉用陕西方言："我说半天了，咋不念传哩？"杨捕快说："真是老陕话，咱走吧！"一行离了红土山，信马由缰往前走。李厚德问："大河老弟，你见过这张太医没？"康大河摇头说："还没拜访过？"李厚德困惑地自语："那张太医真死了？他身体恁结实，咋说去就去了？"康大河说："人的命，天注定，老天叫他夜里去，不会等待到天明，老话啊！"一路很少言语的刘大人接了话茬儿："李大人，甭提恁大精神了，康大人说的有道理，可能张太医真找阎王了！"李厚德突然叫过刘大人，李厚德说："先住县城里，再仔细计议！"刘大人点了头。

康家码头那，李厚德们与康大河分了手，又乘上官船，朝洛河下游县城漂去了。康大河皱着眉头，突然他的眼一亮，他看见了康广才渡船上走下来。

康广才问："哪的人，恁派气？"康大河答："商量点急事儿！"安排好饭食，俩人边吃边说话。康大河说："少林寺你又回次炉，武艺练得差不多了吧？"康广才说："这次遇到武术高僧了。"康大河说："现在世事乱，离不开个壮胆人，你就留家算了吧，也好就近照料家人。"康广才说："跟着老哥干，没啥说！以后，鞍前马后的，叫咋弄就咋弄！"康广才催他说说啥急事。康大河说："张太医，知道不？"康广才说："那年皇上专派来，给您看病那老头儿？"

康大河说了要极力搭救他的事儿，说张太医是好人，兵部李尚书的啥私密，他大概掌握些。别人弹劾李尚书，李尚书为灭口，就要除掉他。受人滴水之恩，当涌泉回报。自己安排他躲在了灵山寺。一帮人前来追拿他，令他马上去找张太医，迅速转移到洛阳，让那边掌柜安顿好。他还写封信，两天内一定办妥当！康广才说："中，放心吧！"康大河说："要记住，带上马，走邙山小道啊！"

县驿馆临着洛河，荷塘垂柳，鱼儿戏游。过午时分了，李厚德观看荷塘鱼儿，一条全红鲤鱼特养眼，倏地钻入荷叶下，再也看不见。李厚德突然站起来，快步来到驿馆内，叫喊着召来的兵。李厚德说，他突然有种预感，张太医还在这地方，估计康大河把他藏哪了，只要仔细点，不怕露不出马脚来。他要大家装扮成老百姓，下劲儿附近跑几天，不信探不住底细！刘大人说："我看行！"杨大人说："康家是大商，家又出过官，依我看，康家不会骗咱们！"李厚德说："宁可信其有，不可信其无，明前晌分头行动，绝不放跑那钦犯！"

红土山村附近河滩地，村民锄草整畦各忙碌。一棵大槐树下，布衣打扮的李厚德，黏住个老汉说起话："老伯，这村有个张太医？"老汉手放耳旁似聚音："啥呀，村里谁让逮了？没听说，犯的啥事？"李厚德苦笑自语说："上去问个聋子！"老汉答："因为打了只蝇子？打蝇子也犯法？"李厚德说："算了，我再换个人吧！"老汉说："问哪里卖蒜？新蒜还没下来哩！"杨捕头没按既定方针办，径直来找康大河。康大河去了祠堂里，正和族长商量事儿，铁山进来说，杨捕头家里等他呢！康大河猛然吃一惊，说："咋，说声可又来了？"

康大河回到书窑，故作镇静读《三国》，铁山做向导，杨捕头引进来。康大河书也没合，"问，还没走？"杨捕头夺了书，扔到床上说："装模作样，杀身之祸临头了！平日康家关照我，才来提醒你，要有应付倒霉的准备啊！"康大河嘿嘿笑："咋会呢？张太医是钦犯，钦犯交给兵部办，还要刑部喝稀汤呢？"杨捕头发下愣："是啊，有道理，究竟葫芦里卖啥药？""我只说，张太医是好人，因他知道啥机密，有官怕犯事儿，就要除他灭活口！请老弟设法保护张太医，如果落在狠人手，张太医就成冤魂了！谁制造冤案，皇上将来许灭九族哩！"杨捕头手拍脑袋瓜："还恁复杂呢，我定想法搅乱这局！"

杨捕头又到红土山，看见李厚德正站在土堆上张望着。李厚德也看见了他，朝他摆了手，杨捕头走过去，李厚德一脸着急，没想到，这么快，底细抖出来了。杨捕头问啥底细？李厚德答："我装成了病人，一个老太太可怜我，说张太医藏灵山寺里！"杨捕头说："咱两人？"李厚德说："刘大人不知哪去了，连影子也见不着。"杨捕头让李大人这等着，他去找！李厚德吩咐，让他快回县城，多带些兵卒来。杨捕头慢慢悠悠的，去寻刘大人了。

洛河边一棵古柳下，刘大人呼呼睡大觉。杨捕头掐根狗尾巴草，草梗往他鼻孔里扎，他"阿嚏"打个大喷嚏，鱼打挺似的坐起来："你个捣蛋鬼，赔我的好梦！"杨捕头传达了新情况。刘大人说："他把张太医拿住就行了！"杨捕头发愣说："刘大人，张太医真是钦犯吗？"刘大人说："刑部签发的文告呢？谁知私人间结了啥冤仇，给根鸡毛当令箭！"杨捕头说："你说说咱咋办吧？咱不能稀里糊涂当冤大头！"刘大人说："走，端人碗，听人管！关键时候多长眼，要给自己留后路！"俩人到了长官前，李厚德脸色很难看，说："刘大人，你到哪儿去了，带着迷瞪脸？"杨捕头说："李大人冤枉了刘大人，他也学您装病人地上爬呢！"李厚德吩咐刘大人快回县城搬兵。刘大人说："最好别先打草惊蛇，如果惊跑了那老头，我刘某可没说臊气话啊！"李厚德笑笑说："乌鸦嘴！"

康广才到了灵山寺外，两匹马拴到古柏干上。走进寺院里，云深和尚正念经，背靠银杏树，突然站起来，双手合十诵道："阿弥陀佛，施主上香否？"康广才打恭说："我是当年救你的人！"云深和尚吃了一惊，抬头看看他，问："施主有何指教？"康广才掏出信，递了过去："大掌柜说你认得他笔体，他只给洛阳商行掌柜写了信，让我赶快把张太医救走，晚了大难要临头！"云深和尚困惑地问："能跑出去吗？"康广才："闯也要闯出去！"云深和尚："我赶快去叫张太医，他怕是还在睡觉呢！"

片刻，张太医走了出来，康广才把信又递张太医手，说："马上跟我走，外面还有马！"张太医说："让我带住行医器械吧！"康广才说："中，快点吧！"云深和尚吩咐小和尚，外面看着点，如有生人来，想法先挡住！无论谁询问，别暴露张太医。小和尚懵懵懂懂看他们，执行命令走出去，康广才焦急等待着。又片刻，张太医走出了寺院门，匆忙上了马。康广才骑马前边走，张太医戴顶草帽跟在后。康广才说："路上，无论见啥人，你都别说话。"张太医说："你可别冒大风险，如果看难保住我，别太死势，我一闭眼就跳沟！"康广才说："放宽心，论武艺，他们仨俩难近我！"

迎面走来了杨捕头，看看康广才二人，杨捕头问："喂，护送张太医吗？"康广才怒目看着他说："这是我爷哩，我们上了香要回家，啥张太姨李太姨，我没有见过那女人！"杨捕头哈哈大笑说："小兄弟，能瞒了别人，还能瞒了我？我和康大掌柜是朋友，他啥都说了。你们快走，李大人他们带着兵，也往这里赶着呢！"康广才朝他抱拳敬意，接着扬鞭催快马，俩马飞驰向前进。杨捕头脸上就笑了，他仍朝灵山寺慢慢走着。再说李厚德，脚上磨个泡，一瘸一拐走着路，走到三岔路口处，他定睛看一看，一条路通往了邙山顶，转念又一想，便坐在了路边草地上，轻轻自语道，守株待兔吧！

远远地，康广才看见了李厚德，轻声告诉张太医，前边岔路口坐个人。张太医手抬草帽檐，我也看见了，咋办呢？康广才说："我们的马走快点，我在前，你在后，三岔路口处，我慢一点，你从我侧面快些冲上邙山！"张太医说："好！"两匹马如闪电，朝李厚德那儿奔驰着，康广才到李厚德面前稍停顿，马抬前蹄子，差点儿踩到他身上，李厚德吓得翻个滚。张太医那匹马，侧面已经飞过去，朝山上嘚嘚前进着。李厚德惊魂方安定，爬起来后吆喝道："站住，钦犯张太医！"康广才抽出马鞭子，朝李厚德身上猛抽好几下，哪来浑蛋人，敢污赖我爷爷，鳖儿子，我还说你是刀客呢！"李厚德被打得地上打滚，歇斯底里吆喝着："我是皇帝派来的，我的兵马上就要来，有种你等着！"康广才又抽打他："啥黑的黄的？看你那屎壳郎脸，还充命官哩！"康广才也催马往岭上走了。

康广才赶上了张太医。康广才说："我赠那货好几鞭子，看他还当不当害人精了？"张太医说："不好，他们马上会追来！"康广才说："到了这山，到处都是路，大路套小路，天然的迷魂阵。走，咱往黄河边，再走三五里，有条小路通洛阳！"两匹马融入了沟壑中。

杨捕头又返回，看到李厚德，张着鲶鱼大嘴喘粗气，问："李大人，是咋了？"李厚德扭曲着脸，指着山坡岔路说："我看见了张太医，一个凶神年轻人领跑了！"杨捕头说："是骑着两匹马？"李厚德点头称是！杨捕头解释，那不是张太医，你认错人了！李厚德问："那他跑啥呀，还要鞭抽我？"杨捕头说："我都问过了，那是个哑巴老头儿，神神经经到处窜，灵山寺外大树下，他都睡了好几天，孙子刚才找着他。他孙子脾气暴，听谁说啥有不对，上去就跟人打架。甭说你说啥不中听？"李厚德说："我说那老汉是钦犯！"杨捕头说："猜对了吧！村里人刚才说，谁说了他爷是憨子，就被他扇了几嘴巴，一下打掉了两颗牙！"

李厚德说："真是野人，少领圣人教！"你问着张太医没？杨捕头说："哪有张太医？灵山寺的住持说，佛道不同祖，从没交道过张太乙。我还寺院里转了转，也问了当地老百姓，也没谁见过张太医。"李厚德说："张太医能跑哪呢？"杨捕头说："挂羊头卖狗肉，为生计所迫，作假的太多了，哪能认真去对待？康大河是个实在人，他从不会诓官府！"李厚德："不行，必须抓住刚才那凶手，殴打皇帝命官，是大罪！"杨捕头说："去哪找他呢？"刘大人骑着马，带着兵士不慌不忙过来了。刘大人说："李大人，咋，摔倒了？"

李厚德说："甭说了，扶我骑上马，咱一起抓个凶手去！"大家艰难地上土坡，站到了山岭上，博大起伏的邙山，沟壑纵横，野树葱茏。李厚德站了许久，说："大山里找蚂蚁，走，咱回去吧！"一群少气无力散漫的兵，茫然地互相看看又看看。

也是这天，小文盛在演另一场戏呢。

翠柏遮掩的康家祠堂旁，一座青堂瓦舍的学堂里，头发斑白的王先生，坐在黑又亮的八仙桌前，扶了下老花镜，眼光从眼镜下看学生。十几个小学生，规矩地坐下边。他发现康文盛打瞌睡，就拉着长腔敲桌子："上课了，啊！"学生们震惊，康文盛也睁开了眼。先生说："还是上节背学过的书，都背《三字经》。康文盛，你背吧！"康文盛笑了笑："中，俺就背他个舅子！"引起了一片哄笑。王先生咬咬牙，板着脸说："少说俏皮话！"康文盛就背了起来——

人之初，没有旦，阎王爷，不吃饭，割青麦，拉碾转（青麦粒石磨上拉出的食品），急得猪娃乱叫唤，唧唧唧唧想婚恋……

顿时，同学们前仰后合地大笑。王先生气得铁青了脸。啪！王先生朝桌子猛拍下。康文盛被震张圆了嘴。王先生的手却滴着血，指头哆嗦着指住："你，您爹咋生了你这个种？"先生走到他身边，命令伸开手！康文盛兴致一扫而光，犹犹豫豫伸开巴掌。先生抡开戒尺，先重后轻，打了十几板。康文盛没哭，只咧着嘴喊哎呀，歪嘴一副难受样儿，又把同学们逗笑了。后来几日里，康文盛好像老实些。这天，他背书包下了学，看人盖房挖地基。地沟里个人喊："文盛呀，给个马克搂蛋耍！那人递出个圆球球。"康文盛问："谁下的蛋？"干活人答："不知多少年前屎壳郎推的。"康文盛突然脸上现出激动，拿那东西就跑了。回到家里，他小心翼翼地，黑煤往上磨，变成了黑又亮。指头捏起来，朝着太阳看，嘿嘿地笑。铁山走过来问："啥宝贝？我看看！"康文盛拿着就走了，还诡秘地笑了笑。

这时候，康大河窑里走出来，喊铁山，让他去叫文盛来。铁山应诺，洛河边领回了小文盛。小文盛说："让我给你背书吗？"康大河说："给背《三字经》吧！"小文盛挠着头说："真让我背哩？我以为说说就行了！"小文盛一本正经背起来："人之初，性本善，性相近，习相远"，他很熟练地正经背着，不想就溜出学堂时背的有几句。"割青麦，拉碾转，急得猪娃乱叫唤，唧唧唧唧想婚恋。"康大河啪啪啪拍桌子，问，哪有这《三字经》？小文盛这才惊慌了，说是背差了！康大河扭了脸，憋住笑，说："再胡来，不轻饶！"他摆下手，康文盛慌忙逃跑了。

又天后响，教室门外，先生正踱步。康文盛大声说："哎！"先生开玩笑说："咋，冷了，想挨着扛膀子？"康文盛："不，先生，我今天可是真心请教哩！"他在口袋里摸索一会儿，取出了宣纸包的马克搂蛋，递给了先生。先生高兴地就笑了："好哇好，有长进！"这球黑又亮，吸引了众学生，如群星绕月样，靠拢在先生的身旁。张张稚气的脸，盼望着先生给讲解。先生对古董特兴趣，说过，从前人器物里，遐思能够飞出来。果然，他小心翼翼对着明太阳，屏住呼吸细打量，一派凝思和庄重。

康文盛看先生怎认真，心里不由发虚，害怕识出小把戏，再抢板子打他手。康文盛机智地问："先生，到底那是啥宝贝？"先生严肃慎重的口吻说："最最有可能，战国时的小弹丸。"康文盛说："古代的蛋可真圆！是人的，还是鸡的？"同学们嘻嘻哈哈都发笑。先生一本正经地摇头说："此乃大谬也！弹丸者，兵器也。战国遥远啊！时髦的兵器，如现在你们玩的弹弓，不过是大弹弓，用杆子把弹丸射出，就能把人打死了！"康文盛惊呼道："哎呀，我哩乖乖呀！"同学们也呼应感慨。康文盛又变脸，装出一本正经说："先生，您再细瞧瞧，如果能卖出好价格，我定请您喝一壶！"先生看看康文盛，口袋里掏出西洋放大镜，对着那圆球，继续做研究。在放大镜下，那马克搂旦上植物须根攀爬印痕一道道。先生自语，这是啥文字？可能是图案？纹饰怎细致，铸造用的啥模具？先生巡视学生的脸，仍端着那个圆物件，开始了解说："从这弹丸上，我们可看到，咱们祖先很不简单！用了啥办法，弄得这么圆，地下埋了两千年，还是这样黑又亮？"弟子们一颗颗小脑袋，盯着那宝物，盯着先生伟大的脸，似乎还探究着先生下回咋分解。

康文盛已挪到了外围，心里发冷笑。他猛然喊叫着："都看呀，老鹰抓了大公鸡！"同学们转而往天上望，王先生也往天上望。康文盛似为大家指点着，这儿这儿，那里那里……他把大家推动了，趁机舞扎住了先生的手，黑色物件一下落了地。先生收回目光时，弹丸早就摔碎了。王先生蹲到地上看，又湿唾沫想沾那碎块，认出了古代的屎壳郎旦。先生脸上一派尴尬和茫然。弟子们也发现了奥妙处，都哄然大笑了。

先生恼怒，对学生们摆手："都回屋去！"学生们进入教室里。先生朝小文盛招手，指着他的讲课桌，笑着说："你到这里来。"看先生神态怎温和，小文盛就没了警惕性，大大咧咧走过去。先生仍然很温和说："来，让我给看看手相吧，看将来能干啥大官？"康文盛就伸开了巴掌，先生拿着他的手，似乎仔细看手相："嗯，仓不少，能装金，能装银，一二三四五六！"先生的另只手，悄悄后边摸戒尺，突然，抢开狠打他的手。小文盛龇牙咧嘴号叫着："先生，你咋弄这哩！"先生笑着唱道："这就叫，诓人没商量，大人你都诓，我叫你也尝尝被诓啥景象！来来哐来来哐，小猴还想诓老猴！三天不挨打，你上房要揭瓦；三天你不挨，饭锅里你扔鞋；三天你手不肿，你不知自己的姓；三天你不哎呀，忘了你爹和妈！里格里格隆！"

学生娃看了这一幕，听了先生唱，又一片哄然笑。小文盛咬牙吃喝道："这回我输惨了！"先生说："现在你诓先生，小事一桩，如果长大了做生意，到处诓人家，要不了几年，康家就给呼啦了！"

康文盛没说话，只是咬着牙，愤怒地瞪着眼，心想不能算完。

九

太阳热烈燃烧着，树上知了拼命地嘶叫。学堂外的黑槐树下，文盛和同学玩摆方。先生慢慢走过来，他刚剃了头，前亮后边阴。他对学生说："别耍时间太长了，教室睡会儿午觉，后晌上课时，省得梦周公！"嘱咐过了，他慢悠悠地跨进了学校门。小文盛骨碌着眼睛，看看先生的背影，立即联上了几句："日头照得亮晃晃，赛似明灯光；月亮照上明晃晃，油也省三两！"逗得同学嘿嘿笑。杜列礓往方里摆个子："文盛输定了！"文盛却在想，那次逗新媳妇，刺挠草塞进脖子里，新媳妇又蹦又尖叫。这时，杜列礓手放他眼前晃两晃："吃神仙蛋了，发啥愣？"文盛说："算我输了，你们接着当吧，我睡觉去！"

小文盛走进了学堂门，跑到先生住室窗口外，指头湿唾沫，窗户纸上开个洞，闭只眼睛里边望。大床上，先生伸胳膊展腿，已发出如雷的呼噜声。他轻轻推开门，见桌上插根驱蚊熏香，脸上现出了一撇笑。他又轻轻出门。

墙根处草丛择着刺挠草，顺便摘几颗小老鼠愁，放进白麻纸折叠小包里。之后又闪进先生屋，悄悄呈蹲姿，床上衣上也撒，工作完成，闪出了屋外。

小文盛又返黑槐下："我要请大家看场戏。"杜列疆问是啥戏？康文盛说："反正不是说你先祖的《杜甫游春》！"大家就跟着康文盛，他招呼同学们，站到了当院槐树下。

康文盛指挥着，大家噌噌地，爬上了大槐树。杜列疆困惑地问哪儿有戏？康文盛说："穷嘴老鼠啃尿罐，不害怕话砸住脚后跟？"康文盛指着先生屋，问听啥声儿没？"先生的呼噜声，后音上挑迅速又滑落！"康文盛唱着："开始看洛阳洋片了！"他拉住了敲钟绳，轻轻敲响挂在槐树上的大铁钟。

低沉的钟声，惊动了梦里先生。他翻身要爬起，突然蝎子蜇似的跳下床，哎呀、哎呀叫唤着，他先脱了上衣，又脱了裤子，然后脊梁朝门口，翻着裤头寻找啥，又爬床上寻找啥。顺着康文盛的指示，学生们树上嘻嘻哈哈都大笑。然后，纷纷下了树，撒腿都跑了。

到了教室里，杜列疆说："孬蛋文盛，你这戏唱得太过火！"有同学说，你把大家都坑了，等着挨板吧！

洛河滩柳树行下，康大河晨起正练太极拳，脸上都已汗津津了。才收功，就听铁山叫，康大河扭过脸，看见铁山已站在他身后。铁山说，婶子叫你哩。康大河没说话，每临大事有静气，学人家诸葛亮耍的空城计，康大河又到河边去，清水洗把脸，又对着洛河，"啊啊"喊了几嗓子，然后，才迈八字步慢慢往回走。快走到村口时，抬头又见神龟山，耳边又响起风水歌，那是爷爷教他的："面前若有银带水，高官必定容易取。引出代代读书声，清显出贵耀门间……"

回到家，韩菊兰正站院子里，指着议事堂，说："教书先生，老和尚卷铺盖要离庙！凭我咋劝说，就是不中用！"康大河径直去了那里边。王先生还坐桌子旁，阴沉了一张脸。康大河笑着开了腔："王先生，稀客啊！"他掂起白瓷壶，给先生茶碗里续茶水。王先生阻挡了："不渴！"康大河笑着："咋像只气蛤蟆？我知道，你担忧孩子们，从小不成驴，长大是驴驹！"

王先生拍着胸口说："如果不是看你面子，我早打文盛几顿了！"王先生说了一二三四一系列故事。先生神色黯然："不能跟学生较真劲儿，我想辞职走！"康大河说："您不是扇我耳光吗？以后，我会配合您，就是将来九泉下，也会宣扬您的功德！"说着，康大河站起来，给他深深鞠个躬。王先生当即眼泪哗哗流。康大河说："我也想过好久了，对待小孩子，是不是变教法儿？需要啥，我一概包圆了。"然后，康大河做着手势，话语滔滔说着，王先生点头好似鸡叨豆。韩菊兰进来说："再去关帝庙一趟吧，求关老爷拉拉文盛那妖孽。"康大河说，我真舍不得狠治他！韩菊兰也说，不能看着他走斜路呀！

这天，夫妻俩刚进关帝庙，一团团乌云滚来了，天地顿时成黑暗。先是风越刮越激烈，不远处山头上，茂盛的皂角树，随风舞蹈着。远方亮起了一道闪，继而响起了沉闷的一声雷，不久，来了个大炸雷，地面呈现红火球。火球消失后，茂盛的皂角树不见了，夫妻顿时被惊呆了。夫妻出了关帝庙，走近被雷击毁的皂角树。那儿已围了许多人，小文盛和许多学生也站那。石磙老汉眉飞色舞地说："我看见了，清清楚楚的，一条八爪龙，嘴里喷着火，朝一头牛大的蜘蛛精身上烧，接着，呼啦一下子，蜘蛛精老巢让劈了！"文盛问："娘，见龙了吗？"韩菊兰说："神仙盯着每个人，谁若不守规矩，最后必定会倒大霉！"康文盛奇怪地看着老娘。

又天，康文盛去学堂，嘴里咬着白馒头，走过谷草垛，扬手剩馒头就抛了。康大河大门后监视着，看见了儿子的杰作，就搬个梯子，爬到草垛上，拾起了那块剩馒头，装进了口袋里。多天来的侦探，终于抓住了有把烧饼！

次日，天上飘着罗面雨，树叶唰唰响。康大河窑里来回转，突然让铁山叫文盛，他知儿子今天不去学。康文盛已听铁山说了，爹的脸色不好看，心里就打战，但又安慰自己，爹又不是红眼绿鼻子，四只毛蹄子，走路嗒嗒响，要吃小孩子。咬不了我的蛋，但他马上又更正，不算不算，阎王爷掉蛋！呸呸吐了口唾沫。

康大河稳坐太师椅，很滋味地咕噜水烟。康文盛站在了他面前，轻轻叫："爹，弄啥哩？"儿子灵活的眼睛研究爹。康文盛双腿颤抖了。康大河水烟袋放下后，皱眉头盯了他半天，问："这段时间你做了啥伟大的事儿？"康文盛低了头。康大河呼地站起来："毛羽还没插齐，就想治先生！还有，诓你娘，说肚疼，吃不下二面馍，白馍扔到草垛上！走，跟着我，去祠堂！"

康文盛说话呜哝着："去那弄啥哩？"康大河说："给祖先们立保证！"听到这话，康文盛脸色变白了："爹呀爹，俺错了，以后再也不敢了！"康大河口气很坚定地说："男子汉大丈夫，要敢作敢为！"康大河不由分说，抓起儿子的胳膊，拉起来就走。康文盛努力挣扎着，想坐地下，屁股上就狠狠挨了一脚。

青砖蓝瓦的康家祠堂院，掩映苍翠古柏中。这是两进院，大门雕梁画栋。两边墙壁砖石上，刻着二十四孝浮雕图。大门面南，进门是下院，东西对称着厢殿，放置着做社鼓乐和祭器。二门建筑更精制，除了雕梁画栋，面南墙壁上，雕刻了康家祖先史迹图，有月夜苦读，有浪中行船，有当官微服私访，有邙山垦荒，有仗义战歹徒……二门里边是上院，上院里一派威严相。正面一座大殿里，供奉着康氏祖先诸灵牌，正中一尊康守信始祖像。东西厢殿里，陈列着祖先事迹碑，还摆些治子孙的器械。

康文盛被爹拉着胳膊，进了威严地界里。已有几位年长者，或坐或站着，屠子似目光审视他。康文盛被牵到了东厢殿，父亲松了儿子的手，果断发出了一道令："脱衣裳！"康文盛就脱，只剩了一只小裤头。他哭丧着脸说："再脱，小鸡巴都露了，老是丑！"康大河铁青脸，拿了地上线麻绳，把儿子胳臂捆起来，抓把墙角的红荆条，插到了脊梁后的捆绳间。康大河牵着绳头，康文盛沮丧地跟着，走进巍峨的大殿里。

神态肃穆的长者们，两边列队站立着。祖先面前，摆着供奉，檀香已青烟缭绕了。大殿正中，先祖塑像前，康大河把绳头郑重地交族长。然后，康大河弹衣整冠，规矩地跪到了祖像前，脸呈痛苦状，哗哗地流出了泪："列祖列宗，康大河养不孝儿子康文盛，他不思读书，侮辱先生，浪费粮食，罪大恶极。故让他负荆请罪，按家法惩治，望诸祖宗保佑，促逆子番悟自新，能成国之栋梁！"接着，他站起来，踢了儿子屁股一脚："我给传达列祖列宗的大德。"康大河口袋里掏张纸，念道："明洪武七年，康家顺应皇上旨意，山西迁来河洛圣地。安居开拓，六世祖绍敬爷，高中进士，先洧川任驿拯，有功。再升任东昌府大使。间开拓航运生意，兴家至今。我等该遵循祖先遗志，奋斗不已！但你忤逆不贤，当该教训！"康大河折了纸，放进口袋里，拿起戒尺板，呼呼抡个圆，朝儿子抽过去。小文盛杀猪般叫唤着："我哩亲娘呀！老疼，老疼呀！我再也不敢了！如果谁还再敢，日谁他娘呀！"大家想笑不敢笑。康大河眼里流着泪，仍然抡着竹板。康文盛先是叫喊，随后咬着牙，瞪着眼。后来，康大河似乎麻木了还在抡，被族人果断挡住了。

族长说话了："凡康家子孙，上不尊天，下不尊地，家里不尊父母，学堂不尊师长，出门不尊他人，都要受到这种惩罚！人人相互尊重，祖先传下的美德，牢记此教训吧！"大家抬起了还哭着的康文盛，出了门。康大河忍不住张开了嘴，憨牛样也啊啊啊地哭起来。

这夜，康大河坐在儿子病床前，心平气和地说："儿子，你知爹为啥恁狠心？"小文盛说："我让你丢了大面子。"康大河摇头说："错！我是我爹的独生子，你是你爹的独生子，肩上担子千斤重啊！我从小身体不行，说不定哪天就闭眼去了。"小文盛哭了："爹，你可不敢死，剩下我和娘该咋办？"康大河说："一辈子活多大，阎王爷本上排好了，如果有天我走了，你能撑起这家吗！男子大汉，要顶天立地啊！人家诸葛亮，每日读典籍，刘备请出山门时，啥难事儿绊倒过他？"小文盛说："诸葛亮小时候也挨打过？"康大河瞪大眼说："三天不打，上房揭瓦！他爹揍他，鞋底怕也磨烂了，要不，他咋成大材料！牢记咱家那门联，处世为人首先都要讲究个善字，啥时间，都不能有歪人害人之心。"小文盛说："我把先生当成了敌人错了。"康大河说："孩子，抱守个善字，是成就个人的根基啊！"小文盛说："如果是别人对咱耍孬呢？"康大河："咱还要抱守善意，以正压邪！"说着，康大河怀里抽出一卷斗方，展开："这是祖上传下的一件宝，只要掌握住上边写的，就一定可耸立于世。你一定要背熟这上面的文章，刻记心里啊！"康文盛接过了那斗方，上面是硬朗的揩书，读道——

留耕道人《四留铭》云：留有余，不尽之巧以还造化；留有余，不尽之禄以还朝廷；留有余，不尽之财以还百姓；留有余，不尽之福以还子孙；盖造物忌盈，事太尽，未有不贻后悔者。高景逸所云：临事让人一步，自有余地；临财放宽一分，自有余味。推之，凡事皆然。夏峰先生训其诸子之词，以括之曰：若辈知昌家之道乎？留余忌尽而已！

康大河为儿子讲解说："这段话说，无论做啥事儿，都要留有余地，不能太过分了！"康文盛看着父亲，似乎在思索着什么。这时，韩菊兰领着王黑妮来了，王黑妮提了一篮红枣苹果。王黑妮身后还跟着她家的黄狗。韩菊兰说："文盛，你看谁来了？"康文盛艰难地挪动了身子，苦笑着说："黑妮姐，你咋来了？俺爹真把我打扁了！"王黑妮说："我跟着爹过河赶集卖果子，码头上听说了你的事，就来了。叫我看看，打的咋样？"康大河笑着，退出了门外。韩菊兰对王黑妮说："闺女，轻易不来，在姑家多耍两天啊！"王黑妮说，她一会儿就走，还要帮爹看摊呢。韩菊兰到了书房窑，说："他爹，看俺那黑妮侄女，懂得帮他爹了，文盛啥时才知道帮他爹呢？"康大河说："一天近似一天了。"韩菊兰说："我想好久了，是不是该给儿子定亲了？"康大河说："一成亲，你我才管不住他呢！除非给他找个厉害的主，能训斥住他！"韩菊兰说："那人还怪难找哩！"康大河说："远在天边，近在眼前，我看黑妮就不赖，文盛识她的戏啊！"韩菊兰说："不中！黑妮是个好妮子，就是脚太大，方男人！"康大河说："胡说？脚大踢死牛，儿子老沾光！"

那边，王黑妮正给康文盛说："来，让我看看伤咋样？"王黑妮不由分说，就扒开了被子，看到了他腿上伤，痛骂了句："那鳖儿子恁狠心！"康文盛说："不敢骂，俺爹的手艺。他恨铁不成钢。"黑妮说："我听说，狗舔伤长得快，让俺老黄给舔舔吧？"王黑妮给狗招了手，蹲着的黄狗走了过来。黑妮说："老黄，给俺兄弟舔舔伤，他伤好了，我给买肉吃。"黄狗似乎听懂了，就给文盛舔起了伤口。他嘿嘿地笑了，说："痒痒的，怪得劲儿哩！"

小文盛真是懂事儿了，听课认真，常与先生探讨学问。闲暇之余，他走在洛河边，时而仰头观看蓝天白云，时而观看洛河帆影，时而从怀里掏出书卷诵读。洛河边沙滩上，留着他的脚印。夜晚，缥缈的铁鳖灯下，康文盛或读或写，或临王羲子贴写毛笔字，或学着作画……

春天又到了，洛河滩柳行一派新绿。码头上一艘艘船装好了货物，船工们正擦洗船板，康文盛也上了船，拿块抹布，也帮助擦起了船板。白老虎走了过来，轻拍文盛的肩膀。文盛说，爹说了，让他跟着干点活儿，熟悉熟悉船。白老虎笑了说："你爹跟我说了，学上三年，就差不多了！以后跟我当学徒，好吗？晚上要给师傅铺展被窝，早上要给师傅倒尿壶，师傅吃饭徒弟要给盛上，看见哪脏了就要打扫。师傅有小孩儿了，徒弟要给哄小孩。懒了，还得挨打。"康文盛说："这叫奴仆吧？"白老虎说："做过了三年，才能正式学手艺！"康文盛笑着说："那我就不当徒弟了，直接当师傅了。""好哇，你只要苦心学本事。像你小虎哥，擒贼有功，又提拔了！""我盼小虎哥能当大将军，那就可封我个小将军了！"白老虎哈哈笑了，天上飞来河鸥鸟，"呕呕"欢快叫着。

康大河来了，看见儿子跪船板上擦着脏，说："干干，就知道你叔伯们做事儿不容易了。"白老虎笑着说："不实际劳作，还真不知吃用咋来哩？有个笑话，城里个大财东问儿子，你知道粮食哪来的？儿子说，仓库弄来的。大财东说，错！是别人运来的。儿子反问老子，哪里出产粮食？大财东挠头说，这事儿太复杂，一时难答出来！"康大河和康文盛都笑了。突然，康大河脚步踉跄，他掐住了太阳穴。白老虎连忙跑过来，扶他坐下，招呼人快端点红糖水！白老虎扶持他喝了。白老虎喊铁山，让他把大掌柜送回家，快找先生瞧一瞧！

铁山揽着康大河下了船，洛河滩上慢慢地走。康大河少气无力地说："铁山，你回来访访王先生。我跟他讨论几次了，不知他心里转过弯没有？"铁山说："我哪懂？俺才识了几个字！"康大河说："一看孩子们的神情，不就一目了然了！"铁山说，那中那中！

铁山去学堂，铁将军把了大门。门缝往里望，只有黑槐树上麻雀们在叽喳。一个老汉路过，问铁山："你贼头贼脑看啥哩？"铁山答，看王先生去哪儿了？老汉说："朝洛河下游走去了。"

铁山家里骑匹马，拍下马屁股，撒欢跑起来。到了黄河洛河交汇处，一打鱼郎水里操鹰船，铁山就询问，渔人指对面云彩窝里伏羲八卦台，说听先生说去了那。铁山牵上马，匆忙上渡船，继续过河再寻找。伏羲台下楸树上，铁山拴了马，就朝突兀空中的伏羲台上爬。年轻人，腿脚利巴，不一会儿站到了伏羲台下边。

台顶上传来讲课声："传说当年，那伏羲氏披长发，站这上边，晴天丽日里，黄河奔腾东去，洛河清澈透迤，两河吻接时，清浑相交合，就成了后来的阴阳鱼。东看五十里，西望四十里，一派茫苍苍，伏羲氏伸开双臂高呼道："哦，壮美啊！"突然，一声强烈的震响，黄河里跃出匹斑纹马，看那奇异斑纹，伏羲氏似领悟了什么，随手捡起根树枝，在地上描画出神马斑纹。神马遁去时，潜入了苍茫中。突然，又一声强烈的震响，洛河里出现只山样的神龟，神龟背上亦见清晰的纹饰。伏羲氏又似领悟了什么，树枝又描画出了神龟纹饰。神龟也消遁于苍茫中。伏羲氏双腿盘坐，盯着地上的描画，终于悟出了河图洛书，他根据河图洛书，想出了太极，然后，又继续推想，想到了太极生两仪，两仪生四象，四象生八卦。八卦能蕴含世间的万象规律！"王先生又指着山下的黄河说，帝王之兴，河洛先温……咱中华文化的摇篮啊！尧舜诸圣帝，筑坛沉璧于河滨……

这时，铁山藏到一丛树拨后，仰脸听王先生在宣讲，学生娃早听得如醉如痴了。王先生又指旁边丘陵说："西南那岭上，保留那城墙，是啥城？秦汉叫敖仓。隋朝叫兴洛仓。隋末，翟让、李密的瓦岗军，就攻破了这粮仓，给穷苦百姓分粮食，老百姓高兴得直欢呼！可见，历史上，再强大的王朝，失去了民心，江山都会被英雄给终止！正所谓得民心者得天下，失民心者失天下！做普通人也同此道理，得道者多助，失道者寡助啊！"

王先生问，康文盛，你懂不懂？康文盛吆喝道，都牢记心里了！王先生又问了其他些学生。他又说了，与咱隔洛河相对的山岭，人们叫他神都山……康文盛问，神都山下的黄河边，怕就是黄帝、大禹筑坛沉璧处？王先生乐哈哈地说，对！河洛之间，远古帝都多建都于此，黄帝都有熊，夏禹都阳城，夏启都翟，太康都城斟鄩，帝喾与成汤的都城西亳，商代都城隞与嚣。为啥恁多古国都建河洛间呢？

康文盛完全被演讲吸引了，脸上一副思索状。王先生问，杜列疆，你说说。杜列疆答，可能是这里便于打仗吧？康文盛说，不对，这里沟通四方，物产丰富，难攻易守！杜列疆说，我知道了，还有个原因，咱这的黄土厚，种的红薯干面掉辟儿，好吃！当皇帝者多喜吃甜食，爱喝红薯小米汤。因此，咱这建古都就多了！

王先生哈哈大笑，同学们也哄然笑，笑声在山谷里飘荡着，一群野鸟被惊飞。山坡上，铁山也笑了，欲下山回禀大掌柜，谁知太慌张，让荆拨绊一跤，地上翻了俩跟头，眼看要滚进深谷了，被几棵枣树阻挡住了。他爬起来，腿拐着下了山。心想，回去给大河叔一说，他保证高兴！他拉起裤腿，抚摸已露出红色伤痕的地方，龇了下牙。

康大河一听铁山汇报，连说中中中，这几天，你也跟他们外边学习吧，学会武艺不压身啊！铁山连忙鞠躬说："那就太感谢老叔了！"康大河说："以后，像在自己家，甭恁多礼数，听见了吗？如果再见你客气，你施一个礼，我踢你一个响屁股！"铁山嘿嘿地笑了。

铁山突然想了啥，说："听婶子说，泾阳那边的王有亭又不安生了！"

十

秦海娃陪同王有亭，走在崎岖的山路上，周围有起伏的塬地和沟壑，远处有玉带般的大黄河。山上竖立几座古庙，房顶上飘扬发白的旗帜。王有亭累得喘粗气，骂道："他奶奶个熊，李骨头扎的啥寨子？兔子不拉屎的苦寒地！"秦海娃说："还不是为避人耳目吗？"王有亭说："干啥都不容易啊，当土匪也是！"秦海娃说："当官的靠权力硬打势强欺负人，做生意靠巧言花语打动人，推独轮车的靠黑赤白汗帮助人，当土匪靠出其不意抢劫人。真的都是不容易！"

他们走上了高山顶，附近长有棠梨拨酸枣棵，叶子精稀发黄。他们正走着，突然跳出两个人，手持大刀片。秦海娃说："快给李骨头通报，王掌柜找他来了！"一土匪看看他俩，指头放嘴里，吹个呜呜口哨，好似墙头上尿壶风吹声。不多会儿，也传来了同样的口哨声。那匪说："让去呢，一条路，甭拐弯，拐弯了，有陷阱！"秦海娃说："黑道叫他李鬼头，一眨眼就是个孬主意。"王有亭说："他把持黄河喉咙系，用处太大了！能成事，就把持了关中，不让谁进，想去拾牲口粪都难！"

古庙外，突然又跳出几个人，七手八脚的，他俩便捆了，头上罩了个黑布袋。王有亭大声喊，我是李骨头哥儿们，你们咋弄这？秦海娃也大喊。那些人，不理会，只管牵着走。一根绳像牵狗，走的都是曲弯路，过的时间不老短，才去了黑头罩。王有亭、海娃都揉着眼，就看见了那古庙。王有亭喊叫："李骨头，鳖儿子货，治你先人呀！"秦海娃说："掌柜的，可不敢！"果然，李骨头在大殿里吆喝道："哪野驴叫唤？砍了头！"果真走出俩大汉，提着鬼头刀，其中一人大声喝，哪野驴撒野？王有亭傻了眼，嘟囔着："像真的，胆小吓尿一裤子！"里边出来个人，呼道："来者快带进去！"王有亭说："不用带了，自己进！"

大殿里有些黑，很快，二人才看清，正面有个高台，中间摆只罗圈儿椅，李骨头如只瘦猴，坐在椅子上，声音沙沙的："甭跪下施礼了，坐两边说话！"王有亭气得直瞪眼，无可奈何地坐侧面，一把木椅上落了座，说："势头耍哩不老小啊！"李骨头说："当年做匪头，你不也这样？"王有亭说："我当把头时，没玩得这球样，真想是当了皇帝佬了？"李骨头哈哈笑："人生苦短，能美一会儿就一会儿，能美一阵就一阵吧！又找我有啥事儿？说球！"

秦海娃说："王掌柜说了，这次来看看你和弟兄们！"王有亭说："是啊，那次去河南，兄弟干得好漂亮，康家就给烧一火，鬼哭狼嚎的，做梦我心里都爽快！"李骨头哈哈大笑："你该给我们犒劳啊！"王有亭口袋里掏出张银票："给，一百两！"秦海娃送给了台上李骨头。李骨头笑眯眯，看看那银票："够弟兄吃两顿肉了，我也正好有事求你！"王有亭说："啥事儿？"李骨头说："你也看到了，咱这里，旱得擦下火镰烧座山，百姓难以揭开锅，本家几个兄弟来找我，让帮扶拉他们一把哩！过去，他们从没正眼看待我，现在看实在没法了！"王有亭说："得多少？"李骨头说："最少得一万两！这附近恁多老百姓，我都想让他们知道，我李骨头也能办好事儿！也想捞个好名声。"秦海娃看看大掌柜："李兄呀，隔行如隔山，做生意，钱如河水在流动，一下子拿恁多，好似河水截了流，生意摊就难撑起来！"李骨头突然来到秦海娃前："你个鳖儿子，把我当作三岁小孩儿哄？这次救灾民，不想大出血，咱干脆就掰了！"

王有亭笑着说："小弟啊！莫要生气。我正要给你个好生意做呢，只要能成，你需要的钱就都解决了！公鸡头母鸡头，不在这头在那头嘛！"

想让他李骨头做大生意？李骨头"哈哈哈哈"仰脸大笑："你又是诳住憨狗咬狼的吧，我做过生意吗？"王有亭说："你把着关中的东门口，想做生意就能做！走，咱俩背着大家摸摸码去，保准让你高兴得睡不着觉！"果然，俩人钻到里屋里咕哝了半天，不断传出了李骨头猖狂的大笑声。

如约，秦海娃喊王有亭离开，说还有大事儿。李骨头送王有亭到了门口，抱拳说："就按照你说的，唾沫落地一个坑，就检验你龟孙仁义不仁义了！"王有亭嘿嘿歪嘴一笑："我如果不仁义，你就拿我的脑瓜当尿罐吧，走遍关中你问问，我王有亭是不是英雄汉？"

李骨头吆喝道："再信你一次，你俩走球吧！"

洛河汤汤泱泱流淌，顺河风温柔吹拂着，岸柳甩开了绿辫子，邙山上野花已经烂漫。康家码头上，船队一面面"康"字旗，风中扑刷刷地飘扬。在春的希望里，康大河登上了太平船，这是康家最大的船了，可装货快20万斤。船工点燃了万头鞭炮，噼里啪啦一阵呼啸，似呼喊春天来了，财运来了！几个壮实小伙推动绞车，嗨哟嗨哟喊响号子，大铁锚缓缓水里绞出来。随着水手们撑长篙，太平船离开了洛河岸边，其他船只也按顺序离岸，白色的大帆唰唰拉了起来，渐行渐远。

康大河站在白老虎旁，本来满脸笑容，突然眉头却皱了起来，两手按住了太阳穴。明眼小伙计，迅速搬只竹椅子，扶康大河坐上边，口袋里摸出万金油，太阳穴上抹了抹，闭目养神片刻，轻轻拍几下头。他又站起来，观看着两岸风光。洛河里游弋的鱼群，挤挤扛扛的，岸边景致似两幅流动的画，他脸上现出了孩子般的笑。

威风风的船队，顺水就到了洛汭，融入了浩渺大黄河。白老虎紧张地指挥着，船工节奏地操作篙、舵、帆，使船顺在了码头处，一一下铁锚固定好！白老虎给康大河说："老规矩，一路大庙都烧香！"康大河说："走，一块儿去！"白老虎招呼船工们："除了看船的，大王庙进香去！"河大王庙门旁，端坐一个瘦老汉，瓜皮帽，八字胡，桌前竖旗"神算刘"。当地老百姓，过往水客们，进进出出的，一片小热闹。船工跟在掌柜后，恭敬地鱼贯入了庙门。

大殿里，河龙王像黑且丑。康大河、白老虎站在供桌前，伙计们抖开蓝包袱，掂出一个大猪头，公正地摆放供桌上，又点燃一把粗檀香，焚纸炉烧捆黄表纸。之后，大家都跪下。白老虎和康大河磕头祈祷一番。完成这程序，又到庙门外，白老虎说："大河兄，算一卦，问问路？"康大河点了头。白老虎走近神算刘，神算刘抬抬头，小眼睛盯了他有半天，问："拆字算？八字算？"白老虎提毛笔，黄麻纸上写个"盛"。神算刘拿起看半天，乜斜乜斜白老虎，说出一个顺口溜："船儿作足河里走，龙王驮你西边游，生意兴旺好势头，此举奠定好成就。"神算刘又看几看白老虎，继续说，"康家的太平船，什么康，吹米剩下的康，西边的风大，不清亮！"白老虎问："顺不顺？"神算刘摇头又晃脑："生意成功不离船，船与河水有因缘，途中见庙慎靠岸，留心身后三只眼！"白老虎问："顺吧？"神算刘稀里糊涂地点了头。白老虎笑着，随手摸些碎银子，放到了神算刘面前方桌上，继而说："选个开船时辰吧！"神算刘掐着指头，嘴里念念有词："子丑寅卯，老牛吃草；辰巳午未，光想瞌睡；申酉戌亥，哑巴卖菜。今日午时财旺，正合适。"

白老虎笑呵呵的，走近康大河。突然，康大河发现一个人，脸面好熟悉，他指着："像土匪，烧咱宅院让抓过，名字好像叫疙瘩，今天又来想弄啥？"白老虎大步走过去，一把抓了疙瘩的衣服襟。康大河连忙也过去。白老虎问："疙瘩，王有亭派你来弄啥？"那人呈出吃惊状，尤其看见了康大河。那人突然学哑巴，上下胡乱舞胳膊，哇哇哇哇胡哇哇。让他们摸不住了大小头。康大河说："世界真奇妙，人咋恁相像？"

回到太平船上，白老虎吆喝说："午时要开船，现在先歇息！"他又嘱咐做饭大师傅，晌午大鱼大肉的，让弟兄们都兑饱！船掌柜有了令，大家要自由。有的吸烟盘算啥，有的躺河边山坡上，有的看回流处人舀鱼，还有的拖洗船板正殷勤。康大河打了个大哈欠，船舱里边歇息了。白老虎走到邙山根，坐下算计下边的路。他半闭了眼睛，随手掐根节节草，嘴嚼吮吸甜汁液。

　　这会儿，太阳直呆呆地蒸晒着。倔强的斗士们，驾御大小木船只，汹涌澎湃大浪中奋力拼搏。距白老虎不远徊流处，李骨头拿根长把鱼舀网，漫不经心碰大鱼。突然，李骨头朝白老虎喊："坐那大哥，快来帮帮忙！"白老虎闻听后，连忙跑过去。原来舀条大个鱼，似乎想把他水里拉，渔网缠绕得扭了筋。白老虎连忙抓网杆，渔网终于收岸边。李骨头抹了脸上的汗，笑眯眯看着白老虎，又看看不服气的大鲤鱼，红尾巴还在扑甩着。李骨头说："我叫你想跑，你咋不跑哩？"白老虎说："恭贺发财了！"李骨头扭脸说："多亏老哥给我带的好福气啊！今天，我就可卖几个钱了！"他说着，神色暗然了，黑手揉揉眼，大鱼装进了竹篓里。拿出火镰燃火绳，点燃了自己的旱烟袋，手儿颤抖着，递给了白老虎："也吸袋？"白老虎接住吸两口，然后又递给李骨头，眯缝眼睛看着他："老弟，贵姓？"李骨头长长一声叹息："本人姓城（陈）。老婆有病，天天等我碰运气，捉鱼换药换饭吃！"白老虎说："你那鱼，我买了，你出个价！"李骨头说："哎呀，昨夜做好梦，碰见您恁好的人。要不，我还得提住鱼儿，十多里外赶站街集哩！"李骨头询问白老虎："这次船可是去西省？"白老虎说是。老汉说："到了陕州界，碰到啥难处，找我兄弟能帮忙，他是团练头。"

　　白老虎掂着买来的几条鱼，大步上了太平船。

　　黄河边，康家的船只一字排开，拉纤的人站好了位置。白老虎换身黄裤褂，站在太平船当间，吆喝着叫板了："弟兄们呀！行动起来啊！"船夫就呼应："动嘛动起来啊！"

　　白老虎就领起了黄河号子："喂哩吧喂呀，弟兄们向前看啊！"船夫们应："嗨哟！"白老虎："唱个王莽撵刘秀啊！"船工："嗨哟！""刘秀钻进了蜀黍窝啊！""嗨哟！""王莽看不见啊！""嗨哟！""遇见个小佳人啊！""嗨哟！""小佳人摘豆角啊！""嗨哟！""小佳人问刘秀哟！""嗨哟！""他是为哪般呀！""嗨哟！""刘说有追兵啊！""嗨哟！""我可怜的好哥哥啊！""嗨哟！""俺把你藏起来哟！""嗨哟！""俺给送吃喝喂！""嗨哟！""小佳人碰见了王莽兵呀！""嗨哟"！"诳得他头发蒙啊！""嗨哟！""刘秀辞别小佳人啊！""嗨哟！""留下订情丝巾啊！""嗨哟！""小佳人脸飞红云啊！""嗨哟！""好像那石榴花呀！""嗨哟"……

下边是刘秀打了天下，来寻小佳人，历尽千辛万苦，终于花好月圆。古老的故事，滋润着船工颗颗苦心，在他们心里播种着一个希望。水手们拉直了纤绳。页页大帆，风儿鼓动。船队朝着上游，迎着暴跳的大浪，发出了哗哗的击撞声响。一只只船儿，徐徐划过了邙山沟壑口、天上的白云、黄河边的沙滩、树林、田野。

赶到县界杨沟渡，月亮已经升了起来，船队岸边下了锚，几只船儿用绳连接。安静的夜晚，白老虎面对邙山，拿出了萧，吹奏出委婉动人的《苏武牧羊》曲。康大河也接过白老虎的萧，吹奏了一出《雨打芭蕉》。有人听他们吹曲子，有人仰望星星和月亮，也有人看黄河的朦胧夜景。

一条黑影子，是李骨头随从疙瘩了，站在黄河边，远望那船队，然后悄悄撤退，去找李骨头。邙山野地，李骨头点起堆火，烧烤玉蜀黍棒。旁边槐树上，拴着他的马。李骨头很有滋味地啃嚼着，传来了脚步声。李骨头说，玉蜀黍烧熟了，快吃球吧！疙瘩拴了马，接了玉蜀黍棒，咔嚓咔嚓咬几口，说："那群鸟人好自在，吹着萧，听着浪，好像八仙过海样。"李骨头说："看见你没有？"疙瘩说："我暗处，他明处，他们又不是驴，没有长夜眼！"李骨头"嘿嘿"地笑了。

次日水大船慢，大半后晌时，太阳已缺乏了光和热，远远的，就看到了刘秀墓。一片苍茫的古柏林，明亮亮的阳光下，许多鸟儿吱喳飞翔着。白老虎指挥太平船停靠，白老虎吆喝："弟兄们，再往前边，就到小浪底了，该接住恶活儿了。今天，咱们就这儿停船吧！岸上转转，吃吃饭，晚上好好歇透彻！"伙计们下了船，有的坐在河岸边，有的躺在草地上，古铜色夕阳映照着，溜溜顺河风抚摸着。康大河从船舱爬出来，提只荆编红篮，从桥板上走下，穿过平滩地，白老虎斯跟着，朝刘秀坟那儿走去。走进了古柏林，鸟儿叽喳欢叫着，束束光箭泄下来，偶尔有野物树间逃窜去。

多少代了，吃水饭者就这样，每遇神庙大冢，如方便，就上供求愿。有了这程序，心里有些慰藉。

高大的刘秀冢前，摆好了供奉，点燃了檀香黄表纸，他们很虔诚地下跪，实行了三叩九拜礼。康大河祈祷："老皇上，地上为王，天上当神，康家生意，承蒙帮助，兴旺腾达，谢天谢地也谢您！"白老虎祈祷："刘秀大皇帝，小民白老虎，带船黄河跑，天下不太平，常常碰凶险，盼您多帮忙，不忘您的恩，永远记心上！"这时，附近古柏上，老鸦响亮叫两声，"呱呱"。白老虎说："莫不是嫌礼太少，皇上提意见吗？"康大河说："不会，神鸟告知，皇帝知咱心了！"白老虎抬起头看，一棵扭筋古柏树，两只白乌鸦，亭亭立其上，蔑视望远方。白老虎不由自主地打了个响喷嚏。白老鸦展翅膀，飞进了远处天空中。康大河感叹说，真是神鸟啊！

再一日，船队进入了峡谷里。黄河被两岸山峦规则了，奔腾起冲天大浪，向山壁汹猛撞击。狭窄的石底纤道上，船夫们使劲儿弓着腰，身体几乎贴着地面。白老虎领喊船号子，船工沉郁地应和，散珠似汗滴啪啪落下，船只艰难向前。缓缓后退的两岸山峦，山间弹丸村庄，荆棘树木。突然，有几只大船拦了路，白老虎指挥船只靠岸，让看看到底咋回事？康家船队下了锚，有几个弟兄们走过去。不一会儿，一青年船工报告说，河上正行刑呢！白老虎说："除了招呼船的，都过去送送不同心的兄弟吧！"船上又下了些人，都往前边去，康大河也从船舱爬出，站太平船上观望着。

一光膀子年轻人，已被五花大绑了。船老大站在船头上，洪亮的声音吆喝道："船是咱的家，大家该爱护，李海钦这个人，吃这锅里的，再屙这锅里，暗里挂上土匪，抢了咱的船，船帮有规矩，吃里爬外者，船到正大河，捆了脚手丢下去，让河神收他做奴仆。咱今天给他仁义点，岸边把他丢下吧！死活就看命了！开始！"令下后，几个人抬起年轻人，叫了号子一二三，扑通扔进了黄河里。那人上下漂忽着，很快没踪影了。

白老虎又领起了号子：弟兄们！船工应：嗨哟哟……几程艰险水路，接近了三门峡，那是与阎王爷打斗恶活儿地儿，之前，必须养精蓄锐好。

火辣辣太阳烤晒着，河面蒸腾起紫色雾气。船队又停靠河岸边，一张张愁苦的黑脸，仰看蓝色的天空。白老虎跟康大河说："今年水大流急，太耗力气。"康大河说:"饭食上要顶杠。"白老虎说:"后响赶到陕州渡,还有路程更艰难。我想让大家喝鳖汤,身子好好补一补!"康大河笑着说:"有人给你起外号鳖阎王,鳖见你浑身都打战!"白老虎哈哈大笑说:"其实我也很温柔,鳖们也都是生灵,来遭世上不容易,万不得已时,咱决不伤害它!"白老虎掂只黄麻袋,河边开始弯腰了,一弯腰,顺手抠出一只鳖,老海碗大小样,随手扔进麻袋里。又弯腰,又抠出一只大老鳖……看河势拾鳖,他已收获二十只。返回时,麻袋里鳖们咕融融,回到船上后,麻袋交给了大师傅。

吃了喝了也歇了,又到启程时候了,白老虎喊道,伙计们呀,攥紧些,后响早到码头早歇脚!船夫们船板上爬起来,船舱里边钻出来,伸胳膊运动腿,又抓起了沉重的纤绳。这时的白老虎,又如一个大将军,站定船头上,完全没了和善样,古铜色脸上很严肃,望了蓝盈盈的天,大嗓门吆喝道:好了吗?咱们开始吧!有人应:好了!

白老虎朝着奔腾的黄水,大声唱道:"喔——喂——我说那个兄弟们,咱们的大戏又开场啊!"纤夫:"好哇哇!""咱们乘风又破浪啊!""嗨哟哟!""诸葛孔明有令箭啊!""嗨哟哟!""要破曹兵一百万啊!""嗨哟哟!"……鳖汤似乎挥发出了动力,雄壮的号子声里,巨大的太平船,还有其他船,迎着大浪头,哗哗地前进着。紧赶慢赶,三门峡眼看要到了,黄河流急,山峦陡峭,水声轰鸣。康家船队岸边下了铁锚。白老虎指挥着,苇席铺在船板上,摆放了全扇猪肉,还有油炸果子,点燃了几炷檀香,放了一挂鞭炮,康大河、白老虎带头,大家面向黄河,给河龙王磕了三记响头。

面对呼啸的黄河,白老虎祈祷了,几乎是呐喊着,声音和着浪涛的轰鸣:"河龙王爷,我们众兄弟,为了养小顾老,也给关中百姓带去福气。望您老神仙多多帮忙,千万别三门峡处耍我们!大恩大德,永志不忘!"接着,一伙计来到他旁边,掂来了几只毛鸡,咯咯咯咯地乱叫。另个人递来了明闪闪的菜刀,白老虎接过,鸡脖子上拉一下子,就扔进了打着漩涡的黄河。反复操作,直到几只鸡都喂了河龙王。随着九声炸响的大爆竹,祭祀仪式结束了。

白老虎又喊起了号子："弟兄们哟！"纤夫："嗨哟哟！""心拧绳！""嗨哟哟！""韧着性！""嗨哟哟！""脚稳蹬！""嗨哟哟！""过雄关！""嗨哟哟！""河神助！""嗨哟哟！"……

星星闪烁的陕州城，可见突兀空中的黑色宝轮寺塔。太平船靠岸下锚了，寺院里苍凉的钟声响起，伴随着涌动的夜霾，久久地回荡。渡口处，几十间简易的茅草房，再就是芦苇野滩。水鸟族们，偶发凄凉的鸣叫，掠过呜咽的水流声传过来。

白老虎拖着乏累的身体，掮了一瓷瓶康家白云酒，拿了黄麻纸包的卤猪肉，还拿了把粗檀香，对康大河说："让大家吃饭吧！这地方你不熟，天又黑，你照护好大家，甭让乱下船！"一个小伙子说："这里多保险，还有团练放哨站岗哩！"另个小伙子笑了："我知道，老叔怕人拉咱到红磨房里钻地洞！"白老虎说："劲儿走邪路了，咋能有精神呢？"白老虎晃悠悠的，走下了船桥板，走过岸边店铺前，顺小路穿过芦苇滩，进了黑乌乌的柳树林，一片惊秫秫的诡秘处。白老虎擦火镰，打燃了火媒子，扒虚土围了个堆，点燃了一把檀香插上，展开黄麻纸包肉，打开白酒瓷瓶口，又烧沓黄表纸，很认真地跪地下，朝黑兀兀塔影磕了头，说："夜色已晚，没法进寺，隔墙供奉，求您保佑船队顺利平安！"他肚子咕咕响起来，还是坐下耐心等片刻，估计具有闻气功能的神仙品尝过了。他已感觉了心发慌，就抓起卤猪肉，迅速嘴里输送着，又拿起了那瓷瓶，咕咚咚饮起了酒。

他开始打嗝了，眼前一切在晃动，扔了空酒瓶，踢开了没肉的黄麻纸，不由哼起了梆子戏，吐着含混不清的词，摇晃着，又到黄河边，进了船舱里。康大河看他醉成那样了，指挥让人灌他喝些柿子醋。看着，忙活一天的兄弟呼呼地入了睡。

船外，凉丝丝雾气弥漫着，夜色越发深沉了。水老鸦呱呱叫声传来，太平船随着水波如摇篮晃动。船舱内，铁錾灯头忽闪着，康大河拿出三个锦囊计，似在沉思。后来，嘴吹灭了铁錾灯，仍然难入眠。窗口透缕月光，洒在他床上。直到时间过了许久，才入昏沉睡梦中。那会儿，白老虎难以睁开眼，浑身感觉炙热，他床上使力挣扎着，心想，失火了？布匹燃着了？咬牙弹挣又弹挣，最终还是坐了起来，借着缥缈的铁鳌灯，环视船舱周围，一切还正常啊，只是嘴里太干渴！他慢慢爬起来，摸到了橱舱，摸到葫芦瓢，咕咚了两瓢水，长长地呵一声！船上看了一遭，一切还似和平，听到了码头哪哪的打更声。突然他发现，咋没把船停离码头边呢？又一想，人已经都睡了，码头上还有团练，就这样吧！

　　白老虎又沉入睡梦里。他开始了四处找茅厕，到处都是人，男人和女人，背脸地方真难找。硬是憋醒了，手捂胀肚子，里边直咕噜，屈了腿，仍生疼。终于下定决心了，起身慌忙出船舱，快速跑到了芦苇滩，秃噜噜一阵子，肚子舒坦了些。他走出芦苇滩，伸开胳膊打哈欠，突然，被人后边捂了嘴，又被捂了眼，还被捆了俩胳膊。然后被人推搡着，走了一段路，进了一间屋，才被去了蒙眼布。一盏铁鳌灯直忽闪，拿大刀个冷面人，站在他身边，还站着叫疙瘩那个人："老兄，没想到吧！"白老虎说："你不是哑巴了？"疙瘩说："不想哑巴就不哑巴了！"码头上，也传来了骚乱声。白老虎心想完了！神仙啊，我总先记着供奉您，您咋就不讲信誉呢，让人暗箭我们！人生百年一场梦，万里江山一局棋。我要被杀了，结束人生梦，可大河哥他咋办？白老虎流出了泪。这时，又个熟面孔走进来。白老虎更惊讶："哦，黄河边打鱼汉了。"李骨头看着他，哈哈哈放荡地笑了："山不转水转，老朋友又见面了！你们水上走，我骑马地上跑，结果还是这儿等着了你。我少关照了一句话，弟兄们使你委屈了，你要骂就骂我，咱不改姓和名，李固铜，人叫李骨头！"白老虎很平静，问："想弄啥？"李骨头说："来的弟兄们，都是穷苦人，俺要把船上布匹拿走换粮食！"白老虎问："凭什么？"李骨头答："当今皇上太狠毒，老百姓逼得没办法，不吃大户就等死。这里闹旱灾，三年没收成，还要交皇粮！谁愿当土匪？皇帝给逼的！"白老虎说："我要船上看看账，总要有个交代吧？"李骨头眼珠骨碌碌转，对疙瘩说："弄俩人保护好掌柜，谁出事就要谁的命！"几个人跟着白老虎，上了太平船。船上已燃起一支支火把。伙计们，全被押到了船板上，其中也有康大河。疙瘩走近康大河："哥儿，没想到吧？这和当年比，正好打颠倒！"康大河说："当年，对你们咋样？"疙瘩说："凭良心，不赖！"康大河问："准备如何待我们？"疙瘩说："也不会老赖！"康大河说：

"那就好，你们提条件，咱们可以谈！"白老虎说："哥呀，一泡屎屙出了大祸灾！"康大河说："总归是个命，啥都甭说了！"白老虎对疙瘩说："外边等吧，反正跑不了！"疙瘩摆摆手："好，煮熟的鸽子也难飞！"

弟兄俩进了船舱里，铁鳖灯孤独缥缈着。白老虎说："要拉走所有布，回去换粮食。让我看你那锦囊妙计吧！"康大河掏出来仨包包，写"一"的包递给了他。白老虎接过看，只见上写道："陕县到潼关，若是遇劫难，实在跑不脱，东西尽人掠，留的青山在，往后有柴燃！"白老虎心内猛激动："哥，你真像诸葛亮！"康大河说："天下形势，都有定数。从康广才干镖局被劫，王有亭要烧咱宅院，匪灾气象已定！做生意也如赌博，输了，赢了，都有定数。"他们商量过，走出了船舱。白老虎对疙瘩说："布匹搬走吧！人和船的安全，必须要保证！"李骨头这时也来到了，扑通跪到大船上，说："对天盟誓，绝不伤一个人，不扣一只船，如果说假话，全家人死绝！"康大河问："你是掌门人？"李骨头说："骚扰了，有些话，咱需要船舱说说。"

船舱里，他们分别坐下。李骨头说："王有亭说了，你们只要往陕西运货，就让我们全劫，再卖给他。我不能干那没良心事儿。让端老窝烧宅院，那一次也是王有亭。我们已经见识了，康家本善良，那次，我曾发过誓，不坏康家的事儿，可这次也是没有法儿，大灾年景，百姓跪下来求我，我也只有昧良心。代表这的百姓们，我给你磕头了！"李骨头扑通就跪了。康大河说："希望说的是真话，别再当王有亭的枪！"李骨头说："我就不明白，王有亭为啥对您家恁仇恨？"康大河摇头："说不来！"李骨头说："怪了，还说是世仇！"

白老虎走出船舱后，大声对船工说："弟兄们，这里遭遇了大旱灾，他们也是没办法！让开路，东西尽让他们搬！"他说着哽咽了，又说了句，"亏了我的一世英名啊！"

船队返回老家后，康大河和白老虎吸闷烟，窑洞里烟雾缭绕的。康文盛跑进来说："这回你俩怪厉害，恁快可回了！"康大河看看儿子，想该让他知道外边的复杂性，对以后成长有好处。康大河说："文盛你坐那，老爹给说说！"白老虎敲着烟袋锅说："甭给孩子谈那堵心事儿。"康大河说："马上都十岁了，世事也该知道了。"白老虎点了点头。康大河说："船还没出河南，就让胡子抢光了！"康文盛问："胡子？"康大河说："土匪，人多刀多，不服除非不要命。"康文盛问："为啥要抢咱？"白老虎说："那里闹了三年旱灾，土匪为老百姓找吃的。"康文盛眨巴眨巴眼："布匹能吃吗？"康大河说："布卖钱，钱买粮！""你们咋恁笨呢？"俩大人惊奇地看着他。康文盛说："咱布匹弄泾阳便宜卖，那里粮食也便宜，买几船粮食救灾民，跟土匪还能拉关系，不就一箭双雕了！"康大河说："咦，咱真事中迷！"白老虎也异样地打量康文盛。康大河突然嘿嘿笑："文盛长大了！"白老虎也笑着说，康家有希望了！康大河说："大概我该去拜佛了，明天就去灵山寺，求佛保佑文盛快点长大！"

次日朗朗的晴天，灵山寺门外，溪流如谁弹琴，叮叮咚咚很有节奏。铁山牵着马，溪流旁古柏上拴好了，他问道："叔，进不进？"康大河说："再歇会儿吧！"康大河却自编自吟了几句诗："清泉石上流，洗却心头垢，昨天叮咚去，新绿翡翠绣。"突然，寺内传出来号啕痛哭声，接着是人的吆喝声："师父，我过去错了呀！"康大河皱眉头，寺院乃清净之地，咋会有人哭闹？他们进了寺，只见个老汉坐在当院地上，哭的正是他，小和尚旁边说着啥。他们走到了老汉前。康大河说："老客，为何哭闹呢？"听人询问，那人抬起了头。又像是黄路坛二孬了。二孬认出了康大河，也呆在那里了。康大河困惑地问："你真是二孬？"老汉点头。云深和尚大殿里出来，走到了康大河面前，合十施礼："阿弥陀佛，不知恩公到来，罪过啊！走，里边说话！"二孬仍然吆喝："师父，看在过去情面上，收留我吧！"云深和尚："老衲已说过，你去吧，阿弥陀佛！"

康大河跟随着，进了方丈屋。云深端只黑瓷罐，捏出些植物小根段，泡在一只黑碗里，说："这是佛家茶，少林寺方丈刚弄的，利嗓又清火，恩公尝尝吧！"康大河疑惑地问："师父，我正要问你呢，二孬不是死了吗？悬崖上骨灰已安放，山崖上边还刻了字！"云深和尚又回忆起那场大搏杀："说，其实，我只安葬了我师父，就是那总兵。我见到二孬时，手放他鼻子边还有气，就抱他到个向阳山洞里。寻找种草药，石头砸成糊，敷了刀伤口。我没跟着你们走，就是在那山洞照顾他了。不是您大德感染我，我绝不会理睬他。以前，我对待他如亲父子，我负重伤后，他竟抛了我！没想到，现在他要这出家，我咋能收留这魔头？"康大河说："让我考察下吧？看他还有没好瓢在？"

康大河又走到了二孬那儿，给他搬了只小板凳。康大河说："你家里有孩子，为啥还要出家呢？"二孬说："吃惯了跑蹭食，家里待不住！"康大河问："家里没有地？"老汉说："有，我这人难干重活了，想外边找点巧食吃。听说师父出家在这里，我想跟着他，肯定不缺吃喝！"旁边云深和尚说："阿弥陀佛，你这德行，哪个寺院里肯收留？"康大河说："我劝你还是回老家，多干点好事情，佛藏在心里！"云深和尚说："大掌柜说的很在理，就这吧！"二孬说："中，离了这门，咱照样还吃猪头肉！"说罢，一瘸一拐的，出了灵山寺。

康大河进到大殿拜了佛，返回的路上，康大河突然想起，这一段，王先生对孩子们学习恁下劲儿，应该犒劳犒劳了。

十一

天色近黄昏，康大河带着铁山提点心，进了王先生的屋子里。王先生正光脊梁在擦洗，看见康大河来："不知你们来，看我多野蛮！"康大河说："这些日子里，你太辛苦了，过来看看你！俺俩外边先转悠。"康大河接过点心包，放在了王先生桌子上。

两人转到了教室外，通过窗户看里边，只剩康文盛、杜列礓两个人。康文盛还在背着书，杜列礓一旁监督着。康文盛说："来，我给你背曹操的《苦寒行》，你看有没错！"杜列礓翻书看，怀疑地看着文盛，问："你会背？咱还没学呀！"康文盛说："我自己看的！"他舞扎着手，边表演边唱道："北上太行山，艰难何巍巍！羊肠坂诘屈，车轮为之摧。树木何萧瑟，北风声正悲。熊罴对我蹲，虎豹夹路啼。溪谷少人民，雪落何霏霏。延颈长叹息，远行多所怀。我心何怫郁，思欲一东归。水渠桥梁绝，中路正徘徊，迷惑失故路，薄暮无宿栖。行行日已远，人马同时饥。担囊行取薪，斧冰持作糜。悲彼东山诗，悠悠使我哀。"杜列疆拳头打桌子，说："你真恶疾呀，我咋不行哩？"康文盛说："一个诗圣老杜甫，你家的才智全搂走！"杜列疆说："云彩眼里的话。我也下决心了，要是背不会，我是小舅子！"康文盛拍手就喊着："小舅子小舅子！"康大河啪啪鼓着掌，走进了已夜影笼罩的教室里。铁山也跟着进来了。两个孩子吃一惊。康文盛说："爹，你们找我哩？"康大河说："王先生教你们费了劲儿，我们看他了。好，读书就该有劲头！世上想做好任啥事儿，都要钻进去，回去吧，再晚，你娘又为你烧香祈祷了！"俩孩子就走了。

康大河又返王先生屋，拉了他的手："走，今天到我家吃饭，咱俩好好聊聊！"王先生说："恭敬不如从命，那走吧！"小酒桌上，康大河端了酒杯说："我敬先生一杯，这些日子你辛苦了！"王先生说："不是你给我说，我还难开窍！后来细想想，人家孔圣人，为啥游列国？除宣扬其观点，就是学教活知识，强似弟子读万卷。这样教弟子，大家学习有兴致。"康大河说："我再给你出个馊主意，我可出点钱，让学生比赛花钱买东西。将来咱学堂出的人，都要透精透能，能打会拼办大事儿！"王先生说："你支持，我就敢当二旦货！"俩人哈哈大笑了，酒杯碰得刚刚响……

康文盛送先生回来时，天空响起了闷雷声。抬头细观望，团团黑云在快走。康文盛大声喊："爹，天要塌了！"康大河出门也看天，说："云彩往西，关爷骑马披蓑衣；云彩往南，打火闪；云彩往东，刮大风；云彩往北，摊晒麦堆。你说说，会不会下雨？"康文盛眨巴了下眼睛说："不会下雨？"康大河说："这叫跑马云！干打雷，不下雨！王先生已说了，明后晌让在家里做功课，让我看看你写的毛笔字，你的画不赖，字上缺劲儿！"康文盛说："中，丑媳妇不能怕见公婆嘛！"

铁山匆匆进来了，说："老虎叔来了，议事屋等你呢。"康大河马上皱了眉。

他们商量生意，先说了军需，又说山东陕西，说到了三更天。康大河又说："老虎弟，还有个大事儿跟你说，我跟你嫂子商量了，想给你张罗续媳妇。她有个远房表妹，前两年男人殁了，人还长得满水灵。"白老虎慌忙摆了手说："可别，小虎妈去世前，我立了保证，今生今世，心里除了她，再难容别的女人了！我又常跟船队跑，还让人家操心咱？不成啊！"康大河说："那你留点意，看上的有媒茬儿，招呼声！"白老虎笑笑说，他该走了，要回趟老家！康大河喊来铁山，叮嘱护送他。

夜色朦胧，一盏灯笼飘忽着，白老虎走前边，铁山后边照着明。突然间，前边出现俩黑影，看见了飘忽近的纸灯笼，躲到了路边树丛后。他们两个正拉呱没发现。白老虎问铁山多大了？铁山说十三了。白老虎说跟我跑船吧？铁山说："我想学做饭，爹说了，三年不收粮，饿不死火头军！"白老虎说："船上也有厨师呀，每次一出船，就都吃好的。"铁山说明年跟你吧？白老虎说那得问问大掌柜！铁山说那您可别忘了我。白老虎说那当然！说着，到了白老虎家。黑漆大门里，狗儿汪汪地叫。白老虎拍打门，里边传来苍老的声儿，问是谁？白老虎外边答了腔。苍老的声音说："哦，是二弟！"黑色大门吱咛咛被拉开。白老虎说："铁山，你走吧，慢点啊！"白老虎看铁山灯笼逝去，才吱呀呀上了门。

送走白老虎，康大河和衣卧床，一盏铁鳖灯头忽闪着，他又看《三国》，又读"七擒孟获"那章节："次日，孔明令土人引路，自乘小车到桃花渡口北岸山僻去处，遍观地理。山险岭峻之处，车不能行，孔明弃车步行。忽到一山，望见一谷，形如长蛇，皆光峭石壁，并无树木，中间一条土路。孔明问土人曰，此谷何名？土人答曰，此处名为盘蛇谷，出谷则三江城大路，谷前名塔郎甸……"康大河沉思心语：人家诸葛亮，情况弄得清楚，总能打胜仗。我的失败，多是情况半通啊！这次，等陕西生意安顿住，一定要亲自跑禹州，去找朱宝贵，争取把神龟山风水宝地买过来！康大河站起身，推开窑洞门，打量黑黢黢耸立的神龟山，又看黑黢黢的阎王庙。这时，韩菊兰打灯笼，丫鬟春红端条盘，往康大河窑洞走过来。康大河说："我在院里呢！"韩菊兰推窑门说："回来吃东西！"康大河坐到了桌子旁，夫人走到他跟前，说："银耳燕窝汤，趁热快喝吧！"康大河满脸激动，说："无论多么晚，你都做消夜，太辛苦你了！"韩菊兰说："醋话，酸！姐为你，也是为了这个家！"康大河端起细瓷碗，调羹盛喝着美味汤，丫鬟悄悄退出门。康大河问夫人："这段，看文盛长进没？"韩菊兰说："好似变成了另个人。"康大河说："王先生听了我的建议，教课方法有了大变化。"韩菊兰说："王先生常带他们耍。"康大河说："那是外边讲课了。"韩菊兰哦了声："王先生真是实在人！"

喝完了，康大河推开碗，给夫人施了礼，用戏白说："谢谢大姐，小弟这厢歇息了！"韩菊兰笑声甜甜地说："可别夜里发癔症！"

也是这夜晚，摆渡船停靠码头边，康广才船上走下来，长刀挑了小包袱，大步洛河沙滩上走着，月光照射长长的影儿。突然，他丢下包袱丢了刀，空翻起大跟头，然后又自语："奖这把大刀，能不能服水土？"又掂起刀，呼呼生风练起武。身上出汗了，脱下衣服，跳进河滩水坑洗起了澡。这会儿的洛河滩，昆虫们愉快地鸣叫着。朦胧月光下，他泡了许久，穿好衣服鞋子，耸耸行李臻实了，提起那长把刀，朝黑乌乌村子走去。似乎有些寂寞了，便唱起了路戏："下朝来一边走我一边长叹，忘不下朝中事我愁上眉尖……"

暧昧的村庄已在眼前，忽闻狗的狂吠。他预感到了什么，匆忙往杨树沟走去，那里狗吠最为热烈。沟中一条大路，沟两边铺展了座座院落。两条黑影顺着石头小路，到了台地一家院外，拨开了黑色大门，闪入了院内。康广才沟底张望，听见了吱呀呀门响，便顺小路也上了台地，看见了半掩的黑门，就隐藏门外柴草堆旁，机警地张望着。这是诗圣杜甫后人的一家，啥人深夜到此？等了些时候，两条黑影先后出来，背只沉重的麻袋。康广才长刀放到黑影脖子上，那人感觉了凉冰冰。"敢跑，割了脑袋！"康广才阴沉喝道。空手者撒腿就跑，狗叫得更激烈了。

村民被惊醒，拿了家什跑出来，有人还打了灯笼。小杜列礓站在前边。康广才问："麻袋里是啥？"被捉者答："人！"大家解开麻袋，原来是个姑娘，嘴被塞着，眼被蒙着，身被绑着。杜列礓麻利，去了眼蒙，去了塞布，杜家姑娘大哭，喊她的列礓小叔！姑娘的父亲掂着三齿铁耙子，要往歹徒头上戳。康广才拦住了："快把闺女弄回去！国家有法律，把贼送到县衙里！"杜列礓说："干脆装麻袋扔洛河吧！"康广才说："可不敢，弄死他，也得跟着住监狱，我说这可是法律！"

也是这会儿，铁山送白老虎往回走，提着灯笼忽悠悠的，听见了狗狂叫，警觉地四处望，突见沟里窜出的黑影子。他大声问："那是谁？"黑影未答应，闪进了路边茅厕里。此刻，杨树沟传出了吆喝声："截住贼！截住贼！"铁山连忙吹灯笼，地上摸索半天，躲到了一棵柏树后。那贼看看没了灯，悄悄茅厕走出来，准备又逃跑，柏树后铁山顺风朝黑影脸上撒灰土。那人叫道："我哩眼呀！"铁山扑上去，把那人压地上。铁山也吆喝："抓住贼了！抓住贼了！"有人打灯笼跑来，拧住了还使劲儿揉眼的贼。康广才："都押祠堂里，交给团练吧！"

康祠堂庑殿里，亮着一盏铁鳖灯，一老者毛笔做记录。团练头询问贼们为啥要偷人？贼甲说："前几天二郎庙会上，见那闺女长得好，就想弄到手，踩了几天点。"团练头："为啥要这样，托人提亲多好的路数！"贼乙说："家里穷，怕人家不答应。再说，俺俩咋能娶一个？"康广才问："你们抢她咋办？"贼甲无耻地嘿嘿笑："反正也不嫌丑了，俺俩商量过，把她藏到山洞里，露水夫妻轮流做。"康广才一脚踢贼裆里头，贼甲地上打起滚，娘呀娘呀乱叫唤。康广才说："你娘咋会跑那里边呢？"

次日清早，杜姑娘爹来康家，康大河听罢夜里故事，喊来了铁山问："做了好事儿也不说？"铁山嘿嘿笑："掌柜家的人碰见了都会管！"康大河说："两个花贼呢？"杜姑娘爹说："一早就押县衙了。"康大河说："好！铁山，叫你广才叔去。"铁山匆匆就去了。也巧，康广才背着奖那刀，正要出大门，铁山截住了。康广才听他讲，也说："我就是找大掌柜哩！"到了康大河窑门外，康广才大声说："请兄弟喝酒哩？"康大河出门应："喝喜酒哩！"康广才发了愣："你咋知比武咱拿了大奖？"康广才晃着长把刀："一百多斤呢，玩着真过瘾，舞动开，风都呜呜响！"康广才把刀放靠窑门外，走进了窑洞里。

见杜姑娘爹也在，康广才温和地问："也来了？"杜姑娘爹说："我想请大河当中人，咱商量件大事情。"康大河说："坐下吧，有功人，对了，铁山也是有功人，不过，你是大功！"铁山提着沏好的茶，来给客人倒。康大河对铁山说："你也坐下，咱共同商量这大事儿。"铁山腼腆笑了。康大河说："受诗圣杜家重托，本人从中斡旋，让广才认个干闺女，当然管弟妹叫干娘。我认为这事很合适！"唱的那出戏，康广才已明了，他迟迟疑疑说，多个闺女是好事，不过，不知道合适不合适？我有个娘，也是杜家的亲闺女。杜姑娘爹笑了说："我都掰指头算过了，按照你娘的辈儿，我正好叫她姑！"康广才说："只要没妨碍，别惹大笑话，您是诗圣后人，咱不能没规矩吧！"康大河说："说定了，今儿中午我请客，祝贺康家办件露脸事儿。"杜姑娘爹说："说啥也轮不到你请客，这血应该我出！"康广才说："我出血！都别争。一是我得个干闺女；二是比武我弄了个奖。"康大河说："我也再说说，其一，广才弟比武给康家增了光，我该接风；其二，我要请广才弟帮办件大事，借酒吹风；其三，康家多个俊干闺女，我也感到荣幸，借喝酒装疯。铁山，按照我说的，吩咐去吧！这个宴席铁山也要参加啊。"铁山高兴地落实去了。

杜姑娘爹说："大河的腰粗，好人当到底，我这就把闺女接过来，拜干大的礼数给进行了！"杜姑娘爹走后，康大河说："广才老弟，有件大事儿，需要你办理！"康广才说："自家弟兄，尽管说。"康大河就说了遭劫的事儿，又说："辛苦你到西省侦探下，然后决定下步棋。"康广才啪啪拍胸脯："王有亭再捣蛋，大刀就砍了他猪头！"康大河笑着摆摆手说："和为贵，尽量一撬拨千斤！"康广才说："知道了！"康大河说："你那孩儿明楼上学没？"康广才说："从小喜舞枪弄棒，他外婆家有个武术班，就送他那儿学习了。"康大河说："中，无论文或武，孩子都该学样看家本事啊！"

酒席布置已停当，康家族长也请来，杜爹领着漂亮女儿到客厅。康大河端着酒杯说：大喜日子啊，举行个小仪式！话音才落地，外面鞭炮噼里啪啦响。康大河招呼着："让杜家闺女拜了干大。"杜家闺女喊干大！康广才高兴地蹦着答应，忙从口袋里摸银子，说："闺女，买身衣裳吧！"族长说："按礼数，还要拜干娘哩！"康大河说，酒席散以后，让她干大带着，家里进行那仪式吧！康大河宣布开席。客厅内即刻变得一派热闹。铁山很拘谨，康大河趴他耳朵旁说了啥，他耳朵根都红了。

这后晌，天上出现了火烧云，井台大槐树下石板上，坐了康大河、白老虎两个人。白老虎说："运粮船都齐了，明天往山东，准时能起航。"康大河说："请广才兄弟办的事儿，他满口答应了！"白老虎说："中，广才打开场，我们紧跟去。"他们正说着，来了个信使，翻身下了马，说："康掌柜，有你的鸡毛信。"康大河吃一惊。信使把信递到了康大河手中。

康大河倒出一封信。展开看，李厚德的字："大河兄，下月初六日，见你有急信相告，盼及时来河南巡抚衙门！"

康广才骑马到泾阳，魁记门前停了步。门口个十来岁的小孩子，问他："找俺爹吗？我是韩掌柜的孩子小孬。"康广才说："跟你爹说，老家来人了！"男孩子跑着进到了店铺里。店铺后院屋，韩金贵正躺床上，伙计端着热药水，为他擦洗身上伤。他疼痛地哎呀呀叫。男孩子跑进来，说："老家来人了！"韩金贵床上答："让前边伙计先接住！"小孬又出来，接了马，说牵到车马店里喂。康广才问招呼伙计："金贵兄架子咋恁大哩？"伙计轻声说："他又挨王掌柜打了，疼得直哎呀！"康广才说，我看看！

按店伙计指点，康广才进了屋里，看见韩金贵还哎呀。康广才问是咋回事？韩金贵扭转脖子一看，说："你是叫啥呀？会武艺，一指头钻烂个砖头。""叫康广才，你咋了？"韩金贵说："恶霸王有亭，三天两头来找事。碰见他，就要过道鬼门关！"韩金贵等擦洗伤口结束，坐了起来，手捂着屁股，一歪一斜艰难地走着，康广才连忙扶了他，让他坐在椅子上，康广才口袋里翻出信，交给他。韩金贵打开浏览，说："我说这段时间里，王有亭家卖的货，跟咱都一路，原来都是抢咱的！"康广才说："大河哥估计到，这批布一定会流这个市场上。"

韩金贵说，那土匪，听说叫李骨头，王有亭也怵他三分。那天灰蒙蒙，突然，驴驮马车拉，好大片运布的，挤满泾阳街。引来了许多人，都来看热闹。李骨头走到王有亭店铺前，扯着喉咙吆喝道："叫王有亭出来！"店铺里走出来个伙计，问啥事儿？李骨头愣他一眼，说："娘那蛋，你能当家？"店伙计还没说二话，李骨头飞脚踢翻了他。腰里抽出明闪闪的刀，吓得人们"咦咦"地往后退。不多会儿，来了王有亭，笑眯眯地说："李骨头，真行啊！"李骨头："少奉承，点货，给银子，然后，我们就走人！"王有亭："慌甚，里边歇歇！咱得说说啊！"李骨头说："快刀斩乱麻，你的嘴是屁眼，说话不算话了？少了一万两可别说！"王有亭："外边吵吵嚷嚷，多不好，走，里边商量嘛！"李骨头嘿嘿冷笑："我说王有亭，你可以打听打听，关中拉杆子的，十有八九都是我兄弟，要耍花花肠子，我现在割了你头当尿壶，把你家和你的店铺全烧了。我们怎多人，你想看敢不敢？我们那等米下锅哩，你还想骨头上啃肉哩！"秦海娃连忙趴王有亭耳朵边说些啥。王有亭笑着说："可真是针尖对麦芒呀，好，按君子协定办！店里人，都出来，招呼着点货，货清银子清！"

说完那天的事儿，康广才跟韩金贵说："看来，劫持咱那货，还是王有亭使的坏水。"韩金贵说："可不？那天，李骨头带上银子一走，这里店铺都跟着遭殃了。"康广才说："王有亭又耍啥把戏儿？"韩金贵说："王有亭让大家都抬市价，发现你价格低，就该倒霉了。咱店见有人太穷，还想要咱的布，就便宜点给了人家，他就把我好打一顿！"康广才说："这几天，你就说病了，让我照看店铺，我想看看，王有亭长啥三头六臂？"韩金贵说：可不敢硬对硬，他太孬了！"康广才说："先让我会会他，压压嚣张劲儿！"这时，跑来个伙计，说那王掌柜又一家家查价格了。康广才说："说曹操，曹操到，让我去！"韩金贵说："可不敢啊！"康广才拿着得奖的那大刀说，放心吧！

康广才进店铺，端坐在柜台里。王有亭和秦海娃，带几个随从进门来。康广才脸上颇严肃，说："闲人都给我滚出去！"王有亭说："哦嗬，出叫驴了！"康广才把长把刀柜台上一摆，说："想认识认识不是？我是韩掌柜的表弟，西安混事，都给我到柜台外面，可别让我恼火了！"王有亭说："来硬货了，不出去，能咋样？"康广才转身到了院里，掂块砖头，对着王有亭说："可看清楚了，如果你再不出去，我让你脑袋和这砖头一样！"说着，他来了骑马蹲，一指头伸出，嗖地，砖头上出现个洞。他又问："你脑袋也想有洞？"王有亭傻了样，摆手说："走，外面去！"他与手下人都站到了柜台外。康广才说："我表哥有病，不知哪鳖孙打伤了！我给你们说，谁帮助把打我表哥的人找出，我奖一千两银子，我要让那坏蛋脑瓜变成马蜂窝，只用这指头！如果他想跟我比武，我也陪着，武当山比武，我可是拿头奖的，他抓起大刀晃悠着说，一百多斤，就用这跟他比试比试！"秦海娃带着巴结的笑脸，说："我们和韩掌柜说妥了，这段时间，大家的布保持一个价。今天也不知卖的啥价？"康广才说："这是你们的店？"秦海娃说："不是啊，君子协定嘛！"康广才说："拿来爷看看！"王有亭有点儿不耐烦了："大家共同说好的！"康广才说："狗拿耗子多管闲事？谁再这里横行霸道，我弄人扫荡了他全家！我只要一句话，能调来十万官军！"秦海娃说："咱走吧！"王有亭眨巴着眼，很无奈。他明白，刺头遇到刺头了。

次日清晨，泾阳街上，康广才光着脊梁，腰扎宽布带，双手舞动棵水桶粗的树干，人们看得发呆。韩金贵笑眯眯捂着伤腰，观看他的表演。王家伙计指点着，有人吓得吐舌头。突然，王有亭领来几个人，其中有一个，脸上红色黑色画几片，样子有点儿吓唬人。王有亭说："河南客，我这位兄弟想给见高低！"韩金贵脸变化，走到康广才身旁，小声说："来者不善，走吧！"康广才说："我倒要看看是哪路高手！"康广才没理睬王有亭，仍然舞动手上树干。众人仍远远观看着，只是害怕王有亭生事，往后又退了段距离。王有亭说："他不理睬我，害怕我了！认输吧！"康广才突然一挥手，手中粗树干飞起来，朝那王有亭。几片脸飞跃到空中，猛地蹬一脚，树干咚声落地上。康广才朝他抱拳说："好，比试啥？刀枪剑拳棍，随意点！"几片脸说："就来拳吧！"

说过，几片脸恶虎扑食样，朝康广才攻击，康广才轻易而举应空招，使几片脸差点摔倒地。接着，俩人继续过着招。几片脸说话了："师傅，我们一个镖局干过，我曾拜你为师哩。刚才，我认出了你，无奈王有亭给我付钱了，我们还得应付一阵子！"康广才说："中吧，玩会儿，让王有亭看看热闹！"俩人你来我往，好像不差上下，看得大家眼花缭乱了。后来，几片脸主动退出，朝康广才抱拳施礼。王有亭吆喝："哎！咋不打了？"几片脸说，遇到天下第一高手了，人家分明让了我，我已看出来，如果玩真，我怕早就没了命！"

王有亭很惊奇，看着康广才。康广才说："我说姓王的，你甭跟我再玩把戏，我恼劲儿一上来，能揪掉你的脑袋瓜！"话罢，康广才又举起粗树干，朝身旁大树干枝上掷去，两根大树枝，咔嚓便折断。王有亭又发呆了，连忙摆摆手，招呼人匆匆走了。看热闹者拍起了手。

衙役领着路，康大河走进了巡抚府驿馆房内，李厚德正在品茶，连忙站起来说："哎呀，你会飞？咋可到了？"康大河答："大人一句话，好似圣旨到啊！"李厚德哈哈大笑说："还是弟兄亲啊！一来河南，我头个想到的就是你。"康大河说："多谢关照！来一趟不容易，我给您拿了点茶。"康大河说着，掂了个布包，恭恭敬敬地递到了他手里。李厚德哗地抖动下。康大河说："正宗的五指岭金银花，清热去毒！"李厚德说："我就不客气了。这次来，我叔吩咐了，一定要见到你，把些事情说一说。"康大河说："我很愿听您教诲！"李厚德说："你还担心张太医的安危吧？"康大河连忙摆手否认："我咋会担心他呢？"李厚德仰面大笑说："康家以善传家，张太医对你有恩，他肯定被你藏啥地方了。"康大河脸上浸出了汗水："我就是有那贼心，也没那贼胆啊！"李厚德说："张太医那张狂亲戚死了，皇上也不再追究了。好消息吧？烟消云散了，还说咱的事儿！"

李厚德说："李大人发话，西北边疆的军需供应，如棉花、布匹之类，也想让魁记担下来。"康大河说："到哪交货呢？"李厚德说："西安城，加工衣被也在那。军队自己运走！"康大河说："请您转告李大人，只要他说，就是不挣啥钱，事情一定要做好！"李厚德说："我叔身体大不如先前了，外边办啥事儿，都由我转达。"康大河说："忘不了您的恩啊！"李厚德嘴里啧啧直称许。康大河说："还有一件事儿，求老兄想法给摆平！"康大河说了泾阳王有亭，说担心从中作梗。李厚德说："写份公函，压上兵部大印，谁有胆量破坏？"说过，他就让人拿笔墨，已盖了大红印的纸上，唰唰就写好，递给康大河："说，只要拿住它，大小官见了你，都会慌得像小溪。谁敢侵犯，切掉脑袋！"康大河问："当真？您真成了及时雨！"李厚德拍着他肩膀："自家兄弟，甭外气了……"

康大河开封办妥事，回家里就跟白老虎商量操作事宜。俩人抽着水烟袋，咕噜噜咕噜噜，窑洞里弥漫着白烟雾。白老虎说："估计李尚书也知快退了，想趁机会再捞一把！"康大河说："有权不用，过期作废！"白老虎说："这也剎王有亭的蛮横劲儿了！"康大河说："听说广才弟，也从陕西回来了，我已让铁山找了他，咱也听听那边情形吧！"

说着，铁山和康广才进窑门。康广才说："还有点地没锄，想趁你们还没回来，抓紧赶赶活！"康大河说："我回来，又拐洛阳一趟，看了看张太医，也是今天才到家。老虎兄弟也是才到家，我们想一起碰情况。"康广才说了西省事儿，大家哈哈大笑。白老虎说："好，咱再弄批布，趁热打铁，压垮王有亭的霸气！"康大河说："这几天就出发！"康广才说："那个李骨头，过去交道过，也是一根直棍不打弯货呀！"

　　李骨头靠着宝座瞌睡，呼噜呼噜很响亮，阴阳顿挫还韵味儿。这时，疙瘩慌忙跑进大殿里，大声喊叫："李掌门！李掌门！"李骨头腾地坐起来："有个活的，你家失火了？还是哪村发那救济粮又打架了？"疙瘩："那事儿还用你管？失火了用水泼，老百姓打架咱就先看热闹，然后，咱再打赢家，让大家都感觉平等。我报告、是、是、是……"李骨头："遇急事就唱着说嘛！"他用嘴给那随从奏乐：里格里格隆。

　　疙瘩真的就唱了："黄河边，码头上，船来船往，我又看见，康家的大旗扑刷刷飘，康家的船队又来了！"李骨头："运得啥东西？"疙瘩仍然唱："一捆捆那一垛垛，俺藏在芦苇林里仔细瞧，还是布匹比山高。"李骨头："这康家，腰可真粗啊，咱弄他一下子，看来就像拔根毛！"疙瘩仍然唱道："掌门的，你想好，这次大利捞不捞？"李骨头："再抢人家货，我真要一头扎黄河了！走，我得见见康家的人，人家仗义，咱不能不义气！"

　　康家的大船队，停在陕县渡，白老虎招呼大家正吃饭，突然有伙计慌忙地跑，一气蹿到了太平船上，说："大掌柜，不好了，李骨头领着土匪又来了！"康大河很镇定说："没事儿，他不敢咋着咱！"白老虎说："先起锚，看形势不老对，船就河中撑，让他们鳖儿凫水来，一篙连一篙，戳到河底下！"康广才哈哈笑了："我过去整年这边跑，知道有规矩，按日子，抢一抢四不抢二三，不能断了财路啊，今天不是抢得好儿？"康大河说："土匪也是要脸人，才经一回了，还吃咱的饭！"

　　李骨头和几个土匪，走到了太平船上，一个伙计问找谁？李骨头说："拜访掌柜的！"康广才听见了外面说话，走了出去说："咋不打个招呼，就上人家的船？"李骨头抱拳施礼，嬉皮笑脸地说："我和康家有缘分，熟不拘礼嘛！"康广才迎上去，推住李骨头说："别往船里走，有啥事儿跟我说！"李骨头也推康广才，康广才像根柱子定在了那，李骨头看看康广才，又看看康广才："功夫不浅啊，出自何方圣殿，咋有点儿面熟呢？"康广才说："少林寺！"李骨头后退了一步，又抱拳施礼说："大侠到来，可能误会了！我要见船掌柜，商量互相友好的事儿。"康大河走出船舱说："让李壮士来吧，江湖上，多个朋友多条道嘛！"

康广才让开路，陪李骨头进船舱，其余土匪外边等候。

船舱里，白老虎见李骨头进来了，动也没动。李骨头朝他施礼说："这位老哥，上次让你吃亏了，我代表这片苦寒百姓，再跟你赔不是了！"白老虎说："风吹灰土飘，树梢碰树梢，过去的事了，你们难，我们也难，一家不知道一家难啊！"康大河说："这位李壮士，没吃饭就在这吃饭吧！"李骨头说："没那习惯，苦寒地，一天两顿饭！听说您来了，就想来见见，说句心里话！"康大河说："好！我想壮士不会老跟康家过不去吧？"

康大河拿出盖着大印的公函，展示在李骨头面前说："从这次生意始，我们受兵部委托了，给前线将士供给养。兵部说了，如果谁敢设置障碍，将严惩不殆！"李骨头说："我已看出来，康家老良善，我给这的百姓散布了，这次是康家的施舍，很多老百姓都议论，要给康家立块碑呢！"康大河说："往后，百姓有大难，给我透消息，康家的生意，一直取之于民、用之于民！"李骨头说："惭愧啊，过去和你们交道少，康家比泾阳王家强多了！劫你们的船，王有亭的主意，我们把布送他那里，他还想要赖哩！我今天来，就是向你们保证，只要我李骨头还在这，再也不会对不起康家了！"

白老虎说："打交道久了，就会知道我们绝不会乘人之危！"李骨头不断地点着头说："我们做土匪，也要讲究信誉啊！"大家都笑了……

十二

康大河拜访王有亭，拿出兵部公函给他看。王有亭看了，说："咋，不听我的了？"康大河说："有红压压大印，没诓你吧？我们还要去官府接头哩！"王有亭说："你也该考虑下我，我招呼这布市，得不到丁点好处，官府和胡子，都朝我伸手啊！"康大河说："我们可给点钱，但不能再狮子大张口，再不能把韩掌柜当捶布石了！"康广才说："我上次就说过，谁再打韩掌柜一次，我就扭掉谁脑瓜！"秦海娃暗里伸了舌头。王有亭说："那得守规矩！"韩金贵说："买卖，心愿，千年的规矩，你不能乱定价啊！"王有亭脸上流着汗，秦海娃连忙手巾水盆里拧，递给了王有亭。康大河说："我是军需供应商，难为我们了，实际就是难为你自己！"王有亭说："捶子了，就放你们个大狮子，可要记住缴费啊！行了，就打手结掌。"两双巴掌历史性地拍在一起了。

回到魁记，韩金贵笑着说："上次广才兄弟来，似来个治老鼠的猫，把王有亭吓蒙了！"白老虎说："兵部这公函，又似老鼠夹，夹住了他的心。"康大河说："天时、地利加人和，抖开干吧！"韩金贵脸色仍忧郁，说："王有亭也能黏住官儿，他许还会疯起来！"康广才说："到那时，咱再弄新法儿对付他！"康大河说："走走看看吧！"

一切安排停当了，许多马车拉了新进的货，停在了魁记铺门前。人们忙碌在卸货。伙计们大声吆喝着，江南新进的布料，便宜卖啊！便宜卖啊！顾客拥向了魁记商行里。

王有亭牙疼病犯了，捧着宜兴陶壶喝浓茶，闻听此消息，啪地陶壶摔得粉碎："娘那蛋蛋啊，秦海娃！"秦海娃闻叫走来了。王有亭说："去一趟，把我那娃子找回来，快点啊！"秦海娃说："他正上学，让他回来能做甚？"王有亭说："等回来，我亲自说教他！"秦海娃皱着眉头说："我想很久了，没必要跟康家对着干！弄不好，狗咬狗了一嘴毛！"王有亭瞪眼看着秦海娃："知甚？只知黑山羊球是烟熏哩！"秦海娃低头匆匆走了，轻轻发出了叹息声。半后晌，秦海娃骑匹马，王天祥也骑匹马，渭河边散漫走着。王天祥大眼里透着机灵，问："叔，我大死了？病了？"秦海娃说："一顿能吃仨鸡蛋！"王天祥说："那为啥大惊小怪让我回？我正上学呀！"秦海娃说："你大叫我来，肯定有大事儿！"王天祥："脱裤子放屁，多此一举！"秦海娃说："大概你大想你了，虽说你还有后娘，不是还没生娃吗？"王天祥说："人年龄大些，大概都慈善了？我小时候，大打我，棍子都打断过，那狠劲儿像恶狼！"秦海娃说："你大可比恶狼还毒呢！他火拼另一股土匪，一口气砍人家九个脑瓜，最后眼红了，一棵小柿树当敌人，一刀把树头给砍了，树枝砸了脚，他才迷瞪过来。"王天祥说："他心是石头做的？"秦海娃说："铁疙瘩铸的！"王天祥若有所思："这世上真是弱肉强食吗？"秦海娃点头说："对着呢！"王天祥拍了马屁股，吆喝声驾！他又大声说："豹子吃狼、狼吃羊，羊吃草，草吃土！"秦海娃也吆喝着回答："对哩，谁强谁就吃弱！你大就吃我！还有康家也由羊变成了狼，正在吃你大！"王天祥说："真的？"秦海娃说："河南西界有个李骨头，劫了批布卖给你大，你大给了人家许多银子，康家又运来了好多布匹，价格又低，咱那货就囤积了！康家还有个武艺高手，康家还跟官府拉连着，你大干急没法，牙又气疼了！"王天祥说："该倒霉，看他不给自己留后路？"

这一会儿，王有亭脸上贴了块黑膏药，正在屋里练飞镖，前方一块桐木板，木板上画个人头像，他拿飞镖上边投，正中头像有两支，其余地下掉许多。王有亭心里好生恼火，抓着飞镖，恶狠狠朝那眼上、脸上戳，嘴里还说着："看你不中！看你不中！"秦海娃进来说："哥，跟谁说话？"王有亭说："有屁快放！"秦海娃说："我把少爷叫回了。"王有亭说："你龟孙让他进来！"片刻，王天祥就到了，说："大呀大，你可真是没事了，我正上着学，咋叫回来哩？"王有亭说："不用上学了！"王天祥："你以前不是说，咱这没好先生，才让我咸阳去上学吗？"王有亭说："就跟着我学！"王天祥哈哈笑了说："咦，跟着瞎子摸象吗？"王有亭不好意思也笑了："我会做生意啊，我还会武艺！你看，我要飞镖，说扎脸上就扎脸上，说扎眼上就扎眼上！"王天祥说："学那？人家都说你是二球！"王有亭瞪眼睛骂道："奶奶，谁敢说我？割了锤子喂狗！不让你上学了，我说话算事，你要犯犟，我把你揍成个扁扁形！"王天祥说："我一会儿就去学！"王有亭说："你再说个不字！"王天祥说："我就是不！"王有亭说："反天了！"飞脚踢向王天祥，儿子机灵地一躲闪，王有亭踢住了椅子腿，又踢，儿子又一闪，他又踢住了桌子腿。王有亭恼火了，抓起把新茶壶往王天祥身上砸，儿子又躲闪过，茶壶发出了爆裂声。王有亭说："我不信就弄不住你了，看我给你打一镖！"待王有亭抓住飞镖时，一看，儿子早跑没影了。

王天祥跑到了大街上，吆喝起来："都来看哟！王有亭匪气不改，我娘

108

死了，他也老想把我治死！"一时间，街上来了许多看热闹的人。议论着："虎毒还不食子呢！恶霸惯了，将来不得好死！"儿子大声吆喝他，乡亲们评说他，王有亭气呼呼地，蹿到个土堆上乱讲演："乡党们，别听他胡咧咧，我就是不想让他上学了！"有人在议论，"看，说漏嘴了吧，怹小的孩子，你又有钱，不让上学弄啥？""有后娘就有后大呀！"这时，秦海娃走到了王天祥身边说："天祥，吆喝着多丢人啊！"王天祥说："他就是想整死我，还抓飞镖戳我呢！"秦海娃说："走，回去，保准你没事儿！"王天祥跟着秦海娃，往家里走着，说："你跟我大说，还得让我去学。"秦海娃说一定！王有亭还气呼呼的，可不敢再发脾气了，半天，说："娃子呀，大心里甭说多疼你了。你说说，你上学准备将来做甚？"王天祥说："考了秀才考举人，然后考进士，将来当个大官！"王有亭瞪大了眼睛说："这也行，将来真当了大官，咱生意想做多大就做多大！不过，我还是想让我娃回来，跟个师傅学武艺，学会武艺不压身，走遍天下不吃亏！我见康家雇了个能人，一指头砖上钻个眼，五指头能抓下人头皮！娃能学成这样，咱还害怕谁？"

王天祥说："大呀，等把书给你读了，再回来学习武艺，也学得打遍天下无敌手，行不？"王有亭躺在了罗圈儿椅上，脸看着屋顶答："本来，我想你都长好高了，又一见面，你还不够尺寸。娃，记牢固了，读好书重要，学好武艺更重要。大跟你说实话，那天看见康家武艺高强的那汉子，大的腿都筛糠了！我当时想，他要是我娃多好！"王天祥奇怪地看看大，悄悄走出了屋子。王有亭还在自言自语地说着："如果是我的娃，泾阳街上，全都开成我家的店铺，十里外大路上拾牲口粪，也必须经过我允许，得给我上交管理费！谁敢不听话，就打！"王有亭忘情地说着，没听到儿子再反驳，笑着端正脸看儿子，儿子早就没踪影了。他感觉没甚意思，呼呼噜噜就睡着了！

月儿挂在空中，树影婆娑，康大河坐在小板凳上，笑眯眯的，咕噜噜地吸水烟。王先生也坐在小板凳上。面前放张小方桌，方桌角奓拉根艾蒿绳，熏赶着蚊子。铁山抱个大西瓜，在王先生厨屋里切好了，端过来，放在方桌上。铁山拿一块，递给了王先生说："吃吧，掌柜专门买的遊店西瓜。"邙山上遊店村，西瓜沙瓤甜如蜜，历史上就有名气。王先生就接了，康大河也拿了块说："铁山也吃！"铁山扭捏说："俺不老好吃西瓜！"王先生说："吃吧，西瓜是好东西，相当于白虎汤。每年第一次吃遊店西瓜，只要吃饱，一夏天都不会闹肚子！"康大河说："真的，我也听说过！"王先生说："铁山也吃吧，不会诓你吧！"铁山不好意思地接了，就小口吃着。

康大河说："我给你说那事儿，计划咋样了？"王先生答："比赛花钱吧？心里不踏实，都是毛孩子，一人吃饱，全家不饥。钱到他们手，不都成了爷？给你扬撒了可咋办？"康大河说："舍不得孩子套不住狼，想让他们成人才，又害怕给戳窟窿，那咋能行？"王先生说："理直路弯曲，真没盘算好！"康大河说："大后天，焦弯有个古庙会，只当放头黑狮子，让孩子们耍去吧！那批钱，我让铁山给送来。"王先生说："丑话说前边，把钱花正经地儿，我可难保证。但我保准想法促进孩子们！"康大河说："那就中！将来的奖励，我和里正来发！"

这会儿，月儿朦胧的洛河滩，传来了悠扬的长箫声，时而高昂，时而低沉。王先生说："听这箫声，许又是白老虎在吹。"康大河说："今夜他没回家，就住在了大船上。可能又想儿子了！"王先生说："很可能，女人走了后，他一心放在了儿身上！"康大河想，又快到中秋了，咋会不想儿？那箫声似在诉说呢！

他们说了许多话，康大河抬头看，白色月亮云中走着，他说："王先生，按照说的操持吧！我和铁山到码头，船上陪陪老虎弟，明月几时有，把酒问青天！"

康大河站起来，和铁山慢慢踱出了学堂门，王先生后边送他们。院子角落里，响着蟋蟀诸野虫的鸣叫，也似与那深沉的箫声伴奏着。看康大河远去的背影，王先生还站在院子里沉思着。

学堂挂钟的老槐树下，站着一群学生娃，树上麻雀喳喳在叫唤。王先生看看树，抬头又看看，对学生们说："我还没说话呢？它们倒热烈了！"为先生的幽默，学生哄然大笑了。王先生讲："我提问个问题，看谁回答的准确。大家想想，这些麻雀争论啥？"杜列疆答："它们交流呢，研究哪里

110

虫子多，啥虫吃着香！"另一个同学说："讨论它们先生讲课啥意思！"又一个同学说："商量谁跟谁成婚最般配！"大家又哄然大笑了。康文盛说："都不对，其实，他们在争论，一个说，这帮傻孩子，看王先生又咋诓人哩？另个说，你胡球说，人家王先生，可是学问家，每玩个招数，再看学生的学问，噌地就长有好高。"又一个嘿儿笑了说："人不是树苗，又不是庄稼苗，上泡粪说声就长高了！"王先生笑眯眯地听着。杜列疆截断了康文盛的话："文盛想让麻雀唱戏哩！我可是好看丑角戏，麻雀里丑角说啥呢？"

王先生咳嗽一声，说："丑角是这样说的（王先生把头外探着，扁着嘴学麻雀），今天呀，大家去焦弯赶庙会！"学生们瞪大了眼，看着王先生，一个个都呈欢喜样。王先生正二八经地讲："我给大家说，今天去赶会，不是去乱耍，布置个作业，看谁完成得好。这段时间，我说过不少历史古典，也讲了些为人和做生意的路数。就是看大家运用得咋样。今天赶庙会，康大掌柜拿出些钱，看谁能拿着这些钱，用得恰到好处，回来评比，还要颁奖哩！"

正说着，铁山背钱搭来了。王先生小声问铁山："咋弄？"铁山说："大河叔说了，学生娃，要捣起蛋来，俩先生也照护不住。你在这里一发钱，他小猴诓老猴，不去赶会了，钱日捣到别处，你有啥法儿？咱一起陪他们，到焦弯村旁洛河滩，再给他们发。"王先生返回了大树旁，说："走啊，我送你们到会上！"王先生，学生娃，后边跟着小铁山。路上百姓打量着，听说领学生赶庙会，大家的表情就惊奇。康文盛跟杜列疆小声说："看那个个牛蛋眼，小见识！"杜列疆："可不，不解啥叫弄大事儿！"

到了庙会边，洛河的柳树行，王先生和铁山，人人发了钱，每人二十个！发完钱，王先生双手如赶鸡："都去吧！"学生们嗷嗷地钻进了人群里。

乡村庙会，人声鼎沸，人群熙熙攘攘。一卖花米团的老汉吆喝着："转一转来，看一看，带串花米团，回到家里边，小孩子见了喜开颜，小嘴喊你真香甜啊！"杜列疆看见，就拿出小钱买了俩，给康文盛一个，边走边吃着。另一个同学买了个红颜颜的山楂串，酸溜溜吃得很有滋味儿。突然，康文盛哦了一声，他看见黑妮姐和她爹。

黑妮和她爹面前，放了俩木桶，黄河鲤鱼水里游，扑甩着红尾巴。黑妮手拿巴蕉叶扇，轰赶凑热闹的黑苍蝇。她爹时而吆喝声："新鲜的黄河鲤鱼呀！"旁边一个老汉卖的鳖，唱得颇有味儿："大鳖，小鳖，还有中鳖，一群鳖盆里乱呼歇。大的说，谁要是能够吃了我，管叫他浑身变成铁。小的说，谁要能喝我熬的汤，保证他老汉淤血变活血。中的说，我可是好汉正当年，谁用了我，管叫您老汉变成小青年，老太太变成大姑娘！"康文盛和杜列疆都笑了。王黑妮也看见文盛俩，问："咋不上学了？"康文盛答："先生让来赶会哩！"王称哈哈就笑了："先生还让学生赶庙会？怪！"此时，一年轻人站到了鱼摊前："只管卖你的鱼吧！"王称对那年轻人嘿嘿笑笑。年轻人说："俺饭铺里要你这两桶鱼了，一共多少钱？"王称说："拾的麦，磨的面，吃了去他娘的蛋！多点少点害怕啥？"买鱼客说："中，跟我走！"王称担起了俩水桶。王黑妮说："爹，我跟文盛耍一会儿。"她爹说："庙门那儿等你啊！"杜列疆眼里也出水，不想影响人家俩，说："你耍吧，我先前头转去了！"

黑妮和文盛，也混入了人流中。过一会儿，杜列疆又过来，奇怪地看眼康文盛，说："忘问了，女的是谁？"康文盛说："俺姐，她给我妈叫姑呢！"杜列疆说："听说那边拿大顶，好看，我去了。"说过，倏地又不见了。王黑妮问："那孩子是谁？"康文盛说："诗圣杜甫的后人。"王黑妮嘟囔："啥石头豆腐，两掺咋吃？"康文盛笑了说："你知道圣人冢吗？"王黑妮说："在你村岭上嘛！"康文盛说："那大坟里是写诗歌的厉害手，比你念那曲精致多了，名叫杜甫，诗圣就是大家神，列疆是他滴滴拉拉拉孙。"王黑妮说："那也够恶了！"康文盛笑了："列疆跑断腿，也给杜甫提不上鞋。不过，人不孬。"王黑妮问："你将来能当诗圣吗？"康文盛说："弄好了，兴许成个大诗人！诗圣？那就难说了！"王黑妮咯咯地笑了。

一个卖药摊，吸引他们站了脚。卖药人年龄四十多，嘴里喷着唾沫星，说得喉咙沙哑了："大家看，我这药，叫防风，哪里出？北邙山！山根紧靠大黄河。无风三尺浪，有风浪丈三。这防风啊，哪里长，黄河边邙山悬崖峭壁上。我挖这防风，坐着船，黄河浪上漂荡着。峭壁上长棵荆条树，我的眼睛紧盯着，那船接近浪尖处，看差不多能抓住，咱破死地猛一跳。一把抓住那荆树。我裤带上有根绳，那绳子连了小木船，船拴住了荆条枝。

我爬邙山上刨呀刨，天色扫影黑，我爬着下邙山，老鹰山腰飞，近了荆条树，乘船又荡到浪尖上，才又猛跳那船上，割断那绳子，撑船来到了这集上。"忽然有人哈哈笑，是个明晃晃的大光头，他问卖药的："真的？"卖药人："这位大哥，没钱你帮个人场，有钱你帮个财场！"光头说："近来，我听说黄河北的牛快死光了，说是谁吹死的，我可逮住凶手了！前些时，我去西安，你讲中条山上挖防风，现在，又拐到了邙山上！"卖药人连忙双手抱拳："这段我吃防风少，嘴老跑风！"逗得看众大笑了。

场子旁，一卖肚包牛肉的，卖主黑胖，戴顶白色小帽，不停地吆喝着："喂庄铁家肚包肉！吃一回梦里也想吃！"康文盛说："走，买点牛肉，人铁家牛肉美着呢！"王黑妮问："有豆腐好吃吗？有鱼肉好吃吗？"康文盛说："奇妙不奇妙，一吃就知道。"康文盛要了二斤。铁家掌柜拿着弯刀，肉上啪啪拍几下，噌噌噌肉切成了纸样薄，黄麻纸包好了，递给了康文盛。康文盛捏了一片，放到了王黑妮嘴边说："姐，尝尝，美着呢！"王黑妮忍不住张嘴吸溜了进去，朝看着她的文盛直点头。王黑妮催促说："俺爹等急了，我得找他去！"

两人朝那大庙走，错落有致的殿堂，古老苍劲的大柏树，上空飘悠着烧纸的黑蝴蝶，还袅袅着丝丝青烟缕。王称真坐在庙门柏树下，慢慢品味吸旱烟，身边并排俩木桶，担子平放木桶上。俩人到了他面前，康文盛把肚包牛肉塞进了他的手："舅，孝敬您的。"黑妮爹说："看，咋能这样呢？"康文盛笑着说："俺姐对我可好了，我不能没良心！"他就跑进了人群中。

人群里朝前走，康文盛想起了完作业，琢磨着那些钱，咋花有意义？他不由摸摸怀里的铜钱串。附近，人们讨价还价买麻绳。

一个汉子问："一个半钱一丈吧？"年轻卖主："那你最少要买十丈，十丈以下按俩钱。"汉子说："我看你的绳瓷实，就不能便宜点？"卖主："不买算了，卖不完我重弄回去。""你咋恁死势，要是您爹来，我早就搞定他了！""我爹腿折了，平乐正骨了，你去那搞吧！""别处转转，价钱老硬！""买就买球，走就走球，谁理你球！"康文盛看卖主傲气十足，眼珠骨碌骨碌转动，匆忙离开了那地方。

人群外，一要饭小男孩儿，伸手向人们讨东西。康文盛走近他说："咱俩商量个生意吧？"男孩儿看看康文盛，伸伸胳膊作比画，说："你也不比我高，我不害怕你，咱做啥生意？"康文盛说："先说中不中？"男孩儿答："只要不杀我，就中！"康文盛说："你的肉能比铁家肚包牛肉还香？"路人奇怪地看他们，有人嘻嘻笑，猜想俩屁孩儿嘀咕啥。接着，康文盛前边走，讨饭男孩儿后边跟。洛河边站个红阁楼，里边敬奉了洛神女的泥胎像，到了那旁边，讨饭男孩儿又警惕，拳头暗握紧，准备猛打斗。康文盛却笑了："甭害怕，我先给你俩钱，咱俩衣服换一换，你拿钱先去吃饱饭，然后来这再等我。等会儿，再给你换衣服，我再给你五个钱。"小乞丐说："你这傻蛋货，反正我不吃亏，你可别后悔啊！"康文盛说："丑话说前边，你可别跑了，我的衣裳不值五个钱。再说了，你穿上这衣裳去要饭，可没人会给你！"小乞丐龇了白牙笑："中，就这老等，不过，你必须给我赌个咒，你要不给我五个钱，咋办？"康文盛抬头看看天："赌最狠的咒，不给你五个钱，天打五雷轰，（又两只巴掌重叠起，学着王八爬）我们全家当老鳖！"小乞丐笑着："全家当老鳖中，不会有人救了！"红阁楼里，俩人换衣服，康文盛手提了一串铜钱。小乞丐笑着说："你真有钱呀！"康文盛说："不诓你吧？"俩人互相看，嘿嘿都笑了。康文盛去了俩钱，给了那小孩儿。小乞丐玩着俩铜钱："君子一言，黑马难追！"康文盛说："是君子一言，驷马难追！"小乞丐嘴里嘟囔着："怪呀，四匹马？"想再问，见康文盛已走出了红阁楼。

康文盛双手按路面，灰土脸两边擦几下，顿时变成了小花子。他又去了卖绳摊儿。卖绳年轻人看看他，厌恶地挥手就驱赶："一边去，这儿不打发叫花子！"康文盛说话慢吞吞："这又不是您家，不兴我立站？"年轻人呵斥道："耽误我卖绳！"康文盛说话仍慢吞："我不能买你绳？"卖绳人冷笑说："你买绳上吊哩？"康文盛说话还慢吞，似得了语迟病："不上——上吊！"卖主看是招揽顾客的好机会，吆喝道："快来看呀，小花子也来买绳了，快来看呀！"康文盛仍然慢吞吞："卖给谁，不是卖？"果然来许多看热闹的。有人趁机起哄说："你便宜卖呀，看他买起不？"年轻卖主牙巴骨挫动好几下，盯了康文盛："我卖给别人，俩钱一根绳，卖给你一个钱三根绳！"起哄者说："让他全买走，看这球孩子能尿多高！"卖绳人攥紧拳头了，手势颇有冲击力："豁出去了，如果他全买，这一堆，就给十六个钱，图个一溜顺！"康文盛装作怀里摸虱子，弄得人们用奇异的眼光看着他。起哄者说："你到底买起买不起？买不起了就滚蛋，别耽误人家做生意！"又一起哄者说："滚吧，看你那烂倭瓜样！"卖绳人攥拳头比画着："逮虱子哩？再不离开我这摊，一拳把你脑袋砸肚里！"突然，康文盛怀里掏出了一个钱串："好，给你十六个钱，我把这绳全买了！"康文盛跳过去，一屁股坐到了绳堆上，就给卖主数钱。年轻卖主脸色变白："俺不卖了，俺不卖了！"起哄人似乎迷瞪了过来，反过来又吆喝："卖绳的，我们可给你帮腔了，可别蹲那撒尿！"年轻卖主垂头丧气说："算我倒霉吧！"

众目睽睽下，康文盛收了找钱，坐到了绳子堆上。看热闹者有的已离去，有的看康文盛如何处置这堆绳。这时，康文盛大吆喝："别看我穿得孬，这绳可最好！原价俩钱一丈，现价俩钱一丈五，便宜了！便宜了！"许多人发疯似的往康文盛这里拥，康文盛突然看见了杜列疆，吆喝道："快来帮忙！"杜列疆发了一下愣，跑过来，帮助康文盛看摊。一人收钱，一人拿绳。顷刻间，绳子全卖完，一串串钱装进了怀里边。杜列疆趴康文盛耳边，问他是咋弄的？康文盛笑着说："回来详细说，走，你陪我再去买头牛！"杜列疆说："你的钱够了？"康文盛说："不知道，看看说吧，弄个活物牵回去，总比空手回去强！"康文盛和杜列疆说着话，朝牲口市走去了。

牲口市设在洛河滩，牲口拴在木桩上。买主与经纪、经纪与卖主，不时手放衣角下，伸着指头切磋价格。他们走到那，黑脸经纪摆手吆喝："玩耍去一边，小心牲口踢住鼻梁骨，弄个塌鼻子，找不到俊媳妇！"康文盛笑着说："俺是来买牲口的！"黑脸几打量说："太阳西边出来了，小孩儿也来买牲口？"杜列疆拍拍胸脯："俺快长成大人了！"黑脸嘿嘿笑了："不用再吃奶了，小掌柜，要啥牲口？是骡子是马是驴是黄牛？"康文盛认真地说："就买黄牛吧！"黑脸赶忙跑过来，拉着杜列疆的手，搁到衣角处，指头放他小手里："准备出啥价？"杜列疆捏住那手塞到文盛手里："人家是掌柜！"黑脸又拉康文盛的小手，康文盛说："偷偷摸摸像个贼，长的都有嘴，就说嘛！"黑脸就笑了："规矩，这叫摸码子！如果咱要说，就要背背人。"

走进了柳树行，黑脸说："牲口是大物件，背地商量，太误时间，先人才发明了摸码子。"康文盛说："有道理！可我家太穷，也得过日子！我家开了几亩荒，很想买头牛，价格便宜点。"黑脸说："最便宜怕也得一百五十个钱！"康文盛说："我只出一百二十个，你就当行好吧，促成这件事，一辈子不忘您！"黑脸眼珠转几转说："那就试试吧，谁叫咱心太软，一见穷人心就酸！你说这老天爷，为啥不公平？让有人富，拉屎流出小磨油；让有人穷，糠饼上顿吃了没下顿！你们先瞅准牛，我就帮你们说价码。"

康文盛和杜列疆，开始扭转着看牲口，在一头壮实牛前停了步。杜列疆问卖牛老汉啥价码？老汉答："三百钱。"康文盛问："少一半卖不？"老汉冷笑了："龟孙才卖！想卖给条牛尾巴？这牛肯定要喊疼，我老可怜牛！"康文盛与几个卖牛人说价格，都没说成功。经纪看着他们直发笑。黑脸的奸笑，杜列疆瞥见了，小声说："那经纪看咱笑话呢！"康文盛说："真是隔行如隔山，就叫他弄吧！"康文盛又找那经纪："大叔呀，当家给整吧！"黑脸说："我可童叟无欺呀，我就认真给办了。不过，你说那价钱太低了。"康文盛说："就是我说那价！"黑脸说："等着，我磨转磨转看！"

经纪直朝瘦牛那儿。卖牛的是个中年汉，眼睛贼贼的："问，要我这牛啊，它啥毛病都没有，就是油坊拉碾出力了，瘦一点，浆水一跟上，说肥就肥了！"黑脸小声说："还能诓住我？啥油坊拉石碾，是牛毛上蜡了！草膘料力水毛羽，哪项你都没沾上。你这牛，碰好了，找个医生看透症，顺几回药还能调理出，弄不好，下汤锅也嫌骨头多！咱整年干啥哩，你倒腾牲口多少年？这回大概难多赚，眼看花了嘛！"卖牛汉子说："外行看热闹，内行看门道。"他立马把手放那经纪的衣角下，经纪出了一个指头说："就这个大数。"卖牛汉子皱眉说："不中，杀了我吧！"经纪说："最多再添这个小数，要不，就只当我没说！要是有麻缠，人家找的还是我！"卖牛汉子说："中，货到地头死，知你不会坑害我！"

黑脸一脸认真相，又到康文盛面前，小声说："就是那头牛，看是瘦了点，瘦得有精神，肚里就几条蛔虫，回去找兽医，顺过几次药，牛膘就起来。这牛，油坊里拉碾，偷吃油饼太多了。"杜列疆斜眼看那牛，说："脊梁当刀背，俺俩怕就能把它放倒哩！"康文盛说："我信你，说价吧！经纪说，我可给你省了钱，我硬给你说到了一百一，加上经纪费，一百二十个钱。"

康文盛从怀里掏出了钱串，给经纪点了钱，黑脸和他们走到了卖牛汉子前，进行了正式交割。康文盛拉牛就要走，经纪又给康文盛说："小兄弟，赶明天就找兽医啊！千万可别晚了，我话可给你说到了。"康文盛拉着牛，和杜列礓一起走。杜列礓有点儿丧气说："你有收获了，可以交作业，我一只鸡娃也没买！"康文盛说："你吃好东西，解馋也算收获！这样吧，卖绳你也帮了忙，买牛咱俩又一起，这就算是咱俩的！"杜列礓笑了说："可沾了你光了。来，我牵住牛！"康文盛说："还要换回衣裳呢，它可帮我大忙了！"

康文盛又到洛河边红阁里，乞丐孩子正等他，他们脱衣服，换衣服。小乞丐笑看手里钱。康文盛说，你衣裳里虱子可真多，真把我咬恶了！"小乞丐也笑了："你肥实，让人家虱子改善生活了！"康文盛哈哈大笑。杜列礓牵牛走过来，乞丐孩儿还站红阁口，困惑地看着他们。

学堂大门口，许多人围着看，评论那瘦牛。牵牛的杜列礓，一脸骄傲相。一个老汉问："列礓，你家买的牛？"杜列礓挺下小肚子："我和文盛买的。"一个年轻村民问："你俩买的，多少钱？"杜列礓又挺下小肚子："三十个钱。"看热闹者交头接耳，议论他胡说八道，说三十个钱，兴许买条牛尾巴。杜列礓瞪眼看大家："那龟孙诓你哩，其实还不到三十个钱呢！"大家哄然大笑。那老汉说："你看你看，这孩子，说瞎话眼都不眨一下！"

康文盛跟着王先生，学堂里边走出来。那老汉拦住了王先生："你教的学生厉害呀，三十个钱就可买头牛，再让你学生给咱也买头！"那年轻村民说："先生，可别是偷了人家谁的牛？"杜列礓恼怒了："谁偷人家的牛了？如果谁再坏俺一世好名声，一把火烧了他家麦秸垛！"那老汉说："这孩子，笑话也当真！"王先生朝大家摆手："灯不拨不明，话不说不透！让我给大家解释下！"那老汉说："王先生，说说吧！"王先生："咱办学堂是啥目的？就是让孩子们学点真本事，将来能养家糊口、光宗耀祖啊！"

那年轻村民说："这话不错！"王先生得意地说："所以，这次大庙会，康大掌柜给每个学生发了三十个钱，看谁拿这钱花得有意思。杜列疆他们咋弄的这头牛，叫文盛给大家说说吧。"

康文盛就笑了，兴高采烈地说起来，大家听着很兴致。最后，杜列疆说："总归，还是用三十个钱作本，翻出了这头牛！"看热闹者都惊讶。那老汉说："一听文盛说，咱真算是白活了！"那年轻村民摇头晃脑地说："自古英雄出少年！"那得意的样子，好像他年轻，也与康文盛成了铁哥儿们。接着，诸村民又夸起了先生教学有方。王先生摆手说："我看这事儿未必那么好！"说得大家直眨眼。王先生转脸对学生说："大家都说说，今天谁是第一名？"学生们齐声回答："康文盛、杜列疆！"王先生让大家都回去，好好再想想！学生们欢呼着散开了。

康文盛和杜列疆牵着牛，也离开了学堂门口。康文盛说，这头牛为啥怎瘦呢？我回去看看俺家的《牛马经》。杜列疆说："我先把牛牵到兽医那看看！"康文盛说一块儿去，杜列疆说："不用了，刚才，王先生表扬时，我脸都发烧呢！"

兽医家，洛河滩一片绿树笼罩着，外边一个翻斗水车，旁边是片绿菜地。兽医家，为牲口顺药的木栅栏旁，矮老汉兽医站在那，掰开牛嘴看了看，又一点点细摸牛肚子。然后，看着杜列疆，问："你家的牛？"杜列疆骄傲地答："俺和文盛的。"看兽医神态很惊愕，他又述说了买牛的事。兽医盯了他，说："我拿两倍的钱，转给我吧？"杜列疆瞪大眼看着小老汉："你不诓人吧？"兽医说："老猴不诓小猴儿！"杜列疆说："赌个咒，如果诓俺，你是鳖儿子货！"兽医哈哈哈仰脸笑了："这孩子，真捣蛋哩！"杜列疆很认真："不吃盐不发渴，不挨冷子不打战！"兽医说："对，中国人死都不怕，还怕赌咒吗？牛留下，商量通，我出钱。"杜列疆半信半疑，跑着出了兽医家。

康文盛在家里正翻《牛马经》，爹让人叫他，他来到爹面前。康大河问他手里拿的啥书？康文盛让爹看了书名。康大河问："咋看起闲书了？"康文盛说："甜咸都是知识啊！"康大河笑了说："知道寸金难买寸光银了。刚才王先生都说了，你对买牛啥看法。康文盛说，没毛病！做生意哪能怎死板！"康大河说："你说是一俊遮百丑？"康大河还要往下说，杜列疆跑得呼哧呼哧喘粗气，在窑门口喊叫着："大好事儿！"康大河走出门说："给叔说说，啥大好事儿？"杜列疆袖子抹下脸上汗说："咱那牛，人家要买呢，高出两倍的价！你看卖不卖？"康文盛说："刚才我看书，看牛为啥瘦，其中之一，生了牛黄瘦得快！那牛是不是生了黄？"杜列疆说："那咱就挖住了狗头金了！"康大河说："走，孩子们，咱去兽医家！"

兽医还在端详那瘦牛，正跟它说着话："人兴运气了，走路踢住个大元宝。大河家，都恁富了，人家孩子玩耍，竟然把你买回了家。你原先的主人是谁？咋恁没福气呢？"老牛似知道说自己，拉着长腔"哞"了一声。兽医从墙根处拔了棵嫩草，送到了牛嘴边，牛就慢慢地嘴嚼。康文盛、杜列疆先跑来，康大河跟着也进来。兽医脸也没扭，问："都来了？"康大河说："先生，这头牛，你看是咋了？"康兽医听声音不大对，站起来，给康大河摆了手，进了屋里头，趴他耳朵边说了话。康大河问，逗他们玩的吧？康兽医说真是宝牛，兽医干了几十年，从没见过恁大的黄呀！过去，生黄最多最多这一半，牛就该见阎王了，而这牛，瘦是瘦，却还年轻有寿限，奇不奇怪？康大河说："先生，这牛黄能值多少钱？兽医笑了说，反正赛过同量黄金了！你把牛牵回，好生先喂养。在过去，一般杀牛才取黄，这次不用了。我一个学兄在西安，他会活牛取黄，取过黄后还生黄，我给打封信，让他来一次，你就挖到金矿了！"康大河说，如果能那样，我定高价回报您！兽医说："不是我的财，得了心亏欠。牛不好好吃草了，你就来我这弄点药。"康大河高高兴兴地出了屋，跟儿子说："牵着牛，回家吧！杜列疆也一块儿去咱家！"

到了家，安置了牛。康大河学了兽医的话。他又说："这牛，您俩商量下，看咋处理呢？"杜列疆说："我可不要啊！本来这事儿我没份儿，只是帮了一会儿忙，文盛硬要拉上我，不过是应付王先生。君子为义不贪财，俺爹知道也不愿意，大叔知道的，俺诗圣家风严！"康文盛说："那不行，我不能吐出唾沫星，自己再舔去！"康大河高兴地看儿子："对，这才像大丈夫！好，吃饭吧，吃了再讨论，反正是你们的牛！"

康文盛死要让份子，杜列疆死不要，康文盛想个法儿，让王先生做中人。俩就回到了学堂里，王先生住室灯还亮，他正聚精会神地吃玉米，嘴发吧嗒吧嗒香甜声儿。抬头看见了俩学生，问："天都大黑了，咋还到处跑！先帮我吃点玉米，列礓爹送来恁多煮玉米，说是让我尝新鲜，我明天早上也难吃完！"康文盛说："赶得早不如赶得巧，列礓，咱就先帮帮王先生！"杜列礓说："中，这东西放放就不好吃了。"吃会儿，王先生说："我想先讲你们的牛！"康文盛抬头看先生，杜列礓也抬头看先生。王先生说："你们还吃，磨刀砍柴两不误。"康文盛说："先生请说！"王先生说："君子爱财，取之有道。道就是规矩，合情合理，让人心服口服。道不是坑蒙拐骗，不是仗势欺人。你们自己做的事儿，你们自己心清楚，可要想深入些，合不合道？"康文盛停止了吃东西，看着王先生："生意生意，就是生出了新主意！"王先生说："文盛，你将来是做大事儿的人，要有个良好的开端。错路走惯了，就常想走错路；好路走惯了，就常想走好路。一辈子当个好人很难很难。如果老不正正经经，周围敌人会越来越多，怎能干成大事业？"

灯光缥缈着，仁人的影子墙上晃动着。康文盛说："先生，我真就错了吗？"王先生说："你买人家绳那事儿先错了，仁义礼智信，哪条也挨不上！"杜列礓说："先生，我实话实说。卖绳我帮了他的忙，买牛我们一块儿去了，现在，文盛硬要把牛分我一半，我觉得不该要。"王先生说："文盛，你为啥要给杜列礓分一半？"康文盛说："俺爹说了，俺俩的事儿，让我俩商量。说话不算话，我才不当那种人呢！我说我们捏纸蛋，神让他得那份他就得那份！"康文盛拉了王先生，里屋又说了法儿，王先生就点头，小声说："这件事儿办得好。作为一个人，浩然正气应该有。这个中人，我当定了！"杜列礓，你们外边等，我就写蛋儿了。

王先生拿笔膏了墨，撕了两片纸，写个"中"，又写个"中"。王先生自我欣赏写的字，满脸笑眯眯。返回外屋后，说："咋，咱来吧？"康文盛说中，杜列礓也说中。

王先生伸巴掌，两个纸蛋蛋。他要杜列礓先捏个，接过就打开，自然就是"中"。王先生："看来杜列礓有福气！"康文盛说："列礓，这你就没啥说的吧？神也同意我说的。"杜列礓笑着说，神也知咱哥俩好？"王先生说："都回去吧，以后再办啥事儿，还是多想想！"

十三

这天颁奖，大槐树下放了三把柳木罗圈椅，康大河、里正、王先生各坐一把。学生们规矩坐到地下。王先生念获奖名单：康春晓，买小母鸡两只，奖钱二十个。康天筹，买小兔娃一对，奖钱二十个。杜列疆、康文盛买瘦牛一只，奖杜列疆钱三十个……

有同学推下康文盛，问："咋没你呢？"康文盛小声说："俺娘不让给我奖。"周围同学都惊讶了。在同学们鼓掌声中，康大河拿出红纸包，一一发给了受奖者。康文盛一脸沮丧。王先生说："下边，让康大掌柜给大家说几句！"在学生们的掌声里，康大河笑眯眯地说："一入社会，啥事啥人，都会遇到。书本里学到了理，还要从实际中学些道，贯通了，小树苗才能变大树！"下边，康文盛低着头，发狠地拽地上的草梗梗。杜列疆拿奖的钱，悄悄塞给康文盛，康文盛挡回了，杜列疆又塞给他。康文盛说："再这样，咱可不哥儿们了！"杜列疆怪诞地看他。

这桩事儿策划很成功，康大河心里好高兴。小钱可能换英才。他又想办谋划的大事儿了。这夜，铁鳌灯头忽闪着，康大河抽着水烟袋，白老虎也抽着水烟袋，族长翻看一本旧年历，康广才用俩拳头抵抗着。康大河说："我想找朱宝贵，把神龟山盘过来，换个宅邸！"白老虎知道，有大宅先儿说了，现在康家这个家，能发财，但不发人，三代单传，到康大河，从小病歪歪，到康文盛，也不像是大才。康广才看白老虎只顾吸烟了，就说："这段怪顺，许成功！"康大河说："听说朱家禹州生意不咋好，许是个机会！"白老虎说话了："我担心热脸换张冷屁股！"族长说："咱不动，事儿就老搁那！"康大河说："是，碰碰运气，就只当逛逛老禹州吧……"

也是这夜里，缥缈的灯光里，韩菊兰坐在蒲团上诵着经，供桌上檀香轻烟缭绕着。康文盛垂头丧气站在那，母亲停止了诵经后，睁眼看儿子，眼光带着不满意。康文盛问："娘，你老用眼子剜人家？"韩菊兰说："你干啥下作勾当了？""没啊！""恁少钱买一堆绳，心平吗？"

康文盛哦了声："那事啊！我知错了，王先生给我上过一课，我也想透理儿了。"韩菊兰说："己所不欲，勿施于人。那绳子是你的，你愿贱卖吗？心要仁义啊！这几天，等你爹去禹州，咱就寻找那卖绳人！"

一处别致的建筑群，门口悬块黑匾额，"聚英堂"仨字金光闪亮。王有亭站在大门外，不断朝里张望着。校园里大路上，王天祥已走来了。

王有亭故意扭转了身子，许多天了，想起康家用军需生意压他，心里就不是个味儿。王天祥走到了他身边，喊声"大"！王有亭说："天都晌午了，走，下馆子！"王天祥说："学堂里饭也不赖啊！"王有亭说："咋，不能陪大吃饭了，能毒死你？"王天祥说："看你咋说话，走，谁怕？"他们就到了个饭馆里，要了桌酒菜，王有亭指着说："娃，吃啊！"王天祥说："这么多，咱能吃完？"王有亭说："吃饱了饿死去毬！"王有亭夹块牛肉条，放到了儿前的碟子里。王天祥嘿嘿就笑了，说："大，你也会说笑话了！"王有亭撇嘴一笑："人干啥事儿都要想开点！我想跟你认真谈件事儿！"王天祥让他说。王有亭说："读书头疼不？"王天祥说："看书知天下，高兴着呢！"王有亭说："大都替你头疼了，读书多了没啥用，干脆回家吧，学生意，哗啦哗啦挣银钱，心里舒坦着呢！"王天祥说："咋，又不让我上学了？"王天祥放下了筷子，奇异地看着父亲。"王有亭说："你读书不少了，我虽没识几个字，不照样风光吗？有枪就是草头王！咱也甭想当官了，官可不好当！害人，得罪人，还累人，最后落得不像个人。"王天祥说："我就想上学呢！"王有亭说："我不再给你拿银子了，要你快接了生意，想法快把康家弄败！"王天祥拍下桌子说："就不上，将来你可别后悔啊！"王有亭说："我后悔啥？马上给聘个武功师傅，学身硬功夫，一拳出去能把仇人打到云彩眼里去！"王有亭满脸神采奕奕的，愉快地遐想着。

这天，王有亭硬把王天祥带回了家里。王天祥先跑到了娘坟上。一群乌鸦树上叫唤着。一片树林中，王天祥烧了香烧了纸钱，跪地上，两眼流出了泪，说："娘，大硬不让我上学了，让学做生意，秀才遇到兵，有理说不清啊！"他呜呜哭起来。似看见了娘，娘在怜悯看着他，似又听到了娘说话："要好好读书，考取功名，你大是孬人，可不敢学他啊！"王天祥坐在坟堆旁，发呆地想以后。不知王有亭也来了，走到他身后，猛拉他头后的独辫子："没出息的货，跑这哭球啥？"王天祥被拉倒，他挣扎爬起来，朝王有亭踢去，吆喝着："我要听娘的话，还要去上学！"王有亭一把掰住王天祥的腿，扑腾摔倒在地上："就凭你这本事！嘿嘿，给大提鞋也不行！别再想着上学了，人世上，软的怕硬的，硬的怕横的，横的怕不要命的。以后，你要学会对人凶恶，像只恶狼、老虎！"王天祥："仁义理智信呢？"王有亭摆摆手："有个锤子用啊！"王天祥扭脸未语，决然离开了坟地。王有亭愣在了那里。

凉乎乎的清晨，洛河边大路上，一辆马拉轿车出发了。韩菊兰带康文盛坐上边，只听见马蹄嘚嘚嘚。天近大半晌午，到了平乐村，进了郭氏正骨堂。那儿病人真多，排了好长队，有搀扶的伤员，有用小竹床抬的伤员。韩菊兰走到大堂门口，被看门伙计阻挡了，一副笑中带冷的脸："先来后到，只要立马要不了命的，都这样！"

韩菊兰笑着说："俺只打听个病人。"看门伙计问是谁。韩菊兰说："不知名儿，只知道他是打绳师傅，腿折了。"看门伙计说："姓刘吧？推独轮车上踩莩拉下的绳头，跌得大腿骨折了！租住村东街第二家，狮子头门环。"看门伙计友善地指了指。康文盛提着包点心，随他娘到了那门口，院里响起了狗叫声。黑色大门吱呀呀被拉开，门后出现张老汉脸，问找谁？韩菊兰问："这里住个打绳师傅？"老汉说："有，姓刘，回过头镇刘村人。"韩菊兰说："我们要见他。"老汉说："我站这给您看住狗。好赖风吹草动点，这狗没命地死叫唤。"韩菊兰说："有狗好，屋里防火门口防贼嘛！"老汉挡着黑狗扑咬，说："甭怕，它只造声势不下口！"

在老汉指引下，他们进了亮堂的屋。一张大木床，粗布花格单子盖的伤者蠕动下，嗓子沙哑说了话："他娘外头买点菜，我也没法儿坐起来。自找坐吧！你们都是谁？"韩菊兰说："大哥，我们姓康，洛西康店村的。"伤者问："找错人了吧？那边俺没啥亲戚！"韩菊兰说："我这孩子，焦弯集赶会，买绳让卖家吃亏了，打听来这了。"伤者说："卖绳那孩儿个不低，

123

说话死难听？"康文盛说："是呀，我错了！"伤者说："如果他坑害你，甭管了，我腿好了，一定不饶他！俺家的传统，宁肯亏死自己，不让用户有半点寒心！"韩菊兰说："我信。这次怪我孩子，我带孩子退你银子！"伤者说："哦嗨！让我糊涂了？你家孩子还小，咋拾掇住我家那张三毛了？"康文盛面露羞色，一五一十说了来去。伤者听过哈哈笑，说："这叫自古英雄出少年！他婶子，你这孩子将来准能成大事！"韩菊兰说："别把他夸掉深沟了！"

说着，伤者女人回来了，要留他们吃午饭。韩菊兰说："我们还想见见您孩子，让我这儿跟他大哥认个错！"伤者说：可甭，您要去，就折他寿了！"韩菊兰说："应当的，我们办错了事儿，不去把话说清楚，心里也老别扭啊！"康文盛朝他们一一鞠了躬。

车轮又开始原野上转动了，韩菊兰们车内坐，晃荡得昏昏欲睡了。车把式戴顶黑草帽，挥舞手里红缨鞭，嘴里胡乱哼路戏："骂一声，老法海你这个龟孙，有朝一日，俺一定让你现狼狗身。"唱着，他也瞌睡了，抱着鞭子低了头。后来，车停庄稼地边处，牲口贪婪地吃青苗。两只麻雀喳喳叫着，公的落在赶车人草帽上，母麻雀落在了车篷上，窃窃私语似谈恋爱。地里过来了一个人，吆喝道："那是谁的牲口，在啃庄稼苗！"赶车人惊醒，揉揉眼睛，立马吆喝声牲口，往前继续赶路了。看着车背影，农人不禁也哈哈笑了。

平展展的河滩地，不少人顶着烈日干活。车过了洛河过伊河，咕咚咚半天，到个打麦场。那里几个人，正摇打绳机忙打绳。那卖绳的年轻人，光脊梁穿着大裤头，手握长摇把，浑身出油汗。康文盛车内走出来，韩菊兰这时也下了车。康文盛指那年轻人，说就是他。韩菊兰："看来那老头真是他爹了，活脱脱像是一模子刻的。"卖绳人皱眉头看他们，满脸困惑。韩菊兰笑着问："这帮大侄子，想让孩子跟你们学徒哩！"那卖绳人说话仍像摔石头："小鸡蛋孩子，能干这营生？"韩菊兰仍笑说："平乐见了刘师父，说让你们收下来。"卖绳年轻人："那就先试试，看摇动这绞车不？"韩菊兰说："文盛，去，试试！"康文盛走到了绞车前，抓住搅把说："看俺中不中！"那卖绳年轻人冷笑下："别累得半夜起来打蒙捶，着急尿尿进和面盆！"康文盛看他冷峻的面孔，没说什么，就吱咛着摇动了绞车，没几下，脸上就出了汗，绞车也运行不动了。韩菊兰问："孩子，咋样？挣钱不容易吧？"康文盛笑下说："真不容易！"韩菊兰示意儿子。康文盛红着脸说："老哥啊，还记得我吗？"年轻卖绳人："啊！怪面熟！"康文盛深深地鞠个躬，说了焦弯集上的事儿："大人数落我好多天，给你赔情道歉了！"年轻人搓着大手说："那天老热，也怨俺的日狗脾气！"

韩菊兰说："咱这有句话，路不修不平，树不修不直，我这儿子还要教调啊！"韩菊兰钱褡里掏出铜钱，让康文盛递给了那卖绳人。卖绳人十分激动，夸张地啪啪拍拍脑袋瓜说："真遇好人了，不是白日做梦吧？"其他人也都大笑了。卖绳人真诚地说："走，我家喝碗鸡蛋茶，一碗抓一大把白砂糖！"韩菊兰说："俺这就走了，心都顺溜了！"

几个打绳人，送他们上了轿车，赶车人又吆喝声牲口，车轮又转动朝前了。

康大河次日到了禹州城，城中发现处好景致，雕梁画栋的建筑群，还有古树和亭榭，门楣上刻了金灿灿的字，"山陕会馆"。康大河询问过，知道这里也接客，就在此处安顿下。他又打发铁山说，街上找个好看相先儿。

铁山街上细打探，知道名相先儿号"看破天"，土地庙前准能见。铁山匆匆来到土地庙，看破天正敲铜铰子，叮当叮当勾引人。他圆脑袋瓦盆脸，一双眼总似瞌睡着。见铁山关注他，那人睁眼说："专门泄天机，故称看破天！"铁山说："有个好生意！"看破天："咱跟去！"看破天和铁山拉近乎："你家住哪里？"铁山调皮地说："你看看！"看破天歪头打量他："你家住在院子里，院子长的有树木。"铁山说："错，我家住的靠山窑，院子一片光秃秃！"看破天说："说的是你岳父家。"铁山说："女人还没呢！"看破天哈哈大笑说："别着急，有了岳父，看我说的对不对？"铁山说："一会儿，你敢给俺大掌柜胡说，脚耳把子扇你瓦盆脸。"看破天说："上门生意，都是有钱人。发点小财，我是肯定了。"铁山笑着说："老倌，你挣了大钱，可要请客谢我呀！"看破天连连点头说："咱不是被窝捂头放屁，想独吞的小气鬼！"

125

俩人说笑着，进了山陕会馆，进了康大河住屋。看破天歪头端详康大河，铁山主动退出来。康大河仍吸水烟，咕咕噜噜地响。康大河也望看破天，一会儿，他嘿嘿地笑了笑："你看我运气咋样儿？"看破天故意换副公鸭嗓说："咋说呢？"康大河说："直说！"看破天说："恕我直言了，你福气大，享受不大，眼前难事多，你心强命也强！"康大河仍呈闭目思索状，仍慢慢咕噜着水烟袋。康大河突然哈哈大笑。看破天惊异了，问："咋，说得不老透？"康大河说："让你来，我想请求你，给另人看看相。按照我说的，你看出个眉目了，就给你银子整十两。"看破天咧嘴就笑了。他又看着康大河，似探讨这生意如何做。康大河就与他策划起来了……

看破天去了神垕镇，铜铰子敲得叮当当响，这是朱宝贵的家门口。朱家，三间旧瓦房，迎背墙前一拳头粗的夹竹桃蓬蓬勃勃的。大门对面，一座钩瓷小烧窑，一简陋制作间。朱宝贵坐在门外槐树下，正品味着槐枣茶。看见看破天，一身黑衣裳，眼睛眯缝着，就吆喝："老先儿，日头半天高了，还没睡够呢！"看破天嘻笑着，乜斜乜斜朱宝贵："世事即如此，清楚不了糊涂了！"朱宝贵脸上现出惊讶状："老先儿，何处来，用不用让我帮助你？"看破天摇头好似拨浪鼓："我名看破天也，靠一双慧眼，点拨人生迷津。"朱宝贵巴结地说："给咱也看看，这窑能出几件贡品货？"看破天仍眯眼笑着："就是一水成贡品，想富裕？半夜做梦娶媳妇！"朱宝贵："老先儿，话说清楚！"看破天："如果你愿意，才敢露天机。"朱宝贵也重视了，轻声问："多少钱一看？"看破天："先甭说钱，丑气！"我给说了后，随便给，图的是缘分！朱宝贵点头："好吧，你先喝口槐枣茶，清清火，润润喉。我这槐枣可是九蒸九晒，泡制可到家了！"看破天接了，咕咚咕咚喝两口："我可说了啊！千万别介意。"朱宝贵也点头："天上海边也听着。"看破天眼睛仍眯着："从你面相上看，最少可当知府，可你家地脉跑了气。"朱宝贵发了愣："不对呀，人说藏龙卧虎生凤凰哩！"看破天："老哥你别急，干啥都要刨根底！你家老宅院，立在大河边，站在一座突兀山嘴上。一头猪站在大水边，无吃食，无干圈，天天还要担风险，代代都会愁加难！"朱宝贵："人都说，那是神龟探水宝地呀！其实，主要是山下康家听哪先儿出个孬主意，建座阎王庙，风水顶破了！"看破天嘿嘿冷笑了："阎王是善

126

神，咋能坏了好人运道呢！"

朱宝贵裤腰里摸摸，掏出了几个钱，递给了看破天。看破天不接，转脸要离去。朱宝贵坐石头上发了呆，心里凄凄然。乡间惯例，命运太差，卦先儿绝不收费！朱宝贵站起来，看着渐渐远去的那人背影，现出一脸的茫然。

看破天完成了使命，山陕会馆请赏。看破天满脸欢喜进屋时，康大河正坐椅子上看《三国》，见他进来，指着另一只凳子："坐那吧！"看破天坐下后，铁山给他沏茶水。看破天拍了拍胸脯子说："咱只要出头，钻心虫就拱到朱掌柜心里了！"康大河说："那么，我再出头勾挂他，事儿能成不能成？"看破天说："我给挨挨吧，看哪天适合。康大河说了生辰八字，看破天手掰指头说："你是火命，再有三天属木日，木可助火，最好那天去！"康大河说："大功告成了，给你还有赏！"

待到了木日，康大河一行乘车，匆匆到了神垕镇。康广才指着路两边，说："哥，看恁多烧钧瓷的窑！"康大河说："火里取财不容易！"话音才落地，一笑面老汉拦了车。康广才车里跳出来说："有胡子了？"笑面老汉说："您买钧瓷吧，俺那货可好了，有雨过天晴、红日高照、黄山云雨，看看呀，就不远！"康广才说："卖醋都说醋酸，俺是来串亲戚！"笑面老汉脸上现出遗憾。不久，拦车销钧瓷的又有人……康大河说："看来，到了钧瓷窝。"说着，地点到了，康大河吩咐广才说，让他和铁山离远些，别让朱宝贵生疑。康广才说："周围还得照护住你，万一朱宝贵要二蛋，过去还打过官司呢！"康大河胸有成竹说："小狗能记千年屎？我不信！"

那一会儿，朱宝贵满脸上都是笑。新一炉钧瓷刚出窑，成物比哪回都要多。器物上皆呈好图景，有如烟雨蒙山，有如绿玉叠翠，有如碧空万里，有如初阳喷薄，有如漫天星斗……他暗想，运气许是要变了吧？康大河走过来。朱宝贵仍然笑呵呵，前边做引导，康大河跟后边。女儿金花开库门，康大河看金花，好看地晃花了他的眼。康大河又看那些货，眼光都直了。康大河手指架上的大瓶说，这是雨过天晴！朱宝贵点头。康大河端详了一会儿。他又手指另个大瓶，这是红霞满天！朱宝贵又点头。康大河又端详了一会儿，不由发出了感慨，太好了！太好了！

仓库看一圈，槐树底下谈交易。突然，康大河去草帽："我是老邻居。"朱宝贵马上皱了眉，不由联想看破天，说："你这大贵人，咋想起了穷光蛋？"康大河："济南府那，咱开个瓷器店，风言风语听传说，你在这里烧钧瓷，就有个好想法。干脆我出钱，你这里扩大生意。我进货，也有了正经渠道，你的东西也好卖了！"谁知，朱宝贵突然哈哈大笑："世人千千万，都有小算盘！我这人再穷，也不会去你那舔涎水！"康大河认真地说："乡亲乡亲啊！"朱宝贵嘿嘿又一笑："我信吗？你会突然发善心，想法兴隆俺朱家？你大概已买通看破天？你如果想买神龟山，趁早一边睡觉去！"突然朱宝贵瞪圆了眼："俺咋流落这，我还记着哩！"他心火燃起了，一下搂住了康大河，康大河根本没防备，就被放倒在地上，还被他骑上身，朱宝贵举着拳头，趁机要出多年的气。康广才、铁山一旁跑过来，把朱宝贵推了个仰八叉。康大河眼前似天塌，顿觉天旋地转，地上啊啊直呻吟。金花也大声吆喝："打人了打人了！"

康广才揪住了朱宝贵，举拳就要教训他，康大河半天喘过了气，大声说："不能打，毕竟还是自己人啊！"

一双空洞的眼睛望窑顶，康大河床上躺着，心里迷茫。本想学学诸葛亮三擒孟获，谁知道，一头撞住个石疙瘩。回来后，总浑身发冷，大热天也打哆嗦。

铁山请来了看病先生。一把银须的老先儿为他品脉象，吸溜下他口里的气息，沉默地走出了窑门，进了女当家那窑里。韩菊兰跪在观音菩萨像前诵经文，铁山安置老先儿坐椅上。韩菊兰功课做完，问咋样？快俩月了，还不见咋轻啊！老先儿叹气说，"病来如山倒，去病如抽丝。根据脉象，是大虚，可又不敢人参补。思忖再三，只能开些西洋参，温和调理调理。"铁山伺候笔墨，老先儿犹豫地写了个药方。

这天，韩菊兰给康大河喂了药，白老虎、康广才匆匆走进来。康大河手指椅子，示意他们坐。白老虎问这两天觉得咋样？康大河眼里浸出了泪，说："似有点儿轻了。"白老虎说："甭着急，慢慢调养吧！我父亲那会儿，你也知道，一场病，瘫痪床上两三年，后来不又能走路了！还挑百把斤的

128

担子呢，后来又活十几年。"康大河说："人的命，天注定，这关许能闯过去？"白老虎说："我又要出船了，这次还往山东，北边怀庆府，要咱几船盐！沿海几个县，还需要一批粮。"康大河说："老弟啊，生意上你多操心了！过了这一段，船队交给小柱吧，回来照护家这摊儿！你也知道，过去料理家里事儿，是你嫂子在帮我。现在，我要垮了，她也快垮了。"白老虎说："中，那孩子心怪细，能吃苦！"

康大河说："惭愧啊，你嫂子跟着我，没享过一天福，等于雇个老妈子。"白老虎说："好人得好报，老天会保她！"康大河摇摇瘦弱的手，声音很衰弱，说："广才兄弟！"康广才拉住他消瘦的手。康大河说："我想让你去泾阳，让金贵回来趟，想跟他商量那边的事儿，我也看出来了，你只要站在那，王有亭就不敢翻大浪！"康广才说："中，明天就骑匹快马去！"康大河说："你办事，我放心！别着急，慢慢来！"康广才点了点头。白老虎拍了拍康大河身上的被子。

他们出了门，康大河看着他们的黑背影，眼里一阵温润潮湿。

一个精明的年轻人，背个毛蓝布包袱，洛阳街上张望。对面过来个矮老汉，年轻人先鞠躬，问："大伯，哪里是紫荆院？"老人指着跟前的高墙院。那门口蹲对威武的石狮子，黑色大门紧闭着。年轻人看了看，问："没看见紫荆树嘛！"老汉说："老八百辈子的树，都死好多年了！"年轻人说："多谢老伯了！"老人摆手，看了眼年轻人，继续自己的路。

年轻人敲打黑大门，里边人询问是谁，年轻人说："找张老先生，我是他小儿子。"院内，一年轻杂役趴在门缝里，往外好张望，然后，又往屋里匆忙去。苍老的张太医，正翻阅着《黄帝内经》，一边写着啥。杂役说："爷，有人找您。三十多岁，明净大眼，说是您的小儿子。"张太医说："是二恩来了？快，让进来吧！"

杂役打开了大门，迎张二恩进来，眼里带警惕，外边又张望，重上了大门闩。张太医一看到进院的儿子，禁不住老泪纵横。年轻人进了屋门，连忙跪地磕个头："爹，我来接您回京城。"张太医说："孩子，你不是说梦话吧？"张二恩说："你不知道，李尚书急病死了。听说在金銮殿上，面对皇帝和大臣，正跟别人争执啥，一头栽倒在砖地上。他一死，你就彻底解脱了！"张太医哈哈大笑，接着又呜呜大哭。张二恩连忙扶住父亲，说："爹，别太激动了。"张太医直起了头说："孩子，太让爹高兴了，坏官终获报应了！"

杂役端来了一盆水，张二恩洗过。杂役又沏了茶水，张二恩喝着。开始了跟爹说细话。张太医说："当年，李尚书让我给康大河下毒，害人灭口，我拒绝了。我知道李尚书内情太多了，他才决心灭我呀！"张二恩说："咱准备下，就起程吧？"张太医说："得先看看你大河哥。听说他病得很厉害，我正翻着书，给他找方子。你就是不来，我也要冒险看人家！人不能没良心。不是人家康大河，我怕早就不在人世了！"

次日，洛阳魁记安排，张二恩和张太医坐上了船，洛河里顺流下行，他们很着急，看着两岸后退的村庄和田园，盼望康店村快一点到。

十四

张二恩搀扶着张太医，进了康家院，恰与韩菊兰碰了面。她惊讶地问："老天爷，你咋回来了？"张太医指着张二恩答："这是我儿叫二恩，喊我返京城，李尚书让阎王叫走了。听说大河病老重，顺便来瞧瞧，也辞个行！"张二恩给韩菊兰鞠躬问好，韩菊兰以笑作答："走，趁太医来了，也给大河品品脉吧！咱这的老先儿已没信心了，您毕竟经历事儿多些！"康大河处于昏迷中，张太医把手仔细品脉，韩菊兰、张二恩、铁山站在旁边。张太医眉头紧皱着，双眼凝视着康大河。过了好长时间，张太医放了康大河的手，低着头往外走，韩菊兰与张二恩也外走。窑洞里还剩下铁山在陪伴。

到了议事堂，韩菊兰急切地问："大河到底啥样了？"张太医长叹息，泪水涌出来："怕是难熬几天了！我在这照护他几天吧，真正的好人啊！没有九天揽月五洋捉鳖的功力，难把他再拉回来了！"韩菊兰说："就看咋让他去得安然些吧！"安置好了张太医，韩菊兰就吩咐春红，去请几个女红。春红就去了。韩菊兰又叫来了铁山，让他去请族上执事人议事。铁山奇怪地看了看她，也去了。

几个女红先来了，韩菊兰眼睛泪汪汪说："都不是外人，麻烦大家了，为大河准备寿衣吧！许还冲出喜哩！"大家面面相觑，许久没说话。老妈子揉揉发红的眼说："大河对谁都像亲人，咋能说撒手就走哩！"说得都忍不住泪涟涟的。

康家族长叼着旱烟袋，默然地吧嗒着。韩菊兰与他们议论着……

夜色又降临了，窑洞里铁鳖灯缥缈着，康大河病直喊冷，铁山又拉被子身上搭，帮他再次掖被窝。康大河哆嗦着，还喊冷。铁山翻出件皮大衣，也搭在了被子上。康大河仍冷得磕动牙帮子。铁山害怕就哭了，慌忙跑院里喊叫婶！韩菊兰正跪菩萨前，慌忙蒲团上爬起来，院子里见呜呜哭的是铁山，说了叔的症状。韩菊兰说："你干别的事，我去陪一陪！"韩菊兰上了门闩，自己脱衣服，也钻进被窝里，用温暖身贴住了男人身，铁箍样搂紧了他，康大河渐渐平静了："不老冷了，真怪啊！这些天，我觉着冷时，你就紧搂着我，一会儿，快结冻的心就又热了！"

这时，门外响起了砰砰的敲门声。韩菊兰问是谁？康文盛应答："娘，是我了。"康大河说："快去开门吧，孩子像似长大了。这些日子里，他每天都要来看我，那双大眼里，深藏着痛苦哩！"韩菊兰穿好衣服，拢拢头发，拉开门闩，康文盛站在窑门口。韩菊兰说："你爹睡了，你站床边看看他！"康文盛懂事地点点头，走到了木床边，木呆呆地站着。康大河伸开消瘦的手，拉住了儿子说："孩子！你长大了，以后，多听娘的话！"康文盛点了头，紧咬了嘴唇，像似想哭了，说："您甭想恁多事儿，先养好身体……"俩人说会儿话，康文盛出窑门，康大河又闭上了眼，两眼泪汪汪的。

又一天，太阳西垂时，霞光铺满了天空。族长站在了码头旁，山东运盐大船靠了岸。逯小柱从船上走下来，族长迎过去，小声问："白老虎没回来？"逯小柱说："遇到了麻烦事儿，许晚回两三天。"族长说："我哩爷呀，又出啥事儿了？等他回来商量大事儿哩！"逯小柱说："屋漏偏遇连阴雨了！"族长吃惊地问："咋了？"逯小柱说："沂河发了大洪水，粮食成了急需品。咱的船队才到那，就赶上官府出告示，所有粮食按官价处理，就

131

亏了许多。回来运的海盐，也说是为了救灾，税又高了许多。总的，这次生意难赢利。老虎叔要铺排那边的生意。我得赶快看看大河叔！"族长说："你可甭说多少话，别跟他唠叨山东的事儿，他像胡琴上磨毛的弦，已经抵不住拨愣了！"

夜幕已悄然展开，袅袅炊烟升起了。逯小柱站到病床前时，康大河又昏迷了，张太医用大颗青盐斗，背上摩擦降着温。逯小柱含着泪水，站了少许，黯然离开了。韩菊兰还焚香祈祷着，逯小柱轻轻走进了她窑里。韩菊兰抬头问："回来了？"逯小柱应后，说："我想，大河叔这次去禹州，是冲撞住什么了吧？"韩菊兰说："不会吧，他的衣裳里，我已藏过符咒了！"逯小柱说："做个道场吧，驱驱邪？"韩菊兰说："有病乱求医，就试试吧！"逯小柱说："养兵千日，用兵一时，我这就去灵山寺，叫叫云深和尚吧？"韩菊兰说："中，瞎猫逮个死老鼠，先请老庙的道士吧，不定谁灵验哩！"逯小柱遵命去了。

次日一早，先来了浮戏山老道。窑洞里亮着铁鳖灯，条桌上摆着供食，燃了炷檀香。几个手执木刀黑衣人，边舞蹈嘴里边念符，这儿一剑，那儿一刀，床下，墙角基本都探到。然后，做轰赶动作，高声怪叫着："看好别让跑掉了！"几人激烈舞动，快赶到门口，忽然朝木刀上吐口气，刀上就出现了如血红色。几小道欢呼："斩杀了！斩杀了！"他们又焚烧黄裱纸，这儿那儿随意扔撒着。韩菊兰付过碎银，他们扬长去了。接着，云深和尚带三个小和尚，坐到了平地上，诵着祈祷祥和经，声调悠扬，如似催眠曲，康大河听着，陷入了沉睡中。许久，康大河又慢慢睁开了眼，咳嗽着，韩菊兰又给他喂些水。

看窑洞站了恁多人，康大河沙哑嗓子，如风中沙砾摩擦着："都出去吧，让我清静下。"突然，康大河又浑身发冷，牙齿嗒嗒嗒碰击。灯烟缥缈的窑洞里，笼罩了阴森的氛围。张太医给康大河扎针灸，拔火罐，只稳定一会儿，康大河又说冷！韩菊兰说，你们都先去，让我陪他会儿！大家先后走出了老窑洞。韩菊兰又脱了衣服，使力搂着他，康大河仍然浑身打战。韩菊兰禁不住呼哧呼哧哭。这时，康大河轻拍夫人的背，安慰说："甭怕，会好的！"这天半夜时，康大河牙齿又嗒嗒响。铁鳖灯红光仍缥缈。

韩菊兰穿好衣服，门口喊来了铁山，吩咐快叫张太医。

张太医住北面寺沟口康家明朝老院里，铁山打的灯笼夜色里飘逸，村里狗们汪汪吠叫着。张太医走在铁山前边，进了康宅。张太医给康大河品了脉，就皱紧了眉头，他又给了针灸。张太医对韩菊兰说："过来了是大河命大，过不来是他该往那边走了。"但康大河又过来了，显得十分有精神。韩菊兰把张太医拉到了一旁："实话说吧，还能维持多长时间？"张太医说："难过明天，男怕清楚，女怕糊涂。"韩菊兰点头，又回到了丈夫窑里。突然，康大河问："老虎兄弟回来没？"韩菊兰说，"快回来了！""给老虎兄弟说，文盛还小，家里事儿让他给总管着，船队交给逯小柱，小柱本就是咱招来的船相公。"韩菊兰说："你总说这孩子实在，小柱这次先从山东回来了，还来看了你。"康大河说："替我谢谢他，我刚才做了梦，太平船飘呀飘呀，在空中飘起来了！"

韩菊兰背过脸，擦了擦泪水。康大河说："自己最清楚自己，现在担子太重了，感觉像担座山。我成了一棵空心树，虽说外边还青枝绿叶，已不可能茂盛了！这家就托付给你了！我盼你领着文盛，把家理顺好！"突然，康大河眼里滚出了泪珠，问："文盛哩？我老想见他。对了，他正睡得香呢，明天吧！你也睡吧，我瞌睡了！"韩菊兰说句，咱还睡！

大清晨，康文盛正背着书，韩菊兰站到了门口，说："文盛，快见见你爹吧！半夜他都说想见你呢！"康文盛跟着娘，匆忙走进窑洞。铁鳖灯头缥缈，康大河张嘴呼吸着。张太医给品着脉："对韩菊兰说，脉若游丝，一口气了！准备穿衣服吧！"族长说："大河，孩子还没长成人啊！"康大河似乎听懂了，眼里浸出了泪。康文盛走到床前时，康大河突然眼瞪大，神采奕奕的。康文盛看爹的黑瘦脸，眼里也热了，喊声爹！康大河挣扎着，竟想坐起来。康文盛扶住了他："甭动，想给我说啥，我都认真听着呢！"康大河枯瘦如干柴的手扬了扬。大家明白了，纷纷退出了门。康大河朝儿子摆手，眼里温柔柔的。儿子耳朵凑近他嘴边。他沙哑地说："家，你要传下去。我床下藏了不少金银，从先祖绍敬爷开始，传好几代了。你掂量掂量，能拿这钱发展，这就是本钱。没有把握，还悄悄后传，只加堆不减堆，你无权扬撒。扬撒了，先辈们会剁你成肉酱。我枕头下的床撑，藏本宝书，一代代序记，谁接金银，才能看那书。按我说的，你能办到吗？"康文盛眼睛一亮，坚毅地点了头："我能！"康大河："中国由古到今，讲究的以农为本，土地越多皇帝越高兴。以后还要多买地，对发展有好处。能从皇帝那弄个千顷牌，咱家腰杆就硬了。你能办到吗？"康文盛说："我能！"康大河："一定要读正书，存正心，交正人，行正事，辈辈相传。你能办到吗？"康文盛说："我能！"康大河说："家南神龟山，风水宝山，你要想法早点弄到手，上建新宅子，你能不能？"康文盛："我能！"康大河："你老虎叔人心善良，你无论上学，无论将来理家，要多依靠他。你能办到吗？"康文盛："我能！"

康大河长出了一口气，头歪到了一边，脸上保留了安详的笑。康文盛连忙跑外边，喊起了娘："快，俺爹不说话了！"韩菊兰跑过来，到床前一看，张嘴大哭起来："我哩人啊，咋说声可走了啊！"康文盛似乎明白发生了啥事儿，扑通跪到了床旁，号啕大哭了起来。

东山凹，金色的太阳又拱出了，束束光箭射入洛河，也为康店村镀了层金。康家族长领着康文盛，给乡亲们磕头。族长喊户主名字说，文盛来磕头了！康文盛忙跪下磕头。此是告知大家帮忙哩。

治丧棚搭了起来，治丧棚内两条凳子上放置了棺木，内外摆放了各种纸扎和陶俑。不断有人前来祭奠。丧棚里不断传出痛哭声。康家大门口贴上了白色长联——

撼识君兮何迟记得前日曾共话，其为人也好善故应一醉便成仙。

族长领来了一帮河洛大鼓艺人，灵棚外支起了说书摊。族长大声说，大河，这几个洛阳艺人，正在邻邦县说书，听说你走了，他们就来了，要献唱给你听。我知道你好听啊！

艺人们先跪在康大河牌位前，上着香呜呜哭了，然后，几声灵性的小鼓响过，就开了场。

甲男说书人诵白说："恩人啊，我们还说，到八月十五给你献场书，你咋可走了呀！"女说书人也说："恩人啊恩人，我的大恩人呀！"乙男说书人："我们知道你喜欢听书，这是我们才编出的河洛大鼓，你给听听咋样吧！"乙男开拉坠胡，女的弹拨三弦，甲男说书人敲着大鼓，打着月牙钢板。灵棚里哭声停息了。艺人甲唱白道：

"俺还未语，泪已经满面，恩人啊，俺怎能忘了您恩典啊！"几句道白过，他起唱带出了哭腔："让俺心翻腾如那黄河浪啊！那是个十冬腊月天，北风怒号雪花寒，地冻麦苗黑紫色，荒野地我们可做了难。老少爷们可知为什么？听俺慢慢说一遍。我们家住夹河滩，洛河伊河流两边，一夜里狂风加暴雨，老天爷收走了爹娘老少爷们好几千。糊涂涂，我三人坐在了大树上，哭爹喊娘谁理俺。"

下边鼓词，讲的是个故事。那年，一场洪水扫荡后，夹河滩上，树倒、屋塌、人畜死尸、沙砾、倒伏的庄稼，一片狼藉。三棵大树上，有小孩儿悲凄地哭号着。突然间，远处泥泞中来个中年男子，背着坠胡和鼓袋。三个孩子被他从树上一一接了下来。他说："跟着我吧，我只要饿不死，就有你们吃的。"中年男子带领他们走出了滩区，走到了一个荒凉镇子里，他们驻足个旧碾盘前。三个孩子都嚷嚷着老饥，男子说："中，我给你们做饭呀！"中年男子坐在了一块石头上，支起了锣镲诸乐器的连体物件，拉起了坠胡。在激烈的锣鼓敲打后，他拉起了十八板曲子。不一会儿，就围过了许多人。

中年男子机警地观看着，突然，他发现不远处，一棵槐树上拴头驴，驴的阳物正一弹一弹地翘起来。他心里就有了词，大声唱起了河洛大鼓："你看那驴，你看那驴！吕布坐阵大军营，兵书翻过了十二种，思谋怎么灭曹兵。（他又指驴肚子下的生殖器）你看那圣，你看那圣！一道圣旨它出京城。孙权他诏书下吕布，叫他把曹操去平定。（他又指着驴的下处）你看那熊！你看那熊！一股子雄兵出了征。浩浩荡荡数万人，尘遮天空雷送行！（他又指那驴下处，那驴正好在哗哗地撒尿）你看那尿，你看那尿！吕布尿了曹操一头的腥。"接下来是魏吴两家的激战场面。

许多人送来了饭食，几个男女孩子饿狼样地吃着饭。

这段故事说过，艺人甲又继续往下唱："灾难中，说书师傅收留俺，说拉弹唱度天天，可天有不测之风云，这一天北风如刀割人脸，雪地里师傅突然入黄泉。我们哭天风也喊，我们哭地雪也说难，恩人师傅救俺命，俺要让师傅安安静静往那边。可俺仨都是穷光蛋，哪里去找一文钱？兄妹三个正为难，突然间，一辆马拉轿车正前赶。车把式呼地喝马停，康大河掌柜走跟前，开口和蔼问声甜，你们这是往哪去，这老哥咋倒雪地间？我们说，师傅要带俺去洛阳城，谁知扑通声倒地再也不声言，他走完人生艰难路，太清宫去享安闲。康大掌柜说师傅你们要送哪？说他老家新安县，叶落归根让俺心安然。康大河掌柜说，好好好，把他抬到我车上，用我车把他送一站！我几个徒弟跪地忙磕头，说一声恩德我们牢记在心间！康大河掌柜说，别客气啊别客气，谁人能不遇困难？"

女艺人与甲换位，接着唱道："这辆马车掉头转，一溜顺直往洛阳赶，大掌柜拉我们的死师傅，我仨感激怎言传。大掌柜和言把话谈，他问俺家各住何地方，河洛大鼓学几年，师傅走后怎么办，是否改行换饭碗？我们说了老家事，说了师傅咋救俺，说了再没亲近人，以后日子难上难。大掌柜说话三春暖，说声孩子莫心寒，我出钱洛阳办个河洛大鼓社，你们经营保碗饭。那地方作为小产业，锻炼你们的好门面，小山沟能练出千里马，想你们定能撑起一片天。听了大掌柜一番话，俺面前一轮太阳好耀眼。谁知道，饿鸟儿又遇饿狼来，到前头，一群土匪拦路边。"

她继续说故事：马拉轿车雪地里朝前滚动，康大河斜靠在尸体旁边，手狠狠掐着太阳穴。车子沿着邙山根路正走着，突然，山沟里窜出了十几个土匪，举着大刀拦在了前边。一尖脸人满面黑灰，滑稽地大声唱着："此树是我栽，此路是我开，要想从此过，留下买路钱！"

艺人甲拦住了挣扎要下车的康大河，自己下了车。尖脸土匪头目："咋下来个要饭花子？"艺人甲说："我们是说书人，师傅半路死了，人家老板行善，拉我们和师傅，往新安老家送哩！"土匪头瞅车说："我不相信，哪掌柜能恁善良？"艺人甲说："洛河边康家！"土匪头吆喝着："康家，我信！康家要帮人的事儿，都是急事儿。都让开路，受大灾的时候，咱谁没吃过康家的粮食？"马拉轿车继续朝前奔驰起来。车子到了洛阳城门口。康大河下了车："车就先停这吧！"车子停的地方，一边是城墙，一边是田野。康大河对艺人甲说："走，跟我进城，先给你师傅制套行头。往那边去，穿戴总要稍微讲究点？要不，那边的小鬼该小瞧你们师傅了！"

三个孩子齐刷刷又跪地上，要给康大掌柜磕头，掌柜拉他们起来了。街道上，凄厉的北风裹着雪花。康大掌柜走路如驾云，艰难地往前急忙走，进了一个寿衣店，又带他们进了棺材店。康大掌柜与艺人甲行路匆匆，抬棺材者也行路匆匆。洛阳城门口。康大掌柜包袱里拉出一匹白布，招呼着，人们拉布挡着天，几个抬棺材的人给那艺人师傅穿了寿衣，抬进了棺材里，钉好口。装上了康大掌柜另雇的马车上。康大掌柜给艺人甲些碎银，吩咐说，办事免不了要花费。艺人甲推辞不接钱，康大掌柜神情严肃地说："接住！过了七天，你们到老集魁记商行找那掌柜，你们一切都由他安排！我现在就给洛阳掌柜交代去！"三个艺人跪地上给康大掌柜又一次磕头。看着他们上了车，看着棺车远去了，康大掌柜才上了自己的车。

艺人甲继续唱着："我师傅入土享大安，一二三四过了七天，我们一路洛阳转，康恩人的话俺想再看看。"艺人乙叫板："为啥要看看呢？"艺人甲："康恩人与俺无亲也无故，他能想得恁周全？我们也都听说过，为善救急不救穷，天下穷人千千万，皇帝老子也做难，平常说天要下雨就下透，普降毛毛细雨难解那干旱。正为此，我等洛阳想看看，如果没给办河洛大鼓社，我们就打开地摊混吃饭。哪承想，康掌柜给了我们房子好几间。芝麻开花节节高，我们的日子赛蜜甜。康掌柜的恩德尚未报，他却乘鹤去那边，我们心酸心酸真心酸，真后悔晚来了这些天。一支斑竹千滴泪泪水涟涟，恩人那你走好，盼您多关注人世间！"

坠胡戛然而止，此时，说书人与听众都哭啼起来。唢呐芦笙吹奏了起来，还夹杂着小铜锣锐利凄凉的声音。

康文盛披戴重孝，坐在棺材旁，哭得嗓子沙哑了。也是这时，白老虎哭着从洛河滩走来。他一进灵棚，就失态地手拍棺材，痛哭着："哥呀，我往山东走，你还送到了码头上，回来，你可撒手西去了，这可咋弄哩呀，啊啊啊！"族长拍拍他说："人去如灯灭，他不过人间日子了，咱还要往前走啊！走，商量咋办事儿！"白老虎理智地站了起来。

康家办理丧事，人来人往忙碌着，韩菊兰拿只瓦盆贴金纸，陶盆变得金闪闪，她让人喊来了康文盛。金瓦盆递到儿子手中，说："底中间钻个窟窟眼，你可要亲自钻。咱这有规矩，有几个子女钻几个眼，你爹跟前就你一人，要把眼子钻大些。"康文盛说："好好的盆，为啥钻窟窿？"韩菊兰说："故人见阎王，过的第一关，一辈子用过的脏水要全喝掉，就用他自己带去的盆。为少喝点脏水，盆下就钻眼，脏水就可漏走些。"康文盛似明白点头，就找了个锥子，认真地在盆底钻起来。

突然，有人扯长腔呼喊道："近客来了！"康文盛拖着重孝，朝大门口走去，就看见了他舅韩金贵。康文盛跪下给舅磕头，站起来拉着舅的手，又呜呜哭起来。韩金贵也已眼泪汪汪了，他拍着康文盛说："紧赶慢赶，我还是没跟上！"韩金贵爱抚外甥的头："长大了！"他姐说："还长得没恁结实！"说着，又落了泪。韩金贵说："走的走了，我们还要好好活！再熬个三五年，文盛就可支撑这家了！"

他们正说话，大门口传来吆喝声："不中，我一定要进去，父债子还！"韩金贵几个全都愣住了。韩菊兰说铁山，让他看看咋回事？

原来，有个莽汉，硬要院里闯，被人拦截住。有人劝他："你看正办啥事儿哩，非要这搅和。"又个人也说："就是塌天事儿，过这几天也不迟，事情还能放剩？"莽汉吆喝道："欠债还钱，天经地义，人一走茶就凉，我不趁着现在说，牙硬舌头软，将来不认账，咋弄？"这时，白老虎走过来，问是咋回事？莽汉旁个年轻人，反问："你是主事？"白老虎说："是，正办事儿，吵啥哩？"那人说："俺是洛河那沿孝义集的，咋也拦不住这个哥，说啥他都要来讨债！"莽汉说："是理不是理，只怕来回比！"白老虎和气地说："走，里边说去，别在这吆喝！"

几个人跟随白老虎，到了议事堂。白老虎指着红木椅，让大家都坐了。看那气派的楠木椅子，看那墙上的古字画，那伙人有点儿心虚了。莽汉旁那年轻人说莽汉："以后都是你的事儿，与俺们可没啥丝瓢了！"那年轻人一摆手，一伙人转脸都走了。剩下的莽汉好尴尬，发愣片刻拧脖子，半天说句话："走球你们的，我事儿我了结！"白老虎平心静气问："说说吧为了啥？"莽汉说，康大河欠他许多钱。白老虎说："说天书吧，他还会欠人钱？"莽汉说："咋，你不信？""天塌也不信！""康大河信，人家从没赖过账！"

门外窗户那，康文盛和铁山在听着。这会儿，康文盛推门进了屋，说："老叔，我来处置，欠人钱，还就得了！"白老虎说："我太忙，让我侄子处理吧！"莽汉就笑了："这小兄弟明事理！"康文盛说："你像条汉子，不会蹲那尿吧？"莽汉随答："咋会呢！"康文盛蹲在了凳子上，如审问那莽汉："说说咋认识康大河的？"莽汉说："老哥儿们了！常在一块儿搓麻将。"康文盛说："他还会打麻将？"莽汉说："有输也有赢。老紫荆树旁那家里耍。"康文盛说："田家仨兄弟哭活的紫荆树？"莽汉说："很对！"康文盛说："你欠康大河多少钱，想起今天来还债？"莽汉连忙摆手说："是他欠了我的钱。"康文盛伸手说："欠条，看看！"莽汉说："没条，打家都知道。去零头不算，大概一千两！"康文盛说："不算多，能买两千石粮食嘛！"莽汉说："小兄弟，咱能尿到一个壶里。"康文盛说："义气千秋，有啥不好说？"莽汉说："真义气！"

　　康文盛突然盯了他："光这村，叫康大河的三四个，你说那康大河多少岁？有多胖有多高？"莽汉摇头说："哪会弄错哩，多少年的牌友了！"莽汉脸上出了汗，他擦了汗，又擦了汗，后来似乎有决心，说："他个子高高的，胖胖的，挺个大肚子，挂根文明棍，还喜欢出点汗（他又擦擦脸上汗）对，虚汗！我们还常一块儿吃饭，吃饭时，他喜欢擤鼻涕，抹到人家桌子底下。"（他说着，自己就擤了鼻涕，要往桌子下抹）康文盛拿张黄麻纸："说，慢，用纸擦吧，到那讲究点！你还继续说！"莽汉傻乎乎笑了："喜欢打麻将的人，都有这习惯。还有，他还好吃回郭镇小肉盒，一次可吃十几个！"

　　康文盛猛然站起来："说，够了！"这时，铁山带几个彪体汉，进来团团围住他。康文盛说："无赖张三说实话！"莽汉害怕了："我说的可是真话呀，你咋认识我？"康文盛说："孝义街你坑害多少人，敢不敢县衙对簿公堂？"莽汉嘿嘿笑了："何必？恁大的户，还在乎这小钱？"康文盛说："可咋能便宜你无赖？我告诉你，康大河从不会打麻将，又是个瘦小人！坦白到底咋回事？如果老实了，赏你几个钱；如再说谎，马上送到官府，黑牢最少蹲三年！"莽汉不由浑身哆嗦了："刚才来那几个是牌友，牌桌上，他们搁伙挤对我，说康大河不在了，撺掇我来这讹钱。他们说康家人厚道，不在乎千把两银子，死无对证的好事情。他们说，我只要能讹来十两银，欠他们的四百两就不要了，糊涂啊！"

康文盛说："康家不可能替你还赌债，给你几钱，够吃顿饭就行了。你如果肯改好，将来真做正事儿，我们可以给支持！"康文盛怀里摸，一点碎银递给他。铁山吆喝："滚吧！"莽汉夹尾巴狗样，颠颠颠走了。

这时候，一帮忙年轻人进来说，好像谁拉了好多纸扎，正在河滩上往这来呢。

一辆马车碾过河滩，马车上，堆放满满的纸扎品。有摇钱树、金山银山、丫鬟仆人，种类诸多。马车停在了灵棚前。族长迎了过来，说："张太医，咋整恁多纸扎哩？"张太医说："我想了两天，无论怎么着，都难以表达大河对我的恩德啊！我盼望忙活一辈子的他，到那边过点安逸日子！"族长点头说，我代表康家感谢您老人家了！

族长朝大家说，快帮助卸货吧！张太医扶着黑亮亮的棺木，忍不住大声哭起来："多好的人呀，我要告诉你，追杀我那官已没了，孩子接我要回京了！你放心吧，到我离开这个世界前，天天为你烧高香！"族长连忙拉起张太医，往家走去。

灵棚那儿，云深和尚脸色很阴郁，带一群和尚也到了，灵棚前面席地而坐，敲起木鱼咣咣咣，伴随诵读的经文声……

听说丧信儿了，袁帅骑马快回赶，平原、山路、河流，他终于看到了洛河，站到了渡船上。袁帅牵着马，面色很沉重。船上另有个人拄拐杖，那是当年的二孬了。远处传来苍凉的唢呐声，袁帅扑嗒嗒两眼落泪。二孬却似来兴致，又情不自禁地哼唱着："辕门外放罢了，三声大炮，张飞我提支丈八矛，小媳妇你胆敢说声不要，我叫你……"袁帅呵斥道："关住你的臭嘴！"艄公说："不看你是个残疾！"二孬说："咋？"一撑船汉子掂了篙："立马打你河里喂鱼鳖！"二孬怯怯地骨碌着眼珠子，果真闭了那张嘴。船上又恢复安静了，哗哗哗的波浪声里，渡船靠岸了，袁帅走下船，然后翻身上了马。一到灵棚处，他把马交给招呼人，进到灵棚内。就有人续燃檀香、点燃纸钱。袁帅走到黑色棺木前，趴到了上边，拍打着哭道："救了我一家的亲哥呀，你咋可走了啊！"

灵棚外，云深和尚领众和尚诵着经，满脸汗水涌流着。他已经知道，这个袁帅是施主康家很不小的人物。片刻，白老虎搀扶袁帅出来，云深和尚侧目相望，袁掌柜仪表果然不俗。云深和尚使力拧下大腿，心想，当年幸亏没毁人姻缘，要不然又是大罪一场啊！

二孬瘸腿拄着拐杖，站到了灵棚外，歇斯底里地吆喝着："康大河，我还活着呢，你咋就死了！不让我留到灵山寺，被阎王叫走了吧！"

白老虎几步跨到二孬跟前："你是谁？多大的仇气，来这闹丧啊？"二孬说："俺是山里人，康大河跟我过不去，老天有眼啊！"白老虎拉着他说："走，一边说说，这样只丢活人脸！"二孬说："我从来就不要脸！康大河你站起来啊！"

白老虎眼前现出那一幕，像只黑瘦的狗，站在洛河边突兀山包上……白老虎说："知道了，你是二孬，你师父救了你，本意让你走正路，你咋继续耍无赖？"云深和尚发现了徒弟，忍不住站起来，一个飞脚，二孬被踢趴地上。看热闹者围过去，有人吆喝："打死个鳖孙哩！白莲教那时候，他没少来咱村作恶！"二孬发蒙了，揉着眼睛站起来。白老虎吆喝道："快滚吧，再晚会儿，叫你变成肉饼子！"二孬低声嘟囔说："没想到师父会在这！"云深和尚仍双手合十说："丑死老衲了！"

十五

半夜时，铁鳖灯忽闪着橘黄光，康文盛走到窑门口，看外面黑黢黢的，天上的繁星眨着眼，他里边插了门闩，揭开爹睡过的床铺，枕头下床撑上敲开个木盖，取出了一个绸缎包，那是爹也没读过的本本。条几的牌楼前，他燃了三炷香，绸缎包供在香火前，双腿跪了地，认真磕仨头，作了仨揖，然后铜盆里清水净手，打开了绸缎包。一层层揭开了，一共揭开有九层，里边个白麻纸本本。

这是从先祖康邵敬开始家里的大事记，康文盛兴致地阅读着——

明朝中期，我康家三门六世祖康绍敬中了进士，先洧川任驿丞，后有功，转东昌府当大使。此为元朝沿袭的官职，朝廷为控财税征收及盐业诸来钱行业而设。河运、海运、盐场，钱流哗哗的，这官比知府、巡抚腰粗些。赴任前，爹让他带上白文祥，是亲戚，又识文断字有武功，懂水里玩船，想能助他一力。明朝官，俸禄低微，仅能顾住吃喝。康绍敬开片荒地，白文祥帮种蔬菜，能省点嚼口。每与南北客商打交道，康绍敬介入了商道，近墨者黑，心里琢磨，欲家也开辟船运生意。那天，熙熙攘攘的街道上，人群围看城墙上告示，是皇上的禁海令："一切违海禁大船，尽数毁之。沿海军民，私与贼市，其邻舍不举者连坐。查海船双桅者，即捕之。所载物即非番物，俱发戍边。有能擒王直来献者，封以爵，赏银一万两。"人群议论纷纷，评说皇上的不应该。康绍敬身着便衣，一旁听着，心里叹息。返回府衙，桌前纳闷，没有营商，大宗税赋还哪里收取？师爷白文祥进屋，提只白瓷壶沏茶，他说："对大商王直诸人清剿，我实想不通。王直有啥错？没有生意人，百姓日子咋办？库银咋增加？"白文祥说："有人诬赖王直勾结了倭寇！"康绍敬说："幌子！大生意人，生意做得好好的，去当海匪，挖断生路吗？"康绍敬说了想做点生意，但皇上不允许官员做生意！白文祥说："中，让我专门给你做生意，咱不能老让苦寒熬煎啊！"康绍敬说："有机会，我向王直请教咋经商。"

这天，康绍敬正拾掇菜地，白文祥领来了瘦小男子王直。康绍敬心里一咯噔，还是后堂里与王直拉呱说话。王直文质彬彬，娓娓道来："沿江沿海，我走哪里都呼喊，想让全国都知道，要使民去贫，国富强，必须重营商！物流畅通，各业兴旺，税收方可大增啊！我知道，你祖上也做过生意，不过，现你家日子也难过，你也想和我探讨，如何家道中兴，我们就有共同语言了。盼望你能上奏一本啊！"康绍敬点点头："为社稷百姓，我定尽绵薄之力，就怕咱力所难及啊！"王直说："你家靠着洛河，连着黄河，船运生意多方便！你只要愿意干，我可帮你！"康绍敬听得两眼发光了，心内感慨，王直，国之栋梁啊！如果有一日，我也要像他一样啊！他们谈得正兴致，白文祥仓皇跑来："快，快！也不知是谁闻到腥气了，东场来了几个人，已进衙门了。"康绍敬："好吧，文祥兄，我的锄头在外边，你把他领到小树林那儿，小心点！"王直说："还没发现能拿走我命的黑煞星哩！"康绍敬迎接了几个锦衣卫，一番话打发走了一帮嗅腥的狗。又与王直谈了半天，息息相通，俩人就成了朋友。王直借给了康绍敬一张能使生意开张的银票。

那夜，海天一色，海边渔船上，亮着天上星星似的灯光。康绍敬、白文祥把王直一直安全送到了船上。大海上飘忽的灯光渐渐消失到了远处。从那始，白文祥率三只木船，河南的粮运往山东，回来运来山东的海盐。银钱若溪流淌淌，康家逐渐宽余。康绍敬立家嘱："莫外露富，国民有嫉富嫌贫之劣根，皇上又忌商若虎。大贾沈万山、王直之教训，当铭记心扉。但男子大汉，当以天下为己任，应为百姓奔走呼喊。"康邵敬也没忘了王直拜托，真的就写下了一个奏折——

吾泱泱大国，古来肆行商业，互换有无，济扶民生。诗经句，氓之蚩蚩，抱布贸丝，即是也。人各一隅，孤陋寡闻，老死不相往来，为僵。商，以物连情，鲜而启迪僵智焉！众去僵者，国何不向上乎！诸王直，则商去僵也，蚁蝼小民，惶惶帝威于心，非为叛逆。若皇上宽容一分，库银则千河汇进！国无大贾，百业凋零也！

奏折转到了老师处，老师是户部王尚书。王尚书看罢，拍案站起："荒唐至极！看在咱师生份上，我没把奏折转到皇上那。知道吗？如果皇上见到这奏折，你小命就完了！"康绍敬说："大人，有恁严重吗？"王尚书说："皇上锦衣卫已发现，王贼久在沿海活动，像要策划大行动，其舰船三百余艘，虎视眈眈我大明王朝，皇上心急如焚，恨不得一口把王直咬碎，你却为他开脱说话。不是拿鸡蛋往石头上碰吗？"

康绍敬说："老师，皇上陷入迷途，我们当为国家大计，鼎力争取！"王尚书啪地拍了下桌子："愚昧啊，我最聪明的学生！再往前一步，就是万丈深渊啊！国者，乃皇帝之家也，我等草木之人，想了就想了，千万别想撼动乾坤啊！"王尚书又和蔼地安慰康绍敬，"官场乃游戏场，官员都小心翼翼地表演着，说不愿意说的话，听不愿意听的话，做不愿做的事！"

又一天，康绍敬府衙内正看税赋账本，堂外高呼："圣旨到！"康绍敬连忙出门跪迎。钦差展读道："奉天承运，皇帝诏曰，大使康绍敬，乃国之大器焉，特令协户部尚书王天培，渡海琉球，说服王直归来，共振大明商业。接旨！"康绍敬顿时眼滚热泪，皇上迷途知返，国之大兴啊！国家强盛，有日可盼了！

吉日选定，康绍敬与户部王尚书诸人，坐上了皇家大船，高扬白帆，驶向了苍茫大海。师生坐在宽敞的船舱里。日落了。日出了。日落了。日又出。黑红脸膛的船老大，拿海图展示在王尚书和康绍敬面前，指着缥缈海间的小岛："前边就是王直所在的岛屿了。"康绍敬走到了船的扶手边，眺望那岛屿。远远的，一个黑点耸立于茫苍苍的海水中，康绍敬脸上多了几分高兴。他又看看左右前后的几艘护卫船，那船上的官兵已出现了紧张状态。护卫船间不断打着旗语。那岛屿越来越近了。他们发现，岛屿外围，兵船一艘连着一艘，光看那白帆，连起来就似一大片白云。兵船上都高悬一面黑色旗帜，上边有个注目的大字"王"。

王尚书脸色阴郁，康绍敬高兴地说："老师，看那些船！"王尚书也指着说："明白了吧，大明朝心中之患啊！"康绍敬说："要不了许久，这些舰船就会归属大明王朝了，到那时，我们水兵就最最强大的了！"王尚书嘿嘿地发笑："但愿如此吧！"

一些舰船护卫着官船，停泊在了码头上，官船上都站满了王直手下的兵将。他们被分开管制了。康绍敬与李尚书被人带着，穿过海边茂密的树林，走过条石头小径，被带往了一片青砖蓝瓦的建筑群，走进了一座大房里。王直正在大房子里跟人下象棋，聚精会神地盯着棋盘。

押送者用手捂了他的眼，他大叫："乱啥哩？你没看我又快输了！"押送者松了手，说："朝廷派人请您了！"王直这才似大梦惊醒，忽地站起来，笑哈哈地摆手说："都走！该办正经事儿了。"下棋和看热闹者看看康绍敬，也看看王尚书，很不情愿地出了门。

王尚书正式宣读了圣旨，王直接旨后，流着泪高呼："吾皇万岁，万万岁！我要为国家商业腾达肝脑涂地。"康绍敬开玩笑说："你别当了大官，我们再找你时，赐杯酒水你也舍不得了！"王直拍着胸脯说："我除非变成了畜生！"康绍敬哈哈哈大笑，王尚书仅一瞥阴笑。

王直和兄弟们沟通，弟兄们说是猫给老鼠拜年啊，抓不住，就换了手段，鱼钩布好了，盼着鱼咬钩呢！七嘴八舌，王直眨眼沉思良久："大国之君，会有小人之腹吗？这是皇帝真醒了，悟到了商能强国，就求贤若渴派人来了。这是个机会，我如果三心二意，就太对不起皇上，太对不起民众了！"这夜，海涛轰鸣着，王直引导二位钦差，登上了山崖上临海的望月楼，观看海上生明月。康绍敬挽扶着老师王尚书，坐到了望月楼摆好的椅子上。楼前沿，挂了几只红宫灯。面前桌上，放着水果、茶水。康绍敬感慨说："喷喷香的好茶呀，哪产的？"王直答："印度德干高原。"王尚书说："人家这红茶炮制得妙啊！"王直说："人交流可长见识；国交流，国力可增强啊！若一味夜郎自大，定会落伍的！"康绍敬说："有理！"王尚书却未语。

王直说："我整年漂泊异乡，心里苦啊！虽然自己有钱，却想国家还在沉睡，视商若虎，我心里就如猫咬样疼痛，这往后就好了。我可替皇上游说，让周围诸国自相禁治，勿再骚扰我国。若倭寇万一不从，即当调兵剿灭。不过，我有一请求，要彻底消除海禁，允许和日本诸国通商。此为不战而屈人之兵也。我也把这支军队交给国家。若皇上英明准许我的请求，我国沿海水陆联防，无异于又筑海上长城啊！"康绍敬说："好好好！"王尚书还是未语。王直警觉地问："尚书大人，还望指教！"王尚书慢吞吞地说："你抱负宏大，皇上定会奖赏的！"

又日，在浩浩荡荡船队护送下，大家上了船，往大陆方向驶去。王直的弟兄们给王直招手："王哥，早去早回啊！"王直也笑着给弟兄们招手告别。水天一色的大海上，海鸥围绕船只欢快地飞翔鸣叫，它们大概也知道了王直此时的心境吧！

经数日劳顿，他们终于到了京城，车子停在了驿馆外。看着熙熙攘攘的人群，看着古香古色的街道，王直拉着康绍敬的手，孩子般笑了。尚书阴笑着对他说："就耐心住这，等皇上召见吧！"可才过片刻，一批亲兵就跑步来，把驿馆围了个水泄不通。康绍敬问："咋回事儿？"王尚书说："皇上请来的稀客，万一出个啥差错，谁能摆脱干系？你到我那，还有点事儿要交接哩！"王尚书、康绍敬刚上马车离去。亲兵就冲进驿馆，捆了王直。王直大声吆喝着："皇上，小人！王尚书小人！"

到了尚书府，康绍敬才得知了王直被捉，就质问王尚书说："我们奉旨招回王直，共商国是，为啥要抓他？"王尚书说："酸味十足的书生啊！皇上靠硬的捉不来王直，就用计骗来了王直！"康绍敬流出了泪水，心里后悔啊，自己也是遭人愚弄了啊！他叫道："王直兄弟，我拼着死也要向皇帝写奏折，营救你啊！"王尚书木然地看了康绍敬，吟念道："天下事无非是戏是戏方好，人处世何必认真认真不行！"康绍敬号道："我辜负了祖先期望，当了骗子！我不孝不忠啊！"王尚书就不再理睬他了。

康绍敬千方百计想救王直，终于没有结果。又是个阴晦的天气。街道上铜锣声声，兵士威严护卫着，囚车里王直义愤呼喊着："我正正当当做生意，没有罪，昏庸的皇帝不想让百姓过上好日子，才算计我啊！"一个疯子跟随囚车跑着，边哭边唱道："风萧萧兮易水寒，壮士一去兮不复返！"那是王直个兄弟了。

白麻纸本上，记载了康家三门先祖们的许多故事，康文盛悄悄接续读，他像似长大了！又天夜里，白老虎叔来了。康文盛还坐在桌前看宝书。白老虎看看桌上的东西，说："该长大了！我要给你交个底，剿白莲教的军需生意，咱家已收银子两千多万两了，你参说了，康家以后就看你的了！"康文盛说："我还嫩呢，还听你铺排，让我好好学学……"

十六

洛河滩田野里，半腿深的麦子被风吹拂，如浪涛一旋一旋波动着。大路上走来人高马大两个人，康文盛和杜列礓，他们说笑着，似与那麦浪一样激情。迎面来个老汉，问："您俩恁高兴，都中秀才了吧？"康文盛说："中了一对！"杜列礓说："说是一村的，人家都眼气死了！"老汉说："给咱村争气，让我也高兴！"

一些人围渡口古柳树那，俩人急忙跑去看热闹。树下坐着张三，身旁一个黑布袋，驮煤的正往里倒煤。王黑妮和她爹也在那。看见了康文盛，王黑妮笑着走过来。俩人站到了旁边一棵槐树下。康文盛说："姐，俺舅您去南官庄尚家煤窑驮煤了？"王黑妮说："嗯！你去哪儿了？"康文盛说了县试放榜的事儿，说他俩都中了。王黑妮说："那多好！"康文盛说："没意思，有人六七十岁了，还去考秀才，考不中的，鼻涕一把泪一把，呜呜哭，考中的，傻乎乎有笑也有哭，让人心寒碜。"王黑妮说："吃书虫，怪可怜！"她又红了脸，小声问："咱俩那事儿记着没？"康文盛眨眨眼："娶你当媳妇？"王黑妮说："人家都给我提几个媒茬儿了，我都没答应！"康文盛嘿嘿笑了，说："咱俩能说到一堆儿，在一块儿老得劲儿，我非你不娶，放心吧！"王黑妮说：咱俩就是啥，梁山伯与祝英台！"康文盛笑了说："杜列礓偷看咱哩！"康文盛就大声问话做掩饰："那个张三是咋了？"王黑妮也大声答："张三残废了，每天就修这土路，过路人可怜他，留点东西帮助他。如果谁能扶他一把，让他干点正经营生，许他真能变好人哩！"康文盛说："我去跟他交涉交涉，甭再巧劫路了！"

康文盛返回人群里，朝张三肩膀上拍一下，说："让他们都走，啥事儿咱俩说。"张三抬头认出了他，说："康少爷，有罪人给您磕头了！"康文盛连忙扶住他，说："俺家有规矩，不准喊少爷老爷，赶乡亲按辈分，比俺长的就喊名，最多给抬举个小掌柜。"

王称接话茬："我是他舅哩，康家从来不烧包，没想着自己了不得。"康文盛抱拳作揖说："大伯大叔们，还有俺舅俺姐们，大家赶路去，俺想跟三哥说说话！"人就呼儿散去了，只留下脏兮兮的那张三，还有他和杜列礓。杜列礓说:"俺俩都成秀才了,再考就是举人,再考就是进士,将来一不小心,还能弄个朝中大官当当呢!"张三说:"我知道,像这康小哥,拔根汗毛也比我腰粗,前程光明远大哩!"康文盛说:"甭虚了,老哥,你咋弄成这样了?"张三说:"当年,几个孬孙诓我讹你家,后来还逼我还赌债,七棍八棍打断了腿,云深师父为我治了病,还给了一本《菜根谈》!越读那本书,越觉过去太荒唐,就想走正路。可残废又没钱,只好耍这拙法儿了。"康文盛说:"你只要走正经路,我全心全意支持你。这两天,你街上瞅个小门面,本钱你到我家取!"张三要磕头,让康文盛拉住了。张三说:"小兄弟,我要不争气,真跳洛河喂鱼鳖了!"康文盛笑了:"为人处世,谁能无错?只要知错改错,保你能成金不换!"杜列礓拍拍胸脯子:"如果你张三成好人,我就写篇好诗歌,出钱刻在石碑上,让后人都知这传奇。"

河鸥鸟呕呕叫唤,欢快地在河上空飞翔。俩人朝着村里走,杜列礓问:"你真要帮张三?要我说,弄几个人修理他一顿,他就不路上讹人了,那狗屎片,最好别招惹,免得沾身臭!"康文盛说:"拉一把,他可能会变好人;推一把,他可能会变成祸害!世上多个祸害,跟着倒霉的又会多少人?"杜列礓说:"那坏红薯,他能爬到好人堆里?"康文盛说:"帮助人,开条路;冷漠人,打堵墙。咱仁之义尽了,就没后悔了!"杜列礓说:"你家啥传统,清是一个妖怪!"

白老虎咕噜噜吹着水烟袋,拿着账本看,康文盛站到了他面前,说:"叔,我中秀才了!"白老虎说:"再努把力,争取中举人,再中进士!"康文盛摆手说:"再也不考了!"白老虎很困惑:"水往低处流,人往高处走嘛!"康文盛说:"边干活边读书,不愿科举胡同再钻拱了!"白老虎认真地看着康文盛:"你咋会有这想法?中举人,中进士,光宗耀祖的事儿!你又不是老笨!"康文盛又说见到的怪现象,他说:"人一辈儿,能活几个六七十?"白老虎沉重地点点头,说:"我支持你,实事儿里多扑腾,也能成大才,就对得起你爹了!不过,还要听听你娘的。"康文盛说:"中,我还有件事儿,想给您商量。还记得无赖张三吗?我爹去世那年诬过咱。"白老虎点头,康文盛说:"债主打残废了他,云深师父治好了他,引他入了正路上。他天天就修渡口路，过路人都给留实物，行这规矩多不好。我说借给点钱，让他办个小店铺。"白老虎说："康家向来救急不救穷，穷人太多了，手大难遮天！这桩事儿，也让你娘给把握。"康文盛也点了头，就去找娘了。

韩菊兰绣枕头活泼泼一幅鸳鸯戏水图。康文盛悄然看她操作着，娘抬头，看见了他，问："绣这咋样啊？"康文盛说："真像！"韩菊兰说："给你娶媳妇用的。"康文盛傻笑说："俺才十六岁了！"韩菊兰一本正经说："父母之命，媒妁之言，我就当你的家？"康文盛嘿嘿就笑了："想给您商量事儿。"韩菊兰让他说。康文盛说："乡试放榜了，我中了秀才。"韩菊兰说："是高兴事儿！"康文盛说："我不想考举人、进士了！"韩菊兰停了手里活，盯住了儿子："说！"康文盛说："他想学着做生意！"韩菊兰说："也中，人活世上，也不是只追逐功名一条路。还有啥事儿？"康文盛又说了想帮无赖张三的事儿。韩菊兰说："与人为善，咱家的传统！"康文盛高兴了，继续给娘说着具体想法。突然，韩菊兰反问："婚事儿呢？"康文盛说："你就甭操心了！"韩菊兰问："啥意思？"康文盛说："媳妇自会找上门！"韩菊兰还想问，他却笑着出了门。

在白老虎撺掇下，康文盛帮张三办的门店开业了，这天，鞭炮"噼里啪啦"好热闹，门匾上刻了金字"劝善堂"。店里进了不少人，货架上摆放的，檀香、金箔和纸类，另有书籍、纸张和毛笔。张三奉献了笑脸。康文盛站在人群里，看着这情景，高兴地也笑了。回家路上，白老虎说："文盛，你这心劲儿，能把泾阳的王有亭改变过来就好了，对咱的生意有大利。"康文盛说："想烧咱家那掌柜？怕是有点儿难吧？"

泾阳王有亭家大房里，摆了桌酒席，专门宴请康广才。王有亭端起来酒杯，说："能和康大侠坐一起，我心里美着呢，先敬您一杯酒！"作陪的伙计们，也纷纷举酒杯，劝着："喝！""喝呀！""康大侠肯定海量！"康广才端起酒杯，地上抢洒半圈。王有亭有点儿奇怪，看他脸色很沉重。王有亭以为他嫌酒赖，说："康大侠，这西凤酒好啊！"秦海娃接了话茬儿说："曹操说，何以解忧，唯有西凤嘛！"康广才说："不是酒不好，我想起了兄长康大河。他虽不是我亲哥，但谦和为人，让人永远难忘，我就先敬他在天之灵了！"王有亭迟疑片刻说："义气，交你这朋友，值！我再敬你一杯吧！按照这里规矩，先喝为敬！"他仰脸喝了进去，然后对着康广才亮杯。康广才也端起酒杯，一饮而尽了："王掌柜，我想说句话。"

王有亭请他说。康广才说："自我来帮韩掌柜，咱们和平相处，气都顺溜了。今后，我在与不在，希望能按规矩办！理直话少，没有了！"王有亭说："那咱再喝酒！"康广才摆手说："我酒量不中，还是一起说说话！"王有亭说："我一生，最佩服的是英雄，我恳请康大侠，到这来做事，我给你高劳酬！"康广才说："那是后话了！现在起，我想促儿子考个武进士！人生一世，草木一秋，不就为争口气吗？"王有亭说："那咱先立个君子协定，你儿子武考后，你再来我这干！"康广才说："本人交友，讲究德行，小时候家父交代过，宁交江洋大盗，不交人场奸贼。谁的名声好，我就跟着谁干！有一天，我听百姓都夸你王掌柜了，我也会跟着你效力啊！"

王有亭发了愣。康广才又说："交个朋友多条路，得罪个人打堵墙！来，我破着醉它一回，喝完王掌柜的好酒！"王有亭哈哈哈大笑："这才像个大侠肚量，来，喝酒！"康广才与大家碰杯，但趁往嘴里倒时，酒杯顺势歪在了衣服上。喝过几巡，王有亭说："这样喝不热闹，咱就喊媒行令吧！"康广才笑了说："好吧！"王有亭说："从我这开始，先与康大侠来。"康广才双手抱拳迎战。

王有亭叫道："六六顺来。"康广才应："五金魁。""一只蛤蟆八条腿！""添二为十怪乌龟，王掌柜输了喝三杯！"王有亭端杯呼噜呼噜喝进了，又叫："一回不算再来二，我叫你喝叫你喝！"康广才两拇指无名指圈成圆比画："一只螃蟹那么大的壳。""你零蛋锤，我勺子九。""我添一兑住哥的口，十全十美你喝够。"王有亭又端起喝了三杯："一回不算再来三，我叫你酒坛喝个干！""添三成六，六六顺，哥你喝酒别留后。"王有亭端起酒杯又一连三杯："我头脑里有点儿晕，下回给谁来对阵？"秦海娃说："我、我、我！"王有亭伸头说："我个钩，挂到你家大门楼。""我加一，是我妻，我替你喝酒你歇息！"王有亭抢过了酒杯说："我不醉，我能喝，一回能喝一大锅。咱再来，你兑妻，我兑一，发财元宝归自己！"秦海娃说："我零蛋，该我喝，不叫我喝我难过！"王有亭又抢过来的酒杯说："你少喝，你少喝，你让我的我知道，教子无方我还喝！"

王有亭喝得眼睛发了红，突然他站起，尖叫好几声，对着康广才讲："康大侠，我佩服你，你只要来给我干，我可以给你叫干大，我可喊了呀，我哩干大呀！"康广才坐在那没动。王有亭说："我还喊，干大！"大伙计说："王掌柜，你回去歇歇吧！"王有亭说："你们算个锤子吗，几巴毛，蒜来调，吃到嘴里还是毛！我跟康大侠说话，半路咋插了驴嘴！"

康广才说："耳朵听着呢！"王有亭瞪着眼睛，拍拍康广才的肩膀："你来我这边干，咱们联起手，要把康家给灭了，千年老土等仇人！现在好了，李尚书死球了，康大河也死球了，好机会啊！"王有亭呜呜地就哭了。康广才猛然站起来，酒壶啪地摔地上："王有亭，我告诉你，你如果敢使坏，我还是过去的老话，把你脑袋拧下来当尿罐！你都没问问，康家为百姓办了多少好事儿？你给我们小掌柜提鞋怕也不中哩！"说过，康广才拂袖而去了。

窑洞铁鳌灯发出黄色火苗，康文盛躺在床上，突然想到，床下藏有宝贝，别是爹诓人啊！像有故事讲的，老人遗言说，庄稼地里藏有金银，实际想让深翻土地哩！康文盛跳下床，沉重的木床挪开，锤子敲打地上，细听辨音，果然有了空洞声。他走到窑门口，开门外望，满天星斗眨眼，一弯明月安静斜挂，黑乎乎的邙山旁宁静的宅院。他悄悄走出窑洞门，摸把小镢头，提着走进来，里边关严门，只有门上窗棂处，能射进温柔的月亮光。他拿小镢头，轻轻挖地下。不多会儿，身上汗流，他咬牙抢镢头，猛然听到了砰声响，他笑了，手扒土，底下石板青荧荧的。撬开石板，黑色地窖露出了。他端着铁鳌灯，洞为青砖券砌，大概七八尺深，有条砖台阶，连接上下，他激动地"哦"了声。

端灯进了地洞，面前一排青瓦缸，都冷静地站立那。缸上盖了青石板。挪开张望缸里，金条金砖黄灿灿的；另一只缸，白花花的银元宝。其他缸里边，也都是金和银。看着又看着，他不由流泪了，心里暗念叨："先人啊，这沉甸甸家业交给了我，我要让康家名响全中国！"他又盖好那些缸口，一脸沉重，走出了洞外。洞口木床恢复原样，疲惫地歪到了床上，嘿嘿笑了。

天已半晌，铁山站到窑门外，门缝处往里细张望，黑乎乎的看不见。韩菊兰正好来院里，看见铁山鬼祟祟的，问弄啥呢？铁山说："婶，文盛还没起来哩，里边黑乎乎看不见！"韩菊兰听了脸发白，小脚挪动儿子窑门口，铁山连忙搀扶了她。韩菊兰门外大声呼喊，康文盛突然被惊醒，啊了一声坐起来。太累睡失明了。韩菊兰松了一口气，吆喝道："日头早晒住屁股了！"康文盛麻利地穿衣服，窑门开道缝，一束阳光倾泻来。韩菊兰走进来："夜里弄啥了，睡懒觉呢？"康文盛揉眼笑着说，是看书时间长了些。韩菊兰沉了脸："以后不能睡懒觉了，早晨洛河滩吃些新鲜气。"康文盛说："娘，知道了！我这两天，还要出去趟。"韩菊兰问去哪儿？康文盛说："看看黑妮姐和舅。"韩菊兰说："该操心正经事儿了！"康文盛说："我问问庄稼，看看该做啥生意！"韩菊兰说："去吧，不敢淘气啊！用不用让铁山也跟着？"康文盛说："我又不会丢！"韩菊兰说："要学会自己管自己！"康文盛"嗯"了声。

天上飞过一群鸽子，带着呜呜好听的呼哨，康文盛仰脸看，多么自由的小精灵啊！他沿洛河往下走，心里俩人在说话。一个说，先去大力山石窟寺，请老和尚看运道。另一个说，最好先找黑妮姐。拿不定主意了，青山绿水间，行人稀疏，康文盛扯开嗓子唱起来："洛河里鲤鱼头连尾，去找龙王评说理，为啥你生来当龙王，我们却要当鲤鱼……"

前边座山峰下，竖面黄色三角旗，上书大字"神算张大仙"。那算卦者着毛蓝布大衫，脑袋后辫子搭到腿弯处，山羊胡占去了半个脸。他朝康文盛摆手吆喝："喂，我能算出你想干啥！"康文盛朝他走过去，俏皮地问："你算算，今天我想干啥事？"张大仙说："求教精能人，指点光明道！"康文盛说："有啥要指点？"张大仙几眨巴黑豆眼，装作仔细端详他："你要治家打天下，谋图讨个好主意！"康文盛点头说："沾边！"张大仙手指旌旗说："俺爹张有水，方圆请打听！"康文盛说："看来你也怀揣刷子了！"张大仙拍拍胸脯子："你走路先迈头条腿，肚子饥了想吃饭，肚子撑了想出恭，啥事儿我都知道。"康文盛被逗得哈哈笑："你还知道，人睡觉一般不睁眼，麦子一黄该熟了！"张大仙笑眯眯说："闲言咱少叙，书归正转吧？咱俩一拍一合，保准能唱好一台戏。咱到河边去，柳树多人少，不会遇到顺风耳。"康文盛心一惊，想他成肚里蛔虫了？两人坐在了河柳下。

康文盛问："想不想发财？"张大仙柔和了："龟孙才不想？不过，可别让我去杀人！一见鲜红的血，俩腿就打战，只想尿到裤子上。"康文盛听了哈哈地笑。这时，清亮亮洛河浅水处，一群野鸭捉鱼虾，闻听他们大声笑，慌忙嘎嘎报了警，扑拉翅膀飞远去了。康文盛说："俺祖上，积攒些银两。现在，我想办大事，又不愿人知底，想要你帮助，事成了，我给你买十亩上好河滩地。条件是，到死都不能说真相。若是泄露天机了，后果那可不得了！"张大仙拍了大腿说："小兄弟，把握不了四指舌，我一头扎进洛河里，让鳖吃让鱼咬，鸡巴让老鹰叼树上，掉下来砸到路人脖子上！"两人打手结了掌，仔细探讨了咋实施。

离开张大仙，康文盛走上了邙山。绵延起伏的峰峦沟壑，展示出博大与宽广。心里舒畅路就短，又站到了黄河边山顶上，看见了河里白帆船，看见了外婆的村庄，看见了那棵大柿树，又想起了小时候捉树猴。想起小伙伴推他和王黑妮，扮装拜堂成亲哩，王黑妮头上盖只粗布巾，他头上搭只自己的鞋。小司仪叫道："一拜天地，二拜高堂！"突然，小司仪忘记了，问："三拜啥呀？"王黑妮叫道："夫妻对拜！"小司仪："对，对，夫妻对拜！"然后，在一块石板上，放了四块列疆石头。小司仪："开始吃四盘菜了，来！"小司仪："这盘菜是热的，吃吃让你当爹的。"小司仪拿块列疆递给他，他俏皮地做了咬嚼状："太硬了，咬不动。"小司仪："这盘菜是凉哩，叫你吃吃当娘哩！"小司仪又一块列疆递黑妮。她却说："咦，那龟孙做这菜，好吃死了。"换来了大家哄然大笑。

康文盛笑眯眯地，朝着山下走去。弯曲的小路上，移动个青草垛，草垛下是脊梁，再下边是毛兰粗布裤，地上一双大脚，正面露出王黑妮的脸，流了一道道汗。康文盛连忙跑过去，接了挑草捆的锄把："黑妮姐，我扛吧！"王黑妮说："这草捆死沉！"康文盛说："我是男子汉了！"康文盛接了草捆，跌跌撞撞向前走去。

草捆弄回了家，王黑妮解开，石槽里抱些，牲口有滋味地嚼起来。王黑妮吱扭声开灶门，瓦盆盛水让他洗，康文盛好赖擦洗了："家里还有谁？"王黑妮奇怪地看他："爹去地了没回来！"康文盛说："那就好。"王黑妮又看着康文盛，脸呈些羞涩。王黑妮说："咱去屋里说话吧？"俩人进了屋子里，康文盛噌噌挠头皮："俺也不知咋说了？"王黑妮说："还男子汉呢，咋也像个闺女了？"康文盛说："中，豁出去！你说，想不想跟我成一家？"王黑妮吃惊地打量他。康文盛又说："愿不愿意嫁给我？"王黑妮激动地跑过去，一把搂住了康文盛："天天做梦俺都想！"康文盛也被激发了，也紧紧搂住了王黑妮，不由自主往床那儿移。突然，康文盛停了步："不能先弄那，快找媒人吧！"康文盛匆忙出了大门，王黑妮笑眯眯地看着他："记住，拣最巧嘴的媒人，赶快找俺爹，他可当着家哩！记住，先来后到啊！"康文盛不住地点头，却想到了张大仙。

洛河边一棵古槐树，几搂粗，冠如云，人称为神树，求仙拜药者人不断。这天，神树下围了一群人，张大仙神态很凝重，讲述他的遇仙记，他说着，大家瞪眼仔细听着。

几天前，张大仙应邀过洛河，到对岸白沙村给人卜卦去，贪了几杯酒，回家有些晚。天上一轮圆月，小风呼呼送爽。他晕乎乎渡船上走下来，蒙腾腾到了邙山下，靠着山根睡觉了。不知道过了多久，突然有声响，窸窸窣窣的。张大仙启开迷蒙双眼，差点儿叫出声来，眼前一幅奇异景象。一只只跟随的貔虎子，驮着金闪闪的东西，呼呼跑。又走来两个大神，一个长胡子，一个全身盔甲。长胡子说："大将军，小的是山神，敢问这是何公干？"将军说："我奉玉帝之命，给康文盛家送金银，可是大善之家啊，予以褒奖！张大仙两眼发涩了，又靠山根睡着了。一觉又过去，伸了胳膊打呵欠，仍见貔虎子队伍眼前走着。突然，又传来神仙们说话声，这里躺人怪可怜，留他点银子吧，让他买上几亩地……

听众个个瞪大了眼。一个老汉问："河里扔笟篱，鳖编的吧？"张大仙说："若不信，往后看，买地我不兑现，我就当只鳖！"张大仙果真买块好地，就在对面洛河滩。说话兑现了，貔虎子送宝那故事，老百姓中间传开了。这日天微黑，白老虎拾掇船，也听了传说那故事。没根没梢的假话吧？他只是嘿嘿地笑。

这前晌，白老虎见了康文盛，就学了外边云雾缭绕的传说，他说："听人说，我直笑。"康文盛笑着："正要给说呢！"康文盛带老叔走进窑里，忽地揭开个蓝布单，亮出了一堆金元宝。白老虎吃惊地"哦"一声。"那夜，睡得正香甜，忽听有动静，想睁眼睁不开，只见金光直忽闪。还听到谁说话，'我奉旨行事，甭辜负玉帝意愿，多为苍生奉献啊'。我想说感谢玉帝，硬张不开口，身子好像捆了绳。早上起来看，元宝堆就这了。拾的麦，磨的面，还没想好该咋办！"白老虎瞪大了眼，没想是真的。他沉默良久，认真说："侄子，天意啊！需老叔帮助的，你就说！""老叔啊，我还真指望您谋划呢！我已琢磨了想法！"白老虎看着他说："说说看！"康文盛说："趁皇上下旨发展航运，立马扩大生意点，全国重要地方都开花！"如此这般，白老虎听得很认真，之后大感慨："佩服你有胆识，可官府是真支持吗？还有同行冤家，像西省王有亭，早想剔除咱，如果生意再扩大，对头也多啊！明朝的沈万山、王直，都够气魄大了，可最后硬给压垮了！你还小，世事太复杂，出头的椽子先烂！"康文盛说："这几年，我读了不少史，明白生意要做大做强，必须把握有两点：一要想着老百姓的利，让大家把咱当成自己人。二要爱护国家，拉连好社会关系，遇事儿该顺毛梳理。"白老虎说："具体实施，太难太难了！"康文盛说："慢慢来，不着急，功到自然成！"

这时，外边响起了飞鸽呼哨声，康文盛跑到窑洞外，仰脸观看着，湛蓝的天空下，愉快的白鸽群，天空盘旋着。康文盛仰脸看着，孩子般笑了。白老虎看着他，脸上也现出了爱怜的笑。这时铁山过来："老虎叔，广才叔泾阳回来了，让你瞅个空，商量大事儿哩！"白老虎说："文盛，让他这会儿就来吧？"康文盛说："中！"他还仰着脸看鸽群。

一会儿，几人聚到了议事堂，康广才说了那边事儿，道出了王有亭仇恨康家的秘密，王有亭硬说康家先祖害了他先祖，他的先祖名王直。康文盛和白老虎都发了愣。康文盛说："咋也没想到，他是王直藤上结的瓜！"康文盛便说了康王两家的恩爱情仇，说了康家的记事有记载。康广才说，他在泾阳那些天，王有亭夹着尾巴像条狗。他离开后，那货可能还会耍二旦，咱得赶紧想个法儿！康文盛说："那个二球货，啃骨头咬住石头，记仇看错了人头，康王两家是世交啊！"

白老虎说："果子皮外难认瓢，真不知，还有恁多弯弯绕哩！"康文盛说："这笔旧账，该给王有亭摆清亮。不过也奇怪，记载说，王家知咱先祖清白啊！"白老虎说："狗记千里尿，咋能纠缠清？康文盛说："广才叔，你能那边再招呼不？"康广才说："屎憋到屁股门了，做梦都想家里出个武进士。儿子明楼十几了，练童子功不能过八岁。下步我需要盯着他，让他认真学点武！"白老虎说："也是正经事儿，一晚三分薄！啥都能耽误，唯独学业不能误。"康广才说："养儿不读书，不如养头猪。不读书，理不明，长大难以成啥气候。"

康文盛说："中，广才叔安排好了明楼弟，再往泾阳镇镇邪！"康广才说："王有亭如果捣蛋，需我出面，只要打招呼，立马就前往！"白老虎说："西省那边，只能还委屈你舅了。"康文盛说："两年之内，我一定压住王有亭的疯劲儿，让那边变个样！"白老虎伸出大拇指："中，比你爹有气魄，定能干成大事情！听说你也不睡懒觉了，学你爹打上太极拳了？"康文盛笑着点点头："我想活一百多岁哩！"白老虎哈哈大笑了。

清晨，洛河滩柳树行，鸟儿啾喳争鸣着，薄雾中似幅水墨画。康文盛认真比画打太极，王黑妮蹲柳树下在偷看，目光里好像不沉静。康文盛收功，顺码头那边回家走。王黑妮猛然站起来："别慌哩！"康文盛猛一发愣，看见了黑妮姐，笑着朝她走过去，问："黑妮姐，还恁早，你咋跑这了？"王黑妮说："俺听铁山说，你只要在家，早晨都练太极，俺大清早就跑来了。"康文盛机警地看看周围，河滩上人影还稀少。他说："柳树行里说话去，俺娘知道又该训我了！"王黑妮说："你娘是狼，还能吃了你？"康文盛说："不想让她生气啊！"王黑妮说："还真孝顺！"康文盛说："姐，这话俺听着，好像有霉味！"王黑妮秀气的脸上流出了两行泪。康文盛问："准是啥急事儿！"王黑妮问这两天他去哪了？康文盛答去洛阳看生意去了。王黑妮说："跟你娘说了没？"康文盛问："咱的事儿？"王黑妮说黄了：

"媒人去过你家了。"

那天太阳光亮亮的，媒婆进了康家议事堂，韩菊兰居高临下问："提亲那闺女哪的人？多大了？相貌咋样？识字不识？身材咋样？家境咋样？"媒婆说："你也知道，方圆左近，我说成的媳妇能论大车拉，看葫芦锯瓢，不能成事的，趁早不伸腿！"韩菊兰说："你名声大，我知道！你说这个是咋样？"媒婆说："咱不是王婆卖瓜，自卖自夸。我说这闺女，包你儿子最满意！"韩菊兰说："我听听！"媒婆说："闺女叫王黑妮，方圆左近的大俊妮儿，白脸咋晒都不黑。比你儿子大三岁，女大三，抱金砖。"韩菊兰嘿嘿就笑了："那不中！"媒婆瞪大眼问："说笑话吧？"韩菊兰脸色冷峻说："那闺女长相是不赖，可脚太大了，犯白虎！小时候，爹教她识字，她说看见黑豆也头疼，甭说黑字了。"媒婆笑着说："夫人，我可给透消息，你儿子和这闺女很说得来，你儿子托我来说的！"韩菊兰说："反天了，应中也不中！"

王黑妮焦急地说："你看这咋办？"康文盛说："脚大咋了，好干活，好走路！还是我说的，非你我不娶！"王黑妮说："中，有你的话，我就放心了！"康文盛说："黑妮姐，说个我做的梦，也不怕你笑话。"王黑妮说："说吧，咱俩谁跟谁？"康文盛说："一回我做梦，天塌了，地陷了，世上人都死完了，就剩下咱们俩，咱俩洛河边开荒种地，生孩子，商量咋恢复人世哩！"王黑妮说："真的？"康文盛说："谁诓你，谁是狗！"这时，树上鸟儿愉快鸣叫了，太阳出来了，大地一派鲜亮。洛河上帆船往来行驶着，悠扬的拉船号子传来了。告别王黑妮，康文盛匆忙回家去。

那会儿，韩菊兰正专心刺绣枕头套。丫鬟春红拿起绣好的看，是幅刘海儿砍樵图。她惊讶地说："婶子啊，你咋绣得活了似的，以后也教我绣吧！"韩菊兰笑着说："听这话心可舒坦了，人都喜欢听好话！绣花要的是耐性，你这闺女也不赖，就是办事儿还毛糙，想学巧绣花，先需练性情，性情练好了，一学就会了。"丫鬟春红问咋练性子呢？韩菊兰说："当年娘教我绣花，给端一小碗芝麻，天天让我查查是几粒。如若耐不住性儿，一会儿就头疼。"丫鬟春红说："中，我也查芝麻！"

此刻，康文盛火急进了门，丫鬟知趣走了。康文盛说："娘，还绣花？"韩菊兰说："我这是给将来媳妇看，说明老婆子我也不笨！"康文盛笑了说："娘呀，跟你商量个事儿吧？"韩菊兰问啥事，康文盛说："你刚才说那事儿！"韩菊兰露出了笑："想找媳妇了？"康文盛说："我又不老傻？就想找称心如意的好媳妇！"韩菊兰说："咋，我还会给你找个母狮子？"康文盛笑了说："那难说，新媳妇三天勤，过了三天呕死个人！"韩菊兰说："放心，娘正给你张罗呢。"康文盛说："就是黑妮姐！"韩菊兰恼怒瞪了眼，康文盛说："你肯定同意，侄女随姑嘛！"韩菊兰脸上冷了："说啥都不同意！"康文盛说："就为没缠脚？""女子脚大方男人！""我不信，脚大有力气，比三寸金莲红薯小脚好百倍！""那闺女还不识字，咱能找白丁当媳妇？""黑妮姐可会武术啊！""那才不能找哩！你如果有啥不对了，她还不踢你个嘴啃泥？""黑妮姐咋舍得踢我？非黑妮姐我不娶，话我撂这了啊！"韩菊兰先发愣，即刻滚出泪珠："君为臣纲，父为子纲，夫为妻纲，你都忘了？你爹走了，我的话，你得听啊！找媳妇，咱没商量余地！""要不，我就跑少林寺当和尚！""反了你！反了你！"康文盛气呼呼冲出了窑门，一口气又跑到了洛河边。

看着汤汤洋洋的洛河水，看着来往的白帆船，他纳闷母亲，咋会这样对待自己的婚事儿呢？爹如果还活着，婚事儿他也会独断吗？不行，得慢慢跟娘说。突然，他看到官船来了，很显眼的红色船。

暖洋洋的阳光下，一艘红官船缓缓靠了岸。继而，铜锣、唢呐声起，制造出了热闹气氛。船上下来了帮衙役、官人。龙凤旗在前，铜锣队引路，继而是唢呐竹笙，再后人抬个大喜字。喜字下写着大字，列榜进士李援军。之后长队伍是步行的衙役，乘轿的官员。康文盛也被那队伍吸引了，他听个白胡子老汉问，李援军是哪村人？一壮年汉子答："裴峪的，上榜中的举人，这榜就中了进士，真英雄！"一年轻人说："人家爹是李武师，一拳能把狼头打稀碎！"白胡子老汉发评论："文武之家呀，人家风水咋恁好哩？"康文盛想，如果是我中进士多好啊，赶快远远离开家，谁还能包办婚姻事儿？古人咋恁傻，为啥要规定，孩子婚事儿父母包办？他悻悻地，离开了看热闹的人群。

158

遇到的大苦恼，平生第一次。康文盛朝荒凉的泗沟坡走去，爬上一处高耸的土崖，朝着空旷的山谷，使力大声吆喝着："啊！啊！啊！"喊声惊飞了野鸽、鹌鹑群，它们惊恐地天空盘旋着，居高临下地侦探敌人在哪里。他又下到了土路上，周围的山野很安静，独自坐到草地上，周围满是粉白的苦菜花。有些时候了，传来叮当当的驴铃声，他观望，赶驴的竟是黑妮姐。驴驮粮食走来了。黑妮也看见了他，给驴下命令："吁！"康文盛站起来，木然地看着她。王黑妮问："你咋在这？"康文盛答："正说找你呢！"王黑妮说："俺爹这两天老咳嗽，我去粜点粗粮，给他买点细粮。"康文盛口袋里摸出了些碎银子说："给，多买点大米白面！走，咱俩走着说着！"俩人跟在了驴后边。王黑妮问有啥事儿？康文盛说是他俩的事儿："我跟娘闹反了，她还是死啃住老意见！我都发誓了，她如果不愿意咱俩的事儿，我就出家当和尚！"王黑妮说："那留下我咋办哩？我能跟着当尼姑？"康文盛眼珠一转说："我还有个办法，咱俩一块儿跑出去，将来生米成熟饭，谁不愿意也不中！""那人家该说是我勾引你，俺爹脾气倔，只怕一口气上不来，就跟阎王爷亲嘴了！""要说，雁过留声，人过留名，咱俩如果落个私奔名，也太划不来了！""让周围人多劝劝你娘，听人劝，吃饱饭，她态度许会转过来。""你不知道，俺娘心老深，她硬让别个女的跟了我，我如果硬顶撞，也会气死她！""活人不能让尿给憋死，总该想个好计策！"俩人边走边说着。

山谷里，突然传来嗒嗒的马蹄声，康文盛警惕地张望着。迎面来了个骑马人，越来越近，是老虎叔了。到他们旁边，白老虎跳下马："这孩子，我就猜你来这边了，果然！黑妮，你先走吧，让我跟文盛路边说会儿话。"王黑妮赶着毛驴就走了，叮叮当当的驴铃声渐渐远去。路旁一棵铁杆柿树，白老虎把马拴上边，指着路边的青草地，他们坐了。康文盛有点儿懊丧地说："叔，让您操心了。"白老虎说："你也老大不小了，不该气你娘，你娘一说就哭，她也不容易啊！"康文盛说："她老干涉俺的婚事，我太别扭！"白老虎说："你要掌管大家业了，该保持个平和好心态。如果一拍三尺高，啥事儿难有好结局！"康文盛说："叔，婚姻大事也像生意，我咋和俺娘把这生意谈成呢？""做生意遇到倔脾气客，你要以柔克刚，慢慢去磨转。"

康文盛："磨转？""知道啥叫磨转？""不就是想法圈转愿？""磨转，祖先留下的老词儿。它包含几层意思，一是心态好，遇事儿不急躁；二是要周密计划好，想事儿汤水不要漏；三是处理事儿时，要稳扎稳打的；四是遇到再大的难，都要坚韧不拔往前走！做生意就要牢记磨转这词啊！""跟俺娘这生意老难磨转成。""孩子，磨转不成的生意有，但通过努力了，将来不后悔。你要理解娘，我都听说过，你外爷和你爷是同窗好友，你外爷把你娘许给了康家做媳妇。知道你爹小时啥样吗？""身体不老好！"白老虎说："阎王爷牵他鼻圈走，随时命就可能风吹走！""恁厉害？""可不，你爹九岁时，说话还像拌面疙瘩，走路老摔倒。你娘不愿这婚事，你外婆也不愿这门亲。硬是你外爷，强迫她们同意了。从那时，你娘就像个老丫鬟，没日没夜照顾你爹，你外爷手把手教你爹太极拳，要不，你爹能活到几十岁，还得了你？孩子，你娘，康家的功臣啊！"康文盛说："我真不知道，娘这么苦！"白老虎说："你娘天天供菩萨，那是心苦寻解脱！你可不敢给她添堵了，你要耐住性去磨转，希望总还会有的。"康文盛说："叔，您也帮我磨转吧！"白老虎笑了说："你跟黑妮的事儿，我心里支持你，黑妮大本事，康家将来的顶梁柱，我定帮你磨转！走，小柱今天该回来了，不知道泾阳你舅那边有没麻烦事儿呢。"

十七

逮小柱带船队送货回来，说王有亭的老病又犯了。白老虎说，得给金贵去个信，一定坚持住！康文盛说，卤水点豆腐，一物降一物，能让广才叔泾阳再看看，就姜子牙在此，诸神退位了！白老虎说，他带儿去了武当山，谁知啥时才回来？这时，丫鬟春红站到了门口，康文盛瞟见了她，问有啥事儿？春红说："婶子让你去一下。"白老虎说："去吧，记住，那事儿多磨转！生意上的事儿，我和小柱再铺排。"

文盛到了娘窑里，娘笑着，递给儿子一张贴："李武师要请客，让咱去一下。"康文盛皱了眉毛："哪个李武师？"韩菊兰说："咱的一个老亲戚，儿子才中进士了，马上要苏杭去赴任，又找开封知府女儿当夫人，双喜临门啊，李武师心高兴，就要大请客！"康文盛说："你和春红去吧！我见请客那场面，心里就厌烦，人声哄哄，蝇子也哄哄！"韩菊兰说："吃不吃你也得去，你现在是康家当家人，咋不登大雅之堂哩？"春红看着他，也在捂嘴笑。康文盛扑闪着眼睛思考，他就想起了要磨转。康文盛说："娘，咋去？"韩菊兰说："听我的安排吧！"

好日到了，靠黄河的裴峪村，邙山下一座青堂瓦舍院落，客人们你来我往，打麦场上，一台大戏已开场，咚咚锵锵很热闹。康文盛骑匹枣红马，韩菊兰乘着马拉轿车，停在了大门外。一个黑胖汉、一个青年人，热热情情迎过来，那是李武师和儿子李援军。李武师拱手施了礼，又对儿子说："这是康家你表婶子！"李援军连忙搀扶她。李武师指着康文盛："想必是贵公子？"韩菊兰答就是。李武师也拉住他的手，说："我第一眼看就顺眼，好人才、好女婿啊！"康文盛奇怪地看看他，韩菊兰说："你表伯说笑话，可别当真了！"

在看热闹人群注目下，他们走进了院子内。康文盛扫视，外院大房为中间，两边有厢房。内外院月亮门贯通。院里长有梧桐、石榴、无花果诸树木。内院靠山是窑洞，窑洞前院一大房，两边有厢房。到了堂屋大房里，李武师女人那等待着，黑色大漆桌，放盘花生、另有核桃和时令水果。李妻异样地打量康文盛，看得康文盛低了头。李武师对女人说："招呼好，最主贵的客人啊！我和援军外面还张罗，县令和河南府也快到了！"李妻指着康文盛："说，他婶子，这就是孩子？"韩菊兰答是！她对儿子说："叫大娘！"康文盛便喊。李妻高兴地应了，说："咋看咋顺眼，让闺女也过来吧！"韩菊兰说："看你儿子多争气，年纪轻轻就中进士了。"李妻说："敢都像他爹，我还有啥过头哩？"正说着，女儿李秋月就来了。康文盛瞄一眼，心内猛一震，天仙似水灵！秋月朝韩菊兰施礼问好，康文盛有点发呆了。李秋月转脸笑对他说："我知道，我比你大两岁，你该叫我姐！"康文盛笑着喊声姐！韩菊兰说："快坐下，闺女。"李秋月就坐了另一只凳子上。

韩菊兰看看儿子，又看着秋月，说："闺女识了不少字？"李妻说："给你婶子说说吧。"李秋月说："我背会了《女儿经》《三字经》《列女传》，还读了些《诗经》《论语》啥的，解个心闷。"李妻说："这闺女也心灵，女红刺绣一学就会。也就是她兄妹俩，我才觉得活得像个人！"说着话，传来了吆喝声："开桌了！"招呼的男子探头说："就在这开一桌吧！"李妻说："好吧，我们姐妹两家坐一起。"

大宴结束，韩菊兰和文盛要走，李妻与儿子相送。要出大门时，碰住喝醉的李武师，他搂住文盛的脖子，满嘴喷酒气，说："咱哥儿俩可要好，好上加好啊！"李妻说："援军，把你爹拉回去，尽出洋相哩！文盛给你叫伯哩，咋成哥儿们了？"李援军去拉李武师。李武师甩开他胳膊："县令、知府都不来，啥东西？咱自己先喝美是本！"他仍搂着康文盛脖子："好兄弟，是不是？"康文盛连忙应答是、是、是！李武师说："还是俺小兄弟说话痛、痛快！我那闺女长得不赖吧？"李援军又拉父亲，李武师瞪着他说："滚开！山高遮不住太阳，官大，大不过爹娘！"李妻很不好意思，看着韩菊兰说："多喝点马尿，就没形状了！"李武师："谁说喝、喝多了？再抬来三桶、十桶，眨眼了是龟孙！"

李武师如戏台上的人物，仰脸笑了，呜呼哈哈哈哈！李武师又看着韩菊兰说："选个好日子，就给我小兄弟成亲！呜呼哈哈哈哈……"看热闹者也都笑了。李武师歪头对看热闹者说："再笑？敲掉谁个、大板牙！"看热闹者更是哈哈大笑，李武师也笑着追他们。李援军连忙对韩菊兰说："婶子，你们快走吧，再晚会儿，谁知他闹到啥时候？"此时李武师，往黄河边跑去了，还传来呜呼哈哈哈哈的狂笑声。

马车走到灵山寺，康文盛下马，轿车也停了下来。康文盛走到轿车旁，说："娘，你不是说顺便要进香吗？"康文盛搀着母亲，进了寺内。

才进大门口，康文盛就看见，一老汉坐在当院，小和尚站他旁边。康文盛大步走过去，弯腰仔细看，是二孬了："当年闹我爹灵棚，不是你吗？"老汉说："正是，我一心想出家了！"韩菊兰也走了过来，老者又朝她磕头说："说说让我留这吧！"韩菊兰问："你信佛吗？""过去不信，现在真信了。儿死媳妇嫁，争了半辈两手空。若这不留我，我就跳黄河了！"说着，二孬伤心地呜呜哭了。韩菊兰说："孩子，你看咋办？"康文盛叹息道："强弩折，箭杆断！"老者闻听，连忙又抱了康文盛腿说："掌柜，求求您了！"

这时，云深师父走过来，说："阿弥陀佛，我这徒弟，每每总给施主添堵，老衲的罪过啊！"康文盛说："师父，大天之下，有先知先觉者。但只闻有其人，却未见真相。凡人都是后知后觉者。我想这老汉，一生搞投机，想争好运气，却不知，前头路黑洞洞，现在悟出些真谛！求您收留他，让孤凄的灵魂有个归宿吧！"云深和尚说："少掌柜胸怀博大，老僧就从了。"二孬慌忙给俩人又磕头，说："我决不忘大恩，彻底革面洗心！"云深和尚对小和尚说："先领东庑殿等候，我陪施主大殿上香去。"

庄严的佛像前，韩菊兰跪了，康文盛也跪了。大殿里传出了云深和尚的诵经声，继而传出了清脆缭绕的铜钟声。大殿、灵山寺、寺院后起伏的邙山，寺院外的池塘溪流、柳树、松柏树等，在深沉的诵经声与铜钟声里，似乎都缥缈飞升了起来。

这夜，康文盛睡梦里，锣鼓喧天响，唢呐竹笙声婉转。他骑着枣红马，披红戴着花，一脸喜气洋洋。李秋月坐在轿车里，偷偷揭开红盖头，拨开轿车棚，看着康文盛。突然，王黑妮和她爹拦住了轿车。王黑妮哭叫着："康文盛，你个昧良心的，说话不算话了？"突然，跑来了许多人，拿着镢头耙子锨。突然，李武师也提大刀跑过来，吆喝着："我杀了你这不仁义的东西！"康文盛吓得浑身打战，从马上掉了下来！他醒了，喘粗气，看着忽闪的灯头。远处传来了狗的吠叫声。他又吹灭了灯，眼前一会儿是王黑妮对他笑着，一会儿是李秋月对他笑着。

前晌，康文盛坐在洛河边，又想着婚姻事儿。阳光河面上跳跃着，思绪也如河水不安宁。铁山跑来了，笑嘻嘻地说："哥呀，有人给你提亲了，婶子叫你快回去！"康文盛站起来，心里却猜测，是王黑妮，还是李秋月？他心里最热的还是黑妮姐，不慌不忙往家回。

韩菊兰已坐议事堂，丫鬟春红走进来，手提两只瓷花瓶，还拿着一把筹。韩菊兰说："竹筹重，好投。木筹轻，难投。你都记清楚了？"春红笑着说："放心吧！"韩菊兰说："如果我能说通文盛，就甭玩这把戏了。"春红说："婶子，我老担心。文盛哥将来知道是把戏，他可能会恨您一辈子！"韩菊兰说："天知地知，你知我知，只要你不露口风！当娘难，还想找个好媳妇，还得让他心如意。"春红说："人的好与坏，都没写脸上，难以琢磨透，如果让蒙住，有钱难买后悔药！""你说得有道理，不过给孩子找媳妇，给闺女找女婿，隔布袋买猫的多，都是碰运气！"春红说："那我看眼色行事吧！"

正说着，铁山带文盛来了。韩菊兰说："才送走媒婆，要听咱信儿呢。我就让铁山找你来，商量商量。我还是想让你如意，一个好媳妇，三代好儿孙嘛！"康文盛说："是黑妮姐？我就愿意！"韩菊兰板了脸说："是李进士的亲妹子。不只长得好，还知书达理呢！"康文盛说："她像有大病！""胡说，人是瘦筋人，粉面桃花多好！""我就愿意黑妮姐，只要你答应，以后说哪我行哪！""我已叫掐算八字了，你跟秋月大相合！"康文盛从小信命运，转而又笑着说："娘，我就要黑妮姐，你让我娶秋月，我也替你娶过来！"韩菊兰奇怪地看儿子说："怪蛋！祖上有规矩，谁敢纳小妾，扫地出门去！""那两碗水咋才能端平？你给想法吧！""那就请神决定吧？咱就来个投壶选亲吧！"

接着，韩菊兰说："就弄俩花瓶，王黑妮和李秋月的名儿，分别写在瓶底上，叫春红摆，咱俩都在云雾里。每个瓶你投十根筹，哪瓶入筹多，那人就是神安排！"文盛笑了说："我要投的一样多呢？"韩菊兰说："我也相信神，就破一回老祖宗的规矩，俩媳妇你都娶回家！"

烧过三炷香，投壶开始了。春红拿出一花瓶，放到了墙根处，抓了两把筹，重筹递了康文盛。韩菊兰又步量距离，小脚地上画横线，下令开始。康文盛捏着筹头投过去。中了，又投，又中，又投，又中……接连中壶，韩菊兰急得头上出了汗。她看那丫鬟，春红脸色突然变了，害怕似的已低了头。韩菊兰交代多遍，先把轻筹给文盛，花瓶上写的王黑妮。慌乱中，咋把重筹给了他？康文盛说："十中八，二未中！让我缓缓气，再投另一个壶。我也要中八筹！"韩菊兰心里念叨着，好歹让文盛发迷吧，那壶里投成十中吧！

康文盛又开投，一投未中，二投中了，三投未中，四投未中……韩菊兰惊呆了，丫鬟春红直想哭。康文盛越慌张，越是投不中，最后弄了个十中四,六未中！看来，这女人不归我了！叫我看看名是谁？韩菊兰说："先甭急，还有一道手续哩，再烧香才能揭谜底！"康文盛说："还烧香，真烦琐！"韩菊兰命令春红拿香来，趁机眼剜了她一下，埋怨得春红老低头。康文盛看春红，也皱黑眉毛，似乎感觉有啥戏。韩菊兰又烧香，跪地朝南磕着头，祈祷说，观音菩萨啊，我对您怎虔诚，保俺心如意吧！韩菊兰扭脸令开壶！春红战兢兢，拿起头个瓶，让母子俩看底部，写的名儿却是李秋月。韩菊兰笑了，春红心里暗庆幸，慌慌张张地，花瓶竟也摆错了！康文盛顿时黑了脸。韩菊兰说："那就按神定的回话吧！"康文盛说："我只跟黑妮姐成一家！"韩菊兰说："孩子别憨了，这是命！以后生意场官场上，又有人帮衬咱们了！"

康文盛低头走出议事堂。还不能跟娘硬抗啊，真怕气住了她，还有啥妙法呢？好像也没啥妙计，仔细想，对秋月心里似乎也湿湿的。

艳阳高照，洛河滩人头攒动，鞭炮、火铳震天鸣，乐队欢奏《百鸟朝凤》曲。康文盛骑匹枣红马，身上佩红挂彩，脸上呆呆的。轿夫们抬顶大轿子，悠呀悠呀紧跟着。

康家大门口，看热闹的人不少，白老虎顺着木梯子，爬上临街墙头上，手掂红布袋。族长高瞻远瞩的脸，看迎亲队伍到门口，朝大家果断摆下手。顿时，鞭炮竟鸣，继而十九门大铳贯发。有男傧相端着青花盘，内放四寸长的红烧肉条，走到康文盛马头旁，让他咬一口。两个女傧相，接了青花碗，走到轿门口，搀出了头顶盖头的新娘，大肉片也送嘴边让她咬。女傧相大声说："吃了连心肉，夫妻手拉手！"之后，男傧相扶康文盛下了马。女傧相搀新娘下了轿。响起了一片欢呼声。这时，白老虎抛撒出花生、核桃、枣，内里夹杂着喜钱。大人、孩子们欢叫着疯抢。

拜天地入洞房，康文盛应付完白天这场戏。这夜里，四盘菜送房热闹过，洞房内红烛光摇曳，只剩下一对新人在屋里。李秋月拿着新枕头，端详上面绣的美图案，看了这个看那个，问："谁绣的花，像真的？"康文盛说："是俺娘！"李秋月说："咱娘！"康文盛看看她："算咱娘，她可会绣花了，你要跟着好好学。"李秋月含情脉脉说："中！俺给背首诗吧？"康文盛眼睛一亮，李秋月就背了："关关雎鸠，在河之舟，窈窕淑女，君子好逑。"康文盛把李秋月搂到了怀里……

今夜的月亮特别圆，院里灯笼仍通明，神龟山朦胧站立着，狗们汪汪值着勤。韩菊兰悄悄走出来，眼睛贴在新房门缝上，往里偷偷张望着。烛光中，李秋月身上掏出颗夜明珠："你看，这是啥东西？"康文盛接了，仔细看了："南海产的大宝珠，太阳下表面呈粉红，稀世珍宝啊，哪来的？"李秋月说："咱哥刚当官，就弄了个这宝贝，听说咱们要成亲，差人转辗捎回来，算是送的礼物呀！"康文盛亲了一下她的脸，说："好宝贝啊！"韩菊兰用手捂着嘴，偷偷嘿嘿也笑了。这时，新房里，一根蜡烛被风吹灭了。

昏茫茫的山村里，王黑妮坐在黄河边，呜呜呜痛哭着。突然，王黑妮昏倒了地上。几只亮灯笼，黑乎乎的村庄里飘逸着，响起纷乱的脚步声，狗们热烈地叫起来。王称苍老的声音在呼喊："黑妮——你在哪？黑妮——回来吧！"寻找王黑妮的村民们，沿黄河边道路慌乱走着。突然，有人吆喝道："这里有个人！"灯笼都朝那聚集。王黑妮躺地上，嘴角流出些白沫沫。有人大声喊："服毒了，黑妮服毒了！"

王称号啕大哭着："闺女呀，你咋想不开，硬要一棵树上吊死人？"有人手放她鼻子边，叫道："还有气哩，快点弄回去，想法给解毒！"有人背了王黑妮，村里奔跑着。

这时候，有个灯笼飘逸着，忽悠忽悠出了村。那灯笼飘上了邙山，又飘下了沟谷里，飘到了康店村，狗们汪汪汪吠叫着。有团练山顶正瞭望，给同伙说："你们招呼着，我去看一看！"那团练截住了红灯笼，喝声："站住，干啥哩？"打灯笼者是小孬，康文盛的小玩伴。小孬说，他找康文盛哩！团练说半夜三更的，啥事儿明天不能说？小孬说，康文盛外爷家人要死了！

那团练领着，那盏红灯笼，飘到康家大门外，小孬就吆喝："康文盛，滚出来！"那团练拉他说："你咋弄这哩！"小孬说："我是他哥哩，你狗逮老鼠管闲事！"那团练说："人家大喜日子啊！"小孬说："人都逼死了，他喜人家不喜！"接着又吆喝，"康文盛，滚出来！"

李秋月推醒了康文盛，康文盛慌忙穿上衣，开窑门，走出去。大门里，呆呆地站着看门汉。康文盛问："咋不开门呢！"看门汉子说害怕是假好人！康文盛亲自开大门："小孬啊，扯着驴嗓叫唤啥？"小孬说："你美叉了吧？黑妮姐她快不中了！"康文盛问清缘由，说："咱快走！"

议事堂里边，铁山揉着眼，点亮了铁鳖灯。韩菊兰也来了，康文盛带哭腔："黑妮姐快不中了！"小孬说："文盛说好要娶黑妮姐，到底却又变了卦，她气不过喝了毒药！"康文盛跺着脚，扇打自己的脸。韩菊兰说："快叫先儿，多刚烈的好孩子啊！"

苍凉的月光里，两匹马，奔驰着，赶到了小山村。外面，夜色昏蒙蒙的。王黑妮家灯火明晃晃的，王称抽着烟，长哎短嗨在叹息。另有几个乡亲张罗着，进进出出如小溪。一个年轻妇女走进来，对着黑妮爹说："叔，黑妮喘过气来了，喝了泻药后，吐出了好多黄水水！你去看看吧！"王称在别人搀扶下，走出了屋门。王黑妮屋里，缭绕的铁灯下，爹走到女儿面前，王黑妮还张大嘴喘息着。爹说："闺女啊，你娘临走，把你交给了我，我对不住你啊！我怕你缠脚老受疼，没想到让人瞧不起！离了张三屠子，咱就吃连毛猪了？让爹我、我、啊啊！"他竟然哭起来。

小孬把文盛叫来了，还带了个看病先儿！屋子里人都愣了。康文盛在后边，搀着年迈老先生。康文盛扑通跪到姐床前，哭着："姐呀，俺娘让我投了壶，听从神仙选亲，那鳖儿愿意走这路呀！我心里可一直有着你啊！"说着，他又扇自己脸，一下一下又一下，嘴角已经流血了，大家才拉住他。小孬说："文盛他说了，还想别的门儿，你可不敢走糊涂路呀！"看病先生品了脉，拿了几服药，嘱咐黑妮爹，这药最少坚持吃半月，毒才能排干净！康文盛拿出锭银子，递给王称说："舅，先给黑妮姐补养着，回来我再来看她！"

突然，天上响起了轰隆隆的雷声。康文盛对病先儿说："咱走吧！"看病先儿说："中，大雨眼看要来了！"康文盛又对黑妮说："姐，你可要好好等着我！"王称说："孩子，别说了，都怨俺家穷！"

他们走出了大门外，天空又响起了大炸雷……

瓢泼大雨哗哗淌落，村子笼罩在阴霾中。韩菊兰打着黄油布伞，走出窑门口，春红戴草帽跟着也来了，说："婶子呀，恁大的雨，你去哪儿？"韩菊兰说："来得正好，去，拿个棒槌来。"春红跑着，拿来了木棒槌，韩

167

菊兰说："竖起来，支当院，顶住天，别让天下塌了！都下两天两夜了！"春红跑到正当院，棒槌竖在那里了，完成了当地风习。

一直到夜里，棒槌也没顶住天。隆隆的雷声中，康文盛入了梦，梦里和王黑妮办婚礼。洞房里，他揭去了她的红盖头，黑妮姐含情脉脉看着他，他咧开嘴也笑了。突然，王黑妮又变成了李秋月。黑妮姐拿把白亮亮的刀，架到了他的脖子上，说："我一定杀了你！"康文盛惊叫着，他睁开了眼，李秋月正拧他耳朵。红蜡烛光缥缈着，李秋月挺坐起，问："我咋了，你就吓得成那样？"康文盛笑了说："我梦见老虎要吃我。"李秋月说："母老虎怕是黑妮吧？说清楚，你跟她到底咋会事儿？"康文盛发叹息，披了衣裳坐起来，说："啥事儿也不背你了。这和做生意一样的理，不诚信，生意难兴隆，不诚信，也难家和万事兴！"李秋月让他说。他说，黑妮姐的爹，他管叫舅哩。小时候，他常住外爷家，和黑妮姐一起耍……

窑洞外雷雨仍不停息。李秋月说："哦，你们是青梅竹马！那为啥要娶我？"康文盛答说是神让娶的她的！李秋月问："神？"康文盛说了投壶定婚的事儿，又说一起商量，黑妮姐是好人，他想……李秋月接话把说："把她也娶来？"康文盛问："能吗？"李秋月说："把天翻过来，也是没有门！"康文盛愣住了。这夜里，康文盛再也没睡着觉，七事八事想得头发蒙。次日前晌，白老虎与他商量事儿，康广才走进来。白老虎问，明楼学武艺咋样了？康广才哈哈笑了说："还是耍孩哩，还没入角色。"白老虎说："慢慢来，别着急！"康文盛说："广才叔，又要麻缠你了！"康广才说："自己人，需要干啥事儿，我都会尽力！明楼从武当山回来后，让他跟老庙个道士先学着，我就有点儿时间了。"白老虎："正说请你到泾阳，再玩泰山石敢挡，让王有亭老鼠见大猫！这一次，我和你，还有小柱一起去，要不是文盛新婚，我也想让他去去，主要是给金贵壮壮胆，再压压王有亭的嚣张气儿。"康广才说："正好听人说，太白山有老道，武艺特高强，我想看能否收明楼当徒弟。考武进士，十八般武艺须拔尖！"康文盛说："泾阳到太白山近许多。"康广才说："有福不在忙，无福跑断肠嘛！我才想去太白，就遇贵人相助了！"白老虎哈哈大笑，康文盛也嘻嘻笑了。

又清晨，船队旗帜猎猎飘扬，河滩上，康文盛送船队又出发。白老虎说："文盛，今儿早上，我心里就像亮道闪，你跟我说的大计划，我完全想通了！"康文盛问："叔，真的吗？"白老虎说："我想了几个月，我真正感到，你将是康家的大福气啊！"康文盛看着嵩山顶，说："老叔，我在家，就收做船的楸木了？"白老虎说："中，抓紧弄！"白老虎和康广才们上了太平船。船起锚了，开动了……

十八

洛河滩康家造船场，拉来的一车车楸木，正码着垛。铁山似个人物头，果断地指挥着一些人，这样那样地发号施令。造船场旁个小高岗，长着一棵大槐树，康文盛正坐树下，咕噜噜抽着水烟想心事儿。铁山左看右瞧，看见了康文盛，就朝他走去，到他跟前说："哥，竖起招兵旗，就有吃粮人，咱才开始说买楸木，就垛恁大一堆了！啥时间开始排船？"康文盛说："我知道，你也想学小柱哥，带船队跑腾！记着你的事儿哩！不过，你要知道人家小柱哥本就是船相公，在家就学了不少本事，你这次可要把好木料关啊！木匠说了，收这些木料，最少要过一个冬天，然后再用温火烤，才能保证不开裂。"铁山说："好，心急吃不了热豆腐！"铁山一扭脸，突然就看见了李武师。

李武师掂了根木棍子，气势汹汹朝这走来。铁山指着李武师，说，形势不老妙啊！康文盛也看见了李武师，说："看来因家事儿，你嫂子告状了。我跑前边藏起来，你就说没见我！"铁山说："甭，他敢耍泼皮，我只要一吆喝，就能捆他个老婆看瓜！"康文盛说："可甭，惹不起还躲不起？"他把水烟袋往腰里一别，噌噌噌地爬上了大槐树。

铁山迎了过去，李武师问道："文盛藏哪鳖窝了？"铁山笑着说："在他鞋窠篓里站呢！"李武师说："瓜蛋孩子，鞍前马后跟着他，你不说他去哪了，就把你脑瓜拧下来！"铁山嘻嘻笑着说："你敢治死我，你也就完了，国法管着呢！都老头了，脾气还恁躁。走，我招呼你喝茶吧？五指岭金银花茶，好喝着呢！"李武师说："苦滋溜的东西，我不喜欢喝。说说鳖儿子文盛跑哪儿了？"铁山笑着说："他不喊你爹了，老恼他？"李武师瞪着眼睛说："稀罕喊爹！我就是想松他的肉皮哩，让他龟孙还嘴馋，我闺女就恁好欺负呀？"铁山说："老人家胡说了，我可做证，掌柜待见俺嫂子，就像见珍珠玛瑙细瓷器！"李武师说："不知不为怪，以后，可别叫我老人家，再叫，我可不愿意了！"铁山说："那为啥？礼节嘛！"李武师说："咱这不兴。说以前有个人，眼神不老好，见大门口黑乎乎像个人，就叫老人家，人家不理他，他朝人跟前探，又喊老人家，谁知黑影汪汪叫起来，原来是条狗。就为这，说谁是老人家，就是狗啊！"铁山哈哈笑弯了腰。大树上，康文盛也笑了，他努力捂着嘴，没让发出声儿。李武师边走边吆喝："康文盛，你个狗东西，再敢胡来，我打断你的狗腿！有种的，鳖窝里快钻出来！"

看李武师走远了，康文盛大树上滑下来。铁山说："真悬！哥，你咋戳他那马蜂窝了？我可听人说，李武师一拳打碎过狼头！"康文盛说："不能呛茬，秀才见了兵，有理说不清！不过，我还得马上找他去，要不，不定啥时候，他还会胡闹腾！"铁山突然拍脑瓜："我想他是为你和黑妮姐的事儿？"康文盛说："估计就是！我先回去了，买点肉，弄点咱家最冲的酒，抿抿老头儿的嘴！"

一阵子没闹起来，李武师已走进官坡山谷，路旁土峰耸立着，开阔处梯田一层层，秋庄稼绿油油的。蓝天白云上，不时掠过鸟儿。他吆喝着路戏除寂寞："老爷我今日坐金殿，皇帝的位置轮到俺，乐在脸上喜在心，我发布命令给大臣念，一要天天过大年，普天下珍馐我要尝遍。二要学那秦始皇，三千佳丽围我转……"这时，康文盛骑着马，后边赶了过来。在他身旁跳下马，笑着说："爹，听说你找我了？"李武师打量着康文盛，一见他提着卤猪肉和酒，马上脸就笑了，说："我去替闺女出气哩，没有见着你，半路想开了，连皇帝还贪占女色呢，何况咱大老爷们！来，就坐在路边，咱爷俩吃肉喝酒，我看咱爷俩老对脾气！"

康文盛展开张黄麻纸，把猪头肉撕下来，李武师就大嘴吃，拿起瓶酒就喝。不一会儿，已有点儿晕乎的李武师说："男子汉大丈夫，就要敢作敢为，才能弄成大事啊！你知不知道，当年，我咋把你岳母弄到手？"康文盛装作笑了："不知道！"李武师说："我从少林学武术回来，发了点财，买了几亩地，就想瞅个好媳妇。让我喝完这半瓶酒再说！"他又咕咚咕咚的，喝完一瓶酒，感慨道："过瘾啊！"李武师已醉意蒙眬了，又大块啃着肉。康文盛问："满世界找？""只要功夫深，铁杵磨绣针，还真让我给瞅着了！咱村是黄河大渡口，过河的客商天天有，我终于发现个俊女人！你想听吗？中，让我再吃会儿肉，再喝点酒，说着有劲头儿！孩子，你不知道，说到这里，我心里美啊！"康文盛伺候着，给他撕着猪头肉，李武师嚼巴着，又拿起另一瓶酒，咕咚了几口。李武师说："那天，一个河北客，带着个小女人，我一眼看见，浑身都打战！那种感觉，从来就没有过。你猜怎么着？"康文盛摇摇头。李武师瞪着发红的眼，说他就悄悄后边跟。就到这地方，猛地扑了上去，把那男的给宰了，女的吓瘫了。男尸扔进了山水洞，晚上背女人回了家。"真是现在我岳母？""不错，后来她怕我，我也疼爱她，她就死心塌地了！真正的男人，就该有虎胆！"康文盛看看他，心里发感慨："十足的恶人啊！"李武师说："你想另个女人弄到手，自己想方设法吧！但我警告你，可别太伤害我闺女，如果敢那样，我也宰了你！别看我老了，还一直想杀人！"康文盛把剩酒淋到剩肉上，跨上了马，头也不回就走了。已醉倒的李武师吃喝着："送、送我回家，别让狼吃了……"

天色微黑时，康文盛进窑洞，他没有说话。李秋月看他，说："咱娘教我绣花了。"他到桌子旁，翻看着一本书，仍然没说话。李秋月问："谁惹你了？"康文盛盯了李秋月："你活成人精了！告御状，让你爹治我！"李秋月问她爹啥时间来了？康文盛嘿嘿笑："想拾掇我？估计狼吃得他只剩骨头了！"李秋月大声哭了起来："我哩爹呀！"韩菊兰听到了哭喊声，慌忙扭动身体，站到了儿子窑门口。她朝康文盛摆手说："还没几天，就惹气？"康文盛说："秋月让他爹来打我！"韩菊兰关切地问："挨住没？""没让他得逞，我还掂了猪头肉，弄了咱家最烈的酒，诓住他吃喝，把他灌醉扔到野地了！怕都让狼吃了。"韩菊兰说："老天爷，满世界都是狼，你就心安理得呀？"康文盛说："娘，李武师是个老坏蛋，犯的杀头罪！"韩菊兰说："再咋着，他也是长辈，快，你和铁山现在骑马去，那条山路上，可是人稀狼多啊！"

不得已，文盛、铁山各骑一匹马，飞样地上了路。嵯峨的土山峰，朦胧胧旁边闪过去。他们站李武师旁边时,李武师还醉着,搂只被酒肉弄醉的狼,一条大腿压在狼身上,扯着吼吼的响呼噜。铁山问:"这狼咋也能醉?"康文盛说:"我离开时,心恼火,酒都倒在了猪肉上,大概让狼吃了。"铁山说:"这老家伙,竟然跟狼睡起了觉,狼醒了,还不吃了他?"俩人哈哈都大笑了,笑声山谷里回荡着。

那会儿,白老虎正在康家船厂跺脚叹息呢。

这天后晌,白老虎喊了康文盛,急忙来到了造船场。几盘大锯没了声,工地显示很安静。康文盛奇怪地问:"叔,这船场咋停工了?"白老虎说:"我让停的,你脾气有点儿急,我去西省走,只想让你收木料,谁知道,你可把摊子拉开了!"康文盛说:"早干成了早得利!"白老虎说:"今年是一龙治水,雨水都要挤来了,我已明显有感觉,腿老疼。就催着船往回赶!泾阳那边,周转的银子够多了,再让你广才叔先待那,可挡王有亭胡来。我就怕造船场出事,越是怕,你真狼来吓了!"康文盛说:"您的意思,等过了今年再干?"白老虎说:"起码过一冬。做船的木料最好能阴干,木料就性平,不易裂缝和变形。"康文盛说:"原先我想,木料解开后,慢慢让它干。"白老虎说:"那不行!解过的板,锯末点燃慢烘干,它就性平了。这几天,木料快搬运,尽量高地堆。若不然,秦岭下来大水,有多少也不够贪心的龙王收啊!"

还没几天,大雨果然就来了,成了水的世界。村子里响起了铜锣声,有人吆喝着:"各位父老乡亲,洛河发洪水了,各家看好孩子,各家看好畜生,别往河边去!河龙王是财迷,无论啥东西,他都稀罕要!"

洪流滚滚野马似的,白老虎和康文盛,高岗之上看涨河,巨大的木料堆,安然坐旁边。铁山说:"真悬乎呀,昨天木料才搬完!"白老虎拍拍膝盖说:"玩船落下老寒腿,也能值它几个钱!"康文盛说:"这木料差点就让冲了,可得感谢您那腿!"又一天,哗啦啦大雨还在下。邙山上下村庄,都被厚云蒙盖着。韩菊兰坐在窑门口,看着院中间支天的木棒槌,嘴里嘟囔说:"都下五天了,下得心焦急,这个老天爷!"铁山戴顶麦草帽,走到康文盛窑门口,喊:"哥,族长爷让叫你。让你祠堂议事儿哩!"康文盛说:

172

"没叫老虎叔？"铁山摇摇头。

白老虎屋里吸水烟，翻看账本子。康文盛打伞站门口，说："族长爷叫去祠堂议事儿哩。"白老虎说："听说了，开封那边成了汪洋，康家搬那的一支人，派人老家求救了。"康文盛说："如果是那事儿，你得一起去！"白老虎说："恐怕不合适？康家人议事儿，我咋能掺乎？"康文盛说："你是当家的，必须领我去！"白老虎想了半天，说："中，给你壮个胆！"他们都打了黄油布伞，融入了雨幛中。

祠堂庑殿里，铁鳖灯头忽闪着。里边已来些人了，族长银须一大把，正襟危坐着。大家说着这大雨。"每到一龙治水时，雨就下得勤。""跟做人一样，三个和尚没水吃，两个和尚抬水吃，一个和尚担水吃。"此时，康文盛和白老虎走进来，大家异样看着白老虎，族长低头沉了脸。白老虎扫描了大家脸，随机应变真如神，说："文盛，把你送这了，我可该走了！"康文盛马上说："叔，你别慌。"康文盛对屋里人说："我叔是当家的。有谁不欢迎，我们这就一起回了！"族长猛一愣，胖脸笑成了一朵花儿："看说到哪了，自己人，都坐嘛，少了你们俩，戏还难唱哩！"族长一说话，一张张脸色也都柔和了。族长说："几天前，中牟到漕县黄河拉口子，康楼遭了大难，来老家求援了。亲不亲，砸断骨头连着筋！康楼来人在祠堂住，请他们也来吧！"

族长出去片刻，带进了三个人，一长者是白胡子，另两个年轻些，但他们的脸都黄瘦。族长："你们说说那边的情形吧！"白胡子长叹口气，泪珠子断了线似，扑扑嗒嗒落下来，自我解嘲说："男儿有泪不轻弹，就怕遇到伤心处！我们迁那边几辈了，这次发水没防住，真的，那雨啊！"他说起了惊心动魄那夜晚——

电闪雷鸣瓢泼雨，白胡子拿个瓦盆，草房子门口往外一出，转眼接满了水。大雨中，一个年轻人，冲进了草房里，戴着发黑的草帽，喘着老粗气说："天上捅大窟窿了！"白胡子说："我老怕黄河决堤。"年轻人说："皇上拨的银子，黄河大堤才加高过，怕啥？"白胡子说："纸糊器！银子都流贪官口袋了，堤上倒虚土，榔头镦几下，只是硬层皮！但愿老天能保佑，让咱躲过这一劫！咱就干脆点，快搬避水台！不怕一万，只怕万一！""中，我去喊叫人！"白胡子正包着被褥。突然，轰隆隆沉闷闷的声音传来。白胡子一愣，马上吆喝道："黄河滚出道了！"他跑出了草房子，奔跑着在村里吆喝，呼喊人快跑。巡夜人也咣咣咣敲起了报警锣声。电闪、雷鸣、骤雨，村里大人喊，小孩哭，在闪电的照亮下，村人慌乱地奔跑。天色大亮了，大雨仍然下着。避水台上，站着一帮苦凄凄的人。周围柳树林里，滚动着昏黄的大水。房子没了，吃的东西也没多少了。

白胡子接着说："人在难处想亲人，咱只有跑老家求救了！"跟随的年轻人说："村里都死好几个人了！"听者都在抹眼泪。族长说："咱要赶快弄些活命粮，还有衣裳和被褥。大家是一个老祖爷，难时不帮谁照应？"康文盛说："别让族长爷做难，我家先报吧，凡开封咱康家人，我先给每人一百斤粮食，两套衣裳，一床被褥。将来修房子，另外出银子！"白老虎皱眉毛，拉他衣角轻声说："敢报恁多？"康文盛继续说："有办法的人，都该拿出些仁爱心！"康文盛慷慨激昂一番话，在坐的就都嚷嚷，也纷纷报了捐。族长说："这样吧，大多也没船，东西送到祠堂里，由文盛用船运送去。"白胡子站起说："我代表那边老少爷们，先给大家鞠躬感谢了！"俩年轻人扑通跪到地上，朝着大家磕了头。

一回家，白老虎就数落文盛："该让老一辈先说，人家说了你想想，然后咱再做决定。"康文盛说："我就是要使点劲儿，压倒烧包人！"白老虎说："还是谨慎好，需办的事儿还多着呢！"康文盛笑了，说："我为啥要带头要赈灾？就是想扩展咱的买卖啊！好名传播越广，百姓对咱越信任，生意自然人气高，不撒出金豆子，难逮金凤凰啊！孔老夫子说，欲取之，先予之嘛！"

听了这番话，白老虎异样地看着他，接着开始点头了，说："在理，比你爹睿智，你已经让我放心了！"

太阳终于挂到空中了，给大地送来些温馨气。康文盛带着太平船，走洛河，战黄河，赈灾物品抵达开封。白胡子领着康楼一群人，一直接到了码头上。外姓灾民见此景，眼热感慨说："有坚实靠山，多好！"康文盛站到个沙丘上，看到那些外姓人，一双双眼里净是期盼。他大声说："过几天，我们再运粮到这边，赈济所有人！人群中不知谁喊声："康善人！"大家都高呼着："康善人、康善人！"康文盛眼里淌出了热泪。

突然，一队衙役跑过来。衙役头大声吆喝道："聚众闹事吗？"康文盛问："你是谁？说话咋真不中听？"衙役头说："这一亩三分地是俺的，你这年轻人，咋敢充大？"白胡子说："大人，这是俺老家来的康善人，给老少爷们送吃穿了！"衙役斜眼看康家的太平船，又看看康文盛，问："魁记生意家？"逯小柱答正是。衙役头拍打胸脯说："非常时期，要立个非常规矩。救灾，我举双手欢迎，但都需官府批准！否则，我就要追究！"康文盛笑着问，咋追究法？衙役头说："没收东西还罚款！"康文盛仍然笑着说："道理呢？"衙役头说："弄来的粮食有毒咋办？你如果以粮抵钱，放高利贷咋办？"康文盛说："你一罚款，有毒粮食就变好了？"逯小柱与船工们都哈哈笑了。衙役头说："我就是要扣船、扣物资，你还能咋的？"一个年轻人吆喝说："大家明白没？这货以为发财机会来了！"另一个年轻人说："他们是左吃百姓右吃商家啊！"又个年轻人说："现在时兴孬官当政，看丑不丑，一合黑手！"衙役头："咋，想造反？"先前的年轻人吆喝说："抬他扔黄河喂鱼算了！"其他人就响应："抬啊！"

康文盛伸出两手，阻挡了激愤的人，大声说："当差的有啥不妥，我跟巡抚大人照头！"衙役头问："你真见巡抚大人？"衙役头歪脸看看康文盛，又看了看众灾民，对随从摆手说："咱走吧！"一个衙役叹息说："做梦娶媳妇，又是空喜欢！"衙役头着急地说："走哇，啰唆啥？"众人看着那群黑背影，"啊呸、啊呸"地啐唾沫。白胡子带人卸着货。康文盛给逯小柱说："柱哥，咱找趟巡抚！"

太阳烤蒸着大地，康文盛和逯小柱踏着泥泞。他们面前，田地被水抹了，许多民房也被淹过。走入街市里，屋子也倒了一片片，灾民们脸色都灰暗。到了衙门口，康文盛、逯小柱走过去。瘦衙役问："干啥？"康文盛说："求见巡抚大人！"敦实实的衙役说："小毛孩子，口气还不小！还、还见（怪调地）巡、巡抚、大、大人哩！"瘦衙役说："看你大肠头都掉下来了！"敦实衙役说："情理不、不那不顺。"瘦衙役唱道："气死呀旁人，里格里格隆。"康文盛、逯小柱被逗得哈哈大笑。逯小柱接住他们唱："当差的，别烧包，俺的大掌柜，巡抚见了也弯腰。哐来采哐来采哐来采！听没听说过魁记大生意？有志不在年老少，康掌柜本事比您高！若慢待我们大掌柜，小心敲您吃饭的瓢呀！"瘦衙役马上笑容可掬说："大人不记小人过，小的有眼无珠，我送你们见师爷吧！"敦实衙役也拘谨地笑着："请大、大、大人！"

衙门后堂里，老巡抚屋里来回走动着。康文盛随师爷走进去。巡抚大人眯缝着肿泡眼，满脸阴郁，说："我知道，康家是河南大户，已运来了救灾物资。你是否想来质问我，为啥对灾民麻木不仁？其实错怪我了！我现就坐针毯上，浑身是嘴说不清。没钱，没物，拳头一松俩手空，我咋能对起老百姓？"康文盛施礼："小人是来看看大人！"巡抚睁开了眼睛，笑着说："恁年轻！康大河是你什么人？"康文盛答："在下的先父！"巡抚说："好人啊，他帮过我不少忙！你有啥就说吧！"康文盛问："还愁吗？""我都几夜睡不着觉了，恁多灾民不能及时救助，惭愧啊！我奏折已报送上去了，饿死好多人了，还没见运作出啥结果。我很想为百姓办好事，可腰软呀！"巡抚说着，两汪泪水往外涌。康文盛说："黄河大堤冲出恁多口子，受灾百姓那么多！可以理解您的愁！"巡抚说："知我者，善良百姓也！上边说，马上要拨救灾银了，可迟迟不到位。有人传，银两不知哪条小路走了，百姓艰难，我也心难受啊！"康文盛说："大难当头，小人当鼎力助您，克服眼前困难！"巡抚马上眼睛发亮，问："孩子，有啥锦囊妙计？"康文盛说："我要帮您赈济灾民。先支援灾民粮食，还要贡献银两，帮官府修复黄河堤防。好事要办好，全靠您旗帜咋摆摇了！"巡抚拍了下脑袋说："我不是在做梦吧？可别诓老前辈呀！"康文盛说："我说的都是实话。能为百姓做点事，钱才花得有意义！"巡抚说："你来了，开封掉下个大甜瓜！我给你也说实话，现在，我直想地上翻跟头。你也是我的救星啊！"他喊来了师爷："你立即把康家的事迹记下，写到志上，还要专文秉奏皇上，请求表彰，将来刻碑纪念！"

师爷送康文盛、逯小柱走时，说："康掌柜，这巡抚可是实在人！如果他会瞒上诓下，早就提拔了，也不会这把年纪了，还粘贴在这职务上！康文盛说："听出来了，怕我也像官场上一些人那样，说话如刮风，人走茶就凉，再也不提救灾的事儿了！"师爷说："真是个聪明人。我害怕你让老爷激动一阵子，但很快心里凉成了冰柱子。"逯小柱说："官府行事，骗了张三骗李四，总也怕别人诓你们。你大概不知道，我们康掌柜，别看年龄小，说话板上钉钉呢！"师爷"哦"了一声，就笑得颠颠了。

头趟救灾船回来，韩菊兰满脸都是笑，说："文盛啊，娘是头回夸奖你，你终于长大了！金钱那东西，生带不来，死带不去，应该用金钱多办善事，为国为民办大事儿！"康文盛脸上也红了："我还是为以后多挣钱！"白老虎听见了，啪啪拍巴掌。他来叫文盛，要商量陕西运粮的事儿……

次日晨，逯小柱带船队，陕西又运粮，大家来码头上送行。白老虎交代逯小柱："这段可要辛苦点，往开封运粮食，一举好几得！也让王有亭加强感觉，康家的生意底子厚！也让灾区的百姓知道，康家做的是善事儿！"逯小柱说："叔，放心吧！"康文盛说："光咱的船队还不行，灾区百姓正挨饿，咱和官府结合紧，就近再设收购点，动员别的商人也运粮！"白老虎说："中！就是咱人有点儿少。"康文盛说："我请杜列疆出山，他是热心肠。"白老虎说："听说他正备考举子哩！"康文盛说："离赶考还远哩，不能让他变成咬书虫！我这就去找杜列疆。"大门外他连喊了好几声列疆，列疆娘崴着小脚走出来，朝他摆着手："他正用着闷功哩！"康文盛："他是想先考举人，再考进士，当个大官，超过诗圣老祖宗！"老太太嘿嘿笑："你是俺列疆肚里蛔虫？"康文盛："大娘，你忘了，俺俩是最好的兄弟嘛！"老太太："这孩子早该娶媳妇了，你猜他咋说？""他说等中了进士再娶媳妇！""咦，太对了！快劝劝他吧，别让他憋成个文疯子！""中，过去瞎忙，不知他竟吃了迷魂药。就放心吧，我给他治治心里病！"

他小心翼翼地，走到列疆屋外窗户下，唾沫星湿指头，窗户纸捅破个口，闭只眼睛里边望，立刻吃了一大惊。杜列疆独辫子麻绳拴着，一头吊在了房梁上，但歪着头似乎正熟睡，手里还捧着一书本。脚下一只小木盆，双脚泡在凉水里。康文盛摇了摇头，掀开竹帘子，推开木风门，进到里边后，大声吆喝道："失火了！"杜列疆猛地惊厥，头发被拽下，"哎呀"叫一声，水盆蹬洒了。康文盛哈哈笑，说："学咱乡贤苏秦呢，头悬梁，锥刺骨，看来你睡觉也练功！"杜列礓满脸呈羞色，解开了独辫上那绳子，一副狼狈相，问："你咋有空了？"康文盛坐到了椅子上："听说你快捂出白毛了，我想拉你晒太阳！"杜列礓说："除读书，别有啥法子呢？还要考举人，还要考进士。"康文盛说："听兄弟的话，命里有，不慌忙；命里无，跑断肠！硬钻书本里，真还毁人呢！"杜列礓说："有点儿意思，你再说！"康文盛说："帮着我吧，外边还有许多知识呢！""中啊！我也想学先祖杜甫，走万里路，读万卷书！你想让我去干啥？""救灾去！"杜列礓惊讶问："哪有灾了？"康文盛就说开封的救灾，又说："这好事儿做过，说不准老天保佑你，中举、中进士了！"杜列礓说："中，有益的事儿啊，风雨不动安如山，大庇天下寒士俱欢颜！"康文盛嘿嘿笑了："有诗圣精神气了，明天就去我家吧！"

次日，杜列礓与白老虎，搭了顺船往开封，杜列礓背只印花蓝包袱，康文盛河边去送行。走在胶泥片翘起的河滩上，咯吱咯吱响不停。康文盛说："老叔要多指点杜列礓。"白老虎说："人家杜列礓，眉毛心都空，怕啥哩？"杜列礓骄傲地耸耸小肚子，似要显示出英雄相。

送走他们后，康文盛骑匹枣红马，朝邙山跑去了。璀璨的阳光里，马蹄发出了嗒嗒声。枣红马爬上大山坡，站在了黄河边山顶上，康文盛看着波澜壮阔大黄河，山坡下就是外婆村，他策马往山下走去。王黑妮一见康文盛，马上愣住了。康文盛说："姐，不让我进去？"王黑妮笑着说："快进来吧！好长时间没见了，你让铁山一次次送银子，一直你就不来这！"她说着，眼泪扑嗒扑嗒落了下来。康文盛搬了只木板凳，坐在当院子里，说："姐，我忙里抽闲，来给你说说，你个人婚事儿也该抓紧办，这辈子，咱怕是有缘无分了！"王黑妮又流泪说："说过几个媒茬了，都嫌我脚大，害怕方他们！我打算就这么熬吧！"康文盛说："你也知道，俺娘这辈子，活得不容易，我真不能跟她硬上别。还有，那个才过门的李秋月，也不是瓢茬，尤其她那土匪爹，蛮横得像山豹子！"王黑妮说："兄弟，你只要能顺当过日子，姐就再苦，想想心也甜！刚开始心里老难受，慢慢想开了，人的命老天定，自己不愿不中用！"

康文盛说："姐，我现在正办几件大事儿，开封救灾，扩大店铺，新造几十艘大船。等这些事儿完全办成了，俺娘就高兴了，她一高兴，我再跟她说，尽力促成咱的事儿！""有你这诚心，我就一直等，等到事情真黄了，熬得俺爹仙逝，我闭了眼黄河里一跳就行了！""姐呀，可不敢那样，说实话，看见你，心就舒坦。虽娶了李秋月，可两颗心总难贴实！""听姐一句话，跟她可别闹别扭！你跟她说说，只要让咱在一起，我当小也情愿！"康文盛看着王黑妮，一下子抓紧了她的手，把手放在了胸膛处，带着哭腔说："姐，太委屈你了，活个人咋恁难哩！"两个人都热泪盈眶了。

好几艘大船造成了，康文盛、铁山欣赏着。铁山："木工说了，这船，载货不少于十万斤，跟太平船差不多！"康文盛："我就是要让全国都知道，洛河边站着我康家！"铁山："哥，你真像个大将军，恁大的气魄！"康文盛："兄弟，人活一辈子，老和尚帽子平铺榻也是过，轰轰烈烈也是过，为啥要装龟孙爬着活呢？"铁山看着康文盛："哥，跟着你，我就有用不完的劲儿！"康文盛哈哈笑了："有你这好兄弟，我们拧成一股绳，准能成大事！"

这时的康家码头上，一艘红色官船停下来，下来许多衙役和官差。大铜锣哐哐开着道，衙役们竖着肃静、回避牌，后边悠悠的两只大轿，朝着康家来，许多人看热闹。一个年轻人跑着来到船场，找到康文盛："叔，有大官往你家去了！你听那铜锣声！"康文盛一听果然是："铁山，活儿按咱铺排的，我回去看看！"康文盛快步往家去。

康家宅院门口，官家队伍停在了那。轿上下来了河南巡抚，还有张太医的儿子张二恩。康文盛快步赶过来，给他们施礼："不知道二位大人来，有失远迎，抱歉啊！"巡抚："我和张大人来，谢谢康家大善举！"张二恩："皇上派我帮巡抚大人救灾，我随巡抚大人来看看！"康文盛："船队已去关中运粮又几天了，马上就会回来，我就领船一块儿去开封！当家的已经去开封，在那扎下摊，收购其他商船的粮，再根据官府粮条分给灾民！"张大人问："还认识我吗？"康文盛看看又看看："怪面熟！"张大人："本人叫张二恩，张太医的儿子，那年我前来，正逢你先父驾鹤西去。""二恩叔啊，我听说你都考上进士了，还不知道你也到了这！"族长也来了，拍了康文盛的肩膀："你这孩子，上边官人来了，咋不往家里请？"康文盛：

"失礼，各位家里说话去！"大家前呼后拥地，进了康家宅院内。议事堂里，大家分别坐下，丫鬟连忙上了茶水。巡抚："也叫叫老夫人吧，想见见老人家。"片刻，丫鬟搀韩菊兰进来了，韩菊兰刚进门，巡抚和张二恩扑通跪地就磕头。韩菊兰："快起来，哪有官员对平头百姓行大礼？"巡抚："俺是代表灾区百姓给您磕头呀，您养个这么好的儿子，我们感谢您啊！"韩菊兰看见张大人："二恩兄弟吧？啥时也成了官？"巡抚："去年的状元郎，户部当了大员，这次，专门督办救灾来了。"韩菊兰："有志气啊！"张二恩："嫂子，说起来，还是因为我爹被追杀督了我。我就想考个功名，当个清官，保护穷苦人，下起了闷功！"韩菊兰："你爹呢？"张二恩："还在京城，身体很扎实。这次来，还有一件事儿。我爹在你们那几年，感觉这里人太好了，还有这里的山和水，完全一副圣地风光。他一直跟我唠叨说，想搬迁到这里，颐养天年哩，把我哥大恩也带来，开办个医铺。"韩菊兰："可中，你回去就让他们来吧，他愿意住啥地方，我们给建造庄子！"康文盛："咱这里老百姓，真需要恁好的先儿！"巡抚："老夫人，我冒昧地问问，你儿子拿出来恁多银子去救灾，您心疼不？"韩菊兰："人生一世，金钱生带不来死带不去，为啥不能帮助最需要的百姓渡过难关呢？康家的传家对联你们也可以看看，处世无它莫若为善。儿子办这事，我心里真高兴！"巡抚："那就好，都怕您心里不如意！有了您的话，我们就敢大胆帮文盛干好这事儿了！"张二恩："嫂子的高风亮节，我一定要奏明皇上表彰！"韩菊兰："可别那样，都是应该的嘛！人要没同情心，还叫人吗？文盛，就凭人家对咱的情谊，你可一定要把救灾的事儿办贴实呀！"康文盛："娘，放心！这次发放救灾粮，官府按户籍发粮条，凭粮条仓库领粮食，尽量减少中间环节，省得有些人再剥皮。好事办好，才是真正的好事！如果好事办得人家骂娘，那就太不上算了！"

送走巡抚没几天，运粮船队回来了，康文盛乘船又往开封赶。他坐在太平船船舱里，北边是平坦的田野，南边是低矮的土岭，田绿山绿树也绿，移动的风景真养眼。逯小柱进了船舱里："急水都过了，我来陪陪你！"康文盛笑着问："柱哥，恁长时间了，我咋没见过嫂子哩？"逯小柱笑了："咦，我也没见过你小柱嫂子。"康文盛嘿嘿笑了："你怪捣蛋哩，不就是还没老婆吗？我让人张罗张罗，给找个吧？"逯小柱："那就大谢了！不过，谁肯跟咱受苦呢？"康文盛："如果心心相通，夫妻两个讨饭吃，睡麦秸垛，也是舒畅的。薛平贵你知道吗？""那是戏，哪有恁憨的女人，寒窑里要饭等男人？""你说说，有没意中人？"逯小柱嘿嘿就笑了："哥跟兄弟说这事，多不好意思？""那怕啥呢？透明了，弄不好，我还真能帮你成事哩！""说说也行。听说过广才叔救那杜姑娘吗？""影乎乎听说过，杜姑娘是他干闺女了。""从那天开始，我就相中了人家，野地烤火一面热。""好了！广才叔陕西回来，我马上就让他张罗这事儿。"

　　说说笑笑的，平和水，下行船，很快到了开封界。黄河滩边，大水漫过，一派荒凉景色，船只稳妥行进着，不远处，却有几只小船下了锚，挡住了水路。小船上站个人，像上次见到的衙役头，装扮成了老百姓。他朝康家船队呼喊："康大户，想在开封涮开面子，这批东西就算买路钱吧！要不，送来白银五千两，以后就畅通无阻了！"康文盛吆喝说："如果还是人，应该有良心。灾民等粮食救命哩，你们却想发不义之财，让官府抓住了，死罪啊！"衙役头答："你以为官府都清正廉明吗？你没我清楚！当好官的哪有好下场？"另一个小卒尖声吆喝道："皇帝拨来的救济银，贪官也给克扣了！既然康家能救恁多人，为啥不先让俺发点小财呢！"逯小柱吆喝说："你们这样弄，天地都难容！"衙役头说："现在的世事儿，有人能用权贪污，我们为啥不能顺手弄钱？你们不交出船上的东西，我们就不放你们走！等攻到船上，可没白糖果子吃了！"康文盛说："我们船上的，大都会武功，不行，咱就比试比试！"衙役头大声说："俺船头上可都有铁牙齿，碰住你们船，管咬黑窟窿！"康文盛悄悄告诉逯小柱，派个麻利手，游水上岸，找官府搭救。

　　片刻，一低个子船工甩了衣服，顺船帮滑进了黄河里，很久没露头，等他露头时，已距离船只很远了。那低个子爬上了新滩地，快步新滩上走。贼船上的小卒指着报告，衙役头掠了一眼说，大概是拾鱼的？咱们就直拦水道，看他们咋过去？

　　那边，低个子急忙地跑着，累得坐到了大路上，正巧遇个骑马的差官，就说了情况，那差官知道事情紧急，扬鞭催马向开封飞奔去了。

181

十九

十几只木船上，坐满了官兵，朝衙役头那帮小船包抄去。衙役头正坐船舱内，吃着卤猪蹄喝着酒。小卒爬进船舱，没等小卒说话，衙役头说："慌啥，看谁能熬过谁！你也喝口酒吧，酒不赖啊！"小卒接了递来的小酒罐，咕咚咕咚喝两口，长长地呵了声，说："快！"衙役头说："还快啥哩，我这里蹄子没有了！"他拍拍巴掌，伸开两只手，意思是没法让小卒吃卤猪蹄了。小卒说："咱被官军围住了！"衙役头哦了声："咋不早说！"小卒说："您不让我先喝酒呀？"

衙役头爬出了舱，眼前，官兵船逼近了，岸上，也出现了黑压压的队伍。船上、岸边官军呼喊投降。小卒说："咱硬冲出去！"衙役头说："鸡蛋碰石头啊！"运粮船上，都看着这台戏，康文盛说："听人劝吃饱饭！"逯小柱接了话茬："硬上墙，去他娘！"大家哈哈地大笑了。

这天后晌，康文盛、逯小柱开封街上走着，突然铜锣声声，街道上挤了许多人，过来队囚车，衙役头、小卒一干犯人被关木笼内。老百姓朝他们扔瓦块。康文盛说："没长那钩钩嘴，总想吃那瓢里食！"

康文盛、逯小柱反身街上魁记，见顾客已盈门庭。小掌柜慌忙领他们去后院，到了间宽敞的房子里，康文盛摸出了水烟袋，咕噜噜抽着问："生意形势还行啊？"小掌柜说："自从给百姓赠救济，生意出奇得好，天不亮，外面就站许多人，天黑了，还有顾客需打发。老百姓说，魁记不会坑害人！"康文盛笑眯眯地说："小柱哥，听见了吧，这就是名声的作用！"小掌柜说："好名声，比敲锣打鼓吆喝都强！"逯小柱说："能跟着君子喝凉水，不跟着小人吃酒席！"小掌柜说："大掌柜，今天游街那些货们，抢咱的船没得逞！听说那伙人是王知府的打手。"康文盛问："开封知府？""嗯，泾阳人，孬蛋货，最好坑人了！"康文盛想，他和王有亭有没丝瓢？这时，进来个小伙计，报告官府差人来了，请康大掌柜去衙门，巡抚有请。逯小柱说："弟儿请去了，少不了让你喝两壶！"康文盛说："可能有压惊的意思！走，咱一块儿去，老虎叔他们忙，难以抽开手！"逯小柱笑着说："沾你的光哩！"

师爷领路，他们到了衙门后堂，巡抚和张大人拉了他们手。巡抚说："你们受惊了！"张大人说："救灾大事儿，我定禀报皇上！"康文盛说："快甭这样说，救难行善，匹夫有责，我们都是大清国民啊！"巡抚说："好，咱坐下说！"大家各坐到了椅子上。巡抚咳嗽声，说："我就先说吧！我真不好意思开口！皇上批的银两来了，可到我们这的钱，还没你康家买粮的钱多。后续银两，尚不知猴年马月到！"张大人说："说起来，我在户部干，可也没真权利，救灾款经手太多了，雁过拔毛，谁都没法儿，所以趁你还在这里，找你再商量下！"

康文盛说："我明白了，黄河水已落，要赶快修大堤。我已说过了，燃眉之急事儿，一定帮助您。"巡抚又要下跪，康文盛赶忙搀扶住，说："折我阳寿呀！"巡抚说："我代表这的百姓呀！"张大人说："巡抚本就是实在人，在他辖区里，别人替国家做好事儿，他就感激不尽了！"巡抚说："一介平民百姓，能为国家做贡献，咱官员就该心存感激啊！"张大人哈哈大笑了。康文盛说："这几天，我就把银两送过来，大人就组织堤工吧！"巡抚喊叫师爷进来。巡抚说："去摆一桌酒席，我出银子，要宴请救灾功臣哩。要不，我心里老是过不去！"张大人哈哈又大笑："看到了吧，这就是值得尊敬的巡抚大人，不接受他请客，他就要翻脸了！"大家忍不住呵呵地笑了。

开封码头仓库大棚里，杜列礓边收验粮条边记账，还朝发粮的唱号令："二百一十斤！三百四十斤！"这时，一年轻人推着小红车，来到仓库边，粮条递给杜列礓。杜列礓拿起粮条瞄一眼，顺嘴唱令道："五百六十斤！"杜列礓又拿起那条看，皱了眉毛头。这时候，那年轻人已扛一口袋粮食，放上他的小红车。杜列礓走过去说："你先把这粮食扛回去！"年轻人横眉立目问："凭啥？"杜列礓说："你的粮条不真！"年轻人说："放您娘的屁！"杜列礓说："你咋不文明辱骂人哩？年轻人说："我就骂你了，你为啥说我粮条不真？人家康善人给的救命粮，又不是你家的！"杜列礓说："我在这把关哩，不能随便弄个啥粮条，我就给发粮！要为民众负责呀！"年轻人说："搬个棉籽饼，照照你的牛形，替人当差，也是高看了你，还充大尾巴狼！"杜列礓说："不管你咋骂，粮食必须搬回去！"年轻人就往他身边挤，年轻人似乎不解恨，一巴掌抡到了他脸上，杜列礓嘴被打流血了。杜列礓没有擦，胸脯一挺大声说："头可断，血可流，浩然正气不可丢！我害怕你这暴徒吗？"年轻人更气了，拳脚相加他身上："日你娘！谁是暴徒？"

片刻，围过来了许多人，负责秩序的小官带几个衙役，人群后边走过来，扯着长腔问："咋了？我刚过去一会儿，咋就出麻瘩了？"年轻人说："好吧，官爷来了，给评评理，我都背出一袋粮食了，他非让我再送进去，欺负人啊！"小官喝令把莽汉先给捆了！几个衙役就动手捆他。那汉子吆喝着："咋，都不讲理了！"杜列礓朝小官摆手说："慢来，让他把事情说清楚，再处置！"杜列礓拿着他的粮条说："看你好像很冤枉，我问你，这粮条谁给的？"小官接了粮条，看了看，样子很困惑。杜列礓给他指："真粮条纸边的俩圆点，又指着巡抚印章名中俩三角点。有这的就是真，没这的就是假！"小官恍然大悟地点头，质问年轻人："你说，你的粮条哪来的？"年轻人说："你们给发的！"

杜列礓拿出真粮条，来到年轻人跟前说，兄弟你看看，这才是真的，上边打的有漆印！虽说粮条都刻印，但这里边有防伪，你粮条上没有防伪啊，漆印颜色也不对头！年轻人眼睛滴瞪着，突然吆喝道："哎呀，我让人骗了！我让人骗了！有人要看我分多少粮，我也不识字，就让他看了粮条，我也没有在意，是他给调了包！我哩娘啊，没粮食，我们一家人还咋活？"他说过，扑通一声跪下来，说："是我太混了，先生随便踢我报仇吧！踢我的屁股，踢我的蛋，咋踢我都都不犯犟了！"

康文盛走过来，问出啥事儿了，列礓嘴都流血了！观众中有人小声说："这是康善人，第一次往这运粮食时，我就看见过！"看热闹的百姓马上跪地上，高呼："康善人！康善人！"康文盛大声说："都快起来吧，都别么叫，搭手帮困应该的！"被捆的年轻人也连忙朝康文盛磕头："康善人，我错了，你们打我骂我都行，可别让官府关了我！我家里上有老母，下有小儿，都眼巴巴等我吃饭呢！"杜列礓梗着脖子："看看，一眼我看出问题了，你还要打我！"小官巴结地笑着，说："康善人，你说咋处置，我们听你的！"康文盛说："认识到错就行了。我这位兄弟，名叫杜列疆，诗圣杜甫的后人，脾气倔，可绝对是好人。"年轻人仍然跪在地上，说："都是因为我心急，有眼不识泰山，委屈这位老叔了，还请您多多谅解啊！"康文盛拉那人起来，对小官说："解开吧，我陪着到他家看看去，就看出他是不是在说谎！如果真是让诓骗，还要把粮食给他们，都要过日子嘛！"康文盛说："列疆弟，之前，还发现有没假粮条？"杜列疆说："听说有过，我接手后还没见过。现在，老虎叔管进粮食，我管出粮食，将来如果进出粮食不平了，让我咋交代，我可不敢粗心大意啊！别说刚才被这老弟打几下，就是刀放脖子上，我也要讲信用！"康文盛拍着杜列疆："你把这话写进考举的申论里，保证能圈红！"杜列疆似乎明白了什么，发呆地看着康文盛。小官说："康大人，我们是不是也去，现在，不太安定呀！"康文盛摆了手，让小官走近身旁，嘀咕了些什么，小官不住地点点头。

　　荒凉村野，道路上多泥泞，康文盛和年轻汉子一起走。后边远远的，几个庄稼人打扮者跟随着。年轻人指指远处，说那就是他村。康文盛看到的，一处处残垣断壁，搭建起一片片草房，几只乌鸦呱呱叫着。他们正走路，岔路上过来了个胖男子。年轻人斜眼瞧，就要往那去，被康文盛紧紧拽了他手，年轻人说："这就是倒换我粮条的人，我先抓住他。"康文盛嘱咐，可别露了口风，他问你，你就这样说……年轻人连连点头。

　　年轻人追过去了。那人朝他也招手："喂，伙计，回来了？"年轻人说："粮食弄出了，就是小红车弄坏了，回来再借一辆车。"那人说："跟你一块儿那老弟，也是这村的？"年轻人说："俺村的女婿，外地干着事，回来看一看，正好走一道。"那人问："兄弟，想不想再要粮条了？"年轻人说："拾的麦，磨的面，不吃咱是憨狗蛋！"那人说："我还可以给你发！"年轻人看着那人："我不相信。"那人说："明说吧，你去领的那粮，就是我给调换的条儿。"年轻人大笑："你老兄说话不怕掉下磕，我从里正手接的条，俺记性能有恁差劲儿吗？我可走了，你看，俺村那客还等我呢！那人怀里又掏张粮条，说：灯不点不明，我给你说吧，今前晌，就在这里，你把粮条给我看，我就倒换了。这不，你的是四百斤，我给的是五百多斤！"年轻人问："真的？那人说，哪能假？"年轻人说："你可真是神仙啊！""你

185

只说想不想要粮条？你如果能帮忙做宣传，我卖出五口人的条儿，有你一钱银子得。"年轻人说："这倒是好事儿，我去哪儿找你？"那人说："你就站王府街口大牌坊下！"年轻人说："君子一言！"那人答："驷马难追！"

年轻人又回康文盛旁，他们边走着边说着。小官和衙役们赶上来。小官问，那人是谁？年轻人说，正是调换我粮条儿的人。小官说，康大人，去抓吧？康文盛笑笑说，放长线，钓大鱼，我跟巡抚大人再商量。你们先走吧，我到这伙计家看看去，一看果然到处穷得叮当响！康文盛返回码头大仓库，让人帮助年轻人装好了小红车。年轻人再立杜列礓前，给他鞠个躬，说："大人不记小人过，希望大人能体谅！"杜列礓摸了摸脸，笑着说："幸亏牙齿没打掉，吃饭照样不耽误！是人，谁能不犯错误，只要认识到就行了。俺祖先诗圣杜甫，一辈子也犯过许多错儿，照样不耽误当诗圣！"康文盛说："你看这老弟，又吹起祖先了！他也下决心要当圣人了！"年轻人给逗笑了，他把车袢搭肩上，启程要走了。

康文盛又叫住了他，说："别慌哩！"口袋里掏出了些碎银子，"你娘躺床上，帮她看病吧！"年轻人感动得要下跪，被康文盛给拉住了。

太阳亮晃晃的，那年轻人背靠大牌坊，旁边是农民装扮的衙役头，附近街道胡同里，也有两个老百姓装扮的衙役。衙役头说："老弟，那人会不会诓咱，让憨狗等羊蛋哩！都一个多时辰了。"年轻人说："估计不会，我常来卖菜，可知道有些城里人，比兔子还精哩，钱看得比爹重！"衙役头抽口旱烟，递给了年轻人，说："抽两口解心焦吧。"年轻人就接了："老哥，府上何地？"衙役头说："中牟，为挣口饭吃，这营生也难混。"年轻人说："我咋就想不通，康善人家咋恁多钱呢？"衙役头说："听说人家生意都几百年了，越有钱就越有钱，做生意敢下本，有本钱就有生意做！"年轻人说："可他抛撒恁多钱救灾，对他生意有啥好处呢？"衙役头说："糊涂了吧？人家是大生意人，明白这个理，救灾是一会儿，做生意是一辈儿，信誉最重要，得肯定比失多！"年轻人说："有道理，再买东西，咱也想进魁记，善良人不会坑害老百姓，人家……"年轻人突然张嘴不说话了，他盯了街中间，小声说："来了，你可不敢演露馅啊！"衙役头说："放心，为啥让我来，过去唱过戏！"等那汉子走近了，年轻人站起来，笑着说："老哥，等你好长时间了！"胖汉走过来，笑着问："有买主了？"年轻人指着衙役头："他家太难了，吃饭人多，我一说他就来了。"衙役头满脸带出巴结相："碰见你，真就碰见观音菩萨了！"那人说："观音是女的，让我当女人，我可不愿意！"衙役头说："我们全家都信佛，那你就是如来佛祖了！俺弟兄十个人，玉米糊涂一次喝一将军帽锅！"那汉子说："咱可不赊欠！"年轻人说："没事儿，规矩说过了！"那汉子问他要多少斤？衙役头仍然带巴结："一千斤吧？"汉子问："银子带了吗？"衙役头拍拍腰间，鼓囊囊一疙瘩。那汉子说："你们在这等，我去去就来！"年轻人问："咋，身上没带货？"胖汉说："生意成不成，敢带恁多货？"年轻人笑了说："就这老等啊！"

那汉子往王府走了，藏胡同里的衙役出来了，跟踪他后边。一个阔门面，挂的汴梁粮行牌子，那汉子进了门。衙役跟着也进了，衙役头们也进了。粮行伙计见客来，满面春风迎他们。衙役头问："大米卖啥价？"戴眼镜掌柜说："让康家一搅和，也就大米好卖些，比过去贵不少！"衙役头说："先给称三十斤，过会儿，我就取！"掌柜看看他："先交钱吧？"衙役头说："会欠你吗？"掌柜吆喝道："上好的凤凰台大米，三十斤，包好！"伙计应答："好哩，包装好！"

通过连接院的门，完全能看见，跟踪的衙役已站当院里，朝他们招着手。衙役头说："走，就窝按兔！"几个衙役就拔腿。掌柜就吆喝："哎，干啥？"衙役头说："官府的人，办公事，谁敢挡！"

粮行院内大房外，左右摆着瓷花盆，一水青翠的黄杨树。大屋里，戴着眼镜者与那汉子兴高采烈地正说话："知府大人妙算真如神！"突然，衙役头带人冲进来。汉子："你们是？"衙役头："巡抚衙门的，来查假粮条！"汉子欲逃跑，衙役扭了他胳膊："飞了你！"戴眼镜者吓蒙了，哗啦啦尿到了一裤子。衙役头下令搜查！砰砰啪啦的，衙役拉开柜子，叫道："在这里！"衙役们拥过去。里边全部是伪造的粮条，衙役头说："全部封存！"床下又找出了石印板，抽屉里找出了假印章。

一辆马车拉了赃物，衙役们捆绑了那汉子。车开行前，衙役头又返回粮行内，掂起了三十斤米，然后又放下，解开布口袋，又往里边添加许多，掂外面扔到了马车上。里边人大眼瞪小眼的。

次日，巡抚亲自坐了堂，案子马上出结果，几个奸商勾搭知府弄的事儿。知府和王有亭是本家，听说康家要救灾，王有亭捎了信，让想法撕烂康家的脸。王知府纵容制作假粮条。还有那班劫船的衙役们，也是王知府暗里操纵，他说也是为王家报世仇！

这天，巡抚府探讨救灾的事儿，康文盛走出府衙时，突然看见了黑妮姐。她背着个蓝包袱，身上斜挎一把剑，坐在街道槐树下。康文盛就皱了眉，王黑妮却露了笑。两人同走着，康文盛问："姐，这么远，你咋跑来了？"王黑妮说，她一直坐黄河边等康家船，看见了那船队，就呼喊号子，搭船就来了。康文盛笑了说："姐，你胆子可真大啊！"王黑妮说："知道你来救灾了，真怕你有个三长两短的，夜里睡觉老做噩梦，就顺了船，心里得安生！"康文盛嘿嘿笑了说："野妮子，你爹找不着你咋办？"王黑妮说："跟他说过了，我说帮你救灾哩！我爹就那样，很少打我的别。"康文盛说："发完了这批救灾粮，我准备到郊区农村去看看，看捎带有啥生意做，尤其能对百姓带来好处的。你来得正好，跟我下去吧，也看看这里百姓啥日子。"王黑妮说："好哇！咱那抬头见山，还不知一马平川啥样呢！"

那日，太阳普照，风却呼呼地扬沙尘，康文盛和王黑妮都骑着马，蓑草没到了马半腿。空旷原野上，仅看见几个黑点人，正在拾掇沙荒地。如似到了另一个世界，满眼的苍茫和荒凉。突然，传来了声嘶力竭人呼喊，"狼吃孩子了！"康文盛、王黑妮马上都看见，一匹白色的狼，叼个小孩子，飞似跑着。

康文盛说："赶紧分头追！"他们加鞭催马，马儿奋扬蹄儿，拦截狼的逃路。眼看追上了狼，康文盛把护身小矛甩出了，擦着狼身落地下。王黑妮控制马头几转弯，缭乱线路使狼也着迷，径直朝她马奔来，她猛然掷出闪光剑，一下刺中了狼肚子。狼丢下那孩子，又跑一截路，歪倒在了地上。王黑妮跳下马，抱起孩子看，身上衣裳厚，还没咬伤啥。围来许多老百姓，孩子妈跪到俩人前，说："恩人哪，叫咋谢您哩！"一个小青年玩笑说："狼只跟这孩子耍耍，不会吃他！"大家奇怪地都看他，小青年又说："咋，不相信？孩子穿恁厚，狼也不会解盘扣？它咋下口？头虽露外边，骨头多肉少。狼不憨，不会费冤枉劲儿！"大家先是发了愣，突然哄堂大笑了。一老汉指头捣着他："尿壶嘴，说出话跟别人总扭经儿。"年轻人说："要都整天苦丧脸，活着还有啥意思？"康文盛说："这小兄弟说得好！你叫啥名字？"年轻人说："可好记，狗蛋！"大家又是一阵笑。村老汉说："这孩子可灵泛了，如果能读书，定成大材料！"康文盛说："你明天去魁记商行里，边干活边读书吧？"狗蛋说："真的？"大家七嘴八舌说："狗蛋，这一定是康善人了，还不快谢谢？"狗蛋跪下就磕头。康文盛连忙扶起他，说："你可别这样，起来吧！"康文盛又大声："我们想看看，这里地种啥好？"

村老汉说："走，咱去村里说，大家都想见见您！"康文盛就从了，大家拥簇着，一起村里走。不时有人偷指王黑妮，议论说，看，恁大的脚……康文盛瞄见了，说："那叫天足，这样才有力气呢！俺黑妮姐，大家还不知，武术高手哩，那狼就是她杀的！一巴掌管扇人八丈远！"王黑妮笑着说："俺哪有恁厉害？"这时，康楼白胡子大步走过来，抓住了康文盛的马缰绳，说："你咋在这？"康文盛夸张地拉住那双手："哎呀，爷呀，真又见到了你，就要去康楼哩！"白胡子朝大家大声说："知道他是谁吗？吃的救命粮，就是他给的，叫康文盛，真是俺家的孙子辈呢！"狗蛋说："你放的可是马后炮！"白胡子将下狗蛋的头："这孩子，我这是放马屁吗？"人们又哈哈一阵笑。王黑妮说："趁住恁多乡亲在，说说你的大计划。"康文盛说："中！"康文盛说，想跟大家做宗长生意，这里产花生黄豆和棉花，他可以收购了，倒腾外边去，调换成粮食，也可给成银子！白胡子一听，大声说："真那样，咱这百姓就烧高香了！"狗蛋说："这沙地西瓜可好了！"白胡子说："好是好，可咋立马运外地？"康文盛说："请高手，利用西瓜和黄豆，做成红润润的西瓜酱，大坛小罐包装好，也可运销到外地！大家都说说，这些生意谁愿做，魁记签个协约去！"村老汉说："好事儿啊！这就给里正说一说！"白胡子说："财神一来，就给咱这带福音了！"

白胡子带领着，一行人走上康楼避水台。好大片的土台子，周围被层叠树林护卫，杨树、柳树、榆树、皂角树。台中一座康家庙，五脊六兽灰瓦灰砖墙。康文盛说："爷，领我拜拜祖先吧！"俩人进了庙，王黑妮庙外等。王黑妮也作揖，对着康家祠，默默祷告着："康家祖先们，保佑我能跟文盛成一家，真成事儿，我不忘经常供奉您！"这时候，树上喜鹊喳喳叫，她抬头观望，暗里想，康家祖先报来喜信了？恁好的媳妇若不要，肯定是傻子！她情不自禁地就笑了。

供奉过先祖，俩人出家庙，康文盛指着避水台，说："想当年，祖先为在这生存，真可没少费力气啊！"白胡子指树说："皂角辟邪，老榆树浑身宝，榆叶能顾命，树皮也能吃！"康文盛点点头，看着远处的蓝天和白云："啥时间，咱老百姓才能不愁吃穿，不怕灾呢？"王黑妮这时走过来："这里地面宽，只要弄好了，老百姓吃穿不用愁。"白胡子说："墙上画烧饼，难以吃到嘴！只盼你们这回了！"康文盛说："先从咱康楼开始，蹚出新路子，其他村也会跟着学。"白胡子说："中啊，咱跟老少爷们商量吧！"

这天后晌，打谷场集聚许多人。康文盛提着劲儿，大声说了设想。白胡子说："俺文盛的心意，大家都该明白了，商量一商量，看咋把好事儿办好！"另一个老汉说："文盛来救灾，康家运气好，可咱这有个大毛病，涝天到处水和泥，晴天又干得能着火，庄稼生长难保证。如果能打些公井，井口高一些，渠道修好了，种地有指望！"康文盛说："看需多少井，我扶持逐步搞起来！"正说着，忽然，跑过来个小伙子，对个老汉说："爹，俺娘叫你快回去！"老汉说："是咋了，那么急？"一个中年汉子说："还不快回去，嫂子想你了！"大家都嘻笑。小伙子说："让俺爹快请董老婆，俺媳妇就要添人了！"那中年汉子又说："那是人家老相好，去吧！"人们又大笑。坐一边的王黑妮突站起："甭叫了，我去！"康文盛拉王黑妮到人群外，问："你会？人命关天啊！"王黑妮说："俺娘怕我受苦难，教过我接生！"康文盛说："让她去吧，门里出身呢！"

这是一座草房院，小伙子指了指厢房，王黑妮洗手进去了。老汉背靠了石榴树，发愁地抽着旱烟袋。小伙子蹲地上，双手托下巴。屋门口，王黑妮转脸探出头："准备点热水！"老汉连忙去点火，干草剥剥燃烧着，儿

190

子连忙端铁锅，添水放在锅台上。老汉扇风箱，扑打扑打响。不久，王黑妮伸手说："弄盆热水！"小伙子热水倒了一瓦盆，小心翼翼递过去。里边传来娘说话："你这样按摩会中？"王黑妮说："磨转胎位呢！"忽然，小孩响亮的哭声传出来。老太婆屋里报了信："生出来了，带把的！"过会儿，王黑妮走出来，擦擦湿手，外边就要走！打谷场这边，大家仍热烈说着话。王黑妮回来了，小伙子后边追，手拿个红纸包，朝她手里硬塞着："给，该这样哩！"王黑妮推辞说："不要，你们才经灾！"那老汉也赶了过来，朝白胡子招了手。白胡子过来问生了没有？那老汉乐得合不拢了嘴，说生个带把的！我们利事，说啥她不要，你给说说去！白胡子走过去："闺女，接了吧，是风俗，你不接，对人家也不利！"听了这套理论，王黑妮才接了："中，入乡随俗吧！"那老汉站在大家面前，说："全村透精透能的人都在这，趁着今天的好日子，都参谋参谋，给我孙子起个名儿！"

蓝天上，苍鹰盘旋着，树林里喜鹊叽喳叫。大家就议论。白胡子站起来，走到他身旁，说："这孩子有福气，咱村就要变样了，就叫希望吧！"那老汉嘴里念叨着："康希望，康希望！"小伙子朝着蓝天吆喝康希望，场边的高杨树，叶子风催动，哗哗啦啦也似鼓掌。

白胡子又笑着大声说："老少爷们可要记住，请给亲朋好友也多宣传，积极给咱老康家签产品包销协议啊！"

又一日，开封魁记店前，签订协议者熙熙攘攘，满脸洋溢着喜气。店伙计热情招呼着，领大家大屋等待，那有沏好的热茶水。靠窗户摆张大桌子，杜列礓兴致地写协议。有人一旁看着他写字。嘴里啧啧发议论："人家这字，啧啧！"另个说："就是啊，黑是黑，白是白！"又个接："屁话！不分黑白的字咋写？"人都喜欢听好话，杜列礓自然不列外，停了笔，满脸笑："瞅机会我给露一手，谁如果想要我的字搞收藏，过几天就来这取。你们还不知道吧？俺祖先杜甫那字才叫绝！四川射洪县陈子昂读书台，就有他的真迹碑刻哩，不信可以看看去！"

这会儿，一高个儿弯着腰，左看看右看看，夸张地打量杜列礓。一低个说："相女婿哩，咋死眼子看人？"高个儿说："想从他脸上寻找，看诗圣啥样子。"低个说："看是贪官不？"杜列礓手就打了战，突然，把毛笔戳到了低个脸上，说:“你咋侮辱我先祖呢！”那人手抹脸上的墨:“瞎凫哩，笑话说惯了，真对不住了！”大家也劝解杜列礓别生气。

看大家对他恁尊重，杜列礓又有种荣耀感，为大家写协约快许多。打发走了一批人，杜列礓突然想起来，要送康文盛他们回，颠颠地就去了。新修一段大堤上，他们站在那，等候张二恩。杜列礓赶到后，说：“文盛，昨天开始起，商行拥去好多人，争着跟咱签协议。以后，船去江南运布匹，就能把这里出产带去了！辘轳把两面搅，银子往家哗哗流！”康文盛说:“做生意，只能吃了碗里再吃锅里。有了大本钱，就应吃一拿二眼观三。我从古书上看到，生意关键讲个义，为更多的百姓办好事，生意才能保兴隆！”白老虎说：“难免有困难，林子大了啥鸟都会有。像这次，你一心想救灾，王知府们就捣乱，啥时都要防孬孙！”王黑妮说：“根深才树大，多交善良人，大家都帮咱，众人拾柴火焰高！”白老虎说：“闺女说得对，旁观者清啊！”

这时候，张大人也来了：“文盛，咱走吧！”大家就往船上走。张大人说：“本来我就想，过段时间再往你们那去。老头儿又来信，说马上想带大哥过来，他太相中你们那的山水和人了，让我无论如何去落实，他说最愿住当年那窑洞，他说那里天天看风景。”康文盛说：“那地方咱都盘下了，正拾掇着呢！”张大人说:“看看新家去。”杜列礓大声诵唱:“斩窑邙山前，日有车马暄，问君何所以，僻乡拯民难。菜蔬围芦篱，悠然洛水见，远流抬望眼，嵩岳展画卷。”张大人说：“这诗歌有诗圣的味儿啊！”大家哈哈笑了。

几天水里行使，船到康家码头，大家拥戴着张大人，往康家宅院走去，谁也没注意，王黑妮往另一个方向去了。康文盛朝前走着，逯小柱赶了上来说：“文盛，你把黑妮丢哪了？”康文盛张望，河滩上，王黑妮已走很远了。康文盛说：“老虎叔，你先领张大人回去，我去撵黑妮姐。”白老虎笑着说：“跑快点啊，甭让人家飞了！”

康文盛真撒开腿跑着，沙滩上留下了两行脚印。王黑妮一直低头走自己的路。康文盛快赶上她时，喘了会儿粗气，说：“姐，别慌，等等我！”

王黑妮站住，惊异地看着康文盛。康文盛问："你咋不吭声就走？"王黑妮说："跟着去你家，不是要惹你娘和秋月生气吗？"他说："只管跟着我，看谁敢说啥不然！我先领你见俺娘，叫她明白，没你帮忙，我好多事做成都困难，这叫文火熬老汤啊！"王黑妮说："你只要不怕，我还怕啥？走就走！"

韩菊兰正念诵经文，康文盛先跪到了母亲前边，等娘念完了经，他说："娘，给您老请安了！"韩菊兰说："这次干得不瓤！善哉！善哉！"康文盛说："这次，黑妮姐可帮大忙了！"韩菊兰脸上现出了不自然："咋，她也去了？"康文盛答："我让她去了，她会武术呀！广才叔这会儿又不在。那天，碰见野狼吃孩子，她骑在马上，一剑掷过去，就戳穿了狼肚子，孩子得救了。康楼村咱康家个媳妇难产，眼看就不行了，也是她给人接生，保住了大人和孩子。那边人都说，哪个家找这能耐媳妇？还有呢，灾后土匪多，不是黑妮姐，我怕就见不着您了！"康文盛探头门外，向王黑妮招手。王黑妮走进来，也跪地上磕了头说："给姑请安了！"韩菊兰说："咋谢你呢，去给拿个元宝！"王黑妮说："我是文盛的武术师傅，保护徒弟是职责啊！"韩菊兰嘿嘿笑了："这闺女，老会说话！"王黑妮说："姑啥时候想听了，我就天天坐在你身旁说。"韩菊兰说："中啊！"王黑妮给康文盛眨眨眼睛，说："姑，我不要元宝，先走了！"韩菊兰说："给他爹带点礼，无论谁，对咱好过，都不能忘了恩典！"看着儿子陪着黑妮出门，韩菊兰心里有点儿疼，多好的闺女啊，她自己也不由摇了摇头，发出了一声长叹息。

康文盛送王黑妮走，李秋月站在房角处，偷偷地观看着。康文盛乜斜一眼，也看见她做鬼，只当没看见，仍大声说着话，说："姐，啥时间心闷了，就来这，跟着船队转转去！"俩人才出大门，李秋月就气呼呼回到住窑。康文盛进窑后，李秋月说话愤愤地："狼心狗肺！"康文盛一点都不急："我人心人肺，肚里啥时变了，你咋知道的？"李秋月杏仁眼盯了他："你甭刷皮浆脸，说明白，为啥还跟她来往？还敢带她去开封？""她是我姐呀，咋不能来往了，以后我还准备娶她哩！""你敢！看我爹拧不了你脑袋瓜！""错了，你爹说，大男人，想要哪个女人，就千方百计弄过来！"李秋月哭了，边哭边说："娘呀，我咋遇到黑心肠人了啊！"春红过来了，说：

"文盛哥，俺婶子让看看你们是咋了！"康文盛说："没事，你嫂子太想我了！""我想猪，想狗，都不会再想你了！"康文盛一本正经地说："可是你说的，我这就去写休书！"康文盛转身要出去，李秋月急忙站起来，抓住了他衣襟："俺说错了！俺说错了还不中？"康文盛转身看着她："我就要给你说黑妮姐的事儿呢，你倒先吃醋了。"李秋月说："我就是想不通，论长相，论识字，论贤惠，我哪点就不如她了？""我没说你有毛病呀，我只是有点不明白，你是我女人，你想事儿，为啥没从我情感方面想想呢？你也是个女人，为什么没从黑妮姐那面想想呢？"李秋月缓和了语气："你说该咋想？"康文盛说："我说过，我和黑妮姐是青梅竹马，可我为了孝顺娘，听了神安排，才和你成亲。我发现你也是好人，但黑妮姐等我到恁大，为我她还服过毒，她还想老了跳黄河，你就忍心让她死？"李秋月说："你还说！"康文盛说："黑妮姐到外边，本事大着呢！"他又学了跟娘说过的话。

康文盛抬头思索状，又说出个瞎话，他们碰见了一群土匪，黑妮姐救了他一命呢！李秋月惊异地说："要说，你做生意常出去，也该有人服侍住！你跟娘说说，把她也迎进门吧！"康文盛搂了李秋月，在她脸上"吧唧吧唧"亲着："这才是我的宝贝哩！"

这时候，铁山站在窑门口，喊："哥，老虎伯让喊你呢，往医馆走呀！"李秋月推开了男人。

一辆轿车，沿洛河边道路吱扭扭走。清凌凌洛的河水不慌不忙流淌着，对岸贡梨园绿翡翠般很入人眼，河这边逶迤着大邙山，一个个村庄偎依在山脚下，车子近了红土山旁小村庄。

康文盛说："上次您来也匆匆去也匆匆，没在这仔细看。"张大人说："怪不得我爹要住这，真是好风景啊！"轿车路边停了下来。张大人站在洛河边，又巡视周围美好的环境，嘴里直啧啧感慨。康文盛说："条件不错适应养老吧？"张大人说："山川之灵气，都聚集这了！"康文盛说："河对岸滩地大多也是咱的，后来，种贡梨人越来越多，干脆就把地让给种梨户了，分年还地钱，对百姓有益处，产的贡梨我们也给销到外地！"康文盛又说了贡梨历史。张大人恍然大悟："原来白沙梨，就在这出产！我在京城吃过，没有渣，核小，一咬一口冰糖水。"康文盛说："对，那边村叫白沙，就是地下三尺以上都是纯白沙，才长出了白沙梨，村民多以种梨为营生！"张大人说："你康家经营生意和为人处世的方法，就是特别，怪不得无论到哪里，都恁得人心！"康文盛说："祖上传的有话，老百姓是商家的衣食父母，万勿冷漠。咱医馆看看去！"

他们上了红土坡，窑馆外许多匠人正盖房，看见康文盛来，架木上有个年轻人搭了话："掌柜看俺干活提劲儿不？"康文盛抱拳对架木上下人转半周，说："拜托大家，等将来张太医评说活儿细腻，我定请诸位吃酒席！"张大人也朝大家抱拳施礼说："拜托了！"架木上那年轻人问："咋，还给派个监工的？"康文盛和张大人哈哈笑了。康文盛指着张大人："这就是张太医的儿子张大人，朝廷大官！"架木上的年轻人吆喝："就在原地，咱给张大官人磕头了！"张大人阻挡："不，各行其事吧！"但这里人实在，已给张大人磕了头。张大人又抱拳转半周给大家还了礼："说，以后，我也成河洛人了，我父亲、大哥来行医，还望诸位多抬举。我叫张二恩，我哥叫大恩，以后就直呼其名吧！"架木上那年轻人说："我是领活的，一百个放心，张太医原先在过这，都知他是神仙一把抓！您给神医捎句话，他来到这，有啥事儿，只管招呼声，大家抢着干！"张大人说："我父亲说过，您村人太好，出门不上锁，从没丢东西！"康文盛微笑着，又领张大人走进了窑洞里。张大人窑洞里看着，抱拳说："看这白花花的墙，我一定转告老爹，谢谢了！"

又过了许多日子，鞭炮哔哔剥剥地响，康文盛笑呵呵地，给大门上悬挂着招牌，"张太医医馆"。大门外张贴了红对联：花放香林辉晓日，药生兰室动春风。横批是松柏长青。看张太医的新院子，来了许多老百姓。张太医和张大恩笑眯眯，不断给大家施着礼。一个老太太，地上跺脚说："太医呀，我生就拐腿你给治好了，现走路一点不误事儿了！"张太医手抿白头发说："那是您的造化啊！"一个老汉说："太医呀，听说整你那孬官死球了？你就安生生住这吧！"张太医指着康文盛说："我肯定定居了，这孩子把这里修得多气派！乡亲们又恁热情，我还能不安心吗？"一个年轻人

195

说："过去只知您治外伤老厉害，不知您还能治内？"张太医指指儿子张大恩："他专修治内，治外跟我也学点。我原先学治内，后来改成了外。"康文盛说："有您爷俩在这，大家定会越活越滋润！"大家听罢都笑了。

张太医猛然想起啥，把文盛拉到了一边说，他接了二恩的信，大恩急差又要来！康文盛问啥事儿？张太医摇头说："还不知道呢！"

果然没有多少天，官府队伍站到了康家大门外，衙役放了几万头鞭炮，唢呐竹笙吹奏过。张大人、巡抚、杜县令来到人前。康文盛扑通跪地迎接。张大人趴巡抚耳朵边说："趁这人正多，你宣读圣旨吧！"巡抚点了头，摆手乐队戛然停息。

巡抚大声宣："康文盛接旨！"康文盛连忙又下跪。巡抚接着宣读：

奉天承运，皇帝昭日，悉闻河南府康文盛，世代乐善好使，感天动地，天神派三千玉鼠兵赠予财宝。又闻，黄河肆虐，堤防毁冲百里，黎民生灵涂炭，康文盛慷慨解囊，赈济灾民，帮官府复修长堤，事迹可歌可泣。为表彰康家慈善壮举，特封康文盛为五品奉政大夫，挂直隶州通判。钦此。

康文盛呼道：吾皇万岁！万岁！万万岁！

看热闹的人迷过来了，一阵欢呼声，白老虎手拿鞭炮递给铁山，铁山忙点燃，又是鞭炮震天响，唢呐竹笙吹奏。白老虎和康家族长站在一起，脸上乐得似花儿开放了。

二十

事毕，张大人给康文盛说个好消息，巡抚过去太老实，一心为百姓，得罪不少权贵，职位一直吊在那。这次救大灾，皇上升他进了监察院！巡抚说："还是出力不讨好的事儿！"康文盛说："咋会呢？"张大人说："监察院要治贪官污吏们，牵一动百，拽住胡子下巴疼，耳朵眼睛不得劲儿！"巡抚也说："我揣摩得撵新潮流，要学点老鼠日猫的大本事。"

196

杜县令坐一边，静听他们说，张大人突然想起啥，指着杜县令说："文盛，这是才调来的杜县令，家在贵州，京城求学时，我们是同窗。今天我带他也来认认门。"杜县令起了身，朝康文盛施礼说："以后望你多关照！"康文盛连忙也还礼："你是父母官，看你年龄比我大，也希望你多关照呢！"杜县令说："以后咱就哥弟称呼了，我是哥，你是弟。"康文盛说："对，小时候，俺爷就说过，无论贫和富，本事大和小，是官还是民，都是天赐予，没啥贵贱分，只有命差别！"张大人说："说得真好，有些人，比别人运气稍强点，就牛气得吃了五斗铳药似，骨子里的小人啊！"巡抚说："好人之间也要互相支持，坏人结成的阵营太强大了，好人也须拧成一股绳，像这次救灾咱搭配。要不，那王知府就胜了！"在场几人都点头。杜县令说："康大人，我请求个事！"康文盛说："刚说过，就犯规，酸溜溜的！"张大人、巡抚哈哈大笑。杜县令说："中！文盛弟，你在全县村镇游七天吧！"康文盛困惑地说："你疯了吧，杜哥儿！"张大人、巡抚也困惑。杜县令说："荀子言，论礼乐，正身行，广教化，美风俗。此为教化百姓最佳机会啊！让人都看看，多善行，受尊敬！"张大人、巡抚都拍手赞同。张大人说："是好法儿！"康文盛说："教化民众，杜哥指挥吧！咱中原人讲个中字，即吃饭看碗下雨看点哩！"大家都笑了。这时，白老虎门口朝他摆着手。

　　康文盛走了出去，他们站到了房角处。白老虎说："按规矩，正给大家封红包，你给说个数吧！"康文盛稍迟疑下："您看着办吧，图个吉祥嘛！"又返回屋里时，张大人说："文盛，都是自己人，饭可别太复杂了，吃过饭，先让公差回县里。趁这机会，咱再到我家看看去，巡抚和杜县令，都想见见家父呢！"康文盛说："从今儿起，我好赖也算官员了，喜日子，我原准备满汉全席待大家，以示诚意啊！"巡抚说："你不怕我监察你吗？"又是一阵笑声。

　　张太医那看过，到了夕照时，天空镀上一层金色，洛河跳跃千万金箭。张大人一行上了红官船，康文盛与诸官员告了别。返回大路边，铁山骑马到来了，慌慌张张说："哥，不好了！"康文盛吃惊问咋了？铁山说："婶子一天不吃饭，谁也不理睬！"俩人两匹马，快速飞奔起来。

　　窑洞烟雾缭绕着，韩菊兰还坐蒲团上，诵念着经文："唵嘛呢叭咪吽、唵嘛呢叭咪吽……"康文盛匆匆进窑里，春红揉眼带哭腔："都一天了，婶子不吃不喝，咋叫她，也不理！"康文盛叫娘，韩菊兰仍未应答，仍闭目念叨经文。康文盛又叫好几声，韩菊兰仍然未应答。康文盛眼里流出了泪，说："娘，儿子做错啥事儿了？还是儿子不该接受皇帝的恩典？多少人为了一官半职，头悬梁，锥刺骨，考了秀才考举人，考了举人考进士。官场上，有的人，为了升官，对上峰像只顺毛狗。有的人为升官，不惜昧良心，对同僚排斥又诬陷；对百姓狠心压榨。娘，我决不做那样的人！你害怕我给家里惹灾祸？"韩菊兰仍未应，仍然念着那经文。康文盛吩咐说："春红，让厨子熬点人参鸡脯汤，等我娘服用。"春红说："都做成了，砂锅火边煨着呢！"康文盛忍不住哭了："娘啊娘，我到底啥地方错了？今天，张大人、巡抚是没来看你老人家，不是他们不来，是我不让他们来啊！我问过春红了，说你在做佛事，我害怕惊扰了你和佛说话。晌午吃饭时，他们又说让你也坐席，我听说你还在做佛事。真的，我没存心惹你生气！天地良心。"韩菊兰突然说："您娘那个脚，啰唆啥！"康文盛笑了，慌忙去扶娘："娘，你总算完了！"韩菊兰说："先掌嘴，我咋总算完了？你不掌嘴，我还不起来。"康文盛连忙作势拂自己小嘴巴："狗文盛，咋恁不会说话哩，保娘活万万年！"

在儿子拉扯下，韩菊兰笑着，从蒲团上站了起来。康文盛搀扶她，坐到了桌子旁。韩菊兰说："哎呀，饿死我了！"春红端砂锅进来了，她连忙拿小碗，小木勺碗里盛着汤。韩菊兰碗边吸溜有两口，扭头看着康文盛："今天，我念佛号超过了九万句。老子说过，福兮祸所藏，祸兮福所依！一听说皇上封你做大官，我的头大许多，想起了你爹死！我害怕，为你念了一天的消灾佛号。"康文盛扑通给娘跪下："我哩最亲最亲的亲娘啊，以后，我如外边戳八叉，你就打死孩子！"韩菊兰又吸溜了几口人参汤："我可不舍得打，你是我的娇娃子！咱可不出去当官了。官场如战场，可不是想象的好福地！"康文盛说："娘，你说对了！皇帝大概也知我一心做生意，给的官是虚衔，不用离开娘！"韩菊兰又吸溜了几口人参汤："原来是那样呀！哎呀，汤真好喝，你出去吧，娘心里啥病都没了！"

窑洞里，铁鳖灯忽闪着，李秋月"嘿嘿"，一个人在那傻笑着。康文盛进来就奇怪地打量她："你吃呱呱鸡肉了，笑啥？"李秋月好看的眼睛瞟住他："你猜猜？"康文盛说："肯定是因为封我官，以后你就是官夫人了！""错！"康文盛更加奇怪地打量她："你得疯病了？"李秋月仍嘿嘿笑，竟然还唱了起来："我呀我呀真高兴！我呀我呀真高兴！"康文盛问："你跟我捉迷藏？"李秋月揭衣服，露出了白肚皮，拍着唱："相公啊，这里看，里边有人唱戏了！"康文盛猛然咧嘴大笑了，跑几步蹲到夫人旁，耳朵贴在白肚皮上，很认真地听着又听着，"咯咯咯"地笑起来。过了会儿，他站起来，拉夫人坐床上："我跟娘说说，单独给你找丫鬟，你干啥都要小心呀，可别出了啥差错！"李秋月说："放心吧！""晚些天，咱到张太医那看看，是男还是女？"李秋月愣他说："看你势张的，男女都一样，俺都高兴啊！""中，宝贝，咱不去！你高兴我也高兴！"康文盛又拍她肚皮，忘情地说："我就要当爹了，哈哈哈哈……"

突然，铁山门外喊："哥儿，广才叔来找你，议事堂等着呢！"康文盛回答说："中，就去了！"

两盏铁鳖灯飘忽着，康广才仰看屋顶，沉思着什么。不一会儿，铁山打着灯笼，白老虎跟后边，先走进了议事堂，随后，康文盛也来了。

康广才说，有个事儿，必须说一说，不说睡不着。康文盛惊愕地问，陕西生意又有啥要事了？康广才摇摇头。白老虎说："还是明楼习武的事儿？"康广才又摇头说："我那干闺女的事儿。"康文盛问是咋了？康广才说："人怕出名猪怕壮，那年的事儿后，有人说她是白虎星，到现在还没能成家。我了解这个闺女，模样好，心性好，手又巧。"康文盛说："小柱想让给他说这门亲事。我就说等你回来说呢！"康广才说，我原先有个小九九："好地出壮苗，我想让干闺女当俺明楼的媳妇，肥水不流外人田嘛！可她比明楼大太多，我让人合八字，俩的大相也不合。我原来曾跟人家说过铁山，女家爹娘不愿意，说铁山身体老单薄。我又细想想，也想起了咱小柱，也不知道小柱有没意思，就没戳破窗户纸。"白老虎说："天作之合啊！"康文盛说："好哇，让小柱哥等等我，将来俺俩一天办喜事！"康广才问他还忘不了那黑妮？白老虎说："这次，我得跟你娘好说说，已是五品大员了，再娶一房怕啥呢？大家都知道，娶秋月，是为你娘娶；娶黑妮，才是为自己！有情有意的，总比外边胡来强！只是你家有规矩，恐怕你娘这关难过去！"康广才说："文盛在自己这事上太为难了，不过，你告知小柱逑相公吧！"

　　造船场里修条大船，几个打捻工，抢着带红布条的锤儿，号子引领下，动作颇齐整，红布条一起舞蹈着，传出了咚咚声。逑小柱指点木工操作："这个燕尾要卡紧点，这补丁在船头上，吃力可大了！"

　　康文盛悄悄站到他身旁，从背后猛捂了他的眼。逑小柱吆喝着："谁了？别乱，没见正干活？"几个木匠哈哈笑。康文盛松开手，逑小柱一看是掌柜，说："弟儿，啥时来了？像猫走，轻得没声音。我着急得差点想骂人！"康文盛说："敢骂？给你嘴里塞撅狗屎！"小柱说："看你笑的像屁花子，有啥大喜事？"康文盛拉着逑小柱的手，到了僻静处，笑着说："你的亲事呀，我能吆喝吗？"逑小柱马上就笑了，说："那不能，明事暗办嘛！"康文盛说："那大事说成呢？"逑小柱惊讶地问："真的？"康文盛说："我还没顾及找广才叔，他倒先当媒婆了！不过，我要丑话说前头，无论你听到啥坏话，都别信！"逑小柱说："你哥可给你立字据，如果我孬待人家了，把我装进麻袋里，扔洛河喂鱼鳖！"康文盛说："人性恶，生忌妒。一个女人长得出众些，就会遭许多唾沫星。男人如果有本事，也会屡屡遭磨难。削不去高山，显不了平地嘛！"逑小柱说："你干脆给我挑明吧，别人都咋说杜姑娘了？总该让我心里有个底？"康文盛说了，那次抢人事件后，就有人传说，她是白虎星。逑小柱说："我就说她是颗好星星。大河叔还在时，她到过咱家里，我端茶时都打量过，绝对的实在人。"康文盛说："等广才叔彻底磨转好，就张罗办咱们的大喜事？"逑小柱说："如果能成事儿，我甘愿变马拉套，还你的情意！"康文盛说："太外气了不是。自从你考上船相公到俺家，看你实诚先留到了家园，咱就是亲兄弟呀！小柱哥，我还有个事儿，拜托你办。"逑小柱说："说！"康文盛说："秋月身边需要丫鬟，你给物色个，人要勤快嘴会说，能哄秋月常开心。"逑小柱说："我马上去办，找好了咋办？"康文盛说："领到老虎叔那儿就行了！就这，我看看又造好的几艘船了！"康文盛在沙滩上走着，逑小柱乐呵呵跟。突然，逑小柱心想，办我的喜事，文盛咋说是办咱们的喜事？怪呀！

没几天，逯小柱找好个丫鬟，十三岁的小闺女。他领着，进了白老虎屋里。小姑娘长着虎灵灵的大眼。逯小柱介绍说："我的表妹，叫王翠莲。"王翠莲就说："我奶说，生我的时候，水塘正收莲菜呢，莲菜收成可好了，就给我起了个这名字。"白老虎笑了说："嘴怪利巴，像老戏里的快嘴李翠莲。"王翠莲说："俺姓王，不姓李，你这老头别记错俺的姓！"白老虎和逯小柱都笑了。逯小柱说："以后，你叫他老虎爷爷！"王翠莲说："中！爷爷不是真老虎，不会吃人！"白老虎又哈哈大笑，说："让你跟大掌柜内人李秋月，你管她叫婶子，可别叫错了。你每天就拾掇屋里，将来也帮她看孩子。"王翠莲说："中，俺不怕出力，不怕受气，俺奶都说了，端人家的碗，受人家的管，天经地义啊！"

白老虎跑到门口，吆喝喊春红，春红就跑了过来。王翠莲连忙拉住她的手说："你是俺婶子跟前的？"春红说："我跟着老夫人呢！"白老虎说："王翠莲，你以后管春红叫姑，有啥事就跟她说。"王翠莲说："姑呀，你看，我一来，你就当官了！"春红说："你咋恁会说呢？"王翠莲跟着走了，临出门，还朝他们笑了笑，露出了两颗大宝牙。

李秋月满脸笑，坐在床上唱小曲："我的儿，快快长，长大了好把县官当，吃香哩，穿光哩，后边跟着舞枪哩……"这时，春红门口喊嫂子，李秋月应答让进来。春红领王翠莲走进来。李秋月问她是谁？王翠莲说："婶子，俺是你的丫鬟，文盛叔让来帮你的，以后，有啥事只管吩咐，有啥做得不对，你只管打只管骂，我绝不犯犟！我如果敢不尊敬你，我就是洛河里的鱼、黄河里的鳖！"李秋月"咯咯"笑了说："这闺女，巧嘴八哥，一看就让人喜欢，好，你就留这了。不过，以后可不敢给我赌咒了！"王翠莲说："中，我要再赌咒，我就不是人！"李秋月和春红，都放声大笑。春红跟王翠莲说："你跟我去，抱套被褥吧，婶子屋头就有床！"王翠莲说："婶子，俺去了！"李秋月笑着说去吧！

李秋月继续唱："孩子，你爹没有忘你娘呀，你爹这人不老赖！"

逯小柱娶了杜家女，康文盛娶了王黑妮，喜气在康店村弥漫了好几天。喜事相连，洛河边康家造船场上，又开始了几条大船的"铺字"程序。造船用的木料，一柏二楸三敬木（杉木），都准备好了，要先固定正底的一块儿木板，俗称叫铺字。两边分别再帮衬，逐步延伸到船口。那个仪式颇神秘。船场外围，竖了圈竹竿，竹竿外红布圈围着，按传说阻挡女人进。

铁山乐呵呵，给船工们发花生和糖果："都吃啊，文盛哥和小柱哥请客呢！晌午还改善生活呢，趁着今天'铺字'的好儿！"干活人纷纷说，让替他们感谢康掌柜！铁山一派正经很韵味地吆喝："开始'铺字'了。"地上摆好船中间柏木底板，两伙计认真拉墨线，木匠师傅弹崩下，柏木板上显条黑中线。几块船底中板墨线都打好，一线铺排开。铁山掂只红公鸡，割了脖，朝墨线上滴着血。然后，大家烧檀香，公鸡放在香炉前，一排人跪下磕仨头，鞭炮哗剥响一阵。之后，木匠拉锯的、从中板向上合板的，大家忙碌起来了。

小半晌，一个人扭着屁股凹着腰，推独轮车朝这走来。康文盛、王黑妮跟后边。一年轻匠人喊："铁山哥，你往那外边看！"铁山正弯腰干着活儿，扭脸看了看，大声说："都好好干啊！"那年轻匠人说："老规矩啊，船场不许女人进来呀？"铁山说："红布一圈搭，邪气滤去了？再说黑妮姐，还在咱这做饭呢，自己人，怕啥呢？"原来，李秋月有孕在身后，康文盛怕生产出毛病，就悄悄请了黑妮姐，船场招呼做着饭，万一有情况，立即帮把手。从开封回来后，他就产生了这想法。

康文盛大声问："铁山，这批船啥时能完工？"铁山笑着说："瞎子磨刀，快了！"瘦高个儿师傅说："你都弄了头猪来，大家还能不使劲儿恶干？"康文盛说："东山日头多着呢，还得把握好身体啊！"铁山说："人心换人心，四两换半斤嘛！"王黑妮对铁山说："你文盛哥新买了好贡米，还有二十斤卤牛肉，都装在独轮车上。"铁山转身又吆喝："感谢大掌柜，咱要恶干啊！"王黑妮随独轮车伙房去了，康文盛由铁山陪着转。康文盛说："铁山呀，我让你黑妮嫂给瞅个好茬口！"铁山说："我这葫芦瓢样，好赖都中呀！"突然，铁山指着河面说："来了只官船。"康文盛连忙往渡口走去。

杜县令顺桥板走下来，康文盛抱拳施礼。杜县令说："你家小柱娶亲时，没给捎个信。不过，我不是为补那天的礼，咱这有规矩，事后忌补礼，补礼犯不利。不过，我可是祝贺你当上五品官员！皇恩浩荡，仨月之内可庆贺，也是老规矩啊！"康文盛说："太感谢老兄了！你有个准备考举的本家，杜甫后人杜列礓，今天你们也可研讨诗圣杜甫啊！"杜县令说："那可好，关于杜圣人，我真研究出东西了，正想和你们交流呢！"康文盛说："拉起绳头忘辘轳，走，家里去！"

到了宅院内，康文盛分别招待来客，他与杜县令唠起家常，杜县令谈到他们那里马帮生意多，他父亲也是马帮里手，供他京城读书，盼望家里能出个官员，遇到了同窗张二恩，成了莫逆之交。正说着，杜列礓进了门，康文盛说："这就是杜列礓！"杜县令抱拳施礼，杜列礓也还了礼。杜县令说："我考证出的诗圣典故很重要。"康文盛问是啥典故？杜县令说，在五代冯贽的《云仙杂记》中，说杜甫七岁时，曾在康水采文章。我已考证过了，康水就是你村南水沟泉。说是杜甫七岁时，做个梦，神人令他康水采文章，家人知了这个梦，领他到了康水处，旁边就是豆子地，杜甫便在地里寻。找啊找，找啊找，突然看到块五彩石。他就放到嘴里玩，谁知滑进了肚里边，他马上便诵出了《凤凰诗》。故后人称赞诗圣："七岁思即壮，开口咏凤凰。九岁书大字，有作成一囊。"

康文盛说："云彩眼的话吧，杜甫咋能那样采文章？"杜县令说："老弟的话有理。不过，我看了《水经注》，南水沟泉确实是康水！大概是天意，杜甫天年后，又葬在了康水北的东首阳山头下！"康文盛激动地说："你这一说，我也来灵感了，在洛河边建个诗圣大碑楼，再迁移阎王庙，改成杜甫草堂，以激励后人，诗文代代传，我村一盛景啊！"这天，他们谈了许多，康文盛、杜列礓送杜县令上船。杜县令拉了康文盛的手："你说的大事，意义太深远，盼望早日建成！心里话，将来村风和家风，会影响多代人！杜甫碑楼别毛糙，建仿杜甫草堂，还要多征求民众想法！我等好消息啊！"康文盛大声说："立马就选碑楼石头啊！"

嵩岳北麓的山，似条大青龙，山深林密，峰峦起伏。崎岖山路上，康文盛和铁山艰难攀爬着，路似乎永远没尽头，都满头大汗、气喘吁吁了，终于站到了山顶。他们观看着脚下的翠谷，康文盛指着远处说："那大概是石场了，一水清的石头。"铁山说："车石匠许在那，几百里的出名石匠！"康文盛点了头。他们又继续赶路，松鼠不时欢快地跑过。终于到了石场那，车石匠正刻着门蹲。康文盛和铁山站旁边观看，刻的是寿星图。车石匠扭脸问："要干活？"康文盛说："您手艺好，想请您！"车石匠笑了说："俺可不敢烧包，想做啥？"康文盛："一个大碑楼。鄙人康文盛。"车石匠马上停了手，拍手站起来："啊，大善人！"康文盛也说："俺也不敢烧包！"他们都哈哈笑了，笑声回荡，一群野鸽子扑棱扑棱惊飞了。康文盛谈了想法，车石匠说这活他接了！康文盛："我还要去洛阳，淘几笔名字画，好刻碑楼上。"石匠说："放心吧，我保证给弄端正！"

车石匠就去了康店村，带领徒弟干了起来。又过些时候，一阵哔哔剥剥鞭炮响，洛河滩上，一座大碑楼竖起来。"杜甫故里"几大字，洛河行船上可清楚看见。康文盛满心里高兴，又成功为乡里干起件事儿。这一天，康文盛又看碑楼才回来，就听见老虎叔吩咐铁山："快去叫你文盛哥！"康文盛接了话茬儿："来了！"白老虎说："咱说要拆阎王庙，你娘一口杜绝了！"康文盛说："娘是还护着我爹呢，我再去说说。"

韩菊兰还坐蒲团上诵经文，康文盛默默然站在她旁边，等娘停下来，他说："娘，我跟你商量个事儿。"韩菊兰说："阎王保佑康店村这多年，为啥非要拆？"康文盛说："准备把庙搬岭上，让他坐得高看得更远些，才能更好保好人。还有，那里建成仿杜甫草堂，对后代上进大有益！"韩菊兰说："也有理，影响风水吗？"康文盛说："下一步，把神龟山买到手，建成新宅园，咋会影响哩！"韩菊兰说："你爹的大想法，接着办吧！"

不日，已苍老的云深和尚，带领小和尚，在殿前念着太平经。康文盛指着一张杜甫草堂图，给工头说着！突然，韩菊兰走到正拆的大殿前，痛哭着："我哩人啊！我哩人啊！"大家都惊呆了。康文盛扑通跪到了娘面前，抱住了娘的腿，说："娘，你这是又咋了？"韩菊兰擦了眼泪说："我猛然又想起了你爹，心里太难受！我想，他会站在天上，看着你做的大事儿呢！"康文盛搀扶住了娘。

又经过些日子，漂亮的仿杜甫草堂院，与康家宅院站了对面。康文盛搬进了草堂里，心情豁然舒展了。这前晌，太阳映照下，邙山如幅画，康文盛站在院子里，刚读"关关雎鸠"，王黑妮就进了门，接着就背了："在河之洲，苗条淑女，君子踢球。"康文盛听了哈哈大笑："哪学的瞎曲？"王黑妮说："听俺爹念多了，溜会的。"康文盛说："你没吃准！窈窕淑女，君子好逑。"王黑妮说："好球跟踢球也没多少差别！"康文盛给她做了解释，王黑妮也笑了："我想他们是在踢球哩，牛头对到了马嘴上！"康文盛说："秋月快生孩子了，身体瘦弱，你平时多帮她干些事儿！"王黑妮点头。康文盛说："明天，我要陪秋月看看她娘，你也陪着去！"王黑妮说："你怕万一半路上她生？"康文盛点了点头说："熟透的甜瓜易掉落，不能不防啊！"

淅淅沥沥下了场夜雨，远处的山峦，近处的绿树都如洗了样。蓝天白云下，鸽群带着呼哨在天空掠过。一辆马拉轿车停在李武师家门口，康文盛翻身下了枣红马。李家黄狗张狂地叫起来。王黑妮搀扶李秋月，轿车上走下来。大门里走出一老者，尖下巴，瘦颧骨，留片山羊胡，笑着给康文盛直点头。山羊胡说："我是新来的管家。"康文盛说："啊，好！我岳父在吗？"山羊胡："屋里正吸水烟哩！"山羊胡带领他们进大门，被领进一座大屋里，丫鬟们端来了花生点心，李秋月以主人身份，让着王黑妮吃。山羊胡领着李武师进来。李武师身着黑绸长袍马褂，一摇一摆地对着山羊胡子说："去叫秋月妈，就说闺女、女婿都来了。"山羊胡子说："她又灵山寺进香了。"李武师说："你吩咐安置饭，我跟闺女、女婿说说话！"

康文盛说："爹，我给你介绍下？李秋月，你认识吧？"李武师说："这孩子，乱啥哩！亲闺女，还能不认识？"康文盛指着王黑妮说："这个，是给你又找的闺女，名叫王黑妮！"王黑妮矜持地叫大叔！李武师哈哈大笑说："秋月，咋样？这女婿还行吧？眼法头怪高，给我找的闺女一个比一个俊。文盛跟我一样，做啥事儿，如果想做了，就做得高人一头！"李秋月撇嘴说："他跟你可不一样，比你正气！"李武师哈哈笑了说："哪有闺女数落爹的？"康文盛说："别生气，熟不拘礼，除了你闺女，谁敢说你呢？"李武师嘿嘿笑了。

突然，外面传来了个女人吆喝声："李孬蛋，不要脸，挖墙根，坑害人！"李武师起身往外走。不一会儿，就传来了激烈的吵骂声。李秋月说："文盛，你赶紧拉俺爹吧，他一定跟邻居打上了。我听像邻居婶子的叫骂声。"康文盛说："我去去就来！"

康文盛走到大门外，李武师正捋胳膊扬巴掌，朝蹲地上的男子脸上扇，一披头散发老女人，抱住李武师的胳膊咬。康文盛呵斥道："都停，光天化日，唱的哪出戏？"李武师停止了动作，站起来说："不是看我女婿面，我会像打碎狼头把你哈嗜了！"那披头散发的女人跳着脚："你欺负人，要遭天打五雷轰！"李武师又伸开巴掌："不想要满嘴牙了？"

李武师被康文盛拉住了，李武师说："胜者为王败者寇，我砸断他的狗腿！"老女人对康文盛说："姑爷给评评理！俺两家是邻居，俺发现墙头歪了，一看是他院里挖墙根，故意让隔墙倒塌掉。我这男人给他说，他说想买我家宅，我们不卖，他就继续挖，还说了，以后占了俺院子，一钱银子也不给！"李武师说："要你家宅地，是看起你！"康文盛说："爹说话离谱了，是理不是理，只怕颠倒比，人家要挖你家墙，你心里该咋想？"李武师瞪眼康文盛："日你妈，我儿都不敢教训我，你倒胳膊肘往外拐，滚！"康文盛说："你该懂点圣人教！"李武师说："救灾，该皇帝出钱，你却出，傻吊一个，我可不学你！"康文盛搀起地上那老汉，对那披撒头发的女人说："回去吧！我让援军哥回来处理这事儿，他总会讲理的！"李武师瞪着康文盛："看你个球样子！"康文盛生气地回了屋："走，咱都走！他欺负邻居老实人，劝他了，一蹦三尺高！"李秋月说："咋样，领教狗屎片了吧？"康文盛说："真没想到啊，这孬孙爹！"李秋月说："咱走，眼不见为净！"康文盛几个走出了李家院，骑马、上车，车子驱动时，李武师很冷惊地吆喝起来："有种，一辈子再别来！我准备那晌午饭，喂狗哩！喂猪哩！"

一行人到灵山寺门口，康文盛让停车！李秋月探出粉脸问："又弄啥？"康文盛说："见见你娘吧，她来灵山寺进香了。"王黑妮搀扶着李秋月，从车上走下来，跨过溪流上小木桥，走进了灵山寺。寺院内荡出铜钟的灵动声，还有和尚们悠扬的诵经声。苍老的云深和尚禅房走出来，手里捻着佛珠串："施主突然来访，小寺蓬荜生辉啊！"康文盛说："师父客气了，想见见岳母。"云深和尚让他们先到禅房坐。康文盛说："想跟她说说话！还要麻烦师父给准备顿斋饭。"云深和尚困惑看他们，说："好吧！"大家跟着云深和尚，进了禅房，分别坐在椅子上，云深和尚冲了一碗碗地丁茶让先喝着。云深和尚又出门说："我到外边看看你岳母，今天香客多！"片刻，云深和尚前边走，秋月娘碎步跟来了，王黑妮搀住了老太太。老太太说："你们还没去家？"李秋月说了家里的遭遇。老太太说："那是条永远也难训熟的狼！"康文盛说："你们先出去，我问娘个事儿！"云深和尚说："隔边屋子是诵经房，我领你们那边坐吧！"

康文盛询问岳父为啥要挖伙墙？老太太说："原本，他是神鬼不信，只知道杀人越货。自从儿子考进士，他就旋风钻屁眼邪气入内了，害怕风水影响儿前程。听个风水先生说鬼话，他硬要买邻居的那宅地，人家不卖，他就想法强着占。"康文盛："你咋不说他？"老太太流出泪："那刀客根本不把我当人，我总小心翼翼躲着他，害怕他恼起来，把我脑瓜拧下来！"康文盛说："我担心这样弄下去，会出大事儿的！"老太太说："没法啊！生就的骨头长就的心，他戳出窟窿，该杀该剐，都由他顶着！"康文盛说："还怕会害了援军哥的前程！"老太太说她今天进香，即求佛爷开眼，把那恶魔快收地狱里！大家受够了！老太太说着哭了。康文盛说："我要找援军哥去，共同制止他的蛮性。"老太太摇头："我儿为何刻苦读书考功名？他曾哭着说，我老觉爹像铁翅膀老鹰，我像只小鸡娃，随时都会被他抓吃了！"老太太说，"法儿倒有一个！"康文盛问啥法？老太太说："地里边弄点猫猫眼，中药叫甘遂，毒死他！"康文盛吃惊地看着岳母说："犯法啊，不能！"康文盛出了屋门，站隔边门口叫道："你们过来陪陪娘！我在这院里转一转。"

康文盛在寺院内散着步，云深和尚又走过来，说："给大家准备了素卤面。"康文盛说："随意吧！"云深和尚说："还有件事儿，老衲实在难开口。"康文盛让他讲！云深和尚说还是那徒弟二孬。康文盛问："又咋了？"云深和尚说："那年，你同意他留这后，野蛮心性磨灭了。前段时间，他还做件大善事儿。那天去礼泉村买南瓜，突然暴雨倾盆，他看见山洪里冲个老汉，就跳水救了那人，老伤复发了。"康文盛说："救人一命，胜造七级浮屠。"云深和尚说："他病很重，难以维持了，他唠叨多次，想再见你一面，跟你说几句话，正好你今天就来了。"

康文盛说："就见见吧！"云深和尚双手合十念，阿弥陀佛！云深和尚前边走，康文盛后边跟。到了偏后座房子里。太阳光窗口照进来，一张土坯垒土炕上，二孬躺上边，露出一张苍白的脸，嘴里却在哼经歌：南无阿弥陀佛，南无阿弥陀佛……

云深和尚说："你看谁来了？"二孬眨眼看，泪水流出来。康文盛说："师父，感觉好点吗？"病人说："大好了！眼看要走的人，老想见大掌柜呀！"康文盛说："看来咱有缘！"二孬说："从你身上，从现在我师父身上，我看到了该如何做人！要有下辈子，我一定做个善良人！"康文盛握住他消瘦的手，二孬呜呜呜地哭了……

二十一

水灾后，开封生意出奇得好，康家需要那里开个钱庄，衙门不让设，说已有刘家钱庄了，说是要平衡，其实牙硬舌头软，还是个关系的事儿。康文盛打算进京城，疏通下关系。白老虎说："走前，要给你配个保镖。"康文盛想了想，人怕出名猪怕壮，生意场上，康家名气已旺旺了，孬人不能不防啊！这天，白老虎领来个毛头小伙子。康文盛看看，小伙子浑实实的身体，大眼睛忽闪得很灵活。白老虎说："你广才叔的儿子康明楼。"康文盛"哦"了声："送少林、送武当，不又去了太白山？"白老虎说："你广才叔说，太白山道士，暂不想带徒弟。想先让在咱这干点事儿。"康文盛问康明楼多大了？康明楼说："都快十四岁了！"康文盛说："好，就让明楼跟着，出门也好说说话。我先找下张大仙。"

康文盛骑上枣红马，过了洛河，站到白沙贡梨园座草庵前。张大仙这会儿光脊梁，穿个大裆裤头，站到梯子上疏小果。康文盛手圈喇叭喊大仙，张大仙满脸汗，看见了康文盛，慌忙走来了。寒暄了一阵子，康文盛说："我要京城办件事儿，让你给我卜一卦。"张大仙路边掐几根扁扁草，然后拿过来。康文盛说："这叫蓍草问卦，古书上有。"张大仙说："你抽根吧！"

康文盛看看，露出头很齐整，随意抽了根，递给了张大仙。张大仙与手里蓍草对比后："这次，你基本顺利，但要破费些金钱。钱换钱，保平安。"康文盛问还有啥？张大仙说："明日小半晌起程最佳时！"

如嘱，次日康文盛、康明楼黄河北岸下了船。芦苇、麦叶草，绿茫茫的连了天，不时有鸟儿愉快地叫。草滩上有条土道路，俩人翻身上了马，继续朝着北方行。他们不知，一只小船上，也下来十几个黑衣人，钻进了茫茫草海里。俩人两匹马，土路上嘚嘚向前，草滩上散发出青香味儿。突然间，两匹马被绳索绊倒了，有人用沙哑的声音喊："要全头全尾的！"黑衣人草丛里寻找人，康明楼和康文盛呼声飞跃起，跟贼人打了起来。康明楼抢着大刀片，康文盛抢着三节鞭。片刻，黑衣人倒了好几个，其余撒腿就窜，他们骑马追赶，一直追到黄河边。剩的全被俘获了，一个个被个人腰巾捆了手。康明楼跳到小船上，抓小鸡似的揪出了秦海娃。

康文盛厉声问："哪来的匪徒？"秦海娃哭丧着脸说："真没法儿啊，王有亭派我们来，说无论花多大代价，也要杀了康家新掌柜。"康文盛问："还是报世仇？"秦海娃说："有那原因啊，他说杀了你，康家就釜底抽薪了！"康文盛说："你们咋知我们经过这？"秦海娃说："我们这次出来仨月了，怕打草惊蛇。"康明楼问："谁是蛇？"秦海娃连忙说："我是我是，暗暗跟了爷，梨树园里偷听的消息。"康文盛说："回去捎信，王有亭若再来横的，绝没白糖果子吃！他说跟康家有世仇，假的，康家祖先有记事。"秦海娃说："一定说清楚！"康文盛说："至于生意，古往今来，中国到外国，没谁可以被子盖住！互相飙劲儿干，才能有精神！"秦海娃连连点头说："一定学清楚！"康文盛说："老冤冤相报，一伤和气，二伤生意，三伤身体！"秦海娃望着康文盛："这次破着得罪他，我也要说！"康文盛说："你带人赶快走，如果俺这百姓知道了，你就全完了！"秦海娃给康文盛跪下磕头，说："再谢大掌柜不杀之恩！"

康文盛俩翻身又上马，消失到了茫茫草海里。没几天，他们就赶到了京城。

京城，一街两行的买卖，生意人唱着委婉的调子："冰糖葫芦呀冰糖葫芦，冰凉可口的冰糖葫芦呀。""梨膏糖呀梨膏糖，吃了它喉咙真清爽"……

康文盛突然下了马，康明楼问："哥儿，去哪儿？"康文盛说他看见个熟人！康明楼也翻身下马，接过康文盛递来的马缰绳。康文盛走到个卖糖葫芦人旁。那人着破旧衣服，肩扛糖葫芦架子，看见了康文盛，脸忙扭一边了。"康文盛一把抓住他："你是李厚德？"李厚德脸红着："你认错人了！"康文盛夺过糖葫芦架子，就吆喝："我全买了，大家谁来品尝？不要钱了！"许多人朝这围来，抢那糖葫芦。只一会儿，就剩下个空架子。他钱褡摸出一个银元宝，一下塞到那人口袋里。那人乖乖跟着康文盛，走到了个旁边小街口。

康文盛问："咋弄成这样了？"李厚德长声叹息："运气走，不如狗啊！我叔死后没几年，还是出事了！"康文盛问是咋了？李厚德说："他当年做事太过火，要害张太医和不少官员，现在我成了他们的撒气包，差点儿让阎王爷收了去！"康文盛说："就这么混日子？"李厚德说："还能干啥？一家人总要过日子！"康文盛说："京城我家那生意，委屈你去先干着，干不干？"李厚德问："你不怕受连累？"康文盛说："雇谁做生意，谁还能管？"李厚德说："有人治人像吃糖葫芦，连串大口吃！"康文盛："只说干不干？其余的事儿我通融。"李厚德说："成！"康文盛说："这两天你就去魁记。"李厚德双手抱拳施礼。

紧接着，康文盛去了张二恩府，张大人亲手为康文盛泡了茶，说："尝一尝，今年的龙井。"康文盛说："当官就是好，新鲜物有人奉献你！"张大人说："好赖当个官，强似卖水烟！不当官前不知道，当了官就有感受了！不过你知道，老爷子要求特别严，我坚决不收人贵物！像李尚书那样，死去许多年，还得总清算！贪官们，不定啥时露蹄爪呢！"康文盛说李厚德的事儿？张大人说："那人也头上长疮、脚底流脓了，李尚书干的许多事，大多都是他出头。"康文盛说："我准备雇用他！"张大人皱眉头，看着康文盛，说你疯了吗？康文盛说："叔呀，我想让他知道，老百姓生存不容易，促使他检讨过往路，改造他成善良人，避免以后再害人！再说了，好多官员们，其实开始并不坏，硬是被官场坏风气传染的。如果让他流落大社会，可能会变成魔鬼呢！"张大人感慨道："你爹是这样，化腐朽为力量，你也这样。不过，子系中山狼，得志便猖狂！"康文盛说："我不让他当大家，让人盯着他！"张大人说："这中，你肯定还有啥大事儿！"康文盛说："来麻烦你的！"张二恩说，自己人，别客气！康文盛就说了开封办钱庄的事儿。"在咱国家，想办成大事，就要先推转上扇磨！"张大人哈哈大笑说："怪不得你年纪轻轻的，就敢招揽大救灾，你把世事读透了！"康文盛笑嘻嘻地说："我一直还在钻研着，不能说全看透了！"张大人说："制度之虞啊，有了眉目告诉你！"康文盛说："我给你留点银票，咱不能老拿脸去赊！"张大人说："大谬也！官场上也不都是猫儿就吃腥，也有正直忠心官，如果都成贪官了，国家怕早完蛋了！他们敢对我狮子大开口吗？我父亲哥哥都托付给了你，我还正找机会报恩哩！"这天，他们谈了很久。

第二天前响，康文盛让康明楼等消息，他一个人去找李援军。妻哥正在屋里写着啥，康文盛推门走进来，李援军猛然亮了眼："哎呀，咋是你！"说了闲话转正题，康文盛说："咱老头儿快戳大窟窿了！"李援军问咋了？康文盛就说了挖伙墙。李援军马上站起来，焦急地挠头说："他老成事不足败事有余啊！"康文盛说："你应认真写封信，规劝他大度对待人，不能强势别人。你不尊重人家，人家会敬仰你？"李援军长叹气："你也知道，他一介鲁莽武夫，咋想就咋做，油盐不进！我从小就怕他，见他心里就打战，我怕他像打狼那样，把我脑袋捏碎了。"康文盛说："虎毒不食子！能咋着你？"李援军说："他心是石头做的。知道吗？他实际早是恶狼呀，说了，你可别外传。"

李援军说："一次，他酒醉了，躺屋地上，我拿被子给他盖，被娘拦住了。娘说，等会儿，他就该说过去的事儿了，孩子，你听听，他是个啥样的人！果然，他翻个滚，哈哈哈哈狂笑过，说了一篮子实话，英雄盖世，那就是我！来得来得来得喔，我是咋有钱了？听俺慢慢讲来，依得依得依得采。那一年，少林寺我去学了艺，逃离家门五载余，就想让俺教书先儿爹明白，我不读书，照样能有钱。里格里格隆一隆。独自跑到洛阳城，四处奔走看行情，瞅准了一家珠宝店，深夜里杀了几条命，看我的手脖硬呀不硬？来采来采喔来采，一下子成了大英雄……"

李援军继续说，"朝代好改，秉性难移。不过，你说了，我就修书一封，驿站传去，看有没有效果吧！"康文盛说："但愿他能够回头是岸！"李援军又长叹息。他们说到了快正午，李援军挽留吃饭，康文盛谢绝了，说回商行有急事儿。

果然，张大人已让人送来了信，一封给河南新巡抚，另一封给张太医。康文盛说："事儿办妥了，走，咱吃烤鸭去！"康明楼高兴地说："我听说全聚德烤鸭好吃着哩，跟着你真享福啊！"

王有亭光着脊梁拿大顶，老母猪肚子沉坠着，身上油汗明晃晃的。等他终于收双腿，家丁慌忙把湿手巾递给他，他接过湿手巾，擦身上汗水，然后捧了茶壶喝茶水。

秦海娃匆匆进了屋。王有亭说："弄的咋样？"秦海娃垂头丧气说："又失手了！还死了几个人。"王有亭瞪着大眼，举起茶壶，啪地摔到了地上，吆喝道："养着你们，都能干啥？"秦海娃说："哥，你别着急，我给你一说，你就明白玄机了！"王有亭说："都是你们无能！"秦海娃说："人家实在太厉害了！我们把康掌柜和保镖的马都绊倒了，可我们还没到跟前，人家可都飞到了半空中，我们还没迷瞪过来，几个人头就切西瓜样给砍了。"

王有亭说："我就不信了，新掌柜也会武艺？"秦海娃说："何止是会？武林高手啊！只看见三节鞭火蛇样，哧溜溜的，说击你眼绝不打你胳膊，太恶了！别说我带队，就是派武艺再高强的，到他们面前也稀松！"王有亭说："还说恁多软蛋话，纯粹是打踩脚放屁——遮羞哩。肯定是你们没有计谋好！"秦海娃说："选择的地点再没恁好了，黄河北滩是草海，草有一人深，我们就藏在草滩里，他们根本没防住。就这，还是失手了。我们那边听说了，玉皇大帝都感动，派玉鼠兵给康家送财宝，康家救了黄河大水灾，皇上已封康家新掌柜为五品官！"

王有亭问："是真的？"秦海娃说："一点都不假！"王有亭仰脸长啸："老天不公啊，为啥就不帮我王有亭？"秦海娃说："那离少林寺太近了，那里好多人，从小都要学一手。"王有亭说："看来，我先祖把家选错地方了！"秦海娃说："死伤的弟兄咋处理？"王有亭说："死了的，买副棺材，埋了！伤了的，一人发点银子治伤去，算我倒霉了！"

康明楼抬头，天空又阴晦了："哥，许会下雨吧？"康文盛说："人的屁股、老天爷脸，就是圣人也难管！"他们照直朝衙门口走去。路经城隍庙，站了许多人，正在围着什么看热闹。

康明楼说："哥，我去看看弄啥吧？"康文盛说："去吧！还是耍孩儿，哪里热闹哪里去！"康明楼跑着就去了。过一会儿，他从人群钻出来："地上躺个须发全白的穷老汉，怕是不中了。"康文盛说："没人照护？"康明楼说："见个人正喂水，大概也是过路人！"康文盛说："走，看看还有救没，一条人命啊！"他们挤到了人群中，大家看他们穿戴光鲜，自然让开了一条道。老汉衣衫褴褛，腿蜷缩得像只大虾米，两手捂着肚子，脸上冒汗水，痛苦地直呻吟。康文盛问，谁个认识他？一个老汉说，他天天街上讨钱，说为了村里办义学，已经两年多了。另一个老汉说，听他说，儿子是秀才，当了教书先儿！康文盛说："还是个慈善人呢！来照护着，我把他送医馆。"他对康明楼说，快去叫辆车！

康明楼钻出人群后，见对面来个人，推一辆小红车。康明楼就招手，中年车夫停下了。康明楼商量，推个病人到医馆。车夫让他说个价，一抬头，看见了康文盛，说："哦，是康善人？"一听说康善人，大家都用敬仰目光看着他。车夫突然跪地说："康善人啊，我永远也忘不了您大恩！"也有人跟着跪下了。

康文盛拉大家起来："都快别这样了！"车夫说："那一年，不是您，我儿子就喂了狼！"康文盛看了看车夫，拍着他肩膀，说："啊，是你呀！孩子现在咋个样？"车夫说："浓眉大眼的，爹娘叫得可甜了！"车夫对着大家说："康大人到处都行善，今天我车份钱不要了，大家快帮忙，老汉弄到我车上！"看者纷纷伸助手，抬老汉躺上了小红车。

老汉被抬到医馆病床上，大夫品了脉，大夫给针灸，然后看着康文盛，问："是你什么人？"车夫指着康文盛："他就是发大水救咱的康善人，街上看见这病老汉，就出钱弄你这来了。"康文盛说："好好看，我付钱！"大夫说："是您，我还有啥说！这老汉得的风寒病，我给他扎针拔火罐，一会儿就会好些的。"康文盛说："那就拜托了！"他吩咐康明楼在这等着，到老汉自己能活动。康文盛交代康明楼："老汉过来后，安置好他生活。"康明楼应诺。康文盛匆匆出了门。

天上下起了雾星雨，市井里弥漫起白雾气。康文盛撑开手拿的黄油布伞，走进了巡抚官衙内。康文盛走进后堂里，忙朝低个子新巡抚施了礼，巡抚冷冷的脸上稍温暖，勉强露出了一瞬笑："发财啊！"康文盛答："都发财！"新巡抚张嘴笑，"嘿嘿嘿儿"！新巡抚怪味儿笑之后，说："听说了，年轻轻的康大人，牛屄呀！"康文盛说："有点夸张了，在前巡抚导引下，办了一点实事儿！"新巡抚说："就这么一点，一堆银子扑腾出去了！就这么一点，皇上就赏兄弟个五品官！看来，还是有钱好！有钱能使鬼推磨，有钱能使魔跳舞！"

康文盛说："大人，看景容易画景难啊！钱财这东西，谁都不好挣！"新巡抚说："人来这世上，都不容易。人要哭着来，人要笑着去，就是这道理啊！前任老巡抚，你帮他升入了京城里，我这里也求你了，盼望以后路，能帮走通达。"康文盛说："我定鞍前马后服侍好！"新巡抚哈哈笑了说："有这句话垫底，本官心里就踏实了！官场即这样，能干不能干，不是看表现，而是看表演，还看周围的好帮办！"康文盛说："老兄颇有悟性啊！"新巡抚说："没吃过猪肉，咱见过猪走？老弟，你无事不登这破门槛，直说，有啥事？"

康文盛说："为了帮老兄制造出升平好景象，我还想开钱庄。因此，就来麻烦仁兄。"康文盛说着，口袋里摸出张大人的信，递给了新巡抚。新巡抚接信拆看后，轻描淡写地放桌上，脸上仍冷似冰霜。康文盛问："大人看咋办？"新巡抚说："难办啊！你不知道，刘家朝里也有人，我刚到这里，咋好表态度？况且，张大人的信上话，也不那么硬！"康文盛说："不可能吧？张大人说得铁板钉钉呀！"新巡抚说："咱都弟兄了，我可告诉你秘密。凡上边交办的事，有三种表示法儿。如果批文写的'请办理'，那就没啥说，照办不敢误；如果批文写的是'请核办'，我就可以打折扣，如果批文上写的'请酌办'，那么，我就可以办，也可以不办了！而给你的信，上写是请酌办，这可不能怪我呀！"新巡抚几个指头搓着说："打通上边的关节，我不是还要意思意思吗？"康文盛心里直埋怨，张大人啊，我说留银

214

票润滑下，你不让，看咋样？雁过拔毛，你还没认识到啊！康文盛口袋里摸索着，拿出张银票，放到了巡抚面前。巡抚歪头扫视，脸上即刻涌出了笑。之后，又仰起了肥硕的头，拉开长腔说："这个这个嘛！皇上有指令、啊？办钱庄、这个这个嘛，是好事儿！可是可是嘛，也是个、非常危险的事儿！如果有人办钱庄，把百姓存钱卷跑了，咋办呢？是不是？啊！当然了，我可不是说兄弟你！你有的是钱，还帮助皇上救灾呢！嘿嘿，我是说，上边把关特别严！"康文盛连忙接话把："对呀，我知道，仁兄本事能通天，才求你这给帮忙。"新巡抚说："这忙啊！还要帮，不过吗？啊！上边的事儿嘛？也需要好好通融呢！"康文盛说："好，请通融了，这五百两不够，我再拿！"新巡抚哈哈笑笑说："好吧，你只要有了大钱庄，哗哗哗银子家里流啊！"康文盛说："请巡抚大人多劳心！"新巡抚说："你也知道，现在办事情嘛？润滑一到位，就没问题了！"

从巡抚衙门出来，康文盛走到包公湖，坐在垂柳下发呆。小雨还在淅沥着，夕阳却露出了血红色。康文盛看着清澈水，说："包公啊，你去哪了？如果看到现在的世道，你该咋办呢？"康明楼匆忙寻找着康文盛，看见了垂柳树下的他。康文盛扭头，问他咋找这来了？康明楼说："我还以为是巡抚请了客！"康文盛说，他街上吃碗炒凉粉！康明楼说："哥，我看你恁不高兴哩？"康文盛摇了摇头："天太黑了！"康明楼天上张望着。康明楼说："西边有了火烧云！"康文盛长叹息："走吧！"

俩人往回正走着，突然，一老汉扑通跪在面前。康文盛看看，正是被救那白胡子了。老汉说："恩人，我可找到你们了！我想您就是康善人了吧！"康文盛努力拽着老汉："大爷，甭这样，会折我阳寿的！"老汉站了起来说："咱互不认识，却给找了大麻烦！"康文盛说："送你去医馆，完全应该的！走，到我们生意上，咱好好说说话，你的事迹我也感动啊！"

商行里，他们说起话，康文盛说："恁大年龄了，咋还外边跑？"老汉说："我在了却桩心愿啊！"康文盛说："你真在讨钱办义学？"老汉说："家住老禹州康庄村，有个儿子康桂生，是个秀才，在村的破祠堂里办义学，想教调一帮穷孩子，我看他做的是善事儿，就想帮他建义学，人活一辈子，总要给人留点念想！"这些年的磨难，老汉说起来……康文盛听着，流出了泪水。康文盛说："大爷呀，你太让人感动了！我顺便问问，你们康家哪迁去？"老汉说："家谱上说是巩县，老祖宗当过山西布政使。"康文盛"哦"了声，我家老祖宗，也当过山西布政使，咱兴许是一康呢！"康文盛说："回去再查查家谱吧！不管咱是不是一个康，你不要再外边讨钱了，晚些时候，我就到你们康庄，帮你办所义学！"

老汉又要给康文盛跪下，让康文盛给拉住了，说："可不敢再这样，说不定我还真该给叫点啥呢！"老汉说："我代表全村人，先谢您的大恩德！"康文盛喊来了康明楼，让他照顾老汉吃饭休息，说病才轻，需要调养好！康明楼领着老汉出了门。

二十二

李秋月床上挣扎，手紧揪棉被子，满头大汗。接生婆也满头大汗，在李秋月肚子上按摩着，嘴里却嘟哝，头一次遇到这情形，胎位没毛病，就是生不出！一辅助接生婆看着师傅的脸，对外面发号施令说，递来一盆热水。听里边召唤着，王翠莲连忙端来热水。辅助接生婆说，再弄壶更热的水！春红说，让我去！春红连忙跑去了。

院子里，康文盛搓着手，走来走去。他娘跪在蒲团上，双目微闭着，念着消灾祈福的佛号："唵嘛呢叭咪吽，唵嘛呢叭咪吽……"辅助接生婆说："快，叫文盛娘来！"王翠莲匆匆去，康文盛拦截住，问生没有，王翠莲说："不知咋，就是生不下来，接生婆让我叫俺奶！"康文盛发了呆。王翠莲走近韩菊兰窑洞门口，根本不看韩菊兰还念经，就喊，奶，咋着都生不下来，你快点吧！韩菊兰停止了念经，蒲团上站了起来，脸色都变了，急忙走出窑洞口。"康文盛也匆匆出大门。

康文盛走进船场里，王黑妮正切菜，他脸色阴沉着，拉住了她的手，说："快、快！"王黑妮说咋了？康文盛说让她快去救秋月。

接生婆拉了韩菊兰的手："你咬个牙印吧，要大人呢，还是要孩子？"韩菊兰说："大人孩子我都要！"接生婆说："公鸡头母鸡头，保这头难以保那头！"韩菊兰说："两个都要保！"接生婆抹了挽的袖子说："您就另请高明吧！"她朝辅助接生婆说："咱走！"韩菊兰欲哭："我哩老天爷呀，要绝康家吗？"李秋月痛苦地呼喊着："受不了啊，快让我死吧！"韩菊兰焦急地张望着，王黑妮匆匆过来了。康文盛说："娘，让黑妮来吧！"韩菊兰问："黑妮，能行吗？你娘都会五磨转！"王黑妮走到了产床前，手放到了李秋月肚子上，李秋月痛苦地大汗淋漓。王黑妮用命令的口吻说："给她沏碗红糖水！"韩菊兰朝门外吆喝："沏碗红糖水！"窑洞外传来春红的声音说："马上就好！"王黑妮挽起来衣袖，两只手做着揉按磨转的大动作，她嘴里数着：一、二、三、四、五——

突然，她惊喜地喊："出来了！"王黑妮抱出个婴儿，拍打着屁股。窑洞里发出了响亮的婴儿啼哭声。李秋月的眼睛里闪出了泪花。

传来康文盛的问话："生个啥？"王黑妮大声回答："带把的！"康文盛外面哈哈笑。韩菊兰捂着嘴也咯咯笑，说："咦——俺黑妮真中！真中！真中！老康家的救星啊！"

话说着，孩子要满月了，按规矩，满月要摆酒席庆祝，当地人俗称"吃面条"。后继有人了，韩菊兰要求大操办，也图个兴头。这天，议事堂里，商量咋办满月好儿。族长说："大事啊，真要好好庆祝下！"韩菊兰说："对，让大河那边也高兴高兴，康家烟火升起了嘛！"白老虎提议，把李武师两口也请来，弄台大戏唱！趁机给老东西抹个花脸。韩菊兰撺掇，给他们戴上驴扎脖，逗他们个驴拉车。族长说："让我说，给咱县的名门望族都下帖，再请台好戏，把洛阳河洛大鼓班也请来！"康文盛没说话，一直咕噜着水烟袋。白老虎说："文盛，恁大的事儿，你咋不说话？"康文盛说："我要扫兴了。实话说，我心里也像噙了块冰糖，可觉得还是该谨慎。以后兴家业，关键在后人，我怕庆满月太隆重，等儿子长大些，知道了这件事，心里产生飘飘然。另外，也麻烦大家啊，于心不忍！"韩菊兰认真地看儿子，让他接着说！康文盛说："依照老传统，全家吃顿臊子面，放挂小鞭就行了。我给儿子写上几个字，让秋月放起来，等儿子长大后，好明白长辈的良苦心！"

族长也说："听了文盛的话，看来咱想得太肤浅了！"白老虎也点头，韩菊兰说："这样也很好，甭太惊张人了！不过，文盛还要多劝劝秋月她，别觉得咱太小气！"康文盛说："她也越来越懂道理了！"

那会儿，李秋月正逗着孩子玩，说："看，会笑了！"王黑妮恰好到床前，看看孩子说："这孩子将来定是个大本事人。"李秋月笑着问咋见得。"你看他的头，前奔后搂，吃穿不愁嘛！""等这孩子长大，我要告诉他，不是你，俺娘俩就没命了，不能让他忘了你的恩。""看，一家人，还恁外气！"李秋月轻弹儿子稚嫩的脸："中，咱不再说了！"王黑妮说："满月酒席得办隆重些！"李秋月警觉道："可不敢，俺娘说过，人一辈子吃用都有度。早年浪费了，晚年必受苦；早年节俭了，晚年有福享。老了过黄连日子，那才凄凉呢！"王黑妮认真看着她："还不知道，你心藏恁多好东西！"李秋月咯儿咯儿地笑了。

康文盛走了进来。李秋月抚摸儿子脸说："看看，你爹来了！"康文盛要抱儿子："让爹看看长了没有？"看着他们高兴的样子，王黑妮脸色沉重起来。她想起了自杀清醒时，看病先生把着脉："嗨，看来，命是保住了，但将来生养怕是难了！"王黑妮眼里浸出了泪滴。李秋月发现了："姐，咋了？"王黑妮强笑着："我头猛地有点晕，回去躺会儿！"李秋月说："中，快歇歇吧，这些天，让你累坏了！"王黑妮出了窑洞。康文盛呆呆地看着她的背影。

李秋月说："孩子也快满月了，最少也该先有个小名啊！"康文盛把儿子递到李秋月手里，是啊！起个啥小名？康文盛仰脸思索着，突然，他说："有了，就按咱农村老习惯，先叫他石蛋吧！"李秋月说："石蛋，你听到了吗？看，石蛋笑了！""商量下办满月的事儿吧？"李秋月说："别铺张，为石蛋积点德吧！"

康文盛一下搂住了李秋月，在她脸上一连吧唧了好几下。

族长脸色很严肃，找到了康文盛："门里几个长辈商量，你办满月想法不老妥！"旁边白老虎也说："我们都争论会儿了！你族长爷说，这是全族的荣耀事，办简单了，怕人家瞧不起三门人！"康文盛说："爷啊，张扬劲儿老大，好像太烧包吧？"族长说："你是咱三门里一面旗，飘得不唰啦啦响，面子咋过去？""路遥知马力，日久见人心啊！"

说着，石蛋满月好就来了，这天，宅院大门口，一挂鞭炮热烈地响起来。院子里，不太多的客人说笑着，争抱着看婴儿。热腾腾的大铁锅旁，厨师正挑着面条碗里盛。铁锅旁，放了一大盆臊子菜。厨师把碗再递王黑妮，王黑妮舀菜浇在面条上。宾客们坐在几张八仙桌旁，大家吃的简约但兴致。突然，门外炸起了响炮仗。铁山跑来说，杜县令来了。

康文盛连忙迎到大门口，杜县令笑呵呵双手抱拳说："恭喜啊恭喜！"康文盛说："咋惊扰大人了！"杜县令说："按你说的，罚！"康文盛哈哈笑："是惊扰了杜大哥！"杜县令说："恁大的喜事，咋还耍悄密？还是公差得知了，我才赶过来！"康文盛说："若因这等小事儿扰大家，于心不安啊！"杜县令说："大户人家节俭办大事，是该提倡了！"康文盛说："我怕孩子长大了，让人家说他满月时咋铺张，浮漂他心啊！"杜县令点了头。说着到屋里，杜县令拿出幅字画，展现给康文盛，是幅哪吒闹海图，两边对联是：文移北斗成天橡，墨近东海作画卷。康文盛双手抱拳："妙！妙！妙！我还不知道，杜大哥竟然还有这笔好字画呢！咱是不谋而合啊，我也写了几个字，给儿子满月留纪念。"康文盛对康明楼说："去，把桌子上的那幅字拿来，让杜大哥给看看。"

片刻，康明楼拿来，康文盛展开，是幅颜体字：留耕道人《四留铭》云：留有余，不尽之巧以还造化；留有余，不尽之禄以还朝廷；留有余，不尽之财以还百姓；留有余，不尽之福以还子孙。盖造物忌盈，事太尽，未有不贻后悔者。高景逸所云：临事让人一步，自有余地；临财放宽一分，自有余味。推之，凡事皆然。夏峰先生训其诸子之词，以括之曰：若辈知昌家之道乎？留余忌尽而已。——赠吾儿石蛋满月礼

杜县令连声说，妙！妙！妙！这时，谁也没有注意到，李武师气冲冲进来了，康文盛脸上正笑眯眯的，便被甩了两巴掌。杜县令马上拍桌子，大喝一声："大胆狂徒，竟然行凶！衙役们，把他给我捆起来！先打十大板！"杜县令看没动静，突然说："啊！这不是在县衙。"惊呆的康明楼突然冲上去，扭住了李武师俩胳膊。李武师也左右看看，并没啥衙役，说："喝！你这个戏子，给我耍花呼哨哩，怕也欠我几耳光？"康明楼说："我

能把你拴起来！"李武师反转了身体，想挣脱，未得逞。李武师说："呵，会功夫呀，真老了？要搁二十年前，拾掇你也不在话下！"康文盛捂着脸说："明楼松开，石蛋外爷哩！"明楼松开了手。

康文盛说："爹，可不敢再胡来了，这是杜县令，六品官，可不是唱戏哩！"李武师蛮横地说："你五品官我敢打，你援军哥四品官我也敢打，他个六品我就不敢打了吗？"说着，他甩甩自己的手。康文盛说："凭啥要打我？我有啥错？"李武师说："你作践我闺女，也就是撕我脸面！"康文盛问怎讲？李武师说："我外孙满月，我说想来看外孙，秋月妈不让来，我就猜有猫腻。偷偷一来看，用这阵势压我闺女哩？"

康文盛拉了凳子说："爹，你坐下，听我说，如果我没理，你再在这上面（他指了脸）扇巴掌。这时，铁山领秋月走进来。李秋月说："爹，你咋恁混呢？""闺女，甭忍气吞声了，爹替你主公道！"李秋月说："老糊涂，我跟娘说了不让来，跟文盛有啥关系？""你爹我稀罕他的酒席？我是怕他玩咱们，跑来又一看，果然他寒碜闺女呀！"李秋月说："我让这样办的！"李武师口张目呆说："妈那个拐，你傻了？""人一生吃喝用度，都有定数，我要给儿子积寿呢！""知道个龟孙，人活一辈子，能美一天是一天，能美一会儿是一会儿！"李武师说过，扭脸就走，临出门，他还吆喝道："康文盛，小瞧了李家，就砸了你康家！"康文盛慌忙后边说："爹，吃饭再走！""我还下馆子去哩，稀罕你！"

杜县令说："你这岳父，二红盆脾气！"康文盛说："粗野之人，隔几年，就要闹出些惊天动地的大事来！特别是儿子中进士，更觉了不得！"杜县令说："秀才见了兵，有理说不清！"康文盛说："走，到那院吃饭去，我还要托你办件大事儿呢！"

到了仿杜甫草堂，大家呼噜起臊子面条。康文盛说："你从大西南来这，面食吃惯意了？"杜县令说："京城读书那几年，早已惯意了。"他们吃过了饭，康文盛说："趁趁你脑瓜，给我儿子起个官名吧？"杜县令说："老弟了，我就献丑吧，如果你认为不中，可以不用。"康文盛说："咋会不中？好赖都中！"杜县令屋子里来回走，转过脸询问，孩子有小名吗？康文盛说："叫石蛋！"杜县令自语："好，有了，车到山前必有路，就叫路畅吧？道路畅顺，四通八达！"康文盛说："就叫康路畅了！"这时，康明楼拿酒已斟上，康文盛端一杯递到县令手中："答谢杜大哥为小儿赐名！"杜县令说："不喝吧！"康文盛说："喝，道理嘛！"俩人就碰了。

　　这时，铁山来报说，外边个老头，走路有点拐，眼睛总像睁不开，说是要找大掌柜。老虎伯接屋正吃饭哩。杜县令说："我也该回去了，等有时间了，咱再喷大江东！"康文盛说："慌啥，继续喝！"杜县令说他不胜酒力了！康文盛说："酒是交际物，官场上，尤其要有点儿那能力，缺乏那功能，提升的速度不会快！"杜县令说努力锻炼吧！康文盛送县令到大门口，抱拳施礼告别了。白老虎屋里，来者是禹州康老汉了，康家族长也在那。康文盛问："爷们儿，你咋恁远跑来了？"族长拍拍手里一本书："他来续亲了，那边的家谱！"禹州白胡子说："两边家谱一对照，不就一目了然了？我们不像咱村搬去的！"康文盛说："那倒不紧要，我说了，您在家里老等着，我要去找您。"禹州白胡子说："我想好事多磨嘛，就跑来了！""这几天，我就去禹州！"禹州白胡子说："中，我就家老等！"康文盛告诉老虎叔，给他拿点盘缠钱，老汉推辞就不要，说吃的百家饭，睡的百家麦秸垛，不用花啥钱！白老虎把碎银塞到了他口袋："年龄也不老不小了，别太折磨自己了。"白胡子呜咽着："您都真是太好了！"

　　送走了康老汉，康文盛跟他老虎叔说，机会来了。白老虎惊讶，问是啥机会？康文盛说："禹州是往南大通道，可开办布庄生意，也想法靠拢那朱家，瞅机会买回神龟山。"白老虎拍手："咦——好棋啊！"

二十三

　　一辆马拉轿车，蜿蜒的山路上行走着。车内，康文盛睡了好久，睁开了眼睛，看看外面有起伏的山峦了，挺起身子说："唱个段子吧，提提精神！"康明楼说："哥，俺不会！""那我就献丑吧！"康文盛咳嗽了两声，又说，"你可听好啊！"康明楼说："耳朵竖起来了！"康文盛唱起来了："洛河清啊黄河黄，嵩山高喂邙山长，我站当空牧绵羊，羊毛织锦绣大浪，洗俺个白亮亮呀个宽胸膛……"

康明楼说："哥儿还唱得怪美哩！"车把式汉子接了话茬儿："就唱这几声，敢站舞台上，保准赢叫好！"康文盛说："最多算三等唱家。"车把式说："嗯，不止，挨到行家叔了！"突然，传来轰隆隆的爆炸声，车把式"吁"一声，轿车刹住。俩人下车张望，前边一小山嘴，火药崩了半截，地上滚下了落石。几汉子正搬挪石头。康文盛问："烧石灰？"一干活汉子说："砌大墓哩！"康文盛说："用着恁费劲儿？"那汉子神秘说："这是家姓朱的，听说原先也富裕，老宅风水有毛病，家就败落了。迁神垕烧钧瓷，也没发住大财，女人早早就死了。前几年，又新续了弦，前几天又走了，他咬牙要弄片风水地，雇俺把山嘴给吃掉。阴阳先生说，它是招恶风的大旗杆。"

轿车又奔跑，很快到了禹州城，山陕会馆落了脚。次日天才蒙蒙亮，康文盛叫醒康明楼，康明楼揉眼问，啥急事儿？康文盛说："快洗涮吃了饭，街上扯几丈亮白布，咱先去找朱家。"康明楼说："哥，最好咱别去！咋说呢？咱那有句老话，能放顺水筏，不撑戗浪船。"康文盛说："咱给他撑面子，还能戗啥茬？"

赶路进了神垕镇，穿孝服者热人眼，远远看见一片白。康文盛嘱咐停了车，让明楼先去问一问，张冠李戴太玄气？康明楼笑了："就是，不能拿着猪头乱上供！"没多大一会儿，他匆匆回车旁说："就是那朱家了。"马拉轿车停到朱家门外胡同口，康文盛吩咐大家在此等候，他把八尺长的白布捆头上，胳膊又夹块白帐子，大步朝着朱家去。

快到朱家门，他唾沫抹了眼，放声大哭起来："我哩婶子呀……"许多看热闹的议论，猜想是朱家啥亲戚，光看那轿车，气派不一般呀！接客人连忙搀了康文盛，把他搀到棺木前，康文盛仍然大声哭："好婶子呀，你好好的咋说走可走了呀，你这一走，让俺朱老叔可咋过哩呀！啊！啊！啊……"待客人劝他说："人死如灯灭，你婶子不会回来了！去，到老总那签个单吧！"康文盛站起来，跟着待客人，到个屋子里。坐着个中年汉，另有个戴眼镜的记账先儿。康文盛先把几丈白布放下，怀里摸出锭银元宝，扑通搁到了桌子上。收礼、记账的呆住了，看着他，也不知该咋说话了。康文盛说："记上，康文盛，朱老叔家老乡邻！"记账先儿双手都颤抖了，毛笔老是握不住。

有人叫来了朱宝贵。朱宝贵看看康文盛："你是康大河的儿子？"康文盛说是，待客人说，这就是你朱大叔，钧瓷窑掌柜。康文盛急忙拉住了他的手，说："老叔，我到禹州张楼办点事儿，路上碰见人做石头墓，才知你家遇不幸，过去照应少，以后有啥说一声。"朱宝贵说："我早听说了，你扒了阎王庙，现在得信又跑来，叫我心里好感激。两好搁一好，看这有多好！"康文盛说："友谊天长久，对咱谁都好！中了，你们忙，我还有急事儿办！"朱宝贵抓住他的手，说："你送礼太重了，说啥也不能要！"康文盛说："甭客气，亲不帮亲谁照应？"

空宇下突兀山包上，白胡子直挺挺站在那，眼巴巴张望着大路上，胸前白须被风飘忽着，突然，远处滚动来辆轿车。老汉自语心想，看形势，这回大概是真的！近一些，康文盛也看见了康老汉，下令停了车，步行顺土坡朝上去。

白胡子看着康文盛，激动得嘴唇颤抖了，老泪眼里涌出来，但那脸上仍笑着说："真君子啊！说话就算数！我记死了你的话，一直就老等，白天就站这瞭望。"康文盛说："中，咱们一块儿走！"车把式甩了红缨鞭，车轮慢慢滚动着，仨人跟在了车后边。白胡子："康掌柜，别看你年轻，说话板上钉钉哩。我是蒜臼里装不了一斤肉，心里大事难憋住。我说了你要出钱建学堂，村里人说我云彩眼里讲梦话。我天天等你们，有人说是憨狗等羊蛋！我还集上买了肉，大青盐好好腌着哩，就等你们那天来！我知道，你们不稀罕那咸肉，可鹅毛轻人意重啊！"康文盛拉了老汉粗糙的手，一家人似的。

地里有人在干活，发现了，一会儿就跟了一群人。康文盛又拉另一个老汉手，笑眯眯地问："办义学好不好？"那老汉说："咋不好呢，不让人再当瞪眼瞎了嘛！"众人也其乐融融附和着。康文盛说："为办那件好事，这白胡子爷吃苦太多了！"人们说笑拥簇着，朝村里走去。

白胡子爷家，整洁的小院落，灶火台处，康桂生正烧火。康文盛指着他问："这就是你儿子？"白胡子答："就这一个，叫康桂生。"康桂生站起来，朝康文盛打躬说："大人光临寒舍，真乃蓬荜生辉了！"康文盛说："别客气，自己人！"康桂生说："你是贵客，该鸡蛋茶迎接！"康文盛说："不用了，俺不喜欢吃鸡蛋！"白胡子说："那不行，穷是穷，不能没礼数。"这时走来个老太太，对白胡子说："他大伯，你招待贵客，我来！"白胡子端碗鸡蛋，放到了锅台旁。他们进了屋里，村里执事儿都来了。康桂生拉只红凳子，恭让客人坐下了。康文盛问康桂生："咋就只想当孩子王？"康桂生说："俺康家，古来凭着本事考功名。我就想教调孩子们明事理，说不定哪一天，就可出个大人物！近说，为康家荣宗耀祖；远说，为国家贡献心力！我只想干正事，就是腰杆不太硬，你这么一支持，我就增添了豹子胆！"另一个老汉说："这样的好后生，一村能出七八个，就成呼雷队了！"康文盛说："好田不愁好苗，这个忙，我帮定了。"白胡子进来说："入乡随俗，冰糖鸡蛋茶就好了，喝了看学堂去！"康文盛说："从命吧！"

遵循了白胡子的意愿，他两眼笑成了一条线。接着，他们走到学堂里。这是座旧祠堂，荒草萋萋，房屋有歪斜，山墙有崩裂。康文盛问康桂生，你们哪儿上课？康桂生指大殿，吱呀呀推开发白的门，土坯垒砌的长矮桌，矮桌间横了一只小板凳。看看房顶，几处漏着蓝天空。康文盛叹息说："这祠堂当学堂，真不是长事儿啊！还不如新建个学堂！"白胡子说："祠堂边是公地，村里曾经想建学堂的，只是罗锅腰前（钱）紧啊！"康桂生说，他爹多讨钱办义学，几个执事人就商量过，将来就在那建学。康文盛说："你们先选出主事人，把钱给你们，学堂先建建，再把祠堂也修修。"另个老汉指着白胡子说："人家辈分长，该当领头羊！"大家七嘴八舌也说是，就算拍住了板。

一个晴好天，"噼里啪啦"鞭炮响，康庄开始了建学堂，唢呐竹笙欢奏着。人们赶着驴，荆条篓驮着砖和瓦；人推独轮车，运着石灰和沙子。许多人来康庄看热闹。这天，来个小财主，工地上发议论："呵，康庄地气动了！"一个老汉挖地基，一副骄傲相："马车不是推的，牛皮不是吹的，知道吗，哥儿们？俺康家有粗柱子靠了，皇帝钦定的五品官！"那小财主很惊讶说："怪不得呢！"这时，康文盛拿来一卷纸，康明楼叫来白胡子："爷，召集人来看看，这是文盛哥勾画的一幅图，将来咱们的新学堂！"大家围过来，眼前出现一幅精美的画。大家纷纷赞叹好！那小财主似醒悟了，跪文盛面前磕起头："康大官人，小的这边有礼了！您黄河救灾，大家快把您传成神仙了！"康文盛拉那人起来说："我可不是神仙！钱财，百姓聚来，再散给百姓，财才会滚动再到跟前！"那小财主眨巴眼，脸上一副困惑相。大家也你看我，我看你，似乎思索那含义。小财主拉着白胡子，走到了一边，趴他耳朵上说些啥。白胡子推他一把，吆喝道："球话！"小财主说："算我没说还不中？"然后悻悻离开了，大家都大眼瞪小眼，不知道他们交流的啥。

到夜色笼罩康庄村，白胡子屋里铁灯头忽闪着。村里来些人，和康文盛说着话。康文盛咕噜咕噜吸水烟，其他人有的吸旱烟，也有抱膀子站着或蹲着。有人问白胡子："平常你脾气怎软绵，后晌为啥脸红了？"白胡子说："那货是财迷，说家有几间旧房料，高价买给咱，和我分红利，这还不是作践我吗！"康文盛说："你真是好人啊！"夸得白胡子脸红了，说："俺可没有你说的恁红火！"

好一会儿，白胡子说："我打听了，你家也有桩大事儿，我要使劲儿帮一把。"康文盛惊奇似"哦"了声，白胡子说："神龟山的事儿，我也听说了。腿长的不如隔墙的，我会想法磨转成。"康文盛说："咱可不强人所难！"白胡子说："中，你就看我咋磨转吧！"

蓝天上飘着白云，鸟儿啾啾飞翔，白胡子走在田野里，情不自禁唱路戏："小苍娃我离了登封小县，一路上我受尽饥饿熬煎，二解差好比那牛头马面，他和我一说话就把脸翻，哎呀呀……"巩县周秀才写的曲剧《卷席筒》正时兴，好多人都能够哼几句的。白胡子唱得泪水涟涟，不禁用衣袖沾了泪，自语："嗨，替古人担忧，不值得！"突然，路边谷子地，蹦出只黄野兔，后腿站立地头，警惕地了望四周。白胡子随手拾个石块，冒然朝兔子砸去，竟然把只兔子砸翻了。他笑呵呵地跑过去，心想真是好兆头，就提了兔子，兴高采烈地朝前走，又继续唱起了《卷席筒》。

白胡子走到了神垕镇口，迎面一个老太太出门倒水，白胡子问："老姐，问个事儿，朱宝贵家住哪？"老太太盯着他："哎，看你咋恁面熟哩？"

白胡子说："我问着你，你咋又问我呀？"老太太就指导着："往左拐再右拐再左拐，门外有个钧瓷烧窑。你是给朱家闺女说亲哩？"白胡子问："朱家闺女还没婚茬哩？"老太太说："高不成低不就，人家长得好看，能干，可很小娘就死了，没缠过脚。条件不咋好的，朱家不愿意；条件好的，人家又不愿她。还晾着。"白胡子说："谢您了！"

白胡子继续镇里走，心暗想，脚大好干活，不如给桂生做媳妇。先蹚水，探探底，等桂生跟朱家闺女婚事有眉目，再深入说那神龟山，事情就顺理成章了。不能隔皮断货，先看看朱家闺女咋样吧！白胡子来到了朱家门口，朝附近打量着。对面，钧瓷烧窑旁，朱宝贵坐那吸旱烟，胡子都有半拃长了，脸上瘦成了一张皮，面色阴郁不开朗。突然，朱宝贵抬头看，自家门口站个白胡子。朱宝贵眨眼望了一会儿，大声问："找谁？"白胡子回答："俺找朱宝贵。""我就是，啥事？""看你的胡子，咱俩年龄差不多，看你脸上的皱，可能还没我大哩！我在路上走，一只兔子碰到我扔的石头上了，就给带来了，也算见面礼！"朱宝贵说："那可好，有兔子肉吃了，不过，我可不认识你！贵姓？""免贵，姓康！"朱宝贵脸色又变阴，警惕地问："是不是有人托你来，商量宅地买卖事儿？"白胡子摇头："云彩眼里话，我是禹州康庄人，谁家真想买地，只要价也合适，有啥舍不得？你干着这生意，如果有地荒着，就太对不起老天爷了！"朱宝贵说："我多疑了，对不起啊！""你猜我找你来弄啥？""我又不是你肚里蛔虫，咋知道呢？"白胡子说："走，去你家里说！"白胡子晃荡着手里的野兔说："愣啥？我又不是土匪，我带礼呢，还能绑走你？"朱宝贵说："绑我？图啥？让我当劳力，也不是二十年前三十三了！"

走进了朱家大门里，白胡子环视，院子也不小。长棵夹竹桃，长棵石榴树，还长了一棵国槐树。院子拾掇得怪干净。白胡子说："咦，讲究人家！"朱宝贵说："全靠闺女拾掇哩！"他朝屋子里喊："金花儿，快，来客人了，弄点茶水！"屋里金花应答："现成的，就来了！"朱宝贵接了白胡子手里的野兔子，放到了灶房里，然后领着白胡子，坐在当院块石板前。他们刚坐定，金花提了钧瓷壶，拿俩雨过天晴钧瓷碗出来了。白胡子盯着好看的朱金花，乐呵呵地就笑了。金花往茶碗冲茶水，放到每人面前，轻盈地走回去，白胡子仍在观看她的背影。

朱宝贵看看白胡子，石板上敲了下烟袋锅。白胡子警觉了，马上回过头，说："俺村修祠堂、学堂，都说你手艺好，想让你烧点琉璃瓦，还有几对兽头！"朱宝贵说："啥时间要货？"白胡子说："当然是越快越好了！你出窑，俺拉货！我们可先付点款，将来拉货一水清。"朱宝贵说："本乡本土好商量！"白胡子说："把那兔子给杀了，咱们吃合食！"朱宝贵笑了说："对，咱这有规矩，合伙办成事儿，就得吃合食。咱吃捞面条，兔肉肉浇头！""可中啊！"俩人相视都笑了。

康文盛领着康明楼，禹州集上看市场。一家小店里，年轻伙计正量布。康明楼指着那布说："哥儿，像咱开封商行的！"康文盛点了头。等交易一结束，康文盛上前问："兄弟，布从哪进的？"年轻伙计答："开封、洛阳和汉口，不定在哪儿！"康文盛问："如果禹州弄个布店做批发，中不？"年轻伙计说："老是中，豫南布客能圈导来！近，成本小，可一般家难玩转！"康明楼问为啥？年轻伙计说："头三脚难踢，要破大本钱，还要有硬实后台呢，好对付孬人贪官！"康文盛说："有道理，南北大路过禹州，任啥人物都聚集，小生意还凑合，大生意难日弄啊！"他们离开时，年轻伙计眼睛滴溜溜转，怪异地看了好一会儿。

他们继续看市场，突然，传来个妇女的哭骂声。迎面过来个中年人，康明楼问："老叔，出啥事儿了？"答曰一女人卖胡辣汤，地痞把摊给掀了！康文盛很惊讶："看看去！"人群中，碗筷、胡辣汤、挑子散一地。那女人披头散发坐地上，哭骂着："土匪啊，我不活了！"一红脸壮汉双手掐腰，朝女人身上踢着脚："老子就是土匪！在我地盘耍光棍，我见多了！"康文盛突然大声喝道："停住你的狗脚！"红脸汉子扭脸看，冷笑说："草窝里蹦出个蚂蚱！"康文盛冲到他前："你咋随便打人哩？"地上女人吆喝："大家评评理，我刚出摊，他就逼我交啥费，我还没辩两句，他就砸我摊儿，还打人！"红脸汉啪啪拍胸膛："也问问，大爷我是谁？"康文盛呵斥道："无赖！"红脸汉子说："哦嗬，你以为你是谁？能让我软蛋？"

红脸汉子就扬腿，朝康文盛踢过来，康文盛一晃手，就扭了他的腿，把他摔到地上，泥了一身胡辣汤。康明楼一脚踏他脊背上："小子，知道遇到谁？皇帝封的五品官！"周围观者都惊愕了，接着跪地磕起头。此时，过来几个衙役。衙役头吆喝说："咋了？咋了？"康文盛说："把这无赖押到县衙！告诉县令，就说康文盛逮住的坏人！"康明楼跟衙役头说些话。衙役头连忙也跪下："康大人，您也到县衙吧！"康文盛说："中，随后到！"衙役押走了红脸汉。康文盛拉起那女人，给了她些碎银子："拾掇拾掇吧，以后少惹这无赖！"卖胡辣汤女子磕头说："如果不是遇见大人，我今天恐怕难活了，多谢了！"

那边，衙役们押着红脸汉。红脸汉扭头说："玩真哩，要把我弄到公堂上？酒桌上咱咋说了！"衙役头周围望了望："输戏不能输过场，总得躲躲人眼啊！"另一个衙役说："这像夫妻过日子，明事暗办呀！"衙役头说："胡同口没人注意了，解绳子！"红脸汉被松绑，衙役头说："你都没看你顶了谁？"红脸汉子说："他脸上又没漆字，咋能认出来？"衙役头说："管住门面房收款就行了，不能叼住毛就斤四两！快走吧！谁问，就说你趁茅厕屙屎蹿球了！"

康文盛们还转悠，突然，康明楼又瞄见人群里的红脸汉，说："哥儿，你看，衙役们咋可把他给放了？"康文盛说："怕是官府里有根子！"

一轮弯月升起来了，康庄似笼罩层朦胧的细纱。祠堂院戏台外檐柱子上，四盏大鳖铁灯忽忽亮着，台子上一个瞎老汉，鼓着瞎泡眼，正唱河洛大鼓《包公下陈州》：

> 包公他圣旨怀里装，陈州城里摸情况，带着王朝和马汉，身穿着便服步履忙。过小河，爬山岗，平川大道飞一样，站到了陈州背街上，滴溜溜眼珠四处望。忽听铜锣开道哐哐响，銮驾队左右分开气势壮，龙凤车辇叮叮咣，刽子手鬼头大刀多嚣张……

康文盛悄悄走出人群，康明楼跟着。康明楼说："有啥事儿？"康文盛说："去接下白胡子，别让他恁心急，沉住气不少打粮食！"说过，他们悄悄出了村。苍茫村野土路上，月色洒下寂静的光亮，远处的大山，呈出黛墨色。田野时有鸟儿凄凉的叫声，时或扑棱棱飞射向远处，时有野动物忽闪窜过去。他们没说话，只顾走夜路。突然，后边传来散乱的脚步声，突突踏踏地响。

康文盛说："身儿贴墙上。做生意人真难，随时有危险！"这时，后边传来说话声："跟着跟着没了影儿？""要是出啥事儿，咋给爷交代？"虚惊，他们暗处走出来，康文盛说："是老少爷们呀！"一村民问："黑灯瞎火哩，你们哪儿去？"康文盛说："接接胡子爷！"那村民说一起吧！人们说笑着，一直前边走。

听见有人走来了，唱的路戏颇激昂："秋风白马朝南阳，南阳寻找卧龙岗，那里藏个诸葛亮，雄才大略强中强！"康文盛听出是胡子爷了，就接了他的唱："我有心继承汉室当汉王，惩治叛逆振朝纲……"

康老汉快步走到了人跟前，问："是你们了？"康文盛说："你是村宝呀，接接！"白胡子说："我是一个驴粪蛋！"康文盛哈哈笑了。小伙子说，康掌柜怕爷让狼给吃了！康老汉说："我身上骨头比肉多，人家狼见我懒得张嘴，怕顶住牙！"大家又是一阵笑。

到了家，桂生给爹热好饭，端去："爹，干红薯叶汤面条！"白胡子说："我最好吃的饭！"他接了，吃得很有滋味，时而看着漫天星斗，时而看着黑色铁鏊灯爆的灯花，呼噜呼噜就两碗。儿子接过碗筷，白胡子说："我跟康掌柜说说事！"康桂生说："他们在那屋等你呢！"

白胡子进屋，铁灯旁说会儿闲话，康文盛说："还想让你办件大事儿哩！我想在禹州开布店，字号我都起好了，叫崇义德！"白胡子说："我还以为是买神龟山！你说，需要我干啥？"康文盛说："帮助找个牢靠人，踢开头三脚。最好你出面，试试干一段。"白胡子眼睛一亮，说推敲推敲吧，或许会有能干人！康文盛问是谁？白胡子说，还是朱宝贵！康文盛说："我也想帮朱家，听说他日子很艰难，可脾气老拗！"白胡子说："别看我老了，心里如明镜，为你能买成神龟山，我正用东吴招亲计，若把朱宝贵这盘老磨给推转，一切都顺理成章了。"康文盛听得有意思，让他接着说。白胡子就说，朱家闺女还没媒茬哩，他桂生是秀才，和她包般配。你只要肯帮

229

助，许可牵成一家了。往后去，其他事儿还不一牌抹？康文盛笑了说："只要桂生和朱家闺女能成事，花钱我包了。如果朱宝贵肯卖神龟山，我就太感谢你了！"白胡子笑了，说到那时，他保准能磨转动朱宝贵的心。白胡子一脸狡黠说："我先给你演练演练吧！我给朱宝贵说，亲家呀，你知道吗？你们朱家为啥事儿不顺？朱宝贵一定说，大运不好呗！我就说，你说那是个龟孙。从古到今，谁当帝王谁当臣，谁做王八谁成人，都有路数，谁想扭转过来都难！我听高手说，神龟山坏了你家气脉！他肯定追问，我就头次先不说清，等他想得头发蒙，我再吞吞吐吐说一点，再让他想得头发蒙，我才给他说一点。吃豆等到豆煮熟！"他说得已扬扬自得了。康文盛说："你准备咋继续说？"白胡子说："我就说，神龟山面朝古洛河，龟喜水，人皆知，猪骑龟身上，人家龟是神，神会怕那猪？龟把猪扔水里，咋也扒不住沿，猪给累死了，神龟就吃肉！"

康文盛说："咋能这样花人呢？"白胡子说："神龟山是银子，看着不能花，活活地死受罪！"康文盛真没想到，白胡子肚里还恁多点子哩！于是说："你就坐摊掌管崇义德吧！"白胡子说："中，不过，我只给你张罗一阵子，打开场子你换能人！"康文盛说："你也别着急，饭要一口口吃，活儿要一宗宗干，等你把学堂、祠堂都弄好，再跑其他事儿，千万别太急！"

突然，外面响起"嗵嗵嗵"的奔跑声，还有人呐喊："截住！快截住！"康明楼拿柄刀，倏地蹿到了外面。火把煌煌的，人群追赶着，只听"咚"一声。一条沟谷地，持火把的人赶到了，地上躺个黑衣人，哎呀哎呀叫唤着！俩年轻人抬了他，往村里走去。

屋里还说着话，康明楼进来说："抓住一个人，道路不老熟，掉进了黑沟里，腿都摔断了，一直喊哎呀。"白胡子问，是贼吗？康明楼说："山上的胡子，想来绑票！想掠俺文盛哥！又是那红脸汉作的梗，那天治了他，探听到了你是谁，就串通了山匪！那年轻人说，他们没想到，咱村有巡弋，遇到巡弋一问话，贼心虚就跑了！"康文盛说："给些银子，把那人快送平乐正骨去！"白胡子说："他是仇人啊！"康文盛说："救人一命，胜造七级浮屠！以善克恶，恶渐除之，若恶再至，其恶必灭！将来让他转告山匪，如果还敢坑害咱，等待的将是倒大霉！"

康明楼外边落实他文盛哥的指令时，康文盛又说："明天我们要赶回去了。"白胡子说："你慌啥，有急事儿？"康文盛说："新做了一批船，定的入道好儿，是个大仪式，必须赶回去，我也担心夫人的病呢。"

二十四

李秋月得了场病，王黑妮细心照料，半年多忽过去，她能下床活动了。心里感激王黑妮，不是她，怕早见无常了。这天傍晚，康文盛说："秋月，明天咱家老热闹，你也出去看看吧？"王黑妮说："我背着你去，弄个罗圈椅子坐上！"李秋月流了泪，说："我不去丢那人，你们该干啥干啥，我听见锣鼓声，心里就高兴了，看恁多人比我强，心里会是啥滋味儿？"康文盛又安慰了她一番，王黑妮也说了许多贴心话。

次日，阳光很耀眼，洒满了洛河与沙滩。男女老少黑压压的人，河滩拥挤得满当当，小贩叫卖颇悦耳。码头那，八十条新船排列着，尾朝河对岸，头向康店村，高大的帆桅上，挂了扑扑刷刷飘扬的旗。中间大船上，搭个大香堂，棚顶那布幔，如谁扯了块蓝天，面对东周故城墙。蓝天下鲜红的巩王阁，也似成个老观众，山嘴上凝视新船入航式。蓝色棚门额上"义气千秋"正书，让人敬重它的内意。两旁也配有对联：三德三福渡化三千门弟子，百年百代传流百班好师徒。香堂里，列了诸神的红牌位：罗祖师爷之位，达摩祖之位，天地君亲师之位，神光祖之位，左护法师之位，金龙四大王之位，右护法之位，还有诸多。牌位前放了一排八仙桌，摆放了猪羊牛鱼诸供奉。

香堂上，黑衣堂主陪着白老虎，张望似过节的恁多人。黑衣堂主说："按说，这仪式，康掌柜必须要参加。"白老虎笑着说："小时候，他看过一回这仪式，说头疼了许多天。前几天，我领他先演练，他又说头老疼。"白老虎说："文盛还请来些文友，也搞了个啥活动。"说着，白老虎手掌搭凉棚，抬头看太阳，说时辰到了吧？黑衣堂主摆了下手，如刀砍西瓜很果断地说："开始！"

乐手列队站在前台，小铜锣"咣"地响一声。一阵细乐就奏起，似引神仙步入凌霄殿，眼球都调至了蓝香堂，品味细腻的安神曲。白老虎站中间八仙桌旁，大声宣布，新船入道仪式开始了——

地坠子炮仗炸响十九发，三眼铳五眼铳接着响一阵。随其后，一班和尚们，咿咿呀呀念起经。之后，香堂主挥了紫色旗。又出几个喇叭手，长竿唢呐朝着天，吹出直直的悠长声儿，如一群猪娃直叫唤。红衣香堂衙役跑出来，嗷嗷嗷地呐喊着，分列新船两旁。随后，又有几个白衣汉，嗷嗷嗷呐喊着，站到红衣衙役前。喇叭手又吹响了铜喇叭，直声音变得辽阔且苍凉。再此后，黑衣堂主走前台，脸上一副郑重，诸牌位前焚烧黄麻纸，点燃了指头粗的老檀香。又有人抬上新供奉，摆到牌位前的八仙桌上。靠牌位右边，放了个黄铜洗脸盆，里边有净水手巾。黄铜洗脸盆旁，还有个白色瓷盆，里边也有净水，瓷盆里放了只小黑碗。乐止后，黑衣堂主走前台，庄严地宣布：凡船帮河洛堂的老少，均按照班辈大小，按照先后次序排队，净面漱口，严禁交头接耳，严禁嬉笑吐痰怒骂吸烟，严禁做一切不敬重之事。违者逐出或罚跪，不得徇私情。现在开始——

黑衣堂主在前，几个人随后，依次洗脸、漱口。然后，黑衣堂主重归正位。黑衣堂主向前又跨一步，几乎是吆喝：我是香堂主！白老虎也向前走一步，也大声说：我尊崇船帮规矩，代表大掌柜康文盛，接受河洛船帮统率！白老虎走下船，黑衣堂主则站船上。开始了对词——

白老虎站在主船桥板旁，大声呼道：站在桥头喜开怀，师傅老官两边排，三老四少多慈悲，请与弟子搭桥来。黑衣堂主由人帮助，从船上搭下了沉重的桥板，也大声呼着：一见老大赶香堂，三老四少列两旁，我与老大来搭桥，请上船来朝祖堂。

堂主等象征性地整理了桥板。白老虎走上了桥板，大声说：桥板好比一条龙，一头高来一头平，慈悲弟子把船上，义气千秋永太平。黑衣堂主大声说：三祖仁义灌全球，通达万国把人收，秦晋运粮功劳大，子子孙孙度春秋！白老虎走上船，大声回道：新船主人本姓康，时常拜佛洛河旁，北魏石窟释祖知，荐我香堂来问安。黑衣堂主：一进香堂抬头观，三老四少站两边，今天小法赶香案，人烟一天旺一天！

白老虎算进了香堂，又大声说：一进香堂把头抬，师傅老官两边排，兄弟不分远和近，河洛神庙传下来。黑衣堂主：二进香堂把头低，休笑弟子穿破衣，紫竹林内有高矮，河内莲花间不齐。白老虎：小河水浅难行船，恳求老大把水添，慈悲弟子速离岸，承蒙恩德为家园。白老虎停顿片刻，又道：弟子好比一只船，无风无浪走河边，水浅沙滩难行运，恳求老少拉一肩。黑衣堂主斜身，面朝其他人和先祖排位，大声道：三老四少请听言，河边浅住一只船，大家添水帮拉牵，借助顺风好开船！

别人搬来的一只香炉，白老虎接过，顶在了头上：翁钱二祖我不管，祖师香堂我来赶，混乱次序犯帮规，黄金宝炉轮及俺。黑衣堂主接过香炉，又归原位：三老四少立满堂，听我从头说其详，暂且莫把香炉顶，请你回来再商量。白老虎笑言：银烛辉煌彩云起，开帮上坐收弟子，师傅今日逢喜事，我与师傅来道喜。

之后，又是上香磕头仪式。黑衣堂主大声宣布了训言：兴运立帮，保护四方，勤慰百姓，治国安帮，龙凤旗号，四海名扬，堂前尽孝，分所应当，后生子孙，教义四方，亲近朋友，和睦乡党，游遍天下，志在四方，进帮之人，考其家乡，盘查籍贯，方准入堂，家道殷实，不可牵强，奸猾狡坏，逐出船帮，学习正业，万勿游荡，守分安命，品行端方，帮中老少，净是豪强，挑选拔取，国家栋梁，荣宗耀祖，记在心上，此篇帮训，切切莫忘！

船帮受船仪式，虽经过了改革，予以了精简，仍然还冗长，一直到了小半晌，才宣告结束。清理了临时香堂，算是允许了新船航运。最后，黑衣堂主呼喊：今日，也让河龙王高兴高兴，助兴的大鼓狮子开始！

几个狮子大鼓社，赶来助兴始表演，有狮子爬牢杆的，有上桌凳高山的，也有地摊表演的。看热闹者，嗷嗷嗷呐喊助威着，满河滩人像似一起过大年。

这天，康文盛率群文友，恭敬地走进茫苍苍的松柏林。杂役抬着供品食撺，无声跟在后边。到了杜甫陵前，大家烧香摆供，一派肃然。杜县令先读祭文：黄河之汤汤，洛水之漾漾，邙山东首阳山前，诗圣安卧矣，每闻松涛阵阵，似诗圣吟哦噫！宋温公史话云，杜甫死于平江，暂厝，三十四年后，由其孙嗣业负骨回乡，敬葬于此！嗣业者，杜甫亲孙，不忘家学诗业传承，祖父诗手抄本不离亲身。虽唐朝杜诗无名，其心中抄本如煌煌太阳，褡裢负祖父魂归故里，过荆州拜元白诗王元稹，元稹翻读杜诗抄本，为杜甫题写墓志曰："则诗人以来，无有如子美者。"似天上一声惊雷，催醒了多少文人，至宋朝，诗圣名声大噪也。杜家守墓后人绵延康店村，唐代碑碣仍竖墓前。伟哉乡贤，吾等恭维万年咦！

康文盛指令：大家跪拜，一叩首！二叩首！三叩首！

一白发文人顿发灵感，摇头晃脑地诵道："洛水清且涟漪兮，诗圣舟上叹兮，孤老瘦骨余香袅袅兮，文盛先生闻咦。"杜列疆说："去你的吧，酸不拉唧的，没醇厚味儿！"康文盛："别以为你是诗圣后人，就文人相轻了。咱主要趁这机会，请大家出谋划策，每年搞纪念诗圣啥活动，促村里正气上升邪气下降。"杜县令说："康老弟的想法好！"康文盛说："还不是受你的启迪吗？"

于是，大家就讨论了一阵，如何如何活动。这时，一棵柏树上喜鹊喳喳，另一棵柏树喜鹊呼应。似对他们前来，表示由衷的谢意。康文盛说："天上诗圣，愿你能过上平安日子啊！"大家抬头张望，树林枝叶间，可看见蓝天白云，可见自由飞翔的鸟儿……

继而，康文盛带领，从杜甫陵园南下，步入了康水山谷。这里溪流叮咚，庄稼茂盛。大家沿着康水，田野里寻访圣迹。杜县令说："杜甫七岁时，受神祇托梦，来此采文章，捡到个五彩石，嘴里一放竟滑入肚，即诵出了《凤凰诗》！"康文盛说："在这圣地上，咱们来顿野餐吧，弄不好也能得灵感！"杜列疆说："这主意新鲜！"康文盛说，他去捉野兔，让杜列疆去溪流逮鱼，其他人随便，打野枣，拾干柴，摸野鸽子找鹌鹑蛋都行，一个时辰后聚齐，火烤吃食！杜列疆说："好哇，我和俺本家杜大人搁伙儿吧！"

康文盛和另一个文人，辨踪找野兔窝竟发现个洞口，康文盛说："标准的野兔窝，你去弄点柴草，我再寻另个洞口。"同伴应诺。康文盛真找到了另个出口，搬来块大土坷垃，下边用小棍子支撑着，留一小口，裤子脱了去，裤腿捆扎好。柴草同伴已抱来，询问康文盛："玩的啥计谋？"康文盛说："我去那边张裤子，对着那洞口，你火镰打燃了绒草，往洞里猛扇烟！"同伴如法扇着烟。康文盛另个洞口张裤腰。裤子抖两抖，康文盛吆喝："逮住了俩兔子！"

水坑边，杜列礓用泥打埂，然后外擓水，捉了俩大鱼。杜县令说："这叫竭塘而鱼！"杜列礓说："老的不捉走，小的长不大啊！"他们哈哈笑。

大火里，他们烧烤着收获。杜县令说："这情景，使我想起了李杜壮游个典故，他们在孟津黄河滩夜里燃篝火，烧烤农人送的兔，和咱们今天多相似！"康文盛说："后来，杜甫写首诗：'二年客车都，所历厌机巧。野人对腥膻，蔬食常不饱。'"杜列礓接着背："岂无青精饭，使我颜色好？苦乏大药资，山林迹如扫。"大家都背诵："李侯金闺彦，脱身事幽讨，亦有梁宋游，方期拾瑶草。"篝火熊熊，大家高兴地嚼食着野味儿烧烤。

到了夜晚，月亮星斗俯视下的洛河边，灯火辉煌一大片，锣鼓声仍然喧嚣着。搭建的三个大戏台，赛戏场面正热闹，观众时而爆发欢呼声，时而爆发出鼓掌声。

康文盛看会儿戏，回家抱着儿子，屋里悠转晃荡着，嘴里唱着自编的催眠曲儿："嗷嗷，孩儿娇，骑白马，提大刀，天天跟着黑老包，专治孬蛋和怪羔！"床上的秋月说："看你爹多会编瞎曲，随口就来！"康文盛连忙摆手示意，轻声说："睡着了！"窑洞里安静下来。康文盛把儿子放到了床上，王翠莲连忙过来，给小路畅盖了被子。康文盛说："秋月，新船都下水了，你这段也怪稳定，让翠莲招呼着，我和黑妮要往山东去了，可要照顾好咱路畅啊！"丫鬟翠莲抢先道："叔，你放心走吧，我和俺婶子保准看好孩子，不过，等小路畅会走了，你也带上俺秋月婶子和小路畅也出去转转啊！"李秋月皱了下眉毛，看了眼王翠莲，话里不由又散发出醋气："出去恁多人，打狼哩？"王翠莲连忙说："可甭跟我一般见识，我这嘴老是把不住门！"康文盛伸展胳膊，打了个委婉的哈欠说："我可该睡了！"说过，出了门，李秋月撇撇嘴。

韩菊兰正摇着纺花车，康文盛和王黑妮走进来。康文盛说："娘，你咋不绣花，咋又纺棉花？"韩菊兰停了纺花车："儿啊，你说说，娘有啥事

235

干？也就是拜拜菩萨、绣绣花。这段时间，我感觉眼睛模糊点，就开始了纺棉花。你们还没这体会，听到嗡嗡嗡的纺车声，小时候的许多事儿就出现眼前了，那种心情，不知有多得劲儿！"王黑妮眼里涌满了泪水。韩菊兰发现了，盯着黑妮。王黑妮说："俺娘走后，俺爹有时就坐织布机上，噗嗒噗嗒空蹬，问他，他也说，长时间听不到这声音，心就空落落，一听这声音，心里就得劲儿。"韩菊兰长叹："大概都老了，怀念老声音啊！"

康文盛说："娘，以后就让秋月、黑妮多陪陪你说说话。"韩菊兰说："其实，我最喜欢的就是静下心，回忆过去，特别是小时候。"康文盛稳重地点头说："明天，我和黑妮就带船队往山东，老虎叔在家呢，有啥事给他说。"韩菊兰说："闯荡吧！生意不容易，跟你老虎叔经常沟通些！你先回去吧，让黑妮留这里，俺俩再说会儿话。"

康文盛走出娘窑门，外面响起打更的铜锣声，又传来打更人吆喝：平安夜了，平安夜了！

一轮大太阳，浑黄的水里颤抖着升出来了，照耀了平原码头、绿树和村庄。太平船排头，几十条新船列后，装满粮食和棉花。逯小柱船上瞭望着，铁山带些船工在检查。

太平船舱外，站着康明楼，两手握着拳，空中在舞动，似乎琢磨啥拳法。太平船舱内，康文盛已起床，王黑妮凝视船窗外。康文盛说："姐，来给我梳头吧！"王黑妮笑了，拿起了木梳，站在丈夫旁边，给他梳起独辫子。梳着梳着她询问："你猜，出来那晚上，娘让我留下说啥哩？"康文盛说："传经送宝吧？"王黑妮笑了说："咱娘让我管好你！"康文盛眼里透激动："啥时都是娘亲啊！"王黑妮说："姐待你不亲吗？"康文盛笑了，梳绑好的独辫放下来，王黑妮梳背轻敲他脑瓜。康文盛嘿嘿笑了。铁山进来问，检查完了，开船吧？康文盛果断地说："中！"

船队又前进，康字旗帜猎猎地飘扬。逯小柱指导好水路。康文盛也站船头上，望着浑黄的激流水。康明楼说："哥儿，这次拉回一批盐，就左右咱中原盐价了！"康文盛说："价格只降不升，咱是为大家谋福哩！"康明楼点点头。这时候，迎面来了三艘重载船，黑色亭子旗飘扬着。逯小柱

236

连忙指挥避开它。这会儿康文盛，不由吟哦起李白的诗：君不见，黄河之水天上来，奔流到海不复回。君不见，高堂明镜悲白发，朝如青丝暮成雪。人生得意须尽欢，莫使金樽空对月。天生我材必有用，千金散尽还复来。烹羊宰牛且为乐，会须一饮三百杯。岑夫子，丹丘生，将进酒，君莫停。与君歌一曲，请君为我侧耳听。钟鼓馔玉不足贵，但愿长醉不复醒。古来圣贤皆寂寞，唯有饮者留其名。陈王昔时宴平乐，斗酒十千恣欢谑。主人何为言少钱，径须沽取对君酌。五花马，千金裘，呼儿将出换美酒，与尔同销万古愁。

迎面是王有亭家的三只船，它们正朝上游前进着，突然，他们船上有人喊："康家的船！好多新船啊！"秦海娃发出号令，都下锚！三只船黄河中沙滩旁停下了。老舵手说："二掌柜，恁宽的黄河，牛走牛路，马走马路，为啥要停船？"秦海娃说："老天有眼，给咱发财机会了。那船上站的像康家新掌柜。"老舵手问又能咋样？秦海娃阴险地说："破着一只船，把他那大船给撞沉，把康家掌柜送西天！"老舵手黑了脸："存心不善，阎王爷割蛋！""咱王掌柜可说了，把康家掌柜治死，每人可得十两银子奖赏！"老舵手大声喝道："伤天害理，人不知天知，会得报应的！""茄子韭菜，各有所爱，不让你的船去，我带只结实船，去弄这二蛋事！都加把劲儿，朝康家那船当腰撞啊！"

王家一只船失控似的，朝太平船直撞来。康家船队发现了，紧急中，逯小柱果断命令说，都执篙顶住那只船。逯小柱使力扳船舵，极力避开对方撞，那船还是擦到了太平船尾。一刹那间，被惊呆的康文盛，歪斜着掉进浪涛里，秦海娃也掉进了浪涛中。波涛颇汹涌，秦海娃在水里挣扎着，一沉又一浮，康文盛朝他游去。逯小柱极力稳定着太平船，吆喝把握船舵。这时，王黑妮船舱跑出来，边走边抢衣服，做出要跳水的样子。康明楼早穿裤头跑出来，扶着船帮也下水。逯小柱吆喝，都先别下，掌柜水性好着呢！

浪涛里，康文盛游到海娃旁，抓住了他辫子，朝太平船那靠，逯小柱连忙拉海娃，拉上了太平船。逯小柱指挥人，几次扔绳索，朝还旋转的王家船，那船人接了绳子船才稳。大水里，康文盛已被冲好远，王黑妮也跳进了浪涛中，朝他游过去。康文盛突然没了影。逯小柱想，是文盛没劲儿了？他还没说话，康明楼也跳进了大水里。俩人水里寻找他。逯小柱操持着船，铁山脸上呈惊恐。突然，康文盛水里露出了头，太平船朝他那靠拢着。他到了船边，猛然纵身子，一条大鱼扔上船。康明楼、王黑妮硬推他，把他推上了太平船。逯小柱指挥着，也拉王黑妮和康明楼，促使两个也上了船。康文盛平躺船板上，呼哧呼哧喘粗气。秦海娃勾头坐船上。浑身湿漉漉的王黑妮，拉着康文盛说，走，快去船舱里换衣服！康明楼走到秦海娃旁，咬着牙朝他踢两脚说，又是你这鳖孙货，黄河滩没宰你，今天你又祸害人！康文盛紧皱眉头说，把他弄舱里！秦海娃看看康文盛，竟然呜呜呜地哭起来。康明楼说："哭你娘那蛋哩！这回可不是那一回，不把你头割掉，算我没有种！"逯小柱吆喝，先靠岸，检查船！"康家船队又朝黄河岸边靠。王家三只船，也往岸边停。岸边苍茫的芦苇滩，稀疏的柳树林。

船队稳定住，逯小柱朝康明楼招招手，趴他耳朵边，嘀咕了一阵子，康明楼点头去。逯小柱指挥船工们说："都快点，检查船，看自己管那地方有没病？小毛病自己修，大毛病给我说！"

太平船船舱里，已换了干衣服的秦海娃，跪在康文盛前："我有罪！"铁山说："你妈那个巴子，我杀了你！"秦海娃抬眼乜下康文盛答："遇到个大漩涡，我们难把握，船像飘树叶，撞到你船上，真是偶然啊！"康文盛说："暂且信你是真话吧？"

黄河边的王家船，几个人蹲到船尾上，小声咕哝着悄悄话。康明楼提把明晃晃的刀，跳上船双目巡视着，一把抓出个小伙子，拉他走下船，钻进了稀稀的柳树林。小伙子吓得尿裤子，嘴里不停号叫着："爷呀，这事可跟我没关系！我只是跟着挣钱哩！"康明楼朝他屁股上踢一脚，满脸都是阴沉沉："再啰唆，脑瓜割下来！"小伙子仍然磨蹭着，无奈，手腕似被铁钳紧搦着。康明楼抽下他腰巾，把他捆在棵柳树上。康明楼故意拿着刀，手指比试刀锋说："愿意死，愿意活？"小伙子说："爷呀爷呀！我现在死就太亏了！女人我还没碰过呢！"康明楼说："这倒可理解啊！可放你一马，你得问我这刀愿不愿意！"小伙子说："那你就问吧，我一定老实说清楚。""为啥要撞俺的船？""王有亭掌柜有交代，只要能让康掌柜死，奖给每人十两银！大家跟康掌柜也没仇，就是跟银子太亲了！"康明楼挥下刀，说："王有亭，我杀了你这孬孙！"刀砍到了树枝上，"喀嚓"，那树枝跌落掉地上。小伙子吓得脸都苍白了，说："都是秦海娃下的令，爷呀，我如说半句假话，天打五雷轰！"康明楼解着小伙子的腰巾说："饶你一死，以后甭再干那傻事了！"小伙子说："爷，小人记住你的教诲了！"

那会儿太平船里，康文盛说，给王家这兄弟拿俩猪头肉夹烧饼，让他吃吃赶紧拾掇船。王黑妮把烧饼递给秦海娃，秦海娃狼吞虎咽吃起来。突然，康明楼走进来，明晃晃刀片放到秦海娃脖子上，吓得秦海娃娘呀叫了声，手里烧饼掉地上。康明楼说："宰了这只白眼狼，这次撞船，都是他的日弄！"康文盛哈哈笑，说："我本不想戳开窗户纸，还想看你咋灭我！"秦海娃又扑通跪在地上说："康掌柜饶命，我上有八十岁老母，下有七岁的娃子，都等我养活哩！端人碗服人管，那王有亭土匪出身，我敢犯罣，他不杀头就活埋呀！"康文盛嘿嘿笑了说："还是黄河滩曾经说的话，你不怕我们杀了你？"秦海娃说："刀不摆脖子上，总想碰碰好运气！"康文盛说："我还不杀你，回去再给王有亭说，我总会登门拜访的。到那时，你就做个调停人，让他诉诉肚里窝的气，我也摆摆俺两家的事儿。都是生意人，和气才生财，为啥老要鼓鼓憋憋的？"秦海娃说："事不过三，我任凭掂棍要饭吃，也不会再招惹康家了！这次，我一准不屁股眼说话了！再去我们那，最好还带上那康壮士！"康文盛指着康明楼说："这是他儿子，他爹现就在西省里！"秦海娃朝康明楼抱拳施礼说："小壮士，多谢刀下留情！"康明楼说："不是俺哥说话，早就砍了你的二斤半！"康文盛拍打他肩膀："中国很大，陕西也很大，足能容下咱好多商家的，王有亭被子再大也难遮盖得密不透风，但愿别再做冤家！"秦海娃说着"是是是"，匆匆走出了那船舱。

船队到了登州府，康文盛宴请当地的绅士和官员。看人到得差不多了，康文盛说了开场白："我头次来到这，想和大人相识下。"有官员说："康大人和知府这一站，就像两颗太阳亮晃晃的！"知府哈哈大笑说："屁眼嘴很会说话啊！"大家听了哄然笑。知府又说："康大人出的血，甭客气，都要吃得鳖饱肚圆啊！"又是一阵哄然大笑。康文盛端起酒杯说："先敬诸位一杯酒！"知府说："康大人，你总要有个讲究啊！"康文盛说："大家把这酒先喝了，我就说。"知府说："干！"大家一饮而尽了。

康文盛说："为啥要请大家喝酒呢？我家和这里有缘分，先祖有俩人山东做过官，生意也在这起步。现在，康家又增加一批大船，还会继续增加呢，请诸位多多给关照。"知府说："康大人继续说！"康文盛说："海边盐场，我准备扩大。我还准备扩大各地的商行，望各位大人高抬贵手，我心里就感激不尽了！"知府说："康大人开局不凡！黄河救灾，让皇帝倍加欣赏！在我们这，你的新想法，一定会圆满！"众官员纷纷说："是啊！""咱咋会不鼎力相助呢？""只要康大人旗帜一摆，甭管了！"康文盛："大家再举杯，先喝为敬！"康文盛呼儿喝下了杯中酒，朝大家亮杯！知府说："恭敬不如从命，都喝！"众官员也喝下了杯中酒。康文盛又劝喝了第三杯，然后，做出夹菜动作："叼！叼！叼！"众官员便随上，吃着，说着，气氛颇为热烈。

突然，外面传来了孩子的哭叫声。康文盛皱眉毛，站起来说："诸位大人先吃喝！"康文盛站到了饭店门口。那儿，一个七八岁的男孩儿，正被瘦瘦的店伙计踢打。那孩子黑黢黢的脸，抱着头，地下直打滚，嘴里哭喊着："妈呀！妈呀！"旁观者一个黑脸汉，瓮声瓮气说："犟筋，给你点吃的还不走，不长眼孩子该狠揍！"康文盛喝道："住手！为啥要欺负人家小孩儿？"瘦店伙计解释，这个脏臭孩儿，硬要往里闯，说是要找康掌柜，咋说他也不听！康文盛说："你如果是这孩儿，人家要打你，你心里咋想哩？"黑脸汉子说："这人心怪好！你知他找康掌柜要弄啥？孤儿一个，想找人家当儿子呢！"康文盛看看黑脸汉，问："先生甚名？"有人说，他叫黑铁塔，武家出身呀！康文盛点头笑了，对店伙计说："孩子领回去，让他吃饱饭，一切照我的头！有人感慨说："咦！善人啊！"人群里谁说："那孩子，还不快磕头？遇到救星了！"男孩子连忙给康文盛磕头："谢谢老爷了！"

康文盛回了屋。知府问外边出啥事儿？康文盛举起酒杯说："趁大家都在，我还要麻烦知府大人呀，让他给做个保！"知府夹菜筷子停半空，吃惊地"哦"了声，康文盛问："为了个小孩儿！"大家惊奇地都看他。他学了刚才外边的事儿，解释说："我看那孩子，许是可造之才，准备收养他，想让知府大人做个保，我跟地方签协议！"知府说："好事儿啊，我就做保，咱就打手结掌吧！"

宴席一结束，康文盛回来说那店伙计，带我见见那孩子！那孩子已更换新衣服，黑脸洗过了，水灵了许多，正狼吞虎咽吃着饭。康文盛掏些碎银子，递给了店伙计。店伙计不好意思说，有点儿多了吧！康文盛说："买本《论语》读读吧，弄懂仁者爱人啥意思。"那孩子奇怪地看着康文盛。康文盛说："咱们走，那边见知府。"小孩儿说："我不怕，走就走！"知府正品味铁观音，康文盛带那孩子走进来。小孩子当仁不让找座坐。知府就问他："家住哪里？为啥硬找康大人？"小孩儿跪下说："俺叫狗跑，爹娘都死了，街上要饭吃。有人劝导我，说康善人后人来这了，让求康家收留我。他们说，过这村就没这店了！"康文盛拉起那孩子，朝他头上抚摩着："中，我收留你了！"小孩儿说："真的吗，我可磕头叫干爹了！"康文盛拉住了他，告诉他先别，需要有个文书，让知府大人做保哩！小孩儿问做保是弄啥哩？知府说："让我问问康大人再说！"康文盛说："就问吧！"知府小声说："天下苦孩子有多少？你敢这样开头吗？"康文盛说："他也是个人，能救几个救几个！"知府说："你太慈善了！这保我做了！"有伙计端来笔墨纸砚，俩人写出了三张字据。知府看看字据说，就这样吧！

康文盛领狗跑，进了魁记店。康文盛问狗跑："孩子，你原来姓啥？"狗跑说："只知人家叫我狗跑！"康文盛说："我就给你起大名吧！"狗跑说："哪怕叫猪叫羊哩！"康文盛哈哈笑了："你就叫鲁海啸吧！鲁就是山东，海啸就是海边的铺天大浪！"狗跑说："那我就不会丢了！"小掌柜问大掌柜："你准备把他带老家？"康文盛说："先留这边吧！这孩子，有种精神气，培养得当，准能成个大材料。先供他这边上些年学，也长知识了，也拢身体了。"小掌柜点头，对狗跑说："咱们就走吧，以后你就是魁记的人！"小狗跑懂事似的，跪下给小掌柜又磕头，魁记小掌柜眼睛也湿润了，他拉住了那双稚嫩的手。

这会儿旅店屋，艳丽的阳光射进来，渲染得满屋光辉。一个老汉带群人，还带了花生、干枣和核桃，一堆礼物放到了桌子上。王黑妮阻挡着："恁多东西，拿回去也能变换点钱呀！"老汉说："大姐，你可别这样说，我们这的人，得康家恩情太多了，这些小东西再拿走，俺们睡觉也不安！俺跑这老远，就是要表示心意哩！"这时候，康文盛走进来："哎呀，还怪热闹哩！"大家都愣住了。王黑妮说，他们要见你，都等好长时间了！老汉问："这就是新掌柜？"康文盛说，自己叫康文盛，问乡亲们有啥事？老汉说："都想认识认识你。还有个事儿，多年前，俺那遭了灾，老掌柜亲自跑去，扶持俺出了苦难。我们找人刻通碑，打算这两天竖起来，想请你过去看看！"康文盛说："你们定个时间吧！"老汉说："有你这句话，俺心比吃蜜糖还甜呢！"康文盛大笑道："我说话能产生那滋味。"老汉说："听着顺气啊！"康文盛送大家出旅店。突然，康文盛又看到了黑铁塔，友好地朝他招招手。黑铁塔尴尬地笑了笑，扭脸远去了。

山路边，一条奔腾跳跃的小溪，溪边几只绵羊啃着草，发出娇嫩的咩咩叫。山坡上放羊汉子坐在山嘴上，吆喝着唱小曲：红彤彤的日头喂，蓝盈盈的天，一对男女入洞房哟，石头房子巴掌大呀，窝憋得心里直流汗。山泉在叮咚，老鹰山间盘旋着，羊倌停了唱，抬头看那鹰。康文盛眼寻见了那汉子："唱得怪好听哩！让我也吆喝两声吧！"康明楼说："哥儿，唱吧，叫俺也学学。"康文盛用黄河拉纤号子唱道："一排排大浪哟，如山倒喂，我撑木船哟，撞了大河的腰，河龙王哈哈哟发出狂笑喂，夸俺的武艺不老孬哟！"

山村老汉吆喝道："是他们来了！我听到河南腔了！走，接应去！"村民顺山路跑着。老汉拉住了康文盛手，大家相拥着，朝山上走去。顿时热闹了起来，穿戏服的人敲打起鼓乐。老汉带着他们，走到了盖着红绸布的大碑那。一阵鼓乐声，一阵鞭炮响，老汉督促康文盛，拉下了那红绸，碑刻竖面前，上刻四个劲道的字"功垂桑梓"。康文盛看着发了呆。老汉解释说："你可能想，我们赞颂你家父，为啥把他当成这的人了？你们祖上就在这当过官，你家一直又在这有生意，办了许多大好事，大家就当他是这里人了！"康文盛连连点着头，眼里沁出了泪花。阴文记载着康大河救灾的情景，康文盛认真看着，陷入了思索。康文盛说，这次咱们商量下，看我能为大家做些啥！康文盛问分柜小掌柜，你在这时间长了，你看呢？小掌柜说，我见过药商收的货，几种药材质量好，不如让老少爷们试着种！老汉说，商人眼里出黄金！大家一辈辈都刨野的，咋就没想起来种呢？康文盛对小掌柜说："你找人给指点，先试种几户，如果成功了，组织大家种，收购咱找药商。"老汉说："能那样，俺给再你竖大碑！"康文盛说："我不要任啥碑，只要乡亲们能过好日子！"康文盛又告诉小掌柜，是不是找些人，附近集镇上也开小铺子，经营魁记的货，进下次货，结前次账。小掌柜激动地说可中，他曾想过，就是拿不定主意！老汉说："这可就太方便咱百姓了！"康文盛说："其他地方，条件到了，也可这样办！"

庆典活动热烈，激昂的鼓乐，跳跃的狮舞，蓝天白云，青色山峦，都似在大笑。突然，康文盛看见了狗跑，山路上小跑着。康文盛迎过去，主持老汉不知为啥，呆那里张望。山路口，康文盛拦狗跑，一起来到人群那，老汉问："你们也认识？"康文盛说："我的干儿呀！"老汉笑着说："这孩子，从小我就说他命好，俩耳朵垂恁大，好像如来佛的垂肩耳。可别人都说他命不好，生下来没几年父母都走了！"康文盛问："他是这村的人？"老汉告诉说，狗跑有个舅舅住这里，可惜家也穷，难以拉扯他！康文盛又问狗跑："你舅让你找我吧？"狗跑说："舅妈是疯子，舅也没有好营生，我常出去要饭，他教我了那办法！"康文盛问狗跑，现在去哪？狗跑说："我跟舅舅招呼声，你们收留了我，我怕他们操心啊！"康文盛说："快去快回来，我这等着你，咱一块儿骑马走，我还要海边看盐场！"狗跑应诺跑去了，康文盛、老汉看着他。

突然，康文盛又看见，附近大皂角树下，那黑汉子练大刀，唰唰刀光闪电样。康文盛问那老汉："认识他吗？"老汉说："咋不认识，名叫黑铁塔，仨五人难近身儿。都说他考上武举了，对巡抚说了句难听话，又让给刷下来了，从此成了怪人，既懒散还生事儿！"文盛点了头。

二十五

海滩盐场高大的盐堆映着太阳，如堆堆晶莹透亮的青玉。安排好了扩大盐场的事儿，康文盛观望那辽阔的大海里，海鸥空中飞翔着，如窥视人间啥秘密。这时侯，狗跑来到马拉轿车前，扑通跪地上，咚咚咚磕了无数的头。康文盛扶起他："叮咛说，听话啊，好好读书，将来会有用的！"狗跑说："我听干爹的！"康文盛又上了车，车把式响鞭一甩，消逝在了送行者视野里。那会儿，黑铁塔也骑匹马，飞快地跑过去。狗跑指着说："大坏蛋！"

　　带篷马拉轿车嘚嘚嘚，走在高低不平路的道路上，先是弯曲的大海边，继而是高低山岭，再是平原。瘦树、破房、歪墙、饿狗、苦相人，车外多是乏味的景。康文盛昏昏欲睡了。康明楼骑在马上叫道："赶车老哥，快点啊！"康文盛睁开眼睛，撩开车窗搭帘问："慌啥？咯咯噔噔像筛糠！"康明楼说："兵荒马乱的，山东可出响马啊！"康文盛说："哪黑哪住店，省得出麻烦！他看看王黑妮，也已睡着了，美丽的脸上一派平静和安详。"

　　康明楼警惕地巡视着。爹曾交代过，当保镖，要眼观六路，耳听八方。大凡劫路贼，多藏在暗处，你稍走神，可能就会大意失荆州！赶车老汉老咳嗽，似乎给自己壮着胆。康文盛如睡在摇篮里，眯缝了一双眼。赶车老汉大声提示说，到松林岗了！康明楼就四处张望，起伏的山峦上，松林茫茫苍苍，风的涌动下，似大海波涛翻滚着，"呼呼呼"鸣响。康明楼大声说："哥儿，看看外面，是不是武松打虎的松林岗？"康文盛没睁眼："那地方听说是个小土包，这山大不大？"康明楼说："不老小！"康文盛说："肯定不是了！"王黑妮也撩起搭帘看，说："听着林涛隆隆声儿，好像咱黄河的水流声。咦！松香味还怪浓哩！"这时，马儿似乎响应她，配合着打了个响鼻。

　　康明楼突然皱了眉毛。他看见，林间小路，跑着一匹马，马上骑个人。是响马吗，不老像。爹说过，一般情况下，为匪者，多成群结帮，单个打食者，少见，白天，更不可能！那黑马越来越近了，康明楼认出了他，大声说："哥儿，那黑铁塔来了！"康文盛说："这两天老见他！走咱的路，别理他！"不是冤家不聚头，黑大汉催马跑得快，提把大刀，拦在了路前边，他大声喝道："停车！"车把式叫住了牲口。康明楼慌忙跳下马，盯了黑铁塔。黑铁塔问："咋，看着我像妖怪？"康明楼说："不老像妖怪，倒像个野兽！"黑铁塔哈哈大笑说："野兽就野兽吧，想弄俩钱花花！"车内，王黑妮推把康文盛说，怕是遇响马了！俩人先后跳下车。康明楼还和黑铁塔对峙着。康文盛水烟袋搭到肩头上，歪头看着黑大汉。车把式，却见怪不怪，仍稳坐车子前，叼着旱烟袋。康文盛说："黑武秀才！"黑铁塔冷笑说："差点成举人，现在仍是穷光蛋，想捉了方孔兄！"康文盛说："何必坏自己名声，想要多少钱？"黑铁塔说："一千两银子。"康文盛哈哈笑了说："出门没带褡裢呀！"黑铁塔说："那好办，你俩留这，让这小伙计回登州取，我绝不会亏待你！"

康文盛说："知你太难了，先给你十两银子，能买几千斤粮食哩！"黑铁塔说："太少了，官府贪污受贿吃喝有道，做生意者赚钱有路，就苦住百姓了。我从小就习武，想考武状元，考武举让人下了套，母亲又多病，我就让逼良为娼了！"黑铁塔说着，接近了康文盛。王黑妮好似不经意，一转身，唰一声，腰里拉出条铁链子，闪电样飞向了黑汉子。啾的一声，黑大汉大刀被缠绕，刀被逮飞落地，黑铁塔也被带下了马。黑铁塔手也快，忽然间，康文盛脖子被他卡住，另一只手腰里摸短刀，对准了他胸口，野狼般吼叫："谁再动，我立马杀了他，反正穷死也是死！"康明楼站在黑铁塔后，却让吓呆了。王黑妮也凝固在了那。赶车人嘴里烟袋惊掉地上，他看看又看看，不敢弯腰拾。许久，掠过几只黑乌鸦，呱、呱，发出两声凄凉的叫。

康文盛镇定地说："人的命，只一条，宝贵啊！凭兄弟的武功，我不信你就翻不了身？这番话，似打动了黑大汉，卡他的胳膊松了许多，说话也软和了，说，最少三百两！康文盛身上已难受，眼的余光看明楼，又看他黑妮。俩人似乎明白了，也给康文盛递眼光。突然间，康文盛上手推开他拿刀的手，下边来个驴弹踢，一下子蹬到黑汉两腿间。黑铁塔的脸就歪曲了，叫了声哎呀呀俺哩娘！双手捂住下裆处，软软地蹲到了土地上。王黑妮一个流星锤，缠绕了他身体。康明楼上去又一脚，踢翻他躺地，刀架在了脖子上。康文盛三下两下，车上取绳捆了他。车把式这才弯下腰，拾起了旱烟袋，抖索着又燃上，似补充狠吸好几口。

黑铁塔没有求饶，说："我让算计了，死了就死了，怪俺命不好！我想发财，好几夜没睡好，本想凭本事吃独食，不料马别腿了！"康明楼对康文盛说："送他官府吧？"康文盛一阵迟疑说："放开他，他也怪难！黑妮，去取二十两银子，让他回去救饥荒！"黑铁塔吒喝说："杀了我吧，我早就不想活了！"康文盛说："兄弟，留得青山在，不怕没柴烧！你如果想找点活干，我写封信，俺柜上会安排。"黑铁塔流出了泪。康文盛说："做人都不易。千万不能为了自己毁别人。你把别人送到阎王殿，小鬼们就会合起劲儿，硬牵你也去那地方！"康明楼给黑铁塔松了绑。黑铁塔说："我领教了，真是仁义君子。今后，我定自食其力，也努力多干些行善之事！"黑铁塔接了银两，跨上马，朝松林深处小路驰去，渐渐地，变成一个小黑点……

车把式停了吸烟说，他看了场最好的戏。他说他困惑，问："掌柜的，抓住了一只恶狗，咋放他一马呢？"康文盛说："兽中的狗，咬的是生人，而人中的狗，咬的是熟悉者，我看他不像恶狗啊！"接着，松林岗林间，又马蹄嘚嘚，和了马车吱吱咛咛声。

拨马回走的黑铁塔，如梦如幻，看着起伏的山林，看着蓝天白云，他喝住了马，下来，让马啃着青草。他坐在地上，手掐路边的草梗梗，嘴里嚼磨着。突然，他又站起来，"呸"地吐了嘴嚼物，掉转了马头，顺着刚才的道路重走去，自语说："死跟着，就不信没机会！"

赶车老汉甩响鞭，马车咕咚咚朝前奔驰，康明楼催马后边跟着。路两旁闪过了田野、树林、小河、村庄。康文盛马车里又瞌睡，康明楼也时不时磕头虫样打着盹儿。突然，马的嘶鸣声传来，一匹快马红色闪电样，拦到了轿车前。康明楼猛然睁眼，叫道："活见鬼了！"他抽出了腰间的刀，朝那青年人逼去。青年人急忙说："我找康大掌柜，急事禀报！袁掌柜急信，让我马不停蹄追您！"青年人胸脯处掏出封鸡毛信，双手递给了康文盛。康文盛立即展开信，看着，眉毛皱成了一疙瘩，命令道："赶快上车，速往济南赶！"

王有亭端着紫砂陶壶，屋里转悠着，偶尔就壶嘴抿口茶水。副手秦海娃，坐八仙桌旁玫瑰椅上，盯着王有亭的举动。半天，王有亭说话了："海娃啊，可不是我说你嘛，咋给你独个娶个婆娘呢！"秦海娃说："运气这事，谁也难把握。我计算好好的，谁知一动作，就掉进人家圈里了。"王有亭摆手说："手不利，怨袄袖！你看我，这次我出马，稍微要个小把戏，就猫逮老鼠了，摆治得康家屙裤子！"秦海娃瞪眼问："什么？王有亭拍打着胸脯说，我要玩个借水行船计！娃，就等着看好戏吧！秦海娃说，你说王家康家有世仇，人家说压根儿就没那回事儿！"王有亭说："别听他瞎咧咧！"秦海娃眨巴着眼，不明白王掌柜玩了啥把戏？

王有亭在济南也开家布行，大号瑞和祥。刚开业没几天，就挂出招牌：细布忍泪大甩卖！布行外人声鼎沸，男女老少争着买。店伙计们忙碌碌，拿布扯布收钱维持秩序。对面魁记商行前，一派冷落相。

康文盛坐车到济南，车篷窗口往外看，见黑压压人头在攒动。车把式吆喝一声"吁"，车子停下来，说路堵塞恁实！康明楼看魁记门口，也有少许人，袁帅拿布头挥舞吆喝招引顾客。康文盛说了一声，轿车掉转了头，到了魁记后门处，看门老汉问："你们是？"康明楼指着康文盛："大掌柜！"看门老汉即刻满脸笑，说，"袁掌柜都盼几天了，快进！快进！他们都正在忙，我去叫叫人。"看门老汉朝着院子喊："大掌柜到了！"房内跑出来秀秀，腰间搋了毛蓝布围腰，说："哎呀！文盛来了，还有侄媳妇？"她拉住了王黑妮的手说："走，房子早就准备好了。大家正忙着跟那边打仗呢！"康文盛说："成了五月麦忙天！"他们随秀秀，往房间里走去。

秀秀先大致说了生意的事儿，说这样下来，还没赔钱，只是利润跌了一大半。康文盛说："看来你这个副掌柜也手心握着生意呢！"秀秀说我去叫你姑夫来。袁帅正站在椅子上，挥舞布头仍叫卖，嗓子喊得都哑了："便宜了，不便宜不要钱了！"秀秀又吆喝一声帅，袁帅听到了，椅子上跳下来，走到秀秀旁，抖着手里的布头说："你先照顾那边，我抽身就回去！"秀秀走出了门店。秀秀端水，让康文盛们洗。秀秀沏了茶水，给康文盛们斟上。秀秀说："你们恁远来，真不容易啊！前些天，运盐的船来了，才知你们到了登州，袁帅念叨多少遍，等着你们来！不想，这几天，对门新开的店挤对咱！"康文盛说："人家卖人家的，咱卖咱的，我就不信，他们蹄子能刨多高？"秀秀说："你袁帅姑夫说了，照他们的弄法，要不了一个月，就把咱给拖垮了！"康文盛嘿嘿冷笑说："他们能硬撑，咱也能硬赔，看不把大肠头给他憋下来！"逗得秀秀笑了。王黑妮说："跟姑父说，让他放宽心！"这时，康明楼外边也回来了，说他那边看了会儿，简直像洛河里鱼群拱上水，挤扛不动的人啊！有私人买布匹的，也有客商进布匹的，好像过今儿就没明儿了！康文盛说："这就是竞争，我就看看，袁姑夫能不能坐稳马鞍桥？秀秀姑，你忙你的吧，我们喝点水，也外边看看西洋景！"秀秀说："你一点都不急，真沉气！"王黑妮说："秀秀姑，不急啊，你忙啥活儿呢？我也帮你干！"秀秀说："可不行，你们跑恁远，就歇吧！我帮厨房择点菜，马上就完。"秀秀说了走出去。不多会儿，康文盛、康明楼跑到了大街上，他们悄悄地混进了布店外边人群中，观看着两家竞卖西洋景。

瑞和祥个年轻伙计，手里挥着布头，用南方话叫卖着："通州大生纱厂的新产品，跳楼价便宜卖了，过这村就没这店了！"人们拥挤着，抢着去购买。有人收着钱，有人扯着布。袁帅也如对面样，站在门外椅子上，挥动手里洋布头，吆喝着："三百年的老字号，来自苏纶纱厂啊，那可是老状元陆润庠办的第一个洋纱厂啊！质美价廉，老头穿上笑呵呵，老太太穿上咯咯笑，大姑娘穿上赛桃花，媳妇们穿着大方方，小孩子穿上喜洋洋！"袁帅讲得嘴喷唾沫星。康文盛趴康明楼耳边说："看姑夫，真像个卖当的！"

天黑亮灯了。袁帅拖着疲惫的身体走进来。康文盛说："姑夫累尿了吧？"袁帅说："累点没有啥，只要生意不受大跌顿！"王黑妮拉着秀姑，到她住屋说话去了，秀秀喊明楼侄子，也到她家看看。康明楼明白不影响俩老板说话，跟随出了门。

袁帅说，他看这回形势不老妙！就给大掌柜写了信，商量咱咋办？康文盛笑了说："不就是王有亭，耍个小把戏？小菜一碟啊！"袁帅说："两头都做难！生意不停吧，咱老吃亏。生意停吧？或不理睬他们吧？就太丢咱魁记的人了！"康文盛哈哈笑了："提起劲儿来！"袁帅说："我先是笑脸找那小掌柜。那人说话阴阳腔，说做生意嘛，谁影响谁啊？"康文盛问："知那小掌柜来历吗？"袁帅说："问出来了。王有亭靠上了状元张謇的大生纱厂，那个小掌柜，是张謇的一个亲戚。"康文盛说："再厉害，他也需银子支撑！王有亭有实力供他扑腾吗？"袁帅说："我打通他们个伙计，知道了大生纱场赊账给他们，那小掌柜搭的顺车啊！"康文盛说："应赶快想办法，停止自杀性竞卖。"袁帅说："那边小掌柜牛气还盛呢！天快黑，他穿绸子大衫，摇着鳌子大小的折扇，还在咱门口悠转呢！你没见啊，那张鲇鱼嘴撇着，像个大裤腰，真烧包！"康文盛说："咱依托的纱厂老板陆润庠是老状元，我听人说，张謇学习老状元陆润庠，用白银五十万两，才办成了大生纱厂啊！"袁帅说："怪不得有股子冲劲儿！"康文盛说："咱经营陆润庠家的绸缎、棉布，他收购咱的棉花。也是由于咱，他的好产品，才卖到了日本去，还漂洋过海到南洋。如果张謇的亲戚还张狂，我们只有跑点路，想想办法，让老状元去治小状元吧！"袁帅说："这办法中，让张謇抽去王有亭的底子板！""我这就给陆老先生写信！明天你再找那小掌柜，如果还没结果，后天一早，派人快找陆老先生。"袁帅连连点头："一撬拨千斤好！"

再说那天黑铁塔骑着马，本来跟着康文盛的车，但到济南外，马突然病卧地上，又进城后，哪还有康文盛的踪迹？好在，他早听说济南魁记是大商行，就边走边观望，突然，发现前边许多人抢买布匹。驱马走近，他就笑了，魁记商行的匾额，金闪闪就亮在眼前。他先把马牵进个车马店，安置了自己。然后，又返回了竞卖的商铺前。路旁，一老汉笑眯眯看着似疯的人群，黑铁塔附身旁边，问："大爷，咋了？"老汉捋着白须："一道好风景啊！人之熙熙，皆为利来；人之攘攘，皆为利往！来个大甩卖，想治垮对方！"黑铁塔问是为啥？老汉让他只管看风景，并嘟囔着："看那买家，精得成了傻子，买恁多布，过今天就不过明天了？看店伙计吧，喉咙都喊哑了，硬想赔得锅底朝天哩！"黑铁塔又打听了何方挑起的商战。老汉说："新开的瑞和祥，年轻掌柜耍疯症。魁记只得迎战了！"

夕阳的余晖，映着黑铁塔的脸，他拿定了主意！这夜，一弦弯月缀上天空，黑铁塔在魁记外转悠着。看看左右无人了，纵身一跃上了墙头，观察过院子，又纵身轻落院内，站在一槐树下边。来条黑影，就盯上。那是小掌柜袁帅了。袁帅朝亮灯的屋子走过去。屋里住的康文盛，他正写着啥，王黑妮给他补衣服。袁帅在门口咳嗽了一声。康文盛说："进来吧！"

黑铁塔悄悄站在窗下。康文盛问，找到那掌柜没？袁帅说："见着了，那掌柜说，咱是两条路上跑的车，两条河里流的水，谁也别扰了谁！"康文盛说:"我就不信猫不吃生姜狗不上树!按咱说的,明天就派人去找陆润庠大人,一把钥匙开一把锁。"袁帅说:"我弄清楚了,那掌柜纨绔子弟做派,包个扬州妓女,每夜里就到那女人房里,哪有心思考虑长远生意?"康文盛说:"好人共好人,找个鬼婆子吓假神。怪不得王有亭能欣赏上他!"王黑妮说:"王有亭是利用张状元,他哪能弄来赊销的便宜货!"康文盛说:"有时,好吃的果子不好摘!等会儿,我到茅厕去一趟。"袁帅劝打个灯笼,康文盛说不用。

屋门发出了吱呀声,黑铁塔已站到了大槐树旁。康文盛往茅厕走,瞥见了黑铁塔的黑影,他觉得怪可疑,驻脚打量,黑铁塔却紧贴一搂多粗的树干,一动未动。康文盛想是坐长久眼花了,继续茅厕里办公事。片刻,又返回了屋里。

黑铁塔左右看,纵身跳跃上墙头,轻轻跳落到了街道上。昏暗的街道,也十分安静,黑铁塔又纵上瑞和祥的墙头,观察小动静,然后轻落在院内。一处屋子里,有点儿小热闹,传来耍麻将的哗哗声。黑铁塔蹲到了窗户下,手指湿唾沫,纸上戳个洞,朝里观看。几个伙计正热烈地搓麻将。伙计甲出了牌:"咱这店,开局带毒气,魁记招架不住了!"伙计乙说:"叫我看,动不了人家一根毫毛,几百年老店了,能顶住大扑腾!不像咱的店,太嫩!"伙计丙说:"咱这掌柜,我看有点晕!"伙计丁说:"耍孩儿呢!"伙计甲:"知道吗?他外边有个相好的,可让人动心了!"伙计乙问是真的吗?伙计甲吆喝道:"和了!哈哈哈哈,出钱!再等会儿,咱掌柜就该出后门,会那女人了!"伙计丙说:"你咋都知道了?"伙计甲说:"处处留心皆学问嘛!"大伙儿哈哈笑了。

黑铁塔朝大门口张望了,还没啥动静。悄悄地走到暗处,纵身上了房。房子上。黑铁塔观看街道上,还无人,纵身猫跳下,落到了街道上。混蒙蒙的空间下,高低错落的房子剪影,一直淡化到远方。有野狗瞪着鬼火眼,黑铁塔投石块打那野狗,野狗叽咛几声,十分不理解地仓皇逃窜了。终于,瑞和祥后门吱咛咛响动了,黑大门里闪出道黑影。门内传出苍老的声音说:"掌柜的,啥时回?"黑影答:"你安稳睡吧,甭等了!"沉重的后门又关闭。年轻人前边走了,黑铁塔后边贴墙根死跟着。

年轻人转过了条条小胡同，不时警惕地左瞅右看，又拐进了条小胡同，黑铁塔也跟进了。年轻人敲门，"咚咚咚咚"很节奏。然后，吹起口哨等待着。黑铁塔蹲下观望，看那人闪进了院落里，大门"哗哗啦啦"被反插。黑铁塔走到了门口，手扒墙头跃进了小院。屋里亮着灯光，他悄悄站到窗下，手湿唾沫窗户纸上洞，观看着里边。

烛光微微颤抖，年轻掌柜坐在椅子上，俏女子坐在了他怀里，用手抚摩他的脸，问："你啥时娶我呢？"年轻掌柜说："瞎子磨刀，快了！""快了是啥时间？""快了就是一天近似一天！""真怕你飞了！"年轻人轻拍她的脸："乖呀，哥怎会舍得啊！"他们拉开了被子……

黑铁塔怀里抽支苇管，里边装了迷魂药，他往窗户里轻轻地吹。两人便接连打哈欠，年轻掌柜懵懂地说："这是在哪儿？"妓女懵懂地答："大海边！"黑铁塔外边笑了，拨开了屋门到床前，拉起小掌柜，说："喂，穿上衣服，跟我走！"妓女问："我呢？"黑铁塔说："在这老等着！"妓女说："那我先海滩晒太阳了！"年轻掌柜朝妓女脸上又亲了下，跟着黑铁塔就走了。

他们出了胡同，走上大街。年轻掌柜问："这是啥地方？"黑铁塔匕首顶了他腰窝："往玉皇宫的路！"年轻人扭动腰肢唱着歌："玉皇大帝老人家，派了神仙来接我，赴宴到了蟠桃会，九个仙女笑呵呵。"走到一棵黑槐下，呼地一阵凉风刮，树梢弯出了弓形状。年轻掌柜似清醒，撒腿就要逃跑了。黑铁塔拽了他胳膊："敢跑，取你的性命！"那掌柜说："咱无冤无仇，为啥要弄我？"黑铁塔说："少啰唆，走！"他们出了城，路旁出现了黛色的石山岭，山上响起阵阵松涛声，山沟有个旧砖窑，他们走了进去。黑铁塔腰里拿出根细绳，捆他个老婆看瓜。

黑铁塔抱些柴草，火镰点燃着，柴草哗哗剥剥，里边被火照亮。黑铁塔用刀顶着那小掌柜："说明白，你染指那女子，别人怀中客，我受人之托，要结果了你，还要割了你的二哥，回去好领赏。吃的这碗饭，认钱不认人。"年轻掌柜说："好汉，别这样，你要多少钱，我都给你！"黑铁塔说："对不起了，我们讲信誉！"说过，就点那掌柜两个穴，他便歪倒地上了，发出了鼾声……

日头升到了半空中，伙计们面面相觑，猜测年轻掌柜的去向。突然，外面匆忙跑来个伙计，呼哧呼哧大半天，说："不好了，掌柜让绑票了！"人们追问啥情况，那伙计说，他和二掌柜，去看扬州那女子，说是半夜时，一个汉子把他带走了。二掌柜已经报官了。大家问，今天生意咋弄？那伙计说，二掌柜交代说，全部出去寻掌柜，有了啥消息，赶紧禀报他。

　　瑞和祥伙计走出大门时，外边已来许多布客，伙计们没理会，匆忙而去了。顾客们困惑地望他们，议论着，拥向了魁记那。袁帅站在店铺门口那，满脸也困惑。魁记伙计窃窃议论着。

　　康文盛准备去大明湖看风景。康明楼从外边走进来，说："哥儿，车马店说好了，一会儿车就来。"这时，袁帅走到跟前说："好像对面有啥事！"康文盛问能出啥事？袁帅说："现在店门还紧闭，伙计们匆忙往外走，我已派人去探询。"话音还没落，几个捕快冲进院来。袁帅迎过去，问有啥事？捕快头问："哪位是康大人？"康文盛回答："本人就是。"捕快头连忙跪地上说："拜见康大官人了！"康文盛说："起来，啥事，屋里说。"他们进屋，捕快头就说了对面的案子："又说，我们想，康大人消息灵通，不知能否指点迷津？"康文盛啪地拍桌子："你们怀疑魁记绑架人了？"捕快头说："也是有人提醒，说那掌柜不知天高地厚，坏了生意大规矩，万一谁心急来个下马威！"袁帅说："我是坐摊掌柜，反感他的做法，但绝不会绑架他，肮脏我的手！"捕快头笑着说："现在活不见人死不见尸，听说他是张状元的远亲戚，知府也怕染瓜葛啊！"

　　康明楼门口探个头，说马车来了！康文盛说："我们还有事儿，如果发现啥线索，一定告诉你们！"捕快头也抱拳告辞说："别在意，我们只是问问而已！"康文盛几个，大门口上了马车。也是这会儿，旁边小街上，黑铁塔探头观望，露出了半张脸。车把式吆喝："坐好了吧？"然后亮了声响鞭，马车往前滚动了。

　　车到大明湖边，几个人爬下来，观览起了好风光。鹊华桥，历下亭，北极阁，钱公祠，明湖楼诸景，荷莲绵延，花红叶翠，芦苇吐絮，洋洋洒洒。远处的千佛山、鹊山、华山，田野阡陌村舍，湖边绿柳若云。康文盛顿觉兴奋，背诵起了铁公祠的楹联：

四面荷花三面柳，一城山色半城湖。

王黑妮说："多好的风景啊！"康文盛问："知道大明湖的来历吗？"王黑妮说："不知道。"康明楼说，他就更不知道了。康文盛说："传说古代时，这里有寺院，寺院里供奉的神仙特灵验，可寺院的和尚却很坏。有人亲娘患了病，家里人为她求过佛，母亲病好了，这人的妹妹执意来寺院，还愿谢神仙。众和尚看她太貌美，就把她蹂躏了。那人闻讯后，骑马提刀欲杀和尚。还没到寺院，突然，乌云滚滚来，天崩地裂了，寺院沉入地下，出现这么个湖。"康明楼说："真可惜，那人没亲手杀死几个狗和尚！"王黑妮说："善有善报，恶有恶报啊！"康文盛说，继续走，继续看！

几个人走着，突然，路旁芦苇丛晃动，里边跳出了黑铁塔，拦了他们的路。康文盛吃了一惊："黑铁塔，你咋在这？"黑铁塔神秘地示眼色给康文盛，康文盛随他到了一边。黑铁塔小声说："我一早赶到了魁记商行外，看见你上了车，就一路紧追来了！"康文盛问出啥事了？黑铁塔就学了绑架事儿。康文盛奇怪地看着他，问为了啥？黑铁塔说："只听你一句话，就可结果了他的命，替你出恶气！"康文盛说："你大老远跑济南，就为办这事？"黑铁塔说："我越想你越仁义，心里许多话想说说，就追过来了。遇到了竞卖一场戏，就想为你出点力。"康文盛皱了半天眉，后来又舒展，跟黑铁塔小声说些话，黑铁塔边听边点头。康文盛看他离去后，对王黑妮说："走，咱们还游玩，尽情地玩！"

玩到晌午，又到了太阳西斜，他们坐在租船上，船家吱吱呀呀划着桨。几只白色鸟，呱呱叫唤着，掠过金光闪烁的湖面，远翔而去了。湖边望远处，田野广袤，显示出一派天老地荒。康文盛说："船家，去历下岛。"船家吱吱呀呀划着桨板。

康文盛说："那历下亭里，有咱乡贤诗圣杜甫的诗。"说着，他就仰脸背了起来：东藩驻皂盖，北渚凌清河。海右此亭古，济南名士多。云山已发兴，玉佩仍当歌。修竹不受暑，交流空涌波。蕴真惬所遇，落日将如何。

贵贱俱物役，从公难重过。他又解释，那是杜甫来山东临邑看望做官的兄弟杜颖，在济南当官的忘年交李邕宴请他，他即席做的诗歌！康明楼说："那我们应该去，在外地，看到乡贤的诗文，心里肯定替他烧包哩！"

船停靠历下岛旁，大家上了岛。在历下亭子里，看着杜甫的诗句，康文盛解说了一番，大家感慨了一番。走出历下亭，站着观看湖中景。风拂杨柳长丝舞，湖里荷花田田泛着红颜，清波拍岸，一派安谧。康文盛说，正好这里没有其他人，给大家说个事。康文盛说了黑铁塔做的那大事儿。也说了他的新计划，大家都点头赞成。

又回到游船上，归巢鸟群湖上啾啾鸣叫着。船家又划动了船，远处湖面上，还有只孤独的渔船漂荡着，传来了渔翁沧桑的歌，大家似乎也被陶醉了：唱一唱啊大明湖好风光，歌子飞扬清波长，千佛山倒影舞荡漾，汇波晚照送安详，明湖泛舟鸟翔集，明湖秋月月饼样，鹊华桥上烟雨中，鹊山华山梦景象，历下岛上起秋风，杨柳袅袅心舒畅。

这会儿，夕阳燃烧着，一辆马拉轿车停在湖边，黑铁塔车里跳出来，掂出个鼓囊囊的麻袋。马车掉头去了，黑铁塔张望着湖面。他看看苍茫的芦苇荡，背起那麻袋，朝芦苇林走去。

游船上，康明楼给康文盛指湖边，他们看见了黑铁塔。船儿芦苇荡中正行着，所过之处，鸟儿齐刷刷划出道道优美的弧，吻接高远的灰色天空。康文盛指那黑铁塔，对船家说："走，看看那人想弄啥？"船老大敲船儿应答过，就划出急骤的船桨声。康明楼抽出了腰间刀，手指比试刀锋。船老大脸上变了色，声音颤抖着说："二哥呀，求您别在我船上开杀戒！"康明楼说："老倌，心放肚子吧，我怕遇到坏人呀！"船老大说那就好！

芦苇林的沙洲上，夕阳映照水波洒出金鳞。黑铁塔解开了那麻袋，使小掌柜露出了头。小掌柜眼睛被蒙着，嘴被布团塞堵着。他扯去了小掌柜的蒙眼布，说："朋友，拿人钱财，为人消灾，你可以再看看湖上落日，多美啊！等到太阳全部落下去，你就随太阳远去吧！明天太阳升起时，你就在那个世界上享福了！"那掌柜激烈地挣扎着，嘴里发出呜呜声，眼里淌泪水，放出渴求存活的柔光。黑铁塔说："我明白，你可给我许多钱。"掌柜点点头。黑铁塔说："很对不起了，吃我们这碗饭，信誉要第一，没法回头了！"小掌柜动动胳膊，示意去了塞嘴布。黑铁塔说："忍会儿，一切痛苦就都过去了！"掌柜的眼泪哗哗流淌着。黑铁塔说："想开点！十八年过去，又是条好汉啊！"

一群乌鸦呱呱鸣叫，背负着夕阳金辉，在芦苇上掠过。黑铁塔说："看，给你领路的神鸟飞过来了！到了那边，天天都是神仙日子，多好！"黑铁塔看着金色的天空，看着金色的湖面。康文盛们船朝这边荡来。黑铁塔举起了手中刀，大刀闪出耀眼的金光。眼看要戳住那掌柜胸膛了，那掌柜胆怯闭上了眼。康明楼猛然呼喊："抓住土匪啊！"黑铁塔扔下麻袋，拔腿就跑，穿过芦苇丛，爬到岸上边，朝着远处奔跑去。康明楼跳下船，蹚过芦苇丛，挥舞大刀片，奔跑追赶黑铁塔。康文盛也跳下了水。船老大努力划着船，芦苇丛里找路行。小掌柜已被吓昏了，康文盛去他的塞嘴布，解开了捆的绳，抱着他，弄到了小船上。康文盛说着："真作孽！真作孽！船家，快弄点清水。"船家钻进船舱里，端出一葫芦瓢清凉水。康文盛喂那掌柜喝。小掌柜慢慢缓过气，哇的一声就哭了。

黑铁塔跑过拐弯路，坐在了大路边，腰里抽出旱烟袋，眯缝眼睛抽起来。康明楼走过来，也蹲在他旁边，从他手夺过旱烟袋，也抽了两大口，说："你这家伙，弄个惊天大案，真玄啊！是歪打正着，可帮康家大忙了！"黑铁塔说："我太感激康大人了，也可能是老天有眼，让我表现表现吧！"康明楼说："我要回去了，咋让那掌柜相信我，后边追上了你？"黑铁塔说："小菜一碟子，家伙拿过来！"康明楼把大刀递过去。黑铁塔地上尿一泡，口袋里摸出个纸包包，撕开倒进尿坑里，小木棍搅和好几下，手指头往刀片上撩几撩，白刀变成了红色的。听说在外常勾当，窍门能没有？康明楼拿刀看，嘿嘿嘿就笑了。

康文盛扶小掌柜下了船，坐在土地上，王黑妮四处张望着。船家问："如果没事，我就回吧？"王黑妮说："麻烦您一下，划船快一点，前头湖边停辆马轿车，您让车赶到这边来。"船家应诺，船儿悠悠着，离开湖岸边。这时，康明楼跑回来了，喘着老粗气，亮了刀，那刀上沾鲜红，说："我刺住那人胳膊了，但硬让他个长腿溜了！"

小掌柜完全清醒了，趴地上给康文盛磕个头："多谢大人的救命恩！我敢问大人咋称呼？"康明楼说："这是我魁记的大掌柜，说是看看大明湖，不想遇到强人要害人！"康文盛说："你这么年轻，咋得罪恶人了？"小掌柜说："一言难尽啊！我是瑞和祥聘来的。"康文盛说："哦，同行啊！"那掌柜摇头说，惭愧呀！

马拉轿车过来了，大家上了车，朝城里返回着。康文盛说，今天游玩有意义，又做了一件大善事！康明楼说，救人一命，胜造七级浮屠嘛！康文盛说，都是这掌柜的造化呀！

黑铁塔先行到了魁记大门口，看门老汉问，你找谁？黑铁塔说找我干爹哩。看门老汉问他干爹是谁？黑铁塔答，是掌柜！看门老汉就喊秀秀。秀秀出门，看门老汉说，有人要找袁掌柜！"黑铁塔说："不姓袁，姓康！"看门老汉"哦"了声。黑铁塔说："鹅比鸭子大！"秀秀热情地说："快，进来吧！他们一会儿就回来！"铁塔随秀秀，进了屋子里。袁帅说："瑞和祥伙计们都吓坏了，原来是你唱的戏？"黑铁塔说："看他欺负咱魁记，心里不是味儿啊！"袁帅说这事儿怪悬乎，黑铁塔说："小河沟翻不了大货船，俺干爹有的是办法！"袁帅听了，如入五里云雾中。

天色近黄昏，轿车停在瑞和祥大门口。康明楼扶那小掌柜下了车。守门人看见了，朝里大吆喝，快呀，掌柜回来了！众伙计跑出来。有伙计扶掌柜，说："大家都急死了，你去哪了？"那掌柜说："阎王殿里转一圈，不是见着康大人，就把我留那开铺儿了！"康文盛说："招呼好你掌柜，他太虚弱了！"小掌柜抱拳朝康文盛："再谢兄长了！"

夜色浓重了，康文盛跟黑铁塔还说着话，黑铁塔不好意思地说："俺还想跟你商量个事儿。"康文盛让他直说！黑铁塔说："俺想，想……"康文盛说："咋扭扭捏捏像个姑娘？"黑铁塔说："好，说句利索话，你要答应个我要求！"康文盛说："只要能办到！"黑铁塔脖子一拧说："俺想拜你当干爹！"康文盛慌忙就摆手说："不中可不中，我儿子才满月，咋能认你当干儿？看你比我还老相！"黑铁塔也认真说："你给指了做人的路，振作我的精神气。亲爹亲娘没做到。反正就这样，你不答应也得答应！"黑铁塔硬跪下叫："干爹、干爹！"康文盛发愣了。黑铁塔却大步出屋子，出大门。康文盛看着他背影，王黑妮却咯咯笑着说："俺都听见了！"

今天阳光很热烈，唢呐吹奏也热烈，一支大队伍，朝魁记门口走过来。队前俩人举旌表，一写着"临危不惧"，另一写着"仗义救人"。后边，两汉子抬食摞。再后边，瑞和祥大掌柜、二掌柜等跟随。魁记大门口驻了足。看门老汉恍然大悟，几声大呼喊，让康文盛、袁帅、王黑妮诸人忙迎接，看热闹人群一会儿堵了半条街。

两边执事人寒暄过，一标致年轻伙计挥下手，队伍器乐声戛然而止。他大声宣读感念词：

朗朗乾坤，苍天高上，人生在世，均为性灵，危难之时，更显真情！吾店掌柜，遭遇劫匪，刀架脖颈，闪念片刻，命隔奈河，阳非吾阳，天老地荒！雷电横空，龙走银蛇，大人康氏，群山抵挡。匪徒惊窜，云开雾散！感激涕零，颂歌升翔，恩德永志，满吾柔肠！

瑞和祥年轻掌柜走到康文盛面前，跪下磕头，大声说："小人永记康大人恩德，若再有不敬，五雷轰顶！"言毕，乐曲又奏起。康文盛拉那掌柜手说："区区小事，何必挂齿！"那掌柜站立起来，大声说："往后，我绝不再虚张声势、无序竞争了！"观众哗哗哗地鼓起掌来。

康文盛嘱咐，在驰名的丰园春酒楼里，摆丰盛的酒席，还专用自家酿造的康家白云美酒，瑞和祥和魁记两家领头的坐一起。袁帅说："大掌柜明天就要离济南，今天请来大家，好好叙谈叙谈。往后，咱们要互相帮忙。"康文盛说："康家世代，讲究友好共处、和气生财。前些天，咱拼了一场，结果咋样呢？"瑞和祥年轻掌柜说："狗咬狗一嘴毛！"大家哄然大笑。

康文盛说了王有亭，两家可能是误会。瑞和祥掌柜说："吃一堑，长一智，以后，我可不听他瞎指挥了，此地不留爷，自有留爷处！"康文盛说，他也要尽快去陕西，与王有亭再沟通。

这时秀秀开了腔："文盛，你姑要说上几句话，咱与王有亭结的梁子，我想了许久，那绝非俩人几句话可以平息的。老话说，解铃还须系铃人，系铃人肯定找不到了，那只有找到知道根底者，这个梁子才能彻底解开呀！"康文盛愣了半天，突然给秀秀作了个揖："秀姑，你真成千年狐狸精了，我以后就下劲儿寻找那知根底者，不能相互狗咬架了！"一屋里哈哈大笑。

次日，康文盛离开济南，那年轻掌柜一直送他出了城。

瑞和祥事变，二掌柜着急了，他是王有亭的心腹，连忙给王有亭写封信，托人捎回了老营去。那天，王有亭又耍蝎子沾墙把戏，秦海娃走了进来，王有亭完成程序站起来，他连忙拿羊肚子黑手巾，给他擦着汗。王有亭问有甚大事？秦海娃递给了那封信。

王有亭接了信，看是他那小掌柜写的，不由想起可人的小掌柜——扬州瘦西湖旁，黄琉璃瓦凉亭下，他们对面相坐。"知我为啥想用你吗？""你要从张状元那进货！"王有亭摇头："王家张家有缘分，祖先曾是患难之交！但有个豫商老康家，是王家世敌啊，济南康家有魁记。"年轻人拍着胸脯说："你甭管了，要不了多久，我让康家滚出济南！"年轻人说了大想法，王有亭频频点了头，朝年轻人竖起了大拇指。

可读了那封信，王有亭挥拳头："老天爷，为甚总要和我作对呢？"秦海娃说："天时地利与人和，我们像似缺了啥？"王有亭说："缺运气？"秦海娃说："叫我说，甭再跟康家过不去，搁式好了两家都好！"王有亭瞪他说："就要斗康家！日头总会从我门前过！"秦海娃说："硬对硬，易折损！"王有亭拍着胸脯说："我不怕！"秦海娃愣在了那里。

这天夜里，皓月当空，田野里虫子鸣叫着，王有亭田间路上孤独走着，远处有狼的凄凉吼叫声。他走到了泾河边，爬上了一个小高岗，也如狼一样，呕呕叫起来，他又大声吆喝着："祖宗啊，我可真心替您报仇呀，您就显灵吧，让我把康家撕碎吧！"

儿子王天祥和秦海娃找过来。王天祥劝大熄熄心火，王有亭说："孩子，我英雄一世，却扳不倒康家，憋气啊！"他几下子脱光了衣服，扑通跃进了泾河里，河面响起了扑通通的凫水声。他心里实在太燥热了。

二十六

　　康庄学堂完工了，康庄祠堂也完工了，趁着古庙会，村里大庆典。鞭炮噼里啪啦欢叫着，学堂祠堂门口，都挂了红绸带。学堂、祠堂外街道上，赶庙会者黑压压人头在攒动。小贩们吆喝唱着："山楂串喂，口口甜呀，尝尝不甜不要钱！""花米团来香喷喷，小孩见了有精神！""逍遥镇的胡辣汤，喝一喝浑身上下通阴阳！""老鼠药、老鼠药，老鼠吃了跑不脱，大老鼠吃了蹦三蹦，小老鼠吃了不会动！"

　　学堂院子里，孩子们搬腿抵拐正游戏。祠堂院戏楼正唱戏，一个小丑逮虱子，逮了虱子吃虱子，滑稽动作连成串，台下观众一片笑。突然间，五眼火铳轰鸣响，大铜锣、牛皮大鼓又奏响，有人吆喝着，游行了！游行了！人们潮水般往村街上拥。

　　游行队伍在行进，前边几个火铳手，制造的声响震人心。之后，康老汉头戴红色高帽子，脸被抹成花花的，眼睛挂架小眼镜，寿星戏装穿身上，脖子挂串鸡蛋大的马铃铛，俩胳膊被年轻人搀扶着。再后，是小家什社，长眉长胡老汉蹦跳着，敲打两边的小铜锣，节奏的声响尖锐而活泼。之后的小鼓小锣很和谐。再后边，大家什社锣鼓震撼人心地敲打着。

　　忙活了大半天，一回到家里，康老汉散了架似的，扑通躺到木床上，嘴里哼嗨直哼嗨。儿子桂生端茶走床前，说："爹，喝点鸡蛋茶！"康老汉腾声床上坐起来，哈哈笑两声，说："累是累，心里真舒坦！只可惜没请来康掌柜，找他去了两趟，都说还没回，今天该给他披红挂绿哩！"康桂生说："咱真该感谢人家啊！"康老汉端着鸡蛋茶，突然皱着眉头喊哎哟。康桂生说："爹，你咋了？"康老汉哈哈笑两声："又岔住气了！孩子，从明天开始，我就正式去说你的婚事了！爹想办成的事，就是再艰难，一准要弄成！我抓紧磨转去！"儿子深情地看着老父亲。

　　此后没几天，康老汉背个花褡裢，匆匆上了路。路旁一块青石上，白石灰水写了几大字："神垕去，雨路通。"他用衣袖擦擦汗，皱纹脸仰看大天空，舌头舔舔干渴的嘴唇。白太阳如火，天上边飘几朵白云彩。经过好一阵子艰难走路，到了神垕镇，草房加瓦房，葱茏杂树木，给他心里添凉

259

意。他朝曾进过的门楼去，心里想，寻个好媒婆，好帮儿子找媳妇，和朱家闺女牵住线，不知有没那好运气？

大门口，可望见院里遮天葡萄树。康老汉门外叫："有人吗？找点水喝！"院子里又走出那老太太。老太太没说话，却一直盯着他，半天了，她问："你是高城吗？上次俺没来得及问。"康老汉问："你是？""秋叶呀！"康老汉说："咦！老天爷，咋会是你哩？"老太太说："都已满脸枯楚皮了！"

康老汉眼前，似出现了好看的她，当年的秋叶表妹了。在他家大门口，光头小伙儿的他说："秋叶，你该叫我表哥哩！"秋叶脸红了。他说："咋长得恁好看哩，嫁给我吧？"她脸更红了说："孬蛋货！"她却银铃般笑了。

康老汉说："表妹呀，自从那年我说那笑话后，你咋再不去俺家了？让我快后悔死了！"老太太惊讶地张大鲇鱼嘴，许久没有合拢，说："我老等着你家提亲，咋就没音了？"康老汉叹息道："误会，老事了，想也没用了！"老太太说："没有后悔药，要有，咱就吃一点！哎，前两年，听村里个生意人说，好像你都过那边了。他专门帮药店跑药材，说在开封见到过你，你躺在城隍庙屋檐下，有出气没进气了。他还往你身旁扔些碎银子！夜里做梦俺好哭呀！"康老汉说："确有其事，得了燥热症，迷迷糊糊如驾云，曾经想，这辈子该挽住疙瘩喝汤了。谁知碰上了康善人，救我又回阳间了，这叫憨人有憨福吧？"老太太说："走，家里坐，我给你做鸡蛋茶！"康老汉说："喝口凉水赶路哩，有急事！"老太太说："天塌了？地陷了？"康老汉突然盯住了老太太，说："哎，骑驴找驴！"康老汉忙伸手打嘴巴："看看我，话都不会说了！大妹子，你可别放心里啊，走！"

他们进了院，坐在葡萄树下，康老汉接过白瓷碗，喝了口水说："你不知道，我儿子叫桂生，该找媳妇了！"老太太问："茬口有没有？"康老汉说："有，不过还剃头挑子一头热，女的爹姓朱名宝贵，是个烧窑匠。"老太太说她听说过。康老汉说："如果能成了事儿，我也算对得起他早走的娘了。"老太太拍拍胸脯说："表哥请放心，我去跑，红线一准拴住他俩！"康老汉说："表妹呀，有你这句话，表哥就心放肚里了。事情弄成了，谢媒人该有啥礼数，一样都不会少你的！"老太太咯咯笑着说："你可甭再好了疮疤忘了疼，别忘你表妹，常来说说话！"康老汉说："中，我要失言，你就吐我一脸臭狗屎！"老太太又咯咯笑了说："你还是恁孬蛋！"康老汉笑着说："这臭嘴，说话老走油！不过，人好说笑话，不容易得鼓症！我可听你的信儿了！"老太太说："哥儿，趁热打铁，今儿个我就去！"

那天，朱宝贵如尊青铜像，呆呆地坐在当院石板上。他头发全白了，神色颇凄凉。为闺女的婚事老犯愁，连了几个没成事儿。他抬头看看天，自言自语道："她娘，只因闺女是天足，还没能出门。如果你那边能帮衬，就帮衬帮衬，给找个差不多的婆家吧！"这时，闺女朱金花回来了。这是个耐看的姑娘，圆圆的脸，一双水汪汪的大眼睛。她说："爹，我给烧窑加了煤，你看火色咋样吧？"朱宝贵站起来，走出大门外。做完了活儿，坐到钧瓷窑旁的土台上，他看见，一只苍鹰展着铁翅，追一群飞逃的小鸽子。感慨说："人世间，强势人欺负弱势人，不也像这情景吗？"他收回了目光，就看见了那老太太，她黑色衣裳妥帖帖，头发梳得也整齐，白薯小脚有力地前拧着，十分节奏和自然。

老太太问："你不是朱师傅吗？"朱宝贵疑惑地看着她，脸上现出了笑："穷住大街无人问，富住深山有远亲，敢问你是哪的亲戚？"老太太说："蜜蜂采蜜闻幽香，我给你闺女说婆家！一个镇上住，常见面，就是没说过话！"老朱鼻子眼都笑了："快家里坐！"老太太说"中"！一方青石桌，朱宝贵指只钧瓷鼓形板凳，说："婶子，就坐这！"金花闻讯出来了。老太太直盯盯端详她的脸，然后又看她身材。朱宝贵走到女儿旁，小声说："快，炖碗鸡蛋茶，你奶来给你说亲哩。"朱金花笑了，很甜，快步地进了灶房里。朱宝贵说："婶子，说说男方情况吧！"老太太说："看你猴急哩，光想一嘴吃成个胖子！这事儿，需要雀儿吃米，慢慢来！"朱宝贵说："那是哩！"老太太说："有个秀才，肚里知识几布袋，心底善，行好给村里办义学，家里正准备开生意，想找个懂事体的好闺女，也好家业振兴下。我一村村寻访，想起了咱金花，灯下黑呀！你同意了，我马上来回牵红线；你不热，就当串门喷闲话！"朱宝贵激动得嘴唇发着颤："秀才贵庚和相貌？咱这亲闺女，长相不算赖，就是脚大有气力！"老太太说："这秀才，家住康庄村，不信脚大方男人，还准备着考举人！他那爹，四处奔走拉帮助，为他村里办义学，一对善良人，乡亲都伸大拇指！"金花端来了鸡蛋茶，放到了老太太跟前。朱宝贵说："喝吧，让我跟闺女商量下。"老太太说："中，你们磨转吧！"

到了屋子里，朱宝贵声音颤抖说："这场媒不赖，秀才知书达理，你不会老挨打！我也见过了孩子爹，是个实诚人！"金花说："爹，任你铺排！"朱宝贵眼里湿润了。金花手抚辫子梢，不由也哭了。朱宝贵问："闺女，不如意就算了。我就怕过这村就没这店了！"金花说，她害怕爹往后咋过哩？朱宝贵笑了说："我还弄不来碗饭吃？只要你能好！"说着哽咽了。朱宝贵返回来说："婶子，你先给磨转着。我也摸摸底，不能弄隔布袋买猫的事儿。我就这一个闺女！"老太太说："中，都实确点！"

说着，就到了约定的相亲日。禹州街道上，人影晃晃的，叫卖高声低调，有点小热闹。康桂生背个褡裢，戴顶崭新的黑帽翅，站在一通龟驮大碑旁，眼睛不住朝四周望。那边，朱宝贵也背个褡裢，带着女儿金花，在人群中东张西望地朝龟驮大碑走。康老汉和老表妹，站在街旁土坎上，认真观察路上人。

朱宝贵说："集市西口处。媒人说过了，那里相面哩。"金花说："可别让鳖儿诓住咱了！"朱宝贵说："她敢！媒婆咱这的，康老头家在康庄，咱先丑后俊，谁日捣住咱，我可不饶他。话又说回来了，乡里乡亲的，人家许不会诓咱吧？"

老太太指点人群里，笑着说："表哥，真来了！你先去桂生那，我接住他们！"康老汉说："街上一溜达，那闺女长得真不赖，光看那身架，就是麻利手。"老太太说："先别高兴哩，核桃对枣瓜对瓠，谁知人家看中桂生不？记住，一会儿到铁家水煎包子铺！"康老汉笑着说："中！就看俺表妹嘴上功夫了！"

龟驮碑处那，康老汉和儿子站一起，看着熙熙攘攘的人。老太太领朱宝贵和金花，也朝这里走过来。老太太指着康桂生，小声说金花："眼睛睁圆仔细看，背褡裢才是康秀才。"那边，康老汉也问康桂生："看见没？跟你表姑挨肩的是金花，那老汉是她爹！"康桂生说："我又不娶她爹？"康老汉说："啥话？那闺女咋样？"康桂生说："老中！"康老汉笑了，大声说着："桂生，铁家包子铺去！"康桂生也大声说："中啊，铁家包子铺！"老太太听到传的信，老太太立即朝包子铺直指点。康老汉笑着说："桂生，有可能是中了！有可能是中了！"父子俩进了包子铺，店伙计吆喝道："喂，上不上包子哩？"康老汉马上制止说："再等会儿！"康桂生奇怪地看着爹，问为啥？康老汉说："我怕野地里烤火一面热！我和你表姑说好的有程序，人家如果也来这，八九不离十，如果人家不进来，那事就有点儿黄了！咱买一堆牛肉煎包，不就趁得太憨瓜了？"

突然，康桂生给爹说："他们真来了！"康老汉看门口，表妹几个走进来。康老汉不由也学店伙计，油腔滑调吆喝道："上牛肉水煎包子了！"伙计即刻也用同调应："好哩，就来了！"

康秀才和朱金花订了婚。之后有一天，神垕镇街上，康老汉骑头黑毛驴，颠颠地哼路戏儿：来了个孩子九十九，手里牵着一只狗，狗是黄狗吐舌头，它想着卤肉铺里的香肉肉。那一回，这老小孩进那卤肉铺，让老黄也尝过几根香骨头……

朱金花背半袋小米正走着，猛看见了骑毛驴的公公，就朝他走去。康老汉眯缝眼唱得正得意，突然听人喊叫爹，康老汉睁眼看，是金花了。连忙跳下驴说："金花，东西快放驴身上！"朱金花说："甭，就到家了。爹，你去哪儿？"康老汉说："找你爹呀！"朱金花说："他在家。"康老汉说："正好顺路走，东西搭驴身。"他接了那袋米，放到了驴背上。他们一前一后朝前走。到了朱家院，朱宝贵就满脸笑，说："亲家，咋闲了？"康老汉说："想你了，看看你，给你带半袋核桃，慢慢砸着吃，听说可养人了！"朱宝贵哈哈笑了说："先谢谢你呀，我这里烧的钧瓷，可是能看不能吃！"康老汉说："就是好吃，我牙不好，胃口也不好，咬一下，准磕掉俩大牙！"俩人都哈哈大笑。康老汉说："我来这，想商量桩大事。"朱宝贵恢复一本正经说："讲！"康老汉说："你说实话，弄这钧瓷中不中？"朱宝贵说："吃吃喝喝，茅厕里屙屙，一年到头了，啥都不落。钧瓷生意太难琢磨了！"康老汉说："我准备开片生意，禹州城里批发布匹。如果你愿意，咱都是自己人，你当坐摊大掌柜！"朱宝贵问："你？"康老汉说："看我没本钱？老实跟你说，外边跑几年，也弄了点钱。只是年纪大了，桂生舍弃不了学生娃，你比我年轻点，咱店干好了，不给孩子们留份家产？咱用度不也具便点？"朱宝贵说："中，你真人不露相！"康老汉说："咱谁跟谁呀，摽住膀子干吧！你没啥意见，就等我消息吧！"

禹州山陕会馆门口，康明楼从马车上搀下康老汉。康老汉盯那飞檐走兽的高房子，问："你住这，要钱不老少吧？还不如住到俺康庄。"康明楼说："文盛哥说了，不想给你找麻烦！"康老汉说："只许俺沾他的光？"康文盛从院里走出来，拉住了康老汉说："爷，日子还顺吧？"康老汉说："托了你的福，大事已落到实处了。"康文盛说："等喝桂生的喜酒哩！"康老汉哈哈笑了说："那就让我脸装成筛子恁大了！"两只手拉着，进了院子里。

康文盛亲自端来沏好的茶："地丁茶，咱邙山特产，清凉又健脑，尝尝吧！"康老汉说："你说得恁悬乎，我得品尝品尝。"康老汉很有滋味状，咂巴了一会儿嘴。康文盛咕噜起了水烟袋。康老汉说："没想到，桂生的婚事就恁顺，天意啊！"康文盛点头说："啥事都有个定数。听你这么一说，桂生那婚事，我看板上钉钉了，啥时间办，说一声！"康老汉说："我就准备这几天找你呢，商量下一步棋？我跟朱亲家说通了，禹州开办生意，让他招呼着。我不敢说实话，他那牛顶石槽狗上树脾气，我怕事儿给弄崩，慢慢瞅空再说透。"康文盛说："这次我们来，也是摸那底。我们又做了批大船，还继续做大船，往后运输更便捷，还有我家老作坊，酱醋油酒都生产，除了家里用，也要外边卖。货不愁，这边生意该搁上了，快说想法吧！"康老汉说："给朱宝贵挂个二掌柜，商行弄起来，神龟山那事儿再疏通！"康文盛说："你挂个掌柜名，等打开场面了，老家再派人！这里的店名，就叫崇义德！"康老汉说："好名！义气好坏连道德！我劝桂生做生意，可他说，挑选点好孩子，到商行里坐班当伙计。老家再派来俩行家，凭着禹州的好位置，生意一定有前景。"康文盛说："南边百姓苦，货价尽量低，生意慢慢朝前滚动！"康老汉马上拍大腿："你哩想法独，不做见利忘义人，生意定会有希望！"康文盛说："下一步，先让俺老虎叔帮你开张吧！"康老汉说："中，你白叔干啥都有板眼。"康文盛说："路摸熟了，放开由你管理。咱有规矩，凡是生意家，过年盘点分红利，按照出力大小分，有财大家发！"康老汉说："有你做后棚，我愿拼出吃奶劲儿！"康文盛说："咱看看铺面放哪好！"

破旧生意街，来往人不少。一处闲房前，康文盛停下脚步，房后小院子，荒草半人深，看见野猫在嬉戏。康文盛说："修一修，院子里住人作仓库，临街可以作门面。"康老汉说："我打听打听宅主去？"这时刻，大门口晃荡来个胖子红脸汉，问干啥。康文盛笑着说："挑选地点做生意！"突然，康文盛惊讶地说："哦！咋又是你？这是你的地儿？"红脸汉说："不是呀，可无论谁来这做生意，都要给我交保护费！"康明楼说："你保护啥？"红脸汉说："咱俩单独较量下，你就知我能保护啥了，上边的头下边的毬！"红脸汉飞脚就踢康明楼，康明楼稍微抬下腿，借力蹬住了他腿弯，红脸汉摔了个嘴啃地。康明楼说："就你这武艺？"康文盛拉他起："兄弟，这多不好！"谁知，红脸汉又鲤鱼打挺跳起来，朝康明楼猛扑去。被康明楼一下子抓住手腕，扭得他扑通又跪地，康明楼只给一小脚，踢得他翻了几个滚！红脸汉半天爬起来说，遇到把式了！康文盛说："你又恶人先动手，且不说你蛮横砸摊子，就你勾结土匪康庄去绑票，都够割你二斤半了！"红脸汉说："我可没让谁绑票啊！"说着，灰溜溜拔腿就走。

康老汉正好回，问那人咋了？康明楼说："就是鼓动去你村绑票的癞皮狗！"康老汉惊讶说："咋不送官府？"康文盛说："再放他一马！他还能再三再四吗？"康老汉说："这里原先是学堂，需要给村里主事说一下。人说，这里有街霸，雁过就拔毛，只要他不搅和！"康文盛说："刚才那人估计是街霸，麻烦爷给村里交涉吧！"康老汉说："中，十天里我不捎别啥信，就派你白叔来这吧！"康文盛说："走，吃合食去！"

没几天，康庄贴了红对联，鞭炮噼里啪啦响，唢呐吹奏，花轿里下来了朱金花，红马上下来了康桂生。康老汉笑着撒喜钱，许多村民纷抢喜……

没多天，生意也开张了，来了许多人看热闹。康老汉站到椅子上，摆了手，白老虎和朱宝贵笑得合不拢嘴，拉下了门口红坠绳，一块红布落了地，悬挂的匾额露出来，"崇义德商行"几字金闪闪。紧接着，鞭炮鸣响后，锣鼓舞狮闹腾起来了。

店门被伙计们推开来，顾客挤扛着拥入，如众多鱼儿们，窄水道里挤扛着。

李秋月坐在椅子上，抱着小儿悠晃着，嘴里唱着摇篮曲："嗷、嗷，孩儿娇，骑大马，挎宝刀，斩杀妖蛇好几条。"这时，王翠莲进窑里，说："婶子，我看了一出好戏！"李秋月问啥好戏？王翠莲说："刚才，春红让我往地里，说俺奶想吃漤柿哩，去摘一篮八月黄。你猜咋，大晌午天，俺文盛叔搂着黑妮婶，在大柿树上睡觉呢！"李秋月说："娘那个蛋，都美到树上去了！"

李秋月内心出醋，坐椅子上大半晌，一言不发。王黑妮走进来，看见她的神态，问她哪又不得劲儿了？李秋月站起来，拿桌上瓷盘瓷碗地上扔，物件的爆碎声，惊动得孩子哇哇哭了！王黑妮问王翠莲："你婶子是咋了？"王翠莲说："可不怨我呀！"她连忙抱了康路畅，来回悠晃着。李秋月吆喝道："甭抱，哭死算完！叫他们美！家里美，树上美！"王黑妮皱了眉头，走出门外。李秋月仍吆喝："美岔哩，美得挂到树上，掉下来套到路人脖子上！"春红搀着韩菊兰走了过来。韩菊兰问是咋了，电闪雷鸣的？李秋月说："娘，叫文盛来说说，还把我看成人不？"她呜呜地哭了起来。

恰好康文盛进来，笑着问："我啥时把你当狗了，乱咬啥哩？"韩菊兰问到底咋了？康文盛说不知道，那院里黑妮也在掉泪哩！韩菊兰说："黑芝麻白芝麻，当面锣对面鼓说清楚嘛，这样多没教养！你和黑妮都有功劳，你为康家添人丁，黑妮风里雨里护文盛。"康文盛"哦"了声："我知是咋回事了。"韩菊兰嘴里念叨着："南无观音菩萨，家和万事兴！"走出了二门。看婆婆出去了，李秋月鲤鱼打挺站起来："你也太偏心，我为你生孩子，你就嫌我老了？丑了？你也不能怎偏向黑妮呀！你出门，屁股后让她跟着，回来了你们还住一起，家里浪不够，还爬到树上弄那事！"康文盛说："我们想起了小时候摸树猴，又蒙眼树上耍游戏！"李秋月问："真的？"康文盛俩手掌压一块儿，指头动弹着："谁要诓你是老圆？秋月啊，黑妮是大本事人！这次往山东，遇到个响马，人家刀都架到了我脖上，她眼疾手快，制伏了那响马，救了我的命！我有个想法，将来孩子长大了，让跟他黑妮妈学武艺，考上个武状元，到那时候，你就成状元娘了！"李秋月擦了眼泪，嘿嘿笑了。康文盛扶住了李秋月，她躺在了康文盛怀里边。康文盛说："你可能还不知道，现在咱家事很多，又做了恁多船，四处生意要大铺展，山东去了，还要去陕西，还有河北、北京和江南，你一定要体谅我啊！"李秋月搂着他脖子说："俺知道了！"这时，传来铁山的呼喊声。康文盛忙挣脱，应答："就去了！"

铁山站在石榴树下，说："塌天事儿啊，听很多人议论，李武师天上戳窟窿，逼死人了呀！"康文盛说："这恶霸！"铁山说："那家人决心把事儿说到底！"康文盛说："再仔细打听下，好去处置！"铁山应诺而去。康文盛心里不安起来。

洛河边县城里，晨雾迷茫茫的。县衙门口走出些衙役，杜县令悄悄跟后边。杜县令大声说："我请客啊，逍遥镇胡辣汤加油条，吃了过洛河，到黄河边村里游乡去。"衙役头说："杜大人，我都熬走几任县令了，就你办事最认真。人家当县令，都是县衙坐等官司，你却抽一半时间，乡间巡回找官司，还自掏腰包请吃饭。"杜县令说："我们下边跑跑腿，会让百姓减少许多麻烦呀！"衙役头说："你的心真好！"大家鱼贯而入进了饭馆里。

小半晌，他们走进了裴峪村。这是个南北大渡口，村民多，来往客人也多。河口大王庙后面，杜县令给大家说，老规矩啊，不许扰民！衙役们鸣锣开道，杜县令牵马。看百姓稍集中的地方，锣声暂停，然后衙役就吆喝："父老乡亲们，县令巡查了，有冤申冤，有事说事了！"

民居住得零零落落，窑洞房屋坐落在几里长山谷里。两山面对面，上下层层梯田缠绕，柿树枣树蓊郁葱茏，沟下溪流叮叮咚咚，朝着黄河忙碌奔流。这里民风淳朴，队伍已走了半截山谷，百姓并没拥过来，只有小孩子跟随看热闹。衙役头说："大人，看来，今天又平安无事了！"杜县令说："但愿天天如此！"谁知快走到里沟灵山寺那，突然传来了呼喊声，带点歇斯底里劲儿："我要告状！"路旁靠山个破窑里，飞奔出个污头垢面的女人，穿着破烂，冲过衙役队伍中，一把抓了县令的马缰绳，扑通跪到地上，喊叫着冤枉。衙役头要夺她手缰绳，她死抓就不松。百姓们陆续朝这围过来。

杜县令把脸扭到一边，说："起来吧！有啥冤屈，灵山寺里说！"那女人仍不松马缰绳。衙役头说："就凭你这弄法，可先打十大板！"那女人说："打死我，我到阎王那告！"杜县令吩咐衙役头去叫村里正！

里正老汉来了，连忙也跪下。杜县令说，劝劝这大婶，灵山寺里开堂去！里正老汉走到人群中，跟几个老太太咕哝些啥，她们走过来，拉了那女人，拿两件囫囵衣，硬帮她穿上。衙役头喊："灵山寺升堂了！"铜锣哐哐又敲起，人们跟随着，朝着不远的灵山寺拥去。灵山寺开堂，这已成了习惯。一干队伍进入寺院里，看热闹者亦拥进来。云深和尚穿着黄袈裟，朝杜县令施了礼。杜县令说又是乡巡日，借贵寺审理一宗案子。云深和尚慌忙去安排。

大殿安置停当后，衙役头拉腔悠长喊道："升堂了！"众衙役也随喊，大殿里回音震点人。杜县令坐到大佛前的案桌前，拍了一下惊堂木，说："带原告！"俩衙役扶着那女的，她不由跪到了殿平地。杜县令说："报出自己姓名和籍贯！"师爷铺展纸，准备记口供。

那女的说："我叫王妮子，官名徐王氏，家住半沟处，我告恶霸李武师。"杜县令问："李武师叫啥？"王妮子说都叫他李孬蛋！村里正说："老爷，叫我说说情况吧？"杜县令说允许，里正说："俺村里出个五品官儿，李援军家和她是邻居。王妮子有俩儿，一个从了军，一个云南当木匠，家里只留老两口。有人给李家看风水，说两家宅地合李家，五品官位还会升。李援军他爹李武师，想买她家宅子地，人家不答应，他就弄人挖伙墙，墙挖倒了好几回，新墙直往邻家挪。谁也不敢抹他鼻尖汗。王妮子的男人太老实，一根绳寻了无常鬼。女人发了誓，非要打赢这官司！"王妮子说："平头百姓有多难，邻居官大气也粗，我怕你们不敢审。就不说要脸了，抓了你的马缰绳！"杜县令啪地拍下桌子说："杜某不是豆芽菜，看以后咋治那恶霸！我马上组织一班人，专门调查这案子！乡亲们，你们把大婶先扶回。眼看也快响午了，我们走到焦弯集，还有十里路。"杜县令说过，欲站起走人。下边百姓议论起来："看，一听说李武师，他可想脚底板抹油，溜之乎了！""官大一级压死人，谁愿意为人冒风险？""看吧，王妮子又告到月亮地里了！""百姓百姓，悻了也白悻！"

突然，王妮子跑到了桌子旁，解着扣子又吆喝："不给说个黑子白瓢，我就要脱光了！"杜县令赶忙捂了眼睛说："羞死人吆，我给你叫姑奶奶行不？"王妮子说："我不认你这孙娃，只要你秉公断案，我还给你叫大老爷！"杜县令一咬牙，手又拍了下桌子，说："人心一杆秤，大理不顺，气死旁人！去传李武师！我非要硬住头皮，把这案子给办了！"下边百姓拍起了巴掌，哗哗哗哗的。杜县令急着出大殿，要往茅厕去。老百姓有人喊王妮子！王妮子也似明白了啥，后边紧跟杜县令。衙役头阻挡她："大人去解手，你咋还跟着？"王妮子说："我害怕他翻墙头溜了！"衙役头说："杜大人最讲信义，咋会办那事儿？"王妮子说："人都说，当官的心窟窿多，诓哄百姓最拿手，不能不防呀，我就外边等着他！"杜县令又进了大殿门，王妮子也进了大殿内。

过些时间后，进来了俩衙役，后边跟个山羊胡儿。杜县令拍惊堂木呼喊："升堂了！"衙役头也复习："升堂了！"真如唱戏的。俩衙役推着山羊胡儿，一直到堂前，让他跪地上。杜县令问："你是李武师？"山羊胡儿："李武师的管家！""你来能弄啥？"山羊胡儿滴瞪着眼珠说："掌柜让我来，告这疙瘩头女人，要求赔偿李家损失！""为了伙墙的事儿，人家死人了，为啥还要赔李家？""县令不知，她那男人气量小，吊死李家柿树上，半夜常听鬼叫唤，还不赔偿安宁费？"突然，王妮子闪电样跑过来，拽紧了那撮山羊胡儿，说："龟孙货，没良心？不是你领人挖伙墙，我男人还会死？"

山羊胡儿咧着嘴，哎呀哎呀直叫唤。衙役们欲拉开王妮子，杜县令却给使眼色，衙役便劝说："你没长胡子吧，拽着可老疼了！"王妮子就吭哧吭哧使劲拽。山羊胡儿吆喝着："娘啊娘呀疼死了！"杜县令询问山羊胡儿："你领人挖伙墙根了没？"王妮子又狠逮那撮毛问："办没办那屃血尿脓事儿？"山羊胡儿叫道："老姑奶奶松手吧，我去了！"杜县令让他画押！王妮子还拽着山羊胡儿，直到山羊胡儿画了押。杜县令当场宣布说，王妮子等候赔赏，把肇事者押入大牢！退堂！

二十七

探清秋月爹的事儿，康文盛向老虎叔探讨对策。突然，逐小柱派铁山招船工回来，只得应付眼前了。船工一个赛一个，都是硬邦邦的小伙子。院子里，康文盛一个个跟大家认识了："说，先吃饭！之后，再让老虎叔说说行船的事儿，人家是玩船的老手了！等船相公小柱哥一回来，咱们船队一分二，一往山东江南，一往陕西。诸位跟船扑腾两年，也就成老手了！"白老虎说："我才上船时，见了河水就想晕，现在，十几里宽的黄河，这沿我管凫那沿，急流我也觉平常。"

片刻，厨师抬来一木桶杂烩菜，一箩筐白蒸馍，招呼大家吃饭。年轻人抓碗拿馍，厨师给盛着杂烩菜。铁山也给康文盛、白老虎端过来，劝他俩屋里吃！康文盛说："一起吃多热闹，都是自家弟兄了！"

这时，传来雄浑的大锣声。康文盛说："定是杜老哥的锣声？"铁山跑出去张望，转眼回来说，真是！杜县令骑着马，好像还押个老汉哩！康文盛把碗推到一边。一行人说着进了院。杜县令说："带弟兄们你这打饥荒了！"康文盛叫铁山，督促厨师再上饭。那杜县令在馍篓里先抓一个馍，接过衙役头递来的一碗菜，对手下说："甭客气，都吃吧！"康文盛笑着说："老兄，咋饿成了这样了？"杜县令说："难啊，抓把蒺藜擦屁股！"这会儿，被绑的山羊胡儿吆喝着："杀人不过头点地，为啥就不让我吃饭？姑爷呀，我肚里都饿得像狼掏了！"

康文盛一发愣，那不是我岳父的管家吗？杜县令不吭声，到屋里吃喝了。康文盛也安排了山羊胡儿吃喝。杜县令吃喝得打饱嗝儿，才给康文盛学了遭遇的事儿，他说，当时一村人围困我，我也是没法儿了。你给出主意，看咋摆平这件事儿？康文盛背着手，屋里转了好几圈，叹息道："我那岳父，太小心眼儿了，乡亲乡邻的，咋能那样弄？我就说去调停，家里走不开，谁知他天上可戳个大窟窿！"

杜县令双手打恭说："我真来得巧，如果你正好外出许多天，我这帽翅怕难保了！等事弄彻底，我请你喝一壶。请你理解我，这官难当啊！"康文盛说："让我说，为教育那李孬蛋，你只管把管账先生先带走，以后有问题我兜着！不重锤敲敲他，他恐怕还会晕胆大！放心，我立马找那土匪理论去！"

次日，康文盛骑匹枣红马，康明楼骑匹银白马，崎岖土路上奔走着。路旁土山峰嵯峨连绵，远近的梯田，铁杆柿树枣树酸枣棵，蓬蓬勃勃生长着，到处充盈着蛮野气息。康文盛不由吼路戏：

> 黄河苍茫拦面前，我眼望大水思绪展，人世上你追我也赶，都想的前边有金山。恶人仗着霸王胆，实在人流着血和汗，说一千来道一万，都不如依靠良和善。黄河里有条大龙王，天上有神千千万，他们都有雷电眼，人办事都有神灵录在案。倘若谁想欺苍天，雷公的长鞭手里掂，一鞭判你冷风殿，后悔哭啼也枉然……

康明楼知哥儿心不美，是在自我找快乐。唱戏惊吓了群野鸽子，它们扑刷刷展翅飞逃，融入了瓦蓝的云空里。马蹄嘚嘚嘚，眼前出现了红土山嘴，康文盛沉了脸，又想起岳父搂狼睡，心里暗暗发感叹，他不就是狼吗？到了灵山寺门口，康文盛说："咱停停吧！"康明楼笑着说："也想抽一签？"康文盛说："那是个夹生人，磨转他的心，找方丈探讨下主意吧！"

寺外松树上，喜鹊喳喳叫，他们拴了马。已老态龙钟的云深和尚迎了出来，双手合十，念叨："阿弥陀佛！"进了寺内，云深和尚领康文盛禅房坐下，康文盛喝会儿茶说："咦，茶味儿不错啊！"云深和尚说，山坡野树上，小沙弥发现野蜂蜜，就弄了点孝顺他！康文盛说，这段太忙了，也不知这里咋样？云深和尚告诉他，说来也奇，温县有个老太婆，浑身生疥疮，过来求神佛，回时登船掉河里，疥疮却好了。香客纷纷来，布施不老少。

康文盛说："黄河边人都知道，河水洗脚治脚气，估计都是一个理儿！"他接着说了岳父的事儿，请他给指点。云深和尚说："人积善可成大福，人积恶可衰福寿！我往白马寺，见过这寺的老师父，他说李武师，不是一盏省油的灯。"他就叙述了李师父说的那故事：

那是个冬天，西北风呼啸着，邙山已被雪覆盖。十二岁的李孬蛋，屋里练习翻跟头，桌子上胡乱扔着书。他爹李先生，温县教书，正好回到家，说咱是穷人家，期望你能读书考个官！上次布置的《论语·为政》会背吗？儿子说，没记住一句。李父黑了脸，冲到他身边，三两下剥去他衣服，只剩了一只小裤头，赶他站到院里去反省，说啥时想读书了再回屋！雪花仍然飞舞着，李孬蛋浑身筛起了糠，就在院里跑圈圈，他突然爬过了矮土墙，在铺满雪的路上奔跑着，一直朝里沟跑去。老住持正站寺门口，观看漫天飞大雪，猛然发现了李孬蛋，连忙拉他进了灵山寺，拿来小沙弥棉衣给穿上，按进了自己被窝里，张罗着烧了碗姜辣擂茶，他喝了连打响喷嚏。问他为啥要这样？李孬蛋大言不惭编瞎话，说他被卖姜的拐卖这，现在趁机要逃跑。问他家在哪儿？说离少林寺不老远！老和尚又给他拿了路上的吃食。

云深和尚说："你岳父少林寺学了三年拳，也是个大雪天，师父送他回，一再交代多行善！他却没回家，你猜他去哪儿了？"康文盛摇头说不知道！云深和尚说："你岳父卖能说，他跑到了洛阳城。黑夜，蒙面拨开珠宝行，三两下就杀绝掌柜家。回到家，一包金银扔到了爹面前，说，看，没读书，照样能有钱！"康文盛说："过去，知他恶行不少，还不知还有这经历呢？""贼不打三年自招，还不都是他说的？当年洛阳也确有那大案件！"云深和尚又说，"有一年，这村发现了狼，也吃牲畜也袭人。你岳父真的抓只壮年狼。他牵那狼玩，饿狼咬了他的脚。他大喝让松开，那狼不理睬。他挥拳头打去，狼脑袋成了烂西瓜。过去说，狼是麻杆腿、纸糊腰、铁脑袋、铜屁股，这一拳让人惊呆了。心怵他都似看见了狼。"康文盛说："我也佛前烧炷香，保佑改造好这匹狼！"云深和尚说："好啊，你让我咋配合？"康文盛就摊开了想法。云深和尚连点头，称赞主意好。之后，康文盛才去了岳父家。

这会儿，李武师厮跟个伙计，黄河边码头那走去，他派人家去京城，找儿子李援军。李武师说："你给援军说，他爹老窝气，想杀几个人，看他管不管？"黄河边传来"啊啊"的催客号子声。伙计说要赶船了！李武师挥手说："记住狼治杜县令。我就不信，猫不吃生姜，狗不上树！"李武师看那伙计上了船。他刚转脸院里走，听见了家狗汪汪叫。他一看，康文盛两个骑马来。他笑说："文盛这次来，给带啥好吃哩？"康文盛说："来得早，焦弯集卤猪肉还没出锅呢！"李武师哈哈大笑说："那回，红土山嘴下，你

272

送那肉可吃美了我，回来窜了两天稀！"

岳母也从窑洞走出来。李武师说："来得也正好，杜县令太欺负人，你快给磨转吧，邻居的男人死，又不是我戳的！"康文盛说："我即为这事儿来！""你好赖是个五品官，你只要说话，杜县令还不身淋毛毛雨？"岳母说："甭听他胡说八道，主意要正！"李武师瞪着女人说："滚！驴嘴！"岳母撇了嘴，返回了窑洞里。到了堂屋里，李武师不慌不忙喝着茶，康文盛说："要吃官司了！"李武师猛站起说："他娘那个蛋，二斤半；他娘那个球，二斤油。杜县令敢耍我的猴？我让他吃不了家什兜着走！"康文盛示意他坐下："不敢硬往南山碰，案子对你大不利，我就跑来规劝你。本来我要往西省，一听说你要倒霉了，哪还有心准起程？"李武师说："牙硬舌头软，天塌不下来！邻居家屌毛一根，当不了金箍棒使！"康文盛说："弄不好，会连累援军兄，皇上要求当官的，可比百姓严多了！"李武师惊讶地问会怎严重？康文盛说："一冤惹众怒，向理不向人，向弱不向强。再说，你也惹不起杜县令啊！别看他是小县令，都是皇帝掌握的人，你知道之间啥拉连？"李武师说："按你说那，就去球了？反正，你援军哥不在，我就把拐棍竖你门口了！"康文盛说："依我说，你要拿出点诚心，多赔情说软话，出点银子作赔偿。如果走这路，事儿就如摔破的缸，还可钉补好！"李武师沉默了，康文盛说："我信神，吃过饭，咱灵山寺里去一趟，听说佛爷显灵了，何不求保佑？"李武师说："割驴毬敬神，试试也中！"

他们进了灵山寺，云深和尚迎进客堂里，端上了茶水说："上好的苦丁茶，施主请慢饮！"李武师才喝第一口，就呸呸往外吐："你没茶叶说一声，我可给你送，咋用这苦草让俺喝！"云深和尚不急也不恼，双手仍合十："阿弥陀佛善哉善哉！施主有所不知，世上事，往往先苦后甜的好。苦丁茶虽苦，却息人心火啊！"几句话，使李武师平静了。

云深和尚沉思片刻说："释迦牟尼前身，曾经是国王，到处帮助人，名声扬全国。有个瞎子找到他。他问那瞎子，想求助什么呢？瞎子说，想借你的眼，看到山川与河流。如果他回答，我只有一双眼，这瞎子立即就会走。但他想瞎子很痛苦，说：'好，你拿去吧！'盲人也是仙，是在考验他！佛祖一心为别人，才修成了正果啊！"康文盛点头说："善恶终有报，

273

时辰总会到！"云深和尚说："施主所言极是，人生尘世，如飘飘浮云。行善事若种子伸根，渐深人心，可成顶天立地者。而那些小人，总想吸人骨髓，活着被人骂祖宗，死了必成毒粪土！"李武师若有所思地眨巴眼。康文盛说："细想这理吧！"康文盛说："师父，听说你掐算也准头，我和岳父俩，你都给算算吧！"云深和尚说："我算卦需要摸头顶。"康文盛说那就先摸他！康文盛伸出头，云深和尚用手摸了摸："最近，你要西边去，逢山开路，遇水架桥，保管万事如意！不过，还要小心点坏蛋者孬心！"康文盛说："准！"你再摸我岳父头！李武师歪头说："随便摸毬，该说说毬！"云深和尚摸了摸说："你头皮发温，官司在身。锥子尖上玩把戏，弄不好还会丢性命！"康文盛说："就按师父的话，你再烧香磕头。迷途知返者，才是明智人！"李武师说："走，咱就上炷香吧！"

高大的佛祖像前，烧了香磕了头，云深和尚敲响铜钟，声音颤颤缭绕开。然后，他拿着签筒摇晃了，说："抽支签吧！"李武师就抽支签。云深和尚看了直叹息："厄运在身，黑云遮顶！"李武师脸色阴晦问："后边路咋走？"云深和尚说："天空尚有一丝光明，回天之力在你自己！"李武师说："就暂信你一回吧！"康文盛说："回去找人认错吧，诚心换和解，天开云就散！"李武师说："中！咬牙认了这壶酒钱！"也是这时，康文盛右眼皮连跳了几下，他心想，左跳财，右跳挨，又有啥孬事儿要面对吗？

夕阳染红了大宅院，也染红了大邙山。洛河边，站了许多人。族长指挥人们正在搭救落水人，河里漂荡着几只小船，有人水里凫，有人扎猛子，仍然都是空手出。白老虎站那里，似成个铜铸人，一脸沉重地说："越说腿瘸了，还要棍子敲，康铁锤这次没出船，干点土工活儿，嫌身上脏在洛河里洗，跳下去再也没出来。家里只剩个老娘和闺女，女人去年才得病走，他就后边紧跟着。"康文盛听他说过，族长又说："捞了半天，还没见影子。"

一个半大姑娘岸边哭喊着："爹，快出来，俺奶等你吃饭哩！"康文盛说："我下去看看，我的水性谁不知？"他就脱衣服，独辫子盘脖子上，嘴咬着辫子梢，扑通跳进河里边。岸上人指点，他就是在那没了影儿的！康文盛深呼吸，头朝下脚朝上，倏地钻进了水里边。岸上人眼直盯着。许久，康文盛才钻出来，游到了水边，说，底下有个大漩涡，弄不好人就吸进去！大概他就是没防住，让吸下边了。族长说，看来只能用啥东西往上钩。那闺女哭叫着："不，我要爹呀！"康文盛看看那闺女，说："这样吧，绳子拿过来，拴住我的腰，绳子动急了，你们上边拔！"族长说："那会中？天都快黑了！"康文盛让人拿了酒，提来绳子。他咕咚咚喝了几口酒，绳子绑好腰，又扎进了水里边。半天了，没动静。大家看族长。族长说，不行，就弄几只船，整夜敲锣打梆子，惊吓住来这儿的大鲇鱼！突然，绳子激烈抖动了，人们赶快就拔绳。康文盛先出了水，绳子拴着康铁锤随后也出来。那闺女跑过去，"爹呀爹呀"直哭喊。康文盛拉住了那闺女："闺女，咱回去！"

康文盛让人弄来了棺木，招呼着安葬亡者。这天，康家祠堂里，族长找来铁锤娘。族长说："按辈分，你该叫我叔！今天送走了铁锤，文盛让我把你和孙女叫来，你知弄啥不？"老太太说："我那没星秤孩子，许还欠着人家钱？"族长说："就是欠款，文盛还会要？开封黄河发大水，他撒出了多少银子啊！"康文盛说："我是想和你商量下，往后日子咋过法儿。"老太太说："不行就要饭，要过几年饭，等给闺女找个婆家，我也一头扎洛河找她爹！"说着，眼泪扑刷刷地落下来。

康文盛说："婶子甭太伤心了，你儿子是船队的人，不在了，你和闺女的生活我担着，有我吃穿的，就有你们吃穿的！"族长说："文盛还有个意思，想认她当干闺女，就是您百年后，让闺女有依靠。"老太太呜呜地哭了说："这老好，慈善心肠呀，我给你磕头感谢了！"康文盛拉了她的手："婶子，你折我寿呀！"老太太说："小红，你还不跪地上叫声爹！"小姑娘就跪到了地上，给康文盛磕头，喊了声爹，康文盛应答说："哎！"族长说："侄媳妇，今天咱说的，可就算事儿了！走，咱到祠堂大殿烧炷香，让祖先也看着，康家最讲情义！"康文盛搀着老太太说："老婶子，往后去，咱就是一家人了！"

往祠堂走着，来了个骑马信使，交给了康文盛一封信，他瞄了一眼，知道是张二恩来的急件，顺手装进了口袋里。

办完了铁锤的事儿，康文盛要往西省了。有二恩叔的信在身，他心里就有了底气，想着那边事情的操作。这时，康广才笑着走进来。康文盛说："回来了，你那事磨转得咋样？"康广才说："妥了，太白老道答应带明楼两年，我要把他领过去！"康文盛说："大好事儿呀！"康广才说："甭管了，把明楼送去，接着我就去稳泾阳。"康文盛说："你先到柜上支些银子，咱们一起往西省！"康广才说："听明楼都说了，正好，那边大事处理过，我再送明楼往太白山。"正说着，白老虎也来了，说："广才可真下劲儿啊！"康广才说："明楼从小喜武术，大河哥在时就给我说，要因材施教！"白老虎说："对呀，养儿不读书，不如养头猪！"康广才："不让儿子学点东西，将来如成累赘，真还不如养猪实惠呢！"康文盛："太白山那老道，定能让明楼成名堂哩！"白老虎说："肯定，好多出家人，都是精能人，让人一拨捏，明楼考举人进士，会容易。"康广才说："师傅不老高，徒弟必弯腰！开那道士的钥匙真难找啊！"

他们还说着明楼的事，白老虎突然说："对了，文盛，我要告诉你，刚才有人县城回来，见到了县里衙役头，杜县令让给你捎个信，今天已放了那管家。"康文盛说："我岳父那个孬蛋，也不知给人赔情没？"白老虎说："就看他的觉悟了。"康文盛说："咱去西省前，我和黑妮一起见见那土匪爹，不敢因放了管家，他又烧包得直想登青天！"

王黑妮回家看她老爹，康文盛前去找她。她正擀面条，咚咚咚老远能听见。康文盛走进灶房里，问："就你在家里？"王黑妮说："爹去河边捞鱼了，他说今天你会来！""他也会算卦？""爹说昨晚做个梦，一只老鹰飞到了院子里，落到那棵榆树上。"康文盛哈哈大笑，坐小板凳上烧着火，王黑妮切着面。康文盛烧火冒黑烟，被呛得咳嗽揉眼睛。王黑妮放下了手中刀，忙抽出几根木柴棒，掏了灶下灰，火苗呼地又起来。她说："人吃实，火吃虚，柴草不能添太多！"康文盛默念："人吃实，火吃虚，有道理！"王黑妮慢慢切面条："你叫俺回，又让秋月寒碜我！"康文盛说："我跟她认真谈过了，无非咱俩一起多了些，她心里咋不酿出醋？"王黑妮叹息道："一人一张脸，一神一个像，我心里早就不堵了！"康文盛说："去西省前，我想让你帮我，去抚平秋月爹惹的一桩事！"王黑妮说："好事不出门，孬事传万里，十里八乡他都出名了！"康文盛说："我已撺掇那野人赔偿人家了，为了家的好声誉，你也该和我一起去！"王黑妮说："该让秋月跟你去！"康文盛说："她只是个门里大王，腿脚也不方便嘛。办好这件事儿，咱好静心去西省！"王黑妮突然发现锅滚了许久，说："看，只顾说话了！"

这一天，他俩果真到了王妮子家。破大门，破窑洞，当院一棵大杏树，王妮子正背靠杏树，神情悲怆望着苍茫天空。王妮子惊愕地问，你们是？王黑妮答："大娘，我叫王黑妮，这是我男人康文盛，我们看您了。"王妮子困惑地问："找错门了吧？"王妮子揉揉眼，盯了康文盛说："这人怪面熟，像李孬蛋的女婿了？"康文盛说："大娘，我和李孬蛋女婿是兄弟，他说遇着那孬蛋岳父太丢脸，托我来向您赔不是！"康文盛给王妮子深鞠躬。王妮子说："我不怨恨人家女婿，其实，人家闺女娘俩心也平和！"王黑妮说："秋月和女婿都说了，请你别和那死狗爹一门见识。康文盛怀里掏出锭银子，塞到了王妮子手说，你邻居的女婿女儿都说了，以后你有啥难处，只要说一声，乡里乡亲嘛！"王妮子说："前两天，邻居管家也送银子来，替那畜生说好话，我也心想了，李武师知道输了理，这页就给掀过去！"康文盛说："感谢你宽宏大量了，我替兄弟给鞠躬，以后有啥事，就去找他女婿康文盛！"王妮子说，如果都这样，该多好啊！

没想到，他们走出王妮子家，竟然碰到了李武师，李武师朝他们摆摆手。康文盛问："他咋知咱来这？"王黑妮说："和尚头的虱，明摆嘛，咱马拴在他大门外！"康文盛说："就是啊，大意失荆州！"王黑妮说："你给他打个招呼，咱就回去吧！我就不去了。"康文盛走到了李武师前，他还没明白咋回事，李武师扇了他两耳光："丢我八辈子人，好好想想，啥叫脸面？舔人家屁股沟！"康文盛气急地说："你！你！"李武师关了大门，从两扇门中间露出个头，瞪大眼睛说："是你！"

二十八

接近三门峡了，船难安分了，奔腾浪涛里好似飘树叶。逯小柱领喊着号子，拉纤船工努力弯着腰，迈出艰难的步子，船只慢慢向前移动。太平船舱里，康文盛望着岸边，看那层叠高山在沉思。突然，王黑妮问："能让船靠岸吗？"康文盛问啥事儿？王黑妮说，看这漫天飞旋的水，她总想往河里跳。让康文盛带船先走，她和明楼兄弟走旱路，到陕县渡口再聚齐。康文盛仔细看着她，脸都苍白了。于是说，你躺床上睡觉吧，不要想，也不要看这大水了！王黑妮说："那船像簸箕簸粮食，能躺稳吗？"康文盛说："忍受会儿，前边该祭奠河神了。到那里，咱再一起走旱路！"

又是好一阵拼搏，船队靠了岸边。逯小柱指挥着，先是噼里啪啦燃放了鞭炮，然后杀鸡子，扔进了湍急水流里，船板上摆开猪羊诸供奉。进行了祭祀祈祷。一番程序后，康文盛、王黑妮、康明楼就下了船，康广才也跟着下了船。

康明楼抬头看大山，突然发现崎岖山路上，一群人操持刀棍朝这跑来。康明楼吆喝："注意防身，有土匪！"康广才摆手，让大家别害怕，他去迎！康广才大步山上跑。康文盛双手圈在嘴巴上，朝着船队呼喊着："小柱哥，土匪来了，快开船啊！"声音早被黄河狂涛声淹没了。无奈，康文盛指着旁边的大石头说："都坐这歇歇，等广才叔的消息吧！"康文盛看着脚下的激流，皱住了眉头。

那边不知为什么，土匪却溜溜撤了。康文盛说："怪呀，怪！"康广才说，估计他们看到了他，过去他在镖局时，跟这帮人可能打过交道！康文盛说："我倒想起一件事儿！这里往关中是卡子，老虎叔说，每闯三门峡，如过鬼门关。康家的船队，明朝来，船毁人亡的事，这也有过。咱不能避开这险段吗？"康广才困惑地问："只有这水路，船能飞过去？"康文盛说，杜县令讲过他家乡，就靠马帮驮货。咱这也设个骡马驮队，这边货卸船，驮队送到陕县渡，装船再西行。虽然麻烦点，却也安全了，省得家人再担忧！康广才摇头："养活驮队也要钱啊！"康文盛说："西北、西南生意再扩展，驮队活儿必不少，完全划算啊！"康广才说："这里山陡路艰险，更易遭遇土匪劫了！"康文盛说："撺掇匪头李骨头，咱为他买马建驮队，有了正经营生，谁还愿当土匪？他们一出面，谁还敢拦截？"康广才拍着响巴掌说："这法兴许中！"康文盛说："趁热打铁，今天咱拐去见见李骨头。"康广才说："贤侄啊，今天我跟着下船下对了，走吧，熟路！"

他们走上了高山顶，山峦起伏亦若黄河里波波涌浪，繁杂树木一片片，大壕沟里那黄河，显得像条小水渠了。康广才指着远处说："再翻两座山，就到李骨头地盘了！"康文盛说："走！"康广才说："多数土匪都孬蛋，咱一贸然去，谁知他玩啥把戏？附近有座黄河楼，古代皇上作行宫，咱先在那住下，写信送给他，有诚意自会来协商！"康文盛："对，志不同者难为谋！"

次日清晨时，几人站黄河楼外山顶上，看着冉冉的红日出升。附近厅堂楼榭连成一片，古柏苍翠陪衬着，看黄河如带弯曲的韵致。康文盛问信能送到吗？康广才说，委托的送信人，干过镖局的事。正这时，康明楼说："爹，看那山路上。"大家看，青石台阶路，几个人朝上来。康广才说："像似来了！"康文盛说："走，屋里等！"

一间大屋里，挂着古字画，家具也古色。康文盛说："广才叔，你咋知他接了信会来？"康广才说，干镖局遇押贵重货，和路途大匪先交涉，才敢正常做。遇年过节时，镖局要给大匪头送重礼。康文盛说："看来，黑道白道多同理啊！"康广才说，为啥他又少林寺修练？山外青山楼外楼啊！康文盛说："客大欺主，咱黄河楼一住，就有磁力吸引他了。"康广才笑着："气场旺啊！"康广才让康明楼外边先转悠。康明楼说："先压压匪气？"他爹点头。终于，李骨头摸到了房门口，大声吆喝说："康广才，生意不大，架子还不小哩？"康明楼装模作样地问了他们，才前边引路进了屋。康广才站了起来说："贵客，快坐呀！"李骨头看眼康文盛，很随意地坐到椅子上。李骨头说："咱说正经事！"康广才说："我这次做的康家生意！"唰一声，李骨头从腰里拔出小砍刀，对准了康广才。李的手下人，也拿出小砍刀，对准了康文盛。但康明楼也出两把刀，凉冰冰放到李骨头脖子上。王黑妮的流星锤，也缠了他手下一个人的脖子。李骨头说："我说这小倌咋恁眼熟哩！"康广才问："才开口说话，谁就得罪了你？"李骨头咧开嘴，龇着黑牙几声冷笑说："我吃得盐比你吃的粮食都多，想圈导住我，还为报旧仇？"康广才说："看老兄说到哪去了，让人一头雾水！"李骨头说："甭给我刮迷魂风，明人不说暗话。昨天我们又截船，可一见船挂康字旗，就让人撤退了，我不仁义吗？当年去抢康家船、去康家放过火，不过，我都发过誓了，再也不跟康家作对了。可今天你们骗我来，是想吃我吗？"康广才连忙手指康文盛："康家的新掌柜，往事儿早风吹云散了！"康文盛说："今天想谈咱们合作！"闻听此话，双方都放了硬家伙。接着，热烈地说了半晌事儿。康文盛说："李大王回山寨，跟弟兄们商量下，如果愿意了，咱们立字据。"李骨头应诺中！

按约定，康文盛一干人来到陕县码头上，等待李骨头回消息。逯小柱说："文盛，你说那匪头，愿带人入行吗？"康广才说："家有千口，主事一人，我看李骨头有点意思了！"康文盛说："很对，如果山大王得乐且乐，就不会想恁远；如果他对弟兄们有情意，许会带大家入这行！"逯小柱抬头朝天上看了看，又朝河滩上看看，说："怕不行了，快晌午了，还没影儿！"说着，康明楼来了，把一封信递给了康文盛，他展开看了，说："让咱们去！"

康广才在前边，康文盛、康明楼随后，踏上了难走的山道。好一阵踢踏，接近了匪寨。突然，山包后蹿出两个人，横眉竖眼看他们。康广才忙双手抱拳黑话对答："山里有路，晴雨不误！"土匪："山头有树，老树根固！"暗语对荐，土匪说："里把路，看见古庙，就是！"几个人又走，康文盛问刚才说那是啥话？康广才说，道上人才能听懂呢！正走着，一山包后又跳出了四个人，其中一人说："规矩，去见大王要蒙眼！"康广才说："免了，我也是大王！"那人说："中，跟他走！"康广才说："哦，有陷阱！"

古庙大殿里，李骨头仍坐高台太师椅，两边站着小头目。李骨头拉腔喊道："带客来！"小卒在前，康广才几个紧随，进了光线发暗的大殿内。李骨头慌忙从宝座上下来，走到客人面前，施礼说："输戏不输过场，这谱我也摆不了几次了，望诸位见谅！"康文盛施礼说："对着众弟兄，敲定那大事儿！"李骨头说："买驴摸码子，弟兄们自己拿主意！大家都说事儿不赖，只是担心咋买骡马，咋保证酬劳！"康广才说："买骡马，当然由康家出钱。从三门峡以下，牲口驮运货物，运到陕县渡口。按照运货物多少付报酬，大家干一年，除了吃喝，保最低挣回匹骡马钱。"李骨头拍手叫道："这就好了，都可以城里安家过日子了！"康文盛说："商议好，好着手下一步棋。"李骨头说："姜太公钓鱼，愿者上钩，不愿干就走人，反正我再也不想受这熬煎了！这就跟弟兄们合计去！"

后院里，土匪们站的、坐的一大片。李骨头到了，都听他挥手演讲："没二话，就敲定，过这村就没这店了，都好好想想。愿留下跟我做骡马驮队的，进大殿里。不愿干的，就在这等着，等那边事儿说好，我每人发点银子，就呱呱鸡上山坡各顾各了！"众土匪纷纷喊道："我们还跟大王捅稀稠！"李骨头点着人头数着数，哈哈笑了："中，跟着康家，牢靠啊！"李骨头前边走，弟兄们后边跟，拥进大殿里。李骨头又庄重地上宝座，说："以后我不再狐假虎威坐这了，今天，就再烧包一回，这是叫花子骑墙头，能美一会儿是一会儿！"众弟兄哈哈大笑。康广才大声说，将来驮队还是你当头！李骨头说："把康掌柜先请到台上，我才敢说话。"康文盛大步走上高台，李骨头连忙拉他坐上太师椅，指着旁边空闲的太师椅说："我坐那，咱也懂规矩！"

李骨头说："康家这次对咱是大恩，大家都跪下给致大谢！"康文盛要阻拦李骨头，李骨头已跑到了台下，和大家一样跪地上。李骨头领头大声说道："康家领我等走出苦海。"众兄弟随说："康家领我等走出苦海。"李骨头："谁若背叛，天打五雷轰！"众兄弟："谁若背叛，天打五雷轰！"李骨头又走上台说："康掌柜，咱就写字据吧！"不一会儿，康文盛把写好的协议给大家读，大家认真听了，爆发出一片掌声。接着，大殿里热闹聚餐。李骨头端着黑碗酒，大声地吆喝着："静静，从今天开始，我们就成康掌柜的兵了，我代表弟兄们敬康掌柜酒了！"康文盛也端着黑酒碗站起来："我们是第一次见面，以后，大家就都是兄弟了！有钱大家赚，挣钱大家花！"众土匪欢呼起来："啊啊啊……"李骨头摆手吆喝："看高兴的，还没给你们娶媳妇哩！"康广才也大声说："别激动，干啥都要有代价！现在一溜顺高兴，将来又心里像塞萝卜，那就不好了！"康文盛又说："现在开始，都不是土匪了，再也不能打家劫舍了，牲口买来前，一切嚼受我供应，牲口买来后，大家搬到陕县城，正二八经地挂上字号，就叫魁记驮运队！然后，寻找合适女人成家立业！"众土匪又欢呼。康文盛摆摆手，大家又安静，他说："今天，我敬每人三碗！"李骨头哈哈笑着大声说：喝呀……

陕县渡口，康家船只列队，李骨头领几兄弟，跟着康文盛一行上了船。船舱里，康文盛指着李骨头给逯小柱介绍，两人马上抱拳互相致意。大家商定，西安钱庄取银子，李骨头带人蒙古买骡马。康文盛说："这批骡马买好了，等泾阳生意稳定后，把咱的生意往四川推！"逯小柱说："看来，真要大干一场哩！"李骨头说："到那会儿，我和弟兄们肯定有活头儿了！"说着，竟呜咽了，眼泪稀里哗啦地流下来。

逯小柱戴顶黑帽翅，身着时髦的绸缎衣，马车上坐着。带领的马车队，成了泾阳街的风景线，吸引了诸多人眼球。马车队魁记门店前停下来。韩金贵出来迎接他，小声说："你装得还怪像哩！"逯小柱回应说："唱戏谁不会？只看想不想。"看见王家店铺里也跑出些人看！逯小柱故意大声说："这次嘛，运来十几船货哩！"韩金贵也大声说："过去老蜷腿睡觉，这回我也该伸伸腿了，卸货了！"

逯小柱去了帽翅和外衣，胳膊架着，很随意沿街看门面。来来往往的人群，似融化到了白太阳光线里。逯小柱观望那秦川布店，生意一排三十间，雕梁画栋很气派，有些鹤立鸡群样。逯小柱的举动，开始没人在意，z在王家门口站时间长了，王家一个伙计走过来，说话似抢一棒槌："老哥，屎壳郎爬到纸上，充啥文雅呀？"逯小柱说："不兴看？"王家伙计说："那字是屎壳郎爬上了，还是烧饼烤煳了？"伙计说过，哈哈笑了。逯小柱阴了脸，训斥他："少家失教！看你个鳖形，充啥人物哩！"那店伙计瞪大了眼，又修改为笑脸："老先生，对不起，您老人家需甚？我给您办。"逯小柱看了几眼那伙计："叫你们大掌柜，我跟他有话说！"那伙计吃惊地张大了嘴，进了店里，很快，王天祥走了出来："先生，走，里边说话、喝茶！"逯小柱大大方方跟着王天祥，一摇二摆进到了王家店。后院大房里，王天祥为逯小柱冲着茶水说："先生，有啥事跟我说，我是小掌柜。"逯小柱摇头答："要说的事儿是座山，怕你承担不起来！"王天祥笑了说："啥大生意，不信我就难当家？"逯小柱说："那好，我你透个气，人托我说合，拿出你店一多半的钱，想跟你家合伙干！"王天祥扑闪半天眼："打死我，也当不了这个家！不过，现在不想跟人合伙干！"逯小柱说："那么时间不会久，你们就该关门了！"王天祥笑着说："不信，谁有哪实力？"逯小柱说："咱找你老掌柜，到那你就会明白！"王天祥说："你留个联系点，明天我找你！"逯小柱说："就在魁记商行里！"王天祥疑惑地看着他，顿时惊愕了！

待到天色黄昏时，王有亭回了家，大样样坐上罗圈椅，手捧宜兴壶，漫不经心呡茶水。王天祥匆忙进来："大回来了？"王有亭乜斜眼说："我不回来，还能死到哪！"王天祥说："你说话像放铳。"王有亭说："生就这球人，不愿意听，再出去找个大！"王天祥歪头学了逯小柱的话。王有亭忽地坐直了："他能咬我半截子！"然后啪地拍桌子，"奶个熊！"王天祥说："说客想见你，看来康家新掌柜头难剃，最好谈一谈，兴许有大利！"王有亭说："见就见，看他能屙出方屎橛子来？"

次日，魁记门面前，又排了一溜车，车上堆着新运到的布，韩金贵又招呼人卸着车，逯小柱又看着王家门店那。王天祥商行里走出来，给逯小柱说："轿车马上到，咱去见我大！"一会儿，马车嗒嗒出了城，沿着泾河走，过片林子地，又行一截路，一个大门楼前停住车。王天祥先下车，逯小柱也下了车。逯小柱观看前面黑大门，大门外长了几棵大树，椿树、槐树、梧桐树。王天祥谦和地作手势，说，都请进吧！俩人踏入了大门内。那会儿，王有亭正与人砸杏核，时尚的小游戏。逯小柱看见就笑了。王天祥问笑甚？逯小柱说："在俺那，小孩儿才耍这玩意儿。地上画个圈，或者挖个坑，一人放里几杏核。压了指头分顺序，老母猛砸里杏核，砸出单者算是赢，打出对者输一个。"王天祥说："百里不同俗，十里改规矩，我们这，大人都玩这！"逯小柱坐到把椅子上，看着王有亭做游戏。王天祥催促王有亭说："大，人家来了！"王有亭说："来就来！"王有亭又赢了一局，玩伴看有事，自觉告辞了。

王有亭返回屋，傲慢地坐上了罗圈椅，火镰打燃火媒子，抽着旱烟，王有亭眼皮也没抬，腾声站起来："康家有甚屁放！"逯小柱说："想跟你合伙干！"王有亭眼睛瞪得牛蛋大，说："敢跟我合伙？他把麦秸当拐棍，还指望啥烧哩！出多少钱？"逯小柱说："拿出六成钱吧？"王有亭看着逯小柱，人家神情仍沉着。不由额头出了汗，说："转告吧，无论康家打啥歪主意，都是瞎子点灯白费蜡！"逯小柱仍温和地说："王掌柜好好想一想，可别吃了后悔药！"王有亭拍了肚皮："康家，我裤裆的猴！"逐小柱站起来，扭脸就走了。

太平船船舱里，康文盛和康广才下着棋，王黑妮临窗绣着花。突然，绣花针扎了手，王黑妮"哎哟"叫了一声。康文盛问咋了。王黑妮吮吮着指头，说扎了下！话音才落地，逐小柱、韩金贵走进来。康文盛站起来说："舅来了？"韩金贵说："王有亭当过刀客，他早就想吃了魁记！你还敬重他？割驴球敬神，驴也疼死了，神也恼死了！"逐小柱说："真是个愣货，油盐不进！"康文盛笑道："还是要想法挽起手，如果世代成冤家，对发展大不利！"逐小柱说："他不吃甜瓜老想啃石头！"康文盛说："我跟他再谈谈，不信他不识马别腿？"

这天，王天祥领着，康文盛去了王家。屋里传出了哭叫声："爷呀爷呀，我真不敢了呀！"王天祥看康文盛很诧异，说："我大又打小长工了！"康文盛沉下脸，进屋里，见王有亭一条腿咯噔着，一手掂只鞋，一手拉个瘦孩子，朝人屁股上搧，任凭孩子咋呼喊，他一句话也不说。王天祥抓了他的手，你为啥欺负人？王有亭鞋底就朝王天祥头上抢，王天祥一把夺去了，摔到了地上说："康掌柜来找你，不嫌丢人呀！"王有亭说："屋里喊半天，让他提尿壶，憋得我差点儿尿裤子，不搧他搧谁？"王天祥说："大白天，你就不能去茅厕？"王有亭说："老子就在屋里尿，咋？"康文盛说："王掌柜，消消气，看，打扰你了！"

王有亭坐上罗圈儿椅子，打火镰燃旱烟，乜斜着眼睛说："天祥，你还不走？"王天祥说："我也听听吧，对你的能力，我都怀疑了！"王有亭："算卦的说过了，我是孬人会长寿，想夺权？"王天祥撇嘴说："别头上插花自我欣赏了！"王有亭说："康家的小掌柜，你咋本事恁大哩，把济南我小掌柜都制服了？"康文盛哈哈笑了说："碰巧救了他一命，说话又怪投机！我这次来，想跟你商量生意的事儿。"王有亭说："甭费唾沫星！"康文盛说："我这边生意想扩展，害怕你受不了！"王有亭说："登天当玉皇，入地当阎王，我从没输过谁！"康文盛说："我家讲究和谐相处，我开诚布公说，你许多事儿做得不义气。你说咱有世仇？"王有亭说："康家祖先害了王家祖先！"康文盛说了他书上看到的故事。王有亭："那就怪了，我先人也留的有账本。"康文盛说："怕是你先祖为逃命，当年真相没弄清。"王有亭说："只有我先祖出逃，其他都让剿灭了！"康文盛说："不是那回事儿。就算你的话实确，后人不管前人事儿，咱还应正常来往啊！"王有亭说："我活着，就是要把康家给打败！"

康文盛想，秀才见了兵，有理说不清，这牛人，只能让他懂得蜜糖甜黑矾苦了！于是起身告辞了。

街上贴出张魁记的告示：即日起，让利于民，本商行布匹大杀价。早上一开门，韩金贵指挥店伙计，门口摆设了长货板，开始棉布大甩卖。顾客们都往魁记拥。韩金贵站门前，大声说："各位排住队，咱货多得很，保证大家能买到！"关中批发市场，顿时热闹了。

王天祥站在店门前，皱着眉头看了会儿，对伙计说了几句话，匆忙找他大了。王有亭仍然砸杏核，拿指头肚大小的老母子，朝圈里杏核猛砸去，却撞出来了四个子。同玩老汉抓那四子丢圈里，王有亭黑布袋里又掏俩，嘴里嘟囔说："真倒霉，又倒贴俩！"这时候，王天祥进了门："大，康家低价卖布了，顾客都往他那挤哩！"王有亭脸也没扭说："剃头扁担不老长，就该老和尚卷铺盖离庙了，甩卖存货哩！"王天祥着急直跺脚说："人家还一直运布哩！"王有亭重视了，对玩伴们说："且到这，银子比杏核值钱呀！"爷俩匆匆赶往集市，王有亭说："我不信，康家实力有恁大，肯拿白花花银子打水漂？前些年，魁记像得了痨症病，谁肯有头发装秃子？"王天祥说："人家生意大着呢，海娃叔都说过！"王有亭说："打跺脚放屁，他遮羞呢。弄不成事儿了，就胡吹人家威风！我就偏偏不信邪，弄垮老康家，迟早的事儿！"

魁记门口一看，王有亭头蒙了。人头攒动争买布匹，外地商整车整车装。有个老板游晃他身旁："小声说，就你腰粗哩，这咋办？"王有亭说："怕个球，针尖对麦芒！"王有亭召来海娃和天祥，吩咐，明天派人看一看，到底康家存货有多少？斗败的鹌鹑了，不信能变成金凤凰？王天祥说："大，跳出三界外，方知天大小！"秦海娃说："哥儿呀，咱实力跟人没法比！"王有亭说："都是你的尿壶嘴，吓住了我天祥娃了！"秦海娃说："听说人家几百年的生意了！"王有亭说："锤子！"

王有亭已派出侦探两天了，消息还没一丁点。他怎知，康文盛和他耍游戏，咸阳码头边，找个临时房，放几垛布，船队退走二十里。屋子里，王有亭端着宜兴壶，吸溜着苦苦的茶叶水，焦躁地屋里来回走。突然，树上一只喜鹊喳喳叫，他吆喝道："叫你娘那蛋！"话音落，响起了脚步声，王天祥领个伙计走进来。王有亭正襟危坐在那，王天祥说："你看我大，不论风刮雨打，胜似闲庭信步！"王有亭一脸自豪说："遇事不惊慌，方能成大器！"那伙计报告说："我远远盯梢魁记运货车，到了咸阳城，康家租了两间房，布匹都运差不多了。"王有亭哈哈大笑说："娃子，还是老姜辣吧？上次听那说客的话，我就觉康家玩猾，说要合伙是骗局，幸亏没上当！好吧，今天开始，咱专门收布，高价收，把康家收空了，他就该滚蛋了！"王天祥说："可不敢，他卖他的，咱卖咱的，何必去冒险？"王有亭说：我是你大，你现在就听我哩！如果你成了我大，我再听你的，行不？"

王家也贴了告示：为调剂余缺，即日起，高价收购布匹，各样花色品种，来者不拒。

许多人围着看告示。有人问王天祥说，从康家那边买来的货，你们收不收？王天祥说，照收不误！于是，就有人到魁记门口，低价买了，这边高价卖了，老鼠搬仓猫倒窝，很有点儿热闹劲。王有亭坐在店门口，也摆了张八仙桌，他背靠罗圈儿椅，吸着旱烟袋，眼看着，康家一卷卷布，入了他仓库！日出，日落；日出，日落，到了又一天大半晌。王天祥给大说："都四天了，我估算，康家存货该完了。可今天他们拉货马车又多了，我私下问，那边伙计说，船舱垛底怕还有会拉几天！我看形势不老妙！河南客，怕是耍奸猾使门道哩！"王有亭听了他的话，头也不抬起："针鼻大的胆子，能干啥大事儿？开弓没有回头箭，来者不拒只管收。我要让康家输，输得裤子难提起！让大家都看看，谁是大玩家？"王天祥说："大，咱不能草绳当成蛇，可也不敢毒蛇当草绳啊！"王有亭不耐烦说："咋给你独个娶个婆娘哩！"秦海娃匆忙走过来，神色惶惶的，王有亭问他，有啥新情况？秦海娃说："大不妙！"王有亭问："又咋球了？"秦海娃说："奉命我去嵯峨山，官兵把牢了山路口！"王有亭秃噜变脸哦一声："哦，官兵也在帮康家？"秦海娃说："抄小路我冒险爬上山，他们说并没得罪谁。后来，我又跑官府找线人，你猜咋？人家康家那边买了路！"王有亭说："撑死胆大的，饿死胆小的！康家那年轻娃儿，毛羽还没长全呢，我就不信拿不下他！海娃，你再咸阳细探探，摸清康家弄啥哩？"

夕阳染得漫天红，河面金光跳跃。康文盛站上太平船，欣赏渭河夕照。金灿灿的光亮下，有渔人小鹰船上撒着网。突然，渔人拉不动了网，网拖船只往下漂，渔人腾开一只手，弯腰船篙扎下游，挡住了两叶小鹰船。他扶船篙歇息，又猛然背拖渔网，拉出条三尺多长的大鲤鱼。

这会儿，逯小柱撩起衣角扇着风，走上太平船，满脸洋溢着笑。王黑妮说："高兴得似得了啥宝贝？"逯小柱说："官兵把守了嵯峨山，挡住了土匪下山道，王有亭想用土匪乱阵脚，也成了水中月亮墙上画饼！"康文盛询问生意咋样了？逯小柱说："运过去的布，多由王家高价收购了。估计快也撑不住了。"康文盛说："明天再增加四辆车，看王有亭能撑到哪天？其他布店呢？"逯小柱说："其他店多是在观望！就有一家店，老板江云海，稳坐钓鱼台，照样做生意！"康文盛说这才叫作真本事！逯小柱说："江云海写封信，让伙计送到了咱店里，告诉韩掌柜，他要给王有亭头上泼冷水，平息一下这场斗。"康文盛惊讶说："还有这回事？"逯小柱说，他都告诉了金贵舅。康文盛说："这几天，我要抽时间结识江掌柜，让我舅安排吧！"

晋商江云海，咬过了牙印就行动，他决心当回和事佬。给韩金贵掌柜说过了，这夜进了王有亭家。王有亭正靠屋墙拿大顶，不情愿身子放下来。江云海朝他施礼，说打扰雅兴了！小伙计递来湿手巾，王有亭擦巴擦巴汗说："就说找你呢，这次我英明吧？放心，除了那魁记，其他店我都手下留着情。来人，摆上酒席，咱晋陕兄弟喝几盅！"江云海阻挡说："我肝火太盛，喝酒夜里睡不着！"王有亭说："那是喝得少，喝晕了，一觉睡大天亮。将来泾阳布市上，还飘咱秦晋两杆帅字旗！"江云海说："我说句心里话，你不敢再往下进行了。"王有亭头都不抬，问为啥？江云海说："小心掉窟窿里！"王有亭发愣只片刻，头又摇似拨浪鼓："我怀疑康家的实力！"江云海也摇头："谋略啊！人家原来怕没看重这片生意！"王有亭瞪大眼，站起来似个大领袖，拍拍江云海的瘦肩膀说："出水才看两腿泥！"江云海皱着眉头长叹息，他想起了一句老话"朽木不可雕"也。又说有半天，王有亭仍油盐不进，江云海推说不胜酒力，告辞去了！

一天天，泾阳街许多布店关了门，只有王家还在高价收，只有魁记仍在低价卖。一队马车街口处走过来，还是拉的布，又停在了魁记前。韩金贵掌柜大声说："伙计们，大家都提点精神，过了这段时间，可以多歇几天！"一伙计接了他话茬："油馍大肉支应着，要有精神气！"

对面秦川布行那，王有亭看得好眼热，心里骂，狗日的，康家的布天上掉的吗！说没了没了咋还运？这会儿，王天祥也站到了他身边，说："大，我看人家后劲儿足着呢！上次探听那情况，肯定有诈！我再跑咸阳看看吧？"王有亭说："你海娃叔回来没？让他再去打探，又几天了，咋还没消息！"王天祥说："还在睡觉，大概太累了！不识庐山真面目，只缘身在此山中！"王有亭说："你娘个锤子，说甚外国话？那边魁记商行，够张狂了！喊他快来！"王有亭走到生意后院，看啥都不顺眼，见地下放个空瓦盆，掂起来，就扔到了院子里，顿时响起"哗啦"破碎声。王有亭坐上太师椅，开始打火镰抽旱烟。火镰打不着，他就扔了火镰。伙计连忙跑出去，拿支燃着的蜡烛，放在了他面前，烟袋锅对着蜡烛抽，面前腾起了缕缕烟雾。

秦海娃被喊来了，带张没睡醒的脸，王有亭问咋样，秦海娃说："难压住人家气了！"王有亭说："按你说，咱请仰摆脚撒尿随意流了？你看看，这几天，魁记把咱飙成甚了？"王天祥也进来了说："咱不敢再收人家货了，我马上去咸阳打探，让海娃叔家里招呼店！"王天祥说，"大，我心里可急着火了！"王有亭说："再急，也不能今天娶媳妇，明天就当爹。肉烂在锅里，咱收购了些布匹，不会吃亏的。从现在起，停止收购！让魁记拉来恁多布匹，沤烂！发霉！"王天祥走出去安排停收了，秦海娃说："老哥啊，真不敢和康家硬顶了，这次我听说，连那个李骨头，也归顺康家了！康家生意太大了！"王有亭大声截住他的话："都是狗！都是狗！"秦海娃尴尬地愣在了那。

这天，康文盛穿着很素朴，来到了泾阳街。看魁记买布的还在挤扛，其他门店人冷落，王家布行也不旺。王有亭又站自店前，滴滴瞪瞪看这边。康文盛对康广才说："叔，去说说，如果王掌柜愿合作，咱仍按原先说的做！""他那副野狼样，我看难！"康广才笑着，朝王有亭走去。王有亭朝地"呸"地啐口唾沫，进了自己店里边。康广才仍跟他进店。康广才笑着说："王掌柜，可不想理我了？我真想跟你说说心里话！"王有亭乜斜眼问："真的？"康广才说："说瞎话了当鳖儿！"他两手掌做鳖爬样，王有亭说："行武之人义气，心里话我愿听。"康广才说："老哥呀，弓甭拉太硬！和气生财，跟魁记联起手！"王有亭说："抢刀割脖子，还能和平吗？"康广才说："大掌柜说了，和善大门永开着！"王有亭说："有甚条件吗？"康广才说："要么，各扫门前雪，谁也别耍横！要么，与康家合股干！"王有亭说："等于没有说，都还交份子钱！泾阳街我服过谁？县令还看我脸色说话呢！"康广才说："死沟脑处一条路？"王有亭说："我服你的武艺，不服你这番话！"康广才说："我祝你能笑到最后啊！"

康广才跟康文盛回话说："他还是煮不熟熬不烂的龟孙货！"康文盛说："文火炖豆腐，慢慢来，一定有机会！"

这夜，铁鳖灯头忽闪着，王有亭屋里来回走。看看窗外边，黑黢黢一片了。他大声吆喝道："小娃子！"小伙计连忙跑进来。王有亭说："天祥回来没？"小伙计说："一回来，就给你念传！"

王有亭又比较正经地坐上罗圈儿椅。王天祥一进门，就大声说道："大，咱完了！"王有亭忽地往儿子脸上甩巴掌："倒霉话！"王天祥捂脸说："打啥？"王有亭语气缓和些，说："打也打球了，疼也疼球了，娃子，大心窝火啊！说说，咋回事？"王天祥说，他找到了康家好大一片船！上边全部是布匹，泾阳布匹加起来，也没人家多！王有亭脸色变了，自语："不显山，不露水，装成小本生意人，他真的腰身恁粗吗？"王天祥说："像钻进了康家的布袋阵！"王有亭咬牙瞪眼说："想哩美，我要让康家哭！"不多会儿，王有亭屋里又喊小伙计，让快叫来秦海娃。秦海娃门口接了话："你也想通了？纵观历史，识时务者为俊杰！"王有亭说："对！明天你到嵯峨山一趟！"他低声授了计策。秦海娃惊愕地说："可不敢呀！"王有亭说："算我没你这兄弟，卷铺盖离庙吧！"秦海娃说："中，现在就走！"

王有亭吼叫："快滚，爬远远的！"

太阳照耀着嵯峨山，葱茏树林也都惶惶的。崎岖山路旁，竖个破古庙，旁边小河哗哗流淌。王有亭卷裤腿过小河，在个陡峭山崖处，吹了声带拐弯的响口哨。崖上便卸下个绳梯，王有亭攀爬朝上去。一直拖到夕照时，他又下绳梯，后跟了几个人，都斜背大刀片，晃出寒寒的光。

月亮升起来时，王有亭一行闪进他家里。那一会儿，一个年轻人王家门外转悠，乜了这一幕，匆忙就走开，跑进了江云海家里。

"爷，我看见王有亭了！"江云海问："啥时间？"伙计说微黑时刻，都像胡子。江云海说："我这就找他！"江云海开了门，小伙计拦了他："最好甭去，那土匪不好缠！"江云海说："我许诺了魁记，要想法说和他两家，我真怕王有亭，再弄出大麻烦！"小伙计说："我跟着你吧，许会好点。"二人出大门，融入了夜幕中，朦胧的泾阳街，面前徐徐展开了，黑兀兀的店铺房，黑乎乎的一棵棵树。伙计在前走，江云海后边跟，出街道，入了田野。那伙计唱路戏壮人胆："秦岭高我腿发颤，掉到山下要完蛋。娃子难再把书念，将来咋能考状元，挖那棵山参我再试探……"

远处朦胧的村庄，狗们汪汪吠叫着。到了王家大门口，伙计啪啪拍门环："吱呀呀，"黑色大门被拉开，露出个光头："找谁？"江云海说："王掌柜。"看门人说："不在家！"江云海说："去哪了？"看门人："你问我！我问谁？""吱呀呀"，大门又被关闭了。他们只得折身走，周围狗吠更热烈了。

那时刻，庄稼地小路上，王有亭前边走，几个黑影匆匆跟，背刀人还提着啥东西。渐渐地，就近了城边处。王有亭招招手，大家停止前进了。蹲下张望月下的黑房子。几个胡子和王有亭说话："为啥狗恁张狂呢？""公狗叫母狗，想恋蛋哩！""嘻嘻嘻嘻。"

和平写满了天空，写满了远处黑色的树冠，写满了错落的房屋。王有亭说："这就是魁记的房，人静了，行动吧！"胡子们弯腰提罐子，朝布市走过去。夜景如梦如幻，房屋街市，都融入灰色月光里。

江云海又回走，感觉不对劲儿，即刻站住脚，四处张望着，他问伙计:"看到异样了没？"伙计说:"还没有，就是狗们死活叫唤？"江云海说:"许有事儿要发生！"伙计警惕地四处张望，突然，看见田间小路上几条匆匆的黑影，他指示给江老板看，江云海说:"胡子？"伙计说:"我吆喝吆喝，吓跑个龟孙哩！"江云海说:"谨慎，谁知胡子来多少？你坏他的事，他砸你吃饭瓢！咱们快回去，照护好自己的店！"

王有亭已站古槐下，魁记商行后的树，高大遮了天。王有亭说:"顺树可爬房顶上，火油洒过，一点就着，你俩要小心！"两条黑影子，麻利地上了树，由树枝攀缘到房顶上，继而房顶上浇火油。王有亭嘿嘿笑了，尝尝老子的厉害吧！老天爷保佑我啊！他抱拳朝月亮拜了几拜。

这座房子窗口处，斜射进了缕缕白月光，康广才床上正翻身，忽听见咯吱咯吱响。多年当保镖，眼观六路耳听八方，练就的一手，他噌地坐起来，仔细辨听，声音好似房顶上。他就麻利穿衣，拍打邻边床，康明楼问弄啥？康广才说:"房顶有动静，悄悄叫醒屋里人，我先看看去！"康广才扎好腰巾，登上功夫鞋，闪出屋子，站在房下，天上张望着。夜空房顶间，晃动的有黑影。康广才手扒房墙角，猫儿般轻捷，爬到房顶上。细致再观看，一边房头一个黑影，浇洒着啥东西。他朝近处胡子靠近去，蹲如猫儿轻轻走。那胡子还没弄明白，正指挥另个胡子说:"马上就好，即可点火！你那边咋样？"康广才一个猫儿跳，扫堂腿朝那胡子袭过去，踢了那胡子一条腿，胡子跌倒在房顶上。康广才麻利地捂嘴，哧溜溜捆了他。另一个胡子问:"哥儿，你还有空练武呢？"另一个胡子朝康广才靠拢去，康广才又个猫儿跳，把他也扫倒在了屋顶上，也捆了他。康广才朝下喊:"明楼，快扔上来绳子，把坏蛋卸下去！房子下立即甩上根绳，康广才一下抓个牢。他对胡子吼叫道:"谁敢再动弹，马上扔下摔死谁！"

王有亭黑暗处听动静，突然见魁记灯火都亮了，感觉情况不老妙，给另两个胡子摆手说:"快跑吧，上边肯定失手了！"这时候，魁记的伙计们乱吆喝:"截住！截住！"铜锣也敲得哐哐响。王有亭急忙就逃窜，跌倒了，爬起来，又跌倒……

王有亭一觉睡到半后晌，接着走进了茅厕里，提个陶尿罐，啪地就摔碎，又提个陶尿罐，又啪地摔破碎。王天祥对伙计头说："看我大，日狗脾气又上来了，他走到哪，你们就跟到哪，发现他戳事，要努力阻止，出了事儿，我可不愿意！"王有亭摔过了尿罐，骂骂咧咧地，气冲冲往大门外走去。几个伙计跟随着。大门外，王有亭站住了脚，看着高远的天空，太阳炙烈蒸烤着。他朝地啐口臭唾沫，又返回了大屋里。几个伙计仍守着，看王有亭还唱啥戏剧。仅仅一袋烟，王有亭又走出屋子，说："走，看看那俩笨东西！"他在前边走，几个伙计紧随其后，大气不敢出，也不敢问去看谁。

医馆房子里，并排两张床，床上躺那俩胡子。康明楼坐在椅子上，玩把明晃晃的杀羊刀。王有亭进了门，气势汹汹吆吆地喝道："他们是咋了，把人打这样？"康明楼说："说话可要讲良心，放火烧房子，我们逮住了，还没送官府，没给杀了，还花银子来治病，这样的好人哪去找？"王有亭说："他们都是好人，咋会烧店铺？是扫房顶做好事儿吧？"康明楼笑了说："想说啥说球，不想说啥去球，我不管你球！"康文盛和康广才也来了。康文盛手里提点心。康明楼说："俺大掌柜仁义吧！你还会说赖话？大白脸，一只眼，不会说话乱叫唤！"王有亭抬头看见康文盛，忘乎所以地说："弟兄们报仇，给我揍扁了这货蛋子！"随来的伙计们，就朝康文盛扑过来，康广才往前一步，大喝一声："谁想学这俩人，就来！这都是我治下的鹌鹑！"那伙计们发愣了，站在了那里不敢动。王有亭咬着牙，像抵架的牛，后退几步，然后嗷嗷叫，光光的脑袋像弹丸，朝着康文盛猛抵去。咚地，他的头碰在康广才伸出的拳头上，被反弹，摔了个仰八叉。他说着："奶奶的，康掌柜送我了一锤子！"王有亭抬头一看，康广才正吹着拳头哩："劲儿不小哩，顶得俺手生疼，赔偿吧，十两银子！"

王有亭躺在地上，康文盛弯了腰，拉住他手说："和为贵，谁又没把你孩子扔井里，何必恁大仇气哩？"王有亭挣脱了康文盛的手，站起来大声说："我要到官府告你们！"康文盛冷笑着："中啊，告吧！"王有亭说："我要把伤员抬到官府里！"康文盛说："中啊，抬吧！"康广才说："大掌柜是皇封五品官，你告吧！"王有亭先一愣，晃了几下头，气冲冲就走了。

次日一大早，江云海来到了魁记后院里，韩金贵说："外甥去官府说事儿了！害怕恶人先告状，起早赶往了西安府！"江云海说，那就跟你说说吧："我答应那事儿没弄成！"韩金贵说："事儿不顺意拐个弯，这边俺继续收布匹，敲敲王有亭，让知道马王爷三只眼！"江云海说："我感觉王有亭吃了硬橛屎，我想说说，剩余货先盘给你魁记，我往石家庄老店先走了！"韩金贵说："怕王有亭转身咬住你？"江云海说："老兄你真把握了我的脉！"韩金贵："等到战事一平静，八辆马车请回你！"俩人又说了许多话，还一起吃了早上饭。

今天魁记商行一开门，又贴出一张新告示：为调剂布市余缺，往外地供货，即日起，本商行始高价收购布匹，愿意供货者，欢迎参与！先是江云海的店，一匹匹布茺卖给了魁记，又有许多卖布客，挤扛着送来了货。一阵热闹着，突然，天上轰隆隆地响起大雷，人们抬头看，黑云遮了天。接着，雨水哗哗啦啦倾泻下来。

江云海打了黄油布伞，伙计们背着行李，送行往街口。好多商号老板都来送行。韩金贵朝江云海抱拳施礼，看着江云海上了车。马车滚动了，渐渐消逝在雨幕里。这时，王天祥掉泪了，他不由咏出了诗句："风萧萧兮易水寒，壮士一去兮不复还！"一个掌柜说："天祥，跟你大再说说，大家都过平和日子吧！"王天祥说："行，任凭他再捶我一顿哩！"王有亭坐着罗圈儿椅抽旱烟。王天祥走到他跟前，王有亭说："念传！"王天祥说："魁记也高价收布了，咱把布匹卖他吧？好好说说，大家和解吧？"王有亭吼道："给我滚！卖国贼！"王天祥先是一愣，嘟囔着，走出了大屋子。

那天晚上，康文盛府里回来了，大家一块儿商量事儿，王黑妮冲沏茶水给大家。康文盛说："布匹都送咱这里，有点儿不老好！我本想给王有亭个眼色看，竟然把大家连累了！"逯小柱说："拔了萝卜带出泥，没法的事儿！"王黑妮茶壶放到了桌子上说："我想说句话！"康文盛说："没谁捂你嘴，知无不言！"王黑妮说："咱为啥不能和其他店铺合伙干？按本入股，年底分红！"康文盛惊讶地抬头看着她："你咋想起了这妙计！"逯小柱说："正道，甭都老提心吊胆过日子了！"康文盛说："舅，咱门前再贴张告示吧！拿笔墨，我来写！"

次日，韩金贵又贴出了新告示，许多人来观看。入股分红，这话儿很新颖，成了泾阳街的热门话，大都跃跃欲试呢。王有亭也在墙上贴告示："看看前，看看后，恶狼跑不出老虎口，有朝一日明白了，乾坤还掌王家手！"也有人围过去观看。看过的人，忍不住摇摇头。

二十九

这天半晌，突然铜锣"哐哐"响起来，一个八台大轿沿泾阳街走来，后边人抬红绸遮掩的啥东西，停到了魁记门口。康文盛诸人忙迎接。轿里下来个胖官员，康文盛抱拳施礼说："不知知府大人到来，有失远迎，多多包涵！"知府说："听说你要扩大经营，本官送匾额一块儿，专请巡抚神笔龙蛇啊！"康文盛说："多谢大人了！"大家众星捧月般拥戴着知府，进了魁记商行院内。不多会儿，几个伙计忙碌了一阵子，魁记门额上悬挂出个大匾额，拉去上包的红绸子，"魁记商行"几字露出，黑底金字，有点儿震人。观者指点交谈，不禁感慨唏嘘。

王有亭看见巡抚手书匾额，也听到了人议论，扭脸就回走。心里闷气，几天没出门。这天太阳快到了头顶上，他往街看一看，好多店铺挂了魁记匾。他恼怒地骂道："狗日的！驴戳的！猪撬的！都是一群白眼狼！"王天祥说："大，甭骂了，人家打动人心了！"王有亭背着手，昂着不屈的头，朝街道外走去。他决心再弄个大动作，不能让康家恁顺溜了。又一天，王有亭爬上了马拉轿车，也往西安府去了。

西安府衙里，胖知府坐着太师椅，王有亭坐在另一边。知府问："王老兄，你咋想起又来了？"王有亭怀里摸索，一张银票送他面前说："这一段，生意上出麻烦，那魁记，恨得我牙根疼，这么多年咱配合多合翘，这次求你治他个黄牛滚陡坡！"知府拿起银票，指头弹了弹，又放桌子上，说："天下之大，都是王土，泱泱百姓，都是臣民。康家又不是外国人，我咋能挡了人生意。再说康掌柜，也是五品官，皇上支持，我敢肆无忌惮吗？你弄人烧人家魁记，我都没深究，还不是看了你面子？"王有亭说："太让我生气了！"知府说："息息心火吧！世上事儿，哪能总如人意？"王有亭说：

"看来你也怯康家？我就走！"知府说："恕不远送，还有公事！"王有亭走出屋门后，返回又抓走那银票。说："买不了知府买强人，总会有人帮助我。"

王有亭在旅栈住下来，西斜阳光透过窗户，晃进屋里一片光亮，他伸了个懒腰，吆喝："狗娃！"赶车伙计走进来说："您一口气可睡半天了！"狗娃端杯茶，递给王有亭，他咕咕咚咚喝罢了。又给狗娃说："你知道不？爷心里不美气！"狗娃说："有吃又有喝，心放宽宽的，天能塌下来？您要发愁，俺请跳沟上吊了！"王有亭说："一家不知一家难！走，吃饭去，肚子都咕噜噜唱戏了！"

旅栈内设有饭馆，王有亭带狗娃到饭厅。一张雕花桌子上，放好了醋水和秦椒，待王有亭坐下，跑堂的油腔滑调地叫起来："爷来了，要甚饭菜？"狗娃弯腰问："还是卤牛肉西凤酒？"王有亭有点儿不耐烦说："还能吃你的肉？"狗娃笑了，也油腔滑调地喊："大块卤牛肉，上好的西凤酒，快点来哟！"跑堂的应答："好哩，马上就好！"转眼间，饭菜酒水上了桌。王有亭就吃，吧嗒吧嗒响，好似饿狗吃东西。狗娃要碗粉条肉片大碗菜，两个硬面杠子馍，呼噜呼噜低头吃。西凤酒劲儿冲，王有亭喝得猛，很快醉意蒙眬了，脸上嘻嘻笑。突然，他发现附近桌旁几个人，每人一碗牛肉泡，脸上吃得冒了汗，其中还有韩金贵。他就朝韩金贵摆手，吆喝道："娃子，你过来！"

那饭桌，围了康文盛一拨人。康文盛原先背朝他，听王有亭招呼他舅，就站起来，笑眯眯走过去："王掌柜，还要点啥，我让人去办！"王有亭晃晃脑袋瓜，发红的眼睛死盯了他："我不、不认识你！"韩金贵也走过来说："王掌柜，你忘了？"王有亭眼睛瞪圆了："算个老驴屌，想吃了我？我可是不好啃，骨头硬！"王有亭说了这话后，小孩儿样张嘴就哭了。然后，又跳起来说："我不信，我不信！"说着，又头朝康文盛身上撞。康明楼早已跑过来，拳头顶了他的头。王有亭揉着肥脑袋，叫着："肚子吃进石头了？恁硬哩！咋，也是练过少林功？"狗娃拉他说："爷，甭生气，啊！"康文盛和气地说："三个臭皮匠，顶个诸葛亮，咱联起手来，不就更厉害吗？"王有亭吆喝道："白眼狼！我日——康明楼伸开了巴掌，对准了他的脸说，你敢骂？"狗娃连忙赔笑说："他日我哩！"王有亭大概清醒些："我日自己，还不行？尤其不敢日他！"他指了康明楼。康明楼还要朝他打，被康文盛拉住了，说："吃好的都请走！"顿时，一桌上人就散去。王有亭又吆喝："我日自己，还不行吗？"说着，又呜呜地哭了。狗娃搀扶着他说："爷，那鳖儿西凤酒，劲儿老冲！走，歇会儿吧！"搀扶下，他跌跌撞撞回了屋，拉开被子又躺下，心里烧得还难受。跑堂端个黑托盘，内有一壶醒酒茶，来到了他屋里，说："大掌柜让送的醒酒茶。"王有亭迷迷糊糊说："大掌柜他是哪驴腿？"跑堂解释，刚才那个康掌柜！这店，人家半年前就盘走了。王有亭发愣只片刻，就下令："走，钱不让康家赚，只能往他锅里屙！"狗娃为难地说："爷，天已黑洞洞，咱还哪儿住？"王有亭瞪眼说："娘个锤子，啰唆啥？老家赶，月亮挂天上，一盏天灯照着呢！"狗娃说："有刀客！"王有亭吼道："我就是刀客！"

牲口棚狗娃牵出马，套上那轿车，扶着王有亭，爬到轿车上。狗娃甩响鞭，车子吱吱呀呀响，出了旅栈院。月亮高照远星眨眼，房屋射出暖暖的光。康文盛站在房门口，看着那车出门口，康广才说："这货，一嘴咬定个屎橛子，拿个肉夹烧饼也不换！"

城外灰白色道路上，狗娃甩动长鞭子，马拉轿车咕咚咕咚前行着。天上那饼弯月，时隐时现浮云里。村野的树木，也如醉酒的人，在无韵致的风中摇摆着。远处，神秘夜色在蔓延，偶尔传来夜鸟儿凄凉的叫声。

王有亭还沉浸在酒醉里，眼前云雾在缥缈。月光透窗射进车内，他寡脸上冒出了汗珠。时或盯车篷顶，耳畔又掠过与儿的一番话。王天祥说："大呀，人的一辈子，不能都打顺风旗，有点儿小磕绊，那又怕甚哩？继续往前走，总有白日头！从目前看，咱入康家的伙，好事儿呢！时代在变化，你咋还抱着老皇历？我都知道了，康家生意都做有几百年了，汗毛比咱腰还粗！"王有亭说："我不听，成功与失败，我都不后悔！"这会儿，狗娃的小眼睛，不时扫瞄天空，有时乜斜大旷野，心里不住地在埋怨，爷呀爷，我不叫你回，就不听，你还醉毵着，来了刀客叫咋办？他耳朵贴着车篷听，里边掌柜没呼噜，传出的却是叹息声。狗娃断定，他没睡着！甩下鞭子"啪啪"响，马儿仍然没精神。狗娃想，马大概也骂俺哩，啥鸡巴人，半夜三更不让睡，下辈子让我赶车你当马吧！

车里，王有亭拍脑瓜吧唧吧唧响。似有蜂儿叫，自问，咋了？他伸出手，左摇右摆着，似乎要赶那蜂儿，嘴里嘟囔道，野蜂也欺我王大人？这会儿，王有亭似看见了山，心里想，是在哪儿？青翠的松林，红艳艳的映山红，琴韵小溪，啾啾唱歌的翠鸟儿，溪旁洗衣的村姑……王有亭咯儿咯儿笑了。突然，天上跳出一轮白太阳，炫耀得四处都明亮，煌得他睁不开眼，又来了成群结队的蜂儿，嗡儿嗡儿嗡儿，和着胡琴声。突然，弦嘣地就断了。王有亭头歪到一边，身子似乎在飞升，飞到了轿车顶上，飞进了茫茫天宇，俯视着朦胧月光照耀的田野，俯视颠簸的马拉轿车，俯视抱鞭子打着哈欠的狗娃……

天上露出了鱼肚白，公鸡昂扬地叫起来，抱鞭子的狗娃睁开了眼，自语说，掌柜也该醒了呀！他一醒，就要大声咳嗽！然后，吐痰，弹弓射击似。然后，要抽上几袋旱烟。然后，就对着墙根的树干，撒好长一阵子尿。然后，再说去洗脸。今天，是咋了，咋还没动静？狗娃喝声"吁——"马儿停下来，他跳下车，伸了伸懒腰，打了个意味深长的哈欠。然后跑到车后边，手挑门帘细观望。掌柜已像物件，一动不动了，尤其没了呼噜声。狗娃叫起来："爷，天又明了呀，嗨，太累了吧！"王有亭没回答。狗娃又坐到了车前边，继续赶车。已有乌鸦从天上掠过，呱呱地叫唤着。天空已现出了红晕，狗娃又想，王掌柜不咋对头啊！于是，他命令马车又停下，车后又叫了几声爷。王掌柜仍然没回答。

狗娃拍打他，吓得"哦"了声。自语道：身子咋凉了？他颤抖着手，放到了掌柜鼻孔边，哎呀，鳖儿没气了？狗娃这才感觉形势不太妙，跑着蹲到了田埂上，捧着脑袋细思索。掌柜像死了，他身上的钱该归我！拿定了主意，他爬到车子上，说："爷，你没打招呼，就去西天享福了！那边钱和这边不一样，也没法去钱庄兑换。你身上废钱归我了，等于临走你救济了我，我会给你烧高香，兑换烧点那边的金银，求阎王爷多多照顾你，让小鬼少打你几鞭子！"说了番话，狗娃掀起掌柜大衫子，腰带上解下了钱袋子，手里晃荡着，沉甸甸的！钱袋拴自己腰巾上，怪，腰杆马上挺起来

297

了，他拍打着："有钱跟没钱不一样！"他很精神地吆喝声："驾！"

马车又朝前滚动着，走了不太远，狗娃忽然又发愣，不对呀！如果到了家，少掌柜问我，咋回话？他又命令停了车，又一次蹲到了田埂上，两手托着头，仔细推敲着。如果这钱如数上交了，大仁大义落好名儿？自己难捞啥好处？狗娃屈起指头，"不登不登"敲脑瓜，忽然心里就大悟。面对冒火的新日头，狗娃演练着。他学王天祥的口音，掌柜带的钱呢？狗娃说："少掌柜，你不知，害怕死了人。天还没有亮，来了队刀客，抢走了掌柜身上钱，还打老掌柜。我跪地上好求饶，才给你留下了这挂车。老掌柜硬被弄死了。"他又学王天祥那口音："咋证明遇到土匪了？"狗娃跑到了路边，崴了根树枝，咬了牙，闭了眼，先在自己身上抽打，甩打了好一阵，胳膊、腿出了血道子。然后，又抽打车里王有亭，边打边劝说："爷，没有法儿，这样能证明，咱俩都清白。钱难挣，屎难吃啊，你可甭怪我呀，都是跟你学习的！"

火红的太阳照耀大路上，康明楼背着印花蓝包袱，身后斜把大刀，康广才后边紧跟着。康文盛也相送，大家说了不少鼓励和宽慰的话，送走父子俩往太白山而去。回了头，康文盛给黑妮说，姐，陪我再找知府吧！俩人告别大家也去了。

衙门里，胖知府正伏案看东西，门吱呀声被推开，衙役领来了康文盛和黑妮。知府忙站起，施礼道："康大人来访，定有要事！这是贵夫人吧？"康文盛说："是夫人，陪我一同来。想找你再说说生意的事儿。"俩人都坐下，康文盛说："那天，跟你已说过，多年来，王有亭欺行霸市，使泾阳生意难和谐。前两天，有人企图放火烧魁记，歹徒被抓住，后被他保回。这事许与他有染。我想请大人出面教诲他，就是合作搞不成，和平相处也行！"知府说："他本就是个刀客，多次劝导，促他转到商界。谁知他还要霸道！昨天，我已冷落他，点出他纵火犯了法。"康文盛说："求你帮助再沟通！"

突然师爷进来说："不好了！王有亭家人来报案，他昨夜赶路回家里，途中被土匪打死了！"知府惊讶地"哦"了声。康文盛、王黑妮也愣在那。

康文盛说："我们这就回去，得再见见王掌柜！"知府说："他都那个了，还见有啥用？"康文盛说："毕竟是同行，哪能死记仇？"知府感慨道，胸怀若谷啊！知府把他俩送到了衙门口。

这天，王家陷入了一派悲哀中。王有亭家大门楼外墙，贴上了白对联：烟雨凄迷万里松柏凝血泪，音容寂寞清溪流水是哀声。

半后晌，铜锣哐哐响，一挺大轿停门口，知府轿内走出来，抬头看挽联，发出了长叹息。衙役长啸："知府大人到！"王天祥大门内慌忙跑出来，扑通跪拜在知府前。知府仰脸诵道：

人生一世，草木一秋，昨日笑谈江山小，今日乘鹤归仙山！

王天祥说："大人，我大遭土匪暴打仙逝！"知府问，有消息是谁干的吗？王天祥说："我还没证据，但我想，可能与秦海娃有染。前些天，他让我大赶走了，估计他领嵯峨山土匪干了这事儿！"知府说："放心！有一日捉来土匪，我定严惩不饶！"王天祥说："感谢大人，灵位在院后空场上，按照老规矩，外丧不能入内宅。"知府一行从灵棚走出来时，突然，唢呐呜咽声让人心碎，一队执掌着纸扎的队伍走过来，王天祥和知府观看，竟是康文盛率布市一行掌柜吊唁来了。知府说："康家，真是仁义人啊！"

在康文盛的帮助下，王有亭的丧事办得很体面，大家不禁唏嘘感慨，王天祥也心内感激。王天祥记住了康文盛的劝解："去的人已经去了，活着的还要好好活下去！"

安葬了父亲，这夜天上月色朦胧，屋内铁鳖灯头飘忽着。王天祥桌旁阅读《礼记》。媳妇傍他坐着，问："祥，往后咱咋办？"王天祥抬起头，看着媳妇说："我想和康家携手，背靠大树好乘凉！可大一直对抗康家，我如按自己想法办，阴间大会饶我吗？"突然，外面传来狗的狂吠，王天祥看看窗户外，灰茫茫的夜色若布幔。媳妇说："天也不早了，睡吧？"王天祥说："你先睡，我再看会儿书。"看书，他心思已游弋于古代。突然，传来了斥责声、呼喊声、哭声、叫骂声。王天祥惊讶，开门看，竟然土匪执刀冲进了内院。王天祥立马弯腰返屋，拍打女人说："快，快！"媳妇睡意蒙眬，揉着眼问是咋了？王天祥说，土匪入宅了，躲命最要紧！

媳妇连忙穿衣服，手拢了头发。王天祥推开了后窗户，把女人推了过去。他弯腰打开箱子，抓出屋内仅有的元宝，塞进腰间，也爬过了窗户，刚刚关了窗户，就听见屋门被砸开了。他拉着浑身颤抖的女人，躲到一丛木槿后。这里可见大门口。不多会儿，账房冒起了烟火，他的住房也在燃烧。火光映照下，王天祥咬牙，眼里流出泪，心想，康家太绝情，一定要报这仇！等到刀客喊叫要撤退。王天祥树丛中看清了，匆匆撤出的匪徒们，听到了秦海娃们的对话声。"亭哥走了，咱也不吃亏，金银搂得不老少！""我给他扛了半辈子长工，他竟然撵狗样赶走了我，我能咽下这口气吗？""对，报仇！"

等院内安静下来，王天祥大声喊："救火了！"……

红太阳喷薄又出了，照耀在泾河上，也照耀了王家院。院内一片狼藉像，王天祥先是小声哭，继而变为大声哭。一家人呼天号地都在哭。王天祥突然停止哭泣，跨上院中石台上，吼叫道："从现在起，都不准再哭了！再作难，日子还要过下去，我大他做了许多糊涂事，可他有句话让我记心里，他说："东山日头多着哩，不信日头就不在咱门前过！"一个伙计说："官府先告他们，肯定是康家！"王天祥说："我看见了，也听见了，是秦海娃带土匪干的！咱们拾掇拾掇还可住的房，日子先安置下！在王家干活的哥哥、叔伯们，大家先散去，我不会欠工钱！等王家转过运气来，还请大家再回来！"

韩金贵正翻账本看，王天祥走进来。韩金贵笑着指椅子说："快坐！"他却扑通下跪了，还磕起了头。韩金贵连忙扶起他，王天祥说："屋漏偏遇连阴雨，昨夜，家又让土匪给抢了，房子也让烧许多！"说着，他擦起了眼泪。韩金贵问，是谁作的孽？王天祥叹息说："根子还在大，他赶走了海娃叔，自己人反目成仇！"韩金贵让快告官去！王天祥摇头说："我大和刀客也有染。如果死里整他们，我家就别想安生了。"韩金贵说："你大不在了，咱可合伙经营啊！"王天祥摇头说："我想自己屙屎自己擦屁股，闯条新路，来求老伯，别记我大的孽！"韩金贵说："你大盘出有大家业。挺起腰杆吧，没有过不去的火焰山！"

王天祥说："我想把布店盘给你们，西安再做别的生意，匪不见，天无怨，树挪死，人挪活！"韩金贵说："继续在这干，你也是个才子呀！"王天祥说："我想几天了，只能走这步路了。土地和房子，先让本家照护住。"韩金贵说："也中啊！大掌柜西安去了，等他一回来，就定大盘子，给你再回话！"

这天后晌，康文盛、王黑妮西安回来，韩金贵说了王家遭遇。康文盛说："我想，最好两家联起手，把这的市场再扩展，这边比山东把面大，大西北、大西南，这的货都可流过去！"韩金贵说："劝了，人家主意铁定！"康文盛说："取银子五十两，你带我去王家！"韩金贵说："你跟我姐一个样，都是太善良！"

王天祥正收拾东西，看韩金贵、康文盛来了，愣了下。韩金贵说："大掌柜西安刚回来，听说你家遭了匪，催我一起来看看！"王天祥抱拳施了礼。康文盛说："估计我不比你大几岁，年轻人心相连嘛！"王天祥挪来俩椅子，拿破衣服擦了："将就坐吧！"韩金贵把包银子放在桌子上说："这是大掌柜一点意思！"王天祥把银子送还韩金贵怀里："这我不能要！"康文盛说："房烧了家抢了，日子总要往前走！"韩金贵"咚"一声，把银子重放到桌上："咋，看不起人？"康文盛说："康家强求的左邻右舍搁事好，和气生财是正理！"王天祥说："王家的以后在哪儿呢？我铁心把店盘给你！"康文盛说："我还想咱们一起干，砂糖白土共同吃。"王天祥说："我暂时没了那心思！"康文盛说："我还要说句心里话，无论啥时间，想入魁记，一样地欢迎你！需要康家帮忙了，也要说一声！"王天祥说："康家不像我大想的那样啊！"康文盛说："路遥知马力，日久见人心，往后看！"又说了一阵子话，王天祥送走了客人，他想，临走前还要给大和妈说说去。

乌鸦呱呱叫着，炙烈的太阳烤晒着大地，蒸腾起缕缕的紫色水汽。王天祥独自走进了旷野里，站到父母新坟前，禁不住呜呜呜哭号起来。太阳的毒光，刺扎他裸露的头，干号一阵，他大声说："大、妈，我要往西安去了，我要再打来个天下，你们看着，儿子是咋干的吧！"他扑通一声跪到了坟前。坟的新土经过了雨水的淋扫，还没啥小草长出来。他张开嘴，很想再哭号几声，但终于没哭出声来。王天祥又说："大呀，你在天之灵要灵活点，接受过去的教训，别恁死势，保佑咱王家往好处走。我一去西安，不知何时才能回来，你们要珍重啊！"

一阵风吹摇着坟地旁边的大槐树。王天祥拐回头看了看，继续说着："大还有妈，有人给我说过，世界上许多人的悲剧，其实都是性格问题。许多很有能耐的人，都是因为性格，反而倒霉了！而也有许多没多大本事的人，因为性子好，却活得很滋润！我再也不会像你那样，硬耍野蛮得罪人了！"突然，大槐树上，几只黑色老鸦呱呱叫唤。王天祥看着，想，是大给传话的吗？

韩菊兰跪在蒲团上，菩萨像前檀香袅绕，桌上摆着水果供奉，嘴里念叨着消灾咒：唵嘛呢叭咪吽、唵嘛呢叭咪吽……丫鬟春红进来了，等到韩菊兰诵经毕，说："婶子，文盛哥他们都回来了！"韩菊兰："能平安回来，多谢菩萨保佑。我再给菩萨磕仨头，礼多神不怪！"

不多会儿，康文盛来了，说："娘啊，我回来了哩！"韩菊兰笑着说："你个龟孙，去西省才几天，就把那边话捎回来了，音恁硬，难听死了！"康文盛哈哈哈大笑说："我舅也问你好哩！"韩菊兰问："你舅身体咋样？"康文盛说："榔头样，常挨那土霸王打，肉都打瓷实了！"韩菊兰皱了眉头说："光挨打咋行？"康文盛说："现在不挨了，那土霸王打舅累死了！"韩菊兰说："死了？善恶有报啊！"这时，李秋月被王翠莲搀扶着，疙歪疙歪走进来："快点吧，爹刚让人捎封信，你看，信封还插支鸡毛哩！"康文盛接了信，拆开浏览，就皱住了眉毛说："你先回去准备准备，咱马上到你家去！"李秋月问，又有啥事儿了？康文盛说："大凡鸡毛信，都是万分急啊！"李秋月边外走边嘟囔着："那也没你的事儿急？"康文盛拿出信，又看了看，态度认真地跟娘又说话。

他回到窑洞时，王翠莲正逗小路畅玩，儿子发出了"咯咯"的笑声。李秋月说："你看，孩子见你回来，多高兴呀！"康文盛问准备得咋样了？李秋月说："还没准备哩！你都带那个出去恁长时间了，一回来就要把我娘家赶！"康文盛说："你咋成了没星秤，都到啥时了，你还卖醋哩？"李秋月惊异地问："到底是咋了？"康文盛："明说吧，你爹被押到大牢了，杀人了！"李秋月闻听，眼泪哗哗地流了出来，说："我娘可咋过哩？"康文盛说："准备好车了，咱快点去，你先陪着娘！然后，我要进县城，打探你爹的事儿。"忙了一番，康文盛骑马，马拉轿车紧随其后，出了村子。他们停在李家门口时，村民们远远冷眼看他们。大门楼走出了秋月娘，大声哭着走过来。李秋月拉了娘的手，也呜呜地哭起来。秋月娘说："这家要散了呀！"康文盛劝岳母说："别这样，咋会没人管你呢？"山羊胡儿外边也匆匆走过来，招呼着进了大门楼。一到屋，康文盛急问咋回事儿，山羊胡儿叹气说："没几天的事儿，县衙来帮人，老掌柜给戴上了夹，牵着弄走了！"康文盛说："怪哉了！"山羊胡儿说："顺风有耳才听说，老掌柜把王妮子给做了，扔进了黄河里！破锣嗓子多天没吆喝了！"康文盛说："不都和解了吗？"山羊胡儿直摇头。

当下安排好岳母和秋月，康文盛骑马往县城。进县衙，康文盛一直后堂走。杜县令躺在椅子上，一条腿跷到桌子上，正翻阅着啥案卷。康文盛门口一站，射进了屋内道黑影子。杜县令机警地站起来："说，哎呀，你可回来了？"康文盛说："事儿也来了！我蛮横岳父又找麻烦了？"杜县令说："老弟啊，真要为难死我哩，这边，咱们是好兄弟；那边，你妻哥又是权重京官。可老百姓那边呢，有人举报他杀人灭迹。让我咋办呢？我看你们脸面包庇了，有人举报到皇上那，我也是死罪啊！如果我秉公判案了，还是死路一条。为啥呢，你们还不伙喝了我？"康文盛说："你想咋处置？"杜县令说："被逼墙角无法转身，我只能挑选良心准则了，杀人偿命！你来得正好，明天就要开堂了。"康文盛说："我提个请求，堂后我能不能听一听？将来，女人、妻哥那，我也好说话，别落得里外不是人！"杜县令说："行！你也参谋参谋，能轻判，我也可昧一次良心，如果确实太那个，我也不能为先祖挣骂名！"康文盛说："我绝不会良心过不去，那婶子也是条鲜活的生命啊！"

次日，县衙大堂上，悬着正大光明匾，两旁已站几个黑衣衙役，堂案边坐了县衙师爷。海水朝日影背后，一张桌子旁，康文盛坐在太师椅上。杜县令提把景德镇茶壶，还有个茶碗，放到了桌子上，说："这是老家刚带的普洱茶，你慢慢喝！"康文盛说，老兄准备升堂吧！

杜县令坐到了正位上，班头吆喝道，升堂了！众衙役也吆喝，升堂了！杜县令令："传原告徐小三上堂！"一个瘦高的年轻人进入正殿，跪地上磕头。杜县令问："徐小三，本官问你，你可亲眼看见李武师害了王妮子？"徐小三说："那天夜里，我去里沟陈四家打麻将，回家晚了些。"他从那夜的奇遇讲了起来——

天上虽说有月亮，可是昏蒙蒙的，徐小三心里有点儿怵，吹着口哨强壮胆。突然，前边咚的一声响，他的头皮猛惊乍，蹲下来细观察。前边那是王妮子家。一条黑影墙头上落下来，肩上扛着重东西，匆匆朝着黄河走。徐小三想，谁弄啥？悄悄随后跟。黑影不时机警往后看，徐小三慌张差点儿掉河里。那黑影肩上东西几换肩，到了西边红土嘴，东西扔进了黄河里。然后，黑影返回来，徐小三忙趴地上不敢吭。等黑影又在前边走，他又悄悄跟随着，黑影到李武师门外边，蹲到溪旁洗了手，进了李家高门楼。回到家，徐小三躺床上睡不着。次日大清早，他找里正就说了。和里正走到王家大门口，喊了半天门，里边没人应。让徐小三翻墙头开了门。走进了窑洞里，地上一摊血。想是李武师把王婶子给害了，又把尸扔进了黄河里。里正拉着他，顺黄河下走几十里，亮尸台那儿，真找到了王婶子。他们雇人打捞了她尸体，急忙报案到县衙里。

徐小三叙述完见闻，班头接着说："经验尸，死者确是王妮子，为搦脖而死，然后抛进了黄河！"

杜县令令带凶手李武师！两个衙役押着李武师，推到了大堂。衙役让他下跪，他吆喝着说："我凭啥跪？我儿子比他官大，女婿也是五品官，他县令应该给我跪！"杜县令说，王子犯法，与民同罪，老话！你就免了，给搬椅子，毕竟上了年纪的！"衙役搬来椅子，李武师一屁股就坐上，看着地上跪的徐小三："看，老头儿还是比你强，你告我，等我出去了，我再收拾你！"杜县令说："也给徐小三搬椅子坐！"李武师说："平等了？他家可没官呀！"

杜县令啪地拍下惊堂木，询问王妮子是否他害的。李武师说："是我把那臭女人送到了阎王殿！"杜县令又拍惊堂木："为啥要草菅人命？"李武师哈哈大笑说："中，咱就讲讲故事吧！""那夜里，我侧床上查银票。突然想起了王妮子，我给她银子几十两，感觉老亏，一心想拿回。就翻过墙，

304

她还做着梦，我俩手一圈导，送她见了无常。"杜县令啪地又拍惊堂木："银子拿到手没有？"李武师说："那死婆子，银子也不知藏哪了，翻了几遍没找见。"杜县令说："杀人偿命，你就没想过是犯罪？"李武师说："碰上徐小三，算失了手，如果我要发现鳖儿他，肯定也把他扔进了黄河里，哪有这麻缠？自古英雄汉，谁无臭手时！你要处死我，你也别想活！儿子、女婿那双手，也不是天天端豆腐！秋后算账再割你头！"李武师说得忘了形，康文盛影背后面走出来，拿住杜县令的惊堂木，啪啪啪往案子上砸几下，喝道："给脸不要脸，这是啥地方，咋还恁猖狂？"李武师站起来，吆喝道："搬块棉籽饼，照照你的牛形，你不管我，还有儿子呢！"杜县令让康文盛先退下。李武师说："看哪不认亲脸儿！"杜县令说："让李武师看口供，签字画押吧！"李武师似乎很英雄，口供上噌地就画押，又被押进了监牢里。

康文盛跟杜县令说，他准备再跟李武师说说理。杜县令说，他还听你吗？康文盛说："听不听也得跟他说，责任啊！"康文盛走入鳌岭街市，西义兴卤肉店前停了脚。伙计笑容满面打招呼："来呀，西义兴名吃卤猪肉啊，脆脆的烧饼啊，外加葱花海带酸辣汤呀，想吃点啥？"康文盛进了店，伙计示意楼上有雅间。康文盛直接到了柜台处，说："拿六个烧饼，切斤上好的卤猪肉，再拿瓶白云酒！"柜上酒肉烧饼包装好，热情地递给了康文盛。康文盛朝城南门附近走去，一长方形的坑子院，上站穿黑衣服的狱卒。狱卒带领着，康文盛提溜着东西，顺长坡走进了监狱。狱卒站在窑洞门口，大声吆喝说："李武师，有人探望！"李武师像只大虾米，蜷躯在白草窝，听到狱卒叫，立即坐起来，但他一见康文盛，马上就吆喝道："我不认识他！"康文盛朝狱卒摆手说："你给我打开门！"李武师已闻到了肉香气，眼盯了提的东西。康文盛说："爹，你再难受我，好饭还要吃呀！西义兴卤猪肉、康家白云酒，味道多好啊！"李武师舌头舔嘴唇，噌地爬起来，不由分说，夺过卤猪肉，就往嘴里咬。康文盛打开酒，瓷瓶递给了他。他也就猛喝。吃喝得打饱嗝儿，抹嘴感慨说："真过瘾！"康文盛说："上回咱说的好好哩，事都平安过去了，你咋又天上戳窟窿？咋能缝补啊！"李武师说："世道就这样，大鱼吃小鱼，小鱼吃蚂虾，蚂虾没啥吃，就吃臭腥泥？我心一横，就把她给做了。谁知失了手，第三只眼瞅着了！我给你捎急信儿，让你大事化小，小事化了，你咋还硬揭疮疤哩？"康文盛说："王子犯法与民同罪，大堂上你竟敢耍蛮横，你是玉皇大帝牛魔王？"李武师说："就算我错了，命还能保吗？"康文盛说："难！"李武师大声说："要你和儿子弄毬哩？"康文盛说："俺又不是女娲，能补住天！"李武师说："白把闺女给你了！"康文盛说："该好好想想做人的理！"

看着康文盛走出去，他又吆喝："贤婿啊，可别忘了给我送白云酒，还有西义兴的卤猪肉，能美一会儿是一会儿！"

返回县衙里，康文盛执笔写东西。杜县令轻轻走过来，问："老弟，还写啥，咱吃饭吧！"康文盛说："我给那臭硬岳父再写封信。"杜县令诧异地说："都见过他了，话还没说完？"康文盛直叹息："不识人敬啊，让静下心来看一看，兴许会清醒些！给，你看看吧！"杜县令拿起信看着，连说："好好好！"次日，狱卒监牢外边走，李武师大声朝他喊："伙计，来！"狱卒问："又想吃卤猪肉夹烧饼了？康大人临走前说了，想吃那东西了，你给说一声，我就可以弄，他留的有银子。"李武师说："中，每天都给弄点，我都想流口水啦！"狱卒说："我还没说完，康大人给你写封信！"李武师说："快，拿来吧！你别笑话我，我那女婿，别看我心烦他，对戗他，他是个讲理人！"片刻，信递给了李武师。李武师展开读——

岳父大人：人生在世，都不容易。聪明一世，糊涂一时，你害了别人，王法还会饶恕吗？你想想，援军兄上边打点，老百姓会愿意吗？一旦闹到皇上那，就更麻烦了！老百姓看不顺眼的事儿，只要有人当陈胜吴广，就有人敢往上告。援军兄的势力，扭不过正气。以你之死，唤起社会正气，也保住了你儿的官位。几年前，大力山石窟寺弘法大师说过，人的一辈子，寿限、享用都有定数。行好了，暗里，神就给增福分；作恶了，暗里，神就给减福分。狂妄过头了，凭谁也没法挽救了！你要多想想世上的理啊！

李武师沉默了许久，突然就张开大嘴，憨牛似哭号两声，嘴里嘟囔着："弱人就是强人的吃食！我错到哪里去了？啊？啊？我真错了吗？"

晨阳烧得漫天红火，邙山、洛河、村庄都披了圣洁的辉光，一辆马车停在了康家大门外。车上先下来了李援军，又下来了康家丫鬟王翠莲。接着，王翠莲扶着李援军母亲下了车。之后，她又一手抱着小路畅，一手搀扶李秋月下车。康家伙计们慌忙接他们。

大家都坐了议事堂。李援军说，他专门回来，为了爹的事。白老虎说："你好赖是京官，那边疏通关节。"李援军摆手摇头道："太难，报去的案卷太真实！我爹承认得铁砧上敲锤当当响。"康文盛说："公堂上，他侃侃而谈，似乎杀只小鸡娃儿！"秋月娘说："他罪孽沉重，阎王爷的朱笔怕早划拉几回了！"李援军说："秋后要处决！我家给卖了，不能让娘再住那，让人白眼！"韩菊兰说："就搬我们这吧！"康文盛说："行！"李援军说："往京城吧，眼不见心不烦啊！"白老虎说："避避也好！"李援军说："后事就麻烦文盛弟给办了！"康文盛说："如果娘想家了，就把她送我这！你既然回来了，也要看看他呀！这没啥丢人的，人好劝人，人难管人，何况是儿子管老子！"李援军还是拒绝再见他。打发客人都休息了，议事堂里，康文盛一个人还在沉思着，这时，王黑妮走进来，说："杜县令来了，仿杜甫草堂那等着呢。"

杜县令身着便服，呆呆地坐在椅子上，抬头看着墙角处。那儿一个蛛蛛网，一只飞蝶被缠绕，大蜘蛛正朝飞蝶爬过去。此刻，康文盛走进来了。杜县令满脸愁容说："老弟呀，这几天，连饭我都吃不下了，有种感觉，我仕途上要遭大麻烦！刑部已经批复了，你岳父要秋斩！我要给说说，你岳父供述的另一些事，我没让上卷宗，就事儿论事儿了！"康文盛问："为啥？"杜县令说："怕对你家和李援军大人不利。"康文盛问："可以说说吗？"杜县令就说了李武师早年洛阳杀人抢珠宝、杀人逼婚诸事件。康文盛说："一只吃人狼啊！"杜县令说："我知道，你善良明理，李援军一定恨死了我，他在高位，还能不给我小鞋穿？"康文盛说："外人不知内情，其实，我岳母全家都恨死那野兽了！"杜县令摇头说，我接师弟张二恩的信，他说，为了你岳父，李援军在京城费了不少劲儿，没活动成事儿，咋能不恼火我？康文盛说："别悲观，有我呢！李援军就在这，你也甭见他了，我周旋周旋，保证不让难为你！"杜县令说："听你的话，心里好受些。老弟啊，当官难，当个好官更难！以后还需你多帮助！"康文盛说："别外气！"康文盛说："我先祖当官时，也被人误解过，现在人家后人还与我家结仇呢！"他说了王有亭与他家的瓜葛。杜县令施礼告别说，若李援军看见我，都尴尬啊！送走了杜县令，康文盛又找李援军，动员也给岳父写封信。李援军情绪不老好，但还是听从了，唰唰地写了一张纸，托康文盛给带去。

李武师确实也想他们了，那是他生的唯一希望啊！他戴着沉重的脚镣，焦急地监牢里走动。狱卒提篮东西走过来，说："李爷，你又该享福了！"李武师站住说："快死的人了，还有啥福享？"狱卒晃着篮子说："愿吃啥吃啥，还不幸福？"李武师苦笑着说："文盛这孩子，还算有点儿孝心。"狱卒说："又给带了封信。有人能惦记着，不也是福吗？"狱卒说过了，把篮子递了进去。李武师接了东西，先翻出了信，趁着小窗射进的光，看着，那是儿子李援军的亲笔信——

我要带娘离开这，搬京城居住了。我实在不愿见到你。人家父母都想法为儿女赢得好名声，你却给儿女头上泼粪水。为你，我差点儿被弹劾。家里地和房子都卖了，你以后的事，交文盛弟处理了！你走上不归路，是你自己努力争取的，正应了恶有恶报的老话！叩拜了！

李武师张开大嘴，想哭没哭，却唰唰地流出了眼泪，自言自语说，这就是众叛亲离！他看着牢狱窗外，一群鸽子带风哨呜呜响着飞掠过去。他又从铺盖下摸出了文盛第二次写的信，都读许多遍了，每读总觉有新理，比儿子的信好。他又看起来——

人海茫茫，世事如烟。人生在世，草木一秋。如香馨无比，万物留恋；若毒气熏天，万物生厌。婴儿啼哭，袅袅喜气。星转斗移，有成大才，有变匪类，何也？内里两颗种子，一善一恶，此长彼消也……

李武师又想做的一桩桩恶事儿……他看着窑顶感叹说，我真是个恶贯满盈的坏人？我咋会成这人哩？李武师扑通倒在了白草堆上……

这年秋风萧瑟的一日，大铜锣开道，许多看热闹者翘首观望，官兵押送下，一辆囚车滚动而来。车上站着披头散发的李武师。他吆喝着："各位父老乡亲，我是十恶不赦的罪人，看看我的今天，那些霸道蛮横者，当即刻回头！人活世上，都不容易啊！把自己的福气建立在别人苦难之上者，都不会有好果子吃！看众惊愕地望着这死囚，纷纷议论说：兽之将死，其心也善啊！

这天傍黑时分，王翠莲正和小路畅玩捉迷藏，康文盛走进了窑洞，手提着一只布兜，脸色很沉重。王翠莲见状，连忙说："路畅啊，爹娘有事，咱出去耍！"小路畅迈开小腿出了门。康文盛对李秋月说："你爹走了，我把他拉黄河边山坡上葬了，回头，我领你看看他住那地方。"李秋月说："找死的人，咱们对起他了！""今天，他走得不赖，大声吆喝着，承认自己错了！""那还有啥用？""警告别人呀！他还写了封血书，让交给你和你哥。"康文盛掏出件白衬衫，交给李秋月。李秋月推辞说："我害怕，交给哥吧！""你一定要看看，这是你爹咬破指头写的东西。"康文盛展开了那衬衫，大片地方显示出了红色的字。康文盛读着："我是路边蒺藜草，活着刺人专耍孬，秋风枯霜除祸害，猛醒感叹善最好！我是野狼乱吼叫，吃弱恃强曾霸道，天爷老大我老二，回头再看是傻屌！"

康文盛说："我给他坟前立了块碑，刻有两行字：'一个杀人不眨眼的恶魔，一个被砍头示众的小鬼'，死前，他终悟人活世上，应与人为善！"

李秋月沉重地点了点头。

禹州的崇义德，开业过了三年，客商进进出出，很有些人气了。

铺面又扩展了三间，这天，白老虎来了，白胡子说起还想扩展店面的事儿。朱宝贵说："先稳一段再说，别光想一口吃成个胖子！"白老虎说："朱掌柜修行得有大老板劲儿了！"朱宝贵笑笑说："经营钧窑多年，知道做生意要吃酒量家当！"白胡子也笑了说："我这亲家是能精人，不亚于那个孙悟空！"朱宝贵说："可甭吹牛皮过河，诓我大浪里翻跟头呀！"说得大家都笑了。

白胡子、白老虎去了后院屋子里。白老虎说："文盛主事以来，生意普面开花，他让我来看看，这边摊子用不用再扩展，反正咱船队大多了，要啥货不耽误。"白胡子说："你没见亲家的态度？我看现在先别扩展！"白老虎："听说南阳的客商过去吃汉口，现在多来这进货了！""这二年，土匪又多了，可能是钧瓷生意有抬头，有钱人多的缘故吧？眼皮下，别让土匪惦着咱！""崇义德底细让亲家知道了吗？""还没呢，无论文盛多么好，他心里总有芥蒂。我试探了好几次，可一提起康家，他就说起了旧怨。""那就老太婆纺线，慢慢来吧！"这时，街霸红脸汉走进来，说："喂，你们这可不行啊！"白胡子笑着问："兄弟，又咋了？"红脸汉说："我可给足面子了，几年了，也太寒碜我了！"白胡子说："说吧，咋给你意思呢？"白老虎奇怪地看俩张脸色在变化。红脸汉说："我这人利落，一年给二十两银子吧！"

恰巧朱宝贵进来，接了话茬："凭啥要给你交银子，你以为你是谁？"红脸汉看看朱宝贵说："中，骑驴看唱本，咱就走着瞧！他气呼呼地去了。"看着他背影，朱宝贵骂道："一只癞皮狗！"

康文盛带秋月看了她爹，坟头面对奔腾的黄河，想起了爹对她的好，她还是好哭了一阵。走完这个程序，康文盛决定赶往京城去。

逶迤的洛河不慌不忙流着，康文盛、王黑妮各骑一匹马，沿河边大路奔跑，到了张太医家土坡下，他们下了马，牵马往张太医家门口走过去。门外黑槐树上拴了马，急忙进了院子里。张太医笑眯眯问："文盛，打算啥时去京城？"康文盛说："这几天就要去，烦您给二恩叔写封信，帮帮我的忙。"张太医问，是生意上的事儿？康文盛答，"杜县令早该升迁了，听说有人上边卡着，好官该好报，我想替他活动下！"张太医看看康文盛，问李武师的事儿他有啥看法儿呢？康文盛说："理明摆着，我就是害怕妻哥因为丢面子，恶气撒到杜县令身上，官大一级压死人呀！"张太医说："难得你胸怀若谷。原先我就担心你，怕处理不好这件事儿。后来，又听人说，李武师临死前，用自己的不义教育世人，我就想是你说动了他的心。好，我就写信！"康文盛说："还有一个事，听人说你还能治不育症，能不能给黑妮看一看？为这，她心里背了大包袱！"张太医说："来，我给品品脉吧！"王黑妮右手伸在桌子上，张太医把着脉，眯着眼睛似想啥。然后，又把了她左手脉象。接着，张太医看着康文盛说，病有点儿麻烦，伤了生育经络。需要吃药调理，王黑妮扑通跪下，给张太医磕着头："只要能治了俺这病，让吃多少药也行！"张太医做手势说："起来，只要有心劲儿，就有治好病的可能！"

从张太医那回来，康文盛去了娘的窑里，给娘说，他和黑妮要去趟京城，再息息妻哥的阴火！韩菊兰说："你援军哥上次来，我就劝过他，向理难向人，别跟人家杜县令硬挂角！他当时就没说硬话。快去吧！好官该有好报啊！"康文盛说："我还想在陕西、河南、山东多置买些土地，皇帝也喜欢地多的主，大生意商家他不待见。咱地多了，可给做生意遮遮脸！"韩菊兰说："想得远！"康文盛说，他先探官府的底细，再决定置买土地。另外，还要看看京津的生意。韩菊兰说："恁大一摊子，智谋当前，也要把后路修通顺！"康文盛点了点头。

到达京城这一天，张二恩着便服，正专心打着太极拳。家丁领他们进大门，影背墙处瞄到了张大人。康文盛连忙挡家丁，小声说，让张大人打完太极拳，咱再进屋也不迟！家丁点点头，家丁带领先进了花厅。康文盛说："太极拳讲究一气做连贯，故不好打扰张大人。"家丁点头："等大人结束了，然后通报您！"康文盛说："麻烦了！"看张大人收了功，家丁朝康文盛摆了手，二人走到了院子里。张大人惊讶道："稀客稀客，快，屋子里坐！"康文盛施礼说："又来麻烦你了，这是我内人王黑妮。"张大人抱拳施礼说："不知你和侄媳妇来，有失远迎！"王黑妮还礼："太外气了！"康文盛把信递给张二恩，他仔细看过问："杜县令害怕了？"康文盛说："他担心，我也担心，人都是感情活物，妻哥为我岳父事，万一心里别了劲儿，送杜县令一双小鞋穿，就让干正事者心里发冷了！"张二恩说："依我想，先别给你妻哥说。就当前分析，他要顾大面，难以搞报复，时间再长些，冷不丁许会治人家！现在提这事，弄不好反燃他的复仇火！"康文盛说："就听叔的。另外，我想再置买批土地，请你给拿拿主意吧？"张二恩问，你咋有这想法？康文盛说："中国古来农为本！皇上看咱顺眼了，生意还能不发达？"张二恩说："你虑算得真深刻，不过听传言，中原毛毛乱，拉杆子土匪成了串。你就不怕别人眼热，引火烧身吗？"康文盛说："陕豫鲁分散买土地，让人难以摸底细！"张二恩说："我可写信通融地方，我还请你给办件事呢！"康文盛说："看看，你又客气了？"张二恩哈哈笑了："这二年，我身体不如以前了，也练太极拳。我听爹说，你学的是陈氏太极，帮我指点指点吧？"康文盛说："我？还不如黑妮呢，我外祖父和她爹，都是陈家高徒呢，她从小就跟着父亲练上了。"张大人："好，都当先生！"张大人屋子里就拉开了阵势，他们边练边切磋起来……

接着，康文盛又去了妻哥家。这是个四合院，夹竹桃、石榴树点缀，朝阳处放只木躺椅，岳母躺上边，百无聊赖晒太阳，旁边坐个小丫鬟，手执芭蕉扇，不时轰蚊蝇。康文盛、王黑妮提东西，走到她旁边。小丫鬟发现了，问："找谁？"丈母娘睁开眼，说："快接住，我女婿闺女来了！"王黑妮走到躺椅旁："娘，还好吗？"老太太说："可扎实了，吃饱饭了就熬日头。"康文盛说："身体结实就是福！娘，援军兄在家吗？"岳母说："你们走的是后门，他在前边院子里！"让丫鬟把他找来吧！转眼，李援军就来了。老太太说："你们屋里去吧，我和闺女说说体己话！"

李援军问文盛的生意，康文盛说："差不多！"说过，随带的包里拿出件东西，递给了李援军。李援军说："咋？到了这里还送礼？"康文盛说："是爹的血书，我转给你！"李援军皱了眉头，康文盛拿出白衬衫，展现在他面前。李援军默默读着上边的字，似乎听到爹的声儿。康文盛说："爹临走总算认了错！"李援军说："打狗要看主家面，杜县令竟没给我台阶下。"康文盛说："这说法又不对了，杜县令如不按律条办，他能站住脚吗？"李援军说："我知那非你真爹！"康文盛顿时有了怒色："是理不是理，只怕来回比，如果是别人害了你家人，杜县令拿这事儿来糊弄，你咋想？"李援军大声说："曹操还割发代首呢！中国从古到今，就是有规矩却不守规矩的国度，什么纲纪不都转着圈违反呢？我不会饶了他！"康文盛也发怒了说："你敢！百姓称赞的好官，你要惹众怒吗？"李援军大声说："牙硬舌头软，好坏不都人说的？"王黑妮搀老太太走进来，老太太说："军儿，咋呼啥？娘耳朵不老聋，俺文盛说得很在理，你敢对杜县令使坏，我就皇帝那告你去！"李援军问："娘，你咋了？"老太太说："孩子，这里没外人，我可以再给说，李武师他是啥东西！"李援军说："你都说过了！可他把我养大，供我读书！"老太太说："他是只恶狼，不是你亲爹！"

这句话，大家愣住了。老太太又说："他杀了你亲爹，把你亲爹扔到山水窟窿里，把我拉到了一条野沟里，我不同意就杀我。孩子，他害怕我不跟他过，偷偷带你跑了。再就是你从小就讨人喜欢。还有，他指望你养老呢！"李援军说："我是个官员，杜县令那样对他，幕僚不低看我吗？"老太太说："读书明理，啥时我让你欺压善良了？"康文盛说："娘说的有理，善恶有报，天意难违啊！"李援军阴沉地说："我就不再操心这事儿了吗？"康文盛说："冤冤相报何时了？走，到我店铺里去一趟！"李援军问："还有啥要事？"康文盛说："看你个老朋友！"李援军半信半疑，跟随妹夫走了。

苍老的李厚德打算盘，康文盛和李援军走进来。康文盛说："让李大人帮我管理小商行，真屈尊人家了！"李援军接了话茬说："如果不是官场上遇到不顺，李大人最少该担任知府了！"李厚德用手巾擦着椅子板，让他们坐下："好汉不提当年勇，终归是个命！"康文盛说："李大人自掌管这商行，生意发展可快了！"李援军说："你怕不知道，人家上几代，就是京城生意大名人！"李厚德说："自己人不说假话，我家的棋往官场上走，绝对是错了。上辈人只知混入官场能做大生意，可有一美就有一疼，利用权做生意，风险也最大，不定啥时候，就撞到牛角尖上了，多少年心血全白费，甚至还能丢性命！经历了我叔那案子，我算彻底明白了，还是康家先人有远谋！"李援军点头。康文盛笑了说："俗话说，甘蔗没有两头甜。想当官就当个好官，青史留名；想做生意就认真做生意，为社会多办点实事儿。"李厚德说："混到快入土了，我才知文盛说的这套理。如果不是文盛挽留我，现在能混成啥样子，我都不敢保证。我想，可能会成为黑帮头，也可能已让官府正法了！"李援军哈哈大笑说："李大人怪会说笑话！"李厚德说："真的，在我进魁记前，就有人拉我进那行当了！"康文盛说："依靠坑蒙拐骗混世界，最后都没好果子吃！"李援军说："我妹夫拉我来看你，也是让我领教那是正经路！"李厚德说："咋会呢？"李援军说："文盛要我学习你，当个光明磊落的人啊！"康文盛哈哈大笑说："我只是想探讨，咋当好人哩！"李援军说："文盛你放心，也请杜县令放心，过去的一风吹去吧！"李厚德困惑地看着他二人。

一回到老家，康文盛就找杜县令，述说了北京之行。康文盛说："老兄，你要提起精神来，继续干出点名堂来！现在，土匪队伍多起来，要赶快组织防匪啊！"杜县令说，如果他不离这个庙，就要做好此事儿呢！康文盛说："多事之秋，还是你能待这的好！"说这话时，他不由想起了禹州的生意，那边也看出不省心的事儿了。

三十

红脸汉坐在半截墙头上，盯街上人流如鲫，盯着对面的崇义德，眼里闪许歹毒的光。朱宝贵走出崇义德，看见了那个红脸汉，呸地地上啐口唾沫。那会儿，人群里走来了白胡子："亲家咋样呀？"朱宝贵点头说："还行，只是心里有点儿烦！"白胡子拉他站到崇义德门口，小声说："吃饱喝好身体好，烦啥哩？我正托别人，趁机给你再续个女人，冬天睡觉也暖和！"朱宝贵嘻嘻笑了说："光说那歪胯子事儿，你看对面！"

白胡子手搭凉棚，看看对面说："甭当回事儿，这里人都说，他是臭狗屎，多少给他点银子，像给狗扔块馍，让他走开就算了！"朱宝贵说："我尿他？他是禹州人，现在我不是禹州人？只害怕他耍孬，比如夜里烧咱的店！"白胡子说："夜间有巡役打更，咱还有看守，他敢胆大包天？"朱宝贵说："但愿他夜里能安生！"他们说着话，进到后院，继续商讨生意的事儿。

窗户处射来一片白阳光，朱宝贵坐在桌旁，咕噜噜抽着水烟袋。白胡子坐他对面看账本，问："这段咋样？"朱宝贵说："比干瓷窑强，收益明摆着，利还不太少！"白胡子说："最起码心情要好些。"朱宝贵说："过去天天如做梦，年底一算账，总是不咋着。现在，我终于知道啥叫高兴了！"白胡子说："那我先走了，咱儿子学堂里有些事，要跟村人协商下，后晌你也早收摊！不怕大活人，就怕暗里鬼啊！"朱宝贵说："你也要多保重，该歇就歇歇！"

挨到天微黑，客人已散去，伙计们也下班了，朱宝贵又检查一番。街上行人已稀疏，他就哼戏上了街。他不知，街口蹿出俩汉子，背后悄悄跟踪了他。朱宝贵走进了铁家牛肉店，伙计油腔花调地吆喝起："朱掌柜来了，里边请！"朱宝贵说："来盘热酱牛肉，一瓶白云酒！"店伙计又油腔花调地吆喝："热酱牛肉一盘，纯正康家酒一瓶！"朱宝贵自得其乐地吃肉、喝酒。这会儿，店里顾客稀少，他喝得有点晕乎了，就捏出女人嗓唱起来，那是河南曲剧《风雪配》里委婉优美的唱段：

"今日是我出阁的前一天晚上，还缺少上轿的绣鞋一双，急慌忙我只把银灯剔亮啊，独坐在灯光下来绣鸳鸯……"店老板走过来说，我说谁唱的恁好听，原来是你呀！朱宝贵醉意蒙眬地说，我敢扯开嗓门？管唱红禹州城！铁老板说："烧包哩吧！"朱宝贵似醉似梦地说："咋，不信？"他又捏腔唱着："我爹爹今年六旬以上啊！"突然，有人拍了他的肩膀，他回头一看，是一高一低俩汉子，站到了他后边。高个儿说："我三十还不到哩，你咋说我六十以上了？"低个汉子哈哈笑了说："老朱，走，外边有点事儿！"朱宝贵问："啥事，一定外边说？"高个儿说："咱自己的勾干啊，还不回避回避？"朱宝贵哈哈大笑说："给我说女人吧？好，我划下账再走！"他在柜台上记了账，就猛地后门撂脚蹿了，没入了夜幕里。他在昏暗的街上快步走，心里思忖，八九成是遇刀客了，那脸上挂着恶毒哩！他进了条小胡同，背影处老牛样喘着气。突然，又有人抓住了他的衣领子。朱宝贵抬头看，还是那俩人，就问："咋还是你们？"刚想理论，嘴就被塞了。很快，他又被拴住了两只手，被人拉着往前走。他想挣脱，低个汉子凶狠地说："再跑，立马砍了你脑瓜！"

昏月挂上空中，原野苍苍茫茫，远处山峦显出黛墨色。低个土匪牵绳，高个儿土匪跟后边，押送他田间小路前走着。朱宝贵呜呜啦啦想交涉。高个儿土匪说："咱无冤无仇，好好走，弟兄不会难为你！"啥法儿呢？朱宝贵只得随着走。野虫子唧唧唧叫着，时而传来兽类凄凉的鸣叫声。进入大山间，凉飕飕的气息扑了身，朱宝贵感觉骨头都凉了，他的心里在发抖。低个土匪唱起了小调："大王大王是我哥，领我打进了小鬼窝，一道岗两道岗闯过了，我一把抓住了老阎罗，揪他的胡子扯他的脸，为啥不把坏官快处决，害得百姓没法活，怎能不逼我等去作恶！如果日子顺当当，谁愿当这鳖儿货！"高个儿说："我给你拉肉弦子了，里格里格隆！"低个土匪继续唱："这位大哥你别心焦，请你听戏甭买票！"高个儿土匪也唱了："省上银钱两百串，卤牛肉又吃好几碗！"朱宝贵瞪着他们，又呜呜啦啦要说话，他们仍只顾自唱着。

山岚气弥漫开来了，野树林发出了浪涛声。俩土匪押着朱宝贵，走进了一片树林里，然后，拐了一个又一个弯。低个土匪甲吹出的口哨好响亮，树林里跑出几同伙。朱宝贵想趁机逃跑，故意往后退，前边绳头却紧了！低个土匪说："咋，想跑，椿树底下做美梦吧！俺是干啥吃的？"前边出现了个山洞。谁在朱宝贵屁股上蹬一脚，拉长腔说："进去吧！"

铁鳖灯头忽闪着，洞里石头上，坐着土匪们。有个长脸汉，像似小头目，开口说话了："喂，知道请你弄啥吗？"朱宝贵呜啦呜啦着。长脸汉子说："去了驴箍嘴！"低个土匪拔了朱宝贵的塞嘴布。朱宝贵呸地朝低个脸上吐唾沫！低个子愤怒说："我杀了你！"朱宝贵说："松开我手，看我咋杀你！"长脸汉子说："朱掌柜甭张狂，这里都是亡命郎，惹谁恼火了，一刀砍你脖子上！"朱宝贵看了那人说："你像是个萝卜头，弄错人了吧？"长脸汉子摇摇头："咋会呢？朱宝贵，崇义德的二掌柜！""我是老光棍，出门饿不死小板凳，让入你们的伙儿？"长脸汉子说："没球事干了，收胡子还用抓夫？知道你大掌柜有钱，让他拿来五百两银子，就放你走！"朱宝贵说："小本生意难上难，哪还有个屁钱？"土匪头说："甭操心了，后边有我们呢。你该活该死，就看运气了！只要好好听话，兴许就有好运气！不过，我要说明，你们因为得罪了个人，受人之托，把你给请来了！"朱宝贵说："不会吧，我有毒的不吃，违法的不干，会得罪谁？"那土匪头说："想想就知道了！"朱宝贵说："鳖儿红脸汉？日他娘，将来有鳖儿好日子过呢！"

山凹一座草房子，朱宝贵被关里边了。又一夜熬过去，阳光透过窗棂，射进草房里，朱宝贵坐在白草堆上，双手被绑根木柱上，看着阳光中飞舞的浮尘。高个儿土匪进来了："喂，还生气？等康老汉把赎金送过来，你就自由了。"朱宝贵说："你们太没良心，我亲家每文钱都是讨来的，你们也忍心这么干？"高个儿土匪说："你们如不得罪俺那线人，谁会惊扰你？我劝你，该吃吃，该喝喝，不要跟自己过不去！"低个土匪进来了，手端只瓦盆说："吃饭了，专门给你做的白面条，你闻闻这干红薯叶香气！"高个儿土匪给他松绑说："可把你当爹敬了，你都快两天没吃了！"朱宝贵活动了胳膊，说："既然恁孝顺，我要吃卤猪肉夹烧饼！"高个儿土匪说："你先喝面条，能弄来卤猪肉夹烧饼，就给你送过来。不要别劲儿，如果饿死了，你落个不义气，我们也没弄到钱。"朱宝贵说："在理，我跟你们配合好！"朱宝贵端起了碗，呼噜呼噜吃起来。吃过，朱宝贵说："我还想解手哩！吃一大碗屙一小碗，这才是男子汉！"低个子说："好、好！"

俩土匪押着朱宝贵，草房子里走出来，走到了临沟坡地处。那里野林一大片。高个儿土匪指着树林："就那里方便吧！"俩土匪就站在山包上，朱宝贵下到了树棵中，利用树的遮拦，观察下山路。蜿蜒起伏灰色路，连接山村与田畴，这头是监牢，那头是自由。又过了会儿，高个儿吆喝道："好没有？屙金尿银哩！"朱宝贵答应："快了！"他仍然观路径，心里想，狗东西，爷就要溜之乎！低个吆喝道："咋还不出来？"朱宝贵装作搐裤子，走出了树丛说，催命也没这样："不信看看去，我屙多大堆，你一顿可难吃完！"高个儿张开瓢嘴哈哈大笑。

那天崇义德后院屋里，朱金花一直痛哭："我哩爹呀！你去哪了呀！咋也不招呼一声呢？"康桂生也着急，搓手又跺脚。康老汉抽半天旱烟袋，安慰他们说："别着急，麻雀飞过去还有影儿，不信没人知他下落了！"大家正着急，铁家牛肉铺个伙计进来了，门口给白胡子摆着手，样子神秘兮兮的。白胡子走出来，那人对他耳朵小声说："俺掌柜可不让我说，害怕遭报复……"话落音，匆匆离去了。

白胡子还愣在那，推敲口信真与假，跑过来一个陌生汉子，说："掌柜，给！才一会儿，来个戴礼帽者，说有人带封信，信丢下就走了！"白胡子把信递给康桂生，康桂生迅速看了信，说："岳父让绑票了！"白胡子说："桂生，照顾好生意，我立马想法去！"

康老汉租匹快马，一路快奔到了康店村，一见康文盛，两眼忍不住涌出了泪。康文盛看了那封信，问："底细弄清没？"白胡子说："估计布局的是那红脸汉。"康文盛说："人先弄出来！不就银子五百两吗？老虎叔，这事交你了，无论花多少，先把人保出来！"白胡子说："我都没脸见你了，吹得缸样粗，屙得线香细！"康文盛说："世事乱，见毛就想金四两！"白老虎说："咱马上走，人命关天啊！"

按照信里约定，这天白胡子带个伙计，爬到了古荆树旁的山神庙外，打量周围山和林。伙计问："不知土匪来人没？"白胡子说："你藏这大石头后，如果不放我出来，你提住银子拔腿就跑，把事情告诉白掌柜。如果跟我好说了，我出来，你把银子就放石头旁。"伙计应诺。白胡子进了山神庙："喊，有人吗？"传出了啥兽的吱吱叫。白胡子心发怵，又壮胆进了大殿内，只见面目狰狞的山神像，被蜘蛛网尘垢笼罩了。他欲反身走，看见布满灰尘的案子上写大字："明前晌药王洞见，不去就撕票！"他大声说："狗东西！"

外边大石后，伙计听到庙内有人骂，心想许完了！提银子就往山下跑。白胡子走出了山神庙，走到大石头后，呆在了那里，自语说，我一声吆喝，把自己人先吓跑毬了！

天色黄昏时，草房门被打开，卤猪肉夹烧饼，低个手揸一撮，说："老兄，专门派了人，给你买来了这东西，改善改善吧！"朱宝贵白草堆上坐起来："给我快松绑！"低个把烧饼放到草上，解开了朱宝贵。朱宝贵抓俩卤肉夹烧饼，狼吞虎咽吃起来。低个子说："也甭着急，我听说了，你亲家怪讲信义，今天没带官兵，去了山神庙，可惜俺没接银子，如果接了货，你现在就到家里了！"朱宝贵说："你们咋骗住我老亲家了，七十岁的人，上下山容易吗？"低个说："隔行如隔山，我们这行当，眼观六路朝前防后！明天又约了见面地，你亲家前晌一交钱，晚上你就能搂着老婆睡觉了！"朱宝贵嘟囔说："老婆死好几年了，你给我弄个来！"说过，又吃起来了。低个走出去，关了草屋门。朱宝贵站着伸懒腰，想，就这一夜机会了，不能让土匪吃票银！朱宝贵肩扛绑他的木柱子，来回活动了，竟把木柱拔出来。他又把木柱插坑内，用白草小心翼翼做伪装。许久，低个土匪进来了，打火把照照朱宝贵："按规矩，还要把你捆起来，让你靠着柱子睡！"朱宝贵说："就不能让我睡个安稳觉？"高个儿也进来了，说："又不是住旅店，将就一夜算了！"低个把火把插墙缝，笑着说："反正最后一夜了，我给捆松点！"朱宝贵说："还要谢谢哩！"低个儿松松地捆了朱宝贵。低个儿说高个儿："你可看守好啊，我到外边有点儿事。"高个儿嘻皮笑脸说："又去找那马寡妇？"低个儿笑了说："明儿晌午请你吃肉头臊子面！"高个儿伸个懒腰，也躺在白草上，火把慢慢熄灭了。

大半夜，朱宝贵躺在白草上，没有啥睡意。看着窗户外，灰色天幕上，弯月静悄悄的，山风催动黛色的林，树梢一摆一摆的。他眯缝着眼，装作睡着了，却打量高个儿，又"咳咳"咳嗽着，高个儿挪动下身体，又发继续热烈打呼噜。朱宝贵轻轻晃木桩，木桩拔起来，去了绑身绳，蹑手蹑脚走门口，轻轻打开门。心里一下子舒坦了许多，他踏着如水的月光，沿着崎岖的山路，小跑着下了山。山峦倒退着，林莽倒退着。他心里叨念着，快跑再快跑！

那座草房里，月光仍如水，高个儿让尿憋醒了，跑到了外面，哗啦啦一阵真痛快。返回来，他喊叫朱宝贵："姓朱的，尿不尿？"没人应。高个弯腰摸，摸到了乱绳子，倒下的那木桩。他惊吓哦了声，连忙跑了出去。儿跑到山坳座草房外，猛踢那房门，喊："哥儿，不好了！不好了！"屋内低个子吆喝："咋了？""银子飞毽了！"低个子说："快追！你走大路后边追！我翻着山走近路，前边截住他！"高个儿说："咱要追不上，头儿会要咱命吧！"低个子说："甭想恁多，分头追毽！"

窑洞里铁鳖灯头忽闪着，康文盛跟李秋月说话，外出回来都这样，省得女人闹别扭，俩女人之间要平衡！秋月问："俺娘没给我说啥？"康文盛说："让你教育好孩子，甭将来学你爹。你哥的事儿你知道吗？"她摇头说："他能有啥事儿？"康文盛说："你爹害你妈前边那男人，就是你哥的亲爹啊！"李秋月说："不会吧？我爹对他可亲了！"康文盛说："你爹在他心里难以割舍，这就是其中之原因，不说这了！"这时，王黑妮走进来说："说私房话呢！"李秋月说："你也坐吧，他正说北京之行呢，你是不是也吃醋了！"康文盛看着李秋月说："咋说卷舌话呢，都是姐妹们！"王黑妮说："我可不是吃醋来的，刚才听春红说，文盛找我有急事，我寻驴蹄才找到了这。"

康文盛嘿嘿笑了："我仔细想了两天禹州的事儿，老虎叔已去了，可我怕土匪们得寸进尺，我想和黑妮也赶那边去一趟。"王黑妮说："咱有点武艺，以防万一嘛！"康文盛说："我心想啥事儿，你一猜就知。好，明早咱就去！"李秋月说："多多小心，我也帮不上你们。"

次日大清早，薄薄雾气里，俩人骑马奔驰起来，太阳升半空时，崇义德商行外下了马。一个伙计迎过来。康文盛问："掌柜在不？伙计说，说走还没走，后边院里呢。"一间屋子里，白胡子往褡裢里装银子，白老虎就坐旁边，说："今儿个一定要见机行事啊！"这时，屋门啪嗒一声响，康文盛进来了，后边跟着王黑妮。白老虎说："哎呀，你们咋也赶来了？"康文盛说："怕爷再受跌顿！"白胡子说："你看，惹你操大心了！"康文盛说："自己人不说两家话。"白胡子说："昨天跑空趟，估计人家也害怕，交易没成。这不，现在又要再去了。"康文盛问，都谁跟着去？白老虎说："昨天跟去个伙计，会点武艺，今天他还跟着！"康文盛说："让黑妮也跟着！"白胡子惊恐道："担待不起啊，我是害怕万一有闪失！"康文盛说："不要紧，她的武艺高！"白老虎说："让黑妮和那伙计一起，你单独一起，还可遮遮人眼呢！"

一切准备就绪，康文盛送他们三人出了大门。

山风呜儿呜儿刮着，崎岖的山路上，朱宝贵奔跑着，已经满脸大汗了，他干脆脱了外衣。后边高个儿也奔跑，嘴里"呼哧呼哧"喘粗气。这条山路左面，有道突兀的山脊，向前延伸着，两面是狰狞的悬崖，中间一条羊肠小道，低个子手拽着荆条棵，也朝下张望，下边是深谷，难以见底，一只苍鹰脚下盘旋着。这里，朱宝贵逃跑那小路，可以清楚看得见。低个背着长土枪，沿小道快速走着。现在他站上小山岗，下边是蜿蜒山路了。低个子自语说，你就是孙悟空，如来佛手心也难跑出！他看见了一拐一瘸的朱宝贵，也看见了挂根弯棍的高个儿了。

高个儿猛然抬了头，看见了山岗上的低个子。高个儿双手圈喇叭，朝朱宝贵吆喝道："朱老哥，别跑了，前边有人截住你了！"回音山谷里经久不息荡漾着。低个也手圈喇叭形，朝朱宝贵也喊话："再跑我可不客气了，子弹比你的腿快呀！"回音也在山谷荡漾着。朱宝贵拿衣服扇着热，站住

320

朝他们吆喝道："你们对我不赖，看重的是银子呀！"回音山谷里也荡漾着，朱宝贵继续奔跑着。山岗上低个似剪影，又大声吆喝了："你再跑出半里路，也在我的枪口下！"回音山谷仍回荡。低个立即装土枪，还拿通条通瓷实。高个儿又吆喝："朱大哥，千万别跑了，他打兔子出身，枪一响你准完！"高个儿顺着山路往前走，走路姿势已晃悠。朱宝贵跑着也摇晃，自语说："把我当三岁小孩儿哄？我、不上当！"他把身压低，荆条棵身旁闪过。

低个子举了枪，瞄准着，再吆喝："还跑，可真开枪了！"高个儿吆喝："千万别开枪，他会理解咱！"朱宝贵仍疯狂地跑。低个脸扭曲说："不让俺好过，你还想好过！"他突然扣扳机，"轰"地火蛇喷出来。朱宝贵浑身血，晃动着又跑几步，山样轰然倒下了！高个儿攥上了朱宝贵，他已成了尸体。高个儿失望地站起来，大声吆喝说："日你娘，他死了！"山谷中回音一连几声。飞翔起成群的黑乌鸦，哇哇鸣叫着，似在呼唤朱宝贵飞升的魂魄。

高个儿脱下了自己的衣服，包住朱宝贵上身，拉胳膊搬腿，把朱宝贵背到身上，朝山下走着。低个突然吆喝："往哪背？"高个儿少气无力地说："你又杀了一个人，阎王爷又给你记了一百铁棍，等着报应吧！"低个儿吆喝道："我把你也打死！"高个儿应答歇斯底里吆喝："有种的打吧！"低个儿突然"啊啊"哭了起来。高个儿仍背着尸体，朝山下慢慢走去。

太阳喷薄而出，山野一片辉煌。康老汉背个布包，也在这条路往上走着，不过他是上山。王黑妮和店伙计，远远后边跟着。伙计说："咱闷嘴葫芦这样走，太没意思了！我老想吆喝几句曲。"王黑妮说："中，你就唱，俺专听！"伙计扯开腔唱起来："山高呀压不住太阳，儿大呀大不过爹娘，河长呀长不到天上，命再瓷实呀总要去见阎王……"

悠扬的回音山谷里回荡着。白胡子猛然停了脚步，站在山岗上，朝后边张望他们。王黑妮说："唱点别的吧，咱们去救人的，后边那句多不中听！"伙计沉默地轻打自己脸说："咦，错了！"

正在这时，高个儿背着朱宝贵，弯腰勾头走，没打量别的人。和白胡子错身过，白胡子看看高个儿，又困惑地看他背的人，盯住了朱宝贵那鞋子，自语说："多像金花做的呀！"白胡子问："大哥，背的人咋了？"高

321

个儿说："他走了！崇义德的朱掌柜！"白胡子咧开嘴哭道："亲家啊，你咋可去了呀！"

高个儿放了朱宝贵，看着白胡子问："你是他大掌柜？"白胡子说："我是他亲家呀！"伙计和王黑妮也赶来。白胡子说："宝贵让撕票了！"高个儿说："不，是逃跑，被开枪打死了，我看太可怜，就背回了！"

白胡子进到屋子里，泪水哗地流下来。白老虎问："出啥事儿了？"白胡子说："亲家让打死了！"康文盛着急问："人呢？"白胡子说："先放半路一孔窑洞了，我让伙计先看着！"白胡子说："做这段亲家，我琢磨透了朱宝贵。他属于犟筋日死驴，还说驴该死！这死纯是自找的，眼看事儿要弄成了，他却为银子，要逃跑！都没想想，煮熟的鸽子，人家能够让你飞了？"康文盛说："老虎叔照护着，无论花多少钱，咱出，好好把朱老叔送那边！"白胡子说："一不作二不休，我想请你再帮忙，趁住这机会，把红脸汉给除了！"白老虎问："有啥准息？"白胡子说："好心人背回了朱宝贵，啥都说了！"

康文盛说："干坏事儿的人有两种，一种是糊涂人，另一种是真坏蛋。对真坏蛋，绝不能心慈手软！现在先以办丧事儿为主，让人买副柏木货，买些好寿衣！"白老虎给康老汉说："你吩咐几个伙计，分头办吧！"康文盛说："家里照个面，我们还得赶往洛阳，另有急事要办！"次日，白胡子领着，文盛黑妮夫妻俩进了家，康桂生和朱金花忙磕头。康文盛拉起康桂生，王黑妮拉起朱金花。白胡子说："金花啊，康大人专门来看你！"朱金花说："太感谢你们了，我爹的事儿，都由你操办！"康文盛说："你爹为康家丢的命，应该的！"朱金花一直扑闪着眼。白胡子说："笼盖该揭开了，崇义德是人康家的，文盛看你爹年岁大，不能再干火里掏食事儿了，就让他来主持崇义德。你爹是硬上墙货，让他知道康家在关照，他绝不肯干的。没办法，我就编了个假话！"康文盛说："马上就替你爹报仇！"朱金花又跪地上，给康文盛磕了。白胡子点头说："真正的恩人啊！"

这天后响，县衙里出来一队兵，个个紧绷着脸，抓出了红脸汉。然后铜锣开道，囚车载他大游街。一好嗓门衙役吆喝道："父老乡亲们，此人勾结土匪，残害商家，杀人越货，十恶不赦，官府一定严惩！"突然，红脸汉也吆喝："别信他的话，官匪是一家！"衙役拿棍敲他头，喝斥道："叫你胡说！"红脸汉子哈哈笑，继续吆喝着："他们害怕了，支持我入了土匪帮，为的共同捞钱！"衙役又敲他，红脸汉歪摆脑袋躲闪着。衙役吆喝说："烂土匪，死到临头了，还胡说！"

又过了多天，白胡子带着儿子和媳妇，朱宝贵坟前来烧纸，朱金花、康桂生磕了头，白胡子朝坟堆鞠一大躬。这时，坟地树上两只喜鹊叫唤着。一伙计骑马跑过来，地头下了马，说："爷，官府叫你去衙门，要审判那个红脸汉。要你证明红脸汉和土匪咋串通！"白胡子说："这好办，背朱宝贵回来那高个儿，就能证明这。"伙计说："还必须找到那个人，让他大堂上做证明！"白胡子说，明白了。

这天，山间崎岖小路上，白老虎、白胡子各骑头驴，驴脖儿上铃铛叮当响。山坡林子处，传来"砰砰"伐木声。白胡子吆喝声"吁"！毛驴驻足了。白老虎如法也炮制。白胡子仰头朝上喊，喂："上边的，问个人！"伐木声音停息了，山坡上出现那高个儿，说："哎呀，是您！"高个儿小跑着，山坡上下来了，站到他面前，问："又有啥事儿了？深山里没有隔墙耳！"白老虎说了来意后。白胡子说："我已给一半谢银了，你大堂上再走一回，剩下的谢银都给你。"高个儿说："我不愿掂脑袋混日子，山里砍柴火，卖到钧瓷窑，生活却安稳。可俺最怕做证明，那为啥？把山上眼子给剜了，人家会愿意？"白胡子说："山上土匪，已知红脸汉让抓了。官府谁会说，是你把红脸汉证死了？"白老虎说："我还有想法，如果日子老艰难，我们船队要船工，你可以到咱船队干，一年进奉也不少，最少可买两头好骡子。"高个儿立即说："中，做过证，我就跟你到船队干！"

知府坐定正大光明匾下，红脸汉子押上堂。衙役按他跪下。知府问："说说，你咋串通土匪了，绑了朱宝贵的票？"红脸汉子说："我跟崇义德有别扭，他们诬赖我！"知府说："不出意料，这家伙，大堂之上就翻供！传证人！"高个儿上了堂，扑通就跪下。红脸汉子问高个儿："咋，你也让拿住了？"高个儿说："人家不弄住我，哪能弄出你？说吧，哥儿，人该倒霉了，喝口凉水也顶掉牙！"知府说："咋样，想让刑具翘你嘴？"高个儿说:"哥儿,请说了,都到这时候了,何苦再受疼?我可是竹筒倒豆子了!"红脸汉子说:"捂盖不住了,咱说吧!小时候,爹老实,常受人欺负,我就想等长大,改变俺家门风……"

红脸汉子说着,师爷大堂上记录着。口供让知府看了,知府说,让他画押吧。红脸汉接了笔,唰地就画了,然后对高个儿说:"看看,你哥儿也英雄吧?能判我啥刑呢?"知府猛拍惊堂木说:"死罪!"红脸汉子愣在了那。

白胡子抽着旱烟,儿子、媳妇坐在床沿,奇怪地看着肃严的爹。白胡子响亮咳嗽一声:"金花爹也走几个月了,主犯已判死刑!还有件大事情,咱们需要商讨下。"朱金花说:"爹,俺都听你的!"白胡子说:"朱家在巩县有田产。"朱金花说:"老家的神龟山。"白胡子说:"康掌柜打算买下来!"朱金花说:"怕不老中!听爹说,那是风水宝地呀!"白胡子哈哈笑:"带来的啥福气?傻媳妇啊,那是骗人话!"康桂生说:"人之为人,性情能力也,一块死土地,咋能左右人之命运?"朱金花看看康桂生,又看看白胡子:"这事儿,不能全信,也不能不信!"白胡子说:"金花呀,洛河发大水,康家老宅害怕淹,康掌柜想那里建宅院。连你们成亲事儿,也是人出钱张罗的,更甭说厚葬你爹了。人家也说了,如果神龟山卖给他,该咋出钱咋出钱,崇义德再给咱两成!"康桂生说:"爹,我看这买卖咱能做!金花,已到嘴边的肉,不吃是傻蛋呀!"朱金花说:"容我给爹再说说!"康桂生说:"你也傻了吗,人死如灯灭,咋能跟他说?"朱金花说:"坟上供飨,如不托梦,就是同意了!"白胡子说:"心走到那了,也中吧!"

几天后,朱金花回复公爹说,爹也许同意了。白胡子兴冲冲跑巩县。大门口杂役问:"康爷,你又要给送喜糖吧,看你高兴的,这回你续弦了?"白胡子哈哈笑:"一百了,能有那邪劲儿?"白老虎正看一封信,脸上也笑着。白胡子走进来。让坐倒茶水,白胡子说了新进展。白老虎说:"那就太好了!"俩人正热烈说着话,康文盛被叫来了。白胡子说番细经过。白老虎说:"康家世代的梦想,就要实现了,抓紧把这事处理吧!"康文盛说:

"对，都是爷的功！"白胡子说："可别这样说，不是开封你救我，咱咋能认识？帮你办这事儿，也都是你的造化！"白老虎说："文盛，你天杰哥来信了，也报了好消息！他又得提拔了！"康文盛说："好啊，双喜临门了！我先到坟地里，给父亲和祖先们说一说，也说说天杰哥的事儿！然后，咱们喝喜酒！"

经过多天的准备，这天前晌，许多人聚在了神龟山，拉绳子，使步尺，丈量着。有人在界边砸着白灰橛，埋着刻字的青界石。蓝天上飘着白云，鸟儿热闹地歌歌，也似在祝贺大功告成。结束丈量后，康文盛打开祖传的记事本，提笔郑重地写下了：由禹州康庄康高城帮助，按市价购买了神龟山。其间，康高城老汉煞费苦心……康文盛正写到兴致处，一个杂役走进来，说："橛上准备就绪了。"康文盛说："好，叫山上人下来吧！按规矩，该吃合食了！"杂役出屋门，康文盛仍然专注写着。康文盛写完了那些话，随人去了祖坟地。

不多会儿，村里唢呐声声，吹的是《百鸟朝凤》，热烈而欢快，还有铜锣大鼓配合。乐队仪仗后，几面彩旗飘扬着，之后一队人，每人手捧个白面大馒头，馒头上插个牌位，都是康家历代祖先名，朝康家宅院走着。诸多看热闹者跟在后边。不时，一挂小鞭炸响。队伍外，康家族长是指挥。白老虎站在大门口，看见了队伍来临，马上燃放起了热烈的鞭炮。白胡子一家也用这仪式，坟地请回了朱家先祖。

康家大屋子内，放了三张八仙桌，桌上摆了水果和花生。一张桌子上，插牌位馒头牌坐摆，都是康家朱家的先人们，被请来一同象征性吃合食。桌中间，一把檀香青烟缭绕着，似乎联系了古人和今人。另一张八仙桌，就座了康家朱家现在两支人，再一张八仙桌，康家族长和丈量地者。白老虎来个开场白："按咱河洛习俗，宅子土地买与卖，或是孩子要过继，双方当事人，各做好饭食，合到一起吃，谓之吃合食。吃饭叙情融一起！"康文盛接着说："就今天，康朱两家说大事儿，先祖墓前烧香火，缭缭香烟入阴间，那边掌柜准了假，该请都请了！"康家族长说："文盛为了这顿宴，专门洛阳请了真不同的大橱师，满菜一百零八道，汉菜一百零八道。说只有这种席，用今个场面才般配！"

康文盛走到牌位旁，似乎和活人大声说着话："康家先祖，朱家先祖，我代表康家晚辈，向先辈们敬酒了！"康文盛把酒溜桌下，杂役又给他斟一杯，他朝牌位前酒杯一一都碰响，说："咱共同再干一杯吧！以后过年节，保证给你们都上香！"白胡子、康桂生和媳妇朱金花，也端酒到那桌子旁，白胡子说："我叫康高城，顶多是座草屋子。"逗得大家哈哈笑。白胡子继续说："我不老会说话，心里老是高兴，这边的人，那边的神，吐口唾沫也变金！我们也敬酒了！"

开始上菜了，盘碗碟子常更换，有些菜只是知其味，一人只夹一筷。也开始喝酒碰杯子，让菜说话真热闹。白老虎站起来说："酒喝得心热了，想再说几句话，别看今天合食规格高，康家平时也俭朴，南瓜菜臊子面、稀米汤、玉米面饼子、老咸萝卜，都是平常饭，处处讲留余！"康文盛站起来，先对牌位桌子磕了头，又对客人施礼说："大家请相信，康家再咋富，都会助穷人。老天看着呢，俺绝不食言！"白胡子说："听了这番话，我心里热乎乎。俺禹州那边，康家出的钱，建了新学堂，修了新祠堂！"康家族长举酒杯说："少说多吃多喝啊，我也敬大家了！"

这场热闹事儿，过去没多天，就闹起了一场匪事儿。

黑压压的人群，扶老携幼背包袱，挤扛着都要过洛河。船艄公吆喝："甭慌！一船船来！都要让你们过去哩！"船工问："这是咋了，都要过那边？"难民老汉说："跑匪呀，你们这边有团练，土匪不侵扰。俺那里，土匪三天两头去，都说这边老保险！"船工说："这下子，我们这可热闹了！"

康家祠堂外，已坐满了难民。族长陪着康文盛，站在祠堂门外台阶上。族长说："文盛你看看，来了恁多逃难人，咋办哩？"康文盛说："我也刚听说，他们多住嵩山窝。"族长说："那里土匪好几撮，互相争地盘，打得大家不安宁！"康文盛说："遇到难处了，咱先安排住下，祠堂的庑殿、学堂的闲房、大庙里。"族长问："眼前吃的咋办？"康文盛说："人家都是客，我家出粮食，找几个做饭的，安盘大锅台，供他们吃与喝。"族长说："甭总你拿，其他大户我说说，都行善积点德！"康文盛说："爷，中啊，缺口我全补上！"

说着话，铁山来叫康文盛，说要商量新宅的事儿，白老虎家里正等他。看他回来了，白老虎问，新宅工程咋办？康文盛摇头说："得拖拖，展开摊儿，花银子如流水。不能误生意，还要济难民！还说该找个大行家，画张好图纸，再说搞建造。"白老虎说："中，磨刀不误砍柴工！我在开封时，听钱庄狗蛋说，他有个亲戚，建造皇宫的大师傅，可请他先来这看看，给画个图，再按葫芦做成瓢！"康文盛说："中，就这么办！眼前，村人多在沟里住，邙山上不用修城墙，上下沟口修大门，下边门和门之间，修条高城墙。沟沟连通路，夜里开始巡夜！跟族长说一说，修寨墙银子咱多出！把广才叔招呼来，咱村团练再训训！"白老虎说："听说明楼考上武举了，他还要带儿子去京城，想请高手再指点，看考进士还差几尺远！"康文盛说："一扎近千里远，咱县东有个武状元，这些天就要来找我，过来的人了，请人家指点包准好！"白老虎说："我蒙记着提醒他，按照你意思，等匪事过了，再说那新宅院？"康文盛点头说："我先往开封去一趟，见见那师傅，虚事尽量往前赶！"

　　这一日，光脑袋狗蛋领着路，康文盛王黑妮后边跟，古建筑街道上往前行，走进一古香古色四合院。屋内传出人问话："哪个呀？"接着，走出个六十来岁的人，戴挂小眼镜，精瘦个大高，龇牙眯眯笑，很有精神气。狗蛋说："这是俺表伯高师傅。"康文盛连忙抱拳施礼。狗蛋说："表伯，俺康掌柜两口看你来了！"高师傅说："可不敢当啊！走，屋里坐！"大家随高师傅进了屋。

　　屋里一张大案子，摆些高粱秸扎成的房，红胶泥制作的房模型，还铺展一张效果图。高师傅招呼他们坐。狗蛋把礼品放下了。康文盛说："高师傅，这是给哪画的房？"高师傅说："有富商要在青岛建住宅，让我给画个图样。"狗蛋说："表伯呀，大掌柜要建大宅子，专门跑来找您了！"高师傅小眼镜朝着康文盛："地点在哪里？"康文盛说："洛河边邙山旁。"高师傅顿时激动鼻尖都红了："太好了，古来的圣地呀，河出图、洛出书、伏羲画八卦、诗圣故里、黄帝筑坛沉璧处，都在那啊！我能在那留作品，死也没啥遗憾了！"康文盛双手合十："那就拜托了！这两天，乘车随我们去看看？"高师傅说："老中，手头活也就完了！"

不日，康文盛领着一群人，站上了神龟山，高师傅庄重地看形势。邙山起伏若浪，山脚下洛河蜿蜒流淌，头上蓝天白太阳。山岭沟壑间，许多铁杆柿树和枣树。北边一大片古柏树。再北，几道山梁后，就是浩浩荡荡的大黄河。南边，也有一片柏树林。再南边，则是缥缈生云的古嵩山。

高师傅盯北边古柏林许久问："那是啥地方？"康文盛答："诗圣陵园。"高师傅张了半天嘴。他又盯南边柏树林许久问："那是啥地方？"康文盛答："我家祖茔。"高师傅又张半天嘴。来陪客的张大仙说："高师傅，您看风水咋样？"高师傅乜他一眼："不得了啊，神龟山配上两片林，就是大鹏练翅，翱翔黄河嵩山间。大势看，神龟山下挖些，清出平台来，再建新庄园，就使大鹏聚满精神劲儿，定可展翅高飞了！"白老虎说："风水主要还看人。人善良，心术正，一顺就百顺。反之，杨广坐上金銮殿，照样大命不老长？"高师傅即刻鼓掌："极是，啥风水，就是环景好，空气好，要风就来风，要水就有水，住着舒心！决定命运的还是人！"康文盛说："祖上留句话，一个人能使你倒下，那就是你自己；一个人能使你屹立，那也是你自己！"张大仙也说："真理！"白老虎说大仙："你操持算卦营生，这样说，以后还咋吃香喝辣呢？"

大家哈哈哈一阵笑。高师傅说："我可要施展本事了，雅俗共赏是原则！"康文盛说："高师傅，您甭慌，想透彻了再着手画！"

知了争先恐后叫着，狗吐舌头呼哧着喘气，太阳照得直呆呆的。而村筑寨墙工地上，马车拉土的、独轮车推土的，一派热闹景象。康文盛下穿毛蓝布大裤头，上穿灰色半截袖，赤着脚，手拿铁锨在铲土。一班打夯的要换人，康文盛去接夯，杜列疆推他到一边说："你当掌柜的，不能打这夯！"康文盛说："从小我喜欢看打夯，还想领唱夯歌哩！"族长说："中，叫文盛试试吧！"康文盛握住了木夯把："说，咱来吧！"杜列疆应答："可别砸了我的脚！"康文盛吆喝领唱起来——

喂呀喂拉吧呀喂呀！众合：夯夯来嗨哟！康文盛领：东边日头西边雨哟！众合：夯夯来嗨哟！康文盛领：小媳妇骑头黑母驴呀！众合：夯夯来嗨哟！康文盛领：俊男跟在驴后头哟！众合：夯夯来嗨哟！康文盛领：小

毛驴忽地停脚步哟！众合：夯夯来嗨哟！康文盛领：俊男一看心里笑哟！众合：夯夯来嗨哟！康文盛领：是对面来个小公驴哟！众合：夯夯来嗨哟！康文盛领：俊男张嘴来了话呀！众合：夯夯来嗨哟！康文盛领：东西都分阴和阳啊！众合：夯夯来嗨哟！康文盛领：也像咱们两口子呀！众合：夯夯来嗨哟！康文盛领：谁也离不开谁呀！众合：夯夯来嗨哟……

愉快的夯歌中，妇女老人们送来茶水，大家喝着、说着、笑着。终于有一天，寨墙站立起来了，一道大墙横亘在邙山下，像一道堤坝，把沟壑里的住户拦在了里边。每个沟口的寨门成了大家往洛河滩地的通道。村里人从新寨门出来，都精神得似成了另外个人。

晚上，村里团练排列洛河滩，手执大刀开始操练。皎洁的月光，汤汤的洛河，都像要监督团练们。康广才站在队前说："村里把我请回来，让我当教师，我这人可有点二百五！"大家哄然大笑。康广才说："都甭笑，谁要是不听话，我就朝谁屁股上拍一刀再正中离道缝！现在，咱们开始练套路，大家散开！"康广才边做示范边叫号："一、二、三、四，杀！"团练按照口令练着……

这天，要庆祝新寨墙圆满完成了，洛河滩搭了座大戏台，男女老少聚集戏台下。锣鼓家伙敲打三遍后，按照以往的规矩，正戏就要开场了，康家族长兼里正，后台慢悠悠走出来，从乐队要个小铜锣，走到前台上，咣咣敲几声。台下安静了。他大声说："父老乡亲们，今天是大喜，寨墙大功告成，杜县令送来台好戏，要连唱三天哩！下边，让杜县令给咱说说话！"杜县令走到了前台上，热烈的掌声响起来。杜县令台下摆摆手，说："今儿我很高兴，康店村给全县做了榜样！防土匪，可不是咱这唱的那瞎曲'日头落，狼下坡，赤肚子孩子跑不脱'。这可是玩真哩！康店村，有好百姓，有好里正，还有仗义疏财的康文盛等等！"台下又爆发急骤的鼓掌声，一张张脸显得自豪和激动。康文盛台角摆手说："还听杜县令的！"杜县令说："土匪多得到处流窜，咱们要看好自己的门，招呼好自己的人，夏防热，冬防寒，打起寨墙防土匪，严防匪患才有好日子！"康广才台下大声说："咱团练拉起来了，就等着小土匪呢！"杜县令说："好，不怕一万，就怕万一啊！下边，看戏！但愿大家能天天看到好戏！"

台上唱的《薛仁贵征东》，穿一身白蟒靠的薛仁贵挥舞银枪，与敌人激烈地撕杀。杜县令和康文盛看得入了迷。杜县令问："看这薛仁贵花枪耍得咋样？"康文盛说："让人眼花缭乱，真是好功夫！"杜县令说："这人本是个南山放羊娃，后来看过这出戏，就迷上了耍花枪，每天放着羊，没事就抢放羊铲，你猜怎么？成了耍枪好身手，我推荐他到戏班子。"康文盛说："玩耍也能成本事！我就抢粪叉，许能练出绝活哩！"杜县令嘿嘿笑了。

送戏之后没几天，一个大清早，雾气如纱幔，笼罩了洛河，笼罩了河边官道。康文盛拿着竹粪叉，发现黑乎乎的牲口粪，铲起来甩到路旁庄稼地。突然，传来清脆的牲口铃铛声，还有人的大声咳嗽声。这是驮煤帮的人，驮煤卖煤，维持家人的生计，也是此地人的一道风景线。他们的说话声感动了康文盛。一个说："人都是个命，啥时咱才能像皇帝，好好歇歇呢！"另个说："老哥呀，你做梦哩吧？皇帝除了吃的比咱强，怕还没咱轻巧哩！"又个说："许是吧？也如瞎曲里唱的。这人接着哼唱起来，'朱元璋自从当皇上，玉蜀黍面包子天天尝！'那滑稽的唱腔，逗得同伴哈哈笑声惊了田野。"又是二哥的声音说："听说了吗？前阵子南山闹匪了。"另个人接着说："穷急了，才造反！"他们走近了，康文盛路中拦住人，问："兄弟们，南山土匪还疯吗？"大哥说："听说在浮戏山修寨子，和湖北土匪已勾连上。地盘分割了，骚扰少了些。"大哥说："老兄怪勤俭哩，恁早就拾粪？"康文盛说："顺便的事儿，早晨转一转，对身体也好啊！"另个说："这老倌说对了，你没看孩子一出生，就哇哇大哭，不愿来受罪啊！"大哥说："我看人康大户，就不会受啥症。"另人说："不读那家书，不知那家事，他难处可比咱大呢！自家一大摊事，还要想民众，憋得公鸡要下蛋！"

驮煤帮叮叮当当的，消失在黏稠的雾气里，朝梦幻般的洛河渡口走过去。传来了船家的喊客号子声：啊——啊——驮煤帮也吆喝着回应了，啊——啊——啊——，那是告诉船家，稍等片刻。双方的吆喝声，震颤着黏稠的雾气。

回家想着驮煤帮的话，康文盛吸着水烟，心想匪患事儿。儿子路畅进来了，滴溜溜看看康文盛："爹是大坏蛋！"康文盛惊讶地问："小龟孙，你说啥？"康路畅一字一句地说："你、是、大、坏、蛋！"康文盛哈哈笑了："我咋是大坏蛋了？"康路畅小手作赶烟状，吸烟老呛人！康文盛急忙打开了门，康路畅说："赶烟跑，你成好蛋了！"康文盛哈哈大笑问："学堂里跟先生学了点啥？"康路畅答："人之初，性本善，阎王爷，割驴蛋！"康文盛说："我过去编的瞎曲，你咋会了？"康路畅说："这是我编的，还差点儿挨扳子，你想抢头功？"康文盛说："好好学，可不敢走斜道！"康路畅神秘地说："我给说个好消息。俺黑妮妈肚里有孩子了！俩妈屋里头说话，我听到了！"康文盛问："当真？"康路畅答："诓你就是小狗娃儿！"康文盛一把搂过了儿子，朝他脸上亲着。儿子极力推他脸，吆喝着："你老孬，故意用胡子扎人哩！"康文盛哈哈大笑起来。路畅跑着走了，康广才匆匆走进来。

康广才说，这些天，他听到些匪事风声，想商量咋办？康文盛说："让团练提点精神，浮财该藏就藏，不能让土匪恁容易得手！"康广才说，团练的事请放心，他正抓紧训练哩！康文盛点头，又询问明楼考进士准备咋样了？康广才说："太白道士说，只敢保证把他带成个武举人，以后就没把握了！"康文盛说："武状元牛将军歇假在家，我说说，看能不能带带明楼弟？"康广才惊讶地说："背猪头找不到庙门，这多好，你撺掇成，我就感激不尽了！"康广才说，"世道毛毛乱，不能不提防。我又给找个年轻娃，武艺高，很机灵。"康文盛问："咋回事儿"？康广才说："我往少林寺看师父，师父对他老称赞，说是把好手呢！"康文盛说："好吧，找个出门的伴也好！"

商量完事儿，康文盛急忙见黑妮。王黑妮正坐窗前椅子上，手抚摸着肚子，两眼盈满晶莹的泪，给儿子说着话："孩子，你终于找娘来了？可娘还不能接受你啊，现在世道乱，我还要保住你爹呀，有了你爹，就有了咱的一切了！"康文盛悄悄进门了，听着这话，他就抱住了王黑妮。突然，他停止了亲昵的动作，吃惊地看着王黑妮："咋，你哭了？"王黑妮摇头。康文盛问："哦，是高兴，坚持吃药，终于结果了！"王黑妮又摇头。康文盛皱了眉头问："是秋月又说啥不着道话了？你们俩，都小孩子脾气！"王黑妮说："我想把孩子给打了！"康文盛跺着脚说："你疯了？我有啥对不起你了？"王黑妮叹息道："时世乱，我在你身边，心就踏实些。"康文盛惊讶地看看她，说："好姐啊，俺门缝看扁了你，你猪蹄子手打我吧！"他抓王黑妮手朝自己脸上扫！康文盛郑重地说："你就放心养身体，孩子好好给生下来！有个武艺高手要随我了，广才叔从少林寺找的！"王黑妮说："啊，那中，广才叔肯定眼头高！"

匪情一天天地紧，康文盛想，地道里秘密存放那些宝贝，首先应该保护好。可秋月和儿子还住那窑里。于是，他就构思出个好主意，说通了秋月。他亲自指挥着，里边搬迁空。小路畅背书包回来了，大声吆喝："都停住！"杂役们连忙把正抬的桌子放地上。康文盛过来了说，你和你妈都住草堂了。康路畅说："我还住在这！"康文盛轻拍儿子小脑袋说："这窑洞出了毛病，不敢住人了！"康路畅说诓人，康文盛嘻嘻笑了说："过这段匪乱平息了，修理漂漂亮亮的，再搬进来住！"康路畅滴瞪了会儿眼睛说："中，那得找找我的马克搂蛋。"杂役说："啊，是那抽屉里的？我们没敢动，和桌子一起抬草堂去了。"康路畅跑着就出去了，康文盛看着他背影，笑了说："这鳖蛋孩子，别像我小时候！"

这天深夜，铁鳖灯灯头摇曳着，康文盛关严了腾空的窑洞门，又打开了地窖口，悄悄地往缸里整理了银两，然后又封了地窖口。接着，一次次抱来了些柴草，往地窖口上堆放起来。一时间，最宝贵的地方，似成了烂窑洞。他打量番破败景象，吹灭了土龛里的铁鳖灯，顿时，窑里陷入了黑暗中。远处，狗的吠叫声传来了，他打了个长长的哈欠。

次日，康广才站在码头边张望，洛河款款流淌着，大船小船上下来往。船上下来个年轻人，高条个子，背个毛蓝粗布包袱。康广才朝他招手，喊叫狗跑！年轻人快步过来了，给他施礼。康广才拉了他的手说："我往少林寺去了趟，师父说你在开封镖局干着事儿，我托人给捎了信，还怕你没收到呢！码头边连等三天了。"狗跑说："我也着急呢，开封码头问好顺船，马上就来了。"

不多会儿，他们到仿杜甫草堂院子里，康广才让他外边先等候，他进去禀告大掌柜。康文盛笑着说："我都离不开明楼了！"康广才也笑着说：

"树大招风，我这小师弟，别看年轻，聪明着呢！他的名字叫狗跑。"康文盛说："叫他来吧！"康广才门口摆摆手，狗跑跟着就进来。康文盛看着标致的小伙子，皱着眉头思索啥。这时，传来了明楼的声儿："哥儿在吗？"康文盛大声回答："哦，武举来了！"康明楼说："听说爹给你介绍个新把式，我来看看！"康明楼一见狗跑，马上眼睛就亮了："哎呀，咋是你？"康文盛和康广才都愣住了。康文盛问："你们也认识？"康明楼说："老哥儿，你忘了，那次去山东，饭店前边人打他，是你救了他啊！你让魁记收留他，还让他上了学，还有几次去山东，你让我替你去看他，问学堂学习咋个样？"康文盛拍打脑袋唔一声："咋可长恁高了！我还想，咋看着恁面熟哩，就因长恁高，难以认出来了！"狗跑扑通跪地下，咚咚磕头说："干爹呀，我永世也忘不了你的恩，只想悄悄报答你！"康文盛拉起了他。康广才说："嗬，戏里有戏，这下，我就完全放心了！"康文盛说："狗跑，你咋会想起来习武了？狗跑说，你让我上了几年学，在那边魁记干几年，那黑铁塔教我习武了，我热上了，又跑到了少林寺。这次前辈推荐我，知道护卫的就是你，心里真是太高兴了！"康文盛紧拉他手说："孩子，缘分啊！你要有个大号，收留你那时，就给起了个大名。"狗跑说："鲁海啸。"康明楼说："对，鲁海啸，走，我领你安置安置去！"

安排了鲁海啸，康广才就陪康文盛和族长，观看团练们练格斗，洛河滩上杀声震天，团练们精心操练着。康文盛说："杜县令捎信说，要召集全县绅士这看看，让咱村做个防匪模范点。"

三十一

杜县令带领了一群绅士，看了团练表演，接着，又看新寨墙。康文盛和执事人陪同着。一绅士手放脸上轻拍打，说："这是巴掌扇咱哩！"杜县令看他一眼说："好，就在这评说吧！"那绅士说："灯不拨不亮，话不说不明嘛！"杜县令说："中，我就说！县里都发过告示多长时间了，有些人却抠屁股眼吮指头，一个钱看得像磨盘大，有村已让土匪扫荡过。看看人康店村，土匪咋敢来？"康文盛连忙摆手说："这大话可不敢说啊！"杜县令说："我可没日天本事，防范土匪靠大家！丢掉幻想，准备打仗，都赶紧修寨墙，苍蝇专叮有缝的蛋！"

这时，康广才慌慌张张走过来，拉康文盛站到了一边，说："出事了！邻边偃师县也来了些逃难的，土匪进他们村正抢哩，说接着就要往这边来呢！"康文盛说："怕啥来啥，快，团练把好各路口！"康文盛拉杜县令到一边，汇报新消息。杜县令又朝与会者忙摆手："都赶快回去防守啊，本来老康要请大家喝一壶呢，可邻县附近村正遭匪劫，还说要往这来呢！"康文盛送县令，看船快速地划离了河岸。

几天后，一个暖洋洋日子，洛河滩田地里，人们正干活，洛河上漂来些运货船，停靠在了码头上。装着秦岭的水货——竹扫橡子和大漆。船夫们裹着灰色粗布巾。康文盛自家船上走下来，发现货船可疑，船客贼不溜地四处张望。康文盛抬头看看天，太阳快升到头顶。他仔细盯那货船上，竹扫堆里露出枪的红缨子。心一咯噔，莫非要出事儿？他风样蹍回了村子里。村口路旁古槐下，几个人围堆正下棋，墙头边斜靠几支红缨枪，那是团练使用的。有个人肩扛半袋粮，仍然指挥吆喝着："上炮，快上炮！"那人忘了角色，粮食布袋滑下去，砸住了下棋另个人，被砸者地上爬起来，揪住那个背袋者。下棋者正是康广才，他吆喝道："看我不杀了你！"康文盛正好到眼前，伸着脖子说："给，现成的脖子！"大家一下愣住了。康文盛说："广才叔，快通知团练吧，组织人上山，像土匪来了！"大家一听说，慌忙就散去，村里紧急通知疏散。

没多大会儿，村人扶老携幼，顺琴弦似小路，邙山上边撤退。族长和康文盛站在寨门楼上，观察着局势发展。族长说："我派十多个人，去了河滩地，悄悄叫干活人回来。另派人站上神龟山，监视那几只可疑船动向。"康文盛说："广才叔领团练都入角色了，您年龄大，快跟家人上山吧！"族长说："中，拜托你了，宁可信其有，不可信其无呀！"康广才上了岭，要求铁炮里装好火药铁砂子，万不得已时，对它一家伙！康文盛连忙摆手，嘱咐说："吓跑就行了，要死伤一群土匪，跟咱结仇就更大，万不得已才玩真的！"

天近晌午，洛河边的可疑船，蠕动着下来许多人，黑压压站到了河滩上。头目指挥下，如似一群狼，朝村里冲来。不多一会儿，响起了"冲啊杀啊"的喧嚣声。康文盛寨墙上做指挥，吱呀呀，一扇扇大寨门全关闭了。他看见匆忙走来的康明楼，叫道："快，你再看看去，看有谁还没离开家？"康明楼跑着离去了。康文盛沿寨墙跑，边跑边吆喝："都赶快上山，土匪来了！"村民基本不见，一个个寨门也紧闭了。只有鸡猪狗们，懵懂懂地各行散步。康文盛下了寨墙，一家家巡视着。

众土匪已拥寨门下，开始搭梯爬寨墙。上边有的把守者，被这阵势吓坏了，扭头撒腿逃跑。康广才拦截住他们，手揪个逃者耳朵说："老鼠胆，我杀了你！"那孩子指着梯子说："你看恁多人！"康广才大声说："都跟着我上！"他一个个掀翻梯子，敌人发出了声声惨叫，让大家鼓精神。康广才说："就这样坚守着，我到山头上，再给他们来几炮！"

康文盛突然看地上躺个人，弯腰细看是族长。他掐人中穴，喊着里正爷！族长梦呓似"啊"一声，终于醒过来，挣扎着要爬起。康文盛背起他，上山急忙走。大块头压身上，文盛咬着牙，山路小跑着，不一会儿，嘴里喘粗气，很似离水的鱼儿。

这会儿，康广才站上神龟山，看到黑压压土匪爬梯子；看到文盛背族长上山正艰难。他果断下了令，几个团练们，战战兢兢操铁炮，点燃纸炮捻，轰隆火蛇喷出去，几土匪吓得掉了梯子，吓得土匪们搐脑袋。康广才又去看寨门，提把大刀冲下了山。又有几团练，惊慌失措山上跑，康广才大喝一声："都慢着！"他甩掉布衬衫，赤了光脊梁，提把大片刀，对上边门卫说："你们抽个人，到北门、中门去，跟康明楼和鲁海啸说，寨门在，人头在！"康广才又大声吆喝说："谁偷跑上山，我就把谁砍到这！走，跟着我守寨墙！"这时，土匪抬棵干树桩，斜靠在了寨墙上，有土匪已经上寨墙。一个寨门被拉开，土匪如黑色潮水般，拥进了寨子里。康广才发现了，忙吆喝山上撤！他后边掩护着，又招呼掉头山上跑。

这一会儿，康文盛还背老族长，坡道上艰难行走着。一土匪认出了康文盛，吆喝着："那是康大掌柜了，快弄住他，大堆的银子啊！"黑压压土匪往上追赶，轻身赶重身，康文盛心更急，脸上汗珠雨坠。他仍咬着牙，喘着老粗气，背族长努力朝上走。山头上，康广才大声吆喝，指挥朝下扔石头、坷垃！突兀的山嘴上，团练们斥骂着："砸死个龟孙哩！"石头、土坷垃猛烈突袭，敌人四处躲闪，有被击中者嗷嗷叫唤。康广才吆喝指挥。陡峭的土坡，康文盛艰难行走，土匪继续追赶，山上团练惊呆了。康广才恰跑到，大声吆喝："憨狗等羊蛋哩？土坷垃、石头朝下砸！"都如大梦才初醒，石头、土坷垃纷纷往下砸，敌人此时也蒙了。康文盛抢先只几步，终于上了邙山，守门人哗地关了上寨门。康文盛把族长放下后，自己扑通躺倒地上，大口喘着气，吐了几口血。鲁海啸扶了他，连声叫干爹。康文盛少气无力说："快，把族长爷抬到王先生家，他家住在南游殿村！"鲁海啸问："你也一块儿去吧！"康文盛说，他歇会儿许就好！康广才仍指挥团练们，烂砖头碎瓦砸土匪，逼得敌人退却了。一个土匪大吆喝，有种的就下来！康明楼照准他，一土坷垃砸住了他鼻梁，大声吆喝着："这不下去了？"那土匪捂鼻子蹲地上，人们又用坷垃砸，他弯腰像兔子一样逃跑了。康明楼和团练都大笑。

土匪退出村，有的牵牛，有的赶猪，有的抱鸡，也有些捂着烂脑袋，散乱地河边奔跑着。康文盛站在山头上，看着那情景，长叹一口气，又软在了地上。

王黑妮端碗中药，来到康文盛床前："不太热了，你喝吧！"康文盛坐起来，接药喝了，碗放桌子上，说："你也歇歇，有身孕，事让丫鬟干！"王黑妮说："活动对孩儿有好处！"康文盛说："老虎叔去看族长爷，也不知咋样了？"王黑妮说："听他跟娘正说话，说族长爷病也大好了。还说那边几个村，殷实户多让洗劫了。村里人说，咱们团练和寨墙，起了大作用，发现土匪又及时，村的好运气！"康文盛说："土匪们这次选择大白天，看来胆子太大了！"这时，外边有人喊："文盛在吗？"康文盛听出是张大仙，就招呼他进来。张大仙提了一篮子鲜梨。王黑妮说："你们说话吧！"她走了出去。张大仙小声说："那年，你给我十亩好滩地。后来看县志，知白沙滩是宝地，古来产贡梨，就也想种梨树，十亩梨园就流钱了！说也怪，那里出的梨，脆甜无渣一口蜜。今天我给你带了点，晚些时大摘，给你多送些！"康文盛说："那就太谢你了！"张大仙说："外气了！你的事迹都听说了，如不是你，族长早和阎王爷亲嘴了。"康文盛说："那是他的造化，也是理应做的。老子有句话，我心里记着呢！"张大仙问："啥话恁神奇？"康文盛说："圣人常无心，以百姓之心为心。善者，吾善之。不善者，吾亦善之。德善。"张大仙说："和你交往，我也磨去邪念头了。原来我老诓人，总想，老的诓怕了，小的长大了！那是小人德行啊！"康文盛说："众人拾柴火焰高。也如老子说：'道生一，一生二，二生三，三生万物，万物负阴而抱阳，冲气以为和。'"张大仙直点头。张大仙突然说："形势稍微稳下来，我劝你抓紧修建神龟园。修成城堡式样，再甭怕匪灾了！"康文盛点头说："世事不安定，匪事总难免啊！"张大仙说："新修那种宅子，对民众是善举啊！"康文盛说："那就劳你给选个吉日吧！"张大仙老眼发亮说："一定效劳！"

经些时日将养，文盛身体好多了。这日天晴气暖，他着大裤头小布衫，自如地打着太极拳。韩菊兰站到了门口，康文盛仍然动作着。她坐到了椅子上，直到他收功。看见母亲来，他连忙施了礼，说："娘，可别埋怨怠慢你！"韩菊兰嘿嘿笑了说："我要恼火，早拐棍敲你了！现在咋样儿了？"康文盛两只胳膊举了举，接着又踢踢腿说："没啥大事儿了，吃一大碗，屙一小碗！"然后坐另一把椅子上，拿手巾擦着脸。韩菊兰笑了："捣蛋鬼，黑妮呢？"康文盛说："和丫鬟关帝庙里烧香了。我要去，她怕我腿还软！"韩菊兰说："这媳妇干啥都知那轻重！我找你，有件事儿。有身孕的人，不敢让她到处跑了！"康文盛说："拴不住的大青驴，跑腾子命！"韩菊兰说："一会儿，让春红拿点五彩线，就说让她给我绣衣裳，看还不能拴住她？"春红扭脸捂嘴笑，康文盛也笑了，想这法儿许会中！康文盛说："娘，还有件事，就说找你商量呢？我想神龟山开始建新宅。"韩菊兰说："抓紧办，祖上的心愿啊！"鲁海啸进来说："牛状元来了！"康文盛让快带客厅里，也让叫叫老虎叔。

牛状元喝着茶水，发出感慨："还是咱这水好，甜丝丝像放白糖了。"白老虎说："过去的老话说，美不美，家乡水，亲不亲，故乡人。"康文盛问："边关苦吧？"牛状元答："一年一场风，从春刮到冬。井里水苦，河里水涩，吃饭满嘴是草味儿！"白老虎说："皇帝的命官，不想在那也不行啊！"牛状元说："不是在咱家，我敢胡乱侃？"康文盛问："兵营附近都没好喝的水？"牛状元说："十五里外一条小河，水可好了。我说那里地势高，修渠能把水引来，人家总兵说，咋，还想在这干一辈儿？再说，也没这笔银子呀！"康文盛说："给总兵说说，我把这银子给出了，就说百姓捐哩！千万可别暴露我，有人会说我别有用心！"牛状元说："对，不踩沈万山的脚印走，我代表那边弟兄，先感谢你了！"牛状元立即给他施大礼。康文盛笑着说："你这礼值大钱了！好吧，君子一言，驷马难追。你琢磨琢磨，看需要多少银子，走时，我给你准备好！"白老虎说："咱们说正经事儿，牛状元，你爹让帮助给你说媳妇，你文盛叔给物色了好茬口，应该见见面吧？"牛状元说："爹让我来，主办这事儿，如果行，这次把事儿给办办。早办父母少操心，成家立业嘛！"康文盛说："恁快呀！"白老虎说："军情急如火！"这天，康文盛和白老虎站在太平船上，看着河滩上嫩绿的柳行。康文盛说："老虎叔，我没当过月老，也不知今天中不中？"白老虎说："闺女长得恁水灵，对奶奶又恁孝顺，牛状元还挑啥样的？"康文盛说："如果事儿成了，也算对起她爹了！"白老虎说："这些年，你已尽到责任了！千里姻缘一线牵，该到一堆儿，轻易而举；不该到一堆儿，费八布袋气力，也难！"

河滩柳行，牛状元和王黑妮站着，也看见了那闺女和她奶，她们慢慢前走。王黑妮说："状元郎，可瞪大眼看仔细，就是那闺女！"牛状元说："中！"王黑妮笑了："你是千里眼？看清楚没？"牛状元嘿嘿笑了说："行孝道，人品好，就中！""可别死眼子看人啊，俺闺女没见过大世面，别羞得她不敢抬头了！""若她好看，我哪管住眼睛？""你没听人说，远看身架近看脸，走到面前看金莲？""记住口诀了！""我过去了，瞪眼瞅准啊，满意了，就上那太平船。不满意，就往我家去！"牛状元笑着直点头。

河滩路上，闺女给奶说："那武状元厉害不？"奶奶说："傻妮啊，你干爹能看上眼，一定错不了！"闺女说："俺心害怕，如果那武状元脾气躁，一拳头把人家打扁了！"奶奶哈哈笑了说："憨闺女，真男子汉心都软，哪舍得打自己女人啊，除非是个二百五！"王黑妮到她们身旁边，告诉她们："往柳树行那去，牛状元就站那。傻闺女，甭害羞，瞪大眼看清脸。可别学俺娘家村个闺女，相亲见男的，吓得老低头，只看见一坯黑影子，谁知入了洞房内，看男人一脸豌豆坑，气得要跳河上吊去寻死！”奶奶说："是骡子是马，一定看清楚了！”王黑妮说："到那棵古柳下，我一喊牛状元，你就快打量！相中了，就扯奶河边太平船上去，看不中，扯奶赶快回村去！婶子，你也给鉴定鉴定啊！”奶奶咯咯笑了说："中，我保准眼睛睁得灯盏样！”

她们走近了柳树行。王黑妮吆喝道："牛状元，你跑这练武了？”牛状元嘿嘿笑应答："打几路拳！”牛状元盯住了那闺女，一双眼光都直了。那闺女看着牛状元，也目不转睛了。奶奶挣开孙女的手，几乎跑到牛状元脸前，嘿嘿笑着说："中！中！老是中！”

不多天，热闹的鞭炮唢呐声中，牛状元骑着高头大马，一辆轿车停在康家大门外。闺女要上轿，突然抱了奶的肩膀哭。王黑妮说："闺女放心吧，让你奶搬到我们家，吃穿用度你别愁。有空你回来，多看老人家！”康文盛说："闺女呀，我和你爹铁锤兄，康家的好兄弟，你奶也是我的老人！”听了这番话，看热闹者许多都抹泪。康文盛又对骑马的牛状元大声说："可别高兴得忘了我给你的任务啊？”牛状元双手抱拳说："令行禁止，听你的！”

浮戏山山林苍茫，山崖飞瀑河流清泉，老鹰盘旋鸣叫，嗒嗒的马蹄声，为清静的山谷添许诗意。弯曲山路上，康文盛几个骑着马。忽听半山腰传来山歌，刨药汉子放声在唱："山高万丈呀有根基，万年青藤寻彩云，悬崖峭壁韧性攀呀，瑶池清泉润我身……”

康广才说："好听！”康文盛说："心里流出的声儿嘛！”康明楼说："太白山那师父说，在大山里，能揽吸真气，呼出真声，也能练出真功！”大家说笑着，到了将军寨下。高大的石寨门，门楣上刻着"将军寨"三个大字。康明楼说："哥儿，牛状元咋这儿弄个寨子呢？”康文盛说："他爷时就来这练武，把两代人都练成了状元，儿状元歇假，老家靠官道那，带我干闺女这儿躲清闲了！”康广才说："真不知道，咱这还有恁好的地方哩！”说着就到大门口，鲁海啸拍打山寨门，有狗激烈地吠叫起。寨门吱呀声被打开，里边走出个杂役，朝里边吆喝道："康大人来了！"回音经久震颤，牛状元赶忙接迎。

高大古松树下，牛状元几个围坐石桌前，康文盛干闺女提茶壶，给每人杯子里沏茶水。牛状元说："五指岭金银花茶，清香绵长，去火明目！"康文盛说："好，品尝，五指岭金银花，古今闻名啊！"康广才吸溜口说："呵，清香啊！"康文盛说："闺女呀，住这山上习惯不？"干闺女说："人家习惯我也能习惯！"牛状元笑了："嫁鸡随鸡嫁狗随狗嘛！"干闺女笑着接话茬儿："嫁个野猫随夜猫了！"笑声里，干闺女离去了。康文盛跟牛状元说："我还没介绍呢！"接着，他指点着康广才、康明楼一一说了名字、辈分。牛状元说："鲁海啸就甭介绍了，我的干兄弟哩！"康广才迫不及待地说："跟你岳父商量过了，也想让你给俺康家培养出个武状元，你明楼小叔折腾多年了，考了一次武进士，没有过，想让你这高师带几年！"牛状元说："爷，那可是苦活儿啊！只要不怕吃苦，我可以带。但必须看一看，他功力到哪步程度了！"

松柏树林里，一个空场地，几人坐那观看着。康明楼脱剩小布衫，扎好了宽腰巾。康广才装扮也利索。康明楼开玩流星锤，康广才拿棍接对打。流星锤似银蛇，白蜡棍如电闪。突然间，流星锤缠白棍，康广才握棍难拉去，俩人相僵持。牛状元令来下一招！康明楼玩棍术，康广才提钢刀，俩人又拼打，一来又一往，不分胜与负，汗流满面。牛状元拍手又叫道："好，再来下一招！"康明楼单独玩拳术，来去若风雷闪电。醉拳，猴拳，小洪拳，一招一式都不含糊。

牛状元说："好吧，这徒弟我收了！"康明楼扑通跪到他面前。牛状元阻止说："先别慌，还有个事儿，说成了才算！"康广才慌忙说："需交多少学费，我认！"牛状元说："我干爹是财神，能看他女婿受穷吗？"大家哈哈都笑了。康文盛说："有啥要求，对我直说！"牛状元说："我马上还去大西北，三天两后晌怎带出？"康广才说："我也想过了，把明楼交给你，你往军队去，也让他跟着，吃喝穿戴是我的！你也甭叫他叔，他得叫你师傅。"牛状元啪啪拍手说："说定！"康文盛说："明楼就留这吧，我明天还要去开封，说说咱那新宅子！"

340

大屋子里，一张大案子，几助手默默干着事儿，按照一小样儿，放大做着效果图。高师傅带康文盛走进来。高师傅说："看看，我们几个人一直给你赶活呢！你那是个小皇宫！白天，大家吃饭顾不上；晚上呢，你看看上边的灯！"康文盛抬头看房梁，挂几盏颇大的铁鳖灯。高师傅说："我在皇宫那时，也很少这样赶过活儿。雷师傅要求很严格，他爱说的一句话，慢工出细活儿。从我手出的活儿，不能给雷师傅丢脸面！听说我揽了你的大活儿，又地处河洛圣地处，师傅又派几个高手！"康文盛朝几个忙点头，又抱拳施了礼。康文盛说："高师傅，俺知你良苦用心了，看看画成的图吧！"高师傅吩咐，把画好的图展开！

几个助手抱来图纸一大堆，一一展开细拼对，颇具气势的大图展现面前。高师傅指着建筑在讲解，康文盛连连直点头。最后他又说："今年定可开工，准备银子吧！"康文盛说："院落房屋恁复杂，我怕别人干不好，整个活儿也交你做，这样我才放心啊！"高师傅说："那好啊！从京城我再调高手！"康文盛说："咱再商量个事儿，我想让乡亲们跟你干点活！"高师傅说："我懂你的心！"康文盛说："这二年，旱，庄稼歉收了，也让大家挣钱得点贴补嘛！收罢秋，能不能动工？"高师傅说："就定了！"康文盛说："咱就商量写文书？"高师傅说："中，没规矩不成方圆嘛！"

神龟园如期开工了。山顶上红旗扑刷刷飘扬，地上铺了红毡，毡上摆放整猪羊，巨大香炉里，檀香轻烟缭绕。红毡前摆放几张八仙桌，上摆放五个木牌位，从左到右是：邙山山神之神位；神龟山土地之神位；康氏先祖之灵位；鲁班工首之仙位；李诫先师之仙位。

康文盛、白老虎、高师傅在前，许多工友在后，地上跪了一大片。高师傅主持仪式念叨："皇天在上，厚土在下，各位神仙、祖先、先师，我老高代表东家和承建方，供奉各位，望能保佑新宅院顺利建成！"康文盛说："我再补充一句，朱家先祖，今天没给你们竖牌位，因为你们是贵客，切莫冷眼来看待，咱朱康两家合二而一了，也恳求诸位保佑！"高师傅说："给各位神灵见礼了，一磕头！二磕头！三磕头！礼毕！"白老虎大声说："为表一片诚心，我们决定祭奠三天，整个洛河滩里，社火、大戏、诵经，样样俱全，也请各位神灵笑纳啊！"

三十二

铜锣哐哐哐响着，一队衙役拥簇着杜县令，朝康店村走来，康文盛迎到村口，俩人抱拳施礼。康文盛问询事由，杜县令笑而不语。转眼间，队伍到了康家大门口，杜县令让班头铜锣敲得声音再大些，康文盛似成了看戏人。闻听铜锣热烈，许多人纷纷聚来，不多会儿，黑压压的一大片。杜县令招手，铜锣声戛然而止，杜县令吆喝道："圣旨到！"康文盛猛地一愣，慌忙跪下。杜县令拿出宣读道：

> 奉天承运，皇帝昭曰，大臣康文盛捐资带领民众修筑寨墙，抗击流寇，特别是舍命救助老翁，可歌可泣！故颁奖晋升为四品官员。钦此。

康文盛连忙高呼："万岁！万岁！万万岁！"

程序结束，二人议事堂坐定，杜县令说："你知谁让皇帝爷为你动情了？"康文盛摇了头。杜县令说："张二恩大人啊！他从张太医信里，知道了你的事迹，禀告了皇上。"康文盛说："看来，真的是朝里有人好办事儿啊！"杜县令说："我还要把皇帝表彰印文，全县内张贴，以正民风气。要让自私自利者看一看，人咋才能受尊重！"康文盛说："甭大张旗鼓了吧！"杜县令说："官场就怕头疼医头脚疼医脚！比如前段修寨墙防匪患，大部分村都没行动。有些富人就不积极，只看手心一丁点，咋能不吃大亏呢？"杜县令说，"听说你修建古寨堡式新庄园，这也是防匪好办法啊！"康文盛说："你顺便给指教指教吧！"

他们站上了神龟山顶，望着下边挖土、推土和夯土。康文盛介绍着，杜县令点着头说："这工程真不容易！"康文盛说："前次匪事后，我想要赶紧修这院。自己不哭眼里没泪！"杜县令说："皇上巴掌再大，也难抚弄好恁多事儿！你这庄园一弄成，给富人们又带个好头！"鲁海啸跑了过来说："干爹，高师傅急事要商量！"杜县令说："不误你的正事儿，我走了！"康文盛说："我让人安排了晌午饭了。"杜县令嘿嘿笑了说："到圣人家看看

342

杜先人，衙役中好多人没去过，过会儿我们再回来！"康文盛说："也中，我让人带领着！"

康文盛进门时，高师傅正跟白老虎说："没那金刚钻，难揽那瓷器活了！"康文盛接了话茬："高师傅，遇到啥发愁事了？"高师傅说："不能干了！你们这的师傅们，一个比一个牛，指挥我木料用当地的，我说可不敢！他们咋说我？咦！咋给你独个找个老婆呢！"康文盛哈哈笑："高师傅，你们修皇宫，哪弄的大木料？"高师傅说："天下之大，莫过王土，别说木材，就是金银财宝珍珠玛瑙哪里弄不来？你能吗？"康文盛说："咋不能？只要别让要月亮上的东西！"高师傅说："有这大豪气，我心踏实点。皇宫大木料，多取之东北老林中，东北太寒冷，那里红松白松都坚磁！"康文盛问咋把那松木运京城，高师傅说："先运到河边，顺河运到海边，船运天津卫，再车拉京城，一路顺风啊！皇帝的事儿，哪个官员敢捣蛋？咱能调动恁多关系吗？"康文盛说："你找过去的熟人帮忙，咱们不就出点血嘛！咱自己有船，洛河通黄河，黄河连大海，多少木材运不来？"高师傅脸上的阴云散了，笑道："还是年轻好，敢想也敢做，啥难处都不在话下了，我马上就写信！"

蓝天上白云如絮，灿灿的阳光洛河里跳跃，一艘红色官船靠了岸，走下来了杜县令，朝康家的船队走过去。那会儿，康家船队将要出发了，大相公逯小柱正再次做检查，看看拉帆绳，看看锚的铁链。一个船工说："相公，那边看！"逯小柱说："没那闲心，这次海里走，一点都不敢麻痹啊！"那船工捏着腔学女腔唱着："那边来了个官老爷，他要找你送金钱！"逯小柱嘻嘻笑了："干脆给你割成个女人吧！"那船工又用女腔唱道："那就便宜你这黑牛郎了！官老爷真是这来了，谁要诓你是王八！"那船工还唱着拖腔，突然跑了。逯小柱说："喂，你兔子跑啥哩？"那船工腼腆地笑笑，匆忙拿只拖把擦船。杜县令到船旁，问："康大掌柜在不？"逯小柱连忙跪到船上说："老爷，他在船舱里，我去叫他吧！"这会儿，康文盛船舱里走出来，说："哎呀，老兄来了，到船舱坐会儿？酉时船队要往东北去哩，正准备送行呢！"衙役扶着杜县令，上了太平船。杜县令说："听说船队往东北，我才慌忙赶来了！"康文盛问："你信咋恁长呢？"杜县令笑了说："铁匠木匠砖瓦匠，做饭的剃头的，还有按肚的瞎子、说书的瘸子，我都有朋友。有个倒腾木料的说，本来他想发笔财，收购咱这槐木啥的，结果高师傅死活不要。我有个同窗东北任知府，就在长白山，我给他写封信，到那边需要帮助时，可以找找他！"杜县令说着话，口袋内取出了信，交给了康文盛。康文盛说："雪里送碳啊！"杜县令说："你帮了我恁多忙，这不是应该的吗？我还要去回过头镇，促办防匪的事儿！"高师傅说："看看人家这官，真是干事的，皇帝知道准提拔！"杜县令说："中国官场上，为当官而当官智者，为干事而当官庸者啊！"说过，杜县令哈哈笑了。

红官船朝洛河上游撑走了，逯小柱走上太平船，给康文盛说："都准备好了，开船吧！"康文盛取出信，说了杜县令的诚意，又说，万一遇到了啥麻烦，就按信去找那知府。逯小柱把信装到了内衣口袋。高师傅说："如果办事儿顺，就甭找知府了，过道门槛四两油。"逯小柱点了点头，大声吆喝道："各守各位，开船了！"

洛河岸边，康文盛、高师傅诸人观看着，船队缓缓离了岸，白帆高高挂了起来。逯小柱大声吆喝着，等铁山带船回来，让他把那几条船检修下！康文盛也大声回答："知道了！"这时候，驿站一信使，在康文盛身旁跳下马，说："大掌柜，西安府的急信！"

张二恩大人牵线，西安知府已成好友，信说关中遭旱有一年，卖地逃荒人很多，救灾上请予给帮助。生意地救济，康家习惯啊，康文盛想，救济吃的需要，正价还可买些土地，另一种帮助方式啊！白老虎惊讶地说："正建新宅院，咋挤钱办那事？"康文盛说："公鸡头，母鸡头，顾这头难以顾那头！建的新宅院，砖墙改土坯，用三五十年不要紧，将来有闲钱，再翻修砌砖墙！如果不是匪事多，说实话，这工程我还想往后拖！"白老虎说："孩子，叔懂你了！"这时，鲁海啸跑了过来，说："干爹，快点吧！俺奶说，黑妮干娘要生了！"康文盛跑过去，李秋月说："又是难产啊！刚请来接生婆一脸汗，让我打几个红糖荷包蛋，准备给黑妮补身子。这一会儿，那接生婆按照黑妮说的正磨转。"康文盛自语说："这黑妮，真神了，都这时候了还能当师傅！"

突然，清脆的孩子哭叫声，屋里传了出来。韩菊兰出门满脸笑，康文盛迎过去问："娘，生个啥？"韩菊兰说："咱家又添个劳力！"康文盛搓手笑着，说："这孩子名叫康路远了！"

康路畅跑过来，蹦跳着吆喝道："我有兄弟路远了！我有兄弟路远了！"听到路远的名字，康文盛不仅想到了船相公逯小柱带领的船队，这趟活儿够远了。

一队装满木料的船队，大海里正赶路。晴好的天空，许多海鸥围绕船只飞翔。领航说："掌柜放心吧，再有一天路程，就到黄河口了！"逯小柱说："好啊，这次如果不是你给领航，还不知遇到啥麻烦呢！"领航说："我如果到了黄河，也就蒙了。大海里吃这碗饭时间长些，就知道了所以然！不过，就怕人祸啊！"话音才落，就见几只船开得飞快，朝他们驶来。领航发现了，大声说："说害怕，真狼吓了！看那几条船，像似海盗。他后边船队吆喝，都有点准备啊！"逯小柱说："中啊！"他就爬梯子，蹬上了船舱顶部。手圈喇叭形，朝后边船队喊了黄河号，"喂——喂——"后边船只号子也后传："喂——喂——喂——"他一只胳膊朝可疑船队方向摇了三摇，然后又屈胳膊肘，朝下砸了三砸。后边的船只赶紧也传达。

领航的转了身，袋子里拿出个单筒望远镜，衣袖擦一擦镜片，朝飞来的船队张望着。镜头里，海盗船互相打旗语。领航又从布袋里翻，拿出了一团布，扭头对水手说："如果那船敢靠近，人敢爬上咱的船，就杀了他们！"水手说："知道了！"领航也顺梯子爬船顶。他拿的是面日本旗，走到了旗杆处，卸下了龙旗，日本旗升到上边。领航说："那是群日本海盗，我看到他们打旗语，问我们是哪国船！走，咱下去，没事儿了！"逯小柱困惑地问："就恁神？"领航说："一会儿，你就知道了！"他们下到了太平船舱里。

领航拿单筒望远镜，递给了逯小柱："你看看！"逯小柱接了那东西，问："这是啥，有啥看？"领航拿起望远镜，放到逯小柱一只眼睛上，朝向窗口说："闭住那只眼，专心看里边！"逯小柱惊讶地叫道："哎呀，这是千里眼！那船看得恁清楚，人鼻子眼都看见，那些人的衣裳，不像咱中国人！”领航说：“是群日本海盗，在咱内海里也横行，经常抢劫咱船只。后来发现诀窍了，船只挂着日本旗、船只挂着西洋旗，他们就不抢。我们领航的，就预备了几面外国旗，发现不对劲儿，就把旗子换了！”逯小柱说："十里不同俗，百里变规矩啊！”领航说：“没法，国弱了百姓也受气啊！”

海盗船已靠近，一短粗日本人朝他们喊话，叽里呱啦的。逯小柱嘟囔说："鸡巴人的话，像拌面疙瘩。”领航说："你甭管，我来对付！”但领航与日本人对视着，并没理睬他。短粗日本人几乎蹦起来，恼怒地又喊话。领航也装作发怒了，指着船舱顶的旗，也叽里呱嗒回话！短粗日本人仰脸再看旗，朝太平船鞠个躬，然后，指挥船只撤离了。

逯小柱说："如果今天不是你，我还真蒙了！怪不得高师傅专门交代说，入大海前，一定先要找到你！”领航说："海上混的时间长，会几句外国话，高师傅的许多兄弟，我们也都搭过帮！你也见了，刚才，我比他还横，我说他眼瞎了，乱啃自己人，就吓跑了他们！”领航说："加快速度，害怕海盗们发现猫腻，再来袭扰。”逯小柱说："我这就联络，快些离开这片水域，抓紧时间家里赶路啊！”

那天，散乱的阳光照耀下，洛河滩柳树林上，落了群黑鸦，呱呱呱乱唱着。红色官船停靠码头上，衙役们列着队，阻挡过河的老百姓。两挺轿子从官船上走下来。继而是鸣锣开道，朝康店村漂去，老百姓站在远处，怯生生地观望着。

那会儿，仿杜甫草堂里，康文盛还琢磨新宅院摆布。白老虎进来了，说高师傅急需个石匠高手，好让他带领着，赶制石雕活儿。康文盛说："叔，还找车石匠，他造那杜甫故里碑楼，谁不说好啊！”白老虎说，让鲁海啸跑一趟吧？正说着，鲁海啸走了进来，说一队官员，敲锣放铳往这来了！康文盛问："知道是谁不？”鲁海啸说不清楚！康文盛说："我去接迎吧！你现在就骑马去洛阳县，找个车石匠。”康文盛认真地说了路径，鲁海啸点头而去。

康文盛匆匆走出家门时，已站满看热闹的老百姓，官府仪仗也停在大门口。杜县令走过来，康文盛笑着说："这势头怪吓人！”杜县令说："老弟可冤枉我了，你看看，那轿里还有个大人物！"康文盛问是谁？杜县令轻声说是巡抚！康文盛笑着说："老天爷，就是怪厉害！"他连忙走到那轿门口，掀着门帘说："请巡抚大人下轿了！"轿子里传出爽朗的笑，接着，爬出个胖巡抚："专门让杜大人试探下，看你欢迎不欢迎！""大人一到，蓬荜生辉，敢不欢迎？如果我知道你来，定会敲锣打鼓玩狮子，一直到洛河码头迎接你！"巡抚说："会说话，那老百姓就认为我最厉害了，哈哈哈……"

康家伙计闻风而动，等客人到了会客厅，已摆上了好水果。寒暄一阵，杜县令话转到了正题上，巡抚大人听说你正建新宅，专门来助兴了！康文盛说："巡抚大人见多识广，要给指点指点呀！"巡抚说："指点不敢说，我是来取经的！本衙门做个工程，也想请请高师傅，才知他被你挖来了！明人不说暗话，我还想请你给帮助！"康文盛惊讶地问："我能帮你啥忙呢？"巡抚说："京城来河南，皇上对我说，有难处就找康财神，他还能不帮巡抚大人？"康文盛听着，脸上出了汗，现在正建新宅院，还有陕西旱灾要救济！巡抚看他不言语，又说："我想你不会不给面子吧？"康文盛突然嘿嘿笑，说："大人吩咐的事，咋能不办呢？虽都四品官，可你是正四品！"巡抚说："老夫信任你，看着办吧！茅厕在哪里？"

康文盛喊来了杂役，领巡抚去了茅厕！杜县令给康文盛轻声说："我真不知道巡抚会来敲竹杠！"康文盛说了面临几件大事情，杜县令说："真不容易啊，这人来得也真是时候。"康文盛叹气说：叼毛斤四两，当大驴驮大载，啥法呢，松松手应差，嗨！"

鲁海啸骑匹白马，沿洛河边大路奔驰，然后木船过河，南行一路打听，来到车石匠在佛光的村庄。那里山林翠绿，溪流叮咚，完全一幅江南风光。竹林深处，一处古朴院落显得分外安静。鲁海啸把马拴在了大门外楸树上，走进车石匠家里。

几间屋子，石头垒墙，片石作瓦，院里两棵石榴树，墙角一小片竹林，石桌上放个正雕凿的石门墩。屋里仍传出凿石声，鲁海啸问："谁在家？"屋里传出来苍老的声音："找清远吗？""我找车老石匠。"凿石声停止，壮实的车石匠搓着手，走了出来。鲁海啸打量他，白胡子、白头发，满脸褶皱似沟壑纵横，但眼珠仍活泛，问："你是谁？怪俊哩！"鲁海啸说，他是巩县康家的。车石匠说："啊，知道，好人啊！快，屋里坐，我给你炖鸡蛋茶！"说着，车石匠就扒拉柴草，要在锅台边点火。鲁海啸拉住他说："我不饥不渴，骑着马跑得快，俩多时辰就到了这！咱商量过事儿，就在你家吃饭吧！"车石匠说："一言为定啊！你不知道，那年我给康家干活，人家对我可亲了！"鲁海啸说，这次康家要干宗大活儿，不是一两年能做完，要请他出马哩。车石匠说："让我儿子车清远去吧！他手艺早超过了我，方圆左近都有名了，我让人找他。"

老车石匠出了门，鲁海啸又观看院里竹林风景，再看摆放的石鼓、石门墩、柱础诸类。上刻有八仙图、狮子滚绣球、松竹梅三寒友、喜鹊登枝、姜太公垂钓……他心里感慨，好手艺啊！不多会儿，车石匠回来说，儿子去邻村，马上就回来！让他就硬等。

简朴的屋子里，放着锤子和錾子。俩人坐石鼓上说起话。车石匠说，现时多数货，都是儿子弄。该吃这门衣饭，他从小热这活儿，没事儿就拿刻凿石头，眼里见识啊！鲁海啸说，有你高师守着，哪能不成仙儿！说着，院里响起咚咚的脚步声，震得地皮也发颤。进来的小青年，厚嘴唇，大眼睛，着槐米染绿黄粗布褂，笑眯眯的。鲁海啸满眼疑惑，老石匠说："客眼说话了，清远太嫩，与我不配套？我老来得子啊，孩子三岁，他娘就走了。"鲁海啸说："手艺精了吃白馍，康家啥时都有活儿。"车清远说："俺听爹说过，康家人善，能靠牌干，真就太好了！"老车石匠笑着说：真那样，俺儿就不愁媳妇了！"鲁海啸让带件小玩意儿，好让那边师傅过下眼！车清远掂了俩石片，青得纯粹。拿出锤子和錾子，叮当叮当就凿刻，如巧女子绣花，石片上出现了线刻画，一是鸭戏荷莲，一是越山飞雁。鲁海啸眼看直了，禁不住说好好好！

鲁海啸带回了那石片，高师傅看了也赞叹："皇宫里，这样的石匠也不多见！"康文盛说："明天，就请他来吧！再让他带几个好石匠！"高师傅说："这又除我心病，我看不惯稀里糊涂的活儿！"没几天，车清远带了几个年轻石匠，一水的麻利手，让石头叮叮咣咣奏起了乐。一天，白老虎抽

348

着水烟袋，着迷似看车清远做那活儿。不一会儿，他又叫来康文盛，康文盛也惊呆了。花虫鱼草与人物，凸现在了石头上，都像似活物了。车清远沉浸在愉快中，全神贯注地仍如巧女绣花。他正做着个门墩，醉心地雕刻个读书郎。那公子，细眉长眼睛，盯着手里一本书，稳坐一棵柳树下，傍着潺潺溪流水，溪流旁有山石花草，还有轻盈展翅的飞鸟。康文盛不由感慨道："巧妙啊，太好了！"车清远这才抬起头，怯生生地红脸说："俺没你说的恁厉害！"康文盛笑着，拍了拍他肩膀说："安心好好干吧！"高师傅也来了，也仔细看了成品，蝶戏牡丹、狮子滚绣球、老寿星独酌、松竹梅三寒友、猫鼠争雄……高师傅笑着说："深山出俊鸟，民间竟有这等巧石匠啊！"康文盛私下给白老虎说："一份辛苦，一份收获，要加工钱！人家做东西恁精致，咱可不能亏了人！"白老虎说："对，这才能留住能干人呢！以后，凡是能工巧匠，工钱都要给高些？"康文盛连连直点头。

由车清远一帮巧石匠，康文盛联想到了发展，和一帮执事的相公们商量后，加劲儿办好小学堂，选了些精能子弟，附近别村聪明孩子也招纳，除了学文化，还学实本事，将来安排生意上！他请杜列疆出了山，帮他运作这码事儿。康文盛说："人才，生意上的大事儿，不能耽误了。"恰巧，这天康文盛接到韩金贵舅舅的信，也是说招揽人才的事儿。

这天，韩金贵正看账，一条黑影进了屋。韩金贵问："谁？"来人答："救救王天祥吧，再不救，恐怕他没多久活头了！"韩金贵吃惊地抬头望，是个熟脸瘦伙计，就问出了啥事情。回答说："王天祥西安混不下去了，死要面子，还不好意思求你！"次日，韩金贵就进了西安城。

西安王家店铺外，王天祥坐在柜台旁，噼里啪啦拨算盘。几个愣头愣脑者走到了柜台旁。一个人问，姓王的，份子钱啥时交啊！王天祥抬头赔笑说："我每天才挣多少，你们就要恁多？"那人瞪大了眼说："少啰唆，再不交，就砸了你的店！"王天祥说："兄弟，有理没有理，只怕来回比！官府税交了，街道费交了，凭啥还催交，要是你的店呢？"那人伸出巴掌，朝王天祥脸上左右开弓："猫吃老鼠，啥道理？不服气，就砸你的店！弟兄们，砸！"盯了一会儿的韩金贵，疾步进大门，吆喝道："谁敢动手，打烂谁的狗头！"那人看韩金贵，还有身后几个大汉，眼里闪出了困惑，问："哪路神仙？"韩金贵说："王天祥是我们魁记的人，你刚才打了人，现在你扇自己！如果舍不得，我就让人打，他们可都有少林功，满嘴牙打掉别后悔！"那人说："好，我扇毯！"那人就朝自己脸上扇，同来的大汉吆喝道："听不到吧唧声，再使力！"那人很无奈，更用力扇自己，嘴角流出了血。韩金贵问："咋样？和打别人感觉一样不？滚吧！以后再欺负商户，扒皮抽筋啊！"那伙人鼠奔而去。王天祥扑通跪地上，呜呜哭起来。韩金贵连忙拉起他："真不知道，你受大委屈了！走，到住的地方，商量商量往后咋办！"

王天祥住屋里，一张木床，一张桌子，桌子上摆着几本书。韩金贵问："经常受欺负？"王天祥说："三天两头来找碴，一张口就是要银子，好像老子对孩子！从他们的作为，我就想起了俺大，过去，他对待你们也这样，这是报应吧？""你没找人摆平他？""我原来想，关系慢慢拉扯着，谁知，给他好处那一会儿，他也会笑，只要一转身，狗脸上就挂了一层霜！""以后咋办呢？""我心也没底！""客大欺主，主大欺客，你如果能到魁记干，保准比你硬撑强！我年龄也大了，很需要你这样的好帮手啊！"王天祥眨巴着眼说："我犹豫，大在时，康家好像厕他眼里了，如果我进魁记，害怕他在天之灵恼我！"韩金贵说："这么说，你还没兴趣？"王天祥眼珠转动着说："我可以考虑，只不过有想法。"韩金贵说："你说！""如果入魁记，我要入份子。""问题不老大，还有呢？""我老家那地方，已卖给了魁记了，回到泾阳后，我还想住老宅。""我现在就可答应你！""跟你外甥商量吧，行了，我就答应你！"韩金贵拍着他肩膀："孩子，一言为定！"

王天祥站在屋门外，送韩金贵几个融入人流里，他抬头看着朗朗晴天，太阳明亮今天真耀眼呀！

三十三

铁鳌灯头飘忽着，李秋月拥被子而坐，发出了剧烈的咳嗽声。王翠莲给她捶着背，王翠莲扶她喝热水，大概喉咙湿润的缘故，咳嗽稍有些缓和。

一个纸糊灯笼晃悠着，飘进了康家，那是伙计请的看病先儿。韩菊兰念罢经，王翠莲进来说："先生已经请来了，正让把脉呢！"韩菊兰说："好好给看看，她本就苗弱，又病恹恹这些年！"先生离去了，飘忽的铁灯下，韩菊兰心里仍不安。她在想，秋月又是肺内燥热的老毛病，一生闷气就犯病，咋能给治住呢？想了会儿，很无聊，摇起了窑里纺花车，自得其乐哼小曲："一道天河似把锯，数不清星辰苦凄凄，十万只喜鹊搭天桥，漫天唱歌凑欢喜……"春红双手捧着脸，听她心里流出的歌儿。康文盛推门进来了，韩菊兰停操纺花车，问："这时候来，有啥事？"康文盛说："明早我要赶陕西，看有啥事跟舅说？"韩菊兰让春红出去一下。韩菊兰问："秋月到底咋样了？"康文盛答："伤风感冒小毛病！"韩菊兰说："我要给提个醒，俩媳妇都有孩子了，为孩子会生小矛盾。小洞不补，大洞受苦，你可搁在心里啊！"康文盛问发现啥苗头了？韩菊兰说："秋月刁钻，黑妮实在，现在还没大别扭。规矩可要立前头。""娘，帮我想想吧，都立啥规矩呀！等我从西省回来后，就把规矩立起来！""中，让我也想想，你也动动脑筋！还要给你说句话。一句话你爹过去常唠叨，这会儿也要传给你。"康文盛说："娘说吧，我听着呢！""你爹说，宁舍山东、河南，不舍泾阳三原。你爹说，从长远想康家，泾阳三原是根基，一定那边多用心啊！那里土地好，人称关中白菜心地。"康文盛说："那距西安近，土地也肥沃。往西北、西南也便利！英雄所见略同！"韩菊兰白了儿一眼："都入品的官员了，还烧包？"康文盛嘿嘿笑了："自己家吗，就烧了！"韩菊兰嘻嘻也笑了："啥时候你才真长大？"

次日清晨，康文盛骑匹黑马，鲁海啸骑匹白马，上了官道。田野树木村庄闪退着。康文盛说："海啸，骑马走过远路吗？"鲁海啸答："还没呢！再晚一些日，顺路坐船多么好！"康文盛说："人误地一时，地误人一年，事情老紧急！"康文盛催牲口，黑马跑起来，鲁海啸白马也跑起来。两道闪电似，几日时光，他们就到了泾阳街。康文盛让找几个执事人，坐下来说生意。韩金贵说："布店又增加好几家，江云海那店也红起来。天祥来当这段二掌柜，使他大省劲儿。王天祥在跑腾着，生意往西北、西南正拓展。"康文盛连说好好好。韩金贵说："有个想法，王有亭那老家，咱该筹钱修整下，也为面子呀！只是我知道，老家修新宅，钱上也些紧！"康文盛说："舅啊，饭要一口一口吃，仗要一个一个打，破房先修补下，种点花草种点树，等老家新宅弄好了，再着手整修那院子。"王天祥接了话把说："我推想，你这次来，想做一件大事儿哩！"康文盛愣怔下："你咋知道哩？"王天祥说："机会啊！"韩金贵脸上呈困惑，问是啥机会？王天祥说："这边连续旱两年，卖地家多，买地可是好机会！"韩金贵拍下额头说，哦了一声。康文盛说："正想这边买些地，也帮助这里灾民。"王天祥说："救济开路，买地随行！"韩金贵说："谋智到一块儿了？"康文盛说："不是一家人，不进一家门嘛！这段，天祥先打探这事儿吧，毕竟是熟地儿！"正说话，外有敲门声，进来个伙计说，街上有几个人，巡役说像土匪，有个是王家过去二掌柜，是不是弄人抓起来？王天祥猛然站起来说："让我带人去抓吧！"康文盛问："带土匪烧抢你家那个人？"王天祥答："秦海娃，让海啸跟我一起去！"王天祥边说着，就走到了屋门口，韩金贵大声让他站住！王天祥回头问："咋了？"韩金贵说："过去的事儿，他硬是不承认，你能有啥法儿？"康文盛说："舅说得非常对，办事儿无凭据，兔子急了也咬人！"韩金贵说："现在闹灾荒，人穷得红了眼！咱还在明处，十个好盾牌，难抵一暗箭啊！天祥侄，我还要说几句，外面闹土匪正厉害，出门探听土地行情，要格外小心啊！"王天祥点了点头。康文盛说："咱兵分两路，我去找官府，商量救济灾民！天祥去做那大事儿！"韩金贵说："中！我就家里守老摊儿！"

西安府衙里，知府背着手，大树下边来回走，嘴里发出叹息声。衙役头领康文盛们到跟前："报老爷，魁记大掌柜来找您！"知府看看康文盛，又看看鲁海啸："啊，听说过，只是没见过，怪年轻啊！"衙役头说："康大人不只是商人，还是一个四品官！"知府看着康文盛说："这个已知道，我给去过信，想不到你还很水灵哩！"康文盛笑了说："我这官，筲帚疙瘩戴个帽，怎敢比你这真官？"知府也笑了说："哪能这样说？有时候钱比帽翅还厉害！"康文盛哈哈大笑了。知府说，走，后堂里去！

喝着黑茶水，康文盛说："大人满脸是忧愁，恐是遇到了啥难事？"知府晃着脑袋说："我真佩服你们生意人，活得多滋润！要钱有钱，要权也有权。连这黑茶也是你们康家的制作，可我干这算啥呢？刚来当个芝麻官，就赶上遭大灾，看着灾民日子难，内心猫咬似疼！"康文盛问："皇上不也赈济了？"知府说："小水难解大渴啊！"康文盛说："接你信后，就想这大事儿了。我也是皇上命官，也该为国分忧啊！"说着话，康文盛站起来，走到后堂门口处，探头往外看，鲁海啸站在门外台阶下，正看着飞翔的鸽子群。知府奇怪地望着他。康文盛说："我想救百姓，如遇卖地的，也想这里买些，种棉花、花生，生意上少不了的货啊！"知府爽快说："让我做甚？"康文盛说："救灾粮食要有数，麻烦你让下边弄个底，将来运来粮食，你帮助给分灾民手里，使民众实在得救援，我的心意就满足了！买地若有麻瘩，也望帮助！"他又说了开封救灾遭遇的麻烦事儿。知府说："救灾是国事儿，你还这么认真！"康文盛说："救急救难，俺家的传统，多做善良事，睡觉也香甜！百姓心里有康家，对咱生意大有益啊！"知府点头说："站高望远，大生意人啊！"康文盛说："我们有个伙计王天祥，你也专门定个人，让他们好联络！"知府点了头，俩人继续商量着。

没有多少天，渭河边码头处，白帆如云彩，满船满船装的是粮食。卸粮食的，装马车的，唱账的，热热闹闹。王天祥指挥着发放粮食，像个战场上的大将军。进入正常程序后，一日，康文盛带鲁海啸，一身百姓装扮，到了永乐古镇。街头一处铺面，人群拥挤着，有人拿根软条子棍棍，吆喝："排好队了，排好队了，先来后到，只要登记在册，都有粮！"对面大门两边的长条石，康文盛、鲁海啸坐在那，似乎没事看热闹。突然，鲁海啸说："干爹，你看！"指点处，铺面大门里，几辆独轮车，推着粮食往外出。排队者有人指点咕哝着，也有人摇头叹着气。康文盛说："海啸，走，悄悄跟着，看他们往哪儿弄？"

独轮车"吱吱扭扭"前边走，一老一少在议论。"人家魁记的救济粮，他们也敢倒腾！""为个人得利，不怕百姓饿死！"康文盛问少者："兄弟，前边粮食往哪倒腾？"年轻人说："永和永和，宰人的秤砣！"康文盛嘟囔着："永和？"几辆独轮车，进了黑漆大宅院。康文盛看招牌，真为永和粮行。康文盛让海啸，问粮行谁开的？鲁海啸拦住个衣着破旧的汉子，指着粮行探问。那汉子用怯生生的神态回答："镇头家的！"鲁海啸给干爹学了。康文盛说："骨头上还啃肉哩，让他咋吃咋屙！走，再其他地方看看。"他们又到三原县城。城隍庙让康文盛眼睛一亮，这是座明朝建筑，廊院相连，牌坊耸立，殿楼巍峨，烧香人来往不断。康文盛和鲁海啸，坐在门外柏树下，干嚼着锅盔。鲁海啸说："干爹，这城隍庙还不老小哩！啥时建的？"康文盛说："好像明洪武年间。泾阳、三原是关中最富之地，西北是嵯峨山，也有北蟒塬地，平川地最多，战国时就开始了郑国渠灌溉，不是大灾，这里都富得流油！因此古迹就多，处处留心皆学问啊！咱乡贤诗圣说过，行万里路读万卷书，路上学得的知识，也等于读书啊！"这时，过来个讨饭老汉，康文盛在褡裢里摸块锅盔，递给了他。康文盛问："老人家是这里人吗？"老汉点头。康文盛问："救济粮领了吗？"老汉说："一人五十斤，够几天嚼受，不要饭还得饿死啊！"看着离去的老汉。鲁海啸说："干爹，咱可给每人九十斤啊！"康文盛气愤地说："又被剥皮了！海啸，你再去问问那些香客，看他们咋说？到底那老汉是糊涂胡说，还是真有人克扣救命粮？让我躺树上歇一会儿！"鲁海啸吃了东西，抹了嘴巴，朝香客群里走去。

康文盛褡裢放腿边，靠着大柏树打着盹。太阳光柏树枝叶中筛下来，洒在脸上。树上有鸟儿蹦跳叫唤。一八九岁小孩子，满脸黑灰土，悄悄走过来，站到古柏树后，摸那褡裢里。康文盛眼睛也没睁："孩子，你饿了？里边有锅盔，拿吧！"那孩子愣怔下，准备跑。康文盛却掏个锅盔，他接过，撒腿就跑了。鲁海啸回来了，康文盛举两只胳膊伸了懒腰。鲁海啸说："问了十几个人，有说还没见救济粮，有人说得了六十斤，最好的领到八十五斤！"康文盛说："作孽啊，走，咱找知府去！"

府衙后堂里，康文盛见知府，说了发粮的猫腻。知府惊讶地哦了声："还有这等事儿？"康文盛说："亲眼看见了，百姓应该有代表，招呼着发放救灾粮，透明公正些！"知府就叫来衙役头："传令，先把泾阳永和粮行掌柜抓起来，押进死牢里！各发粮点要张贴告示，克扣灾粮的，限两天退出来，如果不退出，就要关进牢狱！"

看着班头已离去，知府说："我们没把好事做好，让大人你担心了，实在对不住啊！"康文盛说："人性都有善恶面，恶就如关在笼里的大老虎，稍微疏忽下，笼子门开了，那恶就会跳出来！"知府连连点了头，说："听说泾阳有个王有亭，就是让心里恶给害死了？"康文盛郑重点了头说："他儿子王天祥在我们那干，人很不错，有能力！

　　太阳散发出柔弱的光，荒草凄凄的坟冢前，王天祥蹲着，黄马粪纸上，几种点心摆在坟前，他点燃把檀香，认真插坟前，接又点燃金箔。他跪坟前磕了三个头："大，跟你说说我的想法。西安我生意没做好，多亏康家救了我，没被地痞无赖给吃了，入份子加入魁记商行了。你可能会骂我不争气。其实，我早想通了。咱王家，本就不如人康家，秦海娃又带土匪抢了咱，腰里更没了劲儿。入份子是背靠大树好乘凉！大掌柜康文盛重用我。大，你彻底把心放肚里！咱王家失去的，我一定挣回来，还要往大处翻弄呢！"树上的乌鸦呱呱叫，王天祥抬头看看又说，"大呀，你给我说话了吗？我已听到你说好哇好哇！你在那边，也要帮帮我，实现你一生的梦想！分救灾粮的事儿我已联系妥当，马上就去安吴堡，张罗买地，姓吴咱那亲戚，朝里的大官，让皇上押进了牢狱里，家里卖地要救他！大，你可想法保佑我，让把这宗大生意弄成啊！"乌鸦呱呱叫唤着，飞向了远方。王天祥站立起来，望着苍茫天空逝去的黑影说："大，你放心地去吧！"

　　路旁椿树上，拴头黑毛驴，这时，啊唔啊唔地叫了。王天祥解下了毛驴骑上去。毛驴嘚嘚似敲着鼓点朝前走。面前是荒凉的田野，远处嵯峨山连绵，一条小河从山里流出来。在缺乏生机的田野上，他情不自禁吆喝起迷糊戏："诸葛孔明出祁山，不灭曹贼誓不还……"远处现出片村子，一大片砖瓦房屋。黑驴似解人意，加快了前进步伐。路边田地里，一个年轻人，戴顶麦草帽，看着骑毛驴的王天祥，吆喝道："喂，谁家的亲戚啊？"王天祥说："大户吴家呀！我想问一下，你们这的人，想卖地的多不多？"年轻人说："不管那锤子事儿，问问吴家吧，听说人急卖地哩！"

　　那会儿，村外一旧砖瓦窑里，秦海娃嘴嚼干草梗，旁边坐几土匪，地上散乱放几把刀。瘦子问他："老兄，后悔干这行当了吧？"秦海娃说："小财发了，还蹲王有亭坟头上屙过一泡臭屁，恶气咱出过哩！"瘦子哈哈笑了说："你是因小失大，如果你不离王家，大半个家都该你当了！"秦海娃说："没长前后眼啊，谁知王匪头寿命半拃长，总归是咱命不到！"突然，外边咚咚咚响起了脚步声。几个土匪机警地拿起刀。跑进个年轻人："来个人，骑头黑毛驴，我看像王有亭那娃子了，弄他不？"秦海娃问："他离这还有多远？"年轻人说："里把路吧！"秦海娃说这是大买卖，先捆他个老婆看瓜！拾掇吴家，迟早都行！土匪们跑着出了砖瓦窑。秦海娃站在烧窑顶看着。村路上，王天祥仍骑黑驴上。土匪们分开左右两路，迅速奔跑着。在一片树林里，跳出几个人，紧紧抓住了驴缰绳，王天祥就给拉了下来，匪们七手八脚捆了他。

几土匪押着王天祥，林莽小道上匆匆地走。苍茫的嵯峨山，莽莽的老树林，尿股似溪水暮气流着，秦海娃骑在黑驴上。瘦子说："秦哥呀，歇会儿吧？这几天兄弟们累恶了！"秦海娃说："好哇，咱总算有收获了，大哥不会骂咱是笨蛋！"秦海娃黑驴上跳下来，把黑驴拴到路旁槐树上。秦海娃走到王天祥后面说："来，让叔给解开绳子，反正也跑不走了！"王天祥笑了说："叔，你领人抢我家，那是因我土匪大得罪了你。可现在我给别人干，穷到了要饭地步，你咋还整我？"瘦子嘿嘿冷笑说："揣着明白装迷糊！"秦海娃甩了解下的绳，说："大概是老叔我糊涂，就给说说糊涂话！你入了魁记份子，我们才请你上嵯峨山的！你也知，这二年百姓日子难，山上弟兄增许多，都要吃饭穿衣呀！"王天祥说："买烧饼进了铁匠铺，看错门了吧？"秦海娃说："咋可能呢？你入股份子抽一成献大家，我们马上放了你！否则，老叔就不当家了，死或活，都是大王的事！"王天祥说："我就不明白，骨头上啃肉哩！"秦海娃说："向善忌恶这是理。魁记这次救济百姓，拿出了多少钱？不能跟人家过不去吧？如若那样真就昧良心了！"王天祥说："我只说我太吃亏！"瘦子说："如果交到大王那，恐怕你小命就完了！"王天祥眼珠灵活地转，说："那好，就按老叔说的，咱商量商量，给侄子再减成吧，在西安，我让地痞敲空了！"秦海娃弯腰捡块鹅卵石，投了出去："真就恁可怜？不可能吧？我知道，你心窟窿比筛子眼还稠哩！"土匪乱嚷嚷起来："不出钱，就要命！""小气鬼，都会编假话！"王天祥装成一脸可怜相，抱拳朝周围土匪施礼说："各位弟兄呀，我知自己肚里几粒米，求各位宽宏大量吧！"秦海娃说："好吧，再少收你一

356

成吧！如果再减少，众兄弟就难答应！"王天祥说："好，我给写个条吧！"秦海娃说："行！也需跟我山上去，事办成功了，我就送你走！连黑驴也会归还你！"

王天祥两天了没有信，康文盛院里直发呆。看着外甥的样子，韩金贵问是咋了？康文盛说："这个王天祥，他能跑哪儿？"韩金贵说："是呀，惯例应该回来了。"康文盛问："会不会出啥事？"韩金贵说："比兔子还精明，应该不会！"正说着，鲁海啸走进来："有个人找你们，说是王天祥让来哩！"康文盛说："让进来！"秦海娃去了草帽说："韩掌柜，别来无恙！"韩金贵说："哦，是秦兄弟？"秦海娃抱拳给俩人施礼说，"韩掌柜，我受人之托，来说王天祥的事儿。他让胡子绑票了，人家派我谈条件。"韩金贵说："是你的谋划吧？"秦海娃说："家有千口，主事一人，我只是随从呀！"韩金贵说："那我可报告官府了！"秦海娃哈哈大笑，说："咋会呢！康家总与人为善，总能站别人位置上想事儿。如果不这样，康家也不会朋友遍天下。如果不这样，我当年和李骨头烧康家，早就被你们消灭了！就为这，胡子们私下约定过，决不骚扰你家生意！"康文盛说："你咋还要当胡子，做生意日子不更安生吗？"秦海娃说："饱汉子不知饿汉子饥，自和王有亭掰了后，我脑子一热，就拾掇了王家，官府也就挂号了！"韩金贵："说条件！"

他拿出王天祥的信，说："把王家的银子支付些，就放他回来！"康文盛说："支吧，命比钱重要！"韩金贵出门就给拿钱。康文盛说："海娃兄，你比我年龄大，我冒昧给你指条道。"秦海娃说："大海指南！"康文盛说："生意场你混多年了，外地我也有生意，如果你愿意，跟我还干生意这行当，好好想一想。"秦海娃说："知你心好，回去琢磨吧！"秦海娃拿过钱，一阵风样就走了。

也是那天，夕阳普照嵯峨山，山林呈现一派圣洁色。王天祥坐在石头上，心烦意乱望着周围，天上一片片锦云，山间山峦起伏，还有林木、飞鸟儿，溪流。他时而感慨又叹息，旁边几个土匪，看看他，又看看他，瘦子说："叹啥气，日子能比我们还难？"王天祥说："这么大的天和地，让

357

我沦落个要饭的，你们还来敲竹杠，阎王爷不嫌鬼瘦啊！"瘦子放声笑，笑声山谷回荡着，说："世事如唱戏，其实难说清，今日唱元帅，明日成乞丐。我们这群弟兄，四处奔突的狼，哪里看见食，哪里就抓挠！我们正找吴大户，碰巧你去安吴堡，看是缘分就随缘！"王天祥说："你们还敲吴大户？他们打官司要破产了！"瘦子说："瘦死的骆驼比马大！我们哪次去，都没空过手。实话说，如果不是秦哥有交代，还会陪你看风景？拿来钱走人，拿不来钱砍头，老规矩！"这时候，秦海娃走过来，说："风景不赖吧？"王天祥站起来说："多谢老叔照顾了！刚才，你手下还夸你呢！"秦海娃说："亲不亲，一家人，我不照顾你，谁会照顾你？人家康掌柜真大气，不像你讨价还价，快走吧！"王天祥骑上了小黑驴，又朝着安吴堡。黑驴在高门楼前停住脚，王天祥驴上翻身下。大门内走出个老伙计，看出他和吴家是亲戚："哦，你大叫王有亭？"王天祥点头。"脸面怪像！"他接了驴缰绳。

吴家女人脸色黑，问他啥事儿？王天祥说："我知道，姑父中了奸臣套，他咋会扯旗造反呢？"吴家女人说："如不是皇上看他才情高，小命怕早就没了！"王天祥说："听别人说，姑为打赢这官司，急着土地要出手？"吴家女人说："连年灾荒，两千亩地谁来买？愁啊愁！"王天祥说："我帮姑找了大买主！"女主人说："那可好了，你姑夫有的救了！"王天祥："多少他都要！姑，我还会诓你吗？"吴家女人说："这事能办成了，姑决不会亏待你！跑腿费一定给。"安吴堡说妥了买卖，王天祥心里晦气消散了，骑黑驴返回了泾阳街。

天黑时，康文盛也回来了，王天祥学了遇匪的事儿，说："风刮跑一些钱！钱是王八蛋，赔了咱再赚！"康文盛拍拍他的肩膀说："钱记我账上，你就甭管了！"王天祥说："不能那样！"韩金贵说："你是出差出的事儿嘛，就说买地的事儿吧！"王天祥心里猛然惊喜，更觉投奔康家的路真是正路，便认真地汇报："跑了这些天，老百姓想卖地的也有，不过太零星。"韩金贵说："地像自家的孩儿，谁愿割肉忍痛啊？"康文盛屋子里转着说："将心比心，咱不能趁火打劫，买地价格要高些。还有，优先让原主人种。前三年不收租！"王天祥听了，"扑通跪到了他面前，连连磕头。康文盛

358

连忙扶他起，问这是弄啥哩？王天祥说："我替关中的乡亲们，谢你大恩大德了！"康文盛说："咱办任何事儿，与人与己两有利才行，生意嘛，就如一个活人，该吃吃，该屙屙，发财和散财得当，生意才能康健成长，你说呢？"王天祥惊讶大掌柜能这么理解生意行，不住地点头，又说："我联系了个卖地大户，人家急用要现钱，不知能不能吃动！"韩金贵问："几百亩？"王天祥答："两千多亩白菜心地！只要银票带去，就领咱画地！"康文盛啪地拍桌说："这笔买卖，敲定了！"

那一天，吴家女主人和康文盛观看着，一些人拿着木拐尺，丈量起土地，鲁海啸作记录。吴家黑脸女人抬头看太阳，说："天都晌午了，后晌再干吧！"康文盛说："这块地已快丈量完了，中午我请客算是第一次吃合食！"地边一棵大柿树，吴家女人指着说："让伙计们丈量吧，咱到那树下凉快会儿，我浑身上下都酸困！"康文盛说："天祥，你们先去吧！"王天祥搀表姑，大柿树那走过去。吴家女人说："天祥啊，土地交割后，该给的银子马上给，吃水不忘打井人！"王天祥说："姑，那就太丑气了！"吴家女人说："能把你姑父救出来，我定要大谢你！不是你牵线，谁一下能买恁多的地？"

稠密的柿树枝叶间，毒辣阳光筛下来，王天祥从黑瓷罐倒碗水，递给表姑喝。一个老汉走来说："他婶子，又有事了！"吴家女人问："是什么事儿？"老汉说："嵯峨山上土匪又来了，村里等我回话呢！""又是讹钱哩？""那秦海娃说了，他们探听到，吴家要卖好多地，要拿给他银子五百两！""啥时间交钱？""具体再告知。""你去回话说，我已答应了！"看着老汉走去了，王天祥问："表姑，他们才敲我一竹杠，可别纵容了！"吴家女人说："人若倒霉了，喝口冷水也碜牙！这帮土匪们，看人下菜碟，过去你姑夫红时，从没敢动咱一指头。可现在，三天两头敲！"这时候，康文盛也到大树下，王天祥告诉他，土匪闻到腥气了。康文盛细听了诉说，安慰吴家女当家："让我剎他威风吧！不只是为了护吴家，也是为了保康家。现在吃你家，将来能饶我？"

到了那夜晚，苍茫的嵯峨山，朦胧的安吴堡，灯光吴家大院射出来。吴家大院外，几个山匪到门口。秦海娃吩咐过望风的，他啪啪啪拍打黑大门，随着狗狂吠，大门吱扭扭被打开，看门老汉走出来，说："哦，秦大哥，巡抚派来人，女当家给抓去了，到现在一直没消息！"秦海娃说："约的今夜来取货，我需要进去看一看，货放在哪儿！"看门老汉说："我可不敢放你进，院子让巡抚接管了！"秦海娃哈哈冷笑说："谁是三岁毛孩子，你竟敢大话欺骗我？如果巡抚已接管，早有岗哨过来了！哦，知道了，黑脸女人把话喂狗了？"秦海娃给跟随者摆手势，说："弟兄们，过来六个人，跟我进院去，我看黑脸吴婆几个胆！"

他们推开了吴家门。迎面过来几人挑灯笼，后面跟个男将领，前呼后拥还有兵。那将领问："是谁恁蛮横，敢夜闯民宅？"秦海娃看那几个人，一律着的百姓服，说："哪里跳出小蚂蚱，竟敢管大爷的事儿？"看门老汉说："这是巡抚派的将军！"秦海娃吃惊"哦"了声，转身就要走。将军说："你甭走，按通匪罪抓了女主人，你正好公堂上做证明！我们办案讲文明，你说是不是？"秦海娃话也不敢说了，仍然着急朝外跑。将军说："我劝你别跑，能插翅飞过去？"秦海娃看周围，霎时，火把燃许多，传来了呐喊声。秦海娃吆喝道："弟兄们，操家伙，冲出去！"将军大声命令说："都给我都拿下！"一个个土匪都给上了绳。

三十四

集市人群里，康文盛、鲁海啸游荡着，边走边观望。路边一饭店，外挂匾额，上书"老杨家羊肉汤"。康文盛吸溜鼻子说："呵，怪香哩，喝碗吧？"伙计吆喝声就传来："老杨家羊肉汤，沾口喷喷香！"康文盛说："我先进，你看看王天祥，事儿弄得咋样了？"鲁海啸应答就去了。

一堵墙前，王天祥还在贴告示，许多路人围观着。王天祥走出人群时，一穿着阔气男子拦住他，问："那上面写的甚？"王天祥说："魁记商行买地哩！"那男子说："我不认识字，你给细说说，我想先卖一百亩！"王天祥说："走！"一处僻静胡同口，王天祥欲开口，那人突然刀顶他腰，恶狠狠地说："敢吆喝，立马放血，走！"王天祥说："大哥，咱又无冤仇，认错人了吧？"那人说："把你秦叔弄出来，要不，一命还一命！"正这时，王天祥看见鲁海啸，他举起一只手，似乎打招呼，鲁海啸发现不老妙，便朝他快步走过来。王天祥磨蹭时间说："大哥，秦海娃的事儿，跟我没关系，我也没怎大脸面弄出他！"那男子说："必须跟我走一趟！"王天祥说："你替人当差，我也替人当差呀！我再贴几张告示，再跟你走吧！"此刻，鲁海啸已到旁边，猛地推下王天祥，忽地崴了那人手腕，夺了手中刀。鲁海啸说："若你识相，赶快就走开！"那男子舞扎还挣扎，刀刃就放到了他脖上，说："官府去，有管你的地方！"鲁海啸押着那男子，那人又求王天祥，说放了他，他绝不再找麻烦了！王天祥说："放了吧，当差哩！"鲁海啸吆喝："滚，再无事生非，真要小命哩！"那人欲走，王天祥喊住他："话再给说明白，你好捎话给你头。靠昧良心活着，迟早会倒霉！"那人点头哈腰连说"是是是"！

三人饭店里聚齐了，羊肉汤泡锅盔。鲁海啸学了刚才遭遇嵯峨山土匪的事儿。王天祥说："快把秦海娃宰了，以后就没麻烦了！"康文盛说："最好别杀，有用处！"王天祥瞪大眼，想那死狗还有啥用处？

没几天，康文盛找巡抚。巡抚笑着说："我想着今天你要来，等你一句话，处置秦海娃！"康文盛说："咱是不谋而合呀！"巡抚说："杀这人不用上报，只决定西安杀，还是泾阳杀？"康文盛说："让我带走他吧！"巡抚惊讶地"哦"了声："梦话吧？"康文盛说："我是认真的！他本也不愿当土匪，是原先掌柜给逼的。"巡抚哈哈冷笑着说："无论哪个当土匪，都有原因呀！可他扰乱了一方安宁，就犯了该杀罪！"康文盛说："这秦海娃生意场上混多年，也是个人才呀，我想化腐朽为财宝，想老兄不会阻挡吧？"巡抚说："不怕他恶习不改，毁你大业？"康文盛说："洪水给规矩河道里，还咋冲坏田地呢？给犟牲口嘴套嚼什，它还咋张狂呢？"巡抚哈哈笑着说："有气魄，我服气，就把他领走吧！如果他恶习不改，你招呼声，新账老账再一起算！"康文盛说："如果改造好了他，我可请你去老孙家，好好吃顿牛肉泡！"巡抚说："好，一言为定了！"

蓬头垢面的秦海娃，坐在监牢草铺上，背靠着墙。秦腔调吆喝着："黑敬德我手持钢鞭出辕门，阎王小鬼让三分……"狱管训斥说："秦海娃，狗汪汪驴嗷嗷叫唤啥？马上就有人带你走了！"秦海娃停止了唱："诓我快

361

死的人弄啥？"狱管哈哈大笑说："你爷来哩！"秦海娃说："又是耍二球哩！"之后他背靠牢墙，嘴里嚼着根草梗，抬头看着屋顶，发呆地想着啥。鲁海啸拿俩黄麻纸包，后边跟着康文盛，走了过来。鲁海啸把一黄纸包递给狱管，狱管收住了说："恁多卤牛肉，多不好意思！"康文盛说："辛苦你了，把牢狱门给打开吧？"狱管开了铁裤锁，秦海娃惊恐地看着他。鲁海啸说："秦海娃，警告你，我干爹来解救你了，别做傻事啊！"康文盛说："海娃，没想到吧？前些天，我劝你入生意行，你却当土匪上瘾了！"秦海娃说："大掌柜，行有行规呀！该死球朝上，不死当阎王！"康文盛说："那就算了，我只当是个路人，给，买了斤卤牛肉，还有几个烧饼，你留这吃吧，我们就走了！"康文盛把东西放到地上，扭脸就要走。秦海娃扑通声跪地上，大声喊着："康掌柜，老爷呀，救救我吧，我真不想死哩，家还有父母妻儿啊！如果你能救出我，我把你当再生父母了！"康文盛说："我可有条件，你若不答应，杀剐都由官府决定了！"秦海娃仍然跪地上说："你说吧，只要是为我好，我都会答应！"康文盛说："出去后，决不能再入土匪行！"秦海娃说："再当土匪，你就杀了我！"康文盛说："你必须暂到外地谋生去！"秦海娃为难地问："弄啥？"康文盛说："兰州去，我在那设点办店，你去招呼住！"秦海娃说："我一定干出个样儿！"这后响，韩金贵和王天祥正说事儿，康文盛带秦海娃进了屋，俩人愣住了。尤其那王天祥，直勾勾看着秦海娃。秦海娃抱拳施礼说："山不转水转，咱让康掌柜给拉一起了，以后还望多关照！"王天祥、韩金贵脸上表情仍没调整顺畅。

韩金贵拉康文盛出了门，黑着脸子说："你傻了，咋引狼入室了？那三国魏延，身上长着反骨哩！"康文盛说："舅，浪子回头金不换，他生意上跑腾多年了，为啥不能让发挥长处呢？我让他兰州独打天下，管教都归你。"韩金贵说："怕只老鼠坏锅汤啊！"康文盛说："凡是人，都有善恶两面脸，看人咋引导呢！"韩金贵没了话。

大屋里，王天祥正数落秦海娃："你还有脸回泾阳！"秦海娃说："我是泾阳人，我是你叔哩，咋没脸见你了？该叫叔还叫叔！"王天祥撇嘴说："几天前，你还绑我票！"秦海娃嘿嘿笑了说："这山不唱那山歌，后一步不说前一步！实话说，我没打算活着出来，清水坑里照照脸，我明白脸上有脏啊！若再不学好，一头就扎粪坑了！"啪啪啪啪，韩金贵鼓掌走进来，康文盛也跟着进来了。韩金贵说："天祥，我知你心里老别扭，其实我心里也别扭，可现在，我心里亮堂了！能给人面前开条路，甭在人前打堵墙。人这辈子苦短，都活得不容易。你对别人好，其实就是对自己好！"康文盛说："俺舅这次梆子敲到点上了！现在，咱就商量如何开拓兰州的生意。"王天祥说："我正想考察那边呢！"康文盛说："现在就让海娃去！"秦海娃说："这样，嵯峨山那大王也就死心了！"

这夜月色朦胧，村庄也朦胧，狗的吠叫声连声，一个纸糊白灯笼，从一户人家飘出来，打灯笼者是老汉，后边跟个老太婆，还有半老个女人，秦海娃和他女人、孩子后边跟着。走到一挂马拉轿车旁，女人、孩子上了马车。秦海娃扑通给老人跪下了，说："大、娘，多保重，记住，要花钱就去魁记取，画上名字就行了。"老汉说："孩子，你遇到恁善良的掌柜，人家大恩大德，一定记住呀，苦心干出个样子来！"秦海娃说："放心好了。"秦海娃给那半老女人说："姐，就拜托你照顾爹娘了！"他姐说："前几天，我还整夜睡不着，总想着你真让给砍了，你婆娘、娃该咋办呢？这次若出去，可要争点气！"秦海娃说："我去了，康掌柜路口等着送我呢！"秦海娃爬上马拉车，狗叫得仍热烈。

要办的事都办妥了，康文盛要打道回府了。薄雾苍茫，康文盛和鲁海啸，坐在一辆马拉轿车上，上了大路，"吱吱扭扭"的车轮声，碾破了清晨的宁静。小风中，灰色的树木摇曳着，一弯细月牙，盯着苦难的关中地。渐渐地，天上露了鱼肚白，继而，东边又出现了橘红色。突然，车把式喊了声："吁！"声音很悠长。鲁海啸机警地跳下了车，很快又返回轿车边，说："干爹，你快下来看看吧！"鲁海啸搀扶他下了车。道路两边，跪着许多人，大都穿得很齐整。

康文盛大惑不解，连忙对那些人双手打恭说："这是为什么？可要折康某人的寿限了！"一个年长者说："我们都是泾阳、三元的士绅，一起来送恩人了！不是魁记，许多百姓生路都要断！我们已听说，你还要继续来送救命粮，大家怎不感激呢？粮食啥时到，我们好接应啊！"康文盛说："我今天带船队就回河南，不日粮食就到来。"那年长者笑着说："西安知府给我们说，你别好地买到手了，救济粮的事儿给黄那呀！山东响马、四川贼，河南出的溜光锤，他也害怕老康诓哄大家呀！"康文盛拍着胸脯说："大家心就放肚里，难道我不打算关中混人了？你们别再说那顺口溜了，哪里都有好人，哪里也都有坏人啊！"康文盛扶了他们，一个个请了起来。

康文盛说："你们见到知府大人，也给他说，他是隔门缝看扁我老康哩！再这样，俺可跟他不做朋友了！"那年长者说："我是看你怪随和，才给你透了口风，再来回传话，就弄不得劲儿了！"康文盛哈哈大笑，几只喜鹊也站在路边的树枝上，"喳喳喳喳"唱起来。

又过了几年，这天太阳光亮亮的，王黑妮坐在窗前绣着花，哼着歌谣：小儿郎，快快长，长大当个好船长，跑黄河，跑长江，跑遍大海和大洋，金银挣得堆满仓……李秋月一歪一歪走进来："老远都听到你唱了，真好听啊！"王黑妮说："胡哼哼！"李秋月就坐了。王黑妮说："路畅上学去了？"李秋月说："嗯，儿子不费啥劲儿了！就是自己身体不争气！"王黑妮问："吃过先生的药，见轻了吧？"李秋月说："好点，总是没劲儿，也不知到底咋着了！今天想让你给解解梦，好几天了，心里窝憋得慌！"李秋月说："我梦见爹了，他拿枣木棍子追打我，说把他单独丢在黄河边，除每日每夜听黄河浪涛声，也没人找他说句话。我说，你不该找我算账，你应找我哥说，你猜他咋说？"王黑妮说："他一定说你哥离家远！"李秋月说："不，他吆喝着说，你哥没你家有钱，我拐棍就竖你家门口了！"王黑妮说："依我看，应该去趟灵山寺，求那方丈做个道场。趁热打铁吧，现在咱就去找娘，看她怎么说！"

这会儿，韩菊兰正劝说白老虎："你年龄大了，神龟园的事儿，不敢太提劲儿，让下边伙计多跑腾！"白老虎笑着说："身体没啥事，一顿吃三碗，一次屙一碗半，我还赚着呢！"韩菊兰嘿嘿笑："溜光锤！"白老虎说："嫂子面前说笑话，还不图个高兴嘛！前几天，你天杰侄子来信还说，笑一笑，十年少，愁一愁，白了头！"韩菊兰问："孩子那边咋样？"白老虎说："成了总兵的女婿，也算有点出息了！不过，我给他回信说，没有不散的宴席，总兵他当不了一辈子，不能老想着靠竿子。我让他钻研点生意经，这才是根基啊！"韩菊兰说："我听说，现职官员不准做生意呀！"白老虎说："一本书可这样读，也可那样读嘛！"韩菊兰说："就如人说的，吃肉撇腥，养汉子做清！"白老虎哈哈哈笑了说："都是逼的啊！"韩菊兰突然想起了啥："小路远刚才还在这屋里耍，咋就不见他了呢？"白老虎指指蒲团上。原来，他学奶奶念经呢，盘腿坐那上边，闭着眼睛，嘴里扑哧啥。韩菊兰问："路远，你念叨啥呢？"康路远睁开眼睛说："阿米桃熟，红薯萝卜！"俩大人哈哈都大笑。韩菊兰说："鳖蛋才几岁，就倒鸡毛了！谁教的？"康路远说："是俺哥！"白老虎说："我还有个正经事，需要你给点个头。"韩菊兰说："啥事你都当家！"白老虎小声说，是文盛让写个家规的事儿！韩菊兰说："中，放这，我过过目！"白老虎掏出折叠的白麻纸，韩菊兰就接了，放进了抽屉里。

　　李秋月和王黑妮走进来，一唱一和说大事儿。韩菊兰笑眯眯认真听了，说："秋月的一片孝心，黑妮的一片诚心，我都明白了，等文盛回来再操作！"

　　那天，灵山寺钟声悠长而悦耳。康文盛和鲁海啸翻身下了马，小和尚大门口看见，急忙趔身跑院里告知住持。康文盛走过溪流上的小木桥，老态龙钟的云深和尚已出现在大门口，双手合十："阿弥陀佛，施主请！"康文盛问："师父近可安好！"云深和尚答："承蒙施主大恩，一切都好！"他们到了丈房里，康文盛说了来意后，云深和尚说："还是那李武师？"康文盛说："秋月已有几种病，都说是他在作祟。娘让请你做个道场，帮他快些超度！"云深和尚问秋月来没有？康文盛说："已来这村，家里准备了。"云深和尚说："可做个小道场，解除夫人心病！"康文盛问，能否给他岳父作道场？云深和尚说："按规矩，给恶人作道场，就是驱逐恶鬼，还望施主别在意！"康文盛说："明白了，就按规矩办！驱逐了恶鬼，让他不再存幻想！说一说，准备都应做哪些？"云深师父弹指说道，康文盛不住地点头。

　　李秋月到娘家，院里野草半人深，墙歪房子漏。李秋月看着，不由触景生悲情，一屁股坐到屋檐下，爹呀娘呀哭起来。丫鬟王翠莲劝："婶子哭啥哩，就这样的家，都比我家强百头！"李秋月停了哭，说："你给带来的伙计讲，先把这大屋清扫下，今天也好有住处！"王翠莲说："你身体不好，

365

坐那请歇了，让我来干！"李秋月到屋里，突然见墙上挂的流星锤，上边织成蜘蛛网。她看着又发愣，眼前似重现那图景——黄河边一块儿平地上，李武师耍着流星锤，李秋月偎坐哥身旁，惊愕地看连天的黄河水，又看那飞舞的流星锤。突然，她感觉眼前旋转了，惊叫了一声"妈呀"！哥哥马上拉住了她。这一会儿，李秋月眼前也旋转，也惊叫声"妈呀"！昏倒地上了。王翠莲跑过来，大声喊叫着："快来人啊，婶子晕倒了！"好几个伙计跑过来，王翠莲催促快找看病先儿。俩伙计咚咚往外跑。

康文盛和鲁海啸走进来。李秋月已被王翠莲抱成半蹲状。康文盛大拇指掐了她的人中穴，李秋月慢慢缓过了气儿。李秋月说："我看见爹了！"大家一脸惊悚。康文盛说："哪有活人怕死鬼？翠莲，把你婶子搀床上歇，再烧一点热开水，让她喝几口就好了！"

李秋月躺床上，不住哼嗨着。康文盛揉搓她手掌，一伙计带看病先生走进来。康文盛站起忙接迎，先生摆手笑语："听说掌柜大名了，还能不来吗？"先生坐在床旁，给李秋月把着脉。他皱会儿眉头说，康掌柜："先给你夫人扎针拔火罐，这样来得快一些。"王翠莲帮衬着，先生执业，李秋月缓过了精神气。先生拾掇器械后，拍拍康文盛的肩，俩人走出了屋门口。看病先生说，夫人病太杂，心肾肺都有大毛病。康文盛问："你看咋调理？"看病先生摇头说："很难办！说句不好听的话，大概他爹作恶多，给她积作成这样了！你就是撒金扬银，也难把她拉回来！我这人有一说一，从不妄语！"康文盛沉重地点了点头！

一番准备，道场如期举行了。黄河边邙山山坡地上，一座孤坟，荒草凄凄。坟前摆放些纸扎马牛羊，一阵唢呐竹笙鞭炮声后，李秋月与诸亲戚燃纸钱，继而点燃纸扎。云深和尚和小沙弥念经文，另有俩和尚执宝剑，一边舞蹈一边挥砍。同村里正主持着，气势汹汹吆喝："快走远点，别再祸害人间了！如果再来祸害人，我们要点天灯了！"突然，李秋月放声哭起来："坏蛋爹呀！你再也不要扰乱别人了！"

一股旋风卷着草末，朝黄河边飞旋去。大家惊异地张望着，直到尘土柱子消失不见。

果如看病先生断言，秋月彻底病倒了。康文盛掂个锦缎盒子，走进了她窑洞里，抓住了她的手说："秋月，感觉咋样？"李秋月流出了泪说："路畅就交给你和黑妮了！"康文盛说："看你，别说这话！"李秋月说："我做了个梦，神说，爹没还完的恶债，要拉我也替他还了！"康文盛打开锦缎盒，拿出根大人参说，身子虚，托人买根百年高丽老参，补一段就好了！"李秋月看着男人说："我一闭眼，就看见爹在喊我。知道你对我好，恁好的日子，他硬不让过了呀！"康文盛也流了泪，抓紧了她的手，安慰说："别胡思乱想，振作起精神来，咱路畅离不开你！"李秋月使力也抓着男人的手，呜呜呜地哭了。康文盛轻轻拍她的身体说："别哭了，会好的！"但是，没过几天，一个深夜里，李秋月真的就走了，丧事自然办得很隆重。

　　事情过去好长时间了，这天，康路畅读着一首诗："慈母手中线，游子身上衣。临行密密缝，意恐迟迟归。谁言寸草心，报得三春晖。"他放声哭叫着："妈呀，妈呀！"王翠莲慌忙跑进来，搂住了康路畅的头说："路畅，别哭，有啥事给姐说！"王黑妮也走进来了，康路畅哭得更厉害了。王黑妮拍着他脊梁说："男子汉了，哭着多丑！"王黑妮看着桌上的书本，心里明白了，眼里也流泪了说："孩子，你长大了，懂事了！"康路畅说："亲妈还没享住我的福，我以后好多事，还想跟她商量呢，她撇下我可走了！"王黑妮轻拍他说："你还有我这娘哩！你和你路远兄弟，都是娘的心肝呀！"康路畅扭过脸来，一把抱住了王黑妮，哭着喊："妈！"王黑妮说："好孩子，坚强起来！明天，你也和我住一起！翠莲，你现在就去草堂那边，开始给路畅收拾房子！"王翠莲说："用不用给俺叔说说？"王黑妮说："他去县城了，回来我跟他说。"正巧康文盛回家，见王翠莲掂筐垃圾往外走。康文盛皱了眉头说："你咋来草堂这边干活了？"王翠莲说："俺婶子吩咐我，让给路畅腾间房，让他也搬这边住！"康文盛说："你别慌着搬！"王翠莲说："路畅都知道了，咋办呢？"康文盛说："我给他说去！"康文盛回到大屋里，鲁海啸给他倒茶，康文盛端茶碗喝了，大声喊，春红！春红应答着，拉扯小路远间房里走过来。康文盛说，你婶哩？春红说，去俺奶的窑里了！话音没落地，王黑妮闪进了屋子里，瞪大眼盯着康文盛说："咋，你一到家就兴师问罪哩？"康文盛笑了说："我敢吗？你一脚能把我踢八丈远！"春红和鲁海啸都笑了，看两口子说事，他们出了屋门。康文盛说："我就不明白，你为啥要路畅搬过来？"王黑妮说："孩子想他妈，娘是孩儿的胆，我就是让他觉得，他亲妈不在了，还有我在呢？"康文盛说："我看你聪明一世，糊涂一时啊！你都没想想，将来孩子闯世界，难道都要娘跟着，老母鸡护鸡娃样？男子汉，要独行天下建功立业，现在就要锻炼！"王黑妮说："他才过十岁，你就恁狠心？""人家穷孩子，像他那么大，整天地里都干活儿了，谁家孩子娘不亲？就说我，从小天不亮，爹就热被窝里拽出我，弄到洛河滩，使劲儿敲打我，还陪我读书，考秀才！""我不能让人议论，说我当了恶后娘！""你忘规矩了？""专门治女人，都是老套子！""片面了，祖上给男人定的规矩太多了，啥不都有规矩吗？"王黑妮笑着说："那你没娶两个，谁咋治你？"康文盛挠挠头说："那是老天爷批准的！不是我离不开你，能破康家老规矩？""我都给路畅说了，那咋办？""我再去说说，我到那边多陪孩子点。白天他不上学了，你也多到那边跟他说说话。让孩子感觉到，大人时刻都想着他，过上三两年，一切都会好的！""在理，就听你的吧！"

康路畅没搬屋。这日，外面雷声、闪电、瓢泼大雨。康文盛正教路畅写着毛笔字，他说："不错，敢再临好帖，将来许超过王羲之了！"康路畅笑了说："我中毬！"康文盛说："看，不文雅？要有信心嘛，王羲之也是练出的，他天生也不是啥大家！"康路畅说："你都当不了王羲之，我会中！"康文盛说："今人胜古人，儿子超父亲，也是常事啊！""按你说的，我写字能超过你？"康文盛抚摸儿子的头说："一定能！""那我就使劲儿练练，试试看能不能超过你！""如果你字超我了，我就喊你康老师！""我能当爹的老师吗？""咋不能？三人之行，必有吾师嘛！我还给你商量个事。我不让你搬草堂住，你恨不恨我？""刚开始咬牙恨，后来又不恨了！你想让我长成男子汉！""这就想对了！""爹，咱哥俩好，我听你的啊！""傻，应是爷俩好！"康路畅忙鞠躬说："我改正啊！"康文盛说："我和你妈忙，这边看你少，你也甭强求啊！"康路畅大声说："孩儿明白了！"

逯小柱从陕西回来了，没见着康文盛掌柜，便逗小路远在玩耍。逯小柱拿个带呼啦的小拨浪鼓，摇动得很热闹，在逗路远耍，他说："要不要呀？"路远看着那东西，没吭声。逯小柱说："咋，不想要？"王翠莲说："咋会不想要呢？"康路远说："我会翻跟头，你想看不想看？"逯小柱说："好啊好啊，我看你能翻几个？"康路远开始翻跟头，一连翻了六个，最后歪在墙上，又倒滚了过来，露着圆肚皮。逯小柱和王翠莲，哈哈都大笑。满身灰土的康路远，跑到逯小柱旁，伸手说："拨浪鼓给我吧！"逯小柱把拨浪鼓举高着说："刚才我给你，你不吭声，现在为啥又要了？说清楚，我再给！"康路远说："爹说过，不能平白要人家的东西，想要别人东西时，要想想，该为别人做些啥？"逯小柱眼睛一亮："马上就把拨浪鼓递给了康路远，拍打着他身上的灰土，懂大理了，应该奖赏啊！"这时，康文盛进来了，康路远举起拨浪鼓，说："爹，美吧？我可是翻跟头换的！"康文盛爱抚小儿子的头，说："翠莲，你带路远外边耍吧！"看他们走出了屋子，康文盛招呼逯小柱坐下，问路上形势咋样？逯小柱说："自从把李骨头拉到咱旗帜下后，豫西到关中，土匪没人骚扰咱了。"康文盛又问，泾阳三原有啥新情况？逯小柱说："大的没什么，只听说点事。"他说了起来——

那一天，渭河码头上，王天祥指挥卸货和运货。逯小柱走入了人群中，旁边一老汉，指着王天祥，对身旁个人说："喂，认识那人吗？"那人答："魁记的小掌柜嘛！"老汉说："王有亭的儿子！"那人惊讶说："咋狼钻进羊群了，康掌柜糊涂了吗？"老汉说："我听说，前几年，吴家卖给康家许多地，他从中捞了不少钱！"那人说："他敢？"老汉说："马不吃夜草不肥，人不发外财不富嘛！"听了这话，逯小柱心里就发闷，走到了船上，坐船舵旁发呆。韩金贵走到了他身旁："你回去告诉俺外甥，就说，这边想卖地的人越来越多，生意上人气也旺了许多。我估计，要不了几年，这边生意会大发展！"逯小柱说："那是肯定的！我还要给你透个信。"逯小柱就学了听到的风言。韩金贵说，回去你给文盛也学学，我自然会多个心眼儿。

听了逯小柱的话，康文盛说："那王天祥是个本事人，用人莫疑，疑人莫用啊！就是那姓吴女人给点好处，也该啊！卖只驴，经纪还收过手费呢！"逯小柱说："警惕点好！"康文盛沉稳地点点头。逯小柱又说："我听说广才叔在西安又干了镖局，可我刚才在村口碰见了他！"康文盛说："个人都有小算盘，谁知道他又捣鼓啥？明楼弟没考中进士前，他咋会心安？"逯小柱说："旋风钻屁眼——邪气入内了！非迷恋功名不行？"康文盛说："好理解，人活不就是股精神气儿呀！有股不到黄河心不死的精神，就是再苦累也如嚼肉香甜啊！"逯小柱点了点头。

这天，邙山崎岖小道上，两个黑点移动着，那是康广才，还有张大仙。张大仙说："高人指点你撺风水，你硬给我拽来？"康广才说："实话说，我儿子已考中了武举人，该考武进士了。西安个看相神手说，俺坟上还没那棵蒿，我急着回来就找你，看哪能长那蒿？正好我爹去世两年了，还暂厝靠山窑，等找到风水好福地，我就抓紧埋了他！"张大仙说："将来你儿子弄上武状元，你可甭忘我呀！"康广才说："那是哩，你能让我服气了，我吃饺子，绝不让你喝汤！"张大仙说："说话可算数！""吐口唾沫落地的钉，一片真心可对天！""来，打手结掌！"两个就停步，互伸巴掌对打下，"嘿嘿"都笑了。不多会儿，俩人趔摸到了大柏树林杜甫陵园地。鸟儿啾喳争鸣着，似乎评说这俩人。张大仙站住了，康广才问咋不前走了？张大仙说："今天是撺风水，哪里地气旺，我就给你指哪里！"康广才眼睛一亮说："那中啊！"张大仙说："这里风水就最好！"康广才说："我不信，咱这人都说，原本圣人要葬西首阳山下祖坟地，只因洛河发大水，祖茔地月余水没退，才埋到东首阳他家这山岗地，为此杜家文脉断了气，再也没出过大弄家！"张大仙说："错了，另有因由呀！圣人冢应该再南移，才能达到正经穴，他孙子嗣业怕是被人骗了，才在近沟处安葬了爷爷！我能给你点个穴，保管发达你全家！"康广才眨巴会儿眼说："中！"他们钻进柏树林。

几天后，正晌午，田野正安静，康广才提竹篮，进入阴森森的柏树林。他脸色凝重，观看那柏树，一搂粗，两搂粗，虬冉交错着。白太阳光透枝叶，斜射地上，偶有几只灰麻雀，柏树上喳喳念经文。高大的杜甫陵墓前，竖着几块青石碑，最主贵当属唐代的碑碣，是嗣业穷困的记忆。明代周叙诗句"断碣居人识，高名信史传"即是也。杜陵左边，也有两座墓，安睡着诗圣的儿子宗文和宗武，许也嗣业的功劳吧？杜甫墓前面，康广才揭开篮上白盖布，取出四碟凉菜摆放好，下边露出了炸果子。他从口袋里拿出张黄麻纸，铺展地上，油果子摆上。随后打火镰，点燃草媒子，又拿出把檀香引燃，扒个土堆插地上。他跪在了坟前，磕了三个头，又双手合十作揖敬拜。敬重地又抬头望那高墓冢，似看见了杜甫佬，瘦寡骨脸上，一把山羊白胡子，坐在高坟冢上，乜着周围看。康广才说："我带来这多果子，你尽情地吃吧！"杜甫说："无功不受禄，一介穷书生，难办啥实事，我只能诊人间国病，可又难以治愈啊！"康广才嘿嘿不好意思地笑笑说："先吃了，咱再商量！"杜甫说："牙不好，吃嘛嘛不香，闻见香气了老想吃，又想到挨饥的儿孙们，又想到了没吃喝的老百姓，我咋忍心吃独食？"康广才说："风吹香气飘，那边都有闻香止饥的特异能力啊！"杜甫也似大悟了，拍下瘦脑袋："咦，聪明一世，糊涂一时，咋忘这条基本原理？阴阳不同界，所取各不同嘛！"杜甫直立坟头上，张开双臂，形如大鹏鸟展翅，大声唱道："苦难灵魂们，都来点心吧！"康广才说："多多保佑啊！"大概杜甫听明白了，挠了挠满头白发，乜眼康广才说："你说啥？我连自己都保佑不了，甭说别人了！"康广才说："名人也吃开呀，我这事儿，你想办了，只用一个批示，就行！"杜甫说："错！你别看世代都有人吹我，真心的没几个，他们是借我名，混饭吃罢！尤其一些官，骨子里鄙视我，俺心明如镜啊！"康广才说："我不需你找谁说情，我想让父母常年跟你做伴啊！我爹可会说故事了，保证你喜欢！保准你能听到许多新鲜事！"杜甫说："我说太多了，现喜欢的是安静！"康广才说："咱还亲戚呢，我母亲是你杜家闺女，吃我嘴软，想耍心眼，没门，我怕谁！"

康广才抬起头，眼前仍空寂，哪里有啥人？他拍拍脑瓜说，胡想八想的，杜甫早灰飞烟灭了，自己装狗叫，又吓唬咬自己！康广才拿起了地上的果子，嘎嘣嘎嘣地吃起来，还俏皮地说："吃饱了饿死去毬！"

康广才悄悄合葬了爹和娘，还是让杜家发现了，一场大事儿正在酝酿着。

几年撺活儿，神龟园一座座房子都已有了形状，康文盛、白老虎和高师傅来察看。几人站在车清远旁边，车清远正精心雕刻一幅松鹤延年图。高师傅跟康文盛小声说："跟皇宫里工匠比，一点都不差啊！"康文盛说："高艺藏民间嘛！"白老虎说："民间能人多的是，有人被发现重用了，就成名人了，没有被发现，就像金子埋在土里！"高师傅说："说得好，我师傅样式雷家先祖，原来也藏在江西老百姓堆里，后来去了北京城，后来承修皇宫后，就亮出了真本事，就成了人物头！"康文盛说："将相宁有种乎？古理啊！"车清远仍默默做着自己的事儿。康文盛说："清远，歇会儿吧！"车清远说："俺不累！"康文盛说："问你几句话。"车清远停了铁锤和錾子，康文盛问："你几岁了？"车清远答："二十多了。"康文盛问定媳妇了没？车清远答："没哩，家老穷！"康文盛说："给你找个吧，愿意不？"他不好意思说："老中，好赖都中，好赖都中！"几人哈哈大笑！

　　这夜，韩菊兰正坐蒲团上念经文。康文盛轻轻进了窑里，坐在母亲床边处，悄悄等待着。韩夫人睁开眼，看见了儿子，笑着说："这孩子，猫样脚步轻，也不知你来了！"康文盛说："怕误娘正事！"韩菊兰说："都快三十岁了，有事儿自己就做主吧！"康文盛说："娘，离了你，磨推不转啊！"韩菊兰让他说，康文盛说，想让她给车石匠说场媒哩！韩菊兰嘿嘿笑了说："娘活恁大，啥时间当过媒婆啊！牵条红线积大德，你既然给娘派个这差事，娘就答应了！"康文盛说："娘，那些精能人，我想留在咱康家！能人聚多了，还怕家业不兴？"韩菊兰问他心里有谱没？康文盛说："肥水不流外人田，把春红说给清远咋样？"韩菊兰说："真是灯下黑，中，我立马就跟她说说。说好了，回信啊！"

　　来来往往的，好事儿磨转成了。这天，"噼里啪啦"鞭炮声响得很热烈，康家明代老院外，唢呐芦笙奏着百鸟朝凤欢乐曲。车清远的父亲老车石匠骑在墙头上，朝下撒着喜钱。车清远从马上跳下来，掀开了轿车，请出了新娘康春红，王黑妮扯拉着，朝院里走去。小孩子欢叫着，抢那喜钱糖果和没响的鞭炮。

　　仪式结束后，老车石匠找到了康文盛，高兴得合不拢嘴，说："如果不是你，我儿怕一辈子要打光棍哩！"康文盛说："他恁好的手艺，还愁找不下媳妇！"车石匠说："我家穷困，又住深山窝。人家闺女跟咱做媳妇，还怕狼吃呢！"旁边白老虎说："叫你说，狼恁随便就能吃了人？狼咋会解扣子，解不开扣子，它咋下口？"康文盛、车石匠都大笑。车石匠说："这笑话怪逗人，可我说的都顶真，俺村个女人，蹲庄稼地里解大手，饿狼背后扑去咬死了她！我都给清远说了，就是做牛做马，也还不了康掌柜恩德啊！"康文盛说："快别这样说了！家里缺啥，只管给我老虎叔说！"白老虎说："可不敢客气了！像车清远这巧匠，康家需要还多哩！"

鲁海啸匆忙进来了："干爹，出大事了！"康文盛问咋了？鲁海啸说："广才爷和一帮杜家人快打起来了！"康文盛吃惊地"哦"了一声。

三十五

古柏苍茫的杜甫陵园外，两帮人群鸡子叨架似对峙着。一帮杜家人，拿着镢头、耙子、锨。康广才手执明晃晃的砍刀。他们中间，站着康家的老族长。

杜列疆说："公然侵占俺的祖坟，欺人太甚了！自从唐朝嗣业爷以来，俺杜家这支人一辈辈为啥蹲康店，还不是为守诗圣爷的宝地吗？"大家又骚动着，准备动手去平新坟。康广才赤着上身挥舞刀片说："谁敢动俺坟一下土，我就砍了谁的狗头！"白胡子族长说："先把我的头砍掉吧，看你多恶疾呀！都一个村住着，有多大的仇气，有多少说不过的理，非要这样拼命呢？"

杜列疆大声说："老少爷们，里正这番话，我就想通了，有理不在势强，咱硬拼硬打，弄伤了都受疼，看病还要花钱，还要天天喝白面疙瘩补养，咱干脆去县衙硬打官司！"康广才说："谁怯你？文的我顶着，武的我扛着，不是吓大的！"他又啪啪拍了光胸脯子。杜列疆说："走！"杜列疆带族人离开了松柏林。等康文盛赶到半路时，人们告诉他，事儿已平息了。

次日清晨东山才抹红，杜列疆在众族人送行中，登上了下行船，朝县城那赶去了。众族人仍然站河边。康文盛赶来了，问："列疆去哪了？"一老汉指着黑点似木船说："打官司去了！广才欺人太甚了！不让官府治治他，他不知道马王爷长了三只眼！"康文盛说："大家请放心，我去说说广才，平常可是个讲理人，这回真是旋风钻屁股眼里，邪气入内了？"杜家老汉说："他甩乎你吗？我们都见他骑马洛阳去了，说要河南府去告俺杜家！"康文盛说："拉虎皮作大帐吓唬人，弄不好，前边黑石关转一圈，绕岭上又回了！"杜家老汉说："难说，车有车路，马有马路，谁知他搬哪路神仙？"康文盛说："都心放肚里，有理走遍天下，无理寸步难行！"杜老汉说："有你这句话，我们不担心！"

那边，杜列礓到了县衙口，拿起硬木鼓槌，一个劲儿敲起来。咚咚咚咚声音震人心。衙役走过来，猛地夺了鼓槌，厉声斥责道："鼓敲烂，还要赔哩！"杜列礓说："赔就赔，能值几个钱？"衙役说："狗咬吕洞宾，不识好人心！你知这鼓值多少？"杜列礓说："我没卖过鼓！"衙役说："这可是喂庄做的鼓，老师傅跑了好几个县，才找来好牛皮，又做了半年多。我看你穿戴，就是家卖了，难买这面鼓！"杜列礓说："兄弟，昨天有村牛全死了，知咋回事儿吗？"衙役说："谁下毒了？报案呀！"杜列礓说："都让你吹死了！"衙役脸一黑："不识圣人教！"

杜县令已坐大堂上，两边站着众衙役。惊堂木一响，众衙役唱道："升堂了！"杜列礓走上堂，杜县令问："咋是你呀？啥事咱后堂磨转下就行了！"杜列礓说："我要告状，可不送银子啊！"班头说："先揍这货一顿，看说话没把门！"杜列礓转圈打恭："对不起，随便惯了！"他撅起屁股，"打他打他！"杜县令说："熟不拘礼，大家怕还不知道，这是诗圣的后人呀！俺一个杜字掰不开！搬只凳子来，让杜秀才坐下吧，慢慢再细说！"杜列礓说了原委。杜县令说："你在这等一天，我让人传他康广才，咱一起把事儿说清楚。"杜列礓说："那老中！"

杜列礓县城住了三天，杜县令才又坐大堂上，让带原告和被告。这次，康广才和杜列礓都上堂，俩人也都守规矩，扑通跪到大堂上。杜县令说："原告都说了，今天，把被告弄来对对质。"康广才说："有理不在先告状，大人尽管问，我是康文盛的叔哩！"杜列礓说："他是冒牌货，八百扁担打不着！大人甭害怕，我跟康文盛是学兄弟！"康广才撇了嘴说："哼！要尿泥的学生娃，也拉连！"杜县令啪啪啪拍了惊堂木，说："本官向理不向人，如果谁不按理来，可别怪受皮肉之苦啊！下边我可就问了！"杜县令问："康壮士，你知不知道，埋你父亲那地是诗圣陵园？"康广才说："知道啊！"杜县令是："不是你家的地吧？"康广才说："也不是，也是！不知就为怪，知了不觉奇！不知就拍案惊奇，知了哈哈一笑！"杜县令让他仔细说来！康广才说："我娘姓杜，诗圣的后代人，娘过康门时，划一亩地作嫁装！"杜县令问杜列礓有没这回事？杜列礓说："满嘴荒唐话，诗圣陵园是杜家公产，谁敢割地陪嫁妆？再说了，他娘杜家一闺女，有啥特殊贡献，竟拿祖田作嫁妆？"杜县令说："口说无凭，康壮士能拿出证据吗？"康广才说："我娘是杜家闺女，就是证据呀！"杜县令笑了说："一亩地作嫁妆的字据拿来！"康广才说："这事儿，我爹娘最清楚！可惜，都地里看庄稼了！逯小柱相公的岳父能做证！"杜列礓说："逯相公女人给他叫干爹哩！"康广才说："我还能找出证人，康文盛！"杜县令迟疑许久，喝道："退堂！再次，康店村开堂会审！"

又日，杜县令渡洛河，专见了康文盛。杜县令说："实是没法了，你这一亩三分地的事儿，还得找你哩！"康文盛说："广才叔肯定胡搅蛮缠了！"杜县令问，过去康广才人咋样？康文盛说："武艺特高强，为人仗义！这次的事儿，属于他身上痒了乱抓挠，怕儿子考不上进士，迷上了风水！"杜县令说："他硬说那是他娘的陪嫁地，还说你知道！"康文盛哈哈笑了说："抓把稀泥乱抹墙，混过去一会儿是一会儿。不信，今天他早跑天涯海角了！你甭管了，等我磨转好，捎信你过来，再开一回堂。"杜县令说："中，我还得给你唠叨我的事！"

杜县令说："种豆得豆，种瓜得瓜，种蒺藜者得蒺藜，我得罪了恁多坏人，总想自己许会倒霉的！我同窗个好友，李援军身边当着差，他说李援军透露过，说别看我政绩很突出，他也会像掐死只蚂蚁样，把我整治得永远趴地上！"康文盛啪地拍桌子："他敢，我就跟他翻脸！晚些时，我去京城再敲打他。做人咋能记死仇呢？如果他把天翻过去，你甭管了，我一定帮你再翻过来！"

那天，洛河边淡淡的晨雾还未消散。康文盛掂着水烟袋，站到了一座大门楼外。眼前邙山根处，几孔靠山窑，一片砖瓦房，构成座殷实的四合院，院外一棵黑槐，还有一棵楸树，分别竖在高门楼两边。大门半开着，他高声叫："广才叔！"回音随袅袅炊烟在飘荡。狗汪汪汪地喧嚣了，继而传出了康广才恶狠狠的声音："小黑儿，叫啥？看我不跺死你！"他训斥着狗，就站到了大门口。脸上惊讶地说："哎呀，啥事？让人叫一声不就行了，还用亲自跑来！"康文盛哈哈一笑说："你不是我叔吗？"康广才说："这么一说，我感觉怪荣耀，走，家里坐！"

厢房里康文盛坐定了，康广才外边取来蒿绳火媒子，吹了吹，递给他说："给，吸烟吧！"康文盛引燃水烟袋，咕噜噜……他一连吸了两袋烟，然后抬头看着康广才："看不起侄子了？"康广才笑着说："我敢看不起你？我是想，你的事稠得像星星，家的私活，就没敢麻烦你！"康文盛说："说的比唱的还好听，你那弄事法儿，有失身份啊！"康广才滴瞪了半天眼："咱不是想占处好风水吗？"康文盛说："诗圣愿和你不懂诗歌的爹娘做邻居吗？""反正我也烧香上过供了，吃我的嘴短！""杜列碹告状你准备咋办？"康广才瞪眼咬牙说："看我不割他脑瓜当尿罐！""不敢口太满，你如果敢治杜列碹，你的命也完了，你儿子功名也完了，你的家也完了。"康广才冷笑了声："我带全家跑，中国恁大，哪还不混碗饭？"康文盛说："叔呀，李武师不比你硬，不照样让砍了？人，应讲究个和，要想法解除疙瘩！你强占人家坟地，还不是想让明楼考中武进士！""侄子看透了我的心，不是害怕明楼再大考无果，我为啥要得罪老亲戚？"康文盛哈哈笑了说："贼不打三年自招了吧？"康广才挠着头："不好意思地说，照你说，我爹娘需再扒出？"康文盛问："你说呢？""那我就破上了，看谁能把我拿到大牢里？"康文盛笑了说："世上事儿活道，你听听我说，自己再拿主意。"俩人认真地谈了许久。康广才说："你也到杜家给咱说点好话吧，帮叔磨转磨转，我请你喝酒呀！"

不日，康文盛又到了杜家院子里，和杜列碹坐在枣树下。康文盛说："你真厉害呀，敢告康广才？"杜列碹一拧脖儿："他太欺负人了，玩一堆狗屎！""乡里乡亲的，老钣苴了也不中。你们还是老亲戚，事情总要有退路。""钢刀砍石头，我也是硬对硬！""你还准备咋办他丢人哩？""咱弟兄不说外话，俺准备趁夜晚，挖出来他的爹，扔北边寺沟里。坟里只剩他的娘，毕竟是杜家女。""拆散阴阳，大罪一场。他娘也是你长辈，就忍心铁面拆人家？另外你想没，要那样，康广才真要杀人了。""就说我干的，我跑出去几年，气死他才回来！"康文盛笑了说："好刀口易豁，高旗杆易折！""开弓没有回头箭，弄到了这步，我要退却，大家还不笑话我？"康文盛笑着说："康家杜家能住一个村，缘分啊！这里葬着诗圣，全村的大荣光。你也知道，我崇拜杜甫，想让村民学诗圣，天下事当己任。这事上，向理不向人，我倒有个想法！"杜列礓说："你仁义，就说！"康文盛侃侃而谈，说着想法，杜列礓沉稳地点着头。

康文盛约来了杜县令，进了康家祠堂里。杜县令说："老弟，就照你说的，你坐后边，我到前边，把这出戏唱完整。我如果说话有不妥，你就后面跺跺脚。然后，我就找个故，具体商量再咋办。"康文盛说："你看着请办了，别一个吹笛子一个再捏眼了。"

杜县令坐在位上，大声吆喝道，升堂了！众衙役亦呼喊助威。康广才、杜列礓上大堂，扑通跪地上。杜县令摆手势，衙役们招呼他俩也坐下。杜县令说："经本县调查，也经过地方绅士调解，对康广才侵占诗圣墓地一案判决如下：

诗圣杜甫文，光焰万丈长。有此大乡贤，巩人幸甚哉！杜陵古存今，西界东首阳，再西将军沟，东至洛河岸，南北各至两沟沿，方圆三十余里矣。康广才虽系杜家外甥，杜陵安葬父母多不妥。言地曾为母嫁妆，取信无证也，更不适合劈新坟。但起棺另葬，易伤康杜风脉。故罚康广才割地三亩整，赔与杜公家产，以后再不准侵扰杜陵！若无他言，签字画押为定！

杜县令问："原告有意见没？"杜列礓答："没了！"杜县令问："被告有意见没？"康广才答："没啥说的，杜家外甥做事离谱，希望杜家别记恨，以后决不再犯！"杜列礓说："风吹树梢摆，枝叶离不开根，放心吧！"杜县令说："好，签字画押！"

班头拿文书，他们一一画了名。杜县令说："康弟后边出来吧？作为监督人，也必须画押呀！"康文盛到前台，也画了押，又说："欲发血案平息了，大家都出力尽了心，今天我摆饭局，感谢杜兄关爱百姓之情！"突然，康文盛右眼跳起来，暗想又有啥不利事儿来了吗？

袁帅屋里正看账，黑铁塔急匆匆走进来。袁帅和气地问："咋，有事？稍等会儿，这几天，大掌柜随船要来了，得把账目给核核，就剩一点了，大掌柜看账不能耽误。"突然，黑铁塔扑通跪下了。袁帅很惊愕，连忙拉起他，问："你这是咋了？"黑铁塔咧开大嘴巴，老粗腔呜呜哭了："我娘让人给害了！"袁帅说："你坐哪，甭慌，详细说！"黑铁塔说，他本家兄弟来了，说当地大财主黑石子，强刨他地的古檀木，给他丈人打棺木用。娘不愿意，找黑石子说理，黑石子一钢鞭打死了娘。"袁帅说："那财主咋恁凶狠呢？我让柜上给取点银，把你娘的事儿先办办！最好别先打官司，我估计，那个恶棍有根子，要不咋敢恁猖狂？事放那，不会捂出毛，等你干爹来了再说不迟。"袁帅提笔写了张纸，喊秀秀进来说："给铁塔支点银子去！"黑铁塔跟着秀秀出去。不久，袁帅突然又站起，也匆忙出去了。

　　街道上人来人往的，已上街的黑铁塔，袁帅又拉住了："还得再听我几句，安葬了你娘，尽到了孝子心，千万别找啥事儿啊！"黑铁塔说："中！"袁帅说："一言为定啊！"黑铁塔："这回，我冷静着呢！"他忧郁的远影，袁帅直看着消失去。

　　可没过几天，半夜时分里，黑铁塔那村里，一豪华庄园被大火淹没了，还传出了声嘶力竭的嚎叫声："杀人了！杀人了！"黑铁塔提把闪亮的长刀，从火光里跑出来！出事儿第二天，一群捕快围了魁记，路人惊愕地观看。看门伙计挡住捕快，说："生意家，咋说撞就撞！"官人气势汹汹说："咋？也想住不掏钱房子哩？找你们掌柜的！"伙计翻翻眼，官人带兵已冲进了院里。

　　袁帅热情地招呼那官人，让他屋里坐。官人说不坐，公事在身！袁帅问："又要增税银了？"官人说："不管那行事，来要人的！"袁帅哦了声，问要什么人？官人答："你们这的黑铁塔，他是凶手！杀了人家一家人，一个大院房子也烧了！"袁帅说："咋恁鲁莽呢？黑铁塔回来了，我一定报告，我知隐瞒不报要连坐！"

　　看官差离去了，袁帅即刻呼喊人，进来个小伙计。袁帅说："二掌柜回来告诉他，黑铁塔出了大事，我到他老家看看去！"小伙计说："记住了！"

袁帅一出去就几天，那天他乘轿车嘚嘚回来，门房忙去接迎，满面笑容说："大掌柜里边正等您呢！"袁帅惊讶说："哦，可到了？"

袁帅进了屋，康文盛吃惊问："到底咋了？"袁帅答："天上戳了大窟窿！黑铁塔杀一家六口人，房子也给烧了，官府到处抓他！可那的百姓却称赞，说他除了大祸害！"康文盛问："那为啥官府还热急抓他呢？"袁帅说："听人说，杀那恶霸，巡抚的亲戚，欺男霸女、抢人财物的事儿没少做，还打死了黑铁塔的娘！"康文盛愤怒地说："朗朗乾坤，无法无天了？不行，我找巡抚去，如果早惩罚了那恶霸，还会有现在这等事儿？"这时，进来个伙计，递过来了封信。

康文盛接住了，黑铁塔写的。康文盛展开信，读道："干爹见字知悉，孩儿惹了大祸。本来不想这么做。我知道您处处与人为善。但我见娘死得太惨了，就想去找那蛮人说理，谁知，那恶霸竟放两条大狗咬我，他还看着狂笑呢，说咬死我个武秀才，就如死了只小猫娃。我知道，如果告状，没那当官的敢动他，于是就替天行道了。我已入了江湖，再也不会滥杀无辜，要杀的，都是天下的坏人！"

几个人相视无言。突然，那伙计又进来了，给袁掌柜耳语了什么。袁帅说："让他们先歇歇，一会儿再给他们谈！"康文盛说："咋，又挂上大生意了？"袁帅说："正好你也来了，一块儿谈谈吧！"

不多会儿，那伙计领进两个人。一个是当地渔民，渔民指穿着齐整者说："掌柜们，我给带来的商人，很想跟你们做生意。海上打鱼常见面，也就熟悉了！"

那商人一双眼灵活地眨巴着，问康文盛："你先祖叫康绍敬？"康义盛说："是，明朝东昌府大使。你咋知道了？"来者说："生意人嘛！首先要讲究个信誉，跟谁做不做生意，尤其是跟谁做不做大生意，跟谁做不做长久的生意，都该知点根底才行啊！"康文盛点头说："有道理！"来者说："我们一直寻找合作伙伴，最后选中了你魁记。"康文盛惊异地问："先生，你是谁派来的？我咋一点都不认识啊！"来者说："慢慢就成熟人了，我们来自海东边。"

康文盛说："哦，日本？"来者说："我们也是中国人，掌柜派我来，打算从你这购棉花，拜托你经销我们的布匹，两利啊！"康文盛说："先生，怕你也知道，皇上忌讳跟外商做生意，我们也怕有麻烦！"来者哈哈笑了说："什么年代了，皇帝还抱着葫芦不开瓢，要把咱国前程全断送，才会清醒吗？我们跑到琉球，自得其乐做生意的。"康文盛说："那也非长久之计，一边是日本，一边是中国，还不受夹板气？"来者摇头说："对着日本人，我们说是日本人；对着中国人，我们说是中国人；对着琉球人，我们更是琉球人！其实，大海里个弹丸小岛，谁都懒得过问。""你们做生意货走哪路？""台湾、日本，还有大陆这边和东南亚。天地太广阔了！""好啊，那咱们商量咋合手做生意吧！"说到了实质上，来者笑着说："君子来往碍口言钱，我们是专门言钱的！按照惯例，一手交钱，一手交货，两清！"

大生意很快谈定了，次日，袁帅领着康文盛，赶往海边盐场了。

辽阔海面上，霞光闪烁跳跃着。海滩盐田里，堆积如山的盐堆。一艘艘康家船只停泊海边，许多人正抬麻袋装船。康文盛盐堆上抓把盐，朝着阳光看，闪出晶莹透亮的光。不过仔细看，还有点儿泥丝，他凝视着那盐。袁帅给小掌柜说："不纯净的先别装船啊！"小掌柜答应去铺排。康文盛给袁帅说："这批海盐准备运到西省去。过去，那边多是食的盐，不太纯净，开拓那边海盐生意，既要便宜还要洁净！"小掌柜嘟囔着："我说过了不要盐根，可盐工看盐根扔了太可惜，把差不多的又收到了堆上！"康文盛说："你再说时就讲清楚，盐根收大堆就是砸魁记的牌子，也是砸自己的饭碗啊！"袁帅说："往西省大批进海盐，我也真怕出差错！"康文盛告诉小掌柜："上过的货，也要一一再查查，有毛病的，全部卸下来！"

突然，一些官兵骑马围了盐场，干活者惊慌失措了，康文盛几个也惊愕。他们开始搜查运货船了。康文盛说袁帅："走，那边看看咋了？"袁帅说："我去就行了，秀才遇到兵，有理说不清，甭置气！"康文盛说："吃不了人！"几个人走过去。康文盛大声问："喂，谁带队？"兵头儿走了过来问："你是谁？"袁帅说："我们大掌柜，皇封四品官！"那头目连忙跪拜："康大人别见怪，我等奉巡抚之命，前来搜捕杀人要犯！黑铁塔是魁记的伙计，凡有可能藏匿地，都要按令搜一遍！"康文盛说："是谁把黑铁塔威逼到这地步，你们还想咋办？"兵头儿说："搜了船上，搜店铺，巡抚说，挖地三尺，也要把黑铁塔拉出来，活见人死见尸！"兵头儿大声吆喝，继续搜……

突然来个快骑手，给兵头传令说，有人发现了黑铁塔，巡抚让赶快捉拿他。兵头大吆喝："集结了队伍快离去！"

夕阳映照着崎岖山路，山林染成了古铜色。路上，大兵头给小头目说："辛苦兄弟们了，那黑铁塔可不是一般人，想三天两后响抓住，难啊！不过，巡抚家亲戚被害了，人家还能不痛恨？"小头目："说句心里话，我不愿出这份差！巡抚的亲戚若那样对我娘，也让狗咬我，我照样会杀他全家！"大兵头说："世上屈死鬼多着哩，当官的让杀谁的头，咱就只当砍西瓜！"小头目苦笑着说："小兵小，大官大，小兵要听大官的话！"大兵头说："好在眼线说了，黑铁塔已钻这山里，明天就可能捉住他了！"小头目说："山大林子深，照样大海捞细针！"

他们说话时，山路旁茂密森林里，一道黑影闪了下，接着传来野狼凄冷的惨叫声，那是黑铁塔手下探子的信号。官兵们却现出惊讶状，小头目说："有狼！"大兵头说："怕啥？咱恁多人哩！"

太阳要落了，夜影朦胧着大山，林海风中舞蹈，发出低沉的林涛声。山路旁断崖上方一株大树下，黑铁塔十几人站在那观望啥。黑铁塔说："有狼叫声了，看来，我猜得不错，官兵追我来了！"土匪头说："火来水挡，水来土掩，为弟兄们的情谊，他们想来抓你，我们就先抓他们，准备！"众土匪在断崖上堆积着石头，拾掇网包，试着树上的拉绳。

冷清的月色中，众官兵疲惫还走着，他们走到了断崖处。大兵头仰脸上边望。突然，山上又响起了狼吼叫。大兵头说："狼为啥总跟咱跑呢？"他话音刚落，突然，就有人喊："收网！"一张大网从天降下，大兵头还未迷瞪过来，就被拉到了半空中。小头目吆喝着："准备兵器！"突然，有人喊："放石头！"山上石头纷纷滚落下来，官兵们一阵惨叫声。小头目一脸血水，慌忙逃离去了。

巡抚正在屋里品茶水，小头目急匆匆进来，跪在了巡抚面前。巡抚看他头缠白布，白布外浸出殷红血迹，问咋回事儿？小头目张开大嘴哭起来。巡抚啪地拍桌子，说："看你那毬样儿，还像个汉子？"小头目这才说："真的没想到，黑铁塔已拉支土匪队伍，把我师兄抓去了，许多兄弟被打死打伤了！"巡抚口张目呆许久，屋子里来回走动着。自语："这可咋办呢？"这时，师爷陪康文盛走进来，巡抚对小头目喝道："退下去！"康文盛："先甭让他走，一起说这事儿。找你，就专为这事儿来！"巡抚说："好！坐吧！"师爷张罗康文盛坐下，师爷给倒茶水，转身欲走时，康文盛说："都甭走，好好理论理论！"巡抚说："康大人啊，黑铁塔是麾下伙计，你可帮兄弟一把呀！"康文盛说："那天，我就告诫过你们大兵头，还好说啥呢？"小头目一副痛苦相，说："不错，半路上，我也劝过大师兄，可大师兄硬说夜里会悄密些，没想到，教人家得手了！"师爷对小头目喝道："滚！"小头目跌撞着出了门。

康文盛说："知道你现在进退两难！"巡抚苦笑了："说也知那亲戚欺人太过火，可一听死了几口人，房子还让给烧了，心里就生气，就想马上抓住黑铁塔！"康文盛说，如果想让他帮忙，把那大头目救出来，把这事儿摆平，必须要听他说几句！巡抚心里着急地说："你尽管说！"康文盛说："这事儿传到朝廷那，肯定说你假公济私！"巡抚点头："纵有八张嘴，也难说圆满！"康文盛告诉他："应该慢慢熄火！"

他们深入探讨了好长时间。按照商定的意见，这日，康文盛、鲁海啸俩进入山林中。鲁海啸敲着面铜锣，使力吆喝着："黑铁塔，你在哪？我是鲁海啸，和干爹找你来了！"声音山林里回荡着。起伏若浪的山莽林海里，惊慌失措的鸟儿飞入蓝天远处。一个小土匪，正站一棵大树上，机警地张望着。突然听到吆喝声，麻利地下了树，手执大刀片，寻声奔跑去。小土匪躲藏树干后，看见了康文盛和鲁海啸。他又跑到了另个山岗上，爬另棵高树细张望，看不像有人后跟随，就爬下了树木，如羚羊般蹿去了。

小土匪顺小路奔跑着。小路往下半山腰处，一块平台地，也被树木葛藤笼罩着。小土匪喘粗气，到个被绿树遮掩的山洞口，说："快，有人呼喊黑铁塔！"黑铁塔提把刀，山洞里闪出来，问："在哪？"土匪头也走出来，拉住了他："找死呀！怕是官军使的调虎出山计？你出去不就漏馅了？"小土匪说："就俩人！"黑铁塔说："让我送他们阎王那去吧！"这时候，山崖上又响起敲锣声吆喝声："黑铁塔，你在哪里？我是鲁海啸，和干爹找你来了！"黑铁塔嘭地把刀扔到了地上，眼泪流出来，说："是干爹找我来了，他们不会把官军引来坑害咱！"土匪头说："让人跟着你去吧，以防万一啊！"黑铁塔告诉头目说，他干爹是个心地善良者，没啥万一之说！黑铁塔朝山上吆喝着："干爹，我来了！"声音在山谷中回荡着。黑铁塔顺蜿蜒的小路跑起来。

鲁海啸还敲锣吆喝着，黑铁塔大树后闪了出来，他扑通跪下，磕头说："干爹，又给你找麻烦了！"康文盛说："以后咋办呢，就当土匪啊？你乱杀无辜咋恁狠心哩！"黑铁塔说："给气迷糊了！"康文盛："你马上离开这，到东北去吧！前些时，咱老家从东北运木料，说那里发现了金矿脉，和你们兄弟商量下，到那干点正经事吧！如果决定了，你带上我的信，去东北找提供木料的主。"康文盛从口袋里掏出了封信，递给了黑铁塔。康文盛说，"只有这个机会了，如果你们还要在这待下去，官兵马上要大围剿！这次来前，跟巡抚谈判好条件了，围剿暂缓两三天。"黑铁塔说："中，我立即给弟兄们通报！"康文盛要求带走他们抓的官军大头目，又悄悄说了约定的海边准备有船，让他乘船往东北！这边的事儿处置好，他还急需返回河南老家，那边也有事情等着办呢。

师爷脸色阴郁，一纸公文递给了杜县令，说："上边的帖子，调你去海南岛，看来，李援军真的报复你了！"杜县令平静地说："迟早的事儿，有规矩不走规矩，法律难管实权人啊！"师爷安慰他说："老百姓有口皆碑，如果听说你走，一定难以接受！"杜县令说："河洛古地百姓好，教化、睿智，很让他佩服。如果世事能稳定，当官的再心平，这里肯定比好多地方发展快得多！"杜县令说，"还有件压头事，没彻底给办好，心里总不安。如今，匪事此起彼伏，如果全县都像康店村，寨墙筑牢固，百姓就安全多了！"师爷说："放心吧，他一定会说动新县令，理解这意思。"杜县令说："康大人不在家，不过，想跟诗圣告别告别！"

次日，白老虎、杜列疆带领着，杜县令朝杜甫陵园走去了。苍柏森然，阳光漏泻林间，鸟儿婉转鸣叫。杜列疆提个扁红提斗走在前，其余人跟随后边。在突兀的杜甫墓前驻足了。摆好了供食，点燃了香火，几个人一起跪地。杜县令趴地上，突然呜呜哭起来。师爷摆手示意，不让大家劝解他。杜县令哭许久，白老虎轻声叫道："杜大人，诗圣地下有知了。我听文盛说过，诗圣为个房倌事件，不也被弄得灰溜溜吗？文盛说了，不能让你再遭诗圣当年的罪了！"杜县令仍然趴地上，默然无语。杜列疆也解劝他："杜大人，百姓心里有杆秤！是不是好官，要看百姓的口碑！"杜县令直起腰，站了起来，长叹息道："都为那个李武师，我便成随意踢的线毛蛋了！"白老虎说："你还没彻悟世道啊，有副对联说得好，'世上事无非是戏是戏方好，人处世何必认真认真不行！'杜大人把官场的事儿太当真了吧？走吧，咱再到仿杜甫草堂坐坐！"杜县令说："好吧，康大人不在，我还要向老夫人辞个行啊，不管咋说，就任巩县令来，康家对我太抬举了！李武师的案子，如果放别人身上，我怕早被整治得少皮没毛了！"

　　几个人匆匆朝康家大院走着，他们不知道，大院里正出现一个小小的波澜。仿杜甫草堂大门口，王翠莲拉着康路畅，尖声吆喝着："走，找你妈评评理！"康路畅努力想挣脱，嘴里却说着："去就去，谁怕谁！如果我亲妈还活着，吓破你的胆！"小路远看见了他们拉拽着，朝院子里边跑边喊着："妈，快点！"王黑妮屋里闪出来问是咋了？康路远指着说："你看！"王翠莲已进了院子里，大声说："婶子，找你评评理！"王翠莲说着，就呜呜哭了。王黑妮问路畅，到底咋回事？康路畅嘻嘻笑了说："我逗她耍哩，她就当真了！"到了屋里。王黑妮说："翠莲，给婶子说说，他犯了啥事？"康路畅连忙朝王翠莲摆手。康路远一扭一扭走到屋门口。王黑妮显然看见了路畅的小动作，说："路畅，你也甭耍花样，让你翠莲姐说，我看你到底作了什么恶！"康路远说："哥，甭听咱妈的，你没作恶！"王黑妮吆喝路远，让他滚出去！康路远倚着门口说："妈，你敢斗俺哥的事，俺俩长大了，就打烂你的屁股！"王翠莲忍不住就笑了。王黑妮也笑了说："翠莲，你领路远先外面耍，我问问路畅。"康路远说他不耍，看她想咋治他哥哩！王黑妮说："好，你听听也行吧！路畅，你说说，到底做了啥坏事？"康路畅说："我就是扔个玉蜀黍面馍，让翠莲姐给逮住了！她捡回来，非让我吃不行，我就是不吃！"王黑妮问他吃饱饭了没？康路畅说："我忍住饥，也不想吃蜀黍面饼子！"康路远说："黄饼子没白馍好吃！"王黑妮说："不好吃也要吃，谁知盘中餐，粒粒皆辛苦，你忘了吗？你爹小时候，就因扔了半个馍，被拉到祠堂里，过了负荆请罪堂！咱家大人孩子，都须吃点粗粮食，这是规矩！"康路畅说："要我说，这规矩需要改改。咱家的船工和长工，吃的都比咱们好，是不是咱家先人有点傻！"康路远说："不错，是傻蛋！"王翠莲想发笑。王黑妮恼怒地走近康路畅，伸巴掌朝他脸上扇耳光，吓得康路畅惊呆了，吓得康路远跑到了外面。康路畅哭了说："我找俺奶去！"王黑妮说："再胡说八道，看我不撕烂你的嘴！"康路畅哭着："要让他奶给报仇！"说着，跑出了大门口。

菩萨像前，檀香缭绕，满脸苦楚纹的韩菊兰正双目微闭，跪在蒲团上念经文，嘴里扑哧扑哧的。丫鬟春红旁边绣着花。康路畅揉着眼，冲进了窑洞里。韩菊兰未睁眼问："你今天不去学，又不在屋里读书，到处跑啥？"康路畅哇的一声哭了。韩菊兰问是咋了，他说是王黑妮打他了。韩菊兰说："你妈的名字是你叫的？"康路畅说："我妈死了！"韩菊兰噌地站起来，拿起墙边拐杖一探一探地，说："你再胡说八道，我也不饶你！"春红连忙搀住了她，劝老太太消消气。韩菊兰就坐了，拐杖放到了身旁边，让路畅坦白做了啥坏事？康路畅说事由，韩菊兰说："不亏！万汗成粟，万粟成面，每粒粮食来之不易！你妈是恨铁不成钢呀！我也想抡起拐杖敲打你的头！"康路畅说："你们大人都太守旧，浪费点粮食，对于老百姓，那是好事儿啊！咋说呢？种的粮食有人买了嘛！我就不明白，我们家咋定那规矩，放着细粮，硬要吃粗粮，这不是自己跟自己过不去吗？"韩菊兰又把拐棍举了起来，然后，不断地捣着地上说："成精了，会说拗球理了！"春红连忙给韩菊兰捶背说："您年龄大了，可不敢发脾气啊！我跟车石匠后，黑妮婶子又让我招呼您，您出点毛病，我请跳洛河了！"韩菊兰扑哧笑了说："看人春红，多心疼奶奶！路畅，你还气奶奶不气了？"康路畅说："不是我气您，是俺妈气了您！"韩菊兰说："我知道你想说，她打你在前，你告她在后！"康路畅说："奶，你心里一点都不糊涂，就是这理呀！"

这时，杜县令和白老虎、杜列疆站到了门口。杜县令说："老婶子，是

385

谁惹你生了气啊！"韩菊兰说："好哇，老师到了！杜大人，你快给路畅讲讲道理吧！"白老虎问这是咋了？韩菊兰说："三天不打，上房揭瓦了，他把个蜀黍面饼扔了，还说拗球理，说这是为了让老百姓种的粮食能有人买，说祖先规定家人吃粗粮，那是自己弄自己的事儿！"正说着，王黑妮进来了，接了话茬儿："就为这，我恼了，打他了！"杜县令笑了说："毕竟还是个孩子，不知锅是铁打的！路畅啊，你的名字是我给起的，你爹盼望你一辈子道路顺畅，积土成山，积丝成衣，做啥事，都应从小处做起，千里之堤溃于蚁穴。知道苦，才能创造甜啊！"康路畅扑闪着眼睛，陷入了思索状。白老虎说："老嫂子，咱们说正经事吧，客厅去！路畅也是个聪明孩儿，随着读书多，一定会想通这道理！"

到了会客厅里，说了许多心里话。对于杜县令的离开，大家自然都依依不舍，但又有啥法呢？正好康家船队要顺运河往南边去，杜县令决定顺便搭乘了。那天，杜县令要走时，县城洛河码头上，许多老百姓拥护着，杜县令走上了船只，他对铁山说："太感谢了，对我安排得这么周到！"铁山说："这有啥？大人做了那么多好事，我们不过是帮了你点小忙！正巧，船队要到杭州那边运批茶叶，顺便啊！"铁山指挥开船，铁锚已拾到了船上。

这时，白老虎、杜列疆等人骑马后边奔跑着，朝码头这儿赶过来。铁山突然看见了他们，又发命令："先别慌！靠岸下锚！"铁山指给杜县令看，杜县令也发愣了。师爷对县令吆喝说："大人，是康家白管家和县里绅士们来了！"杜县令张望着，送行的老百姓也张望着。白老虎等下马，他们走上了大船，走到了杜县令身旁。白老虎说："杜大人，大家要送你一件礼物！"杜县令连忙摆手："使不得啊，我是两袖清风来，两袖清风去，临走了，可别落个不洁净名声啊！"

杜列疆很郑重，打开一个毛蓝布包袱卷，取出了一把伞，阳光下猛打开。他把伞举起来。太阳光的照耀下，可见伞上密密麻麻的名字。杜县令流泪了。白老虎说："大人，这是全县百姓的心意啊，你一定要收下这把万民伞！"码头上黑压压的老百姓也吆喝："杜大人一定要收下这万民伞！"杜县令伸手接了那把伞，眼里不禁流出了泪。

三十六

一辆马拉轿车，官道上滚动着，里边坐着康文盛和鲁海啸。康文盛满脸阴沉，不时撩起窗帘，看着外边。鲁海啸说："干爹，你又想黑铁塔了吧？"康文盛回头答："我现在想的是杜县令。好官啊，这次进京，得说说人家的事儿！"

车外，田野阡陌，林木葱茏，隐约的山村。突然，听到后边有人吆喝。鲁海啸麻利地跳出了车子，急忙爬上旁边个砖瓦窑顶张望。后边路上，狂奔来了几辆马车。再后，几个人骑马急急追赶。鲁海啸跑了下来，手握钢刀，做着防范准备。狂奔的车到了他们旁边。一头戴草帽的赶车者跳下来，鲁海啸朝车里吆喝："有强人！"康文盛车内噌地跳出来，也手握闪亮的钢刀。戴草帽者去草帽，原来是黑铁塔了。黑铁塔朝康文盛施礼说："干爹，又给找麻烦了！"康文盛皱了眉头说："你们不是搭船去东北了吗？"黑铁塔说："海上起台风了，我们改作了走旱路，发现一班人老跟着我们，吆喝着让俺停，许不是啥好事儿！"

康文盛吩咐："你们快跑，前边三里路有个树林子，有条岔路口，你们先往左边岔路跑三里，我看那些人到底是干啥！"黑铁塔就率领几辆马车，又快速朝前奔跑了。康文盛和鲁海啸，慢悠悠跟在车后边，走到了树林旁，康文盛说："海啸，就坐这等吧。"车夫喝停了牲口。

没有多长时，传来嗒嗒嗒嗒马蹄声。几匹马在车子旁站住脚，一壮汉马上跳了下来，手执刀逼近康文盛："黑铁塔跑哪了？"鲁海啸说："白塔在北京呢！"壮汉大声说道："不信煮熟的鸽子能飞了！捆起来他们，等抓住黑铁塔，再证明是不是一伙儿的！几个人手执钢刀围过来，鲁海啸突然腰间抽钢鞭，忽忽舞动着，如似银蛇腾空，吓得一伙人忙后退！"康文盛腰间掏出块金牌说："这是皇上发的路牌，如果你们属官府委派来，立即停住手，说清楚为了啥公事。如果是匪类，想和我们交手也可以！"鲁海啸喝道："还不下跪？几个人腿就软了，扑腾腾跪下来。"壮汉说："小的有眼不识泰山，冒犯了老爷，还望多多包涵！"康文盛说："为啥要追杀前边那伙人？"壮汉说，他们奉了巡抚之命，半路要做了那几个人，说是要犯！

拿人钱财，为人消灾！康文盛说："我奉劝你们，强中自有强中手，夺不走别人的命，兴许还会勾走你等魂哩！前边人里有个武林高手，我这随从认识他！"鲁海啸连忙说："是我师兄，穿布鞋黄河上来回走，鞋底子还湿不透，能举起三百斤重大石磙。他如果知道是追他，他一人可灭你一群！"几个人互相看着，露出了惊讶色。壮汉说："咱走，就说已灭他们了。"壮汉朝康文盛他们施礼后，跨马离去了。

看着那些人的背影，康文盛想，这个巡抚，真鸡肠狗肚，出尔反尔！车子到了前边岔路口。翁郁的林木下，停着几辆马车，马儿悠闲地啃着青草，几个人吃着馍。黑铁塔爬在一棵大树上，边吃馍边张望大路上，看见了干爹的车，他在树上大声说："是干爹的车，后边没再跟那黑客！大家放心地吃，吃得饱饱的，好赶路啊！"

康文盛、鲁海啸车内跳出。黑铁塔说："干爹，你把他们打发走了？是不是和我有染？"鲁海啸认真说："是要杀了你们啊！"黑铁塔说："还不知道谁杀谁呢？"康文盛就说，还是那巡抚，买通了几个武把子，要做了他们！黑铁塔问："咋，海啸跟他们斗了一火了？"鲁海啸就学了虚的一番话。黑铁塔哈哈大笑，弟兄们也都笑了。

康文盛见了李援军，寒暄了一番后，说："杜县令该升职了，找你给帮忙呀！"李援军仰面哈哈大笑说："皇上也很赏识咱那父母官，已重用调他处了！吏部同僚都认为这人能干，可派至边疆，更好地推广圣人教化！"康文盛拳头咚地砸桌子："我以前都已招呼过，你在吏部帮衬着，别再难为杜县令，你太让我丢面子了！"李援军说："他又非咱家人！"康文盛说："看透彻你了，鸡肠狗肚，朝正直人身上抡棍子！"李援军又哈哈大笑说："官场规矩，你难懂！"这时，师爷进来递传帖，李援军打开掠过，说："皇上英明啊！咱那老百姓送杜县令了万人伞，皇帝给予了快报表彰！"康文盛告辞要走，李援军劝他喝一壶嘛！康文盛说："你独个享受吧！"

康文盛去找张二恩，张二恩正写毛笔字，停下笔，沏好的茶水递桌上，俩人分别坐下了。张二恩诧异地问："看你一脸阴沉，遇到啥缠手事儿了？"康文盛说，他看不惯李援军，就说了杜县令的遭遇。张二恩看看康文盛，压低声音说："人传杜县令自感成就大，说些异言，惹起别人心烦，就整他到难日弄的地方了！"康文盛说："心眼不正者握权，常做坑国害民的事儿，让人世难以平安！杜县令正直廉洁，不捞黑钱打点上头。这次找你，就是想为好人张扬正气！"张二恩说："往往百姓眼里的坏蛋，上司眼里许是金豆豆呢，古来官场怪相啊！"康文盛说："挽救杜县令，有个好机会，刚才，李援军那听说了，老百姓给杜县令送了万民伞，皇上已经表彰他！求你利用这件事儿，推杜县令改任位高点的官，这样才对得起好人啊！如果有需要，我拿出点银子，给你活动费用！"张二恩朝他摆手说："那不是扇我脸吗？我也听爹多次说，那杜县令确实是个好官！"康文盛说："还有个事儿，也求你给通融！"张二恩让他说。康文盛说："农为国之本，生意人要腰硬，得有皇上给的金招牌！"张二恩诧异了："千顷牌，你不有了吗？"康文盛答："地又多了不少，想弄个双千顷牌啊！"张二恩说："最好你能见见皇上，让皇上有个印象。"康文盛说："听从你的安排吧！"

康文盛离开张二恩家，心里还别扭，杜县令的调动，生米都成熟饭了，还能变化吗？可没过几天，张二恩就捎信，让康文盛去他家。这天阳光艳丽，树上喜鹊"喳喳"着，康文盛到张家。会客厅里边，挂几幅郑板桥、罗聘的字画，长条桌上摆放两只景泰蓝花瓶，花瓶内插着布花。屋里坐个官员，一双眼睛忽闪忽闪透精灵。见他走进屋，连忙站起来。张二恩指着那官员，介绍给康文盛："这是刘大人，奉皇上之命，专门去接杜县令！"康文盛朝刘大人施礼，刘大人还礼。康文盛问："皇上又咋处置杜县令？"张二恩说："皇上听了他奏本，认为杜县令忠厚老靠，为了皇家基业办事认认真真，加封他为兵部大员，专门负责军需供应。"康文盛惊讶地说："哎呀，当京官了？我真要代表杜大人，谢谢你们了！"张二恩说："如果真感谢，就感谢刘大人，他为这件事儿，还要广东跑一趟哩，够辛苦的！"康文盛摸出张银票，塞到刘大人手中，说："往广东悫远的路，路上喝点茶，我代表俺县百姓，感谢皇上对好官的重用！"刘大人推辞说："我哪能接受你的礼？"张二恩说："接了吧，这是巩县老百姓对你辛苦的报答啊！"刘大人推辞不过，就接了："一起去的还有两个人，就作为差旅贴补吧！"

临走，张二恩悄悄告诉康文盛，康文盛见皇上的事情，也已经说妥帖，让他准备好，等着好消息。中间隔一天，康文盛被叫到了张二恩家，研究了见皇上的细节事儿。次日上朝时，着朝服的康文盛，站在张二恩后，走到了宫殿嵯峨处。康文盛心想，要挺住，别害怕，皇上也是一个脑袋两条腿，也会扯呼噜打喷嚏撒尿？昨天晚上，你都屋里演练多少遍了，怕啥呢？康文盛拍拍发颤的腿。咋还光想尿哩，没出息，康文盛按按小肚子。

皇帝宣康文盛觐见。康文盛手执笏板上大殿。他从笏板边一只眼偷看皇帝，是个和蔼的瘦老汉，便自我宽慰，这个老头子，不像是歹毒人。等他跪地按规矩呼喊了万岁，皇上问："下边的可是康爱卿吗？"康文盛答："小的正是！"皇上哈哈笑了："来人，给康爱卿赐座，坐我旁边，人老耳背了，近点好说话！"走过来个宦官，拉起康文盛，公鸡嗓子说："大人，请到皇上旁边坐！"康文盛被按到了喜鹊登枝太师椅上。皇上问："修汴梁黄河大堤，你就是那捐银子的大财主了？"康文盛慌忙又下跪说："回皇上，危难时，子民该为国效绵薄之力！"皇上示意让他坐那："甭再跪了，咱还说话！"皇上又问了他在陕西、山东救济灾民的事儿，康文盛也一一回答，还说："皇恩浩荡，我想把皇上恩泽传给那里的百姓！"皇上声音颤颤的，嗓像带痰丝说："好，你豁达谦谨，是个好官啊！像你这样的官，如果朕身边成群结队了，那么，国家离富强就不远了！我再问你，你家恁多银子，多是靠种地得来的吗？"康文盛说，他家经过八代不懈经营，土地已超过了两千顷，土能生白玉，地能出黄金啊！皇上连说好："农为本，朕听了，心里甭说多高兴了！"康文盛说："臣定把皇上教诲传给子孙后代，坚定农为本！"皇上颤颤的声音说："尤其这次你保荐姓杜的好官，朕特别高兴，现赏给康爱卿黄马褂一件！"康文盛赶紧跪地，千谢万谢，说了许多恭维话……

时光如流水，指星星过月，又过了几年。一日，洛河康家码头上，几个人下船，跨上携带的骏马，朝康店村款款而行。鲁海啸正柳树行练大刀，一个汉子过来告诉他，来了过去的杜县令，像要看大掌柜！鲁海啸撒开腿，便朝康店村快步跑去。

康文盛屋里正出来，鲁海啸喘粗气报告了消息。康文盛说："我给你老虎爷说下，让他好好招呼随从，你去会客厅准备！我大门外迎接！"康文盛和杜总军需官一见面，不由伸手搂抱到了一起，康文盛说："做梦都难想到，你会千里迢迢看兄弟！"杜总军需官说："都听说了，你为我的事，还跑趟京城。如果不是你，我扎海南岛就当和尚了！"白老虎朝老县令双手合十致了礼。说："让各位兄弟跟我来吧，文盛招待大家呢！"杜总军需官吩咐过，随从跟老管家就走了。

会客厅坐定，杜总军需官说："那年，命运突然改变，弄了个让人眼红的职位，到现在，我还蒙在九里云雾里。我早想面见你，问个明明白白，对你感激不尽啊！"康文盛哈哈大笑说："那是你的运气好！"杜总军需官说："我是草根一族，老天爷怎会看见呢？闻听是你大手笔改写了我的运道！"康文盛说："正中古言善恶总有报啊！"他学了当年与张二恩大人的合作经营，也是皇上的心情好。杜总军需官说："知遇之恩永世难忘，无论天涯海角，我都心记着，河洛圣地，还有个好兄弟康文盛！"康文盛指着对面神龟山："你来得也正好，我要借用你的文采，写两副门联。那处新宅快彻底竣工了！"杜总军需官点头说："明白了！"

运作好半天，门联写就了，康文盛让挂起来，大家先观瞻。院子里阳光明亮，蓝天上游弋着白云彩。康路畅爬上梯子，房山墙上挂对联，大家仰脸观望看，滋润劲道的字，使人大惊叹：

入户问家声礼乐诗书孝悌千秋岁，卷帘看春色椿萱棠棣芝兰满庭芳。

通人无方不为玉不为石，修士有则亦如锡亦如金。

杜列疆连说好！学堂的马先生，也捻胡须称赞！族长也感叹，不愧是文豪！康文盛说："太好了！"白老虎接了话茬儿说："那副老联车清远都刻好了，这两副就跟上刻了。"族长问刻好的是啥内容？白老虎指了，门口原来刻的那副，处世无它莫若为善，传家有道还是读书。杜总军需官说："这个好，通俗易懂，含义深刻啊！"白老虎说："趁高手云集，我还收集了两副门联，你们也给鉴定鉴定吧！"康文盛让他拿来。白老虎回了屋，拿出两副裱好的门联，康路畅和鲁海啸帮助拉开，铺展在地上。一副是虚能引和静能生悟，仰以察古俯以观今。另副是读古人书需设身处地一想，论天下事要揆情度理三思。杜列礓说太好了！杜总军需官说好！族长说："都说好，肯定不孬！"大家都笑了。

突然，外面传来了锣鼓声。鲁海啸跑出去察看，回来喘着粗气说："咱村又出件大好事！"康文盛问是啥好事？鲁海啸答，明楼叔中了武进士，官府来送喜报了！康文盛感慨说："功夫不负有心人，这次，该广才叔高兴了，多少年的心血啊，总算如愿了！这也是咱康家的大喜事，海啸，去给你广才爷说，今天我请差人的客！正好杜总军需官也在这，好好热闹热闹！"

看了门联，几个人又热烈地说起了话，会客厅里等待康广才们。杜总军需官说，他虽然离开了这里，仍然有件事挂着心哩。康文盛笑问："咋，还有个相好？"大家哈哈笑了。杜总军需官说："那本事我还没学会呢！"他说这里大部分村寨墙都还没修好，迟早要吃大亏的，混乱时势难改观啊！康文盛点头："《山羊坡·潼关怀古》"里说，杜列礓便背诵说："峰峦如聚，波涛如怒，山河表里潼关路。望西都，意踌躇。伤心秦汉经行处，宫阙万间都做了土。兴百姓苦，亡百姓苦。"康文盛说："对，人心难估，我瞅机会催催现在的县令吧！"

说着，康广才康明楼带差官们也来了，安排好后，康文盛给康广才打恭："给老叔贺喜了！"康广才说："明楼能有今天，可没少受你的帮助啊！"康文盛说："都是你严格要求，还有明楼弟的孜孜追求啊！"康广才说："今天客你请，真不好意思！"康文盛说："这有啥？过去我就许过愿，明楼弟能中进士，我就请客。咱康家的光荣嘛！趁杜老兄在这，明楼你们也谈谈，混世事，光靠死干不行，要学会低头拉车，还要抬头看路，杜哥碰钉子得出经验了。"康明楼点头说："弄清各神位咋来，走一步看两步！"听此慧语，大家很惊愕，他可能进入角色了。

送老杜县令走后，又天大清早，马蹄声叩响了邙山山谷大道，康明楼要赴任入京了。康文盛几人为他送行，一路大家说着话。康广才说："你文盛哥都专门送你了，到那安顿好了，要及时打信！"康明楼说："遵命！"

康广才说："一定要干出个样儿！"康明楼说："遵命！"裴峪渡口一天就一班船，几匹马加速了，闪过了土岭、山峰、梯田、小溪。不多会儿，大家站到了黄河码头旁。这里白帆如林，一条条大木船上，货物像座座小山。往黄河北去的渡船上，已上许多人。康文盛说："明楼，到那里先拜见杜总军需官，再按我写的信，拜访该见的官员。中国官场上，历来关系大于天啊！"康广才一边也说："迈好第一步，重要关节啊！"康明楼又说个"遵命"！牵着黑马，上了渡船桥板。

太阳喷薄而出，满河闪耀着金色，黄河翻腾跳跃诸多浪花。渡船开启了，斜向北去，康文盛们黄河边看着。康广才吆喝着："别忘安排好了，给个回信！"那黄河的涛声，早把他的呼喊声压没了。只见康明楼朝他们摇着手，衣袖擦了下流出的泪水。

送康明楼回来，路过焦弯集，大家看到有人用石粉在地下撒出白线圈，里边撒了白字："有人占下。"康广才说："明天轮到大集了！"康文盛说："凡大集，都有大戏呀！"

戏前锣鼓锵锵锵地热闹了。邙山下，古柏森然的古庙里，黑压压人站在戏台下。左右男女各占半面，右半面叫花场，左半面叫男场，中间一条人行道，村戏的一种老规矩。锣鼓戛然停了板，高个儿里正走上前台，响亮的声音开了腔："今天唱的是好戏，刘镛下南京。花场人不少，男场人也多，给我招呼好，哪男的不主贵，敢往花场钻，抓住先打四十板，屁股给你打两半！"台下哄然大笑了，里正示意开戏。

演出到了热闹处。刘镛扮成个算卦仙儿私访。凶手调侃说："先生，你给我算一算，出门先迈哪条腿？眨眼时上下眼皮哪先动？我啥时间想吃饭？啥时间想出恭？"刘镛做掐手指推算状，唱道："你出门先迈头条腿，眨眼时上下眼皮一齐动，你肚子一饥想吃饭，你肚子憋急了想出恭！"凶手白："哎呀，真是活神仙，算得可真准啊！"刘镛唱："还算出你心里乱扑通，害怕有人索性命！"凶手白："爷，你咋都知道了？"

台下哄然大笑。康路畅带几伙伴来了，男场后面几次试探，就是钻不到前边去。康路畅说："靠着花场边进！跟着我挤呀！"几个孩子就低头，努力朝前挤扎着。这会儿，小孬蛋插入花场里，溜溜地直往前边钻。花场顿时炸了窝。几个男看场，去揪小孬蛋！康路畅一看，对几个伙伴吆喝："快救小孬蛋！"几个人也闯进了花场里。他们舞扎着胳膊，抵挡着人们的攻击。到底人小力薄，康路畅几个人先被捉。小孬蛋却溜了！康路畅吆喝抗议着："为啥要抓人，不兴俺看戏？"其他孩子也争辩。随着拉出场，声音才平息。

老庙大殿里，檀香袅袅着青烟，一群英武的神像站立着。看场人老鹰抓小鸡样，把康路畅几个押进来，看场人拿起绳子，要治理几个捣蛋鬼。里正老汉也进来，摆手让先别打。老汉走近康路畅，端起了他的小下巴。康路畅很不服气地打他手。老汉说："哟，炝蹶子小驴驹！"康路畅说："俺不是驴，是堂正的男子大汉！"看场人赏了他个脖儿拐："胎毛还没褪哩，咋可堂正了？"康路畅说："君子动口不动手，如果动手是肉头！"老汉说："咦，也懂礼数？那为啥钻花场？"康路畅说："俺可都是正经人，除了想看清戏，可没瞅任何女人的脸！"老汉说："老规矩，看戏乱花场，要打四十大板！"康路畅说："咦，啥年代了，还弄这，不觉脸红？"老汉说："中，先关庑殿饿两天，反省反省吧！咱还先看戏！"

小孬蛋然后悄悄跑回来，让鲁海啸快去救他们。鲁海啸感觉事儿紧急，慌忙去找掌柜的。这会儿，康文盛请来村里执事人，神龟园议事堂商量新宅的庆典事儿。白老虎说准备在洛河滩搭仨戏台，请三台大戏演三天，顺便弄个戏班擂台赛，让乡亲们一饱眼福；之后，还有几摊说河洛大鼓书的；其间，请寺院的师父来诵经；村里连起庙会七天，为乡亲买卖供机会；请几路社火表演，最有名望的小相狮子队也请来。文盛还说了，舍几个供饭点，肉菜白蒸馍，让捧场的乡亲管吃饱！突然，鲁海啸走进来，着急地朝掌柜摆手。康文盛出门，鲁海啸说了路畅的事儿。康文盛说，正商量大事儿哩，就写了封信，嘱咐他带两封点心两罐白云酒，多给人道歉说好话。鲁海啸带了信，拿了礼，匆忙焦弯村去了。

康路畅几个被放回。路上走着，小伙伴说："今天沾了路畅的光。"鲁海啸说："可不是，如果不是我来，都免不了一顿打！"康路畅："他敢打，咱也弄他的事儿！"另个伙伴说："趁不防，烧了他们庙！"说着，小伙伴都埋怨起小孬蛋，都是他惹的祸。突然，一伙伴指着突兀的山疙瘩上，说："哎，那不是小孬蛋了？"康路畅说："揍他一顿去，不讲义气的软蛋货！"几个人没等鲁海啸劝，飞跑着上了山疙瘩。小孬蛋前边跑着，康路畅几个后边追，拿坷垃朝着小孬蛋砸。猛然间，小孬蛋藏到鲁海啸后，把鲁海啸身体当盾牌。鲁海啸吆喝道："都停手！"康路畅说他是卖国贼！小孬蛋露出个头说，他没卖国！他跑着给个亲戚求了情，让找里正磨转，怕不中，他又跑回来找了鲁海啸！鲁海啸证明就是人家报的信。

这时，康文盛走过来，拍着巴掌说："有智不在年老少，你们都该感谢小孬蛋！"康路畅说："感谢个龟孙，我们为救他，又替他受过！"康文盛说："小孬蛋闯花场，错了没有？肯定错了！那你们为啥还要错上加错？"康路畅几个不说话。康文盛说："都回去好好想想，这事儿该如何处理？你们今天可丢咱全村的人了！"

韩菊兰正烧香念经，康文盛拉康路畅走进来。让给他奶跪下，坦白今天的成就。韩菊兰说："乖孙子路畅啊，你不小了，不敢光找麻烦，你爹妈多忙啊！"康路畅跪在奶面前，说："我知道又错了！"韩菊兰说："知错必改，起来走吧，我跟你爹说句话！"康路畅低头出了门。韩菊兰说："文盛，光水来土挡可不行！"康文盛答："娘，我跟黑妮商量了，这孩子脑瓜也怪聪明，但还不老明事理，我们准备送出去，让他端端人家的饭碗。这样，许就知道天高地厚肉香屎臭了！"韩菊兰说："中！"康文盛说："让他看了搬迁庆典，那易让他产生浮躁心。"韩菊兰连说中中中："这两天送走吧，从小不成驴，长大是驴驹儿呢！"

马蹄嘚嘚嘚，紧赶了好几天，到了石家庄。康文盛们下马，江云海从店里走出来："哎呀！太阳从西边出来了，康大掌柜咋跑我这小店了？"康文盛答道："无事不登三宝殿，来给你找麻烦了！"江云海说："马先牵后院，甭让谁顺手牵羊了，我们这的小偷能着呢！你牵牲口赶集，走到集头起，手里拉的牲口没有了，只剩截拉绳！"

大家坐八仙桌旁，喝着康家泾阳出的黑茶。康文盛说："不错不错，佩服你江掌柜，会过日子！""我比你年长许多，已悟懂个道理，人活着，一要会干事儿，二要会生活。人能活多少年？总委屈自己，还有啥意思？""是啊，我这次来，就是想把大儿子交给你，跟你当学徒，让你好好教调教调他！""我能行？""想多天了，就你最合适了！"江云海说："既然你一片苦心，还这样信任我，我就收这徒弟了！"康文盛说："输戏不输过场，咱还需弄个仪式啊！"江云海笑了："中，就按你的意思办！"康文盛拉把罗圈儿椅，让江云海坐上边，康文盛坐旁边，鲁海啸站在一旁，两边还站着店伙计。康路畅跪在江云海面前。老账先儿念协约：

"经由康文盛与江云海协商，从今日开始，康路畅拜江云海为师，恳学生意经营，期限三年。按照约定，康路畅学徒期间，没有工钱，只管饭食。康路畅须服从江师傅指教，早起晚睡，家务杂役，不能懈怠。违者，师傅可任意责打惩罚！"

老账先儿问："康路畅，听清楚没？"康路畅答："听清楚了！"老者说："店伙计都可监督。现在拜师，叩首！"康路畅磕了一个头。老者宣布拜师礼毕！

康文盛说："我说两句，从今天起，我拜托江师傅与众伙计，请你们严格要求路畅，使他早日成才，本人将感激不尽。今天我请客！"江云海说："我升成师傅了，该我请客呀！"康文盛说："甭争了，该我做东，大家帮助我，还不该做东吗？"江云海说："有道理，咱就去吃康大掌柜吧！都放开肚皮吃！"康路畅说："师傅，我能去不能？"江云海说："咋不去呢？"康路畅说："那我就拣好的吃，过了这天，恐怕就不让我吃饱饭了吧？"大家都笑了起来。

艳阳高照着，洛河河滩一派辉煌。神龟园大门外，摆着一排溜条桌，上摆了许多供食，有猪头、羊头、全鸡等，檀香袅袅，一群和尚身穿袈裟，手敲木鱼念经。韩菊兰在春红陪伴下，也坐在了屋里蒲团上，诵念着经文。

社火表演处，锣鼓、火铳、黑压压的人，滚动喧嚣的声浪。高耸入云的牢杆上，四根绳索四个方向天连地，攀爬表演的是驰名的小相狮子社，四只狮子分踩绳索往上爬，惊险的动作不断引来人们惊呼！戏曲赛场戏台上，唱戏人或挥刀舞剑，或调情追逐，尽情极致地表演着。台下不时爆发拍手叫好声。柳树行深处,有情人趁机交流。卖者吆喝着,时与买者讨价格。

康文盛、杜列礓,戏台下兴致地看《拷红》。台上,莺莺正与张生调情!康文盛还不知道,一只红官船停靠了码头上,衙役班头齐整队伍。俩放铳手点燃九眼铳,声音压过了锣鼓声,人群注意到了那动静,众多看热闹者被召唤,拥簇下,似条兴奋的河流向康店村。官家队伍前,几个跟随龙旗手。接而是几人手掂五眼铳,脸手熏出黑烟色。紧接着,两匹高头大红马,两个气宇轩昂的骑马人。一是身着官服的张二恩,另个是他随从了。其后,是群努力的鼓乐手。再后边,八个大汉着彩服,抬张描金漆雕长条几,长几上固定块大匾额,一周坠着红绸花,红绸子遮掩着匾额的内容。队伍戏台下,康文盛、杜列礓指点戏台上,兴奋交流什么话,鲁海啸慌忙挤身旁,趴康文盛耳朵边,告诉他了新动向。康文盛慌忙站起来,跟着走出人群外。杜列礓瞥一眼,仍然入迷地看着戏。

神龟园城垛墙边,康文盛喜滋滋张望着。白老虎、老族长都站他旁边。官家那队伍,庆典场外绕着圈,快到神龟园门口了。白老虎说:"文盛,你到门口迎,我准备红封,估计是好事!"小路远跑过来,呼哧呼哧喘着气,说:"好大个金牌啊!"康文盛问:"上边写的啥?"康路远说:"红绸子遮着呢!"唢呐声已近,时或火铳轰隆一声,那支官家人已停大门口。一看是张二恩,康文盛连忙跑过去,拉住了他的手。张二恩笑着,趴他耳上说:"我请求办这事,顺便看爹和大哥,公私兼顾啊,咱就先办正经事!"张二恩给随从递眼色,那随从拉着长腔大声喊:"康文盛接旨了。"康文盛慌忙跪下。张二恩节奏地读圣旨,是皇帝对康文盛的褒奖。接着,在许多人帮助下,揭开了遮盖匾额的红绸子,那匾额黑底烫金字,"良田双千顷"耀眼明亮。另有金色小字,后刻着皇帝的玉玺大印。木匾雕刻着龙纹,双千顷牌即被悬二门外。按照老规矩,有人端着红漆条盘,为送匾队伍赠红包,之后安置歇息……

康文盛眼里湿润了,心里默默念叨:爹,爷,还有各位先祖,都来看吧,咱家又朝前迈一步!他仰望天空,丽日白云,万里苍穹似飘来了回复声,很像爷爷的声音:"好孙子啊,鼓劲儿干吧,康家的基业,发扬光大吧！在那边，我们会给你请功哩！"他孩子般笑了，突然，他又哭了。人们愕然，张二恩抓了他的手，说："文盛、你是咋了？"康文盛又笑了，说："我想起皇上的恩典了！"

到了新会客厅，张二恩告诉说："双千顷牌，早就跑好了，只因皇上病重和驾崩，才延至今日。"康文盛说："我又高兴又想哭原因就在此。正好神龟园建成庆典，老皇上颁发的双千顷牌到了，可惜老皇上却乘鹤西去了，我没福气请他到这看看！"康文盛说："你第一次来新宅，咱转转看看吧，你看哪还需再整治？指点一下。"张二恩说："好啊！"俩人就院里转去了。康文盛指房子给他介绍着，张二恩不由感慨："你这宅院，背后有靠山，前边有洛河，真是幅好画呢！"康文盛说："再看看窑楼吧！"张二恩看着说："建筑怪有气势啊！"康文盛神秘地说："布画这宅的高师傅，即从皇宫练出！你一定知道样式雷吧？"张二恩说："咋能不知道？皇宫都出自他手，连皇上都崇敬呢！"康文盛说："高师傅就是雷家好徒弟！"张二恩说："一看这气派，就感觉出手不太凡，原来是找着高手了！"他们说笑着，进了一座三层窑楼内。

这是处砖砌靠山窑洞，半窑处，木隔断雕刻出精细花纹。木隔断有门，门内一楼梯连接楼上，楼板是木板铺装。张二恩感慨，他见过的窑洞不少，可这样弄法，还是第一家！康文盛说："也是高师傅的创举啊！这窑洞，三层哩！"张二恩点头说好！继而问："只有一个大门外通，有没其他退路？"康文盛哈哈大笑："这宅院固若金汤，哪个土匪还能攻下来？"张二恩沉了脸说："今天太阳明光光，说不定明天掉水缸。咱这，古来的交通要冲，兵匪至此有退路，遇事儿真就不慌了！"康文盛拍脑袋："咦，疏忽了！"张二恩说："南方已现民乱，正向北方传染，切要注重防备啊！"他们边走边切磋着，康文盛有点儿醍醐灌顶的感觉了。

次日，康文盛告诉了高师傅，他也说建议甚好，就勘查了地形，画出了一个图。这天，他给康文盛说了，地道口设在窑洞里，外边三个出口，一出口通邙山上，另出口连山下仿杜甫草堂，出口都设隐蔽处，还有一个预留口，我转过了所有山头，将来把南边金古堆修建成避战堡垒。康文盛说直称主意好！高师傅说，他联系京城的朋友，悄悄把这活儿做了。就天知地知你知我知了！纸上谈过兵，他们站到了神龟山上，看到下边梯田层层，田地边山崖下一个山坡，上生长着柿树、枣树，顺条羊肠小道，枣树丛后有个古时的看庄稼窑洞。高师傅："山上地道上出口就放在这里。这里全部种成枣树，密密麻麻的，洞口就更保险了。"这洞口确定下来了，他们又看了山下设的洞口。康文盛也说了中。

送走了张二恩大人，商量好了地道的事儿。康文盛拉高师傅听说书。庆典请来了洛阳河洛大鼓曲艺社。说书场上，白老虎正聚精会神看着台上，俩人悄悄坐到了他旁边。台上，一河洛大鼓艺人穿着大长衫，很节奏地摇晃身体，敲击着皮鼓，说得正有精神：

　　吃小鬼，喝判官，土地爷见它浑身颤。马上端坐将一员，烈火金盔头上边，断截眉毛牛蛋眼，手提铜锤口呐喊。这匹马，骆驼头，哈喇脸，两眼一瞪赛灯盏。身子跑开一溜烟，四只蹄子赛玉盘。尾巴甩开千条线，呼呼顺风似射箭。上山能与猛虎斗，下海敢与蛟龙战。哇呀呀呀呀一声唤……

这时，一个骑马的邮差，跑到神龟园大门口，跳下了马。门房问他找谁？官差扭转身体，露出个衣服上的"差"字。门房说："我认得那字，都在看说书，你要找哪个？"官差说："找个叫白老虎的，加急！"门房让人引领，客厅等候着，他说去叫人。白老虎瞪着大眼看台上。说书人还津津有味哼唱着：叽里呱嗒刀枪碰，火花闪闪若雷鸣，两军交战都发了疯，扑通通，砍下的脑袋地上蹦……看门者匆忙走到了白老虎旁边，趴他耳朵上咕哝些什么，白老虎急忙跟随走出了书场。

会客厅里，官差坐靠窗罗圈儿椅，被射进的阳光照耀着，磕头虫样打起了盹。白老虎走了进来，官差忙坐直，布袋子里掏出信，递给了白老虎，白老虎皱了眉毛，看着信封，毛笔画了收条，官差接了欲走。白老虎说："海啸，把人家领伙房，让吃了饭再走！"鲁海啸说："伙计，走吧！"两个人就出了屋门。白老虎拆开信看了，呜呜地哭了起来。康文盛从外边进来，白老虎连忙擦泪，把信递给了康文盛。那信里写了场鏖战——阴霾笼罩了群山，白天杰挥刀命令，冲过去截断敌人的后路。白天杰挥刀冲入敌人中间，猛冲猛杀。他被砍伤了一只胳膊，仍出奇不意连杀了两个敌人。突然，敌人朝他射来暗箭，白天杰负了重伤，如一座山峰崩倒在了地上……

　　扑刷刷，康文盛大滴的眼泪也纷纷滚落下来，他带着哭腔："叔，厄运落到咱身上了！"白老虎又呜呜地哭起来。康文盛抱住了他的肩膀，说："天杰哥不在了，我就是你的孩子！"次日，康文盛送白老虎和鲁海啸，朝码头边走着。康文盛交代说："海啸，这次陪你爷去云南，一定要照护好他！"鲁海啸说："干爹，放心吧！"白老虎说："我身体扎实，一路上还有各地驿站照顾，不要紧的，你太忙，倒是要注重身体啊！"康文盛说："叔，要想开点，天杰哥是个英雄！"白老虎说："大侄子，你天杰哥没白来这世上走一遭！"在康文盛送行下，他们上了船。帆船开动了，白帆在灰色的天空下，融入了水天接连处。康文盛仍然呆呆地站在洛河边。

　　社火场上，杜列磴脸色严肃，站在张八仙桌上，俨然像个大将军。他舞动着黄色的旗帜，几摊舞狮安静下来。又双手圈成喇叭状，吆喝说："各带队的头儿，今天是决赛，好骡子好马该拉出来遛遛了，开始！"

　　这叫对赛，谁摊前人多，叫好声大，谁就是赢家。在鞭炮、火铳、梢子棍、口哨、呐喊声浪中，几摊舞狮进入了比赛。一张张八仙桌搭建的三丈高台上，表演翻腾跳跃过高山；耸入蓝天的高架上，彩旗唰唰飘扬，四角大绳斜拉地上，四只舞狮四根绳上舞蹁跹，俗名狮子上牢杆。几个高座独木桥，舞狮队也尽兴表演着……

　　尤其那半空中牢杆上，小相舞狮的龙腾虎跃，更引来观众惊呼声，潮水样朝那涌过去。高架独木桥处，观众快锐减。满身着黄的逗狮人，吹响尖厉的长口哨。这时，凌厉小锣鼓突然响起。小家什社藏在柳树行，敲打着别致的锣鼓点，边敲边舞走出来，朝独木桥那汇集去。领队大丑角，两旁站小丑。大丑两撇卷须外翻卷，白眼窝白鼻子，两手各握一锣槌，活泼舞步跳动着，直往小丑胸间击，小丑胸间持小盘锣，锣槌节奏正敲中。锣声即命令，后跟小鼓小镲队，节拍亦同锣。观众轰地拥过去。

牢杆舞狮队被冷落，高山舞狮队凉了场，突然有人高声喊："有没规矩了？"更有大嗓门者直吆喝："羊群里蹿出兔子，打哩鳖儿呀！"助威者喊叫着，潮水般拦截小家什社。杜列礓跟着跑，不停摇晃黄令旗，企图阻挡那人潮……

那边一个戏台下，白胡子族长正看戏。台上，包公正说教秦香莲，动情唱着感人段：我给你纹银一百两，你带儿女赶快离大堂，回到家里度日月，供儿女好好把学上。不是本官太昏庸，实在是朝廷的大树我难晃，公主驸马后台硬，老夫我也为您遭遇把神伤。胳膊难以扭大腿，还望您把本官多体谅……族长叹气，擦拭着眼泪。他旁边，坐着河对岸那张三。张三说："看您又替古人担忧了！"族长感慨道，唱得太好了！突然，一个伙计挤过来，趴到了族长耳朵边，报告那边事变。族长惊讶地哦了声，随着伙计就出去。张三见状，也站起来，瘸着跟在他后边。另个伙计也慌慌张跑到神龟山上，找到了静坐的康文盛。康文盛正观看新宅院，虑算生意的一摊事儿。那伙计大口喘着气，终于说清了下边的事儿。康文盛也惊讶"哦"了声，匆忙跟着就走去。

人潮中，杜列礓已似浪中的小木船，黄令旗悠摆也无奈。康文盛赶到人群外，许多人已舞动拳头打起来，族长捂着头，朝人群声嘶力竭吆喝着："都甭起急！都甭起急！"已骚动的人们谁听他？张三也到了那里，看见人手玩狮子摇晃发出呼啦声的梢子棍，他接过一根挥舞吓唬人，朝族长身体边就靠拢，意图保护可敬的老里正。有人见张三梢子棍欲打人，赶快后边倒退着。眼看快到了族长旁，突然，有人也舞梢子棍打张三。张三下意识躲了下，不想那攻击的梢子棍，打到了族长头顶上。顿时鲜血染红了一张脸。张三大声吆喝道："出人命了！"张三扔了梢子棍，背起族长往外挤。康文盛看见了，吆喝说："快，送看病先生那！"

康文盛灵机忽一动，从发呆的放铳手要接五眼铳，黑脸放铳手问："大掌柜，干啥？"康文盛吆喝着："给，快连放几铳！"火铳手似乎醒悟了，便点燃那火铳，咚、咚、咚几声震天响。激动的人们冷下来，傻愣愣地原地站。趁势，康文盛登到舞狮高山上，大声吆喝着："咱讲究的是平等竞赛！从现在开始，愿意比赛的，还好好表演，不愿继续比赛的，马上退出，我给补偿。千万不要闹事！"杜列疆也爬了高台上，吆喝道："现在，还正式表演！"

那边稳定了秩序后，康文盛马上跑回去，看望老族长。看病先生摇头说：头盖骨砸塌了，损住了脑仁，怕是不行了！张三捶胸顿足大声哭，扇着自己的脸："都怨我，没有保护好老人家啊！"

三十七

苍茫的绿山下，清清的河流上，一只小船停在了岸边，鲁海啸搀扶着白老虎，船上走了下来，跟着还有俩兵士。他们顺小路走着，两边是茂密的树林，许多鸟儿吱啁鸣唱着。白老虎说："海啸，咱要走了，再看看你天杰叔吧，他要永远留这守边关了！"他们穿过片竹林子，面前出现了个新坟丘，一些少数民族男女，点燃了篝火，吹着芦笙，跳着祭祀舞。他们走到了坟堆前，白老虎朝着青山吆喝着："孩子，你看见了吗？在这不会太孤单，父老乡亲没忘你啊，你为国而死，是大善啊！"声音在山谷里回荡着——大善、大善、大善……

又烧了纸，上了供，他们离开了那座坟茔，船儿河流里又行进着。白老虎凝视那青山，渐行渐远了，他的眼前，似又闪现出儿子的影子，儿童、青年、当兵洛河边乘船……两眼充盈了泪水。忽儿忽儿，小船傍临个小镇旁，白老虎说："海啸，咱到镇上转转吧，我突然想起来了，应该买样东西！"鲁海啸对撑船的兵士说："兄弟，俺爷想买点东西哩！"小船在河边靠稳了，鲁海啸搀扶白老虎下了船。鲁海啸背只蓝印花布包袱，包袱在阳光下晃悠着，消失在了小镇里。

小镇街道上，少数民族男女人等服装各异，鲁海啸搀扶他，在熙熙攘攘的人群里走着。芦笙的吹奏声，铁匠铺发出的叮咣声，卖唱女孩黄莺般的歌唱声，小卖者的叫卖声不绝于耳。一队清兵雄赳赳地走来，老百姓躲闪着。鲁海啸拉白老虎也躲在路旁。白老虎指着个卖唱的女孩儿说："海啸，给她点碎银吧，走遍天下，哪里都有受苦人！"鲁海啸摸出些碎银，放到了女孩儿旁的破碗里。白老虎，这里有种白药，最治刀伤了，趁这机会，给咱药铺带点。鲁海啸说："爷，来办这事，你咋还想生意的事？"白老虎说："打兔子搂柴草，捎带嘛！"白老虎指着前边。鲁海啸一看，是个药店，上边牌子上是"仲景药材铺"。他们就走了进去……

云南回来，白老虎似乎变了个人，没了笑脸。康文盛嘱咐鲁海啸照顾着，让他老叔歇息段时间。又一日前晌，邙山朝阳处，白老虎躺在一张藤椅上，眯缝着眼睛，头顶的无花果树上，几只麻雀吱喳叫唤着。康文盛、鲁海啸看望他，他仍然在睡觉。康文盛说："大概太累了吧？"鲁海啸说，也许，刚跑恁远的路！康文盛说："咱就这里等会儿吧！"他们坐院里石头上，太阳又爬高了许多，仍然还没动静。太阳快到正顶了，仍没动静。康文盛说："海啸，你再看看，是不是睡得太沉了？"鲁海啸蹑手蹑脚的，走到了他身边，耳朵靠近，手又放他鼻子边。鲁海啸带着哭腔喊："干爹，快，老虎爷不出气了！"康文盛急忙走到他身边喊："叔！"康文盛跪到了地上，痛哭起来，鲁海啸也张大嘴哭了。

邙山面对洛河的山坡地，出现了一座新坟，坟茔上纸幡飘扬着，坟前都立了石碑，石碑上书"白老虎大人之墓"。旁边树上，乌鸦凄凉地鸣叫着。康文盛坐在坟前，呆呆地看着那座坟茔，他的心里说着，老虎叔，还有族长爷，你们为了康家，都去了，老百姓为抬举康家，出力太大太大了，我保证，一生尽力多为百姓做好事儿！

一群鸽子带着委婉的哨音，在蓝天白云下掠过，康文盛朝天上看着，慢慢地站立了起来。

韩菊兰坐在蒲团上，春红给捶着背，康文盛坐旁边椅子上。她少气无力地说："老少爷们给我说，推举你当族长，还担里正？"康文盛答："我也竭力推辞，可推辞不掉啊！"韩菊兰问："你咋推辞哩？"康文盛说："还有好几个长辈人哩！他们说，那几个长辈人，身体都有病，跑不动路了。本来，老族长培养的接班人是广才叔，谁知道，去年涨大河，水里捞木材，轧成了个瘸腿驴。"韩菊兰嘿嘿笑了："干就认真干，多办些好事善事吧！康家离不开大家支持，咱该回报啊，人能活几个一百年？"康文盛说，他有个计划，正好神龟园建成了，为使战乱时老少爷们不背亏，有吃也有住，上边的井再挖挖，村里团练组成长年队，啥时都有人执事！韩菊兰上气不接下气，说："实施吧，不过要记住，众人拾柴火焰高，多跟老少爷们商量。"康文盛说："娘，孩儿记住了！"鲁海啸来了，说袁掌柜回来了，有急事议事堂等着哩！康文盛说，娘，我去了！韩菊兰摆了摆手，又塌蒙上了眼，念起了经文。

议事堂里，王黑妮正和袁帅说着话，康文盛走了进来，笑着问："姑夫啥时到家了？"袁帅说："刚下船。"康文盛说："那你慌啥，歇歇再说事儿嘛！那边出啥事了？"王黑妮起身走，拐头说了一句话："收那黑铁塔当干儿，不降妖还带鬼哩！"康文盛皱了眉毛："问他又咋了？不是在东北吗？"袁帅说："他大概又回山东了，巡抚常派兵，找到生意上，弄得人心烦，外边也议论。"康文盛又询问黑铁塔犯了啥事？袁帅答："听说组织啥小刀会，天天领练武！他的事，最好你得去一趟，巡抚那龟孙，是不是又想借机吃咱哩！"康文盛说："中，我也想看看去！听说山东来场强台风，百姓日子不好过，还得商量咋救济呢！"

俩人谈好了具体事项，袁帅前脚走，逯小柱后脚来。逯小柱说："走，给你看样宝贝！"康文盛惊讶地"哦"一声，问是啥宝贝。逯小柱就笑了，说："绝对是宝贝，让你开眼界！"康文盛追问他："啥宝贝？袁帅姑夫知道不。"逯小柱答："宝贝就放在船上，要到洛河滩柳树行。"康文盛问："哥儿，看那啥宝贝，得找风水宝地哩？"逯小柱一脸神秘状。康文盛说："还得给你商量个事儿哩。"逯小柱说："哥听着呢！"康文盛说："老虎叔走了，恁大摊子生意，必须个人打内，你也风风雨雨跑不少年了，你回来接总管吧！"逯小柱说："人家老虎叔能文能武，我只会出力，铺排事儿能力还欠缺。"康文盛说："让黑妮先帮着你。你原来那摊，让铁山打理。还有那个毛旦，跟船多年了，可以帮铁山。"逯小柱说："那就试试看吧！"

洛河滩柳树行上，飞来了一群鸽子，传来悠扬的呼哨声。逯小柱指着柳树行，让康文盛在这等着。康文盛说："我比你年轻，说说在哪我去拿那宝贝！"逯小柱笑了，说藏得悄密，还得自己去！康文盛看着他的背影，欣赏着洛河如云朵的船帆，又回头观看神龟园堡垒式建筑。不多会儿，逯小柱就来了。他掀开衣襟，怀里抽出根铁管子，尺把长，后边是个木把子。

康文盛接过来那宝贝，眼睛朝铁筒里看着，问："莫不是洋烟袋？咋吸法儿，哪装烟丝？"逯小柱张开嘴，大声笑了。康文盛说："吃笑药了吗？"逯小柱又接了过去，说："这叫枪，百步外，一下子就能把人打死！这次，不是这宝贝，咱船队就遭土匪拦截了！"逯小柱口袋里摸出枚黄子弹，啪地掴开了铁管，黄东西填里边。然后，铁管子和木把扳平直。康文盛很惊奇，瞪眼看着招式。逯小柱说："看那树上！"他指那大柳树树梢上站两花喜鹊，喳喳喳唱得正欢。

逯小柱端起那东西，睁只眼，闭只眼，一副滑稽样儿。康文盛想笑他。他突然扣机关，咚的一声响，似炮仗爆炸了。逯小柱跑过去，掂了只花喜鹊，身上已稀烂，呈到康文盛面前，说："看看吧，厉害不厉害？"康文盛看那死喜鹊，感慨地说："真恶疾呀！"逯小柱当时就让他练瞄准。让他练扣扳机。然后，又装了子弹，递给康文盛，说："弄一下试试！"康文盛就按他讲的，对着棵柳树扣扳机，咚的，也如炮仗响，他如抓块热火炭，不由自主就甩了。逯小柱笑了："长虫咬了你吗？"康文盛说："心里怵啊！来，再来！"康文盛一连玩了十几枪，心里很激动。逯小柱说："一个子弹，值半袋小米呢。"这下康文盛愣住了。逯小柱说："黑铁塔能，洋人那弄的这玩意儿，他让送给你，护身有个胆。"康文盛说："怪便捷，就是耗费太大了，不过，这次去山东，带这玩意儿使我更有胆气了！"

康文盛和鲁海啸，像五线谱上的俩音符，出现沂蒙山弯曲小道上。成群的鸟儿飞翔着，面对群山溪流和林莽，发出愉快的欢叫声。居高临下看，前边出现个大村庄，村周围阡陌纵横，房屋散落在树木间，一座古庙内外，苍松翠柏耸立其间。鲁海啸突然指着说："干爹，看！"

康文盛驻足看。古庙内空场上，聚集一帮人，唰唰地练大刀。康文盛说："估计要找到黑铁塔了！"鲁海啸说："老天保佑！"俩人加快了脚步，朝古庙走去。苍松翠柏间，一练武者带领，康文盛、鲁海啸跟随，通过个圆券门，进了个小院落。门口也有人站着岗，还有人提大刀在巡逻。康文盛说："呵，比巡抚衙门还严密！"带领者解释，官府来的人，也难进了这院子。一个木门吱吱扭扭地被推开，里边走出了黑铁塔。他笑着："哎呀！

咋又把干爹惊扰来了？"康文盛说："你是孙悟空，我是猪八戒，你不总治着我吗？"黑铁塔嘿嘿笑着说："给，扇耳巴子吧！走，里边说话！"

进到昏暗的屋子里，坐了木凳上。鲁海啸说："干爹为你着急啊！到处打听找你，好几天了！"康文盛说："去东北，好赖也混些年，咋又拐回来了，硬拿鸡蛋碰石头哩？"黑铁塔哈哈笑了说："外人不知里黑，俺这次回来是干大事儿！"康文盛惊愕地"哦"了声。黑铁塔说："东北淘金子，财也发了些，老想回来做好事儿，想把乡亲们黏成团，官府就不敢欺负了！"康文盛说："那巡抚可就胆战心惊了，到处部署要抓你！"黑铁塔说："干爹放心，已不是前几年了！"康文盛问为啥？黑铁塔说："得道多助，失道寡助，遇到事儿，百姓早就藏了我！"鲁海啸说："可官兵三天两头到生意上寻你，骚扰得顾客都害怕了！"黑铁塔很惊异说："咋，还有这事儿？我就写些告示，发到官府里头，声明和魁记早没关系了！"鲁海啸说："自己屙屎自己擦屁股！"康文盛说："拙，此地无银三百两！"黑铁塔挠了挠头："俺还有妙法！给还在东北的兄弟们捎个信，让他们以我的名义给那狗巡抚去封信，就说我还在东北弄金子，等将来发财了，一定回来报答他，搅糊涂他！"康文盛说："知道官府最怕什么吗？最怕老百姓结伙儿！"黑铁塔说："咱遵纪守法还不中？"康文盛说："名不正则言不顺，言不顺则事难成！咱老家那搞团练，严防土匪侵扰，官府高兴得直叫好。你也跟当地士绅联手，建团练不行？"黑铁塔拍拍脑瓜说："咦，这还真是个好主意，就堵住官府的口了！"康文盛又跟他说计策，黑铁塔不住地点头说："妙！妙！"这时候，进来个小伙子，说来了队官兵，正下大山坡，快到大庙这了！康文盛说："咋样？人家照样能闻见腥气，就照我说的应付吧！"黑铁塔给小伙子说，先把他们俩送到你家！康文盛、鲁海啸站起来，跟了那小伙儿。康文盛又拐头说黑铁塔："小心点啊，别演砸了！"

小伙子前边带领，他们进个小院子。院子被绿树掩映着，后边是高山，小路通到山顶。山上长满了树。小伙子说："父母下地了，你们就院里听鸟叫，还可上山耍，我去给师父复命了！"康文盛带海啸，爬到了山上。康文盛说："真看那边形势不老好，咱们也好去交涉！"

大庙院，练武者聚集到大殿里，黑铁塔说："他们不怕咱防匪，就怕咱们当土匪！大家还院里练武去！"人们鱼贯出了大殿，官兵已经站门口，一练武者挡他们，言说是家庙，不准生人入。"带队军官愣了眼，骂了一句"奶奶个熊，不想活了言一声！"练武者说："我可是按理来的！"军官说："不说拗球理，我要办公事！"练武者答："这里全是公的，没有母的！"军官呵斥着，官兵硬进了庙院里。

康文盛、鲁海啸走到临庙山上，康文盛说："你铁塔哥怪沉气哩，咱就坐这，只当看戏哩！"

练武者三三两两的，练刀术，练棍术。进庙的军官吆喝着："都停下！"练武弟兄呆住了。黑铁塔屋里走出来："吆喝道，那里野夫，敢庙堂里喧哗？"军官问他是否这的头儿？黑铁塔说："我咋不认识你，黑家的几代孙！"军官说："你们准备造反吗？"另个练武弟兄说："他想鼓动俺反朝廷？"黑铁塔说："我们是这的团练，专门准备对付造反者和土匪哩！"军官问他叫啥？众练武者都哈哈大笑。黑铁塔不好意思地说："名字不好听。娘生下我，看我黑得似煤疙瘩，正好俺姓黑，就给俺起名黑铁瓜！"军官也不由哈哈笑，又问："这里有个黑铁塔吗？"黑铁塔说："有哇，我本家哥哩！"黑铁塔伸出手说："来，给银子一千两！他在东北淘金正发财，我叫他去！"那军官诧异地问："是真的？"黑铁塔说："哪能假？一千两银子你给了，看我咋把他叫回来？我就说，巡抚要招他当女婿哩，你看他还不慌得小溪样跑回来！"另一个练武弟兄说："这好事交给我，我也认识黑铁塔！我只要银子八百两！"军官朝官兵摆手："说，走！谁的谎信，硬让咱磨驴蹄哩！"

看过古庙里一出戏，康文盛树丛里嘿嘿地笑了。

巡抚站后堂窗户旁，欣赏悬挂的鸟笼，笼里一只黑鹦鹉，正学人说着话："巡抚大人！巡抚大人！"巡抚笑眯眯地接应："有话细细讲来！"鹦鹉："巡抚大人！巡抚大人！"师爷出现在了门口，说："巡抚大人！"鹦鹉说："有话细细讲来！"巡抚惊喜地说："哦嗬！这鬼精灵，能自说自应了。"师爷走到巡抚前说："那不是鹦鹉，是我啊！"巡抚一本正经地："有话细细讲来！"鹦鹉也说："有话细细讲来！"巡抚拍了拍鸟笼。巡抚说："师爷快说。"

师爷说："魁记康大人来了，要见你！"巡抚说："啊，正要找他算账哩！"

师爷带康文盛走进来。康文盛朝巡抚施礼："大人安好！"巡抚说："坐、坐，给康大人上茶。"俩人品着茶。巡抚说："我不安好，刀刃上过日子呢！"康文盛吃惊状："哦！"巡抚说："老弟啊，前两年，我说把黑铁塔交给阎王算了，你却竭力开脱他，我就饶了他一命，谁知道，他现在又回山东，还煽动组织民众，想拉杆子造反呢！为了这事儿，我饭吃不香，觉睡不宁呀！"康文盛仰脸哈哈笑："你说云雾中了！你猜我咋评价你的话？风过泥塘臭腥气，人家说公鸡下蛋了，你就想公鸡会下蛋？黑铁塔淘金发财了，你用八匹马也难拉回他！"

此时，外边喊报！巡抚问啥事儿？进来了追查黑铁塔的军官说："据查，那领人练兵者叫黑铁瓜，人家成立的是团练！"康文盛说："看看，铁塔是尖的，铁瓜是圆的，你却看混了眼！把我生意上人心也弄乱了，我也是才打探清楚的！"巡抚对那军官摆手说："好，知道了！"巡抚发痴问，真是这样？康文盛答："这边我们掌柜回去说了，我就立马赶来，你真是张冠李戴了！"巡抚连忙站起来施礼说："错怪兄弟了，向你道歉啊！"康文盛说："咱都不是圣人，谁还没个三昏两迷啊！"俩人嘿嘿笑了。

康文盛回到魁记商行，袁帅闻听经过，也笑了说："真没想到，轻易而举的，你就把塌天事儿给抹平了！"康文盛说："铁塔又没做违法事，纯是那巡抚心有鬼，怕老事儿复发！"袁帅说："既然你到山东了，我领你逛逛蓬莱吧！秀秀基本上可以当生意大拿了，好多事儿处理比我还麻利呢，我正好可以抽身，听说这一段，常出现海市蜃楼，碰好了，真能见识那神奇造化哩！"康文盛说："中，大海边转悠，就体验到个人太渺小了，心里疙瘩就一风吹了！"

次日，一辆敞篷马拉轿车，海边大路奔驰着，上坐康文盛、鲁海啸和袁帅。柔柔的海风梳子样吹拂，梳去疲劳与烦恼。袁帅说："逯相公弄那宝贝体验了吗？"康文盛哈哈大笑说："铁弹弓，比百步穿杨弓箭还准头！"袁帅说："洋人早就用了，护身的好物件啊！"又说，"咱生意上也整几支呢，乱糟糟的世道嘛！"康文盛："就是太贵了，一颗子弹换半袋小米，不到不得已，谁用起那东西？"袁帅说："一般家买起养不起啊！咱不像黑铁

408

塔，人家能从洋人那趄摸来。"康文盛说："我说哩！"说着，蓬莱就到了。康文盛吟道："岁岁年年景相似，年年岁岁人不同！"

大海，水天一色。渔船白帆点点，海鸥欢快地歌唱。沿海路上，游人稀疏。袁帅陪着康文盛，走进了蓬莱阁，一块石碑前，康文盛凝固了神色，他读上刻苏东坡的诗：东方云海空复空，群仙出没空明中。荡摇浮世生万象，岂有贝阙藏珠宫？心知所见皆幻影，敢以耳目烦神工，岁寒水冰天地闭，为我起蛰鞭鱼龙……袁帅感叹："这诗太好了！"康文盛说："唐杜宋苏嘛，你看，荡摇浮世生万象，这句真绝了，他是说海市蜃楼吗？他说的是人世万物啊！"袁帅说："深处想，是有味道啊！"

这时，一俊美小伙子，站到他跟前，接了话茬儿说："宋朝三苏，不是凡人啊！人家是想象出了海市蜃楼的样子！大人，是不是坐坐船，海上看看蓬莱阁，那才是另番味道呢！"康文盛说："中，来一回也不容易，就大海看蓬莱吧！真会另番滋味呢！"他们朝海边走过去。一行拾阶而下，到了海滩上。俊美的小伙子指着码头说："海里看蓬莱，仙境天堂间，我可不是吹大虚，看上一回还想看！"康文盛说："这个我相信，好比是水里看天，跟抬头看天成二般。"俊美小伙子说："真是，不看不知道，一看惊一跳！一会儿，船上一看，就知所以然了。"袁帅停了脚步说："文盛上船看吧，我在岸上等着。我看过，怪有意思的。海啸，招呼好你干爹呀！"俊美小伙子说："都请放心了，我们船稳着哩！"那小伙子扶了康文盛，急走在前边，海啸稍慢跟后边。

码头处一条中等船，船上另有个年轻人，看见小伙子引人来了，连忙调船位，笑脸伸手拉客人。旁边几木船，都在随波晃悠着。俊小伙子，一手拉铁锚，一手扶了康文盛，让康文盛先上船。鲁海啸正准备上，那小伙让他别慌，说等调整好船头。俊小伙子也跳上了船。船身仄了仄，离岸三尺远。船上两个人拿篙，鲁海啸看着他们理顺船头。突然，他们划船离了岸，快速地朝深水划去了。

康文盛猛然站起来，握紧拳头喊，想干什么？船舱又出来个伙计说："快坐先生，这船可抵不住摇晃啊，你不是要海上看风景吗？"康文盛说："让跟那人也上来！"那伙计说有船专带他！康文盛坐下，奇怪地看着划船人，他们都不说话，只是一个劲儿地划。岸边，鲁海啸也着急地叫起来："喂，快靠岸！"鲁海啸已跳到了另船上说："快，追他们！"船老大说："俺不想活了吧？连官府还不敢惹的人，俺有几颗脑袋斗他们？"鲁海啸和袁帅焦急地站在岸边，但船只已远离蓬莱岛。

那船上，康文盛说："你们再不靠岸，我就要跳水了！"船舱里先后钻出了四个人，老者笑着说："我们王掌柜请你呢，放心吧，自己人！"他们分左右，坐在他身边。康文盛挣脱着想跳水，他们按了他肩膀。康文盛挣扎，船激烈摇荡。老者说："就随邀请吧！"康文盛看没办法，顿发出感慨，大声地说："可真真是啊，扶摇荡世生万象！刚才是掌柜，现成阶下囚！"老者说："你可是尊贵的客人啊！"

木船像片树叶，浪涛上漂摇着，船上的几个人，换班划桨板，驶向大海深处，那儿水天相连。凉丝丝的海风，鼓吹着划船人的衣襟。康文盛问："究竟要把我往哪儿带？我能帮你们做什么？认错人了吧？"靓小伙子说："俺费多天力气了，会认错人吗？康家大掌柜，还能错了吗？"老者说："康大人，甭害怕，我们王掌柜请你，无非想说说话。然后，再把你送回来！"康文盛说："我真不认识王掌柜！求求诸位了，把我送回去，需要多少银子，我都给！"老者嘿嘿笑了，说："可不敢，掌柜还踢俺饭碗哩？咱随便说点别的吧，别担心！"康文盛就闭目养神了。浪涛跳跃喧嚣着，许久了，海已变化成黑色，太阳发出了橘红色。康文盛又睁开了眼，他感到干恶心，张大了嘴巴，啊几次，也没吐出来。他昏昏欲睡了。

当天，登州城里，袁帅请几个当地绅士，商量着对策。袁帅说，还没摸清海匪底细呢，不敢贸然报官府。鲁海啸说："光看那几个人的表情，倒不像毒恶之人。我就想不通了，干爹恁善良，还有人给他下套子？"老年绅士说："已派许多人打听了，看能不能问出啥消息！"这时，一个伙计领个老汉走进来。老汉说："我给他下一课吧！"说着，他把红布摆地上，拿出几枚铜钱，手里呼啦着，然后撒到了地上。老汉说："大吉，怕是遇到贵人了！"一中年绅士："可别胡说八道啊！"老汉啧啧嘴："咱是照书说！"另个人说："赵书也不是好鳖儿子！"这里的典故，一叫赵书者骗过婚，被骗女人听算卦先生说句照书说的，就对上了"赵书也不是好鳖儿"。袁掌柜对绅士头说："别扯远了，麻烦明天给弄几条船，到附近海岛寻寻吧！真要出点啥事儿，俺还不跳海死了？"老年绅士说："恁好的人，谁会害？"

次日，袁帅带了几只船，扬着白帆，朝一个岛屿驶去。船靠到岸边，鲁海啸下了船，询问拾海人，被问者都摇头。他们又朝另个岛屿去。鲁海啸下船又问人，人给摇摇手。几只船仍在大海里行使着。鲁海啸哭了，袁帅脸上布满了忧愁。两人均无语，只听沙沙的脚步声，另有大海哗哗浪涛声。黑铁塔、鲁海啸爬上个山丘张望着，海岔里有几条渔船在活动。袁帅问有那船吗？鲁海啸摇头说："怪！真怕干爹出大事？"袁帅说："走，别个岛再看看吧！"

康文盛睡醒时，眼前灯光忽悠着，是盏马灯。他发现躺在黑油油的被褥上。老者和气地说："看你瞌睡了，外边凉，把你抬进来。康掌柜，感觉好点了吧？大海里，开始许多人不习惯，以后就好了。给你喂过药了，专治晕海的药。"康文盛说："感觉好多了，我到外边喘口气吧！"长个子仍和气说："外边老凉啊，你可小心点。"老者扶着他，爬出了船舱。眼前，天色黑茫茫，水域黑茫茫。两个人划着船，一个摇着舵。康文盛说："这是往哪儿，去往日各国吗？"靓小伙问："啥叫日各国？"康文盛笑着说："日本国啊，传说原名日各国，因富裕，一直想日弄其各国。后来，他日弄的国家联起手，就逼着它改国名，只能叫作日本国了！"船上人哈哈都大笑。但像谁开启了笑开关。那老者一声长叹。康文盛说："我也看了，你们都不像恶人。不过，你们要告诉我，王掌柜是个啥人，为啥要找我？"老者说："王掌柜想让你帮点啥忙，具体的，就不知道了！他绝对也是好人，交代一定要好好待你！"康文盛说："好吧，就听命，睡觉吧！"康文盛又返回了船舱。

太阳又升起来了，海面似火燃烧着。康文盛已坐船头上，观看着美妙的景致。他自言，船上看海与船上看黄河差不多！老者正划船，扭脸说："都是船，都是水嘛！"康文盛说："只是黄河接黄天，大海接蓝天。"这会儿，蓝蓝的天幕上，一群海鸥飞翔着，精灵样，愉快地发出清脆的"呕呕"叫声，许多还落到他们船上。康文盛笑了。黑脸汉子拿来棕叶包着的东西，另有个小碗，还有几条小咸鱼，让康文盛吃："说到了他们那，王掌柜会好好招待他！"康文盛也只有将就了。

康文盛再次醒来了，伸了伸懒腰。突然，传来了许多鸟儿的欢叫声。康文盛爬出了船舱，耀眼的太阳使他惊讶，他手搭凉棚观看。那靓小伙笑着告诉他，这叫鸭蛋岛，该下船了。小伙子在前，长者在后，康文盛被裹在中间。小道蜿蜒在树林中。康文盛看那些树，有椿树槐树之类，也有些不认识。出了小树林，展现面前的，一大片房屋，多是两层。房屋侧面，还有块明镜似的的水塘。后边还有座山峰，绿树掩映，上飘淡淡的云，隐约可见一座庙宇，蓝瓦房错落有致。传来了美妙清脆的竹笛声，还有沉稳悠扬的胡琴声。康文盛心里感慨，这地方，神仙岛啊！靓小伙说："这是庙岛群岛个小岛，他们常借住的地方。"穿过了弯曲道路，站在个大院门口。两个看门人，都斜背着长洋枪。他们走了进去。

院子房屋排列整齐，最后边是座两层楼房。领路者带着他们，走进一所大房子，几个人正打长条扑克，有个大胡子老汉，脸上贴几张纸条。靓小伙子笑着，站在他旁边，朝他肩膀拍了下，大胡子朝着那边望，康文盛、靓小伙都笑着。大胡子老汉见他们，连忙站起来，笑着问："这就是康大掌柜了？"靓小伙子说："大哥，不会错的，我们探寻多天了，他一到登州，我们跟上了，多亏老天爷照顾啊！"大胡子对其他人说："你们继续耍啊，我们去说正经事。"一个牌友说："还准备叫你再输三盘呢！"大家嘻嘻哈哈地。大胡子说："康掌柜，猛然坐船这么远，累啊，走，先陪你洗个温泉澡，歇歇再说事儿！"

洗过温泉澡，吃了些东西，一觉醒过来。一看，大胡子早来了，正在等着他。康文盛也坐到了椅子上，喝着已沏好的泡台小碗茶。大胡子笑眯眯说："几百年咱又见面了。"康文盛很吃惊："云彩眼里话，我咋认不出你是哪山的猴？"大胡子哈哈仰面笑："听说过王直吗？"康文盛反问："你真是王直的后人？"大胡子说："是，咱祖先曾心心相通啊！"康文盛说："俺家也保留有文字，皇上利用咱先祖之间是朋友，骗你先祖去归顺。""狠毒莫过帝王心啊！""我不妨跟你探讨个事儿。陕西那边也有个王家，也称是王直的后人，咋回事儿？""家谱有记。我先祖被皇上骗杀后，王直的大儿子带着银两和家人，驾船逃命去了。王直的二儿子，也就是我先人，带着大家又重整旗鼓，一直发展到现在。"康文盛点头，表示明白了！大胡子探问陕西同家情况，康文盛细说了王有亭，也说了两家矛盾和现状。大胡子摇头说："朝代好换，秉性难移，王有亭大概像当年他先祖，偏执狭隘！咱两家，都为了国之大利，仍不停地努力着。我相信，到将来，总有人记住咱们的！你家比我家处境好。""不见得，都困难。""我王家还在流浪着，一会儿琉球群岛，一会儿这小海岛上。就因为从商，不能堂堂正正生活在自己国土上。明朝皇帝令文人歪写历史，屎盆扣王家头上了。"大胡子抹把辛酸泪，又说，"跟外国做生意的门，国家关闭了，能使国家富强吗？""俺在国内做生意，也不太光明正大啊，要硬着头皮购买许多土地，为的是营造通达环境啊！稍不谨慎，就会学沈万山，倒大霉啊！"大胡子问："听说你家经常办善事，就不怕倒霉吗？"康文盛笑着说："路得走踏实，首先要安抚好官员们！"大胡子说："四两拨千斤啊！""感受像石头缝里寻空间！""我找你，想委托替我奉献良心。要恁多钱干啥，生带不来死带不去！山东一些地方遭大灾，百姓痛苦熬煎。听说你来山东了，我就从琉球赶过来，找你商量办这事儿。""不忘百姓疾苦，咱就是一家人，我保准办好！""相信你康家，请把捐银换粮食，发到百姓手里边，千万别露王家名声。"康文盛问："那能行？""良心平衡，不想自找麻烦啊！"

这夜，海水涌动，月色皎洁，俩人坐在海边山包上，继续说着难以说完的话。大胡子说，多少个夜晚，他就坐海边，思念着故乡。江山早已变换，他家海盗名声没有变！他只能住在琉球岛上。康文盛说："国人的悲哀啊！做生意也像做贼。不过，现在比明朝好多了。""对你不说假话，多少年了，我们还一直做生意，国内偷做，国外明做，国内的事情也知道，咱国家像盘沉重的老磨，不像人家欧罗巴洲，把生意当成国之大事！"康文盛说："我这次来山东，看到百姓的苦难，心里沉甸甸的。想大力救灾，可银两有点涩，遇到你，疑虑完全消除了。"大胡子说："该像咱先祖，团结如一人！"……

海浪波动着，哗哗的，好似对他们的谈话表示一万分的赞赏。

阳光从窗棂处射进了屋子里，袁帅、鲁海啸几人默坐着。袁帅使力抽旱烟，不住地发出咳嗽声。小掌柜说："甭太焦心了，算卦也说大吉嘛！"大家正说着，进来个小伙计说："袁掌柜，有个人要来见你。"袁帅说让进来，小伙计就带那人走了进来。

来人穿杭绸大衫，戴丝绒黑帽翅，浓眉大眼。袁帅说："我咋不认识你呢？"来人笑着说："这不就认识了吗？"袁帅指椅子让坐下说话，来人说他是康大掌柜派来的！大家都吃惊，也都看着他。来人递过一封信："明天傍晚，一定要准备好！"就像一股春风，顿时吹走了大家心里的阴霾，于是笑脸看着笑脸，也都忙碌准备了起来。

果然，次日夕阳染就了血色大地，人的剪影，逐渐清晰在了海边突兀的山包上，袁帅们眺望着大海。海滩上，几辆带篷马车已停那。昨天那送信者说，天黑前会到！太早了，容易张扬。海的远处出现了黑色的暗影，大海船似只大水牛，水里浮动着。袁帅和鲁海啸激动得没法说，一起海边走去了。大海船缓缓靠了岸，康文盛被人搀扶着，下了船。鲁海啸迎过去，抓住了他的手，叫声干爹！流出了泪。康文盛说，做梦想不到，弄成功一宗大生意！鲁海啸扶他坐上马拉轿车，袁帅招呼人，车上装东西。康文盛朝袁帅摆手，乘坐的马车嘚嘚先去了。

夜，大屋里铁灯火苗缭绕，康文盛说着这次的奇异经历，逗得大家哈哈大笑。他们商量救灾事宜，都说就凭王家那诚心，一定要弄好！

又一日，耀眼的太阳高照着，清凉的大海连着茫茫天宇。码头上一派繁忙，装满粮食、布匹的船只正紧张卸船，小掌柜记录着。袁帅站在仓库门口，观看着往仓库运输粮食、布匹。衙役们维持着秩序……

锣鼓喧天响，人群拥向魁记大门口，前边抬个巨大活财神像。上画了三个明清富豪康百万、沈万山、阮子兰。康文盛、袁帅和鲁海啸一起，乡间才回来，正在街上走。一看到那张活财神像，康文盛心吃惊，咋得了这种待遇？袁帅说："百姓的心愿啊，甭去管他了！"康文盛趴袁帅耳朵旁说，王掌柜的脸也掺到咱脸里了，心里不得劲儿！"袁帅："也不能那样说，康家救灾又不是三两次！"康文盛说："想想这也中，好名声大了，对咱生意有好处！"

这时，有人吆喝着，街那头正卖活财神像哩！袁帅说："走，咱也看看去！"他们就朝那走去。果然，黑压压的人群中，靠墙放张长桌子，旁边站了两个人，卖着小张活财神像，一人收钱，一人卷画给顾客。还有个人站在街旁台阶上，节奏挥舞那像悠扬地在唱着：三大财神是美谈，河南有个康百万，苏州有个沈万山，阮子兰亦是大财主，扬州城内有家园。他们的善事说不完。排好队来莫捣乱，这画谁买去，保挣大银钱！

有往摊位处挤的人，也有从人群里挤出来的人，还有人展开欣赏的。

突然，有人冷惊地吆喝："快看，那边几匹马惊了，正朝这跑来！"挤买活财神像者，一时惊慌失措一边跑，年轻人趁机钻到桌子旁，对卖木刻年画者说："快，给我买六张！"明白过来的人，都哈哈大笑了。袁帅笑着说："文盛，卖你也能发财了！"康文盛说："海啸，也去买张我！看看我啥样？"

街上回来，康文盛拿着那张活财神像，手不由颤抖了。前年在开封，他也见过类似的画，最早出自朱仙镇，那里是年画出产地。那张画，名曰《活财神康百万》，那时他见了，心里就不舒服，曾找到刻画人，劝他不要把他捧为神。那刻家只是笑答："老百姓心里有杆秤，你挡不住大家要敬重！"还说，"这画已经传到山东了。"他没想到，如今又……康文盛掉了泪。多实在的百姓啊，只办一点良心事儿，他们就永远记着你，还让后人也记着！做个好人，才不枉世上走一遭啊。鲁海啸说："干爹，还不到过年时，现在卖年画，人心啊！"康文盛说："想王家还背着海盗的黑鳌子！"鲁海啸说那是运气啊！康文盛说："咱得快往西省，督住这边调粮食棉花！"这时，黑铁塔来了。康文盛说："看脸色，你有啥急事儿？"黑铁塔说："听说个重要消息！前多少年，一个姓牟的，带帮人要捣毁魁记，当地百姓打败了他？"康文盛说是陈谷子烂芝麻了！黑铁塔说："有个会友告诉他，这次魁记救灾花费这么多，那帮人正到处鼓动着，说康家诓哄老百姓！"鲁海啸说："胡放屁！"康文盛摆手，示意铁塔说完。黑铁塔继续说："过去，康家在蓝水买些地，那里连年灾荒，人穷了，脑子易发热。他们已说动了不少穷苦人，近些天打算扫荡康家生意。事不宜迟，我就骑马跑来了。"

康文盛让铁塔赶快回去，尽量发动他的会友，注意着动向！随后他就到。

康文盛吩咐鲁海啸，给袁掌柜说说，让秀秀取二百两银子，给黑铁塔！黑铁塔说他不要钱！康文盛说："拿上，好打发你的兄弟们，能让人吃风屙沫吗？"鲁海啸拉着黑铁塔的胳膊，走了出去。办完了事儿，袁帅也来了，他认真地说："蓝水这火我去灭！"康文盛问为啥？袁帅说："蓝水的穷人，都已像草垛让点燃了，你亲自出马，有个好歹咋交代？"康文盛摆手说："冤家宜解不宜结，处理不得当，以后撞住枣树枣动弹，撞住梨树梨晃荡，咱那生意就甭想安生了！"袁帅说："柿子专拣软的捏，姓牟的找窟窿繁蛆哩！"康文盛摇头说："还应以柔克刚！"

康文盛赶到了蓝水县城，魁记贴了张告示。许多人围看那告示。有人读着：魁记在山东发展，仰仗诸位父老乡亲们支持。鉴于蓝水连年灾荒，民众苦难深重，为回报大家的恩情，康家在蓝水购买的土地，一律免费还给民众，希望互相传达。三日后在夫子庙退还地契。有人感慨说，真是善人啊！读者大声地说："还有呢，我听贴告示的人说，对于艰难户，康家仍继续给予赈济！"人群中有人吆喝："操，差点儿上那姓牟的当，恁好的人家，在咱这设生意，咱的福分啊……"

到了那天，夫子庙大殿，一焚香铁炉里火苗忽闪着，一张条桌前，坐着康文盛，还有当地绅士们，鲁海啸殿门口转悠着。管账相公位置前，一长队人个挨个，他那领出卖地老契约。一白发苍苍个老汉，接了地契，疑惑地看着康文盛问："你就是康大掌柜？"康文盛指着凳子说："您老坐，鄙人即是！"老汉晃着手里地契问："这就算事儿了？"康文盛说："就好好伺弄土地吧，多打粮食吃饱饭！"老汉扑通跪到了地上说："给大善人磕头了！"领过地契者被感染也纷纷都跪下。康文盛连忙走过来，一一搀扶那些人。地契扔进了火炉里，红彤彤的火光，映照着一张张激动的脸。

熄了蓝水县的火，康文盛几个骑马河边大路往回赶。突然，康文盛坐骑嘶鸣了。他们看，有马后边追赶来，荡起一溜烟尘。鲁海啸连忙摸腰间，抽出了流星捶，横马拦挡不测事。那马走近了，还是黑铁塔，马上跳下来。鲁海啸说，想是姓牟的弄人追赶了！黑铁塔："有人给我报告说，姓牟的这次完蛋了，你们把心放肚吧！"康文盛问是咋回事？黑铁塔说："康家退土地，姓牟的被人杀了，身上还粘了张纸条呢！"鲁海啸问那纸上写了啥？黑铁塔说："恶狼诓憨狗，去咬好人手，憨狗明白了，斩掉恶狼头！"康文盛脸色凝重抬头看着远方，艳阳普照着群山，他自言自语："积善之家必有余庆；积不善之家必有余殃啊！"积善，早就是康家对自家生意的要求了。康文盛这时想到，山东这边铺排好了，还要赶紧往西省盐运呢！

三十八

泾阳街市上，一老汉背着褡裢，四处张望着。一年轻人拍拍他肩膀："狗爷，只顾买货还没找着车拉呢！"老汉说："我都不相信，生意家都是傻蛋蛋？"老汉扭脸进了魁记店。柜台内，王天祥噼里啪啦拨算盘，有伙计正给个中年妇女看布匹。老汉大嗓门吆喝："喂，有没黄布？"王天祥抬起头，笑着："有，大伯要多少？""要的可多哩！不过，我一个要求，你能答应，就在这买，不行，咱扭脸走人！"王天祥看他怪怪的，笑着说："只要不是让杀人放火，都答应！""那我就说了，要九十丈黄布，三十丈红布，车给我送到黄帝陵那！"另个伙计哈哈笑了："你个老伯啊，角比牛还大哩，弄车送恁远？"老汉说："后悔了吧？黄帝可是咱老祖宗，官祭时候就要到，都在尽心，你们就不能出点血吗？"王天祥思索会儿说："大伯，甭说了，就按照您老说的。"老汉高兴了："跑了几个店，就碰见你有眼力！"王天祥让伙计们先招呼客人，他说跟韩掌柜招呼去！

王天祥到后院，给韩金贵说了，韩金贵皱了眉毛，让说说他是咋想的？王天祥说："我想祭黄陵，要去不少名人，跟主持人勾挂上，每次官祭采购布匹都可买咱的，还可以结识些外地权势人，为生意往外扩展打基础。"韩金贵拍下桌子说："中，再奉送他十丈黄布！"

一切安排停当，马拉车上了大路，车轮节奏旋转着，车上坐着狗爷和那年轻人，王天祥骑匹马，走在车一侧。路两边是绿油油的庄稼地，老汉高兴了，吼起了秦腔戏：那秦琼，手提双铜锤，杀得天昏地又暗……年轻人也忘情地嘴里里格里格隆，给那老汉伴奏着……

黄帝陵去一趟，王天祥结识个四川大官，邀请他西南铺排新市场，王

417

天祥便如约前往。崇山峻岭，林木苍茫，骡马驮队山路上行走着，马铃"叮当叮当"脆脆地响，也时有鸟儿鸣唱。走在前边的王天祥，指着山下凹地说："李头，让大家歇歇吧？"李骨头说："行啊，歇歇吧，今个活儿也够劲儿了！"李骨头吆喝："喂，弟兄们，赶到山下就歇了！"声音山谷中回荡着。山谷凹地路旁，泉水"叮咚"，被卸了鞍的马，泉边饮水，有马路边吃草，马夫们躺在几棵大树阴凉处，哼小曲歇息着。李骨头和王天祥，靠棵大树坐着。一年轻马夫端碗水，递给了李骨头："山泉水甜丝丝的。"李骨头喝几口，又递给旁边王天祥，王天祥也喝了。李骨头说："你这小掌柜，可把俺诓到家了！""你看你看，俺叔咋这样说哩？这条路走顺溜了，以后，骡马驮队就会扩大许多，你就更成山大王了。东把潼关口，南把四川地！""开拓四川这布市，不知道你有多大把握？""给老叔说实话吧，我认识那官员，管成都的大生意，人家都打包票了！中原粗布在那正时兴，长久的生意门路啊！""那就好！"李骨头嚼着甜丝丝的草梗笑了。山谷蔓延的凉气飘过来，大家已感到了丝丝凉。这时，一头公马朝母马身上骑拉着。李骨头看见了，说："人家歇过了劲儿，就想找点高兴事儿干！"王天祥也笑了："赶路吧！马上就到四川境内了！"李骨头拉长腔吆喝："都起来赶路了！"声音回荡经久不息。

紧赶慢赶，货物准时到达了，成都魁记商行开业这天，鞭炮竞鸣着。店外排了好长的队，争着购买中原粗布。有人展开粗布，几个观看者发表着议论："哎呀，多好的布，颜色又好，又瓷实，一定耐穿。""你们怕不知道吧，关中、河南、山东，棉花白，绒又长！""以后，这里不知道卖不卖了？"王天祥说："就在这长设店铺了！"有百姓高兴地说："那可好，以后就可穿上中原的结实粗布了！"有人又问他："魁记生意大吗？"王天祥说："东到日本，南到吴越，北到蒙古、东北，西到兰州、哈密，都有魁记的牌子了！"听众都呈惊讶状。店里出来个伙计，指着王天祥说："这就是我们的王掌柜！"王天祥说："魁记向来童叟无欺！以后，如果货有毛病，一赔十啊！"听者哗哗地鼓起了掌。

康文盛乘盐运船到了西安，下船叫辆马拉轿车，就往泾阳赶去。关中平原大路上，马们走得不慌不忙。康文盛望着窗外，突然下令停车。韩金贵站在路边田埂上，朝他们摆着手。康文盛说："舅，上车！"鲁海啸忙搀扶上车。三个人坐车里，马车嘚嘚嘚，文盛拉着舅的手："看你似又老了些，柜上的事，就推给天祥吧，你把握住大谱就行了！"韩金贵说："等咱路畅来再说吧！""江云海不愿路畅离开。""哦，你不准备让他考功名了？""让他多做实事儿吧！"韩金贵沉默许久，说了自己的想法："路远那孩子聪明，该让他考个功名。康家一大摊生意，也该有个后棚啊！家业也需要人拨弄，将来就让路畅来这边，能学到许多书上学不到的东西啊！"康文盛说可中。鲁海啸接了话荏儿："你俩可尿到一壶里了！"康文盛、韩金贵都愣下，然后哈哈哈大笑了。鲁海啸脸却红了说："咦！我咋说差池话了！"康文盛问天祥在不？韩金贵说了生意往四川发展的事儿，康文盛听得很兴致。韩金贵让康文盛抽个空，也到王有亭那老院看看，韩金贵也没说为啥。康文盛随口答曰，中！

　　顺路，康文盛跟着舅就到了王家老院子。房屋已复原，还种了许多树，有些勃勃生机了。韩金贵说："修这院子，也没来及跟你商量，这边摊子越来越大，西安城一摊子，泾阳这边一摊子。这里，咱又有了恁多地。秦海娃到兰州开辟生意，那边也红火了。这些天，天祥又往四川开辟生意，前景也乐观！人来客往，光靠店铺就不时趁了，于是就自做主张，把这房屋修理了。"康文盛说："只要生意上需要，你就看着办吧！"韩金贵说，他有点感觉，王天祥比他爹强老多。康文盛说，那就对咱太有利了！韩金贵又叹息说，他说发现点秘密：

　　"那天，我在西安街上走，快到咱盐行门口了。一大眼睛中年汉子靠近我，神秘地说，韩掌柜，可见你了！我心里说，这人恁面熟哩，就想不起他是谁。大眼睛笑了说，他原先跟王有亭干过呀！我哦了声，问他现在哪儿高就？他说在鸿源钱庄当外跑。我问有事儿？大眼睛很认真说，我知道你是个实诚人，康大掌柜是善人，于是，我就想帮你们！我劝他铺里说话！大眼睛说，还是不去吧？他怕王天祥有眼线！我说，不会，这里都是老人手。大眼睛迟疑会儿，俺俩就进了盐行，屋里坐定，大眼睛说，王天祥定吃了不少黑钱！我吃惊地说，咋可能嘛？大眼睛说，很确凿，康家在

419

泾阳、三元买地，他就吃了不少好处。吴家一下卖给康家两千亩土地吧？我说是。大眼睛说，我们那钱庄里，他入银子也有几千两了！我害怕你们真心待他，他却挖魁记的墙脚。你想弄得更清楚，就找个叫狗娃的人，他是分号个伙计。"

韩金贵说完了，康文盛疑惑地说："会有这事儿吗？王天祥可不像他大啊！"韩金贵说："大眼睛的话不能不信，也不敢全信，心里老敲鼓！"康文盛说："康家向来用人莫疑，疑人莫用，王天祥不像吃里爬外的人呀！"韩金贵说："王天祥老辣，做事有板眼，可大眼睛说的有鼻子有眼的。"韩金贵又说了王天祥许多好处。康文盛说："我想起了老虎叔说收逐小柱相公时，牲口圈里拾了个元宝，许就是俺爹的心计吧？我看天祥也不会私下藏那元宝！"

马车刚到泾阳魁记商行，不多会儿，鲁海啸急忙又进屋，说店铺门前有人在哭闹，一直说要见王天祥，凭谁解劝也不中。韩金贵说，走，看看！康文盛也说，一块儿看看！一穿着邋遢的年轻人，站在商行门口，大声吆喝着："王天祥，你钻那老鼠窝了？有种的就出来！你个骗子货，你个阴思鬼！"旁边围许多看热闹者。魁记个伙计说他："你咋不听话呢？他没在家，就是再吆喝两天两夜，他也听不到！"那年轻人不理睬，仍然吆喝他的。韩金贵走到了他旁边，轻轻拍打他肩膀："娃子，跟我柜里说，大家看着你，像玩猴哩，多不好！"年轻人说："我不认识你，不听毬你哩！"鲁海啸说："这是掌柜，管着王天祥哩！"康文盛稍远处观看着。年轻人说："那行，王天祥昧我的银子，你能让他还了？"韩金贵一本正经地答应"能。"年轻人跟韩金贵，进了院子里。

年轻人坐到屋门槛上，韩金贵指着椅子说："坐那上边吧，咱好好说说。"年轻人说："坐就坐！"他先自己倒杯水，咕咚咚就喝了。随后，康文盛和鲁海啸也走进来。年轻人机警地站起来："想打我？"康文盛哈哈笑了："你恁瘦，骨头还顶疼我手哩！"那年轻人咧嘴笑了下。康文盛说："想听你说说，看能不能替王天祥还你债？"那人看着韩金贵："可别难为我啊，我是破罐子破摔，如果敢摆治我，我可会耍孬孙了！"韩金贵问："他咋欠了你银子，你只要说清，保准会还你！"年轻人说："都俩月了，我帮王天祥做件大生意，他说给我抽两成利，到现在了，还没给我一毫银子哩。"康文盛问是啥生意？年轻人张口结舌地说不出口了。韩金贵说："那怕啥？"那人说："人王天祥说过，死活不让说！"大家互相看，都一脸大困惑。康文盛说："你不说清楚，咋替他还账哩？"年轻人看看他们："我就走毬哩，我天天放鹰，不信逮不住王天祥这活兔子？"他站起身，匆匆就走了。

　　这下，康文盛和舅心里都添了堵。鲁海啸提议，到泾河边转转，说现在可多野鸭了！三人就去了。泾河哗哗流淌着，微风吹拂芦苇滩，还有翠绿的柳树行。河里真有许多野鸭在游戏。康文盛说："王天祥真会背着咱弄些事儿？"韩金贵说："原来我半信半疑，今天我真就怀疑了！世人都具两面性，一面是人性，一面是兽性。有时候，兽性那面可能会冒出来。"康文盛说："他失落时，被你搭救了。稍有点儿良心的，能叛经离道吗？"韩金贵说："是我用君子之心度小人之腹了吗？"康文盛说："我还是感觉太可惜，遇到个能人不容易啊！"

　　突然，轰隆声巨响，一群野鸭腾空飞起，他们都愣住了。韩金贵突然说："哎，是秦海娃了！"泾河里一条渔船，船上用芦苇覆盖着，似一片水中的苇草，船上架着长筒打雁土装枪。河面上已落下些受伤挣扎的野鸭。渔船上的人笑着，在秦海娃指点下，朝漂浮的伤鸭那撑去，有人拿长把渔网打捞着。韩金贵说："这海娃，匪性还没改呀！"康文盛说："朝代易改，秉性难移嘛！"灿烂的阳光，把他们照耀得铜像似。秦海娃也看见他们了，就摆手吆喝道，我马上就找你们啊！

　　这天傍晚时，秦海娃和他两个朋友，早早到了兴隆饭庄，不一会儿，康文盛、韩金贵、鲁海啸按约也来了。韩金贵说："你这野人，回来了也不到柜上说声，先打野鸭去了。"秦海娃不好意思说："在兰州那边，一闭上眼，我就想起了泾河，就想回来打野鸭抓鱼。"康文盛说："这叫思乡情结啊！"秦海娃说："几年没回来，这次约兄弟打野鸭，目的就是想请韩掌柜，没想到，大掌柜也来了，正好表达我的心意。"韩金贵笑了说："大概是你让婆娘管得严，一年没吃肉，自己嘴馋了吧？"秦海娃仰脸哈哈大笑说："我叔才开这饭庄，做的一手湘西土匪鸭，我就想让他露一手，请掌柜尝尝我祖上的特色菜。"康文盛说："恋家，恋山水，你快变成情种了！"大家都笑了，秦海娃挠着头："没法儿，管不住脑瓢嘛！"

烧烤好的鸭块上了桌，油闪闪似透亮，香味扑鼻来。秦海娃端起酒杯说："我先敬俩掌柜一杯，如果不是你们，恐怕我早成野鬼了！"康文盛说："中，我们喝了。也说说你那的日子吧！"康文盛和韩金贵喝了酒。秦海娃伸筷子，野鸭块分别夹到俩掌柜前，说："吃了泾河野鸭，明目又健肾，就是裤子前头费一点！"大家都会意，哈哈大笑了。接着，杯盏交错起来。秦海娃喝得脸通红，说："我高兴了，喝酒也多了点，趁俩掌柜都在，兰州那边的业绩，我不胡吹摆。不过，我想说句心里话，我可是知恩必报啊！"韩金贵让他说。秦海娃问："见过黑蝎子吗？王天祥就是黑蝎子！"康文盛说："哦！"秦海娃说："听个朋友说，他拿柜上钱，体外转圈做生意！"俩掌柜都皱起了眉头……

又一番关于王天祥的坏话，让康文盛心里存疑，他不愿推翻对王天祥的判断，他想在陕西多待一段时间，要面见王天祥，以做出准确的判断。

大路上飞驰来辆马车，上边坐着王天祥和康文盛、鲁海啸，绿色的田野倒退着，已看见清亮亮的渭河了。康文盛说："这边生意扩张得快，想把咸阳的仓库再扩建扩建。"王天祥说："知道，恐存货跟不上供应！"

车子到了渭河边仓库那，建筑融进了绿色树林中，一条人工河渠，连通着外边渭河和库房。康文盛指片空地说，这里再建几栋大房子。康文盛比画了一番，王天祥吆喝过来了几个人，拉绳子丈量，地上砸着木橛子。太阳有点儿炙热，康文盛坐在大树下，看看还张罗着画线砸橛的王天祥，心里问，王天祥真要二心了吗？想考验一下他！他给王天祥说，先渭河边去了，他们干完活也过去！王天祥说，那里有顺河风、柳树行，凉快！康文盛、鲁海啸边走边说，鲁海啸说："我想不通，这样能出啥结果？"康文盛告诉鲁海啸，从人与人情感里，可品到内心脉动啊！

他们已站到了岸柳下。两岸垂柳似绿色长廊，明媚阳光下，柳条儿婆娑轻轻地吻着河水，微澜波动光箭忽闪。许多小鱼儿，围着青翠枝叶游戏。河面上，有几片白帆船儿荡漾，有的在渡人，有的在撒网。傍岸是金黄色的谷子田，还有棒槌穗子玉米林，咧嘴嬉笑的棉花地，绿莹莹的菜蔬畦，丰收的图景默默地感人。这时，河面上漂来只小划子，撑船的是个老汉，他忘情地举着手中篙，呆呆地望着康文盛。鲁海啸指指那老汉，说约的就是他。康文盛说，把握好戏路啊！鲁海啸凝重地点头。

那老汉扭转了脸，继续撑着自己的船。过了会儿，王天祥也到了，说那边弄完了，只等请工匠开工了！康文盛说："好吧，天太热，也坐船，水上玩？"王天祥说好哇！王天祥就双手圈嘴吆喝："船家，过来哟！"那船悠悠地靠了岸，老汉笑眯眯地看他们。大家先后上船，撑船老汉问王天祥："你是王掌柜？"王天祥问："你咋认识我？""我原先在安吴堡吴家当伙计，见过你！"王天祥接了话："我说看你怎面熟！咋干起了这行当？""吴家疲软了嘛，鸡子都带两只爪，自个儿刨食呗！好，坐稳啊，开船了！"撑船老汉问，"对岸去？水上转？"康文盛答："水上转，耐品味的好景致啊！"

撑船老汉点下长篙，那木船轻盈盈地，日地离了岸，朝下游慢慢漂流。撑船老汉哈哈笑："水有灵性，我天天见它，天天看它都不同。我们的吴老太，还有官场遭难的老爷，也都喜欢水，我陪他们没少看过泾河，也没少看过渭河呀！只可惜老爷没福气，让奸臣硬治到死地了！花了许多银子，也没救出来！"康文盛说："命运啊！"康文盛咕噜噜吸着水烟袋，眯缝眼陶醉地看景色。王天祥也看那岸上，如一长幅画缓缓倒退着。王天祥陷入了沉思。那年他才十三岁，父亲带他坐木船上，也看美丽的画。他高兴地说："大呀，这渭河水咋怎清哩，泾河水咋怎浑呢？"王有亭随口答曰："渭河里洗澡的人少，水就清；泾河里洗澡的人多，就把水扑腾浑了！"王天祥说："你胡球谝！"王有亭哈哈大笑说："你长大挣大钱，让渭河成咱家的河，使咱的生意压塌关中！"

鲁海啸看着沉思的王天祥，问："咋，想嫂子了？"王天祥连忙回过神说，看着这风景，真是太美妙！王天祥又偷偷看下康文盛。康文盛似乎心不在焉，仍然看着好风景，水烟袋已放在了旁边。他身旁的鲁海啸，也似疲劳了，靠着转舵台，开始闭眼扯呼噜。康文盛站起来，伸展俩胳膊，像似伸懒腰。已沉默许久的撑船老汉说："天暖和，易犯困。如果没事儿，吃得饱饱的，靠着麦秸垛，让阳婆子暖身子，呼噜呼噜睡着觉，那才是神仙日子哩！"鲁海啸扭动身子接了话："如果肚子饥，张开大嘴巴，让老鸦照着嘴里屙，才得劲儿哩！"王天祥嘿嘿笑了，康文盛也咧嘴笑了。说笑声中，鲁海啸又似睡着了。

天上飞来了一群精灵鸟，白色的，"呀儿呀儿"叫着。康文盛问："这是啥鸟儿，个个白娘子似？我们那边黄河上，还没见过呢！"船老大说："天鹅，神仙鸟！"康文盛说真没见过！他似乎被那精灵鸟迷惑了，仰脸观看着，不由倒退着，突然，掉进了河水里。船老汉吆喝："快救人！"这时的鲁海啸，似乎睡得沉。康文盛水里挣扎着，一沉又一浮，嘴里哦哦地，似呛了河水。就是这时候，王天祥衣服都没脱，忽地跃进了河水里。他凫着，拽，拉，推，把康文盛弄船边，惊醒的鲁海啸，连忙拉住了康文盛。康文盛爬上了船，康文盛打个震天响的大喷嚏，说："这回，我可知道渭河水是啥味儿了！"老汉说："鱼腥味儿！"大家嘻嘻哈哈地笑。

回到了仓库屋，康文盛脱换着衣服。鲁海啸说："干爹，你怪会演戏哩！"康文盛小声说："你不也配合得怪好吗？"鲁海啸笑了说："金贵舅爷又往西安，不知能不能抓住他啥尾巴？"

鸿源号钱庄，金色琉璃瓦门楼，一派富丽堂皇。韩金贵走进去，向个伙计打问，哪个叫狗娃？伙计说："我就是。"韩金贵笑了："无巧不成书。"就拉他到一边，悄悄问他想发财不？狗娃说："做梦都想！"韩金贵说："那你就给查个账，看王天祥入这多少钱？"狗娃说："我知不老少，他还是股东哩！"韩金贵问，他都啥时入的钱？狗娃答："这三二年吧！""你知他做些啥生意？""那倒不知道。反正，很挣钱，隔些时候，就要送来许多钱！""好，我在魁记盐行里，等着你消息，弄成了，我给你三两银子！"狗娃笑了说："一言为定，天黑我见你！"

韩金贵摸清了底细，回来问康文盛："听海啸说了，你演了出好戏？"康文盛说："我看天祥跟咱心还近！"韩金贵说："也应记着那句老话，今天见你笑眯眯，为的明天吃了你！"康文盛问西安那边情况。韩金贵答："王天祥真在鸿源钱庄入份子了。"康文盛说："那又说明了啥？"韩金贵说："已入股三千多两银子了！做的啥生意，那里伙计也说不准，但能肯定的，那生意很赚钱，每隔一些天，他就会往那送银子。"康文盛说："一会儿我询问他，灯不点不明，话不说不透。"韩金贵说："中，还有个事儿，今天，我要犒劳李骨头那帮弟兄。这次去四川，他们确实辛苦了！"康文盛说："蜀道难，难于上青天，也就那班野人，有那大胆略！"韩金贵说过，就去准备了。

王天祥来了，康文盛和气地说："祥，咱说说话吧！"王天祥说："这次，正好咱碰头，是该好好说说话！""听韩掌柜也说了，你在这边出大力了。""这样说，我都不好意思了，那都是应该的！""有件事，我还不明白！前几天，有个小伙子，到这大吵大闹的，说你欠了人家的钱！魁记有老规矩，宁肯自己艰难点，也不能拖延工钱，做工人指望那养家糊口。"王天祥说，这他也知道！"有个笑话，说俩穷人饿着肚子，走在大街上，看见人家端饺子坐门口吃。一个穷人心发馋，对另个穷人说，如果我有白面，就借点萝卜和大肉，好好请你吃顿饺子！"王天祥嘿嘿笑了。康文盛说："找你要钱的也是穷人啊！"王天祥一脸窘色。康文盛说："传说你还是鸿源钱庄个小股东，还欠人家钱不还？"王天祥耷拉了头。突然，王天祥又抬起头："那是俺大交代的暗生意！俺大死的头一年，一个狂风暴雨夜，他抽着旱烟说，有个灯下黑的生意，该给你交代了！他说那生意，就是倒大烟，一本万利的买卖。他让我记下了进货渠道，大宗买主的名。我大说那事，俩眼赛灯盏似的亮。""那生意可坏良心啊！""那会儿，西安生意快失利，我就想歪门，才把那断线给续上了！"他又扑通跪地说："康家是我的再生父母，如有半句假话，就让呼雷劈死我！"康文盛拉起他："朝你讨债又是咋回事？"王天祥说："那人经亲戚介绍，南方跑大烟膏，钱都给他结清了，可他吸大烟没了钱，又来找我讹诈哩！"康文盛问，那生意谁给招呼着？王天祥说："我儿子王撞！"康文盛说："听我劝，快金盆洗手吧，那钱里有多少人家的血和泪啊，早晚都会翻车的！"

韩金贵又来了，叫陪李骨头们喝酒去，王天祥说有急事儿，告辞就走了。看着他背影，康文盛学了他们一番话。韩金贵脸上现惊讶。康文盛说："舅，你给秦海娃也开导下，就说王天祥没黑过咱。"韩金贵说："天亮自然明，何必费口舌？"康文盛说："窝里斗，误大事！真正的巨人，躺倒了仍然是巨人。真正的矮子，站到山头上，仍然是矮子！"鲁海啸来了，催他们饭馆去，说驮队几个头都去了！

饭庄里，已十分热闹了，康文盛端酒碗给大家敬，他大声说："大家最辛苦，原来只在三门峡那，现在，还要跑蜀地，走的都是高山深谷！"李骨头说："是你给我们找了正经活路，现在发展到二百多人了，过去哪个不是穷人呀？应该谢你呀！来，都一饮而尽！"接着，大家边吃，边议论起驮队发展的事儿，说得十分热和。突然，铁山走了进来。韩金贵问："铁山，你们船啥时到了？"铁山说才到！铁山趴到康文盛耳朵边，嘀咕了好一阵，康文盛脸色变阴沉。康文盛又到李骨头身边说："你招呼住大家吃喝好，柜那边有点急事儿，需要我处理哩！"康文盛端起酒碗，说："团聚一次不容易，我和韩掌柜，再共同和诸位饮一杯！"大家吆喝着："好啊，喝！"

回到了魁记，康文盛说，铁山捎信说，咱老家那闹起了捻子。韩金贵问啥是捻子？康文盛说："南方的一支土匪队伍，闹腾到咱省了，到处烧杀抢掠。我还说要在这再待月把呢，现必须趁铁山船马上走。我要让路畅也赶回家，家里，还需要他帮我和小柱哥哩！"韩金贵说："中，风口浪尖上，磨炼孩子的好机会！江云海店里边，有人常去石家庄，你写封信，让他带过去，催促路畅快回去。"康文盛说："舅，这就拜托你了！"

三十九

神龟山下窑洞里，烟雾腾腾的，村里执事人聚集，烟袋吸溜吸溜，说话嚷嚷嚷。

杜列磾说："我说说捻子是咋回事儿，他们也是穷人，但不像太平天国，人家是为穷人打天下，他们呢，成了烧杀抢掠的　帮匪，官军他骚扰，百姓他也杀。人称麦牛队，光为了自己吃和喝，过今天不说明天了。捻子说白莲教为啥会失败，主要是四方缺一方，于是，在红黄蓝三坛基础上，又增加了个黑路坛！"康文盛问："你咋了解恁清楚呢哩？"杜列磾说："有人来这边发动扩充队伍，咱听说过。"

团练头说，这段真辛苦弟兄们了，晚上轮流站岗，睡觉都没脱过衣裳，好多人身上都生虱子了。杜列磾说："这撮土匪队伍，先是掉圈打游击，寻机会再水漫金山。"康广才说，他腿不老强了，可还能看出路数，负责团练的操练！他也接到了明楼的信，说全国都已毛毛乱了，要他传话，一定要堵住这股黑水，说这帮人不管穷与富，不顺眼，就杀杀杀！康文盛说："一只巴掌拍不响，我还要去鼓动县令，让他也提起精神来，全县行动起来了，咱的压力就小了！"

逯小柱说："这袁县令，跟杜县令差天地。听说，前阵一伙儿捻子路过，城门他早早让关严，许多人都被堵到了城外边，让捻子打杀得哭爹喊娘！"杜列礓说："传说他还勾搭上个寡妇，他女人跟他打架，脸都被抓烂了。人家问他时，他说是走路爱看书，碰上了一棵圪针树！"人们哈哈都大笑。杜列礓说："文盛兄，你滤过胜，也要滤滤败！要想到天赶人凑！"康文盛分析说："捻子来扫荡，多为搜刮钱财，攻打咱们这，迟早的事。现在，神龟园修好了，天险可利用，战时保护些老少爷们。但还有恁多人咋办？外村万一也来许多民众咋办？因此，我想趁热打铁，再修一座寨！"康广才说："想法中，得选个好地方！"康文盛说："都多转转看看，一要有水源，还要难攻易守！明天，我就往县城去，看看县令他咋办……"

薄雾还朦胧着，县城洛河码头边，一只小船靠了岸，康文盛、鲁海啸和康路畅走下船。他们站在码头大坝上，朝前方远眺，连接码头那，是瘦弱的庄稼地，中间一条白土路，土路连接巩县城，高大的城墙巍巍然。下堤坝，顺着土路走。海啸问路畅："昨晚才回来，瞌睡不瞌睡？"康文盛说："麦黄掉头时，瞌睡了也得坚持！"康路畅伸舌头，朝鲁海啸做个鬼脸。突然，康路畅"哎呀"叫了声。康文盛问："大惊小怪，咋像男子汉？"康路畅指着谷子地。他们往那看，躺个瘦老汉，旁边个小孩儿。康文盛吩咐海啸，让他码头上叫人来。康文盛和康路畅走近了，原是俩具尸体。康文盛翻看了，他们脸上腿上肚子上，都有刀伤，血渍已干涸，还有蛆虫伤口爬。

鲁海啸过来了，身后跟着俩汉子。他们仔细看了看尸体，一个说见过，祖孙俩，要饭的外地人，那天捻子打过来，嫌他们路上碍眼，先砍了孙子一刀，爷去护孙子，也给砍两刀。另个说，昨天撑船过这，还见老汉爬着乞讨呢！康文盛擦泪说："我给你们些钱，拜托买棺材，把这可怜人安葬公坟吧！"康文盛让海啸掏出碎银，递给了前边那汉子。康文盛抱拳施礼说，感谢他们了。继而急往县衙。

县衙大殿中，摆张八仙桌，袁县令几个正搓麻。衙役头吆喝："我出二饼！"袁县令推牌："哈哈，和了！"师爷巴结口吻说："再给大人贴纸条！"班头说："老爷，让我替您贴吧？"袁县令唱着滑稽调："不行，这可都是银子呀！"这会儿，康文盛们已到衙门口。衙役阻挡不让进，指着大堂，说正忙搓麻将呢！还说有吩咐，哪个来告状，让先赶走。都熬几任县令了，还没见他这种人！康文盛拿起鼓槌，递给了康路畅，让他敲堂鼓！咚咚咚，堂鼓猛然响了起来。

袁县令眉毛一屹蹴："你娘的，扫兴致！"班头献媚说："大概守门解手了，我去看看吧！"袁县令愤愤地说："赶走哩龟孙！"衙役头匆忙走出去，见衙役还倚门立着，便大声呵斥："那是小孩耍拨浪鼓？哪跑来的野狗呀？"康路畅冲进了衙门口，一脚踢到衙役头的前裆里，他捂着下身吆喝着："哎呀呀，我哩亲娘啊！"鲁海啸说："你娘没在那拱！"班头再抬头，康文盛几个站面前。衙役头忙打自己嘴巴说："不知道大人到，小人嘴里该扔屎！"康文盛说："跟着好人学好人，跟着死婆子吓假神，你们这样子，给百姓能谋啥福利？"班头巴结说："人袁县令爹吏部任大官，谁都没放他眼里！"

康文盛进了大堂。袁县令乜斜眼睛说："先等会儿，等这盘结束了！"衙役头站着，胆怯地看着康文盛。袁县令面无表情赛屁股，还坐那接着打！康文盛走到牌桌旁，说："天塌地陷了，还有心耍这？"袁县令说："今日有酒今日醉，哪管明天喝凉水！"康文盛骂了声："你娘的！"一下掀翻了八仙桌，呼呼啦啦，麻将骨牌滚一地。袁县令恼怒地跳起来说："咆哮公堂哩？"康文盛说："老百姓被土匪杀死野地里，你都不去管，像个县令吗？"袁县令哈哈冷笑说："野蛮，来人，先捆了他！"师爷说："康大人可是四品啊！"袁县令一声喝："我怕龟孙哩，他给俺爹提鞋也不中，捆！"康路畅一把揪了他头发，扳扭了他的下巴颏。袁县令脸扭曲着，仍吆喝："反了，快，全部捆他们！"衙役们谁也没行动。康路畅说："再驴叫，把你脸拧得和屁股一个方向，吃自己屎就方便了！"袁县令疼得直哎呀。康文盛让路畅松了手，说："民众养你这官，能如养头猪吗？能如养条狗吗？"袁县令说："现在官官，大小都糊弄，我不顺风走，谁承认是好官？"师爷又说了番好话，才平息了这战事。到了后堂里，袁县令还替自己辩解说："家父有名言，升迁不升迁，不看政绩轩不轩，不在众口咋评判，关键是上头咋牵线！别说小小知县了，就是皇帝身边的大员，做事认真被提拔的有几个？"康文盛叹息道："你还年轻，我奉劝你，当官一处，办好事一路，将来就是不混官场了，听到百姓好评，心里是啥滋味？如果当官一路，白酒喝了一肚，坏事做得无数，名声比屎还糊！心里又是啥滋味？"袁县令说："照你说，咱还得办点正经事儿？那就办，你给指点指点！"康文盛说："最关紧的，防捻子侵扰！"袁县令说："那中呀！"

突然，衙役头慌慌张张来了，说有人快马来报，过来帮捻子，快到明月坡了。袁县令说："越说怕，狼来吓，准备逃吧，这次估计不是那次了！"袁县令慌忙出了后堂，只剩下了康文盛。这时，鲁海啸和康路畅也跑进来。鲁海啸说："干爹，咱干脆也走吧！"

街道上，有人敲起了铜锣，吆喝着报告敌情。百姓纷纷背着包袱、牵着牲口，大人喊，小孩子哭，朝城门口拥去。兵勇冷冷站一旁。看着挤扛的人，康文盛走到兵勇头跟前，说："也不管管这场面？让百姓往哪跑？"兵勇头说："天上下冷子，各顾各的头，连县令都带家人，出北门过洛河溜之乎了！""不可能，刚才我们还一起呢！""不信？你回去看看，他还在不在？北城门跑的都是脸面人，老百姓有几个能抢坐船！有脸面者一跑，北城门就闭了。"康文盛很气愤，说："不管百姓不管兵，要这狗官干啥呢？"康路畅也催爹走，康文盛说，不走了！康路畅吃惊哦了声，鲁海啸也惊恐地张大了嘴。康文盛说："得有人在这组织百姓啊！若不然，土匪一来，还不背亏？你俩，谁来担当这重任？"康路畅说："破上了，我来！"鲁海啸也说他来。康文盛说："海啸外地人，怕人心不服，路畅呀，今天让爹看看，你咋日弄哩？"

城门楼下边，兵勇头还站那，康文盛走过去，自报家名。兵勇头说早知道了！康文盛说："甭让百姓乱跑了，这样容易出大事！回头，我给你们犒劳，我让儿子康路畅在这协助你？"兵勇头说："钱是好东西！但命比钱主贵，命都没有了，要钱做啥用？袁县令都蹿了，俺会在这憨狗等羊蛋？等一会儿，俺们也撤青龙山了！"康文盛听了很无奈。康路畅登上了城门楼，掂个破铁盆敲一阵，朝下呼喊着："别跑了！别跑了！"有百姓停下来，抬头看着他。鹤发童颜个老汉嘟囔着，谁家的孩子，跑那上边逞歘能？城门楼下边，康文盛也吆喝："乡亲们，上边是我儿，让他领大家，闯过这一劫！"鹤发童颜长者认出了他，说："捻子快来了，你咋还在这？"康文盛说："不敢盲目跑，只要城不丢，大家就安全！"众人纷纷说："好，康先生就说咋办吧！"康路畅吆喝："马上关死城门，把狮子社大鼓铜锣拿出来，我有办法退敌人！"鲁海啸说："他弄啥？"康文盛笑着说："好，咱走！"

片刻，他们已站到了洛河大堤上，康文盛仍不时扭头观望突兀的城墙处。人们正插五彩旗，还传来了大鼓铜锣的喧嚣声。鲁海啸喊："干爹，咱快上船吧！"康文盛转身下河堤，朝绿柳依依的洛河边走去。他们上了船，船还没动。康文盛也催开船，船老大说还差个人呢！康文盛笑了："听锣鼓热闹吧？我让路畅领着耍哩！"船老大满脸困惑相。

县城里，敲锣打鼓者都肃严。康路畅指挥着，锣鼓节奏且动听。城墙上有人在瞭望，注视明月坡来官道上。果然杏黄旗飘来，后跟捻子百十人，衣衫褴褛，胳夹红缨枪大刀片。捻子抬头看城墙，彩旗飘扬着，城里锣鼓喧天的。捻子头目困惑说："这里边人做啥？"身旁匪徒摇头说："你问我，我问谁？"这时候，康路畅带些年轻人登上了城墙。顿时，有人推土炮瞄准捻子，有人土装开了枪。捻子刚丢些兄弟们，看这里形势更严重！头目吆喝着撤退了。

康路畅巧计退敌，叫响了河南府。这天，和暖明媚的阳光下，一队化装彩服人，随着响亮的锣鼓声，从洛河滩朝康店村舞过来。队伍前一块大木匾，上书：诸葛再世，勇退敌兵。看热闹者拥簇着。一个老太太问，这是弄啥哩？一老汉答："表彰康路畅呢，他领着县城百姓，把捻子队伍吓跑了！"老太太说："老子英雄儿好汉，小孩子咋就恁恶疾！"老汉答："有志不在年老少，只看心气儿到不到！"

康文盛迎接了过去，鲁海啸和康路畅接了匾。鹤发童颜长者，一下拉住了文盛的手说："多亏你家公子，要不，县城非让土匪给毁了！"康文盛说："我也是让儿子知道知道，什么是百姓最需要的人！"说过，康文盛皱紧了眉头，他在想，捻子再大批拥来咋办呢？抓紧再建个防匪寨子很必要，他又想起了当年高师傅说过的金谷堆。

这天，夕阳一派圣洁的光芒，山田村庄一副庄严，金谷堆突兀村南天地间。村里执事人聚集山峰下，商议开工事宜。康文盛抬头观看，山峰背洛河一面，有条羊肠小道，圪针铺天盖地。康文盛说："咱上去看看吧！"逯小柱说："走！"鲁海啸最前，其他人紧随。鲁海啸如只山羊似轻巧，抢起砍柴镰，杀砍酸枣圪针开路。这时，一只苍鹰半山腰盘旋着，"咯呜咯呜"叫声很震撼。终于站到了山顶上，夕照中，山峰呈出辉煌的金色来，真像一大堆金谷穗。上边概三十亩，酸枣圪针一人高，白蒿茅草齐腰深，还有几棵苦椿树。指头肚大小的酸枣果，红压压地连成一片，如串串鲜红的玛瑙珠。康路畅摘了几个，咯吱咯吱嘴嚼着，龇牙咧嘴说："酸甜啊！"逯小柱说："我们小时候，这儿收过酸枣！"

金谷堆好似雄狮卧在那，细听康水的弹琴声。东看，洛河似匹绸飘带，白帆船儿悠悠行走着；洛河再向东，苍茫的丘陵连接嵩山；北宋皇陵区，松柏林像似绿色的海洋。北看邙山连绵起伏似浪涛，一直伸展黄河边，北岗古来的黄连树，似巨伞撑着；朝西和南边张望，望不到边的邙山，点缀着绿树掩映的小村庄……

康文盛说："怪不得高师傅定点，虎踞龙盘，大气势太好了！"康路畅说："以后就叫金谷寨吧！"康文盛说："中死了，站这上面，四边来敌，远远看得青枝亮蔓！好赖弄两把大刀把住路口，谁就是安上翅膀，也难飞上来！"逯小柱说："和平时，可建成学校，让孩子们安静读书。有战事了，可以藏百姓。"康文盛说："明天，张大仙也抬这看看。海啸再给画张图！"

一切准备就续，这天，太阳高挂着，噼里啪啦响过鞭炮，奠基仪式结束。继而，就有人挖土，有人独轮车推土，有人修路。继而，山顶上开始修建房子。太阳辉映下，从山下往上望，一个个剪影似的人，站在架木上干着活儿。山下修路那儿，有人唱着夯歌打夯。有领也有和，配合夯的落地扑腾声，让洛河过往船上客，估不透这儿正发生啥大事儿。

袁县令日子仍舒坦，坐着太师椅，聚精会神在读书，不时嘿嘿地笑。师爷领着康文盛，匆匆走进来。袁县令头也没抬，发话说："快来看！快来看！这写得多精彩，就跟真的一个样，快去叫我那小夫人，让她也看看，人家咋玩床上把戏哩！"康文盛走到他身后，接了他的书，是本《肉蒲团》。康文盛惊讶地"哦"了声："你咋有心看禁书？"袁县令也惊讶说："咋是你？"他又面对师爷说，"康大人来了，你咋不通报？我还想是你独个呢！"师爷说："你不是说认真学习时，进门别叫你吗？"袁县令说："当然了，读书很紧要，治国嘛！快，给康大人上茶啊！"袁县令让康文盛稍坐，他却着急跑茅厕去了。

　　师爷冲了茶水，袁县令过会儿回来，搓着双手说："可不是咱对这烂书感兴趣，是想深刻探讨下，将来写篇文章，说说毒在哪儿！"康文盛说："恐怕文章没写出，你浑身上下成毒疮吧？"袁县令脸红了："如果成极端下流了，早提拔成大官了，哈哈哈哈……"康文盛一脸严肃，问："知道找你啥事吗？"袁县令说："上一次，如果不是贵公子，县城就遭大殃了，我还说怎么感谢呢！"康文盛说："好多绅士撺掇我，要一同上边控告你，面临危机，你却带头脱逃，不管老百姓死活！"袁县令说："我已知错，往后定将功补过，谁要诓人是鱼鳖，千万可别告小人！"康文盛说："匪患还紧急，督促各村修寨墙，弄好了，你的威望可提高！"袁县令点头哈腰说："一定定！"康文盛说："各村团练快拉起。"袁县令说："一定定！"

　　认真商量好半天。送走了康文盛，袁县令就叫来了师爷，说："我该吃木几天了，下步棋商量该咋走？"师爷很吃惊："日头西边升起了？姓康的搪塞走就行，何必当真哩！"袁县令说："弄不好，他真会勾连绅士们，把我帽翅给摘了！"师爷说："老爷真是明眼人！不打勤，不打懒，专门打那不长眼！下步最好贴告示，再召全县绅士们，让他们出点血，让百姓出点力，说到了，做不周全，不能光埋怨你！"袁县令说："无利不起早，没好处，谁出那四两力呢？"师爷说："这就看你咋舞弄！每村都建寨，不是老现实，附近几村合建寨，大把钱掌握到你手，说是县里再补些，这里边就能做文章！"袁县令立即站起来，连拍脑瓜说："哎呀呀，我咋就没想到呢？"

没几天，康店村墙上贴了张《防匪告示》，一群人观看着，有人督促列礓，虚他识字多，让给大家念念吧？杜列礓说，中！袁县令说了，捻子这段似疯了，湖北安徽闹翻了天，有趋势要大传染到咱这！袁县令说了，有钱出钱，有力出力，各地要高筑墙，广积粮，修好寨子防捻子。这次，县里还要出银子，对穷村实行补助呢！

听了列礓讲，大家就议论，危急形势撩拨人心。杜列礓突然有想法，决定要帮袁县令，督促修寨防捻子。他立马找到康文盛，康文盛听了他想法说，不想出钱者要恨死你！杜列礓摇头说："俺想学先祖杜甫，天下大事做己任！""有人就是家藏金银山，也不想助人毫厘，你能说动他们吗？""拦不住咱能摇旗呐喊吧？""有些小心眼儿，你要撕破人的脸，人家会如意？""我定要火炭暖热冰凌心！""哥担心你推不动老磨扇，还白挨一顿磨杠子！"

杜列礓说："双管齐下吧！我想编个莲花落，到处说！我就是想让富人都学你，安得广厦千万间，大庇天下寒士俱欢颜！"说完，杜列礓就走了。康文盛自语，犟筋日死驴啊！

第二天，一个大村古皂角树下，杜列礓站在石板上，用嘴代替竹板子：呱嗒嗒嘣，呱嗒嗒嘣，说说咱县袁县令。告示一张贴，震得底下都晃动，匪灾就要淹过来，咱咋能稳坐家里没反应？墙高筑，寨子成，气得土匪肚子疼。呱嗒嗒嘣，呱嗒嗒嘣。咱睡大觉吃油馍，管他土匪瞎折腾。老少爷们您想想，咋能才有这情景？要花钱要出力，两样缺一都不中！有钱的腰包好赖摸一摸，大家抬夯"咚咚咚"，寨墙噌噌往上升，呱嗒嗒嘣，呱嗒嗒嘣……一穿着阔气的绅士扭脸就走，临走留下一句话，说话不嫌腰疼！一年轻人说："看，扎住鳖血了！"杜列礓继续说着：力量齐是泰山移，我不信他能怎小气，钢刀架到了脖子上，看他还学那铁公鸡？呱嗒嗒嘣，呱嗒嗒嘣。有年轻人也学着杜列礓，扭动着身体说：难啊难！逼急了，他宁肯跑着去跳河，去上吊，头往墙上碰，也不愿出那一分铜！呱嗒嗒嘣，呱嗒嗒嘣。

大家嘻嘻嘻地都笑了……杜列礓当了义务宣教员，袁县令也鼓着精神气。这天，他带着十几个绅士，站到了金谷寨下边。袁县令指着说："大家都看看！这就是榜样啊！"那不想听莲花落的绅士说："人家康大人，汗毛比咱腰还粗，佩服啊！"袁县令让康文盛说说，说兴许能启发大家哩！康文盛说："中，小股捻子过来两次了，我们没倒大霉，那是万幸。怕捻子再像蝗虫飞过来，通过老少爷们商量，又修建了这金谷寨，没下雨先备伞吧！"那说风凉话的绅士问："你们咋分摊钱呢？"文盛笑着说："俺村人都平和，我出钱，大家出力，事就弄成了！"那绅士说："我们那，百姓又不想出钱，也不想出力，事情难弄啊！"杜列疆后边看热闹，这会儿走到那绅士前："这位说得可不对，我去你村搞鼓动，老少爷们热情可高了！"那绅士脸红着，张口结舌没了完整的话。康文盛说："他是诗圣的后人，和他祖先一样，都一心为民众啊！"那绅士皱眉无语。袁县令说："山寨上再看看吧！"

没想到，捻子要打来的消息真到了。雾气笼罩的早晨，黑铁塔被反绑着，几个团练押着他，往神龟园走来。路人投来奇异的目光。黑铁塔反而对人笑着说："我来串亲戚，康文盛是俺干爹！"人们发出嘻嘻嘻的笑声。"嘘，看你比文盛还大哩，就编吧！"这时，鲁海啸从神龟园出来，黑铁塔喊叫："海啸兄弟！"押送者发了愣。鲁海啸说："哎呀，你咋跑这来了？"黑铁塔说："我有急事找干爹，才下船就被他们绑毬了。"鲁海啸说："自己人！"押送者马上给松绑："兄弟对不起啊，为防奸细，让你受委屈了。"黑铁塔说："能提高警惕，俺就放心了，我破死跑来就为这！"

康文盛在屋里，还开导杜列疆说，在劝他别说道去了！杜列疆却说是精诚所至金石为开，还说百姓可欢迎他了。康文盛说，提防狗急跳墙啊！这时，鲁海啸走进来，说来个重要人物，洗了脸就来！康文盛惊讶问是谁。鲁海啸说来报告捻子最新消息哩！杜列疆见有客人，就要告辞。康文盛说，你别走，你还要鼓吹去，就听听新消息，不是也可张扬吗？康文盛嘱咐鲁海啸，再叫村里几个执事人，也来听听。

没多大会儿，议事堂里坐了执事人。黑铁塔说："我带小刀会几个兄弟，外地去办事，被捻子劫持了。原来，我还当他们一心为百姓，谁知道，他们只要看谁不顺眼，抡刀就砍杀，要饭的也拾掇。入了那队伍，搞了人盯人，谁想逃跑就给杀了。"康文盛说："拣重要的说，别拉起簸箩乱动弹！"黑铁塔就说起逃跑那夜晚——

月亮冷冷清清，星斗闪闪烁烁。黑铁塔从座草房里懵懵懂懂走出来，转到了墙角处，准备小解。突然，有人的说话声，让他警觉了，他悄悄朝黑乎乎稻草垛走过去。一撮子头目说："下边咱去哪捞银子？"另个说："河洛康百万家吧，搂他一家伙。"再个接着说："就是，弄住个锢露锅的，超一拨拉钉秤的！"前边那头目说："中，康百万肉厚实，咱派去一大拨拉兄弟！"黑铁塔一机灵，蹑手蹑脚钻进了玉米地……

黑铁塔说："我没敢停留，怕这边没丁点防备，遭受大灾难！"康文盛说："不怕贼偷，就怕贼惦记！从现在起，一点都不敢麻痹！"黑铁塔说："我对那几个兄弟不放心，怕他们没了我，再出岔子事儿！"康文盛说："你快走吧！但要记住我的话，为百姓要多做点功德事！"

天空被黑云笼罩，传来了沉闷的雷声。康文盛看看外边说，怕是要下大雨了！

倾盆大雨真来了，狂风怒吼，树木剧烈摇摆，一连两天，洛河暴涨了，水流打着漩拥挤着朝下游奔腾。康文盛披了黄油布，鲁海啸跟随着，河滩柳树行那去巡视。

一只船浪里颠簸着，朝这边漂来。鲁海啸指着船说："干爹，你看！"康文盛给旁边团练说："眼要瞪得铃铛圆啊！除了船，还要看好上游漂来啥东西，如果有人，一定想法救！"回答："知道了，再往下，一入黄河，小命就难保！"康文盛说："救人一命，胜造七级浮屠！"说着，忽悠悠那船儿靠了岸。鲁海啸跑着迎过去。原来是康秀才桂生来了，他撑着黄油布伞。鲁海啸说："咋是你呀！"康秀才大声问："大掌柜在不？"鲁海啸说："下恁大的雨，你先回去歇歇，干爹一会儿也回去！反正，你今天也回不到禹州了！"康秀才就先回家了。村里传来铜锣声，还伴随吆喝声："老龙王发怒了，要看好门户，可别让孩子乱跑了！"

外滩老柳树树杈上，成了团练们的观察点。鲁海啸指着河里说："看那麦秸垛上趴三个人！"康文盛对几个团练吆喝："你们快游过去，想法把那些人弄上岸！"几个人扑通通跳进洪流中。康文盛老树上还看着。团练们游到麦垛边，推着麦秸垛，朝着岸边慢移动，到了缓水处，几人叠罗汉爬垛顶，一一接下了吓傻者，搀扶着上了岸。突然，鲁海啸又吆喝："漂下块木板，上边像似趴个人！"康文盛吆喝："我比你们水性好，看看去！"他甩了衣服，跳进了急流中。几个大甩手，康文盛划到了木板旁，是扇木门板，上趴个老太太。康文盛努力推，门板到岸边。康文盛喘粗气，对鲁海啸说："快，背咱家，烧姜汤喝！"鲁海啸跳下老柳树，背起老太太，朝神龟园处跑。

康文盛洛河边回来，康秀才给他说，爹去年去世后，他暂时招呼崇义德，这段闹捻子，出现了大萧条。康文盛问他啥想法？秀才说，试了这一段，做生意他难摁住心，请求派去个执事人，他还想静心教学生。康文盛问："那边派去的几人里，谁能担起那挑子？"逯小柱说："最好从开封再派个，禹州许有发展头！让那狗蛋去！"康文盛说："他在钱庄当外跑，少不了的大角色！"逯小柱说："可再调换个，开封毕竟安定些，狗蛋脑子特灵转，把握禹州最合适！"当下这就拍了板。康文盛又说康秀才："桂生啊，平静下来后，咱这边也准备弄个新学堂，地点设在金谷寨。你带着金花来，到这招呼吧！"康桂生爽快应允了。

到了天色微黑时，鲁海啸进来说，那老太太醒过来，说洛阳知府是她女婿。康文盛很惊奇，竟有这等荒唐事儿？鲁海啸说："她唠叨要见你这大恩人呢！"康文盛说把康秀才安置好，就去去见那怪老太。夜色渐渐沉重了，窑洞里铁鳖灯光缥缈着，韩菊兰、王黑妮、翠莲坐床前，床上躺着那老太。听到有了脚步声，老太太大声询问道："救我那恩人来没有？"康文盛应答："俺来了！"老太太挣扎着，被翠莲、黑妮扶着坐起。她说："快过来，让我瞅瞅，我一定给女婿说，让他提你当县官！"康文盛哈哈大笑。老太太说："俺是真心话，哪鳖儿跟你说瞎话？"康文盛站到了床前："老婶子，我信啊！"老太太说："那咋还笑？"鲁海啸说："俺干爹现在就是四品官！"老太太咦了一声："怪恶疾哩，恁大的官还是好凫手，我女婿还不会凫水哩！"康文盛说："以后给皇上说说，考科举先考凫水，不会凫水不叫他当官！"老太太咯儿咯儿就笑了："中，当官要先考凫水、上树、捉鱼、做饭！"说得大家嘻哈哈笑了。康文盛问："婶子家住洛阳城，咋也会被水冲这哩？肯定家仆没照顾好？"老太太说："俺住在洛宁山里，山水下来了，没来及跑，抓块门板抱死了。不是力气大，好赖扑腾两下，怕早让龙王收去当厨子了！"康文盛想她咋会住山窝里？说："大难不死，必有后福！你那闺女怕还不知道吧？"老太太说："她洛阳城吃香哩穿光哩，咋会知娘遭这难？"王黑妮也问她，咋捞个恁好的女婿哩？"说起这事，笑死人，有福不在忙，无福跑断肠！"老太太说，"我那好女婿，钻牛角的大情种，姑是当今皇太后，给他说过了几个妞，他却硬要自己找。"

一个丽日天，峦峰起伏，竹林连绵，溪流潺潺流淌。竹林小道上，洛阳知府骑匹马，一个随从跟后边，还跟了一只黑狼狗。他们山里耍狩猎。这会儿，一个美丽的村姑赶群羊，土调唱着悠扬的歌：红艳艳日头照山坡，小大姐赶羊出了窝，小山羊活蹦乱跳咩咩叫，老绵羊哼哼缠裹脚，溪流哗哗哗拍手笑哟，小鸟儿争抢着把话说……知府叫停了牲口，听得入了迷，对随从说："这歌真好听，似玉片碰撞的叮当声儿！"随从说："像敲细瓷碗的灵脆声儿！"知府拍下马屁股："走，看看那妮子去！"明目皓齿那村姑，山坡上大方站立着。知府赶快跳下马，感叹说："我哩娘啊！"随从纠正说："大人，她是大小姐！"知府直感叹："深山出俊鸟，竟有恁美的人！"村姑大大方方地，问他是哪来的客？随从指知府："河南的知府大人！"知府补充说："俺名叫那拉。"说过，死眼子直盯盯看村姑。村姑说："原来是个官儿，强似卖水烟！"说过，咯咯咯地笑。那拉说："很好！很好！俺喜欢你这泼辣女娃！喂，配对没有？"村姑毫不拘束答："还没哩，俺才十六岁！"那拉说："咦，正合适！愿不愿意跟我成一家？"村姑捂了脸："俺哩娘啊！不过，你让俺当小，打破天俺也不愿意！"随从说："包准当大婆！"村姑说那也将就！那拉当下跳下马，就地翻了俩跟头……

老太太嘻嘻笑着说："就这样，没媒婆，没勾挂，当官女婿到手了！村人都说我，半路踢住个料布袋，做梦打晕锤抓了大财神！"大家听了，也笑成一片。康文盛说："这几天，恐怕捻子会侵扰，你就住在这，只当自己家，想吃啥，缺少啥，甭客气，说了有人送过来！"老太太又是笑："看，我的命也好，让水冲了这么远，竟然遇到恁好的人！"韩菊兰说："都去，让俺姐妹俩再说会儿话，我看俺俩脾气投！"

雨住了，天色仍然阴沉沉的。鲁海啸匆忙来找康文盛，说跑来了一些阔士绅，蹿咱这儿躲捻子，看看咱们留不留？康文盛说："人家遭了难，求到咱这来，留！你先把人领交给管家吧，然后再叫村里执事人，赶快到金谷寨去！"

逯小柱正看账，康文盛走进来，说："听说捻子都破郑县了，估计三两天到咱这！"逯小柱说："那得赶紧安置米面，这边神龟园，那边金谷寨，准备足足哩！"康文盛又说，来了逃难的，让他安置好。逯小柱答应去铺排，却提出，绅士们最好别留下！康文盛说："那把他们往哪推？""最好推往洛阳去，毕竟府衙在那边！不是吃喝管不起，关键是后患无穷呀！光本村和附近百姓够多了，外边人再拥来，咋舞揽呢？"康文盛说："当大驴驮大载，千万别劝人家走，咱要尽力而为！我这就去金谷寨，路畅毕竟还年轻！"

康文盛上了金谷寨，和路畅站在山寨顶，东看滔滔洛河水："眼看要玩真，捻子可不是善茬人，对付可要费心劲儿啊！"康路畅说："一群野狼！下边寨门要守好，洛河沿难守住了，再退守这山寨！好在，俩寨子地道连通着，随时互助能支援！"说着话，杜列礓和康广才几个人，也都来到了金谷寨。杜列礓头上缠根白布带，康文盛盯着就询问，头上咋有白补丁？杜列礓苦笑答："让狗咬一口！"康文盛说："狗都恁厉害，蹿到头上咬哩？"杜列礓说，大前天，他又到南乡说告示，天黑急忙往回赶，过条路胡同，谁砸了一家伙！""看遭报复了吧？""人的命，天注定！不是下大雨，我就又去了！"康文盛说："你呀你，犟筋日死驴，还说驴该死！"康广才问还商量啥事儿哩？康文盛说："捻子快来了，看看咋铺排！"快半晌，天气忽然转晴朗，阳光颇明丽，河水仍然很汹涌。团练们河边巡逻着，康文盛、杜列礓也在河边转，鲁海啸跟在俩身后。杜列礓说："逃难那士绅，鳖样缩着脖儿。"康文盛说："胆让吓破了。刚才我出来，几个老者还拉住我，死活拦我留在家，说是今天恐怕有恶战！"俩人正说着，一艘红官船划过来，兵士全副武装站上边。康广才告诉团练们，照护好，防住捻子耍把戏！船舱却钻出了袁县令，他朝大家招着手。康文盛告诉团练们，不是贼船，让大家壮起胆子来！

官船靠了岸，袁县令带着家小走下来。康文盛问："咋，带着家小巡视哩？"袁县令笑了："康大人，我借宝地来了！"康文盛问县城出啥大事了？袁县令说："目前还没有，本来得消息，捻子今天攻县城，后来官军围过去，那帮土匪已逃窜。看样子，他们还会来骚扰。你这高寨大院保险，把家交你了，我要全心守县城！"康文盛吩咐海啸，把袁县令家人送回去，交给他干娘，一定关照好。鲁海啸扛了布包袱，领着袁夫人和孩子，朝着村里去了。

送走了红官船，杜列礓说："文盛兄，我准备明天还去宣讲哩！"康文盛说："眼看箭都上了弦，就是绅士们愿捐钱，这次还顶用吗？""你没看到，防匪可不是一半年，白莲教没了，又来了捻子，捻子走了，许还会出现啥毒气！朱元璋皇上就说过，筑高墙，广积粮，现在也该这样啊！""还死钻牛角尖！"杜列礓嘿嘿笑了。

雾气腾腾大清晨，杜列礓肩背褡裢，走着傍洛河的贡梨园路，他大声唱诵着诗圣的《兵车行》：车辚辚，马萧萧，行人弓箭各在腰，爷娘妻子走相送，尘埃不见咸阳桥。牵衣顿足拦道哭，哭声直上干云霄……他哼唱得正得意，梨树园蹿出条黑影，大声叫道："杜列礓！"他习惯性地应个"哎"，又机警地左右张望，黑影胳膊勒住他脖子，手执刀子猛刺击。杜列礓便如根糟木头，扑腾倒在了平地上。

太阳升起来了，康文盛、鲁海啸沉着脸，匆匆赶着路。张大仙发现了杜列礓，捎去了坏消息。康文盛终于看见了杜秀才，一条苇席遮盖着。张大仙说，大清早，他从梨园走出来，河边看碰钩弄住鱼没，走到这儿吓一跳，还以为哪醉鬼，爬到路上做春梦？谁知走近一看，地上流了一摊血，他给盖了一条席！张大仙递给一纸条，说是半截砖压在秀才旁。康文盛看着那纸条：康文盛和袁县令的狗，好好出出血吧！康文盛心想，纯治好人啊，还了得！他委托张大仙还看着，到县城报案去了！

县衙后堂里，康文盛说了案子。袁县令说："还有这等事儿？康大人放

439

心，我马上就派人去查！"康文盛说："事情乱，没工夫陪你说话，这事儿就拜托了！"袁县令说："捻子的事儿，都看你旗帜咋摆呢！"康文盛捧拳告辞了。

康文盛心很痛，送杜列疆安睡诗圣旁边了。少了个好朋友，心里空荡荡的。这天，他闷坐屋里抽水烟，王翠莲风风火火跑进来，说："叔呀，我到处在找你！"康文盛笑了，"你这闺女呀，一惊一乍的，和快嘴李翠莲一道劲儿！"王翠莲说："我认识李翠莲，孝义街上卖过梨，人家账头可清了！"康文盛不由哈哈大笑。王翠莲说："笑啥哩？"康文盛说："戏里的人，咋能孝义去卖梨？"王翠莲认真地说："俺说那是真人，人叫李翠莲，跟俺同名不同姓！俺奶叫你快去她窑里！"康文盛说："马上就到！"

康文盛到了娘窑里。韩菊兰说："这婶子非要走不行，咋劝也都没用！"老太太说："明天无论如何都要走，我自己地奔，沿着洛河往上走，肯定能找到俺的家！"韩菊兰说："俺有啥地方没做到，你就直说嘛！"老太太说："老天爷，可甭这样说，你对俺再没怎好了，天天给我喝鸡蛋荷包面汤，看病先儿来了一回又一回，光鸡蛋一天吃几个。我是害怕家人急！前几天，文盛说要打仗，这几天不是没打吗？"康文盛接了话把说："你一定走，明天我送你！"老太太说："下雨掉点哩，小蚕结茧哩！"康文盛说："唾沫落地保成钉！"老太太仰天大笑起来。

煌煌日光里，两辆马车黄土路上滚动着。一旁邙山逶迤，另一旁洛河滩地铺展。银带似的洛河里，因战事，偶然有扬帆的货船驶过。前边车里，鲁海啸头从窗外收回来："干爹，你恁忙，咋还亲自送这老太婆？"康文盛正眯缝眼睛打盹儿，抬起了头，说："人活世界上，处理好各种关系，是最要紧的事儿，关系谐和了，一顺百顺；跟人关系疙疙瘩瘩，就是有日天本事，也会让你碰得鼻青脸肿！"鲁海啸说："光棍大，朋友架！诸葛亮、赵子龙，不也都这样吗？"康文盛说："那当然，从古到今，能力高强者不知多少人，但关系没到，难让他露脸！上天给的机会，咋能不用哩？"鲁海啸说："如果那老婆说的都是假话呢？"康文盛说："救人救到底，积德啊，咱能损失啥？"鲁海啸说："这些天，你也太劳累了，我给唱几句吧？"康文盛说："中呀，唱啥？""就山东快书吧？"他清了嗓子，"俺可没钢板，就用嘴了！"康文盛笑眯眯地点点头。鲁海啸唱：

　　哨咯啷哨、哨咯啷哨。黄海大黄海宽，黄海里水多比盆满，十大盆水也盛不了个海湾，哎，大实话。哨咯啷哨、哨咯啷哨。打西边来了个王老汉，家住在缺水的戈壁滩，站到了黄海边直感叹，哎呀，我哩娘啊！水这么多，水这么满，远处连到了天里边，这一次，俺一定要好好洗洗脸，再然后，趁住把脚涮一涮。可千万别让谁逮住，弄脏水人家要罚钱。

　　康文盛哈哈哈大笑说，好听，好听！

　　后边车里，王翠莲看老太太塌蒙着眼睛想瞌睡，就找话说："老奶奶，你洛宁那山大不大？"老太太答："可大了，生人还会摸迷哩！"王翠莲问："山里有狼没？"老太太答："有，可多了！"王翠莲问："狼还吃人吧？"老太太答："兔子獾能吃得它打饱嗝儿；冬天，寻不到野物了，它才吃人改善生活哩！"王翠莲咯咯笑着说，怪有意思哩……

　　日头正当午，马车停到洛阳知府衙门口。鲁海啸走到衙役跟前，说康文盛大人要见那拉知府。衙役直摇头，给鲁海啸咕哝些话。鲁海啸又返回车门口说，那拉大人回洛宁办大事了！康文盛下车，掀开后车门帘说："老婶子，咱真得回洛宁了！"老太太说："女婿敢不让我进，看我闺女不撕烂他的脸！"康文盛解释说，她女婿和闺女都回洛宁了，说是办啥大事了。老太太说："大侄子，你就甭去了，让车把我送去就行了！"康文盛笑着说："半路狼要吃了你，我可赔不起！"两挂车都转过了头，朝另个方向走着，衙役们奇怪地看他们。

　　咯咯噔噔的道路上，两辆马拉车不慌不忙前进着，后来进入了大山里。歇息、吃饭，也不知道什么时候了，老太太突然爬下车。鲁海啸探窗外张望着，看见了老太太下车，连忙告诉了他干爹。康文盛吆喝车把式停了车，俩人也都下了车。王翠莲说："我拉都拉不住她，说啥她要硬下车！"康文盛问她为了啥。老太太说，要到村里了，还坐这车上，人该说她太烧包！大家听了哈哈笑，吓得树上鸟儿扑棱棱地飞跑了。

突然，传来了凄婉的唢呐声。老太太惊讶地说，俺村谁家办丧事？康文盛郑重地告诉她："老婶子，到家了，我得跟你说，洛阳府衙役都说了，你女婿们回来办丧事。"老太太惊呆了，王翠莲连忙搀扶了她。老太太突然哭号起来："我哩老头子呀！我还没有回来，你咋可走了呀！你心口老是疼，我不叫你吃凉东西，你龟孙凉粉硬吃两大碗，啊啊啊！"

康文盛站在山包上，远远地，就看见了山路上几个人抬口黑棺材，后边是白花花的送葬人，唢呐声哭声混合着，朝大路这边走来了。一女子扯着嗓门大声哭："我哩娘啊！娘啊！"另有人或哭姑或哭婶，抑扬顿挫节奏。康文盛拍下老太的肩："老婶子，甭哭了，不是你家人，死者是女的！"老太太连忙擦泪，吃惊地说："咋，我哭错了？"安葬队伍更近了。老太太突然挣开人搀扶，跑着下了小山坡。她跑到送葬队伍中，不由分说拉住了痛哭个女子。那女的揭开奤脸白孝布，突然惊愕地喊叫着："我哩娘啊！你咋在这呀？"送葬队伍马上乱套了，都停下来看老太。老太问："你们这是埋谁呀？"闺女说："都说你让山水冲跑了，死定了！"老太太瞪大眼睛，跳着脚："中，棺材撬开来，我就睡进去！活着碍你们啥事了，就这么咒我哩？"那拉从后边走过来，扯了头上的孝布，指着侧面山崖说，快把棺木扔山沟！这时，一个老汉跑过来，乞求道："把它放前边树林吧，让我弄回去，将来我好用，一水的好柏木呀！"抬棺木者说，"那你可要请客呀！"老汉说，"一定定！"那拉又走到老太旁，说："岳母甭生气，一咒百年旺！你去龙宫转一圈？就成真神仙了！"老太太指着山上的康文盛，说："是人家救了我，我还要认他当干儿哩！"

康文盛笑嘻嘻地从山坡上走下来，说："当着众乡亲，我可给老干娘磕头了！"康文盛就跪到了地上，硬实实地磕个头。老太太咯咯笑，说："看看，我让冲走值不值？还捡了个财神当干儿！"那拉说："走，我要请你们喝酒呀！"康文盛趴他耳朵上："大人，你可真孝顺啊！"那拉知府哈哈笑，也趴康文盛耳旁说："逢场作戏嘛！"那拉夫人突然跑过来，给康文盛也磕了一个头。康文盛说："咦，咋这样嘛？"那拉说："你救了她亲娘，她认你这干哥哩！"

四十

县衙后堂里，袁县令又在看《肉蒲团》，师爷脸色严峻，站到了桌案旁。袁县令问："那案破了没？"师爷说："听说还没呢！"袁县令说："那就先放放！力气先用到防匪上！"师爷摇头说："还应抓紧破案，有一石二鸟之功啊！"袁县令惊讶地说："梦话吧？让我摸摸你额头，发烧不发烧？"师爷嘻嘻笑着："想想，谁会跟杜列礓有仇？就是因为他四处讲说告示，宣扬你的功德，得罪了些琉璃公鸡士绅，才遭的毒手啊！""有意思，继续说！""大人该亲自出马，士绅就几个，还用咋排查？等案子破了，能打一儆百，你也立下大功，也四两拨千斤了！"袁县令拍下桌子："还是你龟孙老姜辣，按照你的阴谋办！"

洛河渡船上，袁县令身着便服，旁边坐着便衣的班头和师爷。袁县令想挨艄公旁，老艄公说："下边站，板舵碍事的！"袁县令笑着说："俺想向老先生打听点事。"老艄公说："也中，委屈您坐低点，别让舵杆给头打个鸡蛋疙瘩！"袁县令盘腿坐到了船角处，问："老先生可认识杜列礓吗？"老艄公说："叫先生，俺脸红了，不过脸晒黑了，看不出来。那杜列礓，好秀才！"袁县令说："行船看水路，做贼看门户。他死前那段，你在船上见过可疑人没？"老艄公奇怪地看着袁县令："你是？"师爷连忙说："想写唱本呀！"袁县令："我老想把杜列礓编成戏！""看来好人有好报，为他巧申冤，九泉之下也会高兴啊！这些天，我也老想他，想着想着，就想到了个人。那些天，他常过河到这边，老是杜列礓前边走，他就远远后边跟。自从杜列礓一蹬腿，就再也不见他了！"袁县令问："你认识那人？"老艄公点头说："船到那沿后，我再给抖吧！"

又一天，洛河滩上，袁县令坐了轿子，肃静、回避牌子仪仗开路，再后是衙役押解的犯人。衙役呵斥着："走！让人看看你那毬样子！"犯人抬了头，正是反感杜列礓宣讲的绅士了。后边还拴个面目狰狞的黄脸汉，挂着凶手牌。铜锣敲了起来，一衙役吆喝着："看呀，杀人凶犯落网了！"不多会儿，看热闹者拥来许多，不少人用干胶泥片砸犯人。

那会儿，康文盛正站院子里，眉飞色舞地，跟晒暖的母亲说着话。韩菊兰说："这多好，以后有啥事，好跟知府商量了！"康文盛说："可不是？过去的他，下眼皮肿着，看不起一般人，人家姑是皇太后，腰粗啊！"突然，鲁海啸跑来了，大声说："杀列礓叔那凶手押来了！"康文盛惊讶说："哦，案子破了！给你小柱爷说，晌午犒劳袁县令！"韩菊兰说："列礓在天之灵也安心了！"

晌午，康家大厅里，劝酒喝酒，吆三喝四的。康文盛匆匆拿了东西，朝院子后走去。那里有个小屋，害杜列礓的绅士蹲地上。他不时张望外面的衙役。衙役发现了，吆喝他："贼眉鼠眼看啥，还想跑？"康文盛来了，跟衙役说，看看王绅士。门被打开，康文盛端着碗走进去。康文盛把碗放地上说："给，吃碗红烧肉吧！"王绅士说："要死了，好吃的就接受！""后悔不？""后悔啥？运气不好，杀手笨，露马脚了！""你这歹毒心，早该洗刷洗刷了，害人就是害自己，咋还不明这道理？我那列礓兄弟，诗圣的后人，是个正直人，他完全是为百姓啊！你终归是鸡肠狗肚人！""不同道，不能为谋，我不愿让人花我一毫银子，我一听杜列礓的莲花落，脑子、眼都疼！""朽木不可雕也，是理不是理，只怕颠倒比。"王绅士大声吆喝："比毬哩！我吃红烧肉！"

洛河滩翘起诸多胶泥片，康文盛和鲁海啸脚下咯吱咯吱踩，河岸走过去。他还是担心团练巡逻要马虎。突然，码头那边传来吵嚷声，康文盛说，走，看看去！码头旁，几个逃难绅士刚下船，就被一胖一瘦俩团练拦住了。瘦团练说："都说来逃难，脸上没漆字，谁知道你是哪山的猴？"胖团练忍不住哈哈笑。圆胖脸年轻人指着神龟园说："前没多久，我们还那寨上躲捻子了！"一穿着时髦的老汉说："谁知道，这回去没几天，官军就撤了，捻子可又打俺那了，这才又逃过来！"瘦团练说："头儿说了，只要是那岸来的可疑人，先弄祠堂问清楚！"突然圆胖脸笑了，指着说："救星康大人过来了！"

康文盛走了过来问，你那又出事儿了？圆胖脸说："可不？捻子挨家抢劫，杀了好多人！"说着，又过来一船人，又下来了好多绅士和难民。康文盛让鲁海啸带他们安置好。人传话，就当真，附近许多亲戚纷纷带细软，进了神龟园。众多村民，还有些外来逃难的，则如赶集样，牵牲口，驮东西，朝金谷寨那拥去。神龟园城垛口，团练们警觉地游弋着。康文盛也站垛口处，思考下步咋行动。康广才匆匆走过来，说："我让团练都带弓箭了，捻子渡河时，先朝他放箭，咱好有回旋。"康文盛说："河边难挡住人家！谁知外村把守严不严？捻子多是南方人，浪里白条多！"康广才说："走一步看一步吧，没啥更好的法儿了！"

突然，鲁海啸指着说："红官船！"康文盛一看果然是，连忙往那走去。袁县令下了船，看见了康文盛，说："无巧不成书，上次找你河滩见，这次又这样！"康文盛调侃："父母官请吩咐！"袁县令说："捻子要玩真，横扫了郑县和汜水，接下来怕就该咱了，夫人、孩子又托付你！县城正紧张，我得赶回去！"康文盛让他放心。一匹白马对岸奔驰河边，骑马者大声吆喝着："捻子先头到了月明坡！"袁县令说："这是县里安排的预警！"康文盛说："这次想得怪周到！"袁县令咧嘴笑了，红官船驶离了河这岸。

次日大半晌，捻子如蚂蚁，站满洛河东岸边。捻子头目指挥吆喝着："拿下康百万发大财啊！"捻子扑腾腾水里跳，黑黑的人头漂了一河。这边，康广才也大声吆喝着："瞄准射箭，让龟孙喂鱼鳖去！"团练朝对岸猛射箭，密集的箭镞若闪电，铁砂火铳也咚咚响了。捻子有人中了箭，也有人中了铳铁砂，河水冲跑了一批人。随着有人又吆喝，钻进水里游！河面上半天才冒捻子头。康广才着急地说："比兔子还精啊！"众团练互相观望着。康广才说，"先甭慌，瞪大眼盯水面，只要露头就射击！"这就有了目的性，继续传来捻子惨叫声。突然有人惊叫道："好多人游到岸边了！"捻子许多人蹚浅水，朝河滩上奔跑着。康广才吆喝："再射！"团练们匆忙射箭放火铳，然后跑着撤退了。黑压压捻子上了岸，头目指着神龟园，歇斯底里吆喝着："杀呀！"捻子如蝗虫爆发了，朝那青色的高寨扑过来。

团练们跑到大门下，康广才吆喝快开门！上边垛口处观看者，黑压压的捻子呐喊着，朝着这边冲过来。康文盛命令开寨门，鲁海啸跑到门洞口传命令。守寨团练们紧张了，朝火炮里填充着铁砂黑火药！黑色寨门吱扭扭地被打开，团练们潮水样涌进来。捻子呐喊着到达大门口，沉重的黑寨门已关闭。捻子头目指挥手下人，搭梯子攻寨子。村外大庙放了火，升腾起浓浓的黑烟雾。城垛口那儿，康广才指着黑烟说："娘那个蛋呀，烧咱们村子，瞄准那些王八蛋，打！"话音才落，飞蝗似的箭镞、炮的铁砂火，朝捻子猛射去，敌人一片号叫声，倒地一大片。

洛河半滩火神庙旁，长棵两搂粗的古槐树，槐树下站着捻子大头目，几个小头目跑过来，一个说："掌柜，这寨子难攻打，恁高，两个梯子也难接上边！上边又放箭，又放铁砂铳！"另个说："康掌柜太狡猾，我们没提防住，不知他建的寨墙比城墙还高，不能拿弟兄们生命当赌注！"大头目朝小头目们摆摆手，小头目们朝大头目靠近了。捻子头咕哝了一番计，朝部下挥手说："好，往南边去，只要攻破一个寨，我们就能抓住人，让康财主出钱赎那人，不是传说他善良吗？到那时，我们就可弄上一批钱。"

不多会儿，金谷寨下捻子也满了，他们朝山寨上吆喝着："快投降吧，你们已被包围了！那边的寨子已攻下，人都杀光了！""要等我们攻上去，也杀得一个不留！"吆喝声掩护下，几个人以草木茂盛处作掩护，朝山顶攀爬着，一个捻子手抓荆条丛，抬头朝上观看着，距离山顶仅几尺，已看见了游弋团练的腿。红旗在金谷寨上唰唰飘着，康路畅旗下正站立，居高临下看捻子。一个团练头说："也不嫌口渴，驴叫天哩！"康路畅听到这话，突然皱眉说："瞪大牛眼，盯准下边！"正这时，他看见快要爬上的匪兵，大声吆喝着："捻子呀！"他搬起山崖边的土坷垃，就朝下猛砸去！捻子惨叫着跌下山崖。康路畅拍了拍手："好险啊，如果他们上来，悄悄打开寨门，咱们一下全完了！"兵勇问康路畅，那边寨子真破了？康路畅说："凭啥呢？诓死人不朝命！"

残阳血样鲜艳了，神龟园那边，康广才指挥着，正往寨墙处抱柴火。逯小柱说，别堆过垛口，捻子看见会露馅！一兵勇问，捻子晚上真行动？康广才笑着，文盛学诸葛亮掐算了！

金谷寨上，躲难者露天吃着饭，一群乌鸦哇哇叫，朝着南水沟深处飞去。逶迤起伏的邙山上，团练们手执大刀和长矛，正机警地巡视着。康路畅放下饭碗，提把大刀，又想往山崖处观望，突然，他转过脸，对还吃饭的人大声说："父老乡亲们，按照分的班，该睡的睡好，值班的把好岗位，瞪大牛眼看好眼前三分地，不敢有丝毫的大意！"说过，他提刀朝山崖边走过去。康路畅立在山包上，看到捻子盘踞的洛河滩，一堆堆篝火燃烧起来。康路畅又走到敌人曾攀过的山凹，吩咐团练夜间要特别注意！团练兵勇说："黑咕隆咚的，上边也看不见！"康路畅说："那就往下传！这里，再搬些大土坷垃，隔会儿，就朝下砸几次，看他们还咋攀爬？"兵勇说："这法儿怪高明！"康路畅朝坡下又走着，到半山腰一孔窑洞口，站着个团练兵勇。突然，里边传出的有动静。他握着大刀片，准备走进去。团练兵勇说："小掌柜，让我进去看看吧！是不是那边来了人？"康路畅说："这边地道口，生命线，千万把好啊，可别出差错！"片刻，兵勇和康文盛、鲁海啸出来了。鲁海啸给康文盛拍灰土。康文盛说："估计神龟园，今晚有恶仗，我过来看看，想给说一说，也不敢掉以轻心啊！尤其大门口，一定要严守，大门上边崖头上，也要设岗哨。"康路畅说："我就说那再看看，木板吊桥绳子固定好，不能让捻子把吊桥给放下！山崖上，寨子里还剩些砖头蛋，真看有危险，朝下就猛砸！"康文盛说，让他陪着转一圈看下！

夜色已深沉，弯月洒下些清冷。康广才蹲在城剁口，观察着寨下啥动静。突然，康广才指着神龟园下说："看，有人抬着东西这来了！"团练兵勇说："哎呀，黑乎乎的，人还不少呢！"康广才小声地说："快传话，没我的令，千万别行动，咳嗽一声也不中！看他们有啥日天大本事！"那兵勇即刻去了。

原来，捻子们抬着绑扎的竹梯子，走到寨墙下。一个一个竖起来，朝上便攀爬。团练盯着匪徒的举动。康广才轻声说："都传话，上一个，戳一个，最后放火毁梯子！"团练小头目迅速传令去。头茬捻子兵上来了，康广才冷惊喊杀！爬上的敌人被猛刺，一声声惨叫着，摔跌山寨下。康广才又大声吆喝："烧！"团练们点燃柴火，用叉挑起来，朝梯子上边扔，一边还推梯子，又传来敌人惨叫声。大火映照下，捻子大头目吆喝，指挥兵卒快速撤退！

到清晨太阳喷薄时，神龟园下狼籍一片。康文盛站在垛口处，观看寨子下，距寨墙几十丈，坐着躺着捻子兵。突然，一人拉弓朝神龟园射箭，鲁海啸发现了，猛拉过康文盛，箭落在了二门外广场上。鲁海啸捡起那支箭，细绳捆绑一卷纸，原来是封信。他送到了干爹手。康文盛看过，哈哈哈笑了说，下的战书！康文盛把信又递鲁海啸。鲁海啸读道：等着吧，我们要把你们困死！投降了，咱们好商量！康文盛说："怪吓人啊！"这时，走过来个老士绅，外来避匪难的。他接上了话："怪了，捻子在俺那，抢点东西就走了，在这咋就赖下了？"鲁海啸说："吃不住肥肉不甘心？"老者说："康大人，俺给你带麻烦了，大家推荐我，给你说一说。你弄人过地道，送俺们去洛阳大路吧！"康文盛说："可甭这样说，你们到了这，那是信任我，时候正艰难，咋能推走啊？"

到了晌午，天上太阳火辣辣的。团练多躺柴草上，呼噜呼噜睡大觉。康文盛和康广才站在那，怜爱地看着他们的兵。康文盛说了早上的信，说你正睡觉没叫。这是我写的回信，你也射给他们，看他们啥态度？康广才展开信，读道：捻子头目，尔等千里奔袭，无非想掠钱财，但造成众多生灵涂炭，诸位灵魂可安？试颠倒一下，尔等是我们，该有何感想？你们家也有老小，就安心把灾难强加于人吗？如果尔等答应退兵，我们可给些银两贴用，等待磋商！康广才说："我看是对牛弹琴！"康文盛说："仁至义尽嘛！"康广才掂起一张弓，把信红线绑箭上，然后朝着下边喊："听着了，信转你头目！"吆喝过，嗖地就射出。

火神庙里，捻子头躺在草堆里，睡得正香甜。门口有人叫师傅，说是有好事儿！匪首翻了个身，猛然坐起来："我操，咋呼啥？"瘦小的捻子拿着信，忽地站到了他面前："上边射下的信，要求讲和了！"捻子大头目哈哈笑说："好哇，到底是怕了，咱那信起作用了！"另个头目也坐起来了说："看开的啥条件？"大头目说："答应给咱银子了！咱都合计下，让他给多少！"另个说："三百万两，再送美女三百个！"捻子大头目说："中，我这就写，再给射上去！"

康文盛歇到半后晌，正洗脸。康广才进来了，掏出一封信，递给他说："看吧，人心不足蛇吞象！"康文盛浏览了下，说："看来，他们曲解咱的用意了，以为咱怕了！剩下的就是拼了！"康广才说："是不是派个人，洛阳请官军！"康文盛摇头说："官军本不多，守着大城池，指望不着，自己不哭眼里没泪，靠咱自己吧！也不知县城咋样了？"

夕阳呈出古铜色，县城街道充盈着死亡气，零星的人匆匆走过，店铺全部关闭了。城门未开，兵勇满脸仓皇。城门楼上，有兵执武器，警惕地张望着城外。这时候，袁县令、师爷站到了城门口。师爷还在劝说他："你最好不要出城门，看看这风多紧啊！"袁县令很流氓地嘿嘿笑："该死球朝上，不死仍晃荡！想那小寡妇，憋得睡不着呀！"师爷说："那个小寡妇，咋比夫人呢，你却迷住了！"袁县令又流氓地嘿嘿笑："人家可会浪哩，几招把魂就勾走了，几天不见面，心就痒痒！"师爷摇头，袁县令仍笑着说，"不入景致中，不解画中意，趁捻子还没来！"

　　袁县令走到城门楼，兵勇问要出城？得让总头说句话，或开张纸条条！袁县令说他就恁厉害？兵勇答一级管一级！袁县令摆手，让兵勇到跟前，口袋掏出碎银子，塞那兵勇手里边："这就是路条，我天快亮回来，记住给开门！"兵勇收了银子，点头哈腰说："小的一定伺候好老爷。"吱吱呀呀，城门开条缝，袁县令挤出门。师爷呸地啐唾沫："啥龟孙父母官！"

　　也是这天，康店村火神庙里面目狰狞的神像旁，捻子大头目与小头目商量事。大头目说："坐吃山空啊，今天就趁其不备……"

　　神龟园上屋里，康文盛正在画梅花。鲁海啸匆匆走进来说，发现敌情有变化！康文盛哦了声。鲁海啸说："捻子过洛河那边了。"康文盛说："不好，肯定去攻县城了！但愿袁县令别麻痹！"鲁海啸说："他们这边留的还有人！"康文盛让他快叫执事人。这时候，康路畅走进来，说金谷寨粮食不多了！逯小柱刚好也进来，接了路畅的话，神龟园粮食也欠缺！嘴都连起来，怕超几个大井口了！康文盛停了笔，把画推一边，对逯小柱说，你去金谷寨，先招呼那边的防守。这边交给鲁海啸，让路畅从地道走到邙山，去黄河边杨沟码头那，咱西省运粮船该回来了，弄牲口走山岭，往这快补充。逯小柱说："路畅还年轻，要他办这事？"康文盛说："铁不敲打不成器，不让路畅去跑腾，啥时他才能锻炼成人呢？"他们没想到，路远靠屋门那站着，接了话："爹，让我跟哥一块儿去，我都快窝憋死了！"康文盛说："中，得听哥的话，不听话你哥可打你！"康路远心想，哥咋舍得打他？康文盛又详细吩咐了一番。

路畅和路远，走出了山岭地道口，赶着事先已有人从后山租来的牲口，消失在了苍茫的邙山上。

　　这夜里，那地道口处，聚集了康广才领的一队人，全着黑色的夜行服，铁灯小土龛内忽闪着，康广才吩咐了一二三。然后跟随他，沙沙沙地，朝着山下行去。他们靠拢了火神庙外，康广才摆手示了意，大家都蹲下。康广才摸个小石头，朝小神庙里扔过去。那边发出咣一声。黑暗处传出人说话："见鬼了！"门里走出个黑影子，站路边哗哗啦啦撒着尿。康广才倏地扑过去，一下勒住了他脖子，刀顶背后小声说："敢喊，杀了你！"他拉着那人，离开火神庙，朝柳树行那走去。到了柳树行里，刀还架俘虏脖子上，问他人都往哪了？俘虏回答说，都打县城了。康广才说，剩下的人都住哪？俘虏说了几地点。康广才说："好了，送你去个好地方！"俘虏拔腿就要跑，被一刀放躺了地上……

　　县城那边，趁夜雾朦胧，城门楼旁庄稼地，捻子兵潜伏着。匪头看着城墙顶，有哨兵游弋的黑身影。小头目低声说："弄抓钩爬城墙吧？"捻子大头低声说："不用，他们一直警惕着，我们这儿就硬等，我不信会一直不开门，只要有人开城门，我们一下冲过去。"田野安静片刻后，野虫们憋乎乎又唱了。等天上发出了鱼肚白，捻子还焦急地等待。城外大路上，袁县令哼着路戏，朝城门楼走过来。走到城门楼下，朝上就吆喝："喂，老爷我回来了！"他又摸个石头城门楼上扔，自言自语嘟囔着："睡得死猪样，敌人攻到城墙上，恐怕你们也不知！"玉米地，捻子小头目想行动，大头目立即给拉住。城门里传出了说话声："老爷你别慌，这就开门了！"

　　大头目扬扬手，小头目带人移动着。"吱呀呀……"城门被拉开，袁县令朝里挤，跑过来了几个捻子兵，挤开了大门。兵勇和那袁县令，即刻被砍倒地上……

　　天色大亮后，县城里，房子燃烧着，满街倒的是尸体。捻子大头目，带领散乱兵，棍子挑包袱，牵猪赶牛，离开了凄惶惶的县城。

　　孟津县与巩县交界杨沟码头处，停泊了康家大船队，铁山指挥着，人抬粮布袋，牲口身上放。准备齐全后，康路畅准备启程走，拐头看，路远手里抓条红尾巴鲤鱼，笑嘻嘻地走过来，炫耀说："我用船上渔舀捞的，给奶熬鱼汤！"康路畅说："天恁热，不到老家鱼也该臭了，干脆给铁山叔吧！"康路远似乎不情愿，鱼儿递到铁山手，铁山接了，摆手说："谢谢，开路吧！"

几匹骡子、马，驮着粮食嗒嗒走，上了邙山，朝东边急速赶着路。康路远一蹦一跳前边走，康路畅不慌不忙押后营。日头出来了，邙山一派红，牲口铃铛声凑热闹。走了快一天，康路远指着远处说，到咱家后岭上了！康路畅对赶牲口者大声说："大叔大伯们，先等会儿，我去打探下情况！"康路畅站在神龟园窑顶，看见洛河滩已经有团练，他们排队在巡逻。康路畅笑了，朝下边院里就吆喝："我们回来了！"神龟园院子里，人们仰头看，阳光映照下，康路畅如尊铜雕塑。康文盛屋里走出来，朝上吆喝着："路畅，赶快，顺滩里大门回来吧，抓紧时间啊，我派人接应了！"

黑色宅门敞开了，又一队团练出了门，朝洛河滩那走过去。神龟园上墙垛口，也站多人看热闹。骡马队驮的救命粮，进了临滩大门洞。天才露出黄昏头，大门重新被关闭。这会儿，一衙役跑到大门旁，朝上吆喝着："快开门，我是县衙役！"康文盛站在墙垛口，机警地张望了好一会儿，朝下吆喝说，抬起你的脸，看俺认识不认识？下边那人就抬脸。康文盛说："面怪熟，快放进来吧！"衙役见了康文盛，哭着说了县城大灾难。康文盛问："守城兵士呢？"衙役说："看形势不对，都从北城门蹿了！"康文盛问县衙其他人呢？衙役说："师爷带我们十几个人，赶紧上了官船。他们开船直奔河南府报信了，让我给你们报告，捻子真是帮疯子呀！"

按康文盛吩咐，神龟园下，不多会儿集中了所有团练，还有康家执事人。康文盛大声说："县城已遭捻子烧杀抢掠了，老百姓遭了大难。我们这边，也要做最坏的准备，如果他们杀回来，肯定还会和咱硬拼。家里人和客人都回住处，不准乱走动。团练们要盯准敌人，把打散子的火铳都抬来，就看这几天了，谁都别存侥幸心！"

县令夫人和孩子都在哭，王黑妮劝说着，甭太伤心了，谁遇那帮野人也没法！那女人头也没抬："都到啥时了，还出城弄那事，不是自找死吗？"王黑妮说："既然如此，就别再哭了。"那女人说："我是哭我们命苦呀！他就是头老叫驴，活着，也算个靠山！现在，可咋办呢？"康文盛安排完事情，正好进屋说："夫人别哭了，等形势稳定了，我安排送你们回老家！"他话音还没落地，鲁海啸匆忙进来说："捻子又赶来了！"康文盛侧身又出了门。

寨墙垛口处，可见捻子挑包袱、牵牲口，蚂蚱队样过洛河，黑压压的一大片。康文盛说："县城得逞了，心里正疯呢！"康广才说："看他们下边咋舞弄吧？"康文盛说："估计今夜会平安无事，就看明天了！"

次日前响，炙热的阳光下，捻子又开始行动了。他们又斜竖木梯子，准备朝寨内硬攻了。一个小头目，手执马粪纸广播筒，朝上吆喝着："你们玩偷鸡摸狗鬼把戏，害了我们些兄弟！有本事打开门，咱们死活拼一场！"康广才城垛口面对他，也拿只洋铁广播筒，朝着下边喊："屠戮我县城，犯了天条罪，有种爬上来，赏你们些硬铁核桃枣！"

接着，轰隆、轰隆……几支火铳喷着火，朝那捻子打过去，声音压过了敌气慨。捻子小头目，被火铳掀翻地。捻子大头目举大刀，歇斯底里吆喝着："血喝他们呀！"捻子纷纷攀梯子，飞快地朝上爬。康广才指挥着团练，用刀枪和箭镞，朝梯子上捻子狠攻击，不断有捻子滚下去，传过来一声声惨叫。这时，康文盛内院走出来，拿着逯小柱买的枪，说："我就使用这家伙，替县城父老乡亲报仇了！"

团练奇怪地看那枪。康文盛闭着一只眼，朝捻子大头目就瞄准，咚的一声响。大头目妈呀爹呀直叫唤，捂住了肥屁股，他惊讶地张望神龟园。吆喝道："这仇老子定要报，撤！"

火铳、土装继续轰鸣，捻子朝洛河边撤退了。康广才说："乘胜追击吧？"康文盛说："他们伤的伤，残的残，困兽犹斗，咱们再追击，他们破釜沉舟，会跟咱拼命，那样，咱就不占优势了！"逯小柱说："对，咱这有老小，能打赢就打，主要是守，要顾及父老乡亲啊！"康文盛说："海啸，你去金谷寨看看，那的敌人撤没有？"这时，鲁海啸说："说曹操，曹操就到了。"康路畅说："金谷寨上看着，不知为啥敌人撤了！"

捻子一退却，康文盛带路畅、海啸进县城。康广才提议，趁顺船，把县令家人也带去。康文盛说万不能！康广才问为啥？康文盛说："百姓恨死了袁坏蛋，大家若迁仇，还出大事儿哩！"

到了县衙里，见了那师爷，康文盛询问事情咋处理？师爷说："袁县令暂厝后山三年，再运回老家去。老百姓都知道，袁县令害了城里人，有人要杀他全家哩！"康文盛问百姓苦难情形，师爷说，有户家被杀绝，收尸都困难。洛阳府已经派人来，收拢兵勇先葬尸。康文盛说："咱们合起手来，快梳理杂乱局势。我有个想法，挨家挨户清查下，该帮粮食给粮食，该帮金钱给金钱，费用我先帮政府出。"师爷说："那可好！袁县令当初若听我，哪会戳这大窟窿？"

康文盛县城忙活些天，街上已有了生意气。师爷送别下，他们准备出城门，面前跪了一片人。一老汉抱着小孩子说："康恩人，这小孩那天睡得沉，其他家人都杀了，如果不是你，他家谁管呢！"康文盛扶大家站起来，说："乡亲自然是亲，都别客气了！"康文盛接过那孩子，问现在谁收养？老汉答："我是远亲戚，只有把他拉扯大了！"康文盛说："日子若有困难，就去找我啊！"小孩子懂事似，又哭了起来，喊叫妈呀爹呀，让人心酸楚的。

没过多少天，热烈的鞭炮声里，那拉大人给挂了新匾额，"临危不惧、克敌制胜"，黑底金字。那拉大人说："这次抗匪，老弟你真给争面子。我已接圣旨，要接巡抚职，以后，咱们还要勾连好，我官也好当，你生意也好做，两利啊！"康文盛说："都顺风顺水就好！"那拉哈哈大笑说："我都给姑说了，对你大嘉奖！"康文盛给那拉作个揖说："多谢大人了！"那拉说："可别啊，兄弟了，以后随意点！"

突然，鲁海啸跑来报，老杜县令正往这来呢！那拉哈哈笑着说，好事成双啊！杜总军需官带了俩下属，已走到大门口。康文盛施礼说："稀客稀客啊，几年没见面！"杜总军需官还礼说："这次去洛阳，顺路看老弟，没想到知府也在啊！"那拉说："与捻子交一战，康大人又立了功！"大家说着进了议事堂。那拉说："杜大人，你是给康兄送好消息的吧？"杜总军需官说："瞒不过那拉大人了！"那拉说："我也加入运作了嘛！"几个人都笑了。杜总军需官说："我真的给康大人送来个大元宝！"康文盛说："咋变得客气了？"杜总军需官哈哈笑了说："忘记了，还是应叫康老弟呀！"杜总军需官又说："皇上说，鉴于康家对皇上忠贞不渝和实力，军需供应让康家再承担一部分！"那拉说："康老弟，我说的准头吧！我都给姑说了，她会不听我？"康文盛说："今天二位都到了，我要用盛宴待大家，一是庆祝那拉大人高升巡抚，二是为杜老兄接风洗尘！"那拉说："客随主便，听你铺排吧！"

客厅里，三个人酒杯碰到了一起。康路远匆忙进来，康文盛扫瞄他一眼，走出门口问有啥事吗？康路远眼里骨碌出了泪珠说："我奶她、她、她……"康文盛似乎醒悟了，小声说："等我送走客人，让你娘先招呼住，可先别让人哭哩！"他看着儿子的身影，擦下滚出的泪水。

床上，韩菊兰脸上盖张白绸布。王黑妮和康路远坐床边，床前桌上烛光摇曳着。康文盛送客回来后，匆忙进了屋，扑通跪到娘床前，大声号啕起来："我哩娘啊，你咋没给说句话，就走了啊、啊、啊啊！"王黑妮和孩子们也都哭了起来。逯小柱进来，拍了康文盛的肩膀说："商量商量咋办事！"康文盛、王黑妮擦了泪，跟随逯小柱出了门。

康文盛给逯小柱说："这些天，娘老跟我说，她常犯迷糊，就像我爹站眼前，跟她说这又说那，特别要我保证多做善事，我就有种不祥之兆。"王黑妮说："好多天了，我就招呼着娘，走前她还在念经，端坐蒲团上，我突然看她嘴闭了，窑洞里弥漫出檀香味儿。"逯小柱说，都是她的造化啊！康文盛用隆重的仪式，把母亲送走了。之后许多天，他常坐娘屋里，看着娘的大照片，痴呆呆地想着娘，眼里泪水滚动着。

这天，康文盛又噙着两眼泪想娘，王黑妮悄悄站背后，问他又想娘了？他说心里总是空落落，眼前总晃动娘的影子，耳边总像娘在念经。王黑妮说："娘当神仙了。你该出去走一走，家里也没别啥事。"康文盛说："多事之秋，我还不敢远离呢！"说着话，逯小柱又来找康文盛了，说那帮躲过难的绅士又来了，都想见见他。

逯小柱俩走进祠堂大殿里，绅士们站起来都鼓掌。康文盛说："我可是被小柱哥诓来的，还不知大家何贵干？"一黑胖绅士拉了他的手，说得很

454

真切："我们这些人，在你家躲过难，大恩啊！我们商量了，准备建座功德坊，纪念亲历的大事件。找名人写了些文，想让你听听，给把把关！"康文盛连忙摆手说："这样搞，我可不答应！谁在世上不帮人，谁在世上不被人帮？"逯小柱说："你该为民众人心向背想想啊！"康文盛说："葫芦咋长上了南瓜藤？"逯小柱一本正经地说："抵挡捻子，你带领大家克服时艰，如果再遇此类事，难道让呱呱鸡上山坡，各顾各？要让村人都有点爱心和善心，碑楼留下这些字，那就是发面的酵子啊！"康文盛挠着头说："对社会有利，那我就听听吧！"

黑胖子绅士说："我是推选的代表，总管的话俺举双手赞成！我是荥阳人士，姓牛名端午，字祥瑞。康大人请坐，先听鄙人带头诵读拙作。他清理了嗓子，跑门外响亮吐口痰，摇头晃脑读起来：纾难自毁家，斯人久不作。动以乾糇愆，而诤箕帚恶。况且风鹤闻，奔避仓皇各，孰糜千斤钱，筑壁坚守约。干城扞疆梁，衽席登老弱，充此胞与怀，世宙为清廓。卓哉康氏翁，焚榆众生托。

黑胖子一番表演，绅士们热烈鼓掌。另一位瘦高个儿，稍探脊弯腰，沙哑着嗓子，也摇头晃脑地朗诵道：烽火连天起，纵横走虎狼。踞山开壁垒，凭险抗金汤。编户安耕凿，人家足稻梁。不容通一棹，何处问渔郎。康文盛先生筑圩卫乡里，作诗记事。再后边，一个接一个读，有胖的，有瘦的，有高的，有低的。扬头摇尾满是感情，态度也都很认真。康文盛咕噜着水烟袋，半闭眼，笑眯眯。太阳照到了大殿口，都读完了杰作。

黑胖子跟康文盛说："康大人，你给指教吧！"康文盛站起来，双手抱了拳，朝着绅士们，朝着听众们，打恭又点头，脸上自然涌着笑说："感谢捧场，感谢赞扬。都说得不赖，可你们颂扬的对象错了，防御捻子修寨子，是我儿子康路畅！请你们改改词，就颂扬康路畅吧！"他的话，让大家眼睛猛一亮。康文盛踱步继续说："不是我谦虚，无功不受禄。绅士们也知道，那些日子里，我多是陪着大家玩，外边的大局势，都是大儿子路畅在铺排。连解决粮食危机，也是他和他小弟路远的功劳！"逯小柱看着康文盛，明白他是为儿子铺路，也是对后代的督促呀！逯小柱说："就按大掌柜说的修改吧！"康文盛说："我还有个意见，最好不要建碑楼，捻子的戏怕还没唱完，如果再杀回马枪，碑楼还不被砸掉？"黑胖子站起来说："老叔想得太周到啊！"康文盛又说："有些词句也应改。捻子起事，为啥？穷啊！我的意思是，辱骂的措辞应缓和些，考虑百年后评价。"逯小柱说："我听这席话，突然有个新想法，咱院西有窑洞还没券，干脆用碑镶窑墙，不就把碑刻留下了？"康文盛惊奇地看着逯小柱，说："中，好想法！"

赛诗会后，一切按部就班在进行。这日，车清远在家正逗儿子玩，儿子咯咯咯地笑。康文盛慢慢走了进来。车清远一愣说："掌柜叔，有啥吩咐吗？我就说要上寨呢！"康文盛说了准备修建石品窑，担子想放他肩上。石品窑分两层。下一层窑洞砌石碑，为好看，上楼梯前设隔断。隔断要雕刻精致些，隔断与石品要时衬！车清远的朋友多，让他再找个木匠高手来！车清远说："有个年轻好木匠叫姚大，跟西安木匠帅师许多年，那帅师只收过俩徒弟，姚大是其中之一！"康文盛说："跟他说吧，真正行，也像你，以后这活儿多着呢！"

家里事情安排停当后，康文盛想，该往京城去一趟。军需生意的事，该板上钉钉了！

临往京城前，康文盛跟黑妮说，他有个想法，让路远跟着到京城，该让他明白，与国家做生意的经咋念。如果路远对官场感兴趣，就叫他将来考科举，否则，就踏踏实实做生意。王黑妮说："你过去说，准备让他混官场？"康文盛说："人生路能否成功，兴趣所至，心性所至，命运安排，强扭的瓜不甜啊！"王黑妮问这次从哪走？康文盛说："开封先看看钱庄，军需生意周转银多，总钱庄先要招呼声！"

准备停当后，康文盛就出发了。办完开封的事儿，这日来到了黄河边，等待渡船北去。突然，两匹骏马驰来。鲁海啸指着马上说，像是东海王家人，康文盛说天边恁远，不可能。那马已飞至面前，俩人翻身下马。康文盛惊讶地说："咋真是你们？"大个子说："俺刚到你开封柜上，听说你要进京，就赶紧追来了！本来说，直接就去河洛老家，俺多个心眼儿，你生意多事也多，行迹无常，我济南去了，开封自然也去，少跑许多冤枉路！"康文盛指了路旁边，那站个饭庄，他们坐进了屋子里。大个说："王掌柜听说，前些时，你和捻子干了仗，他担心你们武器不老行，准备给你们弄些洋枪。"康路远说："洋枪真厉害，我爹打住捻子头的屁股，吓得他们退了兵！"大个说："这会儿打仗，人家外国早就洋枪了！"康文盛问贵不？小个伙计说："王掌柜说了，咱是生意伙伴，少加些利，帮你们进批枪和炮。"康文盛迟疑半天说："那不犯法吗？"康路远说："舍不得孩子打不得狼，只管偷偷买，用时和土装、火铳合一起，谁能听出啥枪炮？"大个伙计说："是这道理！"康文盛说："中，我写封信，交给我们袁掌柜，让他操办吧！"

别了东海王家人，一路紧赶，这日到了京城，康文盛直去找杜老兄。康文盛前边走，康路远、鲁海啸提礼品，一军士带领走进来。杜总军需官惊讶说："康老弟来了，快坐！快坐！正好，我就说驿站转信呢！"康文盛说："带来这俩孩儿，要他们学着跑跑腿！"杜总军需官说："学做这生意，应知外面事！收购物资要认真点，督促制作要严格点，送交货物要按时点。"康路远说就这三点？杜总军需官哈哈笑，说："关键是认真，掉脑袋的事儿呀！"康文盛神秘地问："老兄弟，咱这需要洋枪吗？"杜总军需官吃惊地问："咋，你连这生意都做了？"康文盛说："有个生意伙伴能倒腾来那东西，有枣没枣打两杆子！"杜总军需官小声说："咱军队里，已有那洋东西，都是些大人物联系的。不过，价格只要合适，我可给运作。"康文盛说："中，核实了价钱咱再说！"杜总军需官说："好，咱就说明年的军需吧！"康文盛说："路远、海啸都记着！"杜总军需官指那桌上笔墨纸，说："家伙在那，记吧！"康路远和鲁海啸准备好。杜总军需官又说："甭记了，你们按账本抄去吧！价格交货地付款方式，诸种项目再交涉，然后写协议签字。"

妥当后，康文盛说："明中午全聚德等着你！"杜总军需官说："好，我突然又想起件事。你家康明楼，好像病得很重！"康文盛惊讶地说："啥病？咋联系上他？"杜总军需官说："我托人捎信，让他到你商行去，那样方便些！"康文盛说："中，我就老等着！"

次日，康明楼真去了魁记，他面色黄瘦目光痴呆，康文盛心里吃一惊，问他："人家京官都滋润润的，你咋成了这毬样？"康明楼眼里涌出泪水，长长叹了一口气。康文盛问："有难言之隐吗？"康明楼说："没有当官时，总想当官很荣耀。为当这个官，汗水流了几大缸！谁想到了皇宫里，竟然活得如蚂蚁！"康文盛说："云里雾里，咋听糊涂了？"康明楼说："一言难尽啊！有个心结，心要被绞碎了！"他边说边掉泪。

那是一个响晴天，火辣辣的太阳高悬着。两队武官来到了颐和园，昆明湖曲廊外笔直站着，康明楼也在其中。大太监鸭公嗓先训话："圣驾今要来此，不守规矩者，掌嘴！"大家树桩样竖那里，恭候大驾光临。不多会儿，脸上滚满了汗珠子。许久了，大太监也抬头看了天，又看看站歪斜的武官们，宣布说："我到大门外张望着，你们找附近凉快地稍歇息，可记住，我一声招呼，你们仍笔直竖这里！"大家呼啦声散开了，或坐曲廊里，或坐附近大树下。山东人小顶凑近康明楼，小声问："你见过皇太后吗？"康明楼摇头。小顶说："可丑了，马脸，皇上不知咋相中了？"康明楼说："黄瓜敲铜锣，图个新颖吧！"小顶哈哈笑，武官头走过来，拍了他肩膀，问乐啥，说说，让大家跟着也乐乐！小顶脸都变色了，康明楼接着就说了："他说，有个县官是钱捐的，不识几个字，平常遇断案，师爷常搂底。这天，有人击鼓喊了冤，正好师爷不在家。县官让衙役拿了状纸，状纸上原告名于斧。他看了眼就叫道，干爹！下边没人应。"武官们哈哈都大笑。突然，大太监跑来吆喝道："快站队，太后老佛爷驾到！"原说皇上来，咋变成了老太后？可还得按规矩办。武官又排两横行，敬敬畏畏直等待。宫女们拥戴皇太后，昆明湖这边走过来。康明楼偷偷看慈禧，由远至近都注视。慈禧太后到眼前了，别人早都低了头，他忘乎所以还盯着。他研究那脸入迷了，心里已判断，不能算太丑！慈禧太后走近他，使力剜了他一眼。四目相撞了，康明楼突然心颤抖。下人正眼看皇后，犯的是大不敬罪！慈禧太后过去了，大太监又让大家稍歇息，还在这里伺候老佛爷。康明楼一害怕就想尿，急急忙忙跑茅厕。小解过，康明楼神智很忧郁，围着旁边大槐树，上边蝉儿直叫唤。武官头突然吆喝声，站队了！康明楼后到队列旁，随手把小顶推前边，小顶朝他露出了笑。大太监匆忙走过来，满面神态很沉郁，走到了武官队伍前，一二三四扒拉人，最后拉出了那小顶，说，走，那边有个事！小顶迟疑了下，看着远去的小顶，康明楼老想哭，脸上抽搐好几下子。大太监回来了，恶声恶气说："奉太后之命，把小顶送到了西天去！怎么学的规矩呀，凡见到皇上、皇后、皇太后，坚决不能直眼看，小顶死眼看太后，犯了大不敬！"康明楼心里嗒嗒嗒地直颤抖。

康明楼已满面流泪，说："我一闭上眼，就见小顶站在面前，哭叫着要我偿命，连饭我都吃不下。病因还不敢对人说，今天对着哥儿，我第一个吐出真相来！"康文盛说："我找人给你告个假，跟我回去吧，我想法帮你治治病，老拖下去不是法儿！"康明楼连连点头应诺了。

又一日，康路远走进杜总军需官办公屋，杜总就让他坐。康路远说："杜伯，听爹说，他正为明楼叔的事奔走呢！"杜总军需官说："能把你明楼叔的病医好，你爹又积大德了！""我爹常说，帮别人就是帮自己！""是啊，你爹把古人书读透了，什么事儿琢磨得都深刻。你家守着先生，将来定可青出于蓝而胜于蓝！""我可没俺爹厉害！"杜总军需官哈哈笑了说："巧嘴八哥，你把这清单拿回去，你爹若有大门路，就按照这单子进枪炮！这桩生意能弄成，对你们其他生意也有好处！"康路远接了那清单，告别了他杜老伯。

康文盛还和康明楼说着话，康路远满面笑容走进来，大声说："爹，有好事了！"康文盛沉着脸说："每临大事有静气，咋一进门就咋呼？"康路远嘿嘿就笑了，调皮地说："学生一定改正，回来再说正经事儿！"康文盛对康明楼说："这是我老二路远。"他又对儿子说，"这就是你明楼叔，靠自己能耐中的进士。"康明楼说："几年没见面，可长成了大小伙儿，你老哥有希望呀！"康文盛说，咱还说话吧……

等爹送走了明楼叔，康路远又来了，说："爹，咱往山东吧，枪炮那生意，如果能当面鼓对面锣敲定，就弄住大事儿了！"康文盛说："就是满天下掉金子，爹这次也去不了。你明楼叔病不轻，我必须把他带回老家！"康路远问，那咋办？鲁海啸正好进了门，自告奋勇去山东，他说那边他熟悉！康文盛说，他想让路远骑马去一趟！康路远问，就他独个？康文盛说："独闯天下做大事儿，磨炼的好机会啊！"康路远嘿嘿笑了笑，说，他想跟海啸哥一起去，要不心里有点怵。康文盛说："你海啸哥还要协助我！带个大病人，路上会有不少事儿！你骑马去，只走大路，别走小路，晓行夜宿，眼观六路，耳听八方，夜里要住车马店，少跟陌生人说话。一定把事办臻实，然后，代表我给你杜伯写封信，送到驿站里。"康路远神态忧郁地回答："那中嘛！"

出京城的两岔路口处，康路远骑着马，朝另条路走了。康文盛看着他消失在了视野里，也让海啸加快了马车的速度。不日，夕阳下邙山如火在燃烧，红土山嘴下，康明楼家门楼耸立着，袅袅炊烟飘出来，康广才坐大门外条石上，默默抽着水烟袋。马拉轿车停在了大门前，村民好奇地观望着，康广才也站了起来。鲁海啸跳下了车，康文盛也跳下车，搀出瘦弱的康明楼。康广才惊讶地张大了嘴，然后，嘴唇哆嗦起来，快步朝着车旁走。康明楼哭着喊了声爹！康广才也咧嘴带着哭腔问："孩子，你这是咋着了？"

四十一

康路远骑匹大黑马，慢慢走着路，他已感觉很疲惫。三岔路口那，一座小饭店，墙上名"万里香饭馆"。门口一棵歪槐树，树下摆放个青石凳。康路远吆喝声"吁"，马儿停下了碎脚步，连续打响鼻。康路远跳下马，走到店门口。里边出来个光头小伙计，笑着问："二哥，想吃啥？"康路远："仨牛肉夹烧饼！"年轻伙计吆喝着："好哩，仨牛肉夹烧饼，热乎的，外加滚水一海碗！"马拴槐树上，草料兜挂到马脖上，让它自由嘴嚼着。旋即，热水烧饼拿出来，康路远大口吃馍喝水。水也甜，馍也香，此刻真是享受啊。康路远力气恢复了，问伙计，前边路咋走？伙计答，人路还需一天半。小路许走到天不黑，不过，小路要经几座山，路不平，有土匪。康路远没想那么多，催马顺小路奔去了。

绿树颇葱茏，山峰连山峰，崎岖小路上，除了康路远，没见别个人。他忍受不了寂寞，心里惊怵怵的，胡乱唱路戏壮胆子："王朝马汉抬铜铡，我要把那张飞杀！"声音山谷里回荡着。突然，传来了嗒嗒马蹄声。康路远惊愕地停了唱，山峰挡了眼，片刻时，前边转来几个骑马者，康路远勒马就谦让。一骑马人突然喊声"吁",竟是他的铁塔哥。黑铁塔说:"我咋看你怎面熟!"康路远:"你不是黑铁塔老哥吗?"黑铁塔说:"路远兄弟?都长成了大小伙儿!"俩人下马搂到了一起。其他人惊奇看他们。黑铁塔问:"干爹呢,咋就你一个人?"康路远答:"京城才回来,爹让我独个来这边,有急事儿!"黑铁塔说:"干爹就怎放心?"康路远说:"该死不能活,不死朝前挪!"黑铁塔哈哈大笑,你从这走不保险,还是我送你去魁记!黑铁塔朝同伙解释说:"我的干兄弟,你们在关公大庙老等我!"同伙驱马而去了。黑铁塔说:"兄弟,知道他们弄啥吗?"康路远摇头像似拨浪鼓。黑铁塔说:"小刀会的弟兄们,跟贪官、洋鬼子打仗呢!这路不安静,我必须送你去!"

两匹马儿嘚嘚嘚,黑铁塔和康路远边说话,一片山林好安静,黑铁塔说要解个手,让康路远先在前边走。又过了会儿,又传来马蹄嘚嘚声,好似队伍朝这赶。康路远吆喝路戏壮胆魄:小马贼你好大胆,竟敢拦路爷面前,我舞铜锤星光乱,砸你成肉饼煎鸡蛋……突然,山坡上又传来了喊杀声,康路远惊慌,马儿也惊吓得前蹄扬起嘶鸣起来。康路远使劲吆喝着:"铁塔哥!"黑铁塔骑马追过来,拉住了他的大黑马,朝着山坡上吆喝道:"老虎插翅飞来了!"山坡上顿时又安静。康路远问那话咋怎顶用?黑铁塔说是黑话,走吧!

到了目的地,已是夜深沉,大屋里,铁鳖灯头飘忽着。袁帅对他们说:"我前脚才到,你们咋也追来了?"康路远说了大生意,爹让我抓紧赶过来!袁帅问是啥生意?康路远递了爹的信。袁帅看罢,说:"那事儿敢当生意做?"黑铁塔哈哈冷笑:"你们不用打哑谜,我知道要做的是啥生意!"袁帅:"好像你成了俺肚的混食虫!"黑铁塔说:"咱在江湖混,啥消息能瞒过?你们说的是买卖洋枪炮!"袁帅和康路远瞪住了眼。黑铁塔说:"这生意有点儿热了!"袁帅说:"都是自己人,那就说明吧!"康路远说,这几天能不能落实,那边等着消息呢!袁帅说:"正巧约定好,这次我赶来,就为明天他们来人谈这事,一起听听吧!"康路远说:"这次运气好,山路上碰见了铁塔哥,登州又见到了姑爷您。对这宗生意是好兆头!"袁帅说:"但愿吧!"黑铁塔说:"说起这事,让我突然想起来,听说残余捻子洋枪也弄了，跟干爹要说说，可得提防啊！"袁帅说："路远他爹这次又亲住财神嘴儿了！"

阳光窗棂处射进来，照着罗汉床。王黑妮悄悄走进来，看看康文盛还在睡着，脸上似笑着。她也笑了，又悄悄走了出去。花狸猫跳到条桌上，蹦跳中撞住只瓷笔筒，骨碌碌接发出破碎声。康文盛睁开眼，看看猫，喊叫翠莲！王黑妮又进来，说："让她办事了，弄啥？"康文盛说："猫给撵出去，让我再睡会儿！"王黑妮说她心不安生，已跑来几回了！康文盛忽地坐了起来，惊讶地问："你咋了？"王黑妮说："你咋恁狠心，让路远单飞了？"康文盛打了个哈欠，说："去跑宗生意，哪有啥？"王黑妮黑脸说："还没长成大人啊！"康文盛说："咱路远恁机灵，怕啥？"王黑妮说："山东出响马，捻子还流窜，你不怕他有啥好歹？"康文盛说："笼里难养雄鹰，圈养难出千里马！"王黑妮说："耍啥花言巧语哩！"康文盛床上爬起来："你咋搅缠哩？"王黑妮高声说："你拿孩子赌博，就不能问问了？"黑妮抓起把毛笔，摔到了条桌上："俺孩子要有点好歹，我可不愿意！"

王黑妮气愤地出了门，要找小柱评评理。逯小柱皱着眉毛，吸着旱烟袋。康文盛也皱着眉毛，咕噜起水烟袋。王黑妮愤怒地坐在一边。逯小柱说："灯笼不点不明，话不说透心不亮。今天，你们惹这气，要我说，都怪文盛。"康文盛吃惊地"哦"了声。逯小柱烟袋敲桌子说："别看你是一家之主，康家族长，又有四品衔，我这是向理不向人！"康文盛说，他为了把明楼弄回来，不得已才这样做。明楼也是康家人物头啊！逯小柱果断地说："万不该担子压到路远肩膀上，毕竟他年龄有点儿小。"康文盛说："那我咋办？"逯小柱说："你带车，还有车把式做伴，应该让海啸和路远一起去。你应该知道，康路远不只是你儿子，也是人家黑妮的儿子呀！"康文盛点头说："我错了！"逯小柱说："你还有个不对，回来后，该给人家黑妮说清楚，母子连心啊？你却呼呼睡大觉！"康文盛站起来，给王黑妮鞠了个躬，说："姐，我对不起你，给个改错机会吧！"王黑妮扑哧一声笑了说："路远好好回来，这笔账咱勾销！"康文盛说："要不，你脚打我耳巴子！"逗得逯小柱也笑了。

这天大半夜，铁鳖灯头缥缈着，菩萨像前面，檀香烟缕缭绕着，供果堆在青花盘里，王黑妮跪蒲团上在祈祷。康文盛悄悄坐床边，观看着夫人做功课。王黑妮佛事进行完，看眼康文盛，说："你去看明楼了？"康文盛叹息道："这几天，我又想，多少穷人家的孩子，七八十来岁不就外边闯荡了？就说你吧，那时还是闺女家，不也替你爹支撑门事吗？"王黑妮说："你知道，家穷了，孩子像河滩的乱石头，爹难疼娘难爱，少些危险性啊！可富人家树大招风，孩子就招人注意了！你也是个大男人，为啥出门总要带帮手？山高遮人眼，水大怯人胆呀！"康文盛说："咱做生意，吃一拿二眼观三，我真想让俩孩子将来能挑重担！"王黑妮说："躲捻子已过去了，还该让路远去上学，让他考举人、考进士！"康文盛说："中，等他回来再说吧！"

次日早晨，洛河滩上，康文盛正回家，鲁海啸跑了过来，说："不好了！"康文盛说："别着急，慢慢说。"鲁海啸说："广才爷让你快去他家里，明楼叔怕是不中了！"康文盛就匆忙赶过去了。康明楼躺床上，长出短气直呻吟。他娘站旁边呜呜地哭，康广才脸像霜打的茄子。康文盛带看病先生走进来，先生马上把脉。先生说："回到家，心高兴，松了劲儿，痰上涌！"他开始扎针，拔火罐。片刻，康明楼大声哭起来。看病先生说，过来劲儿了！康文盛："让我劝兄弟几句吧，心病还需心来治！"家都退出了门外，康文盛说："兄弟，我知道你是咋着了，说得对，你就拍拍床，说得不对，你就啥也甭说。你是想到你爹为了你，费了大心思，花了恁多银子。为捞这个官，你也耗费了青春年华。可官场上大吃小，你一肚子委屈说不出，越想越难受。是不是！"康明楼忽地就坐了起来，先是狠狠拍了床，然后拉了康文盛的手，说："你咋把老弟心看得恁透哩！"康文盛说："从明天开始，我亲自给你治病，看好病，还往皇宫当官去！只要意志坚，能过火焰山！只要决心大，石头也听话！"康明楼说："中，俺听哥儿哩！"

次日前响，康文盛带领康明楼、鲁海啸，坐辆敞蓬大马车，离开洛河边前行，远处的青龙山连绵，原野庄稼茂盛，蓝天时有鸟儿啾喳着掠过。康明楼感慨地说："这几年，都没看到这舒心景致了！要说那些皇家园林，景致也不孬，但心里总鼓憋一疙瘩，难有这好心情！"康文盛说："亲不亲，故乡人，一回到家乡，憋憋事就化解了！"康明楼说："哥呀，跟着你，我又想起咱制伏黑铁塔那情景了。原想当个官，日子会更自在，谁知道，心里天天似坠着秤砣砣！"康文盛说："不进那家门，不懂那家人啊！"康明楼说："那天，一离开京城，就如小鸟扑棱棱飞上了天空，心里一下子就解脱了。""能小能大是条龙，光小不大是条虫，不敢打退堂鼓啊！""哥儿，当官老难啊！"突然，前方传来了锣鼓声、鞭炮声，惊吓得鸟儿啾喳乱逃窜。康文盛说："北宋皇陵到了！"眼前出现了高耸入云的陵台，苍翠的松柏林。踏着白色的小路，进入了皇陵。原来，热闹声发源于神道内。壮观的石刻仪仗群，一秀美石刻大臣前，一些男女村民们，领个浑身着红的小男孩儿，正给石人跪拜呢。檀香青烟缭绕着，纸钱黑蝴蝶在飞舞。待一群人跪拜站起来，康文盛和气地问："咋给石人上香呢？"老汉说："小孩儿命硬，认个石人当干娘，小孩儿就没病没灾了！"康明楼说："那我就认他十来个石人当干娘！"老汉哈哈地笑了："要那样，石头人还为争干儿打架呢！"鲁海啸说："不对呀，这些石人是男的？"康文盛也说："老哥，咋阴阳不分了？"老汉说："这些男子，肯定都是大官，肯定谁也不会打光棍儿。孩子认谁跟前，谁肯定要给女人说一声，干娘干爹不都有了？女人要敢反对，当官的还不休了她？"说得大家都点了头。

他们继续朝高陵台走过去。康文盛说："明楼弟，知道吗？都是心病啊！石头会有护孩子灵气吗？"鲁海啸说："石头要会保佑人，还不如认大山当干娘哩！"他们走到陵台前，康文盛站在一棵松树下，他先背诵了两句诗："昔日帝王今何在？一抔黄土面青天。明楼兄弟，过去的皇帝，也照样躺在土下啊！"康明楼沉思着。一通青色龟驮石碑上，书写"北宋开国皇帝赵匡胤陵寝"。鲁海啸从红提斗里取出檀香、供品和纸钱，然后，大家摆放了供品，点燃檀香、纸钱。康文盛说："咱都跪下，给老皇帝见个礼吧！"三人都跪地了，康文盛说着："先皇上，保佑我兄弟康明楼无病无灾，保佑官位不断高升！"大家磕了头站起来，康文盛说："皇帝基业，一茬茬传承。老皇帝真若有灵，定能指挥动当今皇上！"

康明楼眯着眼睛，观看高大的陵台。这时候，几只喜鹊喳喳，大松树上叫起来。康文盛说："看看，先皇帝捎话来了！明天，再跟我去趟浮戏山，让那老道士也给拨乱反正吧！"

买卖洋枪谈判正热急，琉球王家来俩胖伙计。低个是个头儿，说这批枪炮保弄成！高个儿像公子，一问真是王掌柜的大儿子，学做生意呢！

康路远说："人家提要求，须是德国货！"低个说："我们进的就是德国造！"袁帅说："俺魁记原先定的货，一点点，恐怕搞好了吧？"低个说那当然。高个儿说："咱皇上不许私进武器，抓住了，要砍掉脑袋哩！"康路远不解："怪吓人啊，皇上啥都管？"袁帅说："皇上想让人人成半傻，这样，他就说一不二了。也怕好武器流到百姓手，一下端了他的窝！"低个拍手说："一针见血，完全对！"袁帅说："咱交割的货，可分别装到小渔船上，天擦黑停我盐场边，我们扮作运盐的。"低个说："只限你那小批货，康少爷说那批万不行！"康路远说："总军需官说了，他们派舰船，大海里钱货一手交！"低个说："外人不知里黑。外进洋枪炮，不是一拨人，各自有路数。弄不好，就可能得罪某些人物头，灭顶之灾现成的。"康路远说："让大官站那，谁还敢说二话哩？"

一番讨论，心里都有了定盘星，就各自操作了。这日，连天大海波涛汹涌，天色阴晦，风声吼吼嘶叫。袁帅带着康路远，看着无边无涯大海。康路远说："姑爷，想干成件事儿怪难呀！"袁帅说："世上活个人，跟世上活个兽同样的道理。比如这大海，无论浪多高，许多鱼儿也随这大浪在挣扎。"康路远说："当人当鱼都不易啊！"袁帅说："除了自然困难，遭遇更多的，同类自相残杀！有人为了自己活着，恨不得把别人活吞了！你稍微不留神，就成他人盘中餐。明一早，拉盐船队就起锚，你跟着船回去吧！"康路远说："中，我还没坐过恁远的船哩！姑爷，我问你个问题，明楼叔的怪病还能治好吗？"袁帅说："就看他的造化了，说不准，你爹会为他策划通顺的。"

三人骑了三匹马，沿崎岖山路走。路一边是古木森森的蜿蜒大山，另一边是奔腾跳跃的玉仙河。康文盛大声说："明楼兄弟，这景致比颐和园咋样啊？"康明楼说："好多了，一切都自然。一踏进山口，空气都清香，玉

465

仙河水又清凉见底，似把人五脏六腑都洗净了！""是啊！道家先祖能此修炼，里边一住，谁知今夕是何年！可惜，咱难享受啊！"

前方一座山峰，缭绕着袅袅云雾，名曰香炉峰。峰下，是座玉仙圣母庙，殿堂错落富丽堂皇。周围柏林森然，旁有一瀑布，洪亮地奔泄着。他们古柏林旁下了马，踩着石踏步，朝琉璃瓦庙门那走去。近些，听到了古庙内上香的铜钟声，灵动而悠扬。庙院偏房里，一老道银须飘然，正诵读一本书。康文盛、康明楼进了屋，老道慌忙站起接迎，寒暄过，康文盛双手捧拳敬拜："求你给我这兄弟疏导！"老道看眼愁眉苦脸的康明楼，说："心路堵塞，气则不顺，气不顺则臃疽生，臃疽生则体魄弱啊！"康文盛说："这兄弟朝里为官，疾病缠身了！"老道指着山顶说："在这说道，不如攀上山顶，距离神仙也近，缺少些尘世干扰，我们可尽情交流。何况，牛状元也是康大人的贤婿，现正住山上，官场过来人，可帮我敲定乾坤啊！"

盘蛇似弯曲路连接山巅，老道带领，他们跟随。走得"呼哧呼哧"喘粗气，老道驻足言："停脚歇歇吧，也可观山景。高山飘白云，林木苍茫茫，看到这气象，定觉人渺小？"康明楼说："跟这山林比，我则如飞鸟儿！"老道说："我常蹬山顶，坐思人生路，体验到老子'无为'的深意！"康明楼说："我在太白修武时，师父也常提示我，心存无为才能有为！"老道说："无为到有为，最高境界啊！但无为是根基，无为是自然，而有为才是虚无啊！"康文盛、康明楼和鲁海啸都愣住了。老道笑了："迷茫了吧？其实，世事别看太重，看重了，无形绳就拴了自己！那么，你心思要遭受熬煎了！"

又走些时间，面前山峰突兀，石头城墙蜿蜒起伏，一石筑大门上方，刻有"将军寨"三个大字。几个人跟随老道，进了寨门。立即传来狗的吠叫。林荫深处不见其人，先闻其声，是个洪钟般声音问："哦，来客了？"透过林荫，是片灰色小瓦房舍，大门处走出了牛状元。他看见康文盛几个，慌忙走了过来："我说老黄叫得恁蝎虎哩，稀客啊！"康文盛说："这儿跟修仙有啥两样？咱坐院外说话吧！"牛状元拉住了康文盛的手："爹，我们就说山下看你呢！"牛状元看着康明楼说："这是明楼了？"康明楼跪地说：

466

"师傅，是我了！"牛状元说："咋恁瘦呢？皇宫不让吃饱饭？"康明楼摇头，泪流了出来。

几棵古老的松柏树，松柏树下几只石桌凳。康文盛准备坐下，老道指着远处突兀的山峰说："走，天柱顶离天庭更近些！咱先做做仪式吧，心诚则灵啊！"康文盛："我们需要准备点香火、果子吧？"牛状元说："我才射中了两只野兔，刚刚剥了皮，清洗过，正好作祭祀！"康文盛说："天上人间一个理，行者匆匆，皆为利来啊！"

他们登着石脚窝，爬上了突兀的天柱顶。其上光秃秃一色大青石，正中一块石，平若石桌子。老道招呼着，摆放了牺牲，他又从斜背布兜里取出指头粗的檀香，用火镰打着媒子引燃，插放几块小石头中间。老道说："你们都先坐一边，待我作法召唤神仙来！"康文盛几个如老道指示，坐在了附近石头上。老道背袋里抽出把木剑，嘴里叨念着什么，舞之蹈之半天，突然，木剑上便呈出了红色。老道说，蜈蚣精已被他除去，康大人宦途定能顺通！几个人朝天空看着，乜斜乜斜老道，哪里瞅见神仙影儿？老道说："快跪下磕头！"大家只得行事。仪式完毕，大家朝牛家大门口走着，鲁海啸悄悄问："干爹，我一直看天，咋没看见神仙呢？老道耍咱的猴吧？"康文盛小声说："治心病，信就有，不信则无！"鲁海啸点点头。

石凳上重新坐下，状元夫人拿茶壶院里走出来，丫鬟端着青花细瓷碗，为来客倒水。康文盛说："闺女，住山上习惯吧？"干闺女说："清净！"牛状元说："我也是此体验！明楼听了，保准可悟出些道来！"康文盛说："不妨说说看！"他给干闺女摆手示意离去。干闺女说："那我就张罗饭了！"康文盛说："好，尝尝山林野味吧！"牛状元说，打得有野兔、山鸡，还有木耳、猴头、蘑菇、山韭菜、野鸡蛋、鹌鹑蛋。康文盛说："明楼，让你师傅说说见解吧！"牛状元说："据我所知，官场上患病，多是心病！我当了镇守将军，官也不算小吧？"康明楼说："好多人都看你脸色行事呀！"牛状元说："是啊，可还有俩人专搜寻我的事儿！为啥？我凭本事考上的功名，而他们是靠根子捞的官位。削不去高山，显不出平地啊！于是，经常我还不知道的坏事儿，人家就安我身上了。我也生过大气！后来想，此地不留爷，自有留爷处。人惹不起，总躲得起吧？"康文盛拍下大腿说："对呀，只要有个好心态，还有啥能难倒人？"老道说："天下万物，冷静看待，如风过耳！"牛状元说："这些时日，我躲这深山野寨，就是为宽松胸怀，忘掉世间烦恼！如果明楼愿意，也跟我这里修修仙！"康明楼说："师傅，我想得也有些通顺了。皇帝皇后是人，难道咱不是人吗？"康文盛说："人活着是难！但只要不怕难，就会活得有力量！"康明楼点了头。老道说："人死如灯灭，一股青气融苍天，活人怕活人，太笨拙了！"康明楼说："我已明白了！"

牛状元似有所思，对康文盛说："我在这山上赋闲，还给你刻块匾额，啥时间弄好，选个合适日子送去，也算俺俩对你的孝心！就这，我都犯了和秀花的约定，她说会给你惊喜哩！"康文盛点头说："中！我就等着！"老道给康明楼说："我弄的有种药，都是这山里好东西，可带些，坚持吃吃，保准好！"康明楼又点了头。突然，康文盛皱紧了眉头，右眼跳得厉害。左跳财，右跳哀。又会有什么事情吗？他心里暗问。

洛河边汤泉庙沟大庙会，赶会人熙熙攘攘。一家羊肉汤摊，放了几块长木板，顾客坐着小板凳，羊肉汤喝得很滋味。来几个神情怪怪者，羊肉汤摊那靠拢去。头戴白色圆帽的掌柜看见了，扯开喉咙吆喝着："羊肉老汤泡馍馍，地地道道的关中味儿，路过若不吃，后悔一辈子哟！"客头乜斜那掌柜，朝跟随者招手说："兑，兑一顿！"他又对回回掌柜说："羊肉弄足点，后边还有些弟兄，都扛的硬活儿！"回回掌柜大声说："没问题，圈里有羊，现杀都来及！"这些人入了坐，回回掌柜手拿馍馍来解说："硬面馍馍，掰成指甲盖大小，泡到热汤里才出味儿！"来客们先是掰着，然后就不顾怎多了，随便掰了放碗内。继而，风卷残云般吃着。回回掌柜很困惑，打量这些不速客。接着，他们来了又一拨。吃饱了喝足了，一帮怪客就逛庙会、看唱戏。

太阳偏西时，不速之客下了洛河滩，没入了白茫茫的芦苇林。水汊里，停泊了几只船，装着竹竿诸山货，那拨人上了船。一艘大船中，头发花白胖者躺在竹椅上，眯缝眼似睡非睡。小头目拿包牛肉片递给他，长者懒散地坐起来："老远就闻到肉香了！"他边吃边说："这会儿，好好迷瞪会儿，今晚仗打好了，康百万家啥好的也能吃！

夕阳坠落了，乌鸦呱呱叫着，掠过芦苇林。他们用大竹竿绑梯子，旁边已做好了好几个。旁边躺着个老汉，浑身是泥水，虾米样蜷着腿。小头目拿脚狠蹬他，老汉发出了呻吟声。小头目说："哦嗬，命还怪大哩！"另个老汉跪着磕头说："高抬贵手吧，他儿子有大病，等他挣钱给治哩！我要说假话，天打五雷轰！"大头目说："我捻子吃的跑爪子食，借用他的船，他就直唠叨，要船钱，烦得我蛋疼，要搁早年间，脑袋早给他搬家了！看他病儿的面，让兄弟给上点白药吧，真想把他扔洛河喂鱼了！"几个伙计拖拉着，伤老汉抬到了木船上。这会儿，一个学生娃，河滩近路回学校，看到了这出戏。心里嘟囔着："如果今天带弹弓，就打那胖子一家伙，对人恁狠心，猪狗都不如！"

这夜，月儿悬天上，黛色山影已朦胧，洛河里星斗水里也闪烁。大头目船上吹声尖口哨，芦苇滩便唰啦啦响动了，黑影们站到了木船旁。他说："弟兄们，往康家进发了！再陈述老政策，谁先攻入高墙大院，奖银子一百两，谁看上哪个俊女子，我主持入洞房！"小头目说："放心吧，我们这次定会出奇不意！"一捻子说："为你的屁股报仇！"一阵大笑。大头目连忙捂屁股说："挨那两枪后，屁股老生疼。不说了，日他得儿，上船，开船！"

几只船儿顺河而下，黑色的邙山、灯光忽闪的村落、黑色的柳树行，缓缓移动着。远处有了狗的吠叫声。到康家码头上游半里路，船只停泊了，捻子抬着竹梯子，朝柳树行走过去。大头目瘸腿跟后边。他抬头看天说："等启明星大半后晌再行动，那会儿，谁也不会想到咱会来！再歇歇，歇透了不少打粮食！"捻子们就坐在了河滩柳树行。

狗们这儿那儿汪汪叫着，邙山下的村子里，偶有灯光房舍里射出。更夫提着明灯笼，敲起铜锣，已经报了三更时辰。

也是这天后晌，康路畅背褡裢，朝着家门走。突然，路旁树丛里，一只黄狗扑过来。康路畅猛一惊，连忙大声说："老黄，不认识老哥了？"黄狗停止了扑咬，摇摆着尾巴，在康路畅身边直扭转，亲昵地舔起他的脚。大门口闪出来鲁海啸，他惊讶地说："哦，回来了？干爹还说把明楼叔送走，就去看你呢！"康路畅问明楼叔啥时回来了？鲁海啸说了一二三。黄狗蹦跳着，康路畅身边继续撒着欢儿。鲁海啸拍着黄狗的头："人来疯！"康路畅笑着说："多天不见我，见我就亲热。"康路畅问他去哪儿？鲁海啸说："去叫明楼叔和干爹。"

大屋里，康路远正练毛笔字，王黑妮做着刺绣活儿。康路畅进了门，叫了一声妈，王黑妮高兴地说："路畅回来了，快，让翠莲给先弄点吃的吧？"康路畅说吃过了。康路远高兴地站起来，就去接褡裢："哥，给我带了啥好吃的？"康路畅嘻嘻笑了说："馋嘴猴，给咱妈和你带的花生糕，尝尝美不！"康路远褡裢摸了块花生糕，递给了妈。王黑妮嘿嘿笑着说："你啥时间才能长大呢？你哥已经成了家，下来就该轮到你了，可还像个小孩子！"王黑妮说："你参议事堂等你康明楼叔，他要回京城了，商量些事儿！"康路畅说，知道了，他想去金谷寨看看，在石家庄那边，他做梦都常在那上边啊！康路远说："哥，我也跟你去吧！那上边已成大学堂了！"康路畅惊讶地哦一声，康路远忙纠正说："是年龄大些学生上的学，禹州康秀才当先生，讲书像是说故事，学生听得都入迷！"康路畅说："我知道，他叫康桂生。走，咱见见他去！"王黑妮说："早去早回啊！"

不多会儿，康路畅到了金谷堆，康桂生来到俩旁边。康路畅朝康桂生作揖说："你是我弟儿的先生，也就是我的先生！"康桂生慌忙还礼说："不敢当，不敢当！"康路畅说："孔子云，三人之行，必有吾师，你读书比俺多得多，当然就是老师了！"康路远说："我们弟兄俩，读书沉不下心！"康路畅说："书到用时方恨少，现在我还自学呢，也想积到时候，谋取个好功名！"康桂生哈哈笑了说："只要志气高，目标定达到！"康路畅说："时势还不稳，先生住在寨子上，夜里可上好寨门啊！"康桂生说："那是，刚才就有个学生说，他路上碰见芦苇滩停几只船，船上人正打撑船老汉呢，捻子长捻子短的说！"康路畅眼珠子转了几转，说："快把那学生找过来。"康路远说："管那闲事儿弄啥哩？"康路畅说："咱家树大招风，万万不可粗心大意！"那学生来了，学过了见闻，弟兄俩都觉是个事儿，那时候不行船，芦苇滩里捣啥鬼？

回到家，大家围桌吃着饭。康路畅突然问："爹，捻子还来吗？"康广才说：“大概是上次吓屌了！”康路畅就学了听到的新情况。康文盛愣片刻，关照康广才，通知团练即刻上位，说他右眼跳得厉害，估计形势不好了。

月光透过窗棂子射进屋子里，康路畅床上辗转反侧，老罗汉床不安生得咯吱响。黑暗里，女人如梦吃问：“你咋了，石碌碡场哩？”康路畅说：“大概集上吃点卤牛肉，肚子疙裂着疼！”女人说：“蜷住腿会好点！”突然，康路畅坐了起来。女人问咋了？康路畅答：“内急！”康路畅踢拉上鞋，屋门“吱呀呀”拉开，月光泄了半屋子。传来了“哐、哐、哐”的更锣声。神龟园突兀的寨墙垛口，冷清清地竖立着。黑妮嫁这边带那老黄狗，认真卧在门房口，不时呜呜似念经，或似思念其情狗了。岗楼屋门内，铁鳖灯缭绕着，几团练在兴奋地搓麻将。

神龟园寨墙下，捻子抬梯子，已悄悄走到寨墙下，他们竖了梯子，大头目朝众捻子做了手势，有人便悄悄上爬。大黄狗似乎听到了啥，机警地抬头朝着天，热烈地汪汪吠叫。康路畅茅厕里舒服过，狗叫声使他警觉，想起下午得到的信息，掂根棍走出二门，贴墙警惕张望着。突然，墙垛口处露出个黑影子，一个人接一个人跳过墙。老黄狗飞箭似的扑过去，把最前边那人咬地上，康路畅拿棍子跑过去，冷惊惊地吆喝道，土匪进寨了！土匪进寨了！岗楼内，跳出几个团练，敲起了紧急报警锣。

康路畅舞动棍子打，随着哎呀哎呀惨叫声，对手跌倒趴地上。捻子强攻，这边强守，又跑来了许多团练。场院上激烈打斗着。团练们拿起了洋枪，砰砰砰地射击着。几个土匪被打倒，有的已经被捆上。团练们拿枪拥到了墙垛口，朝下砰砰打起了抢，下边也朝寨上开了枪……

这夜里，康明楼失眠了，离回京城时间越近，心事儿一件接一件。干脆起来练武，黑色大门被推开，手里提把大砍刀，扎了腰巾练套路。不知道，父亲也悄悄走出来，站那看儿子耍大刀。儿子收功后，康广才说：“发啥神经病？我还以为出了啥事呢！”康明楼说：“要回京城了，咋也睡不稳。”康广才说：“你练吧，想想你文盛哥为你下的劲儿，这次回京城，一定要干出个名堂来！”康明楼又练舞棍，发出了呼呼啸声。正观看儿子练武功，康广才猛然说：“停！”康明楼问咋了？康广才说：“好像有枪声，咱一起看看吧！"他们融入了夜幕中。

村里，有人也敲起铜锣，吆喝土匪进村了。年轻力壮的都拿起武器，到村寨上准备战斗了！爷俩上了村子老寨墙，辨明枪声像在神龟园。他们飞身下寨，朝神龟园那奔跑去。

听到枪声时，王黑妮推康文盛一把，康文盛骨碌坐起来。后晌，儿子路畅说的话，他还没太当真，官府说捻子早灭了，不可能死灰复燃呀！他还不清楚，捻子又开始了一拨翻腾。康文盛慌忙穿衣服，箱子里摸出了那手枪，压上子弹跑出门。各屋都已点亮了灯，出现了一些小骚乱。逯小柱也从屋里闪出来，说："有土匪摸寨子了！"康文盛要求灯火全熄，人到地道口窑里等待着，如外边真失手，赶快地道转移出！逯小柱劝说他，也随大家到地道窑。康文盛说："我得给大家壮胆啊！"康文盛走到了大门口。守内门者拉住了他，说外面打得正紧，你还是最好别出去！康文盛挤扛着闪到了大门外。

神龟园下，捻子大头目又吆喝："冲啊弟兄们，成功就看这回了！"捻子们嗷嗷呼叫着，发疯似朝上乱打枪，一些人继续爬梯子。神龟园上，康文盛弯着腰，对团练们吆喝说："都把身体压低些，严密注意住墙垛口！"康文盛侧身外张望，突然，一颗子弹打得墙砖飞个角。康路畅强行拉父亲，对鲁海啸说："海啸哥！你看住爹，甭让他往前边去！"鲁海啸去拉康文盛。康文盛大声叫道："别管我，看好垛口！"

捻子的枪朝垛口处激烈也放着，压得上边不敢出头望。突然，几个黑影越过了墙垛口。康路畅吆喝说："敌人上来了，杀啊！"这时，一个捻子的枪口对了康文盛，突然，黄狗闪电样冲上去，咬翻了敌人，敌人砰的一枪响，黄狗呻吟倒地上。鲁海啸朝敌人猛刺一刀。敌人倒地惨叫着，爹呀娘呀叫声声。其余四个敌人一堆聚拢着，康文盛喊道："捉活的！"团练们分割了敌人，包围圈越来越小了……

康路远偷偷摸摸地，从地道口那窑洞里跑出来，手里也握一柄刀，蹲在内宅寨墙边，藏在垛口旁墙后边，朝下张望啥情况。凄冷的月光，洒照临滩作坊院。捻子大头目指挥人，悄悄把个梯子抬到了那下边。康路远看见了，附近抱了堆碎砖头，握紧了手里的大刀片，敌人刚要稳梯子，康路远就用砖头砸下去。另几个梯子上，敌人又快速攀爬着。

这会儿，康明楼和康广才提着刀，朝大头目那包抄过去。康明楼小声说："爹，你别去了，你看住别的敌人，让我治理他！"康广才说："小心点！"康明楼像只猎豹，突然跃起来，站到了大头目身后边，手臂拐住了他脖子，尖刀刺入了他后背，他扭头惊愕地看是谁，扑通歪倒了。其他人不明咋回事，康广才和康明楼挥起大刀片，刀起刀落如削泥，敌人一个个倒地上。康明楼又跑到作坊院，一脚踢翻了个梯子，敌人爹呀娘呀号叫呻吟着。爷俩砍杀得敌人胡窜乱跑起来。

康路远吆喝着，敌人被打呼啦了！村里火把也闪耀着，拥出了老寨门，许多团练呼喊着杀呀杀呀！朝神龟园下包围去。康文盛站在垛口处，纷乱的火把如众多流星，吆喝声若浪涛滚动。康文盛对大家说，打开大门，清扫战场！

新一天的太阳出来了，被活捉的几个捻子垂头丧气蹲在那里。康文盛问："捻子早就没了，咋又冒出来了？"小头目说："队伍打呼啦后，他们跑到了桐柏山，这次，掌柜准备弄些金银，想再把杆子拉大！"康文盛说："我知道，你们也是因为贫困，才混到如今这地步。我给你们指两条路。一、想在这干的，我需要船工，还需要驮队赶牲口的；二、想回家的，我给发点银子，你们可回去做点小生意！"几个人几乎不约而同跪地上，给康文盛磕着头。小头目说："往后俺一定改恶从善！"康文盛吩咐松绑，安排他们先吃饭去！

康家那条黄狗，康文盛捡的流浪狗，让黑妮喂了，这次竟为主人英勇牺牲了。康文盛为它掉了泪，亲自主持着，安葬到了朝阳山坳里，前边竖起了一块碑，上书"义犬老黄先生之墓"。

这是一个不小的胜利，顿时传遍了全县，有人捎个口信来，说牛状元也要来庆祝庆祝。

四十二

牛状元骑匹马，夫人坐着轿，停在了神龟园大门口。牛状元搬着包裹严实的物件，一个伙计要接手，他说："还是自己来，弄坏了你赔不起！"伙计笑了挠挠头。这时，康明楼走过来。牛状元说："来得早不如来得巧，来，咱俩抬住这宝贝，一会儿再帮我给挂上。"康明楼奇怪地看着牛师傅，他们就抬着那物件，小心翼翼进了大门。

俩人抬到了会客厅，自己做主安置那物件。康文盛这时走进来，问他们干啥哩，牛状元说："那匾带来了，贺喜这会儿挂着最合适！"康文盛笑着说："你还怪当家哩，我还没过眼，你就知道我喜欢？"牛状元说："这上边的字，你都让孩子闺女背熟了，还会不喜欢？"康文盛说："我要不喜欢，就砸了它！"牛状元说："随便！"康明楼站在桌子上，已挂好了那匾额，他问康文盛："哥儿，不歪吧？"康文盛说正好！康明楼桌上跳下来。康文盛抬头看着那匾额，像面旗帜在飘扬，他像读书样，拉长腔读那匾上文——

　　　　留耕道人《四留铭》云：留有余不尽之巧以还造化，留有余不尽之禄以还朝廷，留有余不尽之财以还百姓，留有余不尽之福以还子孙。盖造物忌盈厌事太尽，未有不贻后悔者。高景逸所云：临事让人一步，自有余地；临财放宽一分，自有余味。推之，凡事皆然。以留余二字颜其堂，盖取留耕道人之铭，以示其子孙者。夏峰先生训其诸子之词以括之曰：若辈知昌家之道乎？留余忌尽而已。

读完了，康文盛说："好，咱俩想到一块了！"牛状元说："英雄所见略同嘛！"康文盛哈哈大笑了，说："王伯大这个福州蛮子，写这篇东西真叫好！怪不得，他能当吏部尚书，资政殿学士啊！那夏峰也是了不得的人物，他写的书，就有一人多高了，《四书近指》《读易大旨》《经书近旨》《圣学录》《两大案录》《甲申大难录》《岁寒居自养》《乙丙记事》，太多了。他们都是咱做人的先生！我最害怕的，就是后代子孙忘乎所以啊！这下好了，往后子孙们进来一抬头，就可看见这座右铭！"他泪眼蒙蒙的，那旗帜早在他心里飘扬了。

这时，传来铜锣"哐、哐"的开道声，一队衙役拥簇着八抬大轿，朝神龟园大门口走过来。鲁海啸正好从外边回来，看到后，自语说，是巡抚大人的轿子！他马上跑着报信。康文盛、牛状元、康明楼几个连忙迎接，陪那拉大人进了会客厅。康文盛说："又好久没见大人了，如果不是捻子又找事儿，我就说找你去！"那拉大人连忙摆手说："外气了，谁跟谁啊！你跟捻子又打了一仗，我来瞧瞧，看伤筋动骨没？"康文盛眼珠转几圈，说："大人呀，麻烦你为我康明楼兄弟申报个功！"那拉大人困惑地问："他也立功了？"康文盛说："前些时，他回来养病，夜起练武术，感觉形势不太妙，和他爹悄悄接近敌人，杀了捻子的大头目，解了我的围，也救了全村人！"那拉大人说："好！我正准备给报功呢！快把康将军事迹写一写！"牛状元也顺杆子爬："明楼的事又要靠您了！"康文盛又说起他干娘。那拉说："我那丈母娘，成了个标准的神经蛋！"康文盛惊讶地说："不可能，我干娘心胸多坦荡！"那拉说："是真的，你救她回去后，她说遇到了神，那神就是您母亲，你娘派你救了她。她让人给你娘塑个像，供奉在家里，天天香火伺候着，还拉了许多香客呢，家变庙了。"康文盛说："不过也好，人信点啥，活得就踏实！"那拉说："还真是那理呢！她现在一点不恍惚了，能吃能睡，越来越结实了！"那拉大人又对康明楼说："你在皇宫里，又有好武功，我定瞅机会帮助你！"康文盛说："那我们真就感激不尽了！"牛状元说："人家可一言九鼎啊！"康明楼说："巡抚动动嘴，超过了我们跑断腿！"那拉大人说："有你文盛哥，咱自然都是兄弟，先把你弄到我姑身边，将来，准有发达好机会！本事是人的立足之本，可发达需要的是人事关系。在咱中国，只要有人事关系做后盾，本事不咋的，照样可飞黄腾达。反过来，本事大到了天上，没人事关系支撑，你最多当个好劳力！"康明楼说："听君一席话，胜读十年书！"那拉巡抚说："我给姑就写信，你带去！"

　　这会儿，康明楼陷入了思虑，慈禧太后那双阴冷的眼，眼前老晃着。那拉大人奇怪地看着他问："咋害怕她？"康明楼笑着说："咱职位恁低，咋能随便见太后？"那拉说："我给李莲英写封信，他保准能办好这件事儿！"康明楼给那拉大人施礼说："太感谢大人了，以后需小人做啥事儿，尽管吩咐！"那拉哈哈笑："一根篱笆三根桩，一个好汉三人帮，谁让我们是好兄弟！"康文盛说："我明楼兄弟要走了，请功折子你要快点弄去呀！""没问题，我通过驿站传递，大路快马，三几天准到。保准明楼可入圈子里！"康明楼说："如有飞黄腾达日，我绝不忘记您恩德！"康文盛说："我回头就去洛宁，看看干娘去，让干娘好好夸夸她的好女婿！"那拉大人仰面哈哈大笑。

康文盛几个骑着马，山谷里边行走着，已看到苍茫的黄河了，康广才喊起了等船号子：啊——啊啊——码头上也传来催赶船号：啊啊——啊啊——几个人催马，沿着山谷溪流旁土路快速走着，已感到黄河凉丝丝的气息了。

耸立的邙山下，黄河奔涌着。几个人忙着招呼，康明楼牵马上了船。片刻，船儿扬帆，船工拉锚，离了河岸边。康广才朝康明楼喊道："记住大家的话，到那安置好就来信！"康明楼应道："知道了！"片刻，船工的拉锚号子压倒了浪涛声。看船已入大河，黄色大水和蓝天吻接着。康广才扭脸擦眼睛。康文盛看着他问："叔，咋，不舍得兄弟往京城了？"康广才说："我现在后悔了，当初让他学做生意有多好！当个官，每天要听不想听的话，要说不想说的话，要做不想做的事，活得累人啊！"康文盛说："三百六十行，行行都要有人干！命啊，我们走吧！"

这会儿，康路远骑马飞驰着，进了裴峪大山谷。而这山谷不远处，康文盛正兴致地唱路戏：别说那山高皇帝远，流水潺潺好浇田，有了十亩好庄稼，全家老少有吃穿。再开二亩好茶园，香喷喷金银花茶暖心尖……康路远听到了爹的唱戏声，放慢了马速。到他们跟前，康路远跳下马，问他明楼叔过河没？康文盛说："快到河中间了吧？啥事儿？"康路远说："太医老爷去世了，俺妈让明楼叔快给二恩爷带个信！"鲁海啸说："让我去追明楼叔吧，坐上打鱼的小鹰船，很快可赶到河对岸！"康文盛说："这倒是个法儿，不过，马就过不去了！海啸，你过去后，就雇当地一匹马，撵上他！"康路远说："让俺俩一块儿去吧？"康文盛说："甭，单人起脚利些！"

鲁海啸坐上小鹰船，冲入了黄河中，树叶似水上漂荡着。鲁海啸从小鹰船上走下来，站在草滩边。撑小鹰船的老汉说："你就在这等，那大船得会儿才靠岸！我也在这等着你！"鲁海啸朝老汉摇着手："你就甭等了，我回去坐大船！"老汉憨实地就笑了。莽莽芦川草海，风儿吹拂着，若浪涛起伏。河对岸邙山连绵逶迤，黄河里，撑小鹰船老汉越来越小，越来越小。鲁海啸躺在一铺草上，看着码头，他竟然睡着了。大木船靠岸了，人们沿桥板朝下走。康明楼牵着马，走下了桥板。船上艄公站在船头上，两手圈成喇叭形，吆喝着赶船号子："啊啊——啊啊啊——"鲁海啸忽地草上坐起来，正好康明楼牵马从他身边过，鲁海啸跳了起来喊："明楼叔！"康明楼奇怪地打量鲁海啸："哎呀，你成神仙了？咋会在这呢？"鲁海啸说了事儿，把信递给了他。康明楼把信放到口袋里："放心吧！"

鲁海啸看康明楼翻身上马，消失在了绿色的草海里。

去洛宁回来，洛阳老集上，康文盛和鲁海啸看热闹。卖大力丸者赤脊梁舞棍棒，呼呼地生旋风。突然，一群官兵跑步围过来，要抓那卖大力丸的人，那人挣扎说："我咋了，你们欺负人？"康文盛嘟囔说，这种苦人咋碍他们了！听到干爹在自语，鲁海啸跳到前边去，挡住那官兵说："他犯了啥王法，这样对人家？"这时，一个人拉住了鲁海啸，是穿便装的张二恩。张二恩说："走！"同时，他朝官兵摆了手，让他们照常办公事。鲁海啸说："爷，咋是您啊！"张二恩拉着鲁海啸，避开人群问："你干爹也在洛阳城？"说着，康文盛也走过来问："二恩叔，你咋在这呀？"张二恩说，到你们魁记说。

到了魁记商行。康文盛说："我还没谢你呢，明楼兄弟的事，听说你帮大忙！"张二恩说："我陪他见了李莲英，已安排老佛爷那干事儿了。还是那拉巡抚的脸面啊！我还得感谢你，我先父的丧事儿，你帮忙给操办恁排场，我们兄弟都感激！"康文盛说："自己人，不必说了。你咋平民打扮跑这了？"张二恩说："外国佬埋怨逆党作祟，把皇上吓得打哆嗦，就令官员们底下查逆党！"康文盛摇头嘟囔："还帮外国人欺负百姓？"张二恩说："连环套，攘外先安内啊！据报，卖大力丸者是大刀会的人，来这边为了扩展势力！说说自己的事儿吧！"康文盛说："明天我坐船回家，你还去看大恩叔吗？"张二恩说："中，一路去！"

次日，乘船回到神龟园。康文盛领着张二恩，观看他家的新添置。石屏窑里，阳光从门窗上斜射进，已表砌上墙的石碑黑又亮，油漆好的木隔断也闪亮色。巧木匠姚大聚精会神着，正修补木隔断上小梅花，车清远一旁认真观看着。康文盛和张二恩走进来。黑乎乎的影子，让两个匠人抬起头。看清来者，连忙站起来。车清远说："要全部做完了，木隔断做些修改，你来把把关，看还有哪点不中意？"姚木匠腼腆地红脸说："不中俺还修！"康文盛哈哈笑了说："活儿都怪好！让张大人给看看，人家整年皇宫里混，好物件肯定见得多，不怕不懂货，只怕货比货呀！"他们就观看那木隔断——窗棂子上透雕了朵朵小梅花，似掩藏个百花争妍的春天。那窗棂远近看着会变化，近看，那棂子口先圆，往门口退着看，棂子口变扁，然后呈菱形，然后似五瓣花朵盛开了。张二恩感叹说："妙、妙！皇宫里也没见过这物件呀！"康文盛吩咐车清远，马上再给物色几个人，用这精巧手艺，造张可以传世的顶子床！别考虑能花多少钱，别考虑用多少长时间，图的是最为好看和耐看！张二恩说："我看这就蛮行了，无论这的石活和木活，足与皇宫相媲美！"康文盛说："说句不怕丑的话，年轻时，感觉这世上，既没真正的俊男，也没真正的美女，都多少有点儿毛病！俊男靓女只有画里见。可这会儿，看啥都顺眼了。这活儿，是真的美妙呀！"车清远跟姚木匠说，大掌柜都夸奖了，开弓没有回头箭，抖开精神继续做！

这时，鲁海啸跑着进来了："干爹，小山要你哩！"康文盛对张二恩说："是我的孙子，路畅跟前的。"张二恩惊讶地说："我还没见过呢！"康文盛说："这孙子大概是来讨债的！生来几个月，就发现不正常，找了多少好先生，总也治不住！我看难以长成人了！路畅想把他扔洛河，被我挡住了！也怪，这孙子从小就追我！"不一会儿，鲁海啸拉扯来瘦小山，他摇晃晃走着，哭着朝康文盛身上扑。康文盛接了他，游晃着说："大小伙子，哭啥哩，没看爷爷跟老爷爷说话呢！"小山说："我的牛肿了，你快给治治吧！"康文盛笑着说："让我看俺小山棒槌是咋了？"康文盛抱小山站在条桌上，掰开了他双腿，康文盛哈哈笑着说："张老叔，你知道吗，我孙子裆里长铁钉呀！"张二恩哈哈大笑了。康文盛随口说给他治治，随手拿支净毛笔，笔洗里蘸下清凉水，朝小山那物件上刷两下。小山就拍手欢呼道：

"爷爷真恶疾，两下就治好了！"大家都哈哈笑。康文盛说："出去还要吧，我还要给你老爷爷说话哩！"小山说："中，你可真恶疾，会治牛的病呀！"

鲁海啸拉小山出了门。张二恩说："你这个小孙子，脑瓜可灵泛，那么大一点，就想给大人戴高帽儿！"康文盛长叹息："如果不是身体有毛病，许会成个才子啊！"张二恩说："找个好先生，还能治好哩！"康文盛说："盼神仙保佑，能遇到那好先生！"张二恩说："我也留点心！我马上就要往山东，那边你还有事儿没？"康文盛说："正好我也往那去，咱一起去吧！往山东运棉花的船队，这两天要过洛汭，咱顺船！"张二恩说："好哇，可见识下一路风光啊！"

船正要起锚，突然，康路远吆喝："先别慌哩！"艄公老汉忙点住了船！康文盛船舱里走了出来，问咋了？康路远指着河滩让他看！康文盛望去，王黑妮和王翠莲正朝这跑来。康文盛和康路远、鲁海啸走下船，她们就到他面前。康文盛笑着说："这又是咋了，你是害怕我把路远卖那边？"康路远、鲁海啸和王翠莲都笑了。王黑妮说："卖了吧，你只要不心疼！"康文盛问："那你还野狼样追来弄啥哩？"王黑妮说："一是我对路远不放心，二嘛，翠莲还想见见咱海啸哩！"王翠莲脸红了，双手捂着脸说："看俺婶吧，你想来见俺叔哩，把俺也拉连上了！"康文盛笑了说："婚都定了，很快都拴成一家了，还害羞！"王黑妮看着康路远说："你甭想着你爹把你马放南山了，你愿意咋着就咋着，你女人可是个老实人，对你一心一意，你可甭吃着碗里的，还看着锅里的，让娘给操心啊！"康路远说："娘，俺是那样的人吗？"王黑妮说："去了山东那，可要时刻想媳妇。我突然想起这件事，大跑小跑追来了！我知道你喜欢赶新潮！"康文盛笑着说："路远，你妈是来追你的，可不是追我啊，可记住你妈说的话！"鲁海啸、王翠莲都捂嘴扭脸笑。王黑妮说："对着孩子们，胡呲啥？"康路远也笑着说："妈把心放肚里吧，我不会学坏！"王翠莲与鲁海啸两个也咕哝啥，王翠莲这会儿也催鲁海啸快上船。船缓缓地离了岸，朝下游行驶去。

一个时辰，船儿到了洛汭。青砖蓝瓦的河大王庙，清清洛河与雄浑黄河的交汇处，鱼叼鸟啾啾欢快叫着飞翔，两条河上船只繁忙来往。河大王庙内外，人来人往。一队船只朝码头边靠去，船桅上飘扬着旗帜，上书白色大字"康"，康文盛他们的船，也朝码头边停靠着。铁山正指挥船队靠岸，有船工趴他耳旁嘀咕啥，铁山没有听清，嘟囔着："咱又不犯规矩！"那船工大声地说："你这毬人，谁说你违规了，我是说那船上，好像站着鲁海啸！"铁山惊讶地说："肯定大掌柜也在船上！"热闹的码头人群中，康文盛、张二恩先后上了康家最大的太平船。铁山说："我说装点米面菜蔬就开拔，没想到你们会来，进船舱吧。"康文盛说和张大人往山东，赶巧了！

接连几天下行水，又到了夕阳斜照时。岸边一片林，草房隐其间，船队徐徐靠码头，传来牛的悠长哞叫。也有几只大船已停靠，船桅上飘扬"晋"字旗，船工们，张望着康家船。鲁海啸发现个黑脸汉，对干爹说："那船大概是王天祥的。"康文盛吃惊地说："不可能，旗是山西的。"鲁海啸说："我刚看见他黑脸掌柜了，去年往陕西，我还见过呢。"康文盛说："回头想法弄清楚！"鲁海啸说中。张二恩问："文盛，咱下船往哪儿去？"康文盛说："客栈里歇一夜，距离河边半里路！"

客栈是个四合院，高门楼，两层青瓦房，院内几丛夹竹桃，花朵正繁盛。康文盛几人接近大门口，接客伙计就折腰，长腔吆喝道："贵客到，里边请了！"肩膀搭手巾伙计带领着朝楼走上去。安排好了张二恩，康文盛拐头出门说："你先在这歇吧，有事儿，让护卫喊一声，我就在隔边。"张二恩已躺床上了，没坐过恁远的船，浑身困疼啊！康文盛关了门，到了另房间。康路远正在整东西，他说："路远，去看有啥好吃的？"康路远说："中，仨人出门，小人受苦嘛！"

一片落日黄河浸沉下去，世界混沌了。鲁海啸走进了太平船舱内。铁山笑着说："找我有事儿？我活儿还没完哩，还需要擦洗擦洗！是想请我喝酒，还是想来揩油买好吃的哩？"鲁海啸说："都不是，想让你找个机灵弟兄，探听那帮船是谁的？"铁山说："你这孩子，吃饱了撑的，出门在外，各扫自己门前雪，何管他人瓦上霜！"鲁海啸说："干爹让查查，怕他们要抽咱底子板哩！"铁山说："兴咱山上长松树，就不兴人家山上长松树了？"鲁海啸说："刚才我看见个熟人，原先专门跟咱生意对着干，可现在他主子跟咱成一家了。"铁山惊讶地说："王天祥的人？这需要条理清楚，要不，

480

人家把咱卖了，咱还帮人家查钱呢！放心吧，晚上，我找大掌柜回话！"

天黑下来了，客栈大门口红宫灯亮了，散发出柔柔的光。看门老汉坐门槛上，铁山领个船工到跟前。看门老汉问，也住店？铁山答："我是康家船队的，我们大掌柜住在这，他让我晚上来哩！"看门老汉说："先等等，我问问。"船工瞪眼说："真啰唆！"看门老汉说："二哥，干啥都有个规矩呀！"铁山忙赔笑："这位兄弟喝点酒，说话有点儿冲，别放心上呀，去问吧！"片刻，老汉转出来说："康掌柜让你们去哩，请！"铁山说："谢谢了！"同来船工傻笑说："这还值得谢！"看门老汉困惑地看着那船工，心想遇到个半吊子。

康文盛抽着水烟，好像想啥事儿。鲁海啸进来说："张大人他们都歇了！"康文盛说："没经过大颠簸，身上乏累啊！你路远兄弟哩？"鲁海啸说："屋里看啥书，好像《三国演义》吧！"康文盛让叫他，一起听听吧。话音落地才不久，铁山陪那船工进来了。康文盛放下水烟袋，招呼他们坐。铁山说："这是那船上的伙计。"康文盛朝那伙计抱拳施礼说："幸会！"船工说："能见大掌柜，是我运气好！我们船上边，都知道您英名，您乐善好施，给百姓办恁多好事儿！"康文盛说："不客气！"鲁海啸和康路远也来了，船工警惕地问："都是您的人？"康文盛说："我的俩孩子，想让跟您学学混生活！"船工说："别看我喝了恁多酒，害怕得光想尿！"铁山哈哈大笑，安抚他别害怕，说都是正经人！那船工哈哈傻笑说："有康掌柜这哥儿们，腰就竹篓恁粗了！"大家也都被逗笑了。说起了正事儿，那船工说，船掌柜不是王天祥，好像叫王撞！突然，那船工挠着头说，他又想起来了，王撞他大叫王天祥，前阵子，还为他送过布匹呢！他让儿子走正路，王撞就买了几只船。康文盛感慨："原来如此啊！"康路远说："他们还鼓捣别的生意吗？"船工说："人家爷俩悄悄干点啥，哪会让咱知道呀？"灯光摇曳着，他们直说得不断打呵欠。说完了话，鲁海啸挑只灯笼走后边，一帮人送客到了大门口。康文盛说："海啸，把铁山和这老哥儿送船上！"船工说："不见不知道，过去光听说过，这次见了面，才知大掌柜对人没架子，好人啊！"康文盛拍拍他肩膀说，以后就成哥儿们了！灯笼飘忽着，朝向苍茫的黄河边。

康文盛站在院子里，张望他二恩叔住那屋，又抬头看看天，繁星纷纷眨巴着神秘的眼睛。他想，张二恩要来山东办的事儿，也如那苍茫天宇的星星，让人难估摸透啊！

康文盛到了济南，大屋里，几个人品着康家黑茶。张二恩还有点累，躺在长沙发上耍迷瞪，说让袁帅弄人联系杜大人，袁帅打发个俊伙计就去了。

康文盛问这边情形咋样。袁帅说，许多地方都有了大刀会，说是练拳健体，到底想弄啥，还理不太清，他心也搔！就说想抽空回去，跟文盛商量定盘子，正好可来了。康文盛说："路远也老大不小了，这次，我把他带过来，让他跟着你学生意！"康路远调皮地双手抱拳，朝袁帅耸几耸说："姑爷在上，小的施礼了，今后，您就是我的师傅，我就是您的徒弟了！"袁帅哈哈笑了说："只要不怕师傅不高徒弟锅腰！对着你爹和张大人，咱需要丑话说前头！"康路远说："您只要别心里不如意，就拿戒尺老在我手上练武艺就行！"袁帅说："你可要记牢啊！铺床叠被，提倒夜壶，带领小孩子！"康路远笑着说："那不成仆人了？"康文盛说："都是老规矩！"袁帅说："把你带成掌柜了，每天可都要请我喝几盅呀！"康路远说："咱康家白云酒远近也闻名，有的酒性平，有的酒性烈，喝过火，都会裤头当褂子，鞋子当帽子！"大家都被逗笑了！

不多会儿，精干伙计走进来，对袁帅掌柜说："杜大人说了，让张大人过去，要大掌柜也过去。说那边方便些。"几个人就往顺和旅馆去，路经一座古庙，路高庙低，里边传出来"嗨、嗨"的呐喊声。袁帅说："也是大刀会，正操练呢！"几个人站墙头豁口处，观看院子里，一拨人头裹白巾练刀术，有大人，也有年轻孩儿。教练前边做，会众后边学。突然，鲁海啸惊讶地"哦"了声。康文盛问咋了？鲁海啸说："看教师像似铁塔哥！"这时，黑铁塔正好跳起来，要做舞刀劈杀式。康文盛说："真就是他，头剃成光葫芦瓢了！海啸，你回来告诉他，让他柜上去找我。"袁帅掌柜说："不知别了哪根筋，大人小孩儿都学拳，都入了大刀会，比种庄稼还应心！"康文盛说："记住，凡争抢干的事儿，都是有追求啊！一问铁塔，就一目了然了！"张二恩说："西瓜蔓上长西瓜，黑豆棵上长黑豆，大刀会不是平地起风雷！"

　　几个人到了顺和旅馆，与杜总军需官接住了头，袁帅掌柜和鲁海啸也找黑铁塔去了。杜总军需官和张二恩、康文盛分别坐下，康文盛问杜总军需官，干的啥买卖，悄悄密密的。杜总军需官说："恐怕有场大仗要打了！"张二恩说："原来面前人太多，不方便说，俺俩都是为准备打大仗而来的。天津江苏那边，皇上也都派人打探了。"杜总军需官说："我们这叫密察。正好你也来了，帮我看看，如果真的仗打起来了，粮草供应需准备多少银子。"张二恩说："我则察看这里的官员，有谁真心和皇上同船？有谁是看风使舵？"康文盛说："就靠你们俩？"张二恩说："皇上控制的泱泱大国，有一大帮人，不断提供新消息呢！"

　　康文盛恍然大悟，想原来他们还勾挂些卧底呀！杜总军需官说："自家兄弟，说说无妨！"康文盛说："贼无底线，寸步难行啊！"仨人哈哈大笑。杜总军需官说："现在，咱中国好像个肉夹烧饼，洋鬼子涎水流了三尺长，争抢着要瓜分了它！"杜总军需官说："可咱干急不出汗，太落后了，人家早用了洋枪洋炮，咱还抢大刀片子呢！"康文盛说："需要我干点什么，为国家大众，我定尽力而为！"杜总军需官说："这血你也出不起，我是想以老朋友的诚心，告诉你，做这边的生意，要多个心眼儿，该收缩就收缩，别将来措手不及！"康文盛说："这回也是闻到了雨腥味儿，来未雨绸缪了！"杜总军需官说："我要提醒你，你干儿黑铁塔，要劝导他啊！"他们继续商议着。

　　这夜，天空黑云飘移着，半个月亮时而缩云后，时而又滑出来。昏茫茫的街道上，黑铁塔匆匆走着。他不时警惕看周围，突然，他发现条黑影倏地贴了墙。心说还耍猫捉老鼠哩？已到了魁记门口处，他却没往里进，怕给魁记添麻烦，继续还前走。旁边有条小胡同，他倏地闪了进去，身体贴棵老槐树后。随后，黑影也闪进胡同口，贼头贼脑张望着，黑铁塔突然个猫跳，一下卡了那人喉管，三两下搏斗，黑铁塔拧紧了他胳膊，低沉说："走，老老实实的，不然立马送你见阎王！"黑铁塔推操俘虏，拐弯抹角走到城郊个水塘边。

水塘里，昏月迷离，云彩水中缓缓行走，柳条婆娑舞蹈着，青蛙苦哇苦哇哼唱着。黑铁塔推搡俘虏站到棵搂把粗的古柳下，使他靠紧老树干。低沉厉声问："咱有仇吗？"回答说："没有！为了饭碗！"黑铁塔说："谁给的饭碗？"答曰："说出来吓你趴下！""蛤蟆充不了鲸鱼，说！""是皇上！"黑铁塔小刀对准俘虏腰窝："说清楚，到底为了啥？不说实话，让你跟阎王即刻亲嘴！""主人让狗咬谁，狗就要咬谁。皇上怕大刀会惹麻烦，让我们密察动向！""你还是洋人的眼线吧？""肯定有人吃双份，但本人没那能耐！实话说，通过跟踪你，发现都是老百姓，多是规矩人。百姓受苦太多了，弄这大刀会，一是求神保佑，二是自己护自己！英雄哥，我就是为了混口饭！""我受聘当武师，不会加害你，你也别害我，如果你还硬搅缠，咱就没有下次了！""我再跟踪你，过门槛绊倒让摔死！"黑铁塔看着，那黑影消失到了黑暗里。

康文盛正看书，有人轻敲门。鲁海啸领来黑铁塔。康文盛问他咋这时候才到？黑铁塔就说了路遇。康文盛说："真怕你再惹出大事来！"黑铁塔傻笑了："俺还没一百岁哩，脑瓜咋会恁榆木？你找我定有啥大事？""我想问问，你原先拉小刀会，现在又搞大刀会，咋就迷了这？""干爹，你可能知道点，海边的山东江苏天津卫，成了洋人和皇上的践踏地，老百姓受的夹板气，只有自己保自己，小刀会就合到大刀会了。""老百姓合起伙，皇上最害怕，单人好宰剐，合伙就成火药库，好赖进火星，就会炸座山啊！""是，人要存活，不能坐等待毙！""也许你们是对的！""办大刀会，是正事儿，爱国爱民之举，但人要吃要喝，我想请你表示点慈善心。"康文盛说："现在还不能定。大刀会到底属哪类，黑瓤西瓜或白瓤倭瓜？大刀会的事儿，你详细先给说说吧！"

灯光忽闪着，照耀着两张深沉的脸，他们亲密攀谈起来了……

阳光云层里进射出来，大地海洋突然间光芒灿烂。康文盛、袁帅、鲁海啸、康路远、黑铁塔，站在蓬莱阁旁边，观看着大海。那里游人稀少，有个行人也来去匆匆。黑铁塔指着大海说："过去，船有多少啊，现在就像挨霜打的庄稼！"康文盛点头，突然，两艘船先后靠了岸。康文盛惊奇地发现，那船上挂着膏药旗。黑铁塔说："现在海里的行船，不少都挂着日本旗哩！"康文盛问为啥？黑铁塔说："使的遮眼法，光棍不吃眼前亏！"康文盛长叹息："在我国土上，挂着异国旗，真乃我中华之悲哀啊！"感慨声才落地，他们又见一队人，从停船那山凹里跑出来，后边却有人追赶着。

黑铁塔说，他看看去，要他们千万别去凑热闹，日本人像野兽呢！康文盛们小山头上看景致。逃跑者也到了这山大半坡，突然内里个汉子喊："咱国的地界，害怕啥呢？"逃跑者都刹了脚步，他们朝追赶者挥着拳头喊："这是在中国，你们是母老虎？欺人太甚了！"两帮人就对峙，一追赶者骂道："八哥牙路！"一被追者吆喝："九哥压路哩！"黑铁塔走中间，掐腰像将军，问咋了？逃跑者中个汉子说："这二哥给评评理，大海里，他们让停船，俺没停，他们就追赶。都到咱家了，他们还不放，天理何在？"康文盛走过来问："那你们跑啥哩？"被追赶者说："心里害怕扑嗵嗵跳，不由就跑了，奶奶个熊！"黑铁塔指着追赶者问："海上欺负俺渔民，竟然还追到俺国家！"追赶者一个瘦子也用中国话说："我们也是出力人，船上没淡水了，向他们讨要点，他们就不理，一直还往海边跑，谁会不恼火？"黑铁塔说："我是武士，我跟你们说！"瘦子用日语给同伙讲了，几个日本人，连忙跪下就施礼，一个像是头，竖起大拇指说："你的，厉害大大的！"黑铁塔打手势让他们站起来："还没过年哩，我可不发压岁钱呀！"被追赶者哈哈大笑，康文盛们都笑了。瘦子说："武士大人，今天这件事儿的，我们也迷糊，他船上也挂我们旗呀，我们以为是自己人，借点水人之常情啊！"中国渔船头，双手抱了拳，给日本人忙施礼："误会了，若知你们想喝水，管你们喝成怀孕肚儿，我们想是遇到了海盗！"瘦子嘻嘻也笑了："是场误会啊！"康文盛说："狗咬狗一嘴毛，咱渔民招待人家吧！"中国渔民就说行行行。两帮人退去了。黑铁塔说："干爹，这场戏咋样？"康文盛："痛心！"袁帅说："这二年，洋人眼里，我们的百姓不如猪狗！"康文盛说："咱回去吧，刚才那一幕，胃口给倒了！要不了多长时间，这里可能陷入洋人魔爪下！"康路远说："他娘的，咱跟他们打！"鲁海啸说："守住海边，上来一个杀一个！"黑铁塔摇头说："都吃了灯草，说得轻巧！皇上让百姓学做猪猫狗羊，人家有洋枪洋炮。"康文盛说："要到那时，咱生意要遭大跌顿的！"

两辆马车停在路边，几人登上了车，袁帅说："趁这机会，到咱盐场看看吧？"康文盛点了头。车把式一声响鞭，马蹄嘚嘚嘚，车轮快速滚动了。艳丽的阳光下，盐场上排列着大盐堆。康文盛们下了车，走到附近盐堆旁，康文盛抓把盐，朝着太阳细观看，那盐亮出晶莹的光。远处走来个人，戴着黑草帽，是个壮汉子。袁帅介绍说，是盐场大把头。康文盛说："兄弟辛苦了，进口货，定要干净些！"大把头说："我跟大家说，咱不能砸自己饭碗啊！可常有洋人扰乱咱，他们海边停了船，竟然盐堆旁解大手！你赶他们走，他们竟然放枪！"康文盛说："真畜生！"黑铁塔说："国家穷，朝廷软，洋人到咱这，像狼跑到了羊圈里！为啥俺拉大刀会，就是不服洋鬼子横行！"康文盛说："有道理！我也要给张大人说说，把这话传给皇上。"袁帅说："人家皇上肯听吗？"康文盛说："听不听，都得说！"

海边大半天，康文盛内心不痛快，快回到商行时，前边堵了车，传来一片吵闹声。康文盛几个下车张望咋回事。原来，一群衙役抓坏人，坏人光头上留撮毛，拳打脚踢仍耍横，衙役们高低难制伏，看热闹者吆喝："打死他！"此时，走来个戴翎子的官人："问咋了？"衙役头说，他们正巡街，这货追个闺女满街跑，那闺女喊着要救命，他们拦住了他，谁知他就不服管！"黑铁塔要朝人群里去，康文盛一把拉了他。黑铁塔说："干爹，这人是日本武士，常欺负咱中国人！"康文盛小声说："你别慌，看那官员咋处置！"官员踱到那人前："看你这装束，就不是好东西，给我押回去，关到大牢里！"日本武士瞪大眼："你的敢？全家的，死啦死啦的有！"官员发呆了。这时，一绅士模样者走到官员旁，趴他耳旁咕哝些啥。官员即刻满脸溢出笑，对那武士说："误会了洋大人！不过，你需要找女人，别在街上追，我们可帮忙，给找最靓的！"官员训斥衙役们："还不快松开洋大人！"那武士运动运动俩胳膊，甩腿走到官员旁，朝那胖脸上就开弓，呱唧呱唧两巴掌。官员捂着脸，仍然谦卑地点着头。武士气宇轩昂要离去。黑铁塔"呸"地啐口唾沫，闪出拦住了那武士，一下子把武士打地上，跨骑到了他身上，挥舞拳头一阵打。观众欢呼着："好！好！"鲁海啸护卫着康文盛靠

486

近了。康文盛拽起黑铁塔。那日本武士站起来，胆怯地直看黑铁塔。康文盛对日本武士说："记着，这里是中国！"那官员走过来问："康大人吗？"康文盛说："你是？""我原在巡抚府做事，见过你！走，前边茶楼里，我给你说个事儿！"黑铁塔拉拉他说："甭去，是只狗！"康文盛揶揄地说："你们都回吧，我想听这位大人咋教诲呀！"

大家带车离去了，康文盛和鲁海啸跟着进茶楼，坐定后，官员献媚说："康大人喝茶呀！"康文盛说："你要给说啥，就快说，我还忙着呢！"官员龇牙笑了："大人对我误解了！""没误解，你少根脊梁骨！"那官员发愣半天说："那武士扇我时，我也想一刀戳死他。但是不能啊！"康文盛说："他横行霸道，该抓进监牢！可你呢？我如果是你爹，一脚蹬你到粪池喂蛆去！"官员低头说："大人啊，咱们腰细没气力啊！上司训示过俺，说咱们是弱国，凡见外国人，都要让三分！小官害怕惹是非，才没斗胆让动手啊！"康文盛愤愤地说："怪不得老百姓要拉大刀会，指望你们就完了！"官员说："康大人，我就是要跟你说这事儿，皇上看那大刀会，比洋鬼子还害怕！""他们比日本武士还坏吗？""没有，可皇上害怕洋人不高兴，他们能挡洋人的道啊！请你劝说黑铁塔，别跟皇上硬杠劲儿。只要退出大刀会，大刀会就少根大筋骨！你看刚才多危险，洋大人给打出点毛病来，事情就闹大了！康文盛嘿嘿冷笑着说："你还是只狗啊！"康文盛站起来，白了那官员又一眼，气宇轩昂走去了。那官员木木地站着。

回到商行里，康文盛说："今天给我上了一课，我国海边没防了！鬼子虎狼胆，生意必要乱啊！为防形势再恶化，这边钱庄存银不能多，店铺存货要适中，人员也要裁减些。"袁帅说："咱俩想到一起了，外国强盗瞪兽眼，咱不能猫给老鼠攒吃的！"康文盛对黑铁塔说："我都想好了，袁掌柜这边，要拨些银两支持黑铁塔！"黑铁塔笑了说："干爹真好！"康文盛说："天下者，民众的天下，大刀会正准备斩妖除魔，撑起倾斜的天。我们也该出点力啊！以后需要钱，就找袁掌柜！不过，这可要悄密密的，杀头罪啊！"黑铁塔跪下就磕头说："我代表老百姓，感谢你的大德！"袁帅说："这次来，应该见下东海王掌柜的人，他们也想见见你！"康文盛说：

"中！"黑铁塔说："还是我牵线吧，我们常勾挂！"康文盛说："等你消息，看哪里方便些！"

这日按约定，金花岛上相聚。船夫摇条小船，船上坐着黑铁塔、康文盛和鲁海啸，在连天水域里向前。康文盛抬头看天，阳光热辣辣的，他问铁塔还远不远，黑铁塔答，快了。那个岛上，除了渔民晒网的，平时就没住啥人。突然，鲁海啸指着后边说："看，那条船老跟咱！"黑铁塔问划船的大哥："认识那船不？"船夫停桨观看，脸色黑沉下来说："不好了，老日的船，平时，留阴阳头个武士常乘的！只要这船海里悠转了，就会有船遭抢劫，有人遭杀戮。"黑铁塔说："斗败的鹌鹑了，甭理睬它！"船夫仍使力往前划着船。鲁海啸说："老伯，你指路，歇歇劲儿，我来划！"他们换了位置，鲁海啸使力划着，船加速了不少。偶然间，日本武士发现黑铁塔，复仇心就来了。他也催促，说不能让几个人逃窜了？高个儿船夫说："将军，还是我们划吧！何必跟那傻小子上气呢？"矮个船夫说："得安生处且安生！"日本武士说："我要他们喂鱼鳖！再磨蹭，我先把你们扔海里！"俩船夫光了膀子使力划，船儿也嗖嗖前进了。武士那船快，接近了前边船。鲁海啸呼哧呼哧喘着粗气，船工对他说："来，还是让我划，你巧用浪力还差点！"船夫接了鲁海啸，快速又划行。后边那船上，武士裤子已脱了，只剩只花裤头，可见身体吊的杂碎。他站在船上喊："昨天你的做王，今日我的称霸了！"见状，黑铁塔也甩了衣服吆喝："鳖形，活喝不了你！"鲁海啸也甩了衣服，吆喝说："尝尝少林拳吧！"康文盛说："先别冲动，看他撅尾巴屙啥屎！"康文盛三下五除二，边脱衣服边说："从小，我在洛河里钻来拱去，不信治不住他！"后边的船接近了，日本武士跳水里，朝他们的船只游过来。鲁海啸吆喝："铁塔哥，用桨打！我帮干爹下水治他！"康文盛严肃地说："咱不能让人瞧不起，我自个来对付他！"康文盛扑通跃进了海水里。日本武士就朝着他扑来。康文盛倏地，潜入了水里边。日本武士正发愣，突然哎呀、哎呀喊叫着，舞扎俩胳膊，被拉进水下。康文盛浮出水，抓住他头顶的那撮毛，朝水里不停地按压着，让他喝枯涩水。武士反击去抓康文盛，康文盛倏地没踪影，他眼光滴瞪又四寻。突然，康文盛提了他两只脚，使他水里倒栽葱了。康文盛吆喝着："快，把他拉上去！"黑铁塔、鲁海啸就拉了两只脚，把他拉上了自家船。日本武士喘粗气。康文盛扒着船帮也上去，坐到船上就休息。突然，又几只日本大船围过来。鲁海啸惊讶地"哦"了声。黑铁塔说："干爹，咱咋办？"康文盛说："跟他们讲道理！"日本武士也清醒了，拍着肥胖大腿吆喝："哈哈，我们的人来了！"鲁海啸说："如果他们敢无理，我们就先结果了你！"黑铁塔拿出把刀，搂住了武士那粗脖儿。日本船只靠近了，突然船上有人叫："那不是铁塔大哥吗？"黑铁塔突然也高兴，说："是接我们了！"日本武士眨巴着眼，陷入了迷茫！康文盛朝他船上说，快，把他弄回你船上。船靠紧了船，鲁海啸和黑铁塔抬着日本武士，喊叫着一二三，就把武士扔了那船上，他疼痛得直哎呀。

　　几只海鸥呕呕欢叫着，围绕他们的船队飞翔着。船在浩渺水域航行又半天，到了金花岛。岛上树林苍翠，青山突兀，山脚下一片青堂瓦舍。在一座两层楼房晾台上，坐了康文盛、黑铁塔、鲁海啸和王直的后人王诚及随从。王诚说："这次约你老弟来，知道啥大事吗？"康文盛笑着说："我又不会算卦！"王诚说："从当前形势看，洋人已咄咄逼人，向中国张大了口。"康文盛说："你能给咱生意谋略吗？"王诚说："不光你的生意，还有我的生意呢！我早想跟你商议该咋办？真要打起仗，就秀才遇到兵！"康文盛说："有理说不清了，百姓无宁日，东西谁还买？你不知，今天遇到那日本武士，就差点儿惹出事情来。"王诚手下人接话茬："那也是日本浪人，野蛮得很啊，让康掌柜给治下了！"王诚说："有些日本人，瞧不起咱穷中国。不过，真要打起仗，也有生意做，而且都是大生意！可你我都是中国人，万不能从中国进货，再供日本人打中国。如果那样做，就成了十足的狗汉奸！故咱之间生意先暂停，国内生意你尽力做。"康文盛说："这次来山东，想收缩这边生意！我也想请你帮助疏通这事儿。"王诚说："都是铁杆兄弟了，说也无妨！"康文盛又说了泾阳那王家，说了两家世仇怨，请他去帮助解疙瘩，历史陈账给抹掉！王诚爽快地答应了。他们说好了，很多具体事宜到登州魁记再继续切磋。

　　这夜，一弯月亮悬在空中，昏蒙蒙街道人很稀疏，可闻谁家传出二胡声，旋律苍凉而压抑。几个黑影出现魁记商行旁。此时，打更人敲着梆子走过来，日本武士挥下手，随从躲进了胡同里。打更人仍顺序呼喊：平安无事了！待打更人走过去，武士及随从胡同里又闪出。日本武士说："都记住，见人的就杀！等到三更后，再动手！"他两手圈一下，强调消灭净。瘦子随从说："知道了，哪黑往哪站，就是谁尿身上也不动！"

也是这夜晚，冷清的弯月下，苍茫水域里，一条船悄悄靠了岸，船上下来了几个人。前边人问："捆好他了没？"后边人答："捆得可结实了！"前边人说："走，快往魁记赶，晚了，怕大掌柜他们就往内地走了！"一行人匆匆离开海边，朝亮着灯火的城里行进着。

这时，登州魁记里，铁鳌灯缭绕着，康文盛和王诚还在商议。王诚说："那天，还有个重要事儿，没跟你说透！"康文盛说："你就彻底摊牌吧！""我们在琉球扎了根，日本人也时常去捣乱，有个商阀眼红我，嫉妒咱棉花丝绸诸生意，估计他会下硬手，我一直都在警惕着。""他有大背景？""出身幕府，参与了日德和大生意，胃口大得想操纵中国大市场！""看来，咱都受着挤压啊！""天下乌鸦一般黑，只是方式不同吧！"

这会儿，灯光映照下，几押送被捆者匆忙往魁记门口走着。院里黑狗闻听动静，汪汪汪地狂吠了。人开始拍大门，"啪啪啪啪"响。里边问是谁："琉球王掌柜家的伙计！"里边应："好，等我通报去！"片刻安静后，黑色门吱扭扭被打开，一行人押那俘虏走进来。鲁海啸领着王家壮小伙，进了干爹门。王诚介绍说："这是我的护卫，名叫王严。"王严说："还有几个人，外面等候着！顺便还抓个舌头来！海边码头那，就发现了那个人，他说野刀武士带了人，血洗魁记商行了！我们连忙走近路，马不停蹄赶到这！"康文盛即刻召集人，人人持武器，详细部署过。王诚进来了，说他们也配合，争取抓活的，再看官府咋处置！片刻后，院里灯火都都熄灭，呈现出神秘的宁静。墙角石榴树底下，黑铁塔与个伙计蹲在那，静心等待许久了。墙外忽地飞下个人，那人双脚才落地，黑铁塔刀架到脖子上。那人大声就说道："你们中国人，狡猾狡猾的！"黑铁塔说："又是你个龟孙货！一脚踢得他趴地上。"也是这时候，外边传来人问话："师傅，你跟谁说话？"日本武士吆喝道："猪，赶快跑！"外边踢踢踏踏逃跑了。黑铁塔

490

吆喝说："外边的都跑了，快抓他们呀！"黑狗狂吠着，大门吱扭扭被打开，袁帅掌柜带人就追赶。黑铁塔揪着武士领子，又蹬了他屁股一下子，呵斥道："装啥龟孙货！"

铁灯缥缈着，日本武士被推进监室里，被捉那告密者靠墙也蹲着。日本武士问："你的怎也来这了？"被俘虏者说："还不是为了你？我看你要搞袭击，就害怕你惹大祸，去找黑龙社你师弟，想让他们阻止你，谁知竟让他们给捉了。"日本武士仰天长叹气："大事的，你的给坏了！"被俘者说："狗咬吕洞宾，不识好人心，为日本朋友，我可两肋插刀了。你还吃肉撇腥养汉子作精哩！"日本武士瞪大眼睛说："同性爱恋，我绝无那爱好！我只是喂了几个中国狗！"被俘者看看他，没有再理睬。

袁掌柜把兵分几路，从外往里搦紧了布袋口，全部俘虏了那批人。回来后，康文盛问："都是日本人？""全是狗！"王诚说："马上处理掉！"王诚用手掌平放脖上，"咔"一声。"再然后，装麻袋，配石头，扔到大海中。留着是后患啊！"苍茫夜色里，大家押着武士一行人，来到了海滩边。海滩边停泊着一只船。黑铁塔们拉俘虏站一排。王诚说："马上，我们要来一条船，把你们送到太平岛，那里花香鸟语好景致，美女轻歌曼舞，享福得很啊！"武士的助手说："有恁好的地方，让我也把妻子儿女带去吧！"武士暗里踢了他一脚："笨猪！"黑铁塔朝他脸上掴了两下。王诚接着说："临送你们去那前，我得让你们知道我是谁。"日本武士问："你的，什么干活的有！"王诚说："我是琉球生意人，名字叫王诚，黑龙社想毁我大事业，可我一点不记仇！"日本武士说："王大人，我们的，能不能搞个交易？"王诚让他说。日本武士说："你放了我们，我们今后就当你称职的狗！"王诚哈哈大笑："不说了，不说了！"刀光忽闪闪的，那些人倒了地，大浪朝尸体扑过来。麻袋配沙石，装好了几尸首，麻袋装上了船，船离浅海边，朝着深水处划过去……

那一会儿，缥缈的灯光仍伴着昏月，康文盛院里燃檀香，又烧了一刀黄麻纸。他朝着墙根叨念着，给几个恶人说句话："真到了那边，好好做反省，如果有来世，争取做善人，争取做善物！"

斩除几个异国敌人，康文盛和王诚就一起往陕西进发了。

黄河上漂泊些日子，到了西安城。康文盛陪王诚，古城墙上转悠着。巍峨壮观的城门楼，角楼的飞檐和走兽，都使王诚很激动。他抬头看了看辽阔的天，蓝天丽日伴着白云，眼里禁不住噙泪水，感慨道："太伟大了！"康文盛说："咱中国，就像个年迈的老人，说话流涎水，撒尿滴湿鞋，好似难以振作了！"王诚盯了康文盛，说："实业强国，才是正路啊！"康文盛点头："俗话，十个瘦子九个贫，就怕瘦子没精神，如果能遇到个明智皇帝，国人都提起精神干事儿，强国也不是无望啊！"王诚说："我和弟兄们的心还在中国，期盼咱国也像欧罗巴洲一样，使百姓往好日子奔驰啊！"

　　天上飞来群鸽子，带着响呼哨，在古城上空飞翔着。他们抬头看望鸽群，鲁海啸快步走过来："干爹，王天祥到了，等着你们呢！"康文盛说："好，这就回去！"他们走进四合院，扭曲的石榴树下弯了腰，走到了一座大屋里，王天祥正等候。互相介绍过，王诚从包里掏出发黄的书，说这是王家的老家谱，你看看咱们啥瓜葛？王天祥也把个白麻纸家谱递过去。康文盛说："你们先看先说着，我办点事儿再来！"呼啦呼啦的，俩人翻家谱，沉默许久后，互相又看看。王诚说："原来我不信，这里还有我王家人，现在我信了！"王天祥跪下了，朝王诚磕了一个响头说："您是我长辈，我行大礼了！过去，康大掌柜也说过，我从心里不相信，现在真信了！"王诚拉起他："按辈分，你该是我孙辈哩！咱家谱记载不同处，看出来了吗？"王天祥说："爷，看出来了！对先祖壮烈的说法不一样。"王诚给王天祥解说着："根据先人记录，王直祖有俩儿，你祖上为老大，我祖上是老二。当年，王直先祖被欺骗，被皇上杀戮，噩耗传住地，你先祖带家人悄悄逃离了。原来，我先祖也以为康家先祖始作俑，与朝廷勾结害咱祖，就弄人去报仇，谁知杀李尚书时，见到了康家先祖的奏章，为我先祖鸣不平，显然奏章被李尚书扣压下。后来，王家康家成了生意好伙伴。咱那边织布用棉花，多是通过康家进！"王天祥说："我大把康家当敌人，看来真的不应该！康家能够帮助我，是先祖在保佑啊！"王诚说："人该讲良心，要报答知遇恩，咱祖上传的话，实诚换真诚，方可换兴隆！"王天祥点头说："爷，和我大传得不一样啊！"王诚笑着问："他咋说？"王天祥说："他说无商不奸，老的诓怕了，小的长大了！""此话大谬也！那是砂锅里捣蒜，一锤子买卖！""这话我相信，我大活着，生意就不断萎缩，最后弄呼啦了！""骗人耍奸诈，那是官场技巧，可不能拿到生意场！谁玩那把戏，就距倒霉不远了！""爷的话，让孙子醍醐灌顶了！""其实，你耍些小把戏，人家康大掌柜早知道，不过人家大气，把你当成了亲子孙！""要不好好干，我就黑心了！"

次日，他们要到泾阳城。正是棉花采摘时，路上见牛车拉棉花。突然，赶车老汉粗犷地吆喝起了秦腔调：杨二郎，站在那华山以上，观看那渭河汤汤浃浃……王诚说："这是么戏？好听啊！"王天祥答："那是秦腔，关中人都喜欢！"康文盛说："吆喝出了吃奶腔，憋屈肚里的郁闷气，全都吐出来了！"王天祥说："这里百姓苦啊！古京都之地，谁都伸手盘剥，牛马力猪狗食，百姓心里憋屈，又没法儿，野地里就扯开嗓子吼，就吼成了很滋味的戏曲！"康文盛说："中华民族几千年不离不散，这大概就是原因吧？苦难、委屈承载起来！陡峭的大山，攀爬过去！"王诚说："洋人想把中国灭除，那是夜郎自大啊！看多么好的棉花，都是康家的吗？"康文盛："大部分都是，你们今年不要棉花了，我们可能要损失些，国内卖着吧！"王诚说："原以为你们也是买的棉花，现知道多是自己产，放心吧，回去后，我定想法，尽快把这好花卖出去！""那就太感谢你了！""甭外气，兄弟嘛！来到咱国内地了，能让我看场秦腔戏吗？""巧了，正好有个戏班子，今天才转到这，正找庄家包戏哩！今夜我就让你看，想看几天就几天！"王诚连说好。待到这夜晚，城边个大打谷场，搭建了木板大戏台。戏台前挂几盏大号铁鳖灯，风中，灯头高兴地直忽闪。天上一轮明月，稍远是黛色的树木和房屋。热烈器乐旋律中，台上正演着《刘备哭灵》，刘备拉长腔哭唱着：

哎！早死的兄弟，汉刘备泪号啕，哭了声三弟，三弟死得早，从今后汉室江山何人保，咱兄弟有上梢来无下梢。当初咱三人三姓同结拜，一心一意保汉朝……

戏台前排，坐着魁记的人。王诚看得很投入，嘴里不住嘟哝着："太好了！太好了！"王天祥东张西望，似乎寻找什么人，然后起身走出去。王诚对康文盛说："这唱腔似在野地猛吆喝，真能倾吐出郁闷气！"说过，他又沉浸在了戏里边，跟着戏中人动作，不由自主摇头晃脑。康路畅、韩金贵一旁看着，偷偷地在笑。

戏台后一棵大树，树旁是大块的玉米田。王天祥走到那地边，朝着嵯峨山方向，扑通跪到了地上，嘴里就说："大，你对康家的怨气，都是错的！这次，王诚爷从东海来这，说透了真相。我决心依靠康家，使咱王家永远扎稳根子，我要让王家再发达起来，但我走的将是另条路。"王天祥欲站起，突然有人朝黑影处走过来，嘴里还哼唱着戏词呢。那人朝着玉米地，撒了一大泡尿，之后，又小跑朝戏台那去了。王天祥一乜，像似他王诚爷了。他这才站起来，慢慢朝戏台走过去。

这夜看戏回来后，王天祥仍然没睡意，坐着一直抽旱烟，门口响起了脚步声。看他屋里灯还亮，康文盛走进来："你咋还没睡？"王天祥说："有件事，我一直想。""给娃子王撞娶媳妇？""王撞早已订婚了，搭上鳌子就是馈！我在想，是不是让王撞生意也合伙来？"康文盛吃惊说："人家王撞愿意吗？""心没二用啊！每天我要替他操心，这次听了我爷的话，心里真真踏实了！""强扭的瓜可不甜啊！"

到了第二天，王诚看戏的激动还在继续，他给康文盛发感慨："戏太棒了，戏上，日本人给咱提鞋也不老中！"康文盛说："可在国家发展上，咱该给人家提鞋了！""中国人都不笨，就是社会制度太差劲儿，弄了个木桩当皇帝！"康文盛连忙跑门口，四处张望急关门说："这话只敢屋里说，外边说了要杀头！""国人的悲哀啊，皇上就是再聪明，能超过千万人的脑瓜吗？公众聪明才智都发挥，社会才有大进步啊！""是这道理啊！不过，我们草根一族，能做的也就是些实际事儿了。"

这时，屋门又敲响，王天祥走进来。他说，晚些日子，他要往成都去，准备和云贵马帮连一起，生意往那边再推推！王诚说："对头，东边不亮西边亮，这就是做生意的路数，不能守株待兔啊！"康文盛说，我陪你王诚爷，还要祭奠黄帝陵，回来咱再具体说吧！

康文盛领着王诚，敬重地向乔山步行。后边，康路畅提只篮子，鲁海啸挑担箩筐。康文盛说："就到了，看那棵黄帝柏，人说七搂八拃半，疙里疙瘩还不算！"王诚激动得嘴唇颤抖着，眼里忍不住盈满了泪。黄帝陵前他们站住，鲁海啸箩筐里拿祭品，有猪头、水果、油炸果子，还有黄表纸檀香类。康路畅打火镰，点燃火媒子，引燃了焚纸炉的黄表纸，又拿把檀香引燃过，插进颇大的铜香炉。康文盛和王诚、鲁海啸，纷纷往石头桌上摆供品。看管黄帝陵老人悄悄走来，看着他们准备妥，说："都站好了，我主持你们敬拜吧！"老人唱道，"近处和远方的客，一样的炎黄子孙们，上拜始祖，不忘根本，都跪下了！黄帝先祖，请睁开慧眼，慈爱后人，温暖绵长！先叩首，再叩首，三叩首！黄帝老祖，定保佑诸位永久大安！"大家站起了，王诚还伏地抽泣着。康文盛轻拍他背说："心到意到了，起来吧！"王诚竟然大声号啕说："王家先祖，我替你们回老祖宗这了！圣祖黄帝，我们王家，任凭走到天涯海角，永远是您的后人！"突然，天空飞来许多喜鹊，喳喳喳喳叫唤着，康文盛们仰脸观望，一团团白云像盛开的花朵。

那会儿，王家老院里，几只喜鹊大槐树上也在欢叫。王撞和娘院里看望，娘说："你以后就一顺百顺了，你看那喜鹊都报信了！"这时，王天祥笑着回家来，王撞娘说："把你八百辈子爷送走了？"王天祥说："没呢，他们去拜黄帝陵了。撞，走，咱屋里商量个事！王撞奇怪地看着父亲。"两人屋里坐下后，王天祥问："看和你娘咋恁高兴哩？"王撞说："兴运气不要老灶爷，那钱就像水哗哗口袋里流！"王天祥吃惊地问："做的啥生意，来利就恁大？""山有山路，水有水路，我们的生意路，你想也想不到！"王天祥疑惑地问："又做昧良心生意了？""真难听！生意生意，就要不断想生新意啊！""你到底做的啥生意？""人的生意啊！""倒卖人口了？"王撞得意地说："对！沿海人心惶惶，许多百姓难以度日，我们帮他们把儿女买过来，卖到咱这边好人家，调剂余缺啊！"王天祥气得脸发红："你、你、咋弄这事呢？这要出大事儿，你就敢保证，没有拐娃子、土匪倒腾的孩儿？""管他娘嫁给谁，咱只管跟着喝喜酒！""我想了，你的生意也合

495

魁记去！"王撞啪地拍下桌子，吆喝道："石狮子的屁股——没门！"王撞气愤愤地走出了屋子。王撞娘走进来："您爷俩咋了？"王天祥气得直喘气，没有回答妻子话。王天祥开始大槐树底下跺着步，还思索咋说服怪儿子。一会儿，妻子又慌忙跑过来说，他们的王撞不吭声跑了！她递给了王天祥一封信。王天祥展开观看着。

大：我已天马行空惯了，我要干自己想干的事儿！康家的生意是大，但我不乐意加入。能在小国为王，不在大国为臣！这就是我的回答！

王天祥叹息道："咋恁像我大的脾气哩！"妻子说："儿孙自有儿孙福，何必管他恁宽呢？"王天祥说："他这样下去，怕会闹出大事的！"

大掌柜们祭拜黄陵回来了，王天祥想说说王撞的事儿，王诚却说起漂泊异乡那日子："在琉球那，活得人不人鬼不鬼！"王天祥说："爷，咋会那样呢？""不是当地人，融入也困难！"康路畅说："我知道，琉球原是中国的附属国，隋朝皇帝赐国名琉虬，说其岛浮在大海上似条龙，后改名为琉球。大明洪武十六年起，历代琉球王，向中国皇帝请册封，正式确定为君和臣，持续了整整五百年！都是因为牡丹社事件，才让倭国吞并了琉球岛！"韩金贵说："哦嗬，几年不见，俺路畅可成大学问家了！"康路畅说："学徒弟时，江师父常弄些生意外的书，让我读，他说，孔子曰，知者不惑。"康文盛说："知识宽泛些，眼界可开阔，办事少走弯弯路！"王天祥困惑地说："路畅再给接着说说，牡丹社事件是咋会事儿？"王诚说："这个，我知得最清楚了！前些年，六十个琉球人被指派，给大清皇上进贡，回途遭遇大风暴，漂流到了台湾岛，被当地牡丹、高士佛两社居民发现了，误以为是强盗，杀死了五十四个人，其余十二人被逃脱，清政府亲自送还去。可过了三年后，倭国利用这事件，分三路围攻台湾岛，牡丹社民几乎遭到绝种。之后，倭国军队占领琉球岛，废除了琉球王。"王天祥说："这倭国，太霸道了！"王诚说："我们也觉寄人篱下啊！回到祖国了，就想多看看！"康文盛说："咋，明天临潼看秦陵？"王诚说："按你们那的话，老中！"几个人哈哈都笑了。

过了会儿，康文盛问王天祥，儿子工作做没做通。王天祥说："我正要给说呢，我把大话吹到天边了，真怕王撞闯大祸呀！"康文盛说："水路旱路，人家找的许还是好路呢！你甭限制他，让他闯荡吧，也许能成行商大行家哩！"

四十三

陕西和洛河边老家待了几天，康文盛突然想画幅画，便屋里操作。不知道什么时候，小山扒着门框，一双虎灵灵的大眼睛骨碌着，朝屋里张望。康文盛正聚精会神画，没有看到小孙子。画面上，层峦叠嶂的大山，葱茏的树木，还有流泉飞瀑，隐约可见茅草小屋。

王黑妮外边喊："小山，过来呀！"小山咯咯咯咯笑着，却跑进了屋子里。他藏到了门后边，稚嫩的声音说："爷，可别给奶说，我藏这里啊！"康文盛看看小孙子，嘿嘿笑了。王黑妮走进屋来，探头张望说："这孩子，非要往这来，抓也抓不住他，他跑哪了？"康文盛笑着没说话。小山在门后吆喝："奶，你找不到我了吧！"王黑妮笑了，拉门扇说："你在门后呢！"小山滴瞪着黑色的眼珠子问："你咋知我藏在这里呀？"康文盛哈哈笑了，王黑妮也笑了。康文盛说："我也经常不在家，不能常跟俺小山一起耍，今天就跟俺小山耍耍吧！"王黑妮转身欲走，又给小山说："可不敢待这时间长啊，你爷有事儿啊！"小山"哦"了声。康文盛拉着小山说："走，看你车伯伯吧？"小山说："他石头上画画可美了！"小山高抬腿，背双手，夸张地迈开大步走。康文盛笑眯眯地拉着他，走出了门。

南院里，黄粗布扯个大棚，传来"叮当叮当"凿石声，还有锯木刨木声。康文盛拉着小山的手，到了工棚外。康文盛说："先给你说说，进去后，只能看不能动。"小山说："知道了，谁诓你是狗娃！"康文盛笑了说："你要是狗娃，爷就成老狗了？"小山说："是大公狗！"进了工棚里，小山蹲到凿成的石门墩前，小手抚摸着牡丹花儿，说："多好看的花儿，车伯伯咋恁恶疾哩！"康文盛说："这要下功夫学，才能弄成这！"车清远说："我就说找你呢，那顶子床装到一起了，请你过过目！"康文盛惊喜地说："这就看看去！"大工棚另边，顶子床站在那，木匠姚大正修上边的装饰，一副认真神态，徒弟们也帮他在做。姚木匠没看见他们到。车清远说："大掌

497

柜来看了！”姚大现出了羞怯的笑：“俺还在修理！”小山很稀罕地跑过去，手摸那张床，说：“爷，这床太美了，让我睡吧？”康文盛哈哈笑了：“你才这么大，就光想享受。等你娶媳妇了，爷再给做张好顶子床！”姚大突然想起了什么，铺盖卷抽出了支木剑，递给了小山。小山高兴地舞了起来。

又返回了屋子里，康文盛仍然作着画。小山屋外挥舞木剑，嘴里说着：“杀你个片甲不留！”突然，小山扔了剑，又拉着腿跑来说：“爷，不中了，快！”小山跑到康文盛旁边，用小手指着两腿间：“牛又肿了！”康文盛又哈哈笑了：“咋又成姚木匠的钻头了！”小山稚嫩的脸抬起来，问：“这能钻木板吗？”康文盛：“也许能吧！”康文盛又拿起新毛笔，旧法炮制凉水涮了下。小山叫道好了！康文盛先是笑了几声，突然，他又沉思了，让丫鬟带走了小山，他找黑妮去了。康文盛吸着水烟，咕噜噜声音颇韵味，王黑妮一边绣着花。康文盛说：“我突然想，小山的事儿咋办呢？”王黑妮说：“我都想好多天了。咱爹小时也病恹恹的，因为娶了咱娘，身体才好起来了，还生下了你！”康文盛说：“你的意思，也给小山找个媳妇？”王黑妮说：“找个媳妇哄他，许好起来吧！张大仙给他算过卦，也说是早婚娶早冲灾！”康文盛看看她，说：“张大仙都说了？”王黑妮说：“真的，就让人瞅茬口吧，赶紧办！”康文盛悄悄地说：“好几次，我见小山都有性情了。”他笑着学了小山命根的事儿，王黑妮也嘿嘿地直笑。

竖起招兵旗，就有吃粮人，小山的婚姻很快定了盘。过好日子到了，沿洛河大路上，出现一队娶亲仪仗。前为五眼铳，放炮冲天响。后是彩旗队，接着是唢呐芦笙奏着欢快的《百鸟朝凤》，再后跟匹枣红骡子，上骑着小山，小山披红挂花。再后是轿车和马车。

突然，队伍前站了几个白洋人，队伍停下来。一年轻高个儿洋人提着照相机，人们不知道那怪疙瘩。按传统，夹毡者是迎亲队伍的前指挥。他却有点惊慌失措了。后边有人提议，给点花生糖果，塞住嘴就行了！有看热闹的说，都是画洋铁路图的人，喜欢热闹啊！夹毡者钱褡里掏出来花生糖果，走到他们面前，满脸堆着笑说：“先生行行好，让俺过去吧，还要赶时辰呢！”洋人们毫不客气，接了东西，嬉笑地吃着，但仍不放行，而且根据音乐节奏，扭动起舞蹈步子。最后面马车上，走来个送亲的中年女人，指着拿照相者，笑着说："甭这样！"那年轻洋人双手抱拳，朝她施着礼，叽里咕噜说着，又照相机比试照相的样儿。她用比画跟洋人交流着，那洋人点头。她拐回头又给夹毡说："他是法国人，跟测量洋路的比利时人一起来，我男人给他们做着饭。他们意思是，这仪式很好看，想拍几张照片，还包括新郎新娘的。"夹毡严肃地说，那可不行啊！送亲女人瞪眼问："咋不行？"夹毡说："人都说，照相机砰哧一家伙，就能把人血抽走好多，还可把人的魂勾去了！"她说："胡说八道哩，我和孩子爹都照了好多相，还不照样好好的？让人家照吧，别让外国人笑话咱没见识！"旁边看热闹的周绅士也说："人家觉着稀罕，就叫人家照嘛！俺村照相的也不是仨俩人，谁也没掉下一块肉！"夹毡说："那好吧！"送亲女人用手势就说了，那洋人高兴地喊："OK、OK！"洋人先站新郎马前面，扎下了支架，就要给小山照。突然，新媳妇轿车里跑出来，揭掉了红盖头，挡在了洋人前，大声吆喝着："不能照！"大家都被新媳妇镇住了，纷纷发出了惊叹声。洋人也被新娘的美貌惊呆了，拿照相机者大声说："崴瑞姑的！崴瑞姑的！"有人说，洋人给她叫姑哩！送亲女人跑过来，一把拉了新媳妇说："翠莲，你懂规矩不？不到婆家，不到洞房里，不是新郎揭盖头，你哪能这样呢？"刘翠莲说："姊子，我就是要挡那白人，他喊我亲姑也不行，小山一指甲才掐出水，就让他勾魂呀！"送亲女人说："你小小年纪，咋也信这胡说八道呢？应该懂点道理，人家外国人，也就是看咱婆亲场面稀罕，照张相，回去好向人烧包！人家跑恁远给咱修洋路，照张相都不让，太小气了吧？"刘翠莲说："以后出事儿谁担责？"那女人说："就照我的头儿！人家还给你们一张相片呢，占便宜的事儿，憨子妮啊！"小山在马上傻笑着，洋人"啪"地就给照了张。洋人给送亲女人比画着，送亲女人指挥着，又让俩丫鬟搀扶刘翠莲，红盖头重搭上。洋人比画着说："NO，NO！"督促她去了红盖头。刘翠莲没搭红盖头，脸窘着，被两个嬉笑的丫鬟搀扶着，洋人"啪"地也照了张又说崴瑞姑的。刘翠莲却嘟囔："谁稀罕你这白皮侄子！"在送亲女的张罗下，洋人跑到个小岗上，又为整个迎亲队伍照了相！洋人学习中国人的礼仪，朝迎亲队伍跪下磕了一连串头。

送亲女人给夹毡说，可以走了，人家感谢过我们了！夹毡朝队伍摆手，发令走！火铳"咚咚咚"放了三声，唢呐芦笙又奏起了曲子，队伍浩浩荡荡前进了。

这天，康文盛观看墙上的画，是小山成亲人家赠的。康路远走了进来，胳膊夹包啥东西，说："爹，这都是人家送来的字画？"康文盛说："礼尚往来，咱心里得有数！"康路远说："那是哩，有吃就有屙！"康文盛说："粗鲁！给你小山侄办这事儿咋样？"康路远说："怪悬乎！一指甲还掐不出水，就让他娶媳妇，将来准长成个搋把南瓜！"康文盛乜斜他一眼说："别胡说了，你有啥事？"康路远嘻嘻笑着说："我从山东回来，给你也带了一把枪！"康路远抖着包裹的绸子布。康文盛惊喜地说："快让爹看看！"

康路远打开了包裹，雕木描金精致盒子里，躺支铜皮镶钻石大烟枪，刻有牡丹缠枝图，还有盏铜皮刻花灯。康文盛马上黑了脸，抓起来摔地上，吼叫道："浑蛋货！"康路远说："爹，别发火，听我说一说！"康文盛吆喝道："你让爹吸毒，安的啥心肠？"康路远嘻笑说："等我说一说，如果话不对，任你踢打我，我都不叫屈！"康文盛半闭着眼睛说："快说你的狗屁理！"康路远说："在山东，我去教堂听课，一个美国教士说，大烟对于中国人的利害，也像中国的酒对于美国人一样，没有太多的危害，只有美妙的感觉！"康文盛说："你把狗叫也当圣经了？赶快扔它茅厕去！"康路远匆忙拾起那东西，灰溜溜地去了！看着他背影，康文盛想，他咋成没心眼的东西了！便即刻喊来鲁海啸，交代说，严密监视康路远，发现吸大烟，立马给我说。鲁海啸应诺而去。

鲁海啸前脚走，康明楼进了屋，满脸都是笑。两人寒暄过，康文盛说："听说你回来几天了，没有见着面，现在干得可以了吧？"康明楼说："原来，我看那太后人狠毒，谁知，她对咱怪有菩萨心哩！""那叫向内不向外，又得知咱和那拉啥关系，还能凶神恶煞吗？"康明楼点头说："分析的有道理！知道我回来干啥吗？"康文盛摇头："眼下边疆吃紧，沿海人心惶惶，你这次回来定是大公干？""天下者，皇帝的天下，其他官员，多是管他娘嫁给谁，只管跟着喝喜酒！"康明楼说："他这次也是为了做生意。"康文盛困惑地说:"官不经商,朝廷有规则啊!"康明楼嘻嘻笑了说:"我瞅准个万利生意,不过有点儿把不准。"康文盛玩笑说:"啥生意?莫不是杀人越货?莫不是倒卖人丁?"康明楼说:"都不是,是开吞云吐雾的大烟馆!"康文盛吃惊地说:"咋,你也做那坏良心事儿,将来生孩子准没屁眼!""出去走走看,不坏良心事有多少?官府打官司向钱不向理,老百姓饭吃不饱还要上税,好多当官的审案子欺软怕硬……太多了太多了!就连皇宫里,坏良心事儿也多着呢,把人家黄花闺女弄到宫里,相中哪个就糟蹋,还说是临幸。当官的会拍马溜须,就吃得开,实诚能干的就倒霉!""你办大烟馆,我带头反对。那些孬洋人,用大烟祸害咱,你是在帮鬼子啊!"康明楼说:"哥呀,你还不知道,不少红官员,外面就做这生意!我如果掌不住大权,就弄不住大钱。没强大的后台,又没钱上边打点,干活累死你,谁会说你有才干?谁会说你太勤劳?谁会提拔重用你?自己不哭眼里没有泪,我想努力挣钱,为是铺好以后的路!"康文盛说:"我每年可给你些银子,供你打点关系,你看需要多少?千万可别做那缺德生意了!"康明楼摇头说:"我咋能光花你的钱?开那大烟馆,也没啥丢人哩!""你要一意孤行,我也没有法儿!""道不同不能为谋,你不支持我,我就走!""扪心自问吧!"康明楼出了门,康文盛皱眉看着他,没再送行。然后背了手,屋子里来回走,脸上浮动些焦躁气。这时来了王黑妮,问他是咋了?康文盛说:"真气死人了!"王黑妮说:"明楼他做官,你经你的商,两条路上跑的驴,咋惹你生大气?"康文盛说了那黑生意。王黑妮说:"辣椒芥末各有喜好,儿大不由爷,他爹都管不了他,你还能咋着?一大早,我就听小柱哥说,他在康明楼家经过,就看见广才叔在吆喝着骂他。说弄那坏良心事儿,要遭报应的!可你猜咋着?康文盛问:"咋?"王黑妮说:"明楼却嘿嘿笑着说,现在我不跟你说,你走出河洛地区看一看,就知道天地有多宽了!"康文盛怒目圆睁了,啪地拍了下桌子:"这是咋了?官场成了大染缸?"王黑妮叹息道:"世道人心啊,有啥法儿呢?"突然,鲁海啸又来了,汇报说:"刚才,我看他又吸几口!"康文盛问,为啥没立即报?鲁海啸说:"看你和明楼叔正说话!"康文盛点头说:"去吧,继续看严!"鲁海啸转身离去了。王黑妮说:"咱家谁也吸大烟了?"康文盛脸色狠沉重，说了路远的事儿。王黑妮吃惊地说："那可咋办呢？"康文盛咕哝了法儿，王黑妮惊讶地瞪大了双眼。

这夜里，媳妇没在家，康路远躺上罗汉床，又有滋味地抽大烟。屋外窗户下，月光白晃晃的。康文盛被鲁海啸叫过来，隔着纸洞观看着，他的脸色很阴沉。接着，康文盛挥下手，鲁海啸咣咣就敲门。里边传来路远的声儿："谁？"鲁海啸应答后，屋门吱呀被拉开。几个团练冲进去。康路远踢拉着鞋子惊呆了，转又愤怒地问："都想弄啥哩？"康文盛走进来，大声说："给我捆起来！"康文盛走近罗汉床，大烟枪、灯摔地上，说："都说过你了，咋还吸？自己改不了，我给治治这毛病！"康路远说："爹，真的没害处，不信吸两口，美着呢！像在云中飘，想啥就来啥！"康文盛伸开巴掌，朝他脸上甩几下。几个团练拉他出了门。

康文盛生闷气，书房里坐了小半天。回屋里，看见王黑妮，也趴桌上呜呜哭了。康文盛说："姐，别哭了，他这病我保治好！"王黑妮说："可别给毒死了，留下媳妇咋办呢？都是听那美国教父的浑蛋话！"屋里没了应声，她扭脸看，康文盛已经出门了。半山腰窑洞里，康路远滚了一身土，关一夜了，他大烟瘾又发了。阳光从门楗处射进来，看着光线里飞舞的灰尘，他自言自语说："叫我吸一口，我求求你了！"窑门吱呀声，两扇门板被打开，团练进来四个人。瘦高个儿说："走，让你吸够哩！"康路远两眼放着光："真的？"瘦高个儿说；"不会假？"康路远说："我哩最英明伟大的爹啊！"他爬起来，愣怔愣怔走两步，扑通又摔倒。他说："扶咱一把，只要让我吸两口，舞动起二百斤大刀没问题！"团练们嘻嘻冷笑了，拖他出了门。

茅厕外，放张高粱秆箔，康文盛脸色阴沉着，团练们架着康路远，迫不及待走过来。康路远发现了爹，给团练说："俺不解手了，就去屋里吸！"瘦高个儿说："大掌柜交代了，就让你那边过透瘾！"康路远挣着，说："在这抽，大烟都变味儿！"康文盛说："这烟有后劲儿！"康文盛挥了下手，几个团练似拉死猪，把他推到高粱秆箔上，三下五除二卷他到箔里，然后用绳子捆绑了那张箔，外边只露一个头。茅厕里有人提出大粪汤，臭得人们捏鼻子。俩大汉按了他的头，有人拿木勺舀粪汤，硬朝康路远嘴里灌。

康路远哭着吮喝着："我不要呀！呸，我不要呀！呸！"然而，粪汤顺进了他嘴里。康文盛说："大恶攻大毒！不这样，你就没救了！"康路远边哭边呕吐，人们继续朝他嘴里灌……

康路远用过猛药后，媳妇喂他调理药。王黑妮走进来，询问康路远，吸不吸大烟了？康路远说："现在一想那东西，一个劲儿地想呕吐。"王黑妮说："你要理解老人心，不想让那东西毁了你！你明楼叔要办大烟馆，你爹没挡住，心里也恼火，这也是向乡亲表态度，咱家反对那毒品！"康路远说："娘，我懂了，爹也是在提醒别人啊！"

康文盛就站门口，噗噗嗒嗒落了许多泪。

半山腰窑洞外，山枣发红了，如一串串红玛瑙。刘翠莲领小山，摘一手巾兜红酸枣。刘翠莲说："山，咱当家家吧！"小山说："中呀！"刘翠莲说："走，咱坐凉快地方。"小山高兴，但作夹胳膊状说，咱说好条件，我才听你的，你可别胳肢我！"刘翠莲说："你只要听我说，我就不会胳肢你！"俩人坐到椿树下，刘翠莲把红山枣铺地上："这是咱一年的粮食啊，咱可要计划着吃！"小山认真地说："要防灾荒年！""咦，俺小山知道怪多哩！""俺奶就这样说过！"刘翠莲酸枣扒三堆说："这堆是咱仨的口粮。"小山说："咱俩的口粮，咋咱仨？"刘翠莲从小山脚上扒只鞋说："还有一个孩子呀！"小山似懂非懂嘻嘻笑说："咱还会有孩子？你说那孩子长得比我还大吗？他胳肢不胳肢我？"刘翠莲认真说："孩子给你叫爹哩，给我叫娘哩，他敢胳肢你？""他不敢胳肢我就好，粮食就叫他多吃点。""中，他正长身体呢！""我不管了，反正只要让我吃饱！"说着，小山就捏个山枣，扔到了嘴里边，嘎巴嘎巴地嚼。刘翠莲说："馋嘴猴，我胳肢你吧？"小山连忙夹胳膊说："我不吃了还不中！"刘翠莲指着另一堆说："这堆粮食要招待客人哩！"小山说："客人能吃怎多？叫我再吃个，他又嘎巴嘎巴嚼。""该往你嘴里扔狗屎了！""可别，咱路远叔都让灌大粪汤了，狗屎怕比大粪汤还难吃哩！""咱家是大户，客人当然多，所以，要拿出许多粮食待客人！人家吃了传名，自己吃了填坑啊！"小山说："中，剩那堆粮食弄啥用？"刘翠莲说："长工、短工，还有牲口，也需要粮食啊！"小山说："那，你扒这堆就小了点，从咱堆里再扒些吧。"刘翠莲问为啥？小山说："俺奶俺爷都说过！"刘翠莲说："是咱爷咱奶！""对，俺爷咱奶！咱爷俺奶都说过，大人小孩要吃些杂粮，让做工的多吃点细粮，咱家的一切都是人家挣来的！""中，按俺男人话办，多给人家扒些粮食吧！"刘翠莲抓山枣到了另堆上。刘翠莲问："咱要男孩还是要闺女？"小山把另只鞋子脱下，也放到那只鞋子旁："咱就要一男一女吧！""人家说那是龙凤胎！"小山说："猪娃胎也行啊！"刘翠莲捂嘴咯咯地笑。这时，鲁海啸走过来说："快回家吧，你奶到处找你们哩，老会找地雯，跑这半山腰儿！"

康文盛还在沉思着，小山进来了。康文盛问："你准备长大做什么？"小山说："当爹！让翠莲给我生一群儿子、闺女，热热闹闹多好雯呀！"康文盛说："你还准备做什么？"小山说："做一只比黄河还大的船，运好多好多货，不管谁想要啥，都随便挑。"康文盛笑眯眯地说："中，有志气啊，以后好好练身体，身体弄好了，干啥都行啊！以后，早晨跟我一块儿起来吧？"小山说："那恐怕不中，媳妇把我搂得可紧了。"康文盛扭脸啧啧嘴。鲁海啸走来了说："干爹，路远兄弟想跟你说说话。"康文盛说："他不恨我了？"鲁海啸说："他说想通了！"康文盛说："小山，回去雯吧，我要看你路远叔！"小山一扭一扭走出去。

康文盛一进屋，康路远就跪地，拉着爹手说："我想了这多天，知你是真心为我好！"康文盛说："人活世上都不易，小心翼翼走路，还不定有啥磕绊哩！如果晕头晕脑，灾难随时可降临！真到那时候，你哭天也没泪了！"康路远说："爹，今天船队要往山东走，我也要回那边了，还有没交代了？""别再进那美国教堂了，那教士是魔鬼，心怀鬼胎呢！""知道了，他是只披着羊皮的狼！"

次日清晨，红日穿过薄雾，汤汤洋洋的洛河里，一叶叶白帆被金色渲染了，对岸树林、远山也被金色渲染了。康路远背只包袱，康文盛、鲁海啸送他走，边走路边说些体己话。路远走上了太平船，船队起锚了。康文盛看船只离开了洛河边，康文盛突然举起了手，朝着路远摇摆着。船上，康路远也朝父亲摇着手，眼里沁出了莹莹的泪。

这时，一个康家伙计没命地跑着，朝洛河边而来。康文盛还看着河，那伙计已跑到了他面前，呼哧呼哧喘息着。康文盛扭脸看他问，有啥事吗？那伙计结巴着说："出事儿，事儿了！"

小山光身躺床上，留山羊胡的看病先生一脸凝重，银针在小山身上扎了几支，又把他手腕品着脉。康文盛匆忙进屋里，问咋样？先生没回答。康文盛朝大家摆手说："都先出去，光他奶留这就行了！"大家离开了屋子。康文盛又轻声问先生。先生摇头说："要有个准备，这孩子怕是天命到了！我尽力留住他，只怕红绒绳难拴牢天龙啊！"康文盛吃惊地问："真就没法儿了？"王黑妮哭了说："花多少钱都行，要把他救过来，不能让他走啊！"山羊胡说："心门关闭了，若能打开心门，还有治。可是，我把最狠的针都用上了，那心门就如门闩上紧了！老朽实是没回天之力了！"山羊胡一走，王黑妮就哭号道："我的小山啊！"康文盛流着泪，但冷静果断地说，不哭！他是安慰自己。王黑妮说："小山走了，孙媳妇咋办哩，她还年轻着哩！"康文盛说："当年，高师傅为咱谋划神龟园时，山半腰建孔窑洞，天灵感应，我想，那即给她准备的吧？""她孤凄凄住那？""给她弄个贴身丫鬟。""窑里再供奉尊菩萨，先让她和神交谈着，也许就不觉寂寞了。""你抽时也常陪伴她，教点刺绣和女红。慢慢瞅个合适人家，咱当孙女把她嫁了！""我就跟她说？"康文盛说："我已派人往西省，告知路畅两口了。"

刘翠莲趴床上痛哭着，王黑妮站到了她旁边说："闺女，别哭了，人的命天注定，阎王爷让谁三更走，难以拖延到五更。咱商量以后咋把日子过舒坦！""奶，我也不活了，跟小山一块儿到那边吧！"王黑妮说："傻孙女啊，以后你就是俺的亲孙女！大路朝天，宽宽展展。有我和你爷在，有你公公和你婆子在，绝对亏待不了你。我和你爷商量过，你搬到半山腰那窑住，我们会虑算你的将来！"刘翠莲说，她不想住那里！王黑妮说："有个贴身丫鬟跟你一起住。那上边亮堂，出门就看一幅画，洛河里行船，对岸的贡梨园，远处的青龙山。能使心里少憋气，奶也常上去，教你学绣花，一起拜菩萨。另外，也省得听自己不愿听的话！吃喝什么的，都有人送去！"刘翠莲说："那我听奶的！不过，我想见见爷！"王黑妮说："现在咱就去！"

康文盛正站窗户前，凝思看外面，王黑妮领刘翠莲走了进来，康文盛转过了脸。刘翠莲扑通跪面前。康文盛说："孩子，这是咋了？要珍重身子啊！"王黑妮拉着刘翠莲，让她慢慢说。刘翠莲哭了："爷，您要替小山报仇啊！"康文盛看着王黑妮，问是咋回事儿？刘翠莲说："爷呀，你要递个状子，把我娘家婶抓到大牢里！"她就说了迎亲照相那桩事儿。康文盛说："照相勾走魂，胡说的，咱家照有多少相片啊！"刘翠莲很不理解看着他。

也在这天，泾阳魁记商行，康路畅端起宜兴陶壶喝着茶，突然，啪地摔地上。韩金贵安慰："岁岁平安啊！"语音才落地，一个伙计走进来说："康掌柜，出事儿了！"康路畅问啥事儿？伙计说："夫人突然得了病，又哭又闹的，非让你回去！"韩金贵说："路畅，先回去吧，生意上有事再商量！"韩金贵吩咐，请刘先生快给看看！伙计答，已经派人往忠厚堂请他了！

太阳西斜红霞刷满天，韩金贵匆忙来找康路畅，见他背靠罗圈儿椅，发呆地看着屋顶。看见韩掌柜，他忙站起来，脸上挤点笑："舅爷，快坐吧！"韩金贵问啥病？康路畅说："她说正坐着，突然看见了俺小山，心里就乱成麻团了。"韩金贵说："天命啊！我学了，你要冷静些。"康路畅说："舅爷，说吧！"韩金贵说："刚接你爹的信，说小山殁了！"

康路畅仰脸，大声哭起来："我哩儿啊！"韩金贵说："男子汉大丈夫，天塌下来也要扛住，你还要劝说媳妇呢！"康路畅擦泪说："中，扛住！"韩金贵说："说句不当说的话，他来到世上，就是向你讨债来了，债讨够了，该往福地走了！舅爷见多了，王天祥他爹雄气正盛时，不也一口气就过去了吗？"

王天祥打会儿算盘，拿起小毛笔，白麻纸本上写画些什么。一股风冲到他面前，王撞进来了。王天祥抬头看了眼，没有搭理他，仍做自己的事儿。王撞就搬起只板凳，咚地制造出了声响。他停了手头的事儿问："咋，还要你大呀？"王撞说："看你说的吧，我还能街上再随便找个大？"王天祥说："是不是又出麻瘩了，让大替你擦屁股？"王撞歪头看着爹："人家老的，对儿子都抱着信心，你咋总隔门缝看扁我？"王天祥笑了说："好，你又做了啥大成就？""这次要发大财了，只需要你给帮点忙，康家买吴家那地租我一千亩！"王天祥瞪大眼睛说："你不是说梦话吧，让我摸摸头，看你发烧不？"王撞眉飞色舞说着，王天祥十分认真听着。然后，王天祥拍了下桌子说："中，这次我支持你！"父子说定了实施步骤，约定时间，就去了安吴堡。

一派天高云淡的晚秋景色，老百姓正忙碌着收庄稼。爷俩兴冲冲走在田路上，远处的嵯峨山，近处的安吴堡，一概进入了眼帘里。王撞说："大，你看这里地多好，种上三两年，准就大发了！"王天祥说："想法是不错，但你看这行吗？"王撞说："咋不行？"王天祥："现在我又感觉不行了！康家买过的地，定条件向租户收购棉花和粮食，租种户可能接受你，康家对他们那么好，他们会与康家对着干？还有，大掌柜那人也正气！"王撞说："老百姓谁见钱多不高兴？""当然高兴了，但权衡利弊，他们就高兴不起来了！""攀山让我摔成肉饼子，游河让我当成淹死鬼，好汉做事好汉当！""这孩子，看你又急了不是？做这宗生意，我完全同意，只是咋做更好，我有自己新想法！我想，不如跑到北边淳化去，远点还能遮耳目。""你胆子还没芝麻大。康家吓得你撒尿不成股，看离开你，我能干成不？他不理父亲了，就往村里去。"王天祥一脸无奈。王撞看他仍在后边跟，拾块土坷垃，朝他扔过去，吆喝："你走，甭跟我！"王天祥驻足，笑着说："看你吧，让人家笑话，我是看你有没那本事，如果你说通了一家人，我就全力支持你！"王撞没再理睬大，只管又走自己的路。

一家大门口，一老汉正修構麦楼。王撞走过去，老汉没发现。王撞说："乡党，准备种麦啊？"老汉抬头说："嗯，找谁？"王撞说："就找你！"老汉瞪大眼说："我不认识你！"王撞说："我想让你发财哩，想不？"老汉答："谁要说不想发财，谁是龟孙货，你能让我发财？"王撞说："你种着康家地吗？""是哩！""如果我出高价，让种别的庄稼，将来我全收购了，愿意不？""有肉不吃豆腐，谁怕银子多咬手？""中，你跟村里其他人说说，晚上咱一块商量吧！"老汉说："那敢情好啊！只是，得给我说说，你准备种点啥？"王撞说："别管啥，只管种！"王天祥笑着也走进来。不一会儿，他们就说到了一块儿。经老汉引领，又聚集了许多村民。大家约定好，等他们再来，就具体操作。

这天，王撞和乡党们签了约，一起来到田野上。新整好的土地上，人们围聚在一起，王撞给大家讲着："这东西名叫晕蛋果，你们看，籽还没有芝麻大，种着需点小工夫，上边盖土厚了，压死它，出不来！压土太薄了，冬天就冻死它，这东西娇气呀！咋种呢，大家看我的！"王撞示范着扬撒种子，扬撒了一片，然后，扫帚轻掠虚土掩盖。第一个遇那老汉说："看出门道了，狗肉好吃难炮制！来，让我试试吧！"这老汉接过种子扬撒着，虽然慢，但认真。王天祥说："对了，一回生，二回熟，三回练成老师傅！"大家哈哈就大笑。

忙了一整天，回到屋子里，王撞很高兴，对王天祥说："大，咋样，百姓还是跟钱亲吧？"王天祥说："看来我估计错了，人心不古了！"王撞说："自古来，人们不老傻，钱搂口袋里，比啥都要强，是理不是理，只怕来回比！你干着康家的生意，你走头无路时，让人收留了，你还不是抓机会，就给咱家捞银子？"王天祥连忙摆了手，手指放嘴边说："可不敢胡乱侃，你要拆大的戏台了！""中，不说了，我虽读书不老多，可天天外边跑腾，眼观六路耳听八方，也知办事路数了。大，我看你都有点学究了！"王天祥说："这次，大服气你了！不过，要小心啊！""大放心吧，定能一马顺风！""大盼你总打顺风旗，不要再出磕绊事儿了！"

该出事儿时风破门儿，泾阳王撞做着混球事，山东也传来了坏消息。

那天，一只船正朝洛河康家码头停靠，船上站着个青年军人，手牵枣红马，脸色很严峻。船上人怪异眼光看他，老艄公问："长官要到哪儿？""找康大掌柜。"艄公指了邙山下一片青堂瓦舍处。船靠稳定后，军人下了船，跨上枣红马，就朝神龟园去了。

那军人到了康文盛屋里，一封信递给他："巡抚大人派我专门来，说你干儿子绑架了洋人，让你快抚平这事儿，如果不尽快搞定，恐也要跟着倒大霉了！洋人头不好剃，皇上见洋人还赔笑脸，黑铁塔倒敢捉洋人，老鼠日猫危险啊！"两个人还说着，鲁海啸进来说："干爹，军爷的饭安排好了！"康文盛："你领他去吧，我还有别的事要办，吃了饭，你到柜上支点银两，给客人做盘缠用。"鲁海啸说："知道了！鲁海啸领那军人走了出去。"

此时，半山窑洞里，刘翠莲绣着花，小丫鬟旁边认真看，王黑妮悄悄走进来，说："看你绣的咋样了？"刘翠莲说："这盘快绣好了，你看有啥不顺眼？"王黑妮接过绣花撑子，绣的是鸳鸯戏水，画面有垂柳、水塘、莲荷，另有两只相傍的鸳鸯。王黑妮说："整体还行，就是用针还零碎，应该这样整。"王黑妮指着画面，认真指教着。她们说的正兴致，王翠莲来了，说："婶子，大掌柜着急找你呢！"王黑妮匆匆忙去了。

康文盛跟王黑妮说："他和海啸要往山东去！"王黑妮问："咋恁急？""去灭大火啊！"康文盛就学了山东巡抚信中的事儿。王黑妮大发感慨说："这个黑铁塔，胆大像老虎，到底为了啥大事，敢朝天上戳窟窿？"康文盛说："小洞不补，大洞受苦，我要赶快去！"王黑妮说："本来那边生意就不好做，他这样一折腾，就雪上加霜了！"康文盛说："铁塔是个理智人，定有因由啊！"

这天后晌，康文盛和鲁海啸就上了船，王黑妮洛河边看着，他们的船只朝下游驶去。王黑妮心里忐忑不安，她突然想到，应该去趟灵山寺，听那诵经声，烦恼可随袅袅香烟消散去。

四十四

山峦起伏，林莽苍茫，山间一座古庙，大门口一棵古皂角，三搂粗细，树下支块青石板，石板旁摆有石凳若干。康文盛、鲁海啸坐在石凳上，旁边站了几个人，手握红缨枪或大刀，呈现一脸肃杀气。半天，门里走出了黑铁塔，忙给康文盛施大礼说："干爹，你们咋寻到这来了？"康文盛说："不是你喊我们来的吗？"黑铁塔很困惑："我没呀！""洋人都敢动，你比皇帝老子胆还大！""又给你找麻烦了，快，里边说！"康文盛站起来，跟着黑铁塔，走进了古庙里。就座后，黑铁塔说："我可不是老虎头上要挠痒的！"他就说起了那件事儿。

那天，黑铁塔砂石上"哧啦哧啦"磨大刀，几个教书先生走进来。黑铁塔让诸位坐下，询问来此何贵干。一白须老汉说："坏良心洋人，你们管不管？"黑铁塔惊异地问："咋回事儿？""那些洋孬蛋，偷偷倒腾大烟，把许多人家坑惨了！可官员见那洋人们，好似老鼠见了猫。于是只有找他们了！"黑铁塔回答："那些鳖孙货大刀会敢管！"康文盛接话茬儿："咋，你们把洋人给杀了？"黑铁塔说："你不是说过，无论做啥事，有理有利有节嘛！烟贩子俺给绑到了这，等他们立下保证书，才放他们离开这！还有洋人的俩走狗。我想让他们做证人，应付无窟窿繁蛆者！"康文盛擦了脸上汗说："真怕你把洋人杀剐了！"黑铁塔说："那几个洋人，经不起几个教书先生讲道理，都已表态了，绝不再拿大烟坑害中国人了，放不放他们我还犹豫不决呢！"康文盛说："那就好，交给我吧！别拗了，积贫积弱的国度，洋人面前，没道理可言啊！"黑铁塔说："洋人犯罪是事实啊，不信，你就跟我看看去！"

一座黑屋里，黑铁塔火柴点亮铁鳖灯，屋里逐渐亮堂了。黑铁塔端灯，走到了墙角处，放着几只长木箱，黑铁塔打开一只，里边全是黑烟膏。黑铁塔说："看吧，这能让多少人倾家荡产，能让多少人五劳七伤！"康文盛说："我信了，你们是在做好事！天也不早了，我就准备走！"黑铁塔招待干爹吃了饭，把洋人移交了他。

完成了洋人交割，巡抚说："如果不是你，皇上还不知恨我成啥样呢！"康文盛说："让我说，那些洋人们，作践祸害咱，杀了就杀了！"巡抚摇头说："那些洋人，一身臭肉值千金！人家国家强，国家替百姓撑腰呢！心里话，我也想把他们给宰了。他们贩卖鸦片，让咱日子更艰难！可皇帝替人家说话呀，下官还能踢跳吗？这次事件，我听探子说，他们准备逼皇上，山东交由他管理！我怕事儿闹大了，才把你给唬来了！"康文盛说："也没吓唬住我，洋人控制了山东，我这边生意还能做吗？"巡抚说："我交送那几个洋人，都让写了收据呢！"康文盛说："稀罕，送人也写收据啊！"巡抚说："不让他写字据，他们赖账说人没回去，洋人内心太险恶，不能不提防啊！"康文盛说："你能把握好大局势，对百姓保护就最大啊！"巡抚说："只要能抱住屁股不挨打，就是最大的幸运了！"

巡抚那回来，康文盛心情特沉重，袁帅看他脸不爽，拉他到海边去散步。夕阳火样燃烧着，海浪哗哗涌动，几个人边走拉呱。康路远说："爹，形势越来越紧，我看咱生意上要想点法儿。"康文盛说："都想了啥法儿？"康路远说："我看，洋人拾掇咱国家，迟早事儿。就如一群红眼狼，嘴流涎水想把牛咬死！"康文盛说："是这道理啊，你继续说！"康路远说："咱快买几台纺花织布机，弄到西安城，请几个老师傅，就省去许多运输费。再者，洋人吃中国，张口先咬海边的城，要到那时候，咱们进货就难了！"康文盛问袁帅："姑夫，看路远说的中不中？"袁帅说："这次路远老家回来，干啥也都知用脑筋了，这法儿可中！"康路远脸红了，康文盛笑了。袁帅说："让黑铁塔找找王诚的人，探询下情况。"鲁海啸说："就是，有时是有狗肉没蒜汁，有时是有蒜汁没狗肉！"这时，秀秀进来了，说："快吃饭吧，今天是红烧狗肉，蒜汁也准备停当了！"大家哈哈笑了起来。

黑铁塔心急，接了联系纺织机器任务后，大海边寻找王诚个伙计。高耸海岸的山丘上，黑铁塔戴顶草帽前边走，后边却追随俩洋人，一个是美国的教士，另一个是个洋拳师。黑铁塔警惕扭脸探望，还挥舞了手里九节鞭。追随者即刻藏到山石后。山崖下边是海湾，波涛汹涌喧嚣着。拳师问教士："认准了？"洋教士答："一点都不差，我已等许久，定要雪仇恨，洗去耻辱！我估计，还有个人参与了这浑小子的行动！那是魁记商行小掌柜，我骗他吸上了鸦片！"洋拳师说："你用卑鄙手段引诱人，人家反过来对付你，也叫一报一还啊！"洋教士说："主啊，你怎么说这话？我可给你付了费的，你就该忠诚地为我服务，这是你必须具有的职业道德啊！"洋拳师说："主的仆人说的不是没道理，我们是在例行契约，我们也是在做生意，按照生意规则，咱们应该再谈判，如果再让我治那小老板，你需再增加一倍的酬金！"洋教士说："那就算了，其实，那只是猜想，因为我的鸦片行里，不见那小子再来了！也没见他参与绑架我！看，那人又往前边走了！"洋拳师说："你不再追加标底，就按原来的契约吧！"

黑铁塔站到了山岗上，那儿长棵独立粗壮的大松树，大松树下他在张望。海湾里漂泊只空木船，一个铁锚固定着它。洋拳师也悄悄朝他来。另边山岗上，洋教士手握一柄枪，也往这边靠拢着。黑铁塔看到了两个不速之客，心里纳闷。这会儿，松树上有人说话了："估计他们和你有仇！"黑铁塔抬头，树叉上坐个小伙子，他惊喜地说："我看船上无人，原来你学猴子爬这上边了？"小伙子说："我观察许久了，他们像是找你碴的，不到万不得已，我先不下树！"黑铁塔离开大树下，到了悬崖峭壁处，扎了扎腰巾，蹲到一块巨石后，朝两个目标观察着。洋拳师四处张望，好像寻找失去的目标。洋教士则爬在山岗另一面，也在寻找黑铁塔，也监视洋拳师的敬业行为。黑铁塔突然站起来，朝稍近的洋拳师吆喝："喂，弄啥？"洋拳师大步走过来说："受人之托，替人报仇！"黑铁塔说："我的仇人可都是坏蛋啊！谁托你？"洋拳师答："是个洋教士！""他宣扬吸大烟好，还走私大烟土，连条狗都不如！我是想让他知道，中国人不都是傻瓜！你替那狗报仇，值吗？""不管那些，我在执行契约！""准备咋办？"洋拳师冲了过来，就朝黑铁塔挥拳。黑铁塔即刻应对，一来一往，渐入了激烈状态。

这时候，洋教士也朝黑铁塔跑来，他站到了大松树下，靠树干掩护，握的手枪颤抖着，指向黑铁塔。树上年轻人观看着。黑铁塔故意露破绽，装作蹲状。洋拳师恶虎扑食冲过来，准备把他压倒下。黑铁塔猛站起，一个扫堂腿，一个回首勾拳，洋拳师被打下了悬崖。洋拳师发出惨叫声。黑铁塔观看山崖下，巨大的海浪咆哮奔腾着。

洋教士瞄准黑铁塔，准备开枪时，年轻人树上猛扑下，把洋教士压趴地上了。手里那支枪，发出砰响。黑铁塔跑过来。一把夺过洋教士的枪，说："你几天前才认错，原来是假的，真还继续作恶！你的末日也到了，赶快追你的拳师去，让上帝扒去你狼皮吧！"黑铁塔揪着洋教士，走到了悬崖边，朝他开了枪，然后，踢他摔下了悬崖。黑铁塔和年轻人站在悬崖边，他们观看着下边。汹涌咆哮的海浪发出轰隆声，俩敌人早被黑色的浪涛吞噬了。

年轻人说："黑大哥，走，咱还坐船上，往海中个岛上去，王掌柜就在那，咱千锤敲锣，不如他一锤定音啊！"

铁灯头忽闪着，康文盛几人影子映墙上。康文盛吸着水烟，咕噜咕噜。袁帅说："我问过不少人了，没人见到黑铁塔。"康路远说："我听人说，又失踪了两个洋人，官府着急地四处寻找呢！铁塔哥不知参与这事儿了没有？"袁帅说："不会，办机器那事，他不会食言的！"康文盛说："我怕他偶遇那俩洋人，脑子猛一热，就给做了。他怕被人发现，就躲风去了！"袁帅说："有可能，他痛恨洋鬼子啊！"我派人找他几天了，大刀会也在寻找他！大家正焦急，鲁海啸匆忙走进来说："有铁塔哥的消息了！我到海边查看去，见到了海湾停只船，上边大松树下站个年轻人，我就凑过去。他问我干啥，我说在找人，他问我找谁？我说黑铁塔。他问清了我是谁，就说，黑铁塔刚从他船上走下来，被大刀会的人迎走了！"康文盛说："好，看来他没搅缠到洋人失踪案！"果然，天微黑，黑铁塔走进了屋子里。康路远问："你蹿哪了？大家都快急死了！"黑铁塔说："出去办那件事情了！"袁帅问："有门没？"黑铁塔说："石狮子屁股——没有门！"康文盛惊讶地问："咋回事儿？"黑铁塔说："王掌柜说，这段时间里，洋人跟咱国关系正紧张，海上把持可紧了，机器难以运进来。他还说，就是能进来，洋机器伺候可难了！"康文盛说："办成件大事，真需要天帮忙人凑和，看来这事要推延！"袁帅说："只能缓缓了！"屋子里出现短沉寂。然后，康文盛脸色变阴沉，询问黑铁塔："你把俩洋人收拾了？"黑铁塔惊异地问："你咋知道了？""这么说，你真把他们给做了？""狮子张口要吃我，我能手软吗？"黑铁塔述说了那经历，大家听得瞪大了眼。康文盛说："官府一口咬定，是你把俩人给做了！现今官府里，洋人的事成了热膏药，唯恐怕贴到身上揭不去！"黑铁塔说，他已想好了金蝉脱壳计。康文盛吃惊地"哦"了声。

康文盛被请去衙门，和巡抚相见了，一阵寒暄后，说到了正题上。巡抚说："咱是一条藤上的瓜！所以才找你来，帮忙把眼前难题解决了！"康文盛说："本人操着生意的心，也不知老弟有何探讨的？"巡抚述说道："是洋人失踪的事儿。俩货都是美国人，美国领事非让给个说法呢！""他们不讲道理了？""人家还要向朝廷要人呢？我派出去了许多人，四处寻找都没见！不过我听说，那个洋教士，上次黑铁塔绑架过。洋教士曾放风，一定宰了黑铁塔，他就雇用了洋拳师。"康文盛说："不可能！上次我领回那洋人，不交给了你？当时两边和解了。怎会又出这档戏？""老兄啊，许多事儿，牛皮纸灯笼里面明！""那咋能说，他们失踪案，与黑铁塔有关联？""有人见，黑铁塔那天海边走，洋教士、洋拳师后跟着！""不对吧？前时，我打发黑铁塔，到个海岛上，去处理生意伙伴的麻烦事儿！""那就怪了！黑铁塔也是咱这名人啊，别人还能看走眼？"康文盛说："看错人，太平常，别说是年老昏花的，就是年轻人，打眼扫一扫，看着像是谁，不一定就是谁！昨天，我也风言风雨听说了，俩洋人海湾去游水，让鲨鱼群给分吃了！"这话是黑铁塔告诉的，他说已经让不少朋友散播出了这说法。巡抚说："这话我也听到了！不过，心存怀疑！那洋拳师喜游水，可那洋教士，没谁见他会游泳！""这就难说了，洋人好多都是不定性，心血来潮了，什么都敢做！那洋教士本该传福音，却胡说大烟对人没害处，而且还做那买卖，他就不害怕上帝惩罚他？"俩人又说了一阵子，康文盛口袋里摸，拿出张银票，拍到了巡抚桌子上说，这段你也太辛苦，就算我请兄弟的客！巡抚拿银票看了看，满脸溢出笑容："这个这个，太感谢老兄了！那洋人的事，我也不想费心了，就按老兄说的交差吧！"康文盛凝重地点点头。

出了衙门口，鲁海啸悄悄问干爹："巡抚找你帮他忙，你咋还给他送银票？"康文盛说："憨孩儿呀，驴一撅尾巴，就该知它想屙啥粪蛋呢！巡抚是真心找我帮忙吗？鬼才信哩！巡抚也是官场老手了，他看这又是个发财机会！上次，你铁塔哥绑架洋人，他没发兵攻打他们，而是请我说和，又对起了上峰，又对起了咱，一根糖棍两头甜啊！这次，他又请我到衙门里，就是想敲诈点银子呢！不如就顺他意思算了，咱也没有工夫陪他折腾啊！"鲁海啸说："那些当官的，心窟窿就是稠！""孩儿呀，官场跟咱做生意一个理，心眼儿不多的，都难弄住大事儿啊！比如一只狗，若它不机灵，能逮住好吃食吗？啥是好官？百姓和官府标准不一样！一心为百姓的官，百姓说是好官；能给上级捞毛的官，官府说是好官！像那巡抚吧，能利用办案捞银子，能给上峰送好处，上头肯定说他好！"鲁海啸听了点点头。

没过几天，大海边山坡上唢呐吹奏着，火铳鞭炮也轰鸣，聚集了许多官员和衙役，还有些看热闹的老百姓。比较显眼的，一队身着黑衣的教徒们。还有个白毛的美国官员，康文盛诸生意人也在场。周围站满清官兵。山坡上挖了俩墓坑，墓坑旁摆放两棺材，内放俩洋人的衣物。巡抚来到列队前，摆了一下手，乐声戛然而止。巡抚大声说："诸位，大家来这里，为俩洋大人送行，他们乘鲨鱼天国去了，但是音容笑貌，还留在这片土地上。我们大清国对人最友善，洋人在这里走完人生路，缘分啊！按照咱这的规矩，把他们安葬了。让他们面对大海，每天能听到大海歌唱……"接着，着黑衣的教徒，站在了最前边。中国高个儿教士走出了队伍，站到了他们面前，抬头看着蔚蓝的天，大声祈祷着："天主在上，两个信徒朝您走去了，他们那么安详，带着温和的笑容，骑的大鲨鱼，请您接纳他们吧！一对自由的灵魂飞翔着，阿门！"然后，在修女们的唱诗声中，两只棺材缓缓卸入了坟墓。俩坟包蹲在蓝天下，坟头前纸幡飘扬起来。唢呐、鞭炮声骤起，那声音似乎是欢快的曲调。

人已稀少起来，巡抚和康文盛站到悬崖边，看着汹涌澎湃的大海，海风掀动他们的衣服。康文盛说："老弟，你一桩心事已了结？"巡抚说："是啊！"康文盛说："是皇上给带来的麻烦啊！"巡抚看着苍茫的大海说："穷国受人欺负，照我的心思，像那俩洋坏蛋，有多少就该消灭多少！我估计，洋人对咱们的大入侵，为期不远了，我心里也赞同黑铁塔的大刀会！"巡抚流了眼泪，康文盛也长叹息了一声。

起伏的山峦上林莽苍苍，山间泉水叮咚叮咚。溪流旁，古庙外开阔场地上，民众群集，黑铁塔站在队列前，带领着许多头缠黄巾的人练习武术，山谷传出了"杀、杀、杀"的呐喊声。

康文盛、鲁海啸匆忙朝古庙走着。黑铁塔发现了他们，叫声："停！大家先体会下动作要领，等会儿再练！"黑铁塔迎着干爹走去："你又跑这么远来了？"康文盛说："河南那边捎来了急信，让我回去，我不放心你，再来说说话！"几个人一起，朝庙院里走去。到了屋里，黑铁塔端个砂锅，给他们倒了茶水。康文盛端起黑茶碗，喝了两口，长长地嗨了一声说："这水甜啊！"黑铁塔说："这山里龙王泉，传说东海龙王做饭都用呢！"鲁海啸说："喷壶不加盖！"大家"嘿嘿"都笑了。黑铁塔说："故典有几个是真的？胡编逗笑哩！干爹，你还是怕我再杀洋人，给你寻找麻烦吧？"康文盛说："那些孬蛋洋人，你不杀他，他就要杀你哩！这次，虽然平息了事态，我还出了些血，但心里高兴啊！你为大众除害了嘛！我是想告诫你，别以为这次我向着你，办事就没边没沿了！"黑铁塔说："你还说！"康文盛说："你大概也看出来了，现在箭已上弦，洋人狮子大口朝我中国张开了。以前也说过，我给钱，让你搞大刀会，就为预防野狗洋人胡捣乱，好杀他们个下马威！"黑铁塔说："我们现在正抓紧做这事！参加训练的，都是各地的坛头教师，这的渔民整天海里窜，风头看得准着呢！东洋、西洋的鬼子都找碴，朝咱开战迟早的事！我们已训练了三批教师，练武要遍地开花了！"康文盛说："内里要聚住气，外边稳住劲儿，一旦和洋鬼子交战，要让鬼子头晕目眩难招架！有个事，不知你想过没？"黑铁塔问啥事？康文盛说："洋鬼子用的都是洋枪洋炮，你们光用大刀红缨枪，难以抵挡住啊！我这次来的意思，你赶快通过王诚掌柜，弄些枪炮，洋鬼子造的花生米、西瓜蛋，关键时候让他们也尝尝滋味儿！"黑铁塔说："俺的武功刀枪不入！只要诚心，念好咒语，就像铁人了！""说到天边爹也不信，人身都是肉长的，咋会刀枪不入呢？"

康文盛说："国家生死存亡是大事、正事，我又跟你袁掌柜爷说过了，你需要钱时就去找他取！"鲁海啸说"干爹来，主要就是说这事！"黑铁塔扑通跪到了他面前，说："干爹，我代表大刀会感谢你！"康文盛拉起了他："国家也有我的份儿！抓紧操练吧，打铁先得自身硬啊！估计，让我急着回去也是战事，要不，你康明楼叔不会从北京跑回去，专门让人捎了信。"

洛河边一只木船起锚，朝对岸康家码头行驶着。突然，岸上有人呼喊："等等我！等等我！"艄公说："点两篙，让他上来吧！"康明楼站在船上，回头看了看，要赶船者是光头中年汉，说："甭理他，他叫骚虎，赖皮货！"艄公说："那咱继续走！"光头看船没有停，站到码头上就吆喝：

"喂，康将军，你让船回一下嘛，我有话对你说！"康明楼阴沉脸，没回话。突然，船上有人惊呼："哎呀，那人凫水赶我们呢！"大家就观看，河面上，光头举衣服，踩水游着，追赶船只。艄公说："康大人，河恁宽，是不是让他爬到船上？"康明楼说："淹死了算完，少个他，世界上少个祸害！"那船终于靠了岸，康明楼走下船。光头却从下游河滩奔跑着追赶来，终于赶上了康明楼。光头拦住他说："不中，你这样弄不是敲我饭碗吗？正赚钱呢，你咋说停板就停板？"康明楼推他一把说："那店谁当家，我还是你？"那汉子说："你这样弄就不中，我就天天住到你家，你爹吃啥我吃啥！你是官员，也不会咋着俺！"围观者哈哈大笑。康明楼说："老少爷们，大家都看看！我在孝义集上开片生意，原先咱也不懂，想着乡亲们心闷了去抽两口，体会当神仙的滋味。后来才知道，那东西能害人丢魂啊。我知错必改，专门京城回来，把烟馆都给关了。这骚虎还不依不饶哩！"围观者窃窃私语："哼，拿着精细装糊涂，原来，人家文盛好劝他，他就不听，非办这大烟馆不行！""既当婊子还要立牌坊哩，人家文盛给孩子灌大粪汤，不就是也警示他吗？"康明楼看见人们在议论，说："我可真心是为大家好呀！"人们却悄悄议论："这东西，一当官学会说瞎话糊弄人了！"

这时，几只康家船，朝码头那正靠停。船上，康文盛、鲁海啸还站着观风景。鲁海啸指着河滩一群人说："那像是有啥事儿？"康文盛说："不像打架吧？"铁山说："洛河滩就是个大舞台，天天总会有戏唱，张三去了李四来。"康文盛说："咱也赶过去看戏吧！"围观人群里，有人喊："大掌柜回来了！"人们都朝河边看。康文盛们走过来，长长的影子照到沙滩上，他们走到了人群中。康文盛问："明楼，这是咋了？""我遇到个热沾皮，半路拦住不让走！"光头说："我不沾你还沾谁？你一拍屁股扭脸走，剩下我该咋办？"康文盛说："有话好好说，老撕拽着多不好！"光头说："既然你公平，说说该不该我找他？当年，他说办个仙游馆，硬把我给日弄去，那生意有模有样了，他一句话就要甩了我！孝义集上问一问，大小我也是刺儿头，耍起二杆子，小命照样搭肩上！"康文盛说："一边搁磨去！"

康文盛拉着康明楼，站到柳树行，说："外面能搅海翻天，不惹家乡小水潭，你咋去招惹那蛮货？"康明楼说："这次我回来，着急出掇大烟馆！"

康文盛问："知道了那生意昧良心？"康明楼说："官场上，谁越会当骗子，谁就越吃香，认钱不认理！这次撤去大烟馆，主要是因为国家将大乱，我害怕随皇上乱奔跑，生意被那贼羔给吞了。"康文盛说："人各有志，哥无法强求，不过，今天你欠妥，好鞋不擦臭狗屎，你该花钱打发了他。这样舞舞扎扎的，太丢身份了！我给做中人，把事说下架吧！"康明楼点头说中。康文盛返回人群中，光头还嘴喷白沫在演讲。他朝光头招了手，光头走近他。康文盛拉他手，衣襟下边操作起，俩人摸码字。康文盛说："我跟康将军商量了，他也知道，你吃过不少好处，就不再追究了，再给你拿这么多银子！"光头说："咋着，就恁多儿？""人心不足蛇吞象，不听话，后果我就难保了！同意了，就跟我去村里取！"光头说："就那吧，识人劝，吃饱饭，就这个数！"康文盛说："就这个数！"在众人注视中，他们往村里走去了。突然，康文盛跌倒了，鲁海啸连忙扶起他。康文盛笑着说："没事儿！没事儿！"鲁海啸说："干爹，你太累了吧？"康文盛说："热火攻，有点蒙，不要紧！"

康文盛坐椅子上，王黑妮端碗黑水，说："红糖何首乌茶，快喝吧！"康文盛接过了碗："天天像打仗，总觉身体太乏困！"王黑妮说："我看已到多事之秋了！""姐，你眼光够毒了，国家是不太平了，每做好一件事都艰难啊！"这时候，丫鬟跑着来了说："奶，快点去吧！"翠莲姐又犯毛病了！王黑妮二话没说，匆忙走了出去。

日光斜射入窑洞里，地上歪倒着绣花架，刘翠莲坐地上痛哭着，拿头朝墙上乱碰撞。丫鬟和王黑妮走进来，王黑妮扶着刘翠莲说："闺女，先躺床上歇歇！"王黑妮和丫鬟连拉带扶刘翠莲，让她躺在了床上边，刘翠莲仍然痛哭着。王黑妮扶起了刺绣架，看那上边，绣的是黑夜安静的天空，下边一棵高大的松树，天上一轮明月，两只仙鹤结伴飞翔。王黑妮又看看孙媳妇说："闺女，命里有不用求，命里无狗叼走！"刘翠莲说："奶，活着真没意思！""可不敢胡思乱想，世上人，有的是先甜后苦，有的是先苦后甜啊！你可能就是先苦后甜的命啊！奶托人正给找媒茬呢，以后会好哩！"刘翠莲不吭声了。

劝住了刘翠莲，王黑妮低头进屋子，也眼泪汪汪的。康文盛还看着天棚在沉思，问："小山媳妇咋样了？""我看她不太正常了！她绣着花，就呜呜地哭了，我寻思着，让小山妈回来陪陪她？"康文盛叹息道："心病只能心药治，你多劝解劝解吧！"这时，鲁海啸走进来说："明楼叔来了，会客厅等着呢！""让他稍等等，我把这药先喝了！"康文盛端起碗，咕咚咕咚地喝了药，穿上鞋子走出去。

康明楼和逯小柱正说话。康文盛进了会客厅问："那光头没再来找麻烦吧？""他敢，我不一拳捶扁他！"逯小柱说："看来，咱明楼武艺又长进了，能把人给揍扁了！"康明楼嘿嘿笑："说狠话又不报税！"康文盛说："你这次匆忙回，有啥大事吧？"康明楼说："让你猜对了，为啥捎急信让你赶回来？目前局势不老妙，朝廷恨不得给洋人当孙子，可热脸贴的冷屁股，人家仍然狮子大开口，想把中国切西瓜。洋人步步威逼，下决心要端朝廷的老窝！"康文盛说："所以，你就赶紧出掇大烟铺，银子搂到兜里边！将来皇帝躲过了大灾难，你可落个忠良名儿，皇帝躲不过这个灾，你就可背银子溜之乎！"康明楼也笑了说："哥怎会说笑话！""咋，还没把住你心窝？"康明楼点头说："你是孙悟空钻我心里了。哥儿呀，过去，你一直对我都不薄，我要给你通报下，咱家山东、南方诸生意，能撤的要赶紧撤。那些个洋人，是窝子狗，啥坏事都能做出来！"逯小柱说："这次，你文盛往山东去，就是为的处理这件事儿。"康明楼说："那就好了！哥儿呀，还有件大事儿，需要咱说清楚！"逯小柱说："我在这不方便，就走了！"康明楼说："用不着回避，咱不都是一家人吗？我想，皇帝不会大倒台，咋说呢？中国太大了，东边天黑西边亮，洋人要把中国全吃掉，喉咙眼可能憋嘣了！"康文盛认真地说："你还说，有点儿味！趁住皇上正困难，我们竭力资助他？"康明楼说："不点就透，行不？"康文盛说："引狼入室他有功了吗？""人无近忧该有远虑，这对以后有好处！""不见兔子不撒鹰，瞅机会吧！"康明楼说："那我就留意了！"

大清早，邙山的村落、树木、洛河，统统融入了朦胧中。神龟园黑色大门吱扭扭打开，康文盛走出了高寨门。这时刻，场院冬青灌木丛，蹲着刘翠莲，滴滴瞪瞪望周围，拿着几块刺绣品，披头散发站起来，弯腰顺大门洞墙边，慌忙奔跑着，消失在黑乎乎的门洞里。

深秋季节，洛河边已发黄的柳树行里，瑟瑟秋风抖索着。康文盛打了太极拳，脑子里突然闪现曹丕的诗，就默念：秋风萧瑟天气凉，草木摇落露为霜。群雁辞归鹄南翔，念君客游多思肠……

突然，刘翠莲的哭喊声传来："小山你回来吧！小山你回来吧！"康文盛发愣片刻，忙朝柳树行走去，刘翠莲边哭边跑，跌跌撞撞地，不时，她胳膊夹着的刺绣品，掉下一个。刘翠莲跑出了柳树行，站到了洛河边。大水汤汤泱泱，河里还没行船。她朝洛河仍大声呼喊着："小山回来吧！你看我给你绣了多少东西，可好看了……"

这会儿，柳树行外洛河滩。鲁海啸边跑边喊干爹，可是没人回应他。柳树行里，康文盛突然发现件东西，他拾了起来，是刺绣的鸳鸯戏水图。他流出了眼泪，站那呆片刻。突然，又传来刘翠莲的呼喊声，康文盛终于听到了鲁海啸的呼喊。康文盛朝着外面吆喝道："海啸，我在这！"康文盛朝河边快步走着，鲁海啸也跑到了他身旁，康文盛急促地喘息说："快，快，追赶小山媳妇！"鲁海啸说："丫鬟一早起来弄洗脸水，回来不见了她，干娘家里老着急！"康文盛说："快，河边哭喊哩！你跑得快，快去追吧，我跑不动了！"

刘翠莲沿洛河朝上游奔跑。她已出现幻觉，小山就站水面上，嘻嘻笑着往上游走，时或向她招着手。刘翠莲边跑边呼喊："小山快出来，咱一块儿回家吧！"鲁海啸跑着吆喝："小山媳妇，你奶到处找你哩！"刘翠莲不理睬他，继续朝河上游跑。刘翠莲眼里边，一个浪头扑过来，那小山半身入了水，水中左右摇摆着。刘翠莲又喊着："小山不要慌，我去拉你！"她朝洛河里走去，还拿着一块儿刺绣品，踮脚挥舞着，朝宽阔水面还吆喝："小山，快拉住这东西！"鲁海啸距她越来越近了，她却不理会，扬了双手吆喝，让小山不要慌，说她来救他。一个大漩涡，激烈旋转着，刘翠莲忽地没了影儿……鲁海啸边跑，边甩掉了上衣，又脱下了裤子，仅剩一个裤头，他跳到了河水里，朝那漩涡游过去。康文盛带着哭腔喊："孙媳妇、孙媳妇啊……"

鲁海啸扎猛子钻水里，许久后，仅他一人出来了！康家码头那，人们闻消息，朝这边奔跑着。有人还驾来了船，朝上游努力撑着篙。康文盛也跳入洛河里，发白的头发，发白的胡须，水里分外地耀人眼。许多人也跳进了水里边……

忙的时间不太短，刘翠莲的影子仍不见。回到家里边，康文盛和王黑妮，一对木呆呆互相没话说。他们脸前面，摆着孙媳妇几块刺绣品，都是康文盛河滩捡来的。丫鬟走进来，端个方条盘，上放两碗红糖鸡蛋茶，碗放桌子上，说："二老喝点吧，一天都没吃啥了！"王黑妮说："闺女，让我们安静安静吧！"丫鬟悄悄地退出门。鲁海啸无精打采走进来。康文盛抬起了头，看着鲁海啸。鲁海啸摇头说，大家像篦子梳头发，那片河水搜寻遍，还是没找到！

康文盛低了半天头，一直唉声叹气。王黑妮说："文盛，别生气了，她走了，找不回来了！小山走的时候，我就想，咱张罗他们的婚姻事儿，是犯个大错啊！"康文盛抬头看着王黑妮说："姐呀，何止是错呢，咱犯大罪啊！张罗他们婚事儿时，咱只考虑到了小山的将来，没想到人家翠莲的将来呀！很长时间以来，我就心里责备自己，想给翠莲找个好人家作弥补。可一直没有合适茬！我要给她立个牌坊，赎回咱的罪过！"王黑妮说："还应安排好她二老的生活！"康文盛说："海啸，去喊你小柱爷和车清远，商量商量！事儿完善了，对咱活着的人也是宽心。从今往后这种无意中害人事情，咱康家再也不能做了！"

康文盛抬头看，蓝色的天空上一只白色的鸽子飞翔着，又一只白色的鸽子随其后。他似乎看到了，孙子小山和刘翠莲手拉手，也在天空自由地飞翔着。小山朝康文盛招手，喊叫着："爷，跟我们耍吧！"康文盛扇动了两下胳膊，也飞翔了起来，他大声叫着："小山，不敢跑恁远啊，跟着我，我给你买好吃的！"小山和媳妇两个嘻嘻嘻笑着，反而飞得更高更远了。康文盛着急想说："这俩小孩子，咋不听话了！"

他头咚地碰到了桌子上，这才坐起来，抚摩着碰疼的头，明白刚才是头脑昏沉生了幻觉。这时，有人喊："哥儿，你一个人在？"康文盛扭脸，是康明楼和康广才来了。康文盛让他们坐！康广才和康明楼坐了。康广才说："明楼明天要返京，听说家里出了不幸，前来看看你！"康明楼说："人的命，天注定，别太伤心了！"康广才说："光看那贞节牌坊，你就尽到心了！"康文盛说："我犯了大罪啊！不该娶孙媳妇？当时我太自私，光想着俺小山，才唱了这悲剧！"康广才说："别太自责了，恁大的摊子，该想大事儿啊！"康明楼说："俺黑妮嫂子说，你这几天饭都吃不下去，她说着，就哭了！越是这时候，越该硬撑起架子来，你也年龄不老小了！"康明楼说："都是命啊！咱商量那迎皇帝的事儿，才为大呢！明天我就走，你还有啥吩咐的？"康文盛说："那大事，你要掌握好机会！"仨人又认真商量和皇上怎么拉关系，为了康家的未来。

打发走了广才父子俩，康文盛又看牌坊的石活。车清远正带几个徒弟，叮叮咣咣很热闹。车清远指点着石雕，商量了一番构件的事儿。康文盛坐在石头上，观看会儿车清远锻刻的牡丹缠枝图，又凝视着远方的洛河、青山和林莽……

洛河滩又变化成了绿色，麦苗被春风吹起一波波涟漪，油菜花儿染出了片片灿烂的金黄。委婉的唢呐声响起来了，一座青石贞节牌坊耸立在了河滩上。许多人在观赏石牌坊。康文盛、王黑妮、逯小柱等也站在那里，脸色显得很凝重。

石牌坊挂着名士送的旌帐，上书：朗月清风怀旧宇，桃花流水杳然去。残山剩水读遗图，明月秋风伴洛神。秋水兼葭溯回丽魂，烟径云迷风凄翠竹，春风桃李想象斯文，洛滩淅冷雨泣杜鹃。这天，康文盛心内仍凄冷，站在寨墙垛口那，望那灰色的天空，一群鸽子携委婉的呼哨声，掠过了头顶，向邙山上飞去了。这时候，从康家码头那过来一队人，铜锣喧嚷着。鲁海啸跑了过来说，干爹，是那拉巡抚来了！康文盛连忙门口去迎接。

那拉轿子里走出来，康文盛立即迎过去。那拉大人呼道："圣旨到！"康文盛慌忙跪下了。那拉大人读圣旨："奉天承运，皇帝昭曰，烈女刘翠莲，思夫投河，感天动地，特予表彰。"康文盛高呼："吾皇万岁！万万岁！"康文盛接圣旨。那拉大人说："此圣旨可勒石，悬挂贞节牌坊上，以张扬浩然正气啊！"

会客厅里，那拉巡抚表白："孙媳的事迹，我呈秉了姑姑，说康家历代传递德馨家风，孙媳妇虽然年纪轻轻，就这么刚烈，实为罕见！姑姑便传与皇上，就有了这道圣旨。"康文盛说："惭愧啊！你时刻惦记鄙人，真感激不尽啊！"那拉大人说："快别客气了，康家为人，善行为本，听说，你家在北边的生意救济老百姓，张家口那边都把你编成民歌传唱了！"转而，巡抚脸色严肃说，"咱还有要事相商呢！"

那拉压低声音说："国家真要遭大难了！洋人黑肚子难喂饱，硬要吞并咱大好河山呢，鸦片仗后正调集舰船，直逼京师啊！"康文盛说："一眼看到不到边的苦难啊！"那拉道："洋人打来，我岳父家倒是很好的避难所，我想趁着大难来临前，先在那修个寨子，以备将来有退路啊！咱们也可那里藏，也为当地百姓谋福利！""山高林密，倒是个退路。""你修神龟园有经验了，好赖那儿修个小寨吧，半亩地就中！"康文盛点头说："我马上就办这事儿！"那拉说："钱算我借你，周转过来一定还！"康文盛大气地笑了笑。

等送走那拉巡抚一行人，康文盛就给小柱说，逯小柱气愤道："这巡抚狮子大张口，他黑肚子也难填满啊！国家都要快垮了，巡抚还能帮咱啥？"康文盛说："哥儿呀，咱想任人宰割吗？他张口啃肉你不让啃，前边咱喂恁多肉也都白搭了！"逯小柱叹息说："想想也是这个理，他耍热沾皮，咱也不敢冷了他，人家的天下啊。"康文盛说："柱哥你就张罗办妥这事吧！前头的路黑洞洞。在山东，我和袁帅分析了，中国这么大，洋人来他百二八十万，漫山遍野撒把豆，谁也难把中国给吞了，还得交给皇上管。将来也好让那拉帮衬咱！"逯小柱叹息说："逯只鹌鹑撒把米。"康文盛说："我还要陕西走一遭，洋人若是入侵来，东边南边生意难做了，西北、西南那边需抓紧，堤内损失堤外补啊！"逯小柱说："你放心去吧！还有个事，需要说说，既然国家要乱了，地方也会不安生！"康文盛说："得把团练再整治好，坚持住巡逻！"逯小柱说："对对对，吃穿营生，窝要安定啊！"

这一天，渡船上下来几个人，衣着阔绰脸却陌生，被团练拦住了。他们说，是谈大生意的，必须要见大掌柜。团练们让寨外等候着，他们去禀报。陌生人高个儿赔笑说："客大欺主主大欺客，真遇到了大生意家，等就等吧，还望多美言！"康文盛正在作画，是幅猛虎下山图，他正渲染虎毛，鲁海啸走进来。康文盛问出行东西准备好了？鲁海啸说好了！康文盛说："等我把这只老虎画好了，把它装进行李里。上次，王天祥就缠着要画呢！"鲁海啸说："中！现在，外边来几个山西客人，说要找你谈生意，见不见？不想见，就说往陕西了，让他们找那边柜上吧！"康文盛说："见，有枣没枣打它三杆子，何况人家都上门了！"

鲁海啸就带领那几人到了会客厅，康文盛、逯小柱忙热情接住了。开始，来者还局促，观看墙上的画，观看座椅、桌子和条儿。他们中个胖子感叹说："就是不一样，一进这屋里，富丽堂皇气，皇宫不过也如此吧！"另瘦子说："咱走这遭不亏啊，知道啥叫大生意家了！"鲁海啸说："快说正事吧，大掌柜事儿多哩！"胖子说："俺几个，串串客，想在你这定点黑膏！"康文盛吃惊地问："你们有几个脑瓜？是昧良心生意啊！"陌生人哈哈都笑了。胖子说："大掌柜，我们都开销魂馆，你指头缝里给漏点，我们就感激不尽了！"瘦人媚笑说："是呀，你吃点稠的，让俺喝点稀的吧？"康文盛沉思了片刻，和气地说："我知道，你们跑恁远，一定会有消息，认定我有那货！"胖子说："对呀对呀，我们又不憨不傻！"康文盛认真地说："确实，我们这货不少，不过，需要全村人给日弄！"胖子说："不可能，咋会是全村人呢？人家明明说是你一家的！"康文盛说："我们每家都有个粪坑，各家粪坑里的出产，都可以卖给你们啊！"胖子说："大掌柜怪会说笑话！"瘦人说："说明吧，泾阳安吴堡你种恁多大烟，咱都摸清底细了！"康文盛说："那里许多地我买了，但绝没种那东西啊！我从来不染指那害人买卖，希望都别做断子绝孙的生意，会遭老天报应的！"

陌生客人面面相觑，怀疑自己真的安错了主。康文盛说："我不欢迎你们这类生意人，走吧，别让臭气把人熏晕了。我有治疗吸大烟的妙法儿，那就是用大粪汤灌他。你们也想让我给你们治治抽大烟的病吗？"陌生人很不理解，相互又看了看，灰溜溜地离开了。康文盛心里好窝气，泾阳自己的地上能有这等怪事儿吗？

康文盛、鲁海啸骑着马，在大路上奔驰，到了三岔口，鲁海啸正欲左侧驱马，康文盛叫住了他说："右边走！咱先往安吴堡！我就不信出鬼了！耳听是虚，眼见为实。那帮靠大烟挣钱的家伙，不远千里跑咱那，内里定有啥文章！"鲁海啸说："明天再去也不晚，你太累了！"康文盛说："我心都憋块石头了，看是谁拆咱台子板哩？"两匹马又逐渐加速，飞驰了起来。

古老的安吴堡，古铜色夕阳辉映着。他们下了马，朝村里走去。田野上他们都看了，许多地种的是大烟。是谁让他们种了大烟呢？需要打探才清楚啊！他们遇到一老汉，大门外面抱柴草。康文盛和气地搭话："老哥好！"老汉看到两个人，慌忙站起来说："好好好，你找谁？"康文盛说："我想找你打听个事儿。"康文盛指着门外石板上说，坐那说。鲁海啸接过马缰绳，拴上了附近老槐树。康文盛问："请问老哥，你种康家地没有？"老汉说："咋会不种哩！过去地姓吴，现在姓康了。"康文盛问："你地里种的啥庄稼？"老汉嘿嘿笑了说："人家都叫晕蛋果！全村都种了，说比种粮食棉花强！"康文盛问："谁让种的那东西？"老汉说："一个年轻手，先给定银了，定银高高的！我是鸡子跟着鸭娃胡凫哩！"又询问几个人，都是此说法，康文盛陷入了沉思中……

他们赶回泾阳街，天已黑洞洞了。魁记商行屋里，铁灯光缭绕着，康文盛、韩金贵、康路畅，一张张脸上都沉重。康文盛说："这件又八事儿，是对咱们当头一棒啊，过去有多少好名声就全抹了！"康路畅说："谁在捣的鬼，又是王天祥？"韩金贵说："年里到年外，他多在四川跑呀！"康文盛说："不管他是谁，咱都要把大烟铲除掉！"康路畅说："不行吧，光银子要赔多少呢？"康文盛说："如果名声弄坏了，谁还肯跟咱做生意？"康路畅说："惹得不是家，可能还带灭顶灾祸呢！"韩金贵说："是，能包地近千亩，恐怕也不是一般人，三思而后行！"康文盛双手拍着桌子说："我们的白菜心地啊！"

又一天，落日又幻化成古铜色，街道上人马已稀落。康路畅一脸疲惫色，一屁股坐到了板凳上，韩金贵问他啥眉目。康路畅说："有点头绪了。"韩金贵问："跟王天祥有没有关系？"康路畅说："村民说，租地时，他就在那！"韩金贵说："等他回来，就一目了然了！回去吧，你爹今天到府衙去说这事儿了！"康文盛回来后，与路畅搂扒了察看结果，韩金贵啪地拍桌子说："肯定是王撞弄的事儿！"康文盛说："明天我就去安吴堡，弄人把大烟铲除了！"韩金贵说："是不是等王天祥回来，省得惹出来大麻烦！那王撞也不是跑单帮，也有一伙人呢！"康文盛说："我今天找过知府了。知府说，就说是府衙让铲的！知府还给了护身符，让我给大家读读。"康文盛拿出一张纸，读道："魁记商行，你安吴堡村千余亩土地，种了违禁的大烟，本府令十天内彻底铲除，百姓损失合理处置。如果违反，将重惩不殆！"韩金贵说："有尚方宝剑，啥事儿也都一风吹了！"

这天，安吴堡老祠堂里，摆张大漆黑桌子，旁边坐着韩金贵，康路畅站在屋门口。一群人手里拿着铲子锄，门外排队领补偿。康路畅点了头个名，一壮年男子走过来，说："我的晕蛋果已清除了，你们伙计开的这条。"康路畅接过条子，唱道："付银子一两！"韩金贵发银子，账单上那人按手印，笑嘻嘻地离去了。后边一个接一个，交了粮条领赔偿。突然，祠堂外传来吆喝声："仗势欺人哩！仗势欺人哩！"

王撞气呼呼冲进来，老百姓异样看着他。康路畅迎他走过去说："王撞，你咋了？"王撞一把揪住了他说："拿着精细装糊涂哩？晕蛋果我掏银子定下了，你们为啥要铲掉？这不是要杀我们吗？"康路畅掰开了他的手说："君子动口不动手，谁要动手是肉头！原来这大烟是你种的，好，知府正要抓人呢！给，你看看知府的告示吧，红压压的大印呢，赔偿的银子回来找你要啊！"康路畅口袋里掏出那张纸，递给王撞看。王撞看过了，一屁股坐到土地上，双手捂着头，狮子样吼叫："可要陪血本了，咋办呀！"康路畅说："光棍不吃眼前亏，走吧，我们仍当作不知是你的！你这一捣鼓，让我们生意赔好多，我们找谁说理呢？等你大回来，我们还得跟他商量这笔账！"王撞急忙摆手说："这事可跟他没瓜葛，是我几个伙伴弄成的！"突然，王撞又吆喝："不管是官府坏了我的好生意，还是你康家坏了我的好生意，我都不会吓趴那，哪跌倒，哪爬起，你们能管我别处再做这生意吗？"

四十五

登州魁记商行屋里，铁灯头忽忽地映照几个人影。黑铁塔激动地说："我们得到了消息，洋人军舰快到咱这了，不当亡国奴，让鬼子也偿偿咱的厉害！"袁帅说："你们可就腹背受敌了！"康路远说："这边，清兵到处捉你们；那边，鬼子肯定也恨透了你们！"黑铁塔说："开弓没有回头箭，大刀会与义和拳合并，牛气冲天了！"袁帅说："真正的中国人，该有这志气啊！大掌柜都说了，你需要钱，就说！"黑铁塔答："我们要进批枪炮弹药，已集了些钱，希望你这再支持点！"袁帅说："中！"几个人灯光下认真商议着。

经多日备战，该出征了。这天，山林苍茫，黑云遮天，古庙外空场上，义和团列队齐整，头裹黄巾，腰勒黑带，人人手拿着黑瓷碗，旁边摆了酒坛。黑铁塔站在石台上，说话钢钢的："各位兄弟，洋鬼子要吞吃咱国家了，皇帝软弱无能，恁多清兵只会杀戮百姓，见了洋人像老鼠见猫。拿起武器来，杀向那些野兽吧！咱背后，仁人志士站许多呢，大家请喝出师酒！"几个人掂酒坛，往黑碗一一倒酒。黑铁塔举碗喊道："保卫国家，驱逐洋寇！"队伍里同声呼喊。然后，大家仰脸饮酒，然后，把碗摔碎到地上。接着，弯曲的山路上，义和团蜿蜒前进。连绵的大山里，天空云团滚滚，有苍鹰鸣叫着在空中翱翔……

大海上，炮声隆隆，硝烟弥漫，中国许多舰船被燃烧颠覆。洋人舰船逼近了海岸，炮台上清兵落荒逃跑，地上残旗破物，一片狼藉。鬼子端洋枪朝清兵炮台挺进。炮台附近的芦苇丛里，黑铁塔率领着义和团突然跃起，跑进了清军炮台。他们身背的火药包，一包包放置在隐蔽地方，然后，撒黑色火药向外撤退。一条火药黑线连通到了芦苇林。洋人军队攻入了炮台，洋人挥动旗帜炮台上庆祝胜利，嗷嗷怪叫着。芦苇林里边，黑铁塔给伙伴们说："送狗日的上天堂吧！"弟兄们拿了燃火的絮棉，点燃了黑色药线。火苗如蛇样朝炮台蹿去。炮台上，敌人还兴高采烈地欢呼着、跳跃着，突然，火球和着火药的轰鸣声，冲天而起，炮台顿时变成了一片狼藉。敌人鬼哭狼嚎的惨叫声响成一片。洋人指挥官举着大刀，朝着天空高呼："上帝啊，怎么会这样呢！"

没过几天，知府衙门外，几个汉奸狗样转悠着，打量着街道的行人。墙上贴了黑铁塔的画像，衙门替鬼子重金悬赏捉拿他，注明他是爆炸炮台的主犯。许多人在围观。这时，一条小街上，走来一群逃难者，里边混有黑铁塔，他脸脏兮兮的，朝前弓着腰，拄根歪拐杖，走路咯噔噔。有个小孩儿叫小三，也像一个要饭的，跑了过来报："铁塔叔，那边有鬼子过来了！"黑铁塔让大家准备好！一队洋人走过来，荷枪耀武扬威地走。黑铁塔率人朝他们靠拢着。突然，黑铁塔大喝一声："杀！"义和团呼噜噜来许多，大刀朝敌人猛砍去。汉奸们也落荒而逃了。高傲的洋人来不及逃的，许多人倒在了血泊中……

又一天，城门口那儿，清兵严查着过往人。小侦探小三，仍扮装成个讨饭孩儿，他正要进城里，兵士拦截住了。小三说："俺要饭，你也不让进？要错过吃饭时候了！"兵士手指墙上的画问："你说说，黑铁塔现在藏哪儿？"小三说："黑铁塔，听说过，带义和团专门杀洋鬼子和汉奸！这时，走过来一个汉奸，朝小三脸上扇了一巴掌说，什么洋鬼子？是洋大人！"小三说："狗的洋大人关我蛋疼？"那汉奸说："把这孩儿关起来，肯定和黑铁塔一事儿！"有人就去扭小三，小三灵活得像猴子，那些人硬是抓不住。

突然，一辆马车城门口停住了，康路远车上走下来问："是咋了？和个小孩怄气哩？"那兵士悄悄指汉奸说："洋人面前，人家是红人！光棍不吃眼前亏，可那孩子不知这理，要日他娘呢！"康路远走到汉奸面前说："小孩儿交给我吧，好好管教管教他！"汉奸看看康路远。那兵士走过来说："魁记商行的掌柜！"那汉奸问康路远认识他？康路远说："叫小三！小三，跟我走！"孩子灵活地应答："中！就猴子样跳上了车。"马蹄嘚嘚，街道上人烟稀疏，霜打样萧条。康路远跟小三说："好险啊，你敢跟那些人打嘴仗？黑铁塔让你来，有啥事儿？"小三说："黑师傅让告诉你们，我们要朝天津去了！洋人正攻打那儿呢！黑师傅还说，这次不要钱，我们能接济上！既然见你了，我得赶回去！"康路远口袋里摸出把碎银，塞给小三，让他买点饭吃，抓紧赶回去！小三接银子，猴子样又跳下车，没入了街市中。

袁帅正忙着整理东西，康路远进来说，街上清兵洋人已混合管理，洋人占了衙门，知府撤到了城隍庙。他又说了碰见小三的事儿。袁帅说："刚才接来信，东海王掌柜报消息，鬼子要打北京城。"康路远说："咱生意怕要遭大难了！"袁帅说："我准备借借王掌柜的力，挂个日本商号名，许还能抵挡一阵子。你先守住这边的摊，我和王家伙计厮跟着，天津的店铺走一趟，也用这法儿暂寻保护！"康路远说："那边甭提恁大劲儿，江云海掌柜猴精，他入咱股后招招鲜，再难也难不住他那人。"袁帅说："他打不出王掌柜的牌，我必须那边去看看！"康路远说："那边就让我去吧，我年轻！"袁帅说："就因为你年轻，我不大放心你！"康路远说："你越这样说，我就非去不行！就定了，我后晌就走！"袁帅盯他说："那中吧，一定注意安全，咱再具体商量下！"

天上飞了一群鸽子，带着呼哨呜儿呜儿响。康文盛拉着江云海，上了西安古城墙，边散步边说话。

江云海说："咱们生意合股后，好长时间都没见面了，这次，我先赶巩县，又赶到了这，总算碰到你了！"康文盛说："多事之秋，京津的生意让老兄你多操劳了！""看现在的形势有点儿悬，那边生意该往这撤点，于是才来找到你！""京津、山东形势越来越紧了，我也是赶到才不久，安排这边事儿来了。"他们正说着，康路远跟随个伙计跑过来。

江云海说："你家老二也来了？"康文盛惊讶说："他还在山东，咋就跑这了？"康路远到他们面前说："听说你们城墙上转，我就赶这了！"康文盛说："出啥大事儿了？"康路远说："天津生意行，洋鬼子给呼啦了！"江云海脸色顿时阴沉。

他们回到了商行屋子里。江云海说："真没想到洋鬼子蹿得会恁快！京津咱的贵重物，我已拉到了石家庄。"康路远说："赶到天津时，也准备打日本旗号，谁知看商铺，我都傻眼了，鬼子给烧得一塌糊涂了！一问才知道，鬼子挨店铺抢劫，街道上遭了大劫难！"康文盛屋里来回走，突然他吼道："洋人畜生，不得好死！"康路远说："义和团和洋鬼子打着仗，洋鬼子尸体见不少。老百姓可惨了，死了好多人！我们赶那时，街道上许多房子还冒着烟！"康文盛说："落后就要挨打！"康路远说："听说洋鬼子进京城，清军没咋打，就掂腿跑了！"康文盛说："江老兄，咱看法不谋而合，下步，我们要抓紧，重要财产转移西北来！"

康路远说："我跑来，也是想促爹下决心！山东那边，幸亏顶了日本商行名，挂羊头卖狗肉，暂保持不死不活样，如果洋人占领时间长，那边生意也难说！"康文盛说："国内做生意，还挂人家的牌儿，大耻辱啊！"江云海说："遇上这窝囊朝代，也只能尽力弹挣了。""路远就帮你江伯，先收拾河北、北京的生意吧。彻底撤离还不能，百姓还要过日子，我们生意运作需保持！""袁帅姑爷也说了，为保证咱船队安全，也打住王掌柜的名义。当然，在海边打日本生意旗帜，一离开危险地，仍打咱旗帜。"康文盛说："灵活办理吧，但要牢牢记住，只是权宜之计！"

这时，鲁海啸走了进来说："干爹，金贵舅爷说，王天祥和李骨头他们都回来了，准备在朋来顺饭庄接风，让你们都去哩！"康文盛说："江掌柜，咱都参加，与大家聚聚吧！是鼓劲儿的机会啊！"江云海说："算了，我们要着急往回赶路呢，京城也不知道成啥样了？"

时下的北京城，则是另番风景。城里边，阴云笼罩，火光携着烟云，砰啪响着乱枪，鬼子的狂笑声，大人小孩儿哭叫声，连成了一片，到处弥漫着死尸的腐朽味儿。黑铁塔带几个义和团会友，手握着闪亮大刀，燃烧的院里刚跑出，就见一披头散发女子，惨叫着从一房里逃出来。

黑铁塔连忙叫道："大姐，别慌，有我们呢！"女子哭着跑过来。这时，一洋鬼子屋里探出头，用洋枪瞄向黑铁塔，黑铁塔顺手甩支小飞镖，那强盗惨叫一声倒了地。黑铁塔拉着那女子，蹅入一条小胡同。问她："里边还没强盗了。散发女子擦泪说，还有好几个，他们抢东西，开枪打死了她爹，又脱她衣服，她挣脱了跑出来。"黑铁塔对个会友说："你保护她，我拜访那狗些崽子！"

黑铁塔带俩会友，又冲入了那店铺。那店铺门口，匾额已歪斜，上书"议和古物行"。屋子里，几个洋人还贪婪地朝布袋子塞古董。黑铁塔们有的甩飞镖，有的挥大刀，几个洋人应声倒下了。他们拉着几尸体，扔到了大街上。黑铁塔朝那女子招手说："快藏了你家里东西，锁了大门，先找亲戚躲难吧！"女子进了家。黑铁塔们看着，大门里边闩紧了。又几个鬼子朝他们冲过来，黑铁塔们连忙躲到了旁边胡同口，突然饿虎扑食般冲过去，敌人惨叫着，倒在了土地上……

此时，黑铁塔还不知，干爹康文盛正为他心焦呢。

陕西生意安排好后，康文盛急急忙忙返回了老家。这天，他和逯小柱商量眼前的大形势，脸色显得凝重。康广才走进来，一封信递到了文盛手里说："昨天天微黑时，驿站送来，明楼给你的！"康文盛展信看："老哥，见信知悉。护卫着皇上和太后，已经出京城，辗转蒙晋陕，西安躲战乱。京城已成了洋人的天下。皇上也正运筹，花些银子买平安。老兄要有所准备，皇上如若能返京，定会过河洛，咱商量那事，就可能会实施。听吾消息，此密不可传，切切！"康广才问："这次，明楼保皇上西去有功，能否再升迁？"康文盛劝说他，乱世，先祈求平安为要。康广才也感悟，出头椽子先烂！说，他听同在少林学武个兄弟说，京城那边，除义和团抵抗洋鬼子，清兵都像老鳖搐了头！康文盛说："也不知铁塔他们咋样了？"康广才劝解说："没事儿，武艺高，还信教，受双重保护！"康文盛说，但愿平安！

一整天了，右眼好几次蹦跳，康文盛心情不爽，暗里思忖，要有啥事吧？到了临近黄昏，神龟园融入一派金辉里。康文盛坐在石榴树下，仰脸看剩下的几个铁皮石榴，在那发着呆。王黑妮走过来问："你不舒服？"康文盛脸上露出了一丝笑："你也坐这吧！"康文盛指着旁边石鼓形凳子。王黑妮坐在了他旁边。王黑妮说："去山东那船队，按说该回了？"康文盛说："洋鬼子恁嚣张，不知道能平安回来不？"王黑妮说："不会有啥事儿。昨夜我做个梦，洛河、黄河都涨了，水一直漫到了咱家大门口！"康文盛说："水财，好兆头！"王黑妮说："云深和尚说，啥事都有个定数，总会迈过这坎的！"康文盛点头说："有时候，人很渺小，自己都难把握自己啊！"

此刻，洛河夕阳残照，满河洒金，天空几只乌鸦凄凉叫着掠过。一个人拄根木棍，衣服破烂，朝村里走着。他不时抬起头，看那苍茫的天空。

531

码头旁有人指点着说："看这要饭的，腿出毛病了！""他去文盛家，保准会帮他！"这时，鲁海啸雄赳赳地走过来，他定神看了看，慌忙跑过去："铁塔哥，这是咋了？"黑铁塔拉了鲁海啸，呜呜大声哭起来，议论者也围了过来。鲁海啸背起黑铁塔，急急忙忙朝神龟园去了。

安置好黑铁塔，鲁海啸跑屋里给康文盛耳语，康文盛急忙走出屋子。另间屋里，黑铁塔正低头狼吞虎咽吃东西，没看到干爹到来。他风卷残云般吃过了，擦着嘴，自语说："真好吃啊！"康文盛问吃饱没，黑铁塔孩子般笑了，然后又放声哭了。

他们到了会客厅，王黑妮和逯小柱也来了，一番问候过，黑铁塔眼里茫然说："咱中国完了！"康文盛问他咋这样说？黑铁塔说："洋人打到了京城，清军变成了阴阳人。治中国人像似恶鬼！见了洋鬼子，逃得赛过兔子！"康文盛点头。黑铁塔接着说："圆明园让烧了，皇宫也给抢了，宫殿外防火水缸镏金都给刮了，日他娘的，一群两条腿野兽啊！"询问黑铁塔负伤的情形，黑铁塔说，汉奸勾结洋人，抄了他们的后路，会友死了许多，他也被鬼子洋枪打伤了，幸而被百姓救出来，稍微治了伤，装上运尸车，混出京城门。再往后，他要了俩多月饭，才算找到这里！康文盛嘱咐他小柱哥，安排黑铁塔养伤。王黑妮说，听人讲，慈云寺有个和尚，治外伤神仙一把抓。康文盛说，他陪铁塔看看去！黑铁塔说："干爹，等伤好了，我还要拼命杀鬼子，不赶跑洋鬼子誓不罢休！"康文盛说："是啊，咱不能当亡国奴啊！"

安稳过几天后，他们就进青龙山，往慈云寺去了。山峦叠嶂绿林苍茫，山涧自在地奔流，时而有苍鹰鸣叫翱翔着。琴弦似的山路上，一黑、一白、一枣红三匹马，嘚嘚嘚，敲奏出动听的乐曲。突然，山崖上响起了谁的吼唱声：山高呀遮不住太阳，云厚啊挡不住海洋，儿大他大不过爹娘，人世间清楚过后是苍茫……那歌声让人听得十分惬意，康文盛吆喝马："吁！"马停步了，康文盛下马，鲁海啸也下了马，牵住了黑铁塔的马，说："铁塔哥，你甭下了。"康文盛说："这人唱得多好！很长时间了，我都没听到这自由的山野小调了！居住深山，不知魏晋，真乃福气啊！山上继续传来野唱声：哥哥呀，哥哥呀，我看见了你，你在山林密云中，哥哥呀，

532

想起你，妹儿的心里就出蜜……

接着，是咚、咚、咚的挖掘声。黑铁塔说，八成是挖药材的，孤寂了，就冷惊地吆喝几声！康文盛双手卷成喇叭形，大声吆喝着黄河的赶船号子："啊——啊——啊——"山里就传出了悠长的回音。他顿觉心里郁闷之气有点释放。鲁海啸指着对面山峰说："干爹，你看，那多像个大佛呀！"大家朝那方向看去，果然，像座生动的大佛站立在那。康文盛说："天地之造化啊！"几匹马嘚嘚嘚山路上继续行进着。

慈云寺门口，嵯峨的山峰环绕，林莽吻接着群峰，古老寺院建在山下一块台地上，台地下是清澈的河流。寺外几棵银杏树上，他们拴了三匹马。寺院大门上，悬着一块黑匾额，阴刻金字"慈云禅寺"。康文盛在前，鲁海啸搀扶黑铁塔，进了被树荫遮掩的大殿内。一座威严高大的释迦牟尼坐像，旁边挂黄色布幔，释迦牟尼像前一长木几，几后侧坐渺小的老和尚。三个小人迈入了大殿里，抬头张望那巨像，脸上都不由露出敬畏。鲁海啸拿出碎银，放在了香纸堆前布施箱，拿些檀香、黄表纸，康文盛点燃、插放。康文盛跪到释迦牟尼巨像前，鲁海啸搀扶黑铁塔，也跪到了巨像前。他们便显更是渺小。老和尚敲响了铜钟，灵动声山林间缭绕着。清瘦的老和尚，发出沙哑的声音说："施主今天来，定是求老衲！"康文盛惊讶地回答："是！"老和尚说："走，方丈房里议事吧！"

一番沟通，老和尚看伤。黑铁塔上边光脊梁，下穿黑裤头，遍体都鳞伤。老和尚抚摩着，脸色沉重地问："这是招惹谁了，有刀伤，还有火药伤，体里还藏些硬物件！"康文盛说了京城抗击洋鬼子的事儿。老和尚动情地说："大英雄啊！这样的人物，如果有许多，恶魔还会来中国作孽吗？"老和尚踮脚取东西，石墙小窑龛，取出了几个纸包包，一一打开了，是些黑红黄粉末，各捏出若干，碗里白酒稀释调理，朝伤口上慢慢涂抹着："英雄啊，忍着点！"黑铁塔说："放心施药吧！"其实那药热辣辣，他的脸上涌着汗。药物涂过后，老和尚指地上只蒲团，对他说："端坐在上边，身体要放松，我给施些真气！"按指点，康文盛、鲁海啸走出门外。老和尚闭目做气功，再朝伤口施真气。直到两人都大汗淋漓，从那伤口处，老和尚捏出几颗子弹头，"哐当哐当"，扔入残旧的绿钵内。再后，老和尚收了功，黑铁塔浑身轻松许多，捏起颗颗子弹朝外喊："干爹，来看呀！"老和尚的功力，让几个人心里吃惊，免不了一席感谢话。老和尚只念叨"阿弥陀佛"做回答，然后默然送客出寺门。分手时，老和尚又念"阿弥陀佛"，嘱咐："这位大英雄，国之大器，回去后，按我说的法儿用药！如有甚不适，马上捎信来，我定前往看！"黑铁塔说，过些时候，他自己再来，路，都知道了！

　　几匹马，青山绿水路上开拔了，老和尚望着客人背影，仍然双手合十，默念着经文，为黑铁塔祈福。

　　黑铁塔伤病迅速好转，康文盛又想趁他在，给团练们提提精神。这天，康家祠堂里，太阳透过蓊郁的苍柏，束束光箭射到地上。殿外台阶上，康文盛诸村执事站在那，台阶下站了团练们身着了黑服装。康广才大声训话说："今天把大家集中来，见识一个大英雄，他叫黑铁塔，文盛的干儿。他跟着义和团，山东天津到北京，追击洋鬼子，打了好多仗。洋鬼子要灭咱中国，我们该警惕，随时准备着，敢于拼死活！铁塔，你就给说说吧！"话音落地，大门里走出来俩人，鲁海啸一手提椅子，一手扶着黑铁塔。黑铁塔抱拳施礼说："很不好意思了，让狼啃几口，还需养段伤。"康文盛说："你说吧，看侵略咱的是啥恶鬼！"黑铁塔来了精神："洋鬼子像群野兽，专吃善良的老百姓！"一年轻人问："他们是不是红眼绿鼻子，四只毛蹄子，走路嗒嗒响，专吃小孩子？"黑铁塔说："洋鬼子多是白皮肤，高鼻梁，蓝眼睛，一种像人的凶残野兽。京津城里，烧房子，抢东西，奸妇女，还把人的心肝当酒菜！"那年轻孩子骂道："我日他们的八辈，咱也杀他们去！"黑铁塔说："洋鬼子仗着有洋枪洋炮！"康文盛说："咱也买了些洋枪洋炮，这次大家训练，枪炮用法也学学，如果洋鬼子打咱这，他们造的铁核桃铁枣，也让他们吃出味道来！"黑铁塔继续讲京城的经历，大家瞪大眼睛听着。

　　又是个薄雾迷蒙的清晨，翠绿的柳树行边，康文盛带黑铁塔打了太极拳。康文盛问："铁塔，身体恢复差不多了吧？""好多了！做梦都盼身体快点好，去寻找还剩下的弟兄们，不把洋鬼子赶出去，天天吃山珍海味，感觉也没味儿！我们去京津前就有口号！还我江山还我权，刀山火海爷敢钻。哪怕皇上服了外，不杀洋人誓不完！"康文盛说："难为你们一片雄心了！你恐怕还不知道，义和团多被洋人联合清兵镇压了！"鲁海啸问："清兵咋和洋鬼子勾结一起呢，卖国贼吗？"康文盛说："他们都想坑害百姓啊！"黑铁塔说："我就不信，正气就压不了邪气！"康文盛说："有句老话，不是不报，时辰不到，时辰一到，一切都报啊！你就给我们团练先当教练吧！"黑铁塔坚定地说："中，都为杀敌献力量！听说铁山带船队还没回来，是不是也遭遇洋鬼子了？"

太阳高挂天空上，船队缓缓靠拢了康家码头，铁山从太平船上走了下来，朝迎接他们的康文盛走去。康文盛说："比平时回来晚了好几天，有啥麻烦？"铁山眼里落了泪。康文盛问咋了，回去说吧。铁山点了点头。康文盛："给船上的弟兄们说说，老规矩，中午犒劳大家，一个都不能少！"铁山又点了头。

回到神龟园家里，铁山口袋里掏出了封信，递给了康文盛。那是袁掌柜写的。康文盛戴上老花镜，展开读道："文盛，清政府把咱中国出卖了，西太后派卖国贼李鸿章，与八国联军签订了《辛丑条约》，洋鬼子更加横行霸道了……"康文盛发出一声长长的叹息。铁山说："这次回来，就遭遇几道洋鬼子关卡，名义搜查义和团，实是敲诈勒索。在咱们国家里，他们恁横行，让人心难受啊！"康文盛说："就像土匪窜到咱家里，把主人当成猫狗看，只要不是老憨，谁心能不别扭？"铁山说："那些洋鬼子和走狗，一到咱船上，想拿啥就拿啥，看不顺眼的，抓起来就扔黄河里！看那狂妄劲儿，真想抡起篙给打到水里喂鱼鳖。如果不是拿出东海王掌柜的证件，洋人就要扣下船和货！""国真不国了！"鲁海啸来了，告诉他干爹，说县衙送来信，那拉巡抚明天来！康文盛吩咐做下准备。

次日，果真那拉巡抚来了。会客厅里，那拉巡抚说："虽说洋鬼子很凶，可大清国的摊儿照摆！"康文盛说："听说和洋人订了和约，赔了人家好多钱，还允许洋人耍霸道？"那拉说："老弟啊，皇上的国家，他愿咋日弄就咋日弄，咱只要还能见东边日头西边雨，管他娘嫁给谁，能跟着喝喜酒就中！"康文盛冷笑说："老兄心胸怪宽广，老百姓咋办呢？""没有皇上领，百姓日子也照过！我就是想商量，咋借此机会，你我生意都做大。"那拉继续兴奋地说，"洋人看中国太大了，像难扑腾出的大海洋，又同意了皇上管中国，当然了，皇上要当人家的轴猴儿耍！再下来，皇上就要返京城。咱这东西要道，他们肯定要经过，咱要做篇好文章，可是宗大生意啊！"他不住地说着，康文盛不住地点头。最后，那拉问："怎么样，我想法可以吧？"康文盛说："真中！"那拉说："再个事儿，我那岳母老想你，夫人一再交代，一定带你看看你给那新家！""好哇，就去欣赏欣赏那新宅！""咋，明天咱就去吧？"康文盛说："唯你马头是瞻！"

两边是山峦，中间一大路，苍翠连绵，路旁奔腾着洛河。前边是官府仪仗，后跟几匹大马，然后是两辆轿车。招展的旗帜，开道的锣声，招摇得路人颇热眼。歇息时，康文盛说那拉，别再制造那声响了，聒噪老百姓，有点儿烧包了。那拉哈哈笑了接话："人生得意须几何，任凭过后当驴货！"康文盛只好由他去了。又到了一片树林处，轿车停住了，那拉轿车里爬出来。后边轿车里，康文盛探出头。那拉朝康文盛笑着说："走这不平路，晃荡得尿脬涨，趁这僻静地，也来个飞流直下三千尺，疑似银河落九天！"康文盛说："响应你号召吧！"他们朝树林里方便去。他们边尿边说话。突然，传来一阵吆喝声。官府护卫们，手执长矛和大刀，观看着周围。头缠蓝巾一帮人，已把他们围中间。双方对峙着，虎眼望狼眼。康文盛还搐着裤带，突然，一大汉朝他施礼说："小的不知，冒犯了康大人，我们去了！"康文盛惊讶地问："英雄留下姓名，别让我纳闷到永远啊！"大汉招了手，待康文盛走近了，他说："我叫大贵，我爹说河洛大鼓的，是个老艺人。当年风雪天，我爹死在半路上，你父亲帮了大忙，我永世不忘康家恩德啊！"康文盛问他咋拉起了杆子？大汉说，都是穷逼的，跑到了这边，只劫财，不害命！康文盛说："咱往前边我干娘家，好好说说话吧？"大汉说："你不会诓我吧，让巡抚捉了我？"那拉神情稍稳定说："只要不当土匪了，我绝不抓你们！"康文盛说："巡抚大人也说话算话！"那拉嘿嘿也笑了："我可不傻蛋，岳父家在这，敢得罪这里人吗？"那人连说，你们快赶路吧！

那拉岳母家，青砖瓦舍已站那，大屋子里边，摆设也富丽堂皇了。那拉和康文盛说着话，那拉岳母走进来。她满头白发，走路仍然雄赳赳，进门拉了康文盛的手，一脸欢喜说："干儿啊，那年遇到你，似见观音菩萨了，你救了我的命，还给我盖这金銮殿，怕是我前几辈烧高香了！"康文盛说："干娘呀，别说外气话，相遇和相识，都是缘分啊！那次洛河涨大水，你水里漂流几百里，一块门板保了命，我刚爬到柳树上，就一眼看见你，就认了你这个好干娘，还不是缘分吗？"那拉说："咋不是呢？我到京城里，跟姑说起这故事，她还一直说，亘古少有的传奇哩！"老太婆说："孩子们啊，我是苦尽甜来，碰见你俩这好孩子！洛河就像根红绒绳，把咱拴到一起了。"那拉说："岳母说得太品位了，那年洛阳坐知府，我突发奇想，沿着洛河往上走，想看一路好风光，夫人正放羊，甜美的歌儿把我听醉了！""可惜你岳父没恁大的福，新房子刚落成，他就蹬腿了！""干娘，这你就不对了，干爹去世时，你咋没告知我？""你就埋怨吧，是我不叫你来的！整天忙得滴溜溜转，一天少挣多少钱？黄土埋个人，还用麻烦你？还有那拉，我也没让他来，他也忙公事哩！"那拉说："看我岳母，大家风范嘛，弄啥都没小家子气！"老太婆说："没吃过猪肉，还没见过猪走？""看我这岳母吧，说她能上树，她还说能踩云彩！"大家哈哈都笑了。这时候，鲁海啸进了门报告："那土匪头子来了，大门外等候呢！"康文盛说："我先出去会儿。"那拉巡抚说："派去几个兵，来个就窝按兔，逮起来算了！"康文盛说："怎能不讲信用呢？不能得罪这里人嘛！"那拉岳母问："说的是不是大贵？"康文盛说："是这名儿。"那拉岳母说："可甭弄人家的事儿，大贵专可怜穷人，好着哩！好多人没吃喝了，早上起来开大门，大贵把吃食都放门口了。"那拉说："哦！县官不如现管，那我就听你们了！"

对面小山头上，大贵就站那，旁边俩随从。康文盛走出大门口，仰脸吆喝着："大贵，下来吧，家里咱好好说说话！"大贵就双手圈口边喊："你上来，咱在这上边说话吧，俺不想跟官打交道！""怕啥哩，都说好了，谁也吃不了谁！"大贵哈哈笑了说："古来中国官喜诓老百姓，我才不上那当呢！""好，那我就上去找你。你不会诓我吧？""我如果说瞎话，就掉山崖下摔成肉饼子！"

弯曲小路上，鲁海啸护着康文盛，一起朝那山头走。好半天，就看见了一棵大柿树，下边站着大贵们。大贵摇头说："康掌柜，你咋还带人呢？还是对我信不过？"康文盛笑了说："这是我干儿，人的年龄大，出门多不便，需他照顾啊！"鲁海啸抱拳施礼："本人少林寺学过招，也给干爹当护卫，树大招风啊，林大了啥鸟儿都会有！"大贵连忙还礼说："兄弟也甭误会了，我只是不想跟官府打交道，干的本不是啥好事嘛！""心里有寒病，最怕吃冷食！走，咱树林里说话去！"康文盛指点处，有奔腾的溪流，浓郁的树木，盛开的野花。几个人朝那边走过去。溪流边大石头旁，是个阳光好世界，水里光箭灵动着，忽闪忽闪很纯真。他们坐在石头上，跟随几个人站高处。康文盛说："如果吃穿不愁，这可真是神仙地方啊！"大贵说："饱汉子难知饿汉子饥！山里土地席片大，好收成了打半瓢，遇到灾荒赔种子！山窝里地好点的，都归大户家，孬地是穷人扒的荒。"康文盛说："我想跟你商量，你这样提心吊胆过日子，打住食了吃肚圆，打不住食了勒裤带，也不是长久法儿啊！"大贵嘴嚼根草梗说："你是富人家，对俺的事咋还恁清楚哩？""整年东西南北走，还不知一方水土养一方人？""归咎起来就是个命啊。生在穷人家，跟着父母受饥寒；生在穷山恶水处，干瞪眼看着满山石头不能吃！有时仔细想想，活着也太没意思了，我们都如山上的猴儿，为的争口饱吃食！"康文盛说："你说的只是一面理，是不是还有另条路？靠山吃山，靠水吃水，这山里也有许多宝，只要日弄好，有吃也有喝，不用再当土匪了！"大贵惊讶道："龟孙才愿当土匪呢，你快给指条阳关道！"康文盛说："今天我听干娘说，这山窝里有漆树，还有油桐树？""有哇有哇！""你们去湖北找个师傅，我给他出银子，利用山沟野地成片种漆树，还有油桐树，开始我给投点钱，产品我全部收购弄外地。这里还有整片竹林子，你们也可编器物，我也可销外地，有钱还怕没饭吃？"大贵兴奋地说："是真的？""还会诓你吗？只是有一条，以后别再打家劫舍了！""有了光明路，谁还去走独木桥？"康文盛伸出了手掌，与大贵手掌叠一起，这就打手结了掌。这时，大贵手下人慌忙跑来说："大贵哥，我们上当了，官兵把咱围住了，快往林子里跑啊！"大贵站起来，奇怪地看着康文盛问："咋不讲诚信呢？"康文盛说："没的事儿，我跟巡抚说好了，咋会发生这档事儿？"大贵几个人钻进树林深处了。康文盛站在石头上，那拉指挥着他的兵，朝山林分散围过来。康文盛吆喝："这是弄啥哩？回声悠长而发颤。"那拉领人聚集来问："你受委屈没？""我们正平平和和说话哩，受啥委屈了？"那拉说："有百姓说，你被挟裹山林了，恐怕要被当肉票！"康文盛说："让兵们都退走，我呼喊大贵们再出来，你再当着他们的面，说句硬实话，我就变他们成为正常人了！"那拉惊讶说："咱俩的话就恁管用？""他们做土匪是为了什么？不就是因为穷吗？我想利用漆树、竹子、油桐树，帮他们做好发财的梦，有生活来源了，谁还会冒风险当土匪？""是呀，衣食足，知廉耻嘛！"那拉就朝麾下摆摆手，让他们撤走了。大贵从树林里又被叫了出来，说："你们的话我都听到了！人心换人心，八两兑半斤，我也看出来了，巡抚大人也是个义气人啊！"大贵跪地上给那拉大人就磕头说："对着恩人康掌柜，我给你赔礼了！"那拉大人连忙拉住了他说："你这是弄啥哩？"大贵说："过去，百姓我虽没骚扰，但对那黑心富人，我也曾非礼过！"那拉说："起来吧，搞点鸡毛蒜皮算啥呢？一些人不识圣人教，就该重锤敲他们！那实际上是在帮我呀，我还得该谢你呢！"康文盛说："既往不咎，未来可追啊！"大贵说："咱还接着说那事儿。康掌柜，你说，我们把大漆、桐油、竹编弄好了，咋跟你联系？"康文盛说："我弄船运到洛阳，洛阳也有咱魁记商行，我回去就跟那里掌柜仔细交代！"大贵说："让我跟你去洛阳吧，我总得认识那掌柜啊！"那拉说："人家大贵说得对！"康文盛说："中，随我去吧！"

这时候，那拉岳母走过来说："让我看看谁是大贵了？"大贵站起来说："奶，我就是啊！"老太婆走到大贵面前，笑眯眯地观看大贵的脸说："咱这人都说，你是宋江再世，为穷人抱打不平！中，一看这孩子就面善，有佛爷像啊！"岳母对那拉说："女婿呀，你可不能官大压死人，可别难为好人啊！你如果难为大贵了，我可让俺闺女整治你啊！"说过，老太太"咯咯"自己笑了。

康文盛主持着，洛阳小掌柜和大贵签了协议，大贵很不好意思地说："康掌柜，我还有件事情呢！"康文盛让他说。大贵迟疑了半天说："昨天我一到洛阳，有人信就长，找我请你帮助他！我自己屁股还没擦净，本不想再给你找麻烦，谁知道，人家的话把我打动了。我把人叫来，让他亲自跟你说吧！""你先给说说，是好事儿，还是坏事儿？""感觉是好事儿！""中，叫他吧！"大贵走出了屋门口。少许，大贵领俩男子来了，一个胖点一个瘦点。俩人给康文盛施礼，康文盛也还了礼，然后安顿他们坐下。大贵说："这两位先生可好了，以前还救过我呢！"康文盛说："你们说吧，啥事？"胖子说："俺是联庄会的，我是会主，他是跑事儿的！"康文盛说："联庄会，势力不老小啊！"胖子说："你大概也知道，联庄会是联合村庄修路打井的，这几年，世事乱糟糟，大家撑掇着，也干起了自卫防护事儿！尤其洋鬼子占了京城，我们正组织民众抗击侵略者，困难增加许多。"瘦子接着说："钱是硬鳖孙，没钱难动身。大家知道，凡是好事儿，你都肯帮忙！"康文盛笑着："说说，让我怎么帮你们？"胖子说："战事一天紧一天，免不了出现流血的事儿，我们找朋友帮忙，弄来些治外伤的云南白药，你生意路径熟，想让帮忙给销点。俺们这些人，做生意两眼一抹黑。如果货能销，拉团练费用就有了底！"康文盛说："中是中，看看货色再说事儿！"胖子说："只要你肯抬贵手，一定能成就这好事儿！"康文盛说："货在哪？"瘦子答："在孟津！"康文盛说："我柜上派去俩伙计，跟你取点样品来！"胖子说："咱洛阳老府衙门口就有！"瘦子说："俺自己正组织推销呢！"康文盛说："那更好，我就看看去！"

他们人走后，康文盛给小掌柜说，老府衙那儿，任啥人都有，谁知那药真不真？分号掌柜说，真的假不了，假的真不了！康文盛说，咱做事儿，就如梳头发，理顺了，生意就好做！分号掌柜说，坐地联庄会，也不能得罪他，势力大得很！约定好了时间，他们就往老府衙。胖瘦两个联庄主，带着魁记几个人，走在了熙熙攘攘的人群里。老府衙十年前失火后，就成了现在的大卖场。阴阳先生说，原本曾是火神庙，官衙占去后，惹恼了火神爷。弄市场就不怕了火神爷，怪！康文盛说："五行的金木水火土。火旺，主买卖兴隆啊！"瘦子说："我说呢，每天这里热闹劲儿不下，卖唱、卖当、卖大力丸、卖膏药啥都行！看见那俩石狮子了吗？那就是原先的府衙大门口！他们进入了大广场，看各色人等都忙活，围观者一圈又一圈，听唱听讲看表演。胖子带他们，来到个圈子外。里边俩人舞大刀，赤膊刀耍得如闪电，引来人阵阵叫好声。突然，刀光停止了，一人胳膊、脊梁上，鲜血直流淌，皱眉咧着嘴，疼痛连喊娘，使观众咦咦地发惊叹。另个舞刀者，旁边拿出黄纸包，对着观众念有词："大家莫惊慌，大家莫感伤，我有绝宝贝，片刻身体复原样！信不信，您看好，我给我哥用上药！（他给伤者伤口处撒药，边撒边念叨），此药应是天上有，老君炼丹炮制好！玉皇大帝送与我，拯救天下免煎熬！"那人施过了药，湿手巾轻轻揩伤口，果然血止了。其大声问："哥，疼不疼了！"伤者大声回答："一点都不疼了，谁说瞎话是龟孙！"伤者活动活动身体，地上连翻车轮。施伤者端起药包袄，转圈对着观众说："此药应是天上有，哪个需要言一声！"伤者帮腔大声说："五文钱一包，不主贵不要钱！"竞买药者纷纷交钱，伤者收钱，施药者发药。场子外，康文盛皱了眉毛，分号掌柜也皱眉毛。又回到石狮子那后，胖子问："咋样，康掌柜，不假吧？"康文盛哈哈笑了："有点儿意思，我们回去商量商量，看这生意咋做法！"胖子说："我们就恭候佳音了！"

这天大贵又来了，询问康文盛，那宗生意咋定盘。康文盛反问大贵说："你和联庄会头目很熟吗？"大贵说："有一次，他听信人谎言，说马员外挖出个青铜鼎，如果能弄住，准可发大财！他们来四个兄弟抢，不但没得手，还让马员外给抓了，说是要弄他们点天灯，联庄会那胖会长，求情救了他们命！"康文盛说："按理该帮他，可看他们有玄虚！洛阳分号掌柜说，挨刀受伤是遮眼法，估计那血是染布水！"康文盛说："我发现，胖头儿跟表演者挤眉眼，一点都不像生意家！"分号掌柜说："世人上千，形形色色，暗偷明抢的，假公济私的！"康文盛说："我让俩伙计探听了，弄真实了再说。"分号掌柜说："反正不能让人把咱当猴耍！"说话间，鲁海啸带来个老汉说，说是崔大爷。老汉忙双手抱拳施大礼说："你们千万可别上当啊！那胖子叫狗八，先前的联庄会首，过去他不赖，可后来修路的捐款他吞了，说是贼偷去，弄清他是说假话。那夜，村民举火把连成长龙阵，到了狗八家门口。吆喝让开门。胖子狗八带着钱，扒墙头蹽了！从那，我被推选成了联庄会首，我们下老劲儿了，就是抓不住他，最近听说他和谁，老府衙那里买当哩，没想到，那黑手也伸你们这了！"大贵说："康掌柜，我个大心实，做这没成色事！"这时，两个伙计也进了门。高伙计说："弄清楚了，狗八们卖的是假药！"矮伙计说："他们从外地弄些白药，掺和到别的药里，冒充外伤药哩！"康文盛说："既然坏人送上门了，咱就继续帮他们……"

崔大爷说："我代表联庄会，就先谢您了！"康文盛摆手说："除恶务尽，都有社会责任！"大贵说："啧啧，看我弄这是啥事儿？"康文盛说："海啸，套车，我先往知府衙门去了！"

黑压压的人头攒动着，纷纷张望着街那头。突然，浑厚的铜锣哐哐响，几辆囚车滚动着，由远至近来。囚车两旁和前边，衙役手执鬼头大刀，一副森严的形势。囚车走近了，上押着胖子狗八俩。车上悬块木牌，木牌上书字"贪污犯、骗子"。崔大爷等站在人群中，指着胖子狗八，数说着狗八的罪行。狗八看见了他，猛然抬头喊道："姓崔的，我是大意失荆州，被人家看出了破绽。如果只凭着你们，哈哈，我还是那句话，你给我提鞋也不中！我睡着觉也比你们精！"崔大爷吆喝道："长的瓢瓢嘴，专吃昧心食，得报应了还汪汪！"一个衙役走到囚车前，红缨枪捣住狗八的头："丧家犬狂叫啥？"囚车正走着，突然队伍停了下来。身着官服的康文盛，站在了路中间，鲁海啸站他旁边。衙役头给康文盛施礼说："康大人，有何指教？"康文盛说："我要和狗八说几句话！"衙役头领他走到狗八囚车前。狗八认出了康文盛，大声吆喝："你不帮我也就算了，却做官府的走狗！"衙役头呵斥道："别不识抬举！"康文盛说："礼品送给你！"鲁海啸提着许多礼品，放到了囚车上。康文盛大声说："住监狱了，闲时好好想想，大凡吃贪食者，总会得报应的。做得再悄密，人不知天知！"狗八说："见了你，再恶毒的话都难说出口了！"康文盛让开路，囚车又朝前滚动了。

这天后晌，魁记商行外，大街上突然热闹了，锣鼓喧天，狮子边走边舞，观众人头攒动。崔大爷领着许多百姓们，抬着一块大匾额，朝魁记商行那走着。崔大爷急忙拨开人群，朝门口看热闹的鲁海啸走过去！鲁海啸问崔爷为甚？崔大爷说："我们联庄会要感谢康大掌柜哩！"鲁海啸高兴地说："我去叫他！"康文盛出来了，拉了崔老汉的手。崔大爷说："你帮我们把失去的银子追回了，又可为大家修路了。百姓们感激不尽，送块匾额，略表寸心！"康文盛说："那不是碰上了吗？不值当！"崔大爷说："不管咋说，我们跑几年，总算有结果了！"说着，手下人抬匾就上挂！一阵忙活后，墙上挂起了那匾额，闪着金光字：见义勇为。接着，热闹的锣鼓声中，崔大爷指挥着，桌凳搭起了高山，观众欢呼声中，竞鸣的鞭炮声助威，舞狮跳跃起。康文盛拉崔大爷进院里，屋里坐定后，询问起修路事儿。崔大爷说："邙山上儿个村子，大雨冲得道路断几截，大家都着急修路呢！追回的银子不宽裕，还需要再剜腾些。康文盛说："好事办到底，剩余不足部分，我给补上去，免得你再作难！"崔大爷嘴唇哆嗦着，眼泪忽地流了出来，抱拳直致谢。

在洛阳又办件爽心事儿，康文盛刚赶回老家时，接到封差官送来的信，康明楼写的，他读道："文盛兄，前时，国家危若累卵，皇上太后无不忧心忡忡。弱国无外交，故派李鸿章与洋人周旋，讨价还价，割些土地损点钱，洋人退让了，同意吾皇重新执政。皇上太后已议论，待京城秩序平定，将经豫归京。我们先前商议大事，请予准备……"

日出日落，又过去了些日子。那天，康文盛背靠屋门，咕噜噜吸着水烟沉思。王黑妮正缝着衣服，看看康文盛说："憨狗等羊蛋的样子，想啥呢？"康文盛答："俩儿子接到了信，都该回来了，可现在还没人影？真是将在外，君命有所不受了？"王黑妮说："他们都有事儿吧？"康文盛瞥眼女人手里抖着的衣服，问给谁做的？王黑妮说："俩孙子都在外读书，给他们做件衣服，你看布料咋样？"康文盛说："中，老中！""中啥哩？"康路畅接了话茬儿。王黑妮说："说曹操，曹操就到。刚才，你爹还在念叨你兄弟俩呢！"康文盛问西省咋样了？康路畅说："生意没啥问题，就是那王撞去了趟。好味气了魁记一顿。说他跑陕南种了两千亩大烟，发大财了！说咱结伙官府想挤垮他，石狮子屁股——没门！"康文盛问："王天祥都没管他？"康路畅说："王撞像他爷王有亭，根本没把大放眼里！"康文盛说："得瞅机会教训他，不能使他成害群之马。"

康文盛盼着路远也快回来。这天清晨，东山红日不急不躁照耀着洛河，船队缓缓靠岸了，铁山走了下来。康文盛还朝船上张望着。铁山说：

"甭看了，路远没回来！"康文盛吃惊问是咋了？铁山说："那边出件火烧眉毛的事儿。"康文盛问啥事儿？铁山摇头说："还不太清楚，看来事情不一般！"其实，是康路远不让铁山说，他怕爹太挂念了。那天，盐场许多人正往船上装着盐，突然，有个伙计跑过来，说不好了，康路远问是咋回事？那伙计说店里去个衙役，说让他快过去，看样子，不像请他喝酒哩！大老远康路远见了那衙役，衙役口袋里掏张纸，递给了康路远。康路远展开，上边写着俩大字"告示"，康路远读着：拳匪又逞凶狂，杀死了临沂知县。经查，是黑铁塔所为。谁若告密其行踪，协助官府抓住他，赏银五百两。康路远说："他没往这来呀！"衙役说："黑铁塔已被我们抓住了！"他也恨那帮洋人和汉奸狗官，听说黑铁塔与魁记商行有瓜葛，就跑来报信，让快点救那好汉！过两天，案子转到洋人手，怕就没命了！康路远自语说："黑铁塔咋会在这呢？"衙役说："黑铁塔看我敬慕他，告诉了我一切。他打八国联军负了重伤，遇到了好心人帮助，才给救治好的。本来，人家劝他去东北淘金子，但是，在黄河的船上，又改变了主意，继续回山东，再打洋鬼子！官府的告示才贴出来，他就被人暗算了。快救他吧！"康路远说："告诉我，暗算他的人是谁，他住哪里？"衙役一一就说了，汉奸谁不恼恨呢。康路远计划了救援办法。

起伏连绵的山峦，被绿茫茫树林覆盖着。树林里小溪叮咚流淌，小溪旁几间草房子，外边有篱笆围墙，荆条木棍编的大门。康路远和个伙计站在了大门外。康路远爬到荆条门上朝里望，看见敞开屋门里有人影。康路远对店伙计说："你用山东话喊门，我喊，容易引人怀疑。"伙计就喊门，屋门口就闪出人影，应答问："你找谁？"伙计说："找口水喝！"大门吱呀呀被拉开，一瘦弱老汉出现在面前说："兄弟家里去，我给你们烧水。泉水看着怪清亮，喝了容易肚子疼！"屋里，一块不太规则的青石板，几块石头，老汉让他们坐下，转身去烧水，康路远说："老哥，先别慌哩，我想问你几句话。"老汉奇怪地看他们，迟疑地问："你们是？"伙计说："掌柜问，你要如实说！"老汉说："我又不认识你们，让我如实说啥呢？"康路远说："咱井水倒不犯河水。"老汉说："俺石头缝里种庄稼觅吃食，有毒的不吃，违法的不干！"康路远说："可我个哥被你出卖了？"伙计说："不

544

说实话，还想活吗？"老汉扑通就跪到了地上，呜呜地哭着，给他们磕着头说："我真是鬼迷心窍了，都为了几两银子啊！"康路远指着旁边的一块石头："坐那说！"老汉就坐到了那石头上说："那汉子叫黑铁塔，领了两个人，夜里住我家，好人啊。第二天，他给我了钱，让进城给女人买药。对了，忘给你们说了，我女人就躺后边草房里，已病了两年多。再说进城里，就看见了官府贴告示，要抓黑铁塔，看有赏银，俺就动了心。真是太穷了，太需银子了。后来，我感觉会遭报应，没想来得就恁快，您杀了我吧，不过也求您，连我老婆也杀了，省得到那边还紧记她！"康路远朝店伙计摆手说："咱们走吧！"两个人走出了草屋子。老汉还发呆地坐在石头上。

四十六

康路远回到老家时，大家都惊奇地看着他。他感觉奇怪，就摸脸说："咋，脸有黑儿没洗净？"康路畅笑着说："恁俊的脸，咋会有黑呢？"康路远说："咋都死眼子看我哩？"康文盛问："那边又遇啥大事儿了？"康路远说："黑铁塔除洋鬼子和汉奸，杀个汉奸狗县令，被官府悬赏给抓了，不赶快救出来，洋鬼子要处死了。"康文盛问，他现在呢？康路远说："人托人，面托面，花了些银子，把他赎出来了，这次，我亲自看他上了往东北的船。"康文盛说："那咱商量大事儿，走，金谷寨去，那里僻静些！"

几个人商量迎皇驾，康文盛说出了大想法，出银子拉连皇上。康路畅当即就顶了："狗屁皇上，是卖国贼，还给他献银子？"康路远也帮腔："咱怕皇上面也难见！"逯小柱说："那拉巡抚跟你爹是啥关系？那拉巡抚又是皇太后的亲侄子。还有你那明楼叔，当着皇太后的护卫将军！你爹又是四品官，咋就勾连不上了？"康文盛说："主要不是见皇上，关键是要让他记住咱，关键时能给说句好话！"逯小柱说："皇上一句话，咱家啥都顺了！"康文盛说："国难当头，咱也是临时帮皇上一把！你明楼叔和巡抚都有这意思！人家皇上，钱少了怕眼都不眨，咱丢地上的银子需要"扑通"一声，惊得皇上眼睛猛一亮！"康路畅脸变黑了说："爹，我可不愿意！"康路远说："要想填满皇帝的黑肚子，连门也没有！"康路畅气呼呼地出了门，康路远跟着也出了门。康文盛和逯小柱互相看。康文盛说："他们也知银子来得不容易了，也知绳大窟窿粗的道理！"逯小柱说："我劝劝他们吧！"

弟兄俩站在寨墙边一蓬软枣树旁。康路畅说："胡球弄，当朝廷，爹还想当大官吗？咱定要挡住他胡球来！"康路远说："他胆子也太大了，想跟老虎亲嘴哩！走，咱给娘说！"康路畅说："走，就说爹老糊涂了！"那会儿，逯小柱走出屋门外，问鲁海啸，他哥儿俩呢？鲁海啸指指坡道说："怕是下寨去了！"逯小柱小跑着到了坡头。兄弟俩已下到了坡底。他回到了屋里说："这俩孩子下山了！"康文盛哈哈笑了说："回家搬救兵了！"

果然，王黑妮屋里绣着花，哥儿俩匆忙进屋了。王黑妮抬头问："你们咋了？"康路畅气呼呼地说："娘呀，你可得管管爹！"康路远说："我吸口大烟他就整治我，可他要把咱家银子白送皇上啊！"康路畅说："啥皇上，卖国贼！"王黑妮连忙站起来，门口张望了张望，又关严屋上木风门说："可不敢乱信口开河，挨杀头啊！"康路畅说："洋鬼子来了，他似兔子见了鹰，立马就蹿了！又割地又赔银子，这皇帝杀肉吃也嫌臭！"康路远说："我爹咋活得没志气了？"王黑妮朝康路远脸上轻轻扇了一巴掌说："吸大烟，老子管你管错了？"康路远说："没错啊，我说是往黑肚子里填钱，可比我吸大烟花费多多了！"康路畅说："不能看爹往沟里跳啊！"王黑妮说："都坐下，听我说两句！"弟俩都坐了。王黑妮说："你爹想的是长远！俗话说，吃不穷，穿不穷，计划不到步步穷！老百姓过日子，就要寻找夹缝往前爬。咱家是棵大树啊，树大招风！人家皇帝权势大，一句话，可让咱家里流金银；一句话，又可让咱全破产。皇帝现在作难了，咱自觉帮衬他，能落个好名声；如果咱不主动……"康路畅说："怕将来就牛不喝水强按角了？"王黑妮说："对，都是聪明人，点到为止吧！好事坏事相连着，'留余'啊！"

这边金谷寨屋子里，康文盛吸着水烟，咕噜咕噜响。逯小柱走进来说："你估计一点都不错，你那俩宝贝又回来了！"康文盛说："大概知道内理了。咱就只当啥事都没发生过！说着，弟兄俩走了进来，他们扑通跪到了康文盛面前。"康路畅说："爹，我们脑子木，刚才错了，你踢几下解解恨吧！"康路远说："俺可没你心窟窿稠，咋处罚都行！"大家都哈哈笑了。康文盛说："也不能全怨你们，你们肩上担子还没到分量啊，咱继续商量。"哥儿俩又坐下说起来。

    开封街道上人来人往，买卖者吆喝声婉转动人，康文盛们穿行街市，匆匆赶往巡抚衙门。看见他们来，衙役鼻子眼都笑了。巡抚衙门靠着包公湖，走进大门内，可见清澈湖岸的绿垂柳，水中鸭子们嬉戏。厅堂楼阁鳞次栉比，进个四合院，就听到那拉夫人说鼓点："锵锵喊锵喊；锵锵喊锵喊……"那拉巡抚正学扭秧歌呢，夫人在前他在后，一只脚老踩另只脚，这次又踩实，扑通摔倒了。夫人听声不对劲儿，回头一看"咯咯"笑着说："你这笨猪啊！"巡抚爬了起来答："笨公猪就是没巧母猪能！要不，我会打破脑袋要娶你？重来！我不信就学不会扭秧歌！"巡抚夫人嘴里又说起了锣鼓点："锵锵喊锵喊，锵锵喊锵喊……"那拉巡抚像现代动画片人物的动作，嘴里也说着那锣鼓点。康文盛站在了门口，大声说："哦，怪热闹哩！"那拉巡抚停止了动作说："与民同乐，我还准备今年灯节时露一手呢！"巡抚夫人笑着说："他弄这事儿就鲤鱼拿鼓槌，难露手了！"说过，她笑着退了出去。康文盛说："有这兴致就中！"那拉巡抚说："咱兄弟心悉相通啊，我还念叨着这两天要找你呢，你倒先来了。"入坐后，康文盛指着儿子康路畅、鲁海啸给那拉作了介绍。那拉说："父英雄子英雄父子英雄，爹搂金孩揽银代代财神！"康文盛说："巡抚大人出口成章，孩子们，够你们学几辈儿了！"那拉巡抚笑了说："听人吹我，心里扇扇样爽快，好话谁都愿意听呀！"

    突然，那拉大人吆喝个佣人，说："康大人是贵客，去，把罗汉果茶拿来，让康大人也尝尝新鲜！那罗汉果茶，让广西巡抚一说，简直就是神果了，能润肺利咽、止咳化痰、平肠燥通便，长喝能去病延年。而且，那茶炮制方法也特殊，罗汉果烘干捣碎，一个罗汉果加铁观音茶一到二两，还要加些我也说不上名字的茎叶花，添水若干，水煮到火候。那佣人弄这是行家，一会儿就让诸位品尝啊！"康文盛说："尝尝鲜，活一千，感谢了！"那拉巡抚说："就说正事儿吧！"康文盛说："说起来，恐怕让你见笑了。"

那拉巡抚说："自己兄弟嘛，说吧！"康文盛说他做了个梦，就吃饭不香睡觉不宁了！那拉巡抚说："做个梦就恁大劲儿？"康文盛认真地说："梦见去了京城，皇宫辉煌耀眼，于是赶紧跑过来。"那拉巡抚惊讶说："哎呀，神仙要降大任给咱俩了！"正说着，那佣人提茶进来了，白色细瓷茶碗摆放每人面前，茶水都倒上。康文盛喝了说："甜香淳厚啊！"那拉巡抚说："咱识金镶玉，不是好东西他不敢给！"康文盛朝俩儿示眼色说："你们先外面看风景吧！"那拉巡抚对那佣人说："你领他们转转吧！"

那拉小声说："我接姑的信了，时机一成熟，皇上要返京，必路过咱这。因此想找你，商量迎驾礼！"康文盛说："老兄抬举我吧？"那拉巡抚朝康文盛眨眨眼说："谁跟谁呀，利益均沾嘛！"说过哈哈人笑。康义盛说："你要帮忙让皇上见见我！"那拉说："如果成事儿，对你的生意极好！"那拉把椅子挪近康文盛说："国家似棵病树，几代皇帝酿成的，光绪帝返京过河南，迎驾隆隆重重，也好给点安慰！"康文盛说："如果都冷落皇上，遭歪的还是老百姓！"那拉巡抚说："真叫对得娘很哭，对死了！我想按典制，道路与行宫，一一都安排！"康文盛说："大人请放心，行宫道路我全包！"那拉巡抚站起来，猛地抓住康文盛手说："知我内心者，兄弟啊！"康文盛说："咱好赖也是官员，皇上需要时，能不站出来吗？"那拉巡抚说："接着，你就陪我，一路走一路看，确定要建的工程！"

按照约定，次日早，康文盛们赶到了衙门后堂。那拉巡抚头也没抬，嘴里念念有词句："三只黑鸦唱秃山，一字雁阵传书卷（那拉巡抚皱眉半天，又边念边在宣纸上写），隔门相望圆明园（那拉巡抚又皱眉头，自语——有了），何时能割洋人蛋？"康文盛哈哈大笑了。那拉巡抚抬头问，都来了？师爷说："都看你正下功夫，也不敢打扰！"康文盛走到案桌前，看了说，字有气势啊！那拉巡抚说："胡乱弄！多年来，我有个想法，你也给参谋参谋！先看我诗歌写得咋样？"康文盛笑着说："怪顺口，怪解恨！"那拉巡抚说："我也想了，别说当个巡抚，就是官再大点，历史上还不是粒飞尘？再过多少年，谁还知道那拉是啥毛毛虫？可看你老乡杜甫，活着虽然不咋的，但死恁多年了，名声照样大，诗歌写得好嘛！我也套杜诗学着写，不信就弄不出个名堂来？这首诗，我就按他那绝句两个黄鹂鸣翠柳套的，等我套出许多诗歌，也拿钱出成书，不信名声就流传不久远？"康文盛说："有想法！照你的主意，把那洋鬼子裆里的灯笼割了，他们都成骗兽，就没怎大野劲儿了！"那拉巡抚说："对，就是那意思！"康文盛说："昨天咱说好好的，今天要出去看道路！"那拉巡抚大悟似说："忘给说了，师爷另有番理论啊！"师爷接了话茬说："七不出门，八不回家，今天正好是十七日，为办事顺顺当当，就改后天再行动吧！既然来了，就别慌着走，我把套的诗歌都拿来，你帮助给评讲评讲吧！"师爷笑着说，"你们等着，我去拿！"

群山大道上，前边几个衙役骑马，后跟三辆马拉轿车，"咯噔噔"朝前滚动。路旁树林茂密苍翠，一条溪流叮咚咚吟唱。过了两个多时辰，山沟口见棵大皂角树，附近有个高门楼，院内青堂瓦舍好大一片。前边车把式吆喝牲口停下来，几辆马拉轿车也站住了。一些衙役们，敞篷大车上跳下来，开始敲起大铜锣，声音山谷里回荡着，一群鸟儿腾飞起，惊慌向远处掠过去。康文盛、那拉巡抚也都车里出来，站在了皂角树下。那拉巡抚说："多好的景致啊，这里可修个行宫！"康文盛说："此地名叫明月坡，确实风水宝地啊！小婿牛状元家就住这。"那拉巡抚问："就是当过定远总兵，父子都是状元郎的？"康文盛点头。那拉说："中，今天咱就吃他了！"鲁海啸遵嘱去唤牛状元。康文盛说："走，这门楼里就是他家，咱进去歇息歇息吧！"那拉巡抚说："等他来了再去。今天，咱是为公事，又不是你来看女婿！"那拉巡抚说着，朝衙役班头招手说："你骑匹快马，请巩县令快到这。班头应诺，跨马飞驰而去。"

一棵古橡树旁，泉水汩汩流淌着。遮天的浓荫下，牛状元光着脊梁，抡舞百余斤铁刀，刀光闪闪发亮，携风沙沙沙响着。鲁海啸站旁看了片刻，禁不住拍手呼道："妙妙妙！"听人叫好，牛状元大刀往外一送，那刀飞舞十几丈后唰地竖扎地上，刀把优哉游哉晃荡几下。牛状元似拍手上灰尘问："你咋跑这了？"鲁海啸说："干爹和巡抚都来了，就在大门口！听书童说你到这练武，就来这喊你！"牛状元走溪流边，蹲下洗罢脸，走过溪上独木桥，朝后门楼那走去。

那拉巡抚和康文盛指点山头，说着啥，几百姓站在远处看热闹。牛状元大步走过来，朝那拉巡抚施礼说："不知远来，有失远迎啊！"康路畅笑着说："状元哥，你还床上睡觉吧，让海啸哥把你抓来了？"鲁海啸说："哥正练舞呢，抢起一百多斤大刀带响风！"那拉巡抚说："曲不离口，刀不离手！"牛状元说："在家赋闲，练练武术，锻炼身体呗！走，都是稀客，家里坐！"康文盛说："今晌午，就在你这就餐了！"牛状元说没问题！然后，他又趴鲁海啸耳边说些话。鲁海啸就朝衙役仪仗摆手说："走，咱到后边阁楼上去，那里风景美着呢！"一行人，都进了高大门楼内。

牛状元家院，房屋错落有致，雕梁画栋，石榴树无花果夹竹桃竹子诸树点缀也贴切。那拉巡抚感慨说："怪不得你父子俩都能考上状元，是这里好风水，家后有靠山，山下有清泉，门前有大道，要财有财，要运有运啊！"牛状元说："大人别取笑我了，虽说我做几年一官半职，仍赋闲这穷乡僻壤，不图荣华富贵，只图个安宁呀！"康文盛说："巡抚称赞宅地好，还能带走吗？"牛状元笑了说："我不能不知深浅，顺竿子爬高了，掉下来要屁股摔两半哩！"大家哈哈笑。那拉巡抚说："深山出俊鸟，状元到底不是一般人，说话落地能开花啊！"

客厅里，大家坐定，家仆提把清花大茶壶，每人斟碗凉茶。那拉巡抚吸溜下鼻子问："什么茶？好清香！"牛状元说："看看，你当过河南知府，这山里茶还没见识过？"康文盛说："五指岭的金银花。"那拉巡抚说："五指岭金银花，与别处咋不同？"康文盛朝南指点说："五指岭是嵩山一座峰，常年云雾缭绕，金银花清香得很，花泡茶，喇叭口总朝上的！"那拉巡抚说："那就怪了！来，让我观看下！"家仆提壶来到巡抚前，打开了壶盖，那拉眼看壶里，果然一朵朵花儿竖直朝上。他不仅叫道："奇了绝了！康老弟，多准备些，等皇上来了，咱用这泡茶，再献给他们些，老佛爷甭说该多高兴了！"康文盛说："这好办！那拉巡抚说："那茶水里面，好像还有啥物？"牛状元说："当地出产的连山地丁，比邙山地丁小些，泡茶能清热解毒，延年益寿！"那拉巡抚说："也是好东西？康大人呀，是不是也准备些？"牛状元说："看这势头，怕是皇上要经这返京吧？"那拉巡抚说："也不背了你这忠臣了，我们准备在这建行宫呢！"牛状元说："怕是不太合适

550

吧？"那拉巡抚脸色顿凝重。其他人亦显出惊讶状。康文盛忙拉牛状元说："那拉大人，你们先说话，我女婿的话你别信，他说的可能有因由，我们探讨下！"康文盛拉牛状元出了门。

到个旁边小屋里，康文盛说："你说那话，要犯大不敬罪了！"牛状元说："我知道他是西太后的侄子，我想让他传信儿皇上那。八国联军攻京津，他们没抵抗，还杀中国人，凡仁人志士都鄙视他们！败国之君回京，竟在我们口修行宫，晦气丢人啊！你知道不？那拉为了给脸上贴金，原准备让各县摊派银子，陕县的县令都抗议上吊死了。"康文盛说："你的话很在理，这我知道。但天下是人家的，咱不照样是小百姓一个吗？"牛状元说："我不愿意胡说话说胡话。就因为我说了边境军需供应该增加，军人生活该改善，就被人奏本皇上，我的职务让撸了。昏庸啊！我知道，西太后也给皇上传染些尿臊气！"牛状元还说了一个同僚好友刚被处死的荒唐事儿。康文盛说："人一生顺心事哪有恁多啊？不顺心时，该多想一想，怎么能让老百姓利益不受损！没办法改造世界，就该下力使自己适应世界！"牛状元说："我懂了！"康文盛说："算我求你了，为咱以后生意能发达，能尽力为众生多做些事儿，每走一步都要小心翼翼，关系协调不到位，前边都可能横条沟啊！"牛状元点头说会把话收回来！

那拉巡抚板着面孔，端详墙上的字和画，屋里空气似凝固了。仅仅片刻，康文盛带牛状元又回来。牛状元满脸笑容说："巡抚大人别生气，刚才，实在是我心有气，说出那话大不敬了！"康文盛也笑着说："我问了，他个同僚让自己人给打死了，他心里正气愤啊！"牛状元说："那是我的同榜进士，他三番五次要求说，调集军队跟洋鬼子干，但总兵不允许，他气愤不过洋鬼子，硬是私下开了仗，结果让总兵给制裁了！"那拉巡抚叹息道："我明白了，堂堂五尺血性男，眼看洋鬼子横行霸道，子民生灵涂炭，谁能咽下这口气？"康文盛说："巡抚大人站得高看得远！"那拉巡抚说："我曾仔细想了想，之前那形势，不全是现在皇帝的错！是理不是理，只怕来回比，如果让咱当皇上，国家积贫积弱，咱能怎么办？暂时迁回下，以期未来嘛！"牛状元说："横的怕愣的，愣的怕不要命的，命抵命，洋鬼子毕竟也是人，毕竟害怕死啊！"那拉巡抚说："天下者，皇上的天下，我等臣子百姓，只能跟随人家的布局啊！"康文盛说："胳膊扭不过大腿！"牛状元说："我们该做的，就是服从了！"那拉巡抚说："这一口咬到了命根上！"大家哈哈大笑起来。

那会儿，年轻的巩县令躺在摇椅上，悠悠地晃荡着，师爷带巡抚衙门班头进了门。县令头也没抬，问："又有啥事儿了？"师爷说了事由，官大衙役粗，县令弹簧似直起身，吩咐赶快沏茶水！班头说："你快跟我走，巡抚在牛状元家等着呢！"师爷闻听眼一亮，说："看来事紧急，让班头先走吧，咱马上赶到！"县令说："让我换换行头，给班头拿点白沙贡梨，让路上解解渴！"师爷说："咱也给巡抚大人带些吧！"班头说："牛状元那啥没有，快赶路吧！"师爷转眼外边回来，拿个鼓囊囊布兜，塞给班头说："暂解心渴吧！"班头抓住布兜："我复命去了！"

县令、师爷各骑一匹马，大道行走着。师爷说："大人，这可是一次好时机！"县令说："老母猪活，拼死拼活干，也难得赞赏！""迎接皇上是大活儿，还不弄点腥汤喝？"县令哈哈笑了说："无利不起早，没好处捞，我还不一推六二五？你可得帮我呀！当然了，如果能弄只小鸡娃，少不了你条大腿吃！"师爷哈哈笑了说："放心大人，我定当好你的好膀臂！"县令说："快赶路，去太晚了，巡抚该爹娘老子胡骂了！"师爷说："人家根子硬，话说出口砸死人！"两匹马加快了速度，山野树木忽忽闪过去，就到了明月坡。一个山包上，那拉巡抚和康文盛、牛状元站那，指点地形正切磋。那拉巡抚看着他们说："哦嚙，来得蛮快哩！"县令施礼说："不知大人到，有失远迎实在抱歉啊！"巡抚嘿嘿冷笑说："才从酸菜缸捞出吧？"县令瞥眼康文盛说："康大人消息怪长，也不跟小官儿招呼声？"康文盛说："你这可冤枉人了，我到开封去办事，碰到巡抚那大人，他硬拉我来了！"那拉巡抚说："你作为县令，皇上要路过这，你有啥想法？"县令说："山岭穷县，办事儿太难了！不过，大人如发话，咱决不含糊！就是动员百姓砸锅卖铁，也要把活儿干好！"那拉巡抚说："中，我愿听你这样拍胸脯！康大人，你看呢？"康文盛说："忠不忠，看行动！光看骑马跑来得怎快，就说明县令很积极！"那拉巡抚说："好，我现在就给你分任务。道路、行宫诸工程，都由康大人负责修建，钱也由康大人出！"县令脸上现出了殷勤的笑，说："康大人毕竟年龄大了，生意上的事儿又多，不如让下官向皇上表示忠心吧，亲自坐阵把境内活儿给干了！"康文盛说："感谢县令大人关爱，我们也该为皇上做奉献啊！"那拉巡抚说："按照我说的办！县令也要常走动，帮助康大人解困难！"县令说："遵命！"

　　洛河边，晨雾正缥缈，岸柳尚朦胧，河畔驿馆内，青堂瓦舍似轴水墨画。县令与师爷，站在驿馆门口处，师爷又兴致观对联，念叨着："头枕昆仑黄河浪，身躺秦岭洛河流！"县令一旁却皱眉。师爷知他心里苦楚，就开导说："昨天您性子急了点，让巡抚大人堵了口！"县令摇头："人家康百万拿钱，我看咱难插上手，看着是财也难发！"师爷说："逮鱼扣苦鳃，方法大似气力！只要说转康大人，哪还有办不成的事儿？"县令说："哎，你一提醒，我突然就有个好主意。"师爷问是啥，县令神秘地说："保准能一箭双雕，你看我咋演戏吧！"正这时，师爷发现了康文盛，洛河边正打太极拳，他说："说曹操见曹操，大人你看！"康文盛打着太极拳，如入无人之境界，鲁海啸也在比画着。康文盛收功后，又站洛河边，看着渔人在撒网。师爷走进驿馆大门里，县令跟着也进来。县令笑着说："康大人早啊！"康文盛说："恁早就来了？"县令说："你和巡抚大人在，我得伺奉好啊！"康文盛说："这里风光好，空气也新鲜，昨晚上睡得蛮香甜！"县令说："风水宝地啊，巡抚每次来都喜住这，门口对联就是他杰作！"康文盛笑了说："很有意境韵味儿啊，这次迎皇驾，他思虑与别人大不同！"县令眼珠转动着说："他知道皇上那痒往那挠，康大人，你挑头做行宫工程，我想帮你做些具体事儿，人生中十分有意义啊！"康文盛说："巡抚大人吩咐，咱县要建两处行宫，一处明月坡，一处洛河东岸黑石关。我不是不相信你，这工程实在重大，掉以轻心不了，正好我才修过新宅！"县令说："我还有个主意。咱们这，依着黄、洛两条河，万一皇上高兴了，说要乘船往汴京，想船上观览河洛风光，咋办呢？该在县城附近洛河边，修个藏龙船的好地方，再做几条大龙船。""是个好主意，不过要巡抚大人点头啊！"县令说："如果巡抚大人同意，我想请你推荐我做这工程。不为皇上做点事，心里总委屈呀！"康文盛盯着县令说："我理解你忠心耿耿，说说

553

看！"县令说："多仰仗康大人了！"鲁海啸走了过来，喊他们吃饭时，县令仍然一脸妩媚。

这天前晌，车马嘚嘚，一行人到了东黑石关。黑石山旁边，洛河弯成了南北向，水流表达湍急状，对岸站着邙山，一条城墙伸至河边，与黑石山夹峙一流。那拉巡抚说："黑石山旁要修座桥，桥头台地要建行宫！"县令说："行宫好修桥难建！"那拉巡抚说："难建好建都要建，大队人马到了这，难道要一船一船渡人吗？太后还不伸巴掌扇我脸！"县令说："我跟康大人商量，做几条大龙船，不妨让皇上先洛河看风景！"康文盛说："县令说，这段洛河不一般啊！"那拉巡抚说："洛河水到这变成了油？"康文盛说："这可是圣地啊！曹植写洛神赋在这里；俺村旁有东周故城、巩王庙、诗圣杜甫陵园；河洛交汇处那儿，河图洛书、伏羲画八卦、炎黄诸先帝筑坛沉壁遗址有；还有张汉所修杜甫祠，大力山北魏石窟，一串串胜迹啊！皇上如果猛高兴，要在这转转，咱总得有点儿准备啊！"县令说："这里黄洛二河贯通，乘船而下，可直达汴京，皇上万一想乘船顺流往开封呢？"那拉巡抚挠头说："这个这个这个，有点道理。"康文盛说："做几只大龙船，皇上想在这渡洛河，咱就把龙船连起来，直接走过河。皇上想看古迹了，也可乘龙船游览呢！花费上，放心吧！"那拉巡抚说："用项为节省，开封拉几只大龙船，就放黑石关渡口等待着！"康文盛说："这里不能专修桥，太费大劲儿了！将来把我家大船调几艘，排在洛河上，上面铺板子，板上再铺土，土用石碌轧，过河不觉是在船上走。这不也是一景吗？"那拉巡抚拍手说："绝，桥上饱览洛河风光！"康文盛说："龙船也准备着往下游风景处。"县令说："我想在杜甫祠附近建龙窑，龙船可直接开里边，窑洞里也弄赏心悦目些！"康文盛说："让县令奉献忠心吧！"那拉巡抚说："一口咬定了！不过，康大人的事儿还没完，需要陪我到潼关！"康路畅脸色阴沉了。那拉巡抚瞟眼他说："咋，你爹肋子上去钱串，你心疼肉也疼了吧？"康路畅连忙说："不，昨晚没盖好被子，有点风发头发烧！说过，他故意阿嚏了一大声。"那拉巡抚说："想你老爹胸怀若谷，你也不是蒜臼里和面——小玩家！"

这天勘察后，那拉一行住在康家。康文盛俩儿子忍不住，又找娘细理

554

论。屋子里，铁鳖灯头缥缈着，康路畅说："娘，干啥事儿都该有尺度吧？巴结皇上出钱不敢没边沿！那县令想做的龙窑咱还要出血，硬拿肥肉老虎嘴里送！"康路远说："说说俺爹吧，可别太傻冒！"王黑妮说："你们又误解老子了。遮天大树粗根毛须根，缺了啥根都不行！"康文盛走进来说："又告爹的状了？"康路畅说："县令想老鼠吞象发财哩！"康文盛说："不许信口开河！今天在黑石关渡，你脸上阴那会儿，我就想一脚把你踢河里，多大的事儿值得吗？"康路远说："爹，我就不懂，那拉巡抚为啥死咬咱的蛋？"康文盛说："孩子，最好别品头论足了，应先认真想长远，都回去睡吧，我累了！"

一弯沉默的月亮，挂上了邙山山头。康路畅、康路远还站院子里，康路畅说："咱爹就心里恁有底？"康路远说："弄不明白啊！"他们回头，爹娘屋的灯已熄灭。神龟园后的邙山和房屋，突兀出黑色的轮廓，苍苍茫茫耸立在暧昧的夜空里。

洛河边龙窑要开工，鞭炮"哗哗剥剥"响，许多人远远观望看热闹。一张八仙桌上，供奉了猪羊首级牺牲，檀香青烟缭绕，县令诸人跪地一红毡上。师爷大声宣布说："青天大地，县令常有功对皇上忠心可鉴，策划督办修建龙窑，以备龙船安放，切望保佑顺利！一叩首，二叩首，三叩首！"议程正在进行中，突然一莽汉冲破衙役群，吆喝道："都先停止！"衙役班头质问为何？"这是我的地，谁就恁当家？"衙役们立即围了那莽汉，远处看热闹者也有人吆喝："王文长，光棍不吃眼前亏！"莽汉吆喝说："咋，没说理地方了？皇帝也该讲道理啊！"县令怒吼道："天下之大，莫非王土！妈的，抓起来！"衙役们就抓了王文长，王文长挣扎又吆喝。仪式将就完成，衙役们押着王文长，匆忙离去了。

次日大清晨，县衙门口外，静坐了许多老百姓，也有人是看热闹。风浪练就的县城人，不合理的事儿，有人敢仗义抗争。等日头升大高了，县衙枣红大门仍闭着。有看热闹者吆喝道："使劲儿敲鳖儿堂鼓！"门房小木门打开了，探出个衙役黑黑的头，大声说："谁敢乱敲鼓！"有看热闹者吆喝："日头都晒住屁股了！"门房衙役说："老爷忙，难得睡个囫囵觉！"

堂鼓仍咚咚咚真敲响了。一老汉趴到了门缝处，朝着里边直张望。大堂门口处，县令慌乱整理帽子和衣服，大声问："外边咋回事儿？"师爷说，大人，还是龙窑附近老百姓，用说为抓那二蛋货！"门房衙役跑到县令跟前说："老爷，老百姓早早来了好多人！"师爷说："百姓，就是白起性嘛！"县令说："升堂！这里民风彪悍，等急了，可能会出事儿，如果闹腾到上边，还不撸了我？"大门缝观看那老汉，连忙退回来说："乡亲们，有门了，都提起精神，有理走遍天下！"一看热闹者说："染布缸、大粪池，里边能洗净白萝卜吗？"老汉说："可别说这丧气话，人心齐泰山移，使劲儿说动县令，人先搭救出来！"

衙门大门敞开了，两边站着黑衣衙役。班头走出门外说："推选俩人进去！人多嘴杂，听谁的？"老汉指个年轻汉子说："王狗，走，咱俩进吧！"大殿里，县令衙役各就位，看见了俩人上堂来，衙役们发出阵狐假虎威呐喊声："喂……"老汉拉那年轻人，扑通跪到大堂上。县令手拍惊堂木问："来人，要状告哪个？"年轻人抬头欲言，老汉笑着说："老爷，请您高抬贵手，放了昨天逮的王文长。我们一定训导那孩子，让他懂事体。他很小死了爹娘，乡亲拉扯大的，他有点儿硬上墙脾气！"县令说："我上为皇上，下为黎民，这个差事不好当啊！"老汉说："本来，大家要告到知府衙门去，我劝大家说，算了吧！人家县令肯定会给他买地钱，哪有官府不讲理呢？"县令说："师爷，把规矩给这老汉说一说！"师爷说："他干扰公务，要给点处罚，以教化百姓！请你们凑齐六百两罚银，这边就马上放人！"老汉说："老爷，我们一家家饭都吃不饱，去哪弄恁多银子呢？五百两银子，可买40万斤粮食啊！"年轻人说："这不是逼人上吊吗？"县令板脸说："那就退堂了！"

老汉和王狗神情沮丧出衙门，等候的乡亲们围过来。老汉嘴唇颤抖着，吆喝说："见毛拔四两，让交六百两罚银再领人。阎王爷不嫌鬼瘦啊！"老汉惊慌失措地揽住了年轻人说："都走！都走！可别再往破处扯了！办法总会有，回去再商量，活人还能让尿憋死？"老汉早有了好主意，卤水点豆腐，一物降一物。他马不停蹄到了康店村，见到了康路远和逯小柱。老汉说了王文长的事儿，想拜托康大掌柜给调解，让县令放了王文长。康路远说，他爹和他哥，跟巡抚西边察看了！这时，王黑妮气愤地走进来说："头天，就听伙计们议论了，说县令强占人家的地，还把人抓到了监狱里，这会儿又要罚银子！路远，快骑马找你爹，百姓日子本就难，哪能雪上再加霜呀？"康路远说中，立马去！

弯弯曲曲山路上，两匹马奔驰着。马上骑的是康路远，还有一个是伙计，赶到座大山下一片杂树林，银杏楸树槐树和黄栌，树林旁一条小河流，林后有座古寺院。高大恢宏寺院门楼上，悬着"白云禅寺"几大字。路远和伙计跳下马，朝寺院里走去了。寺院里传出了铜钟声，袅袅声音山间回转着。此时，那拉巡抚和康文盛正在方丈房里，跟胖住持说着话。那拉巡抚说："主要是信佛贵客来进香，夜里会在这安歇，但也说不准，到时据情况而定！准备事先为寺院捐建一座殿，定好地方就开工。殿建成后，朋友来了住一天，之后就归寺院有！"住持说："阿弥陀佛，善哉善哉！信佛的都是一家，老衲全力给张罗。"话音没落地，康路畅领康路远走进来。康文盛惊诧地问："咋恁远跑这了？"康路远说："沿途县衙打听，寻蹄辨踪嘛！"那拉说句"机灵鬼儿"，康文盛看着寺院住持："让巡抚跟你具体商量着，我和儿子外面说！"

大门口几搂粗银杏下，父子几个沉着脸，康路远诉说完。康路畅接话茬："那县令就如古人说，子系中山狼，得志便猖狂，干脆给巡抚说说吧，帽翅给摘了，看他还坑害百姓不？"康文盛摇头说："大凡是官，上头多有线儿，一枝动百枝摇。路远等着我。"康文盛反身回到寺院大门里，到方丈房，临时编假话，说有亲戚命在旦夕，临走一定要见他。那拉巡抚说："中，我在前边县衙等着你吧！"

即刻又一路奔驰，康文盛带儿子直到了巩县城。县衙后堂里，哗啦啦县令耍麻将。康文盛揶揄地说："呵，真忙啊！"县令叫声停，说："以后当班时，谁再撺掇我打麻将，先给他嘴里抹撅屎！"衙役们嘻嘻地笑。到了书房里，县令说："康大人西边探路，咋可返回了？"康文盛沉着脸说："不是你让我回的吗？立即把王文长放出来！"县令说："他干扰公务啊！"康路畅说："征地银你给人家了？"县令嘿嘿笑了，康文盛说："我想你看

557

过县志吧，建北宋皇陵，皇上还照样付银呢，每用百姓一片地，就等于割人身上一块肉啊！"师爷嘿嘿笑了说："那天王文长太狂了！"康文盛问："如果你是王文长，咋办？"沮丧的县令对师爷摆了手："放了他吧！康大人，你也别慌着走，这些天，你辛苦了，今天，我请客！"康文盛说："领到王文长才离开！"那老汉领着王文长，从监狱出来了。看到衙门外大树下的康文盛们，王文长急忙走过去，扑通跪地就磕头。康文盛连忙拉住他说："起来吧，以后别一头撞南墙，碰个疙瘩自己疼，有事儿慢慢去磨转，总有办法下活棋！"康文盛转脸给儿子说："工程开工后，还要死盯着，万不能出点差错事儿。"两个儿子都点头。

洛河远处飘过来，黑石山下打着漩，再又款款向北。两岸山峦原野旁，蒸腾起薄薄的白雾。康文盛们到了行宫处，工匠们正在忙碌，牛状元站着看热闹。地上堆放制好的木构件。康路远指着一疙瘩做一块儿的东西问："这叫啥？"老木匠说叫斗拱！按说该用干榆木，可那干榆木难锯刨！有句老话说，能在家里喝糊涂，不去锯那干榆木！我们想的法子，就是买湿榆木做，整个锯好后，锯沫上文火烤干！"康文盛说："这法儿好，行行出状元啊！就说画这行宫的高师傅，河南一路二十几个行宫，一个跟一个不一样，没有多长时间，人家就画出来了！"这时候，洛河边小路上，一匹黑马奔驰来，到跟前跳下一个人，身着"差"字服。远远地，就叫道："康大人！"康文盛扭脸惊奇看来者："甭慌张，慢慢说。"来者说："有你封急信，我先跑到康家码头那儿，有人说你在这边工地！"驿差把信给了他，驿差拿回执，笑着驱马离去了。康文盛看了信，对牛状元偷偷说："明楼来的信，定住时间了！那可得赶进度啊！你也得回去赶那边的活儿，对联选写交你了，让皇上也赏识下，俺状元笔头子功夫啊！"牛状元说："中！"康路远说："听说县令那龙窑也气派，这次他要名利双收了！"路远在这边招呼着："趁住今天天气好，我与状元哥同到明月坡，我们也看看，那边活儿做得咋样了？"突然，康路远指着洛河说，看！

一艘小船扬着帆，顺风往上游行进着，鲁海啸戴顶麦秆编草帽，船头上朝他们正招手，意思督促他们快上船。那船缓缓靠着岸，他们已到河岸边。鲁海啸说:"干爹,巡抚又来了,在家等着呢!"康文盛和牛状元上了船,小船顺水往下游漂去。那拉巡抚背着双手,河滩上焦急地跺着步,两个衙役站在附近,警惕地张望周围人。小船在康家码头停靠了,那拉瞥见了几个人,便朝码头那快步走。鲁海啸说:"看来巡抚猴急了!"康文盛哈哈大笑。牛状元说:"肯定是他妖婆姑调动了他!"互相抱拳施了礼。那拉巡抚说:"咱先说这急事儿吧!"康文盛做出惊讶状:"哦,啥急事儿?"那拉巡抚说:"都不是外人,我姑来信了,皇上回京时已定,我落实迎驾的事儿来了。"康文盛说:"回去说吧!"那拉巡抚说:"这空旷,无外耳!"他们沙滩上边走边说着。那拉巡抚说:"老兄还有啥想法?需我帮办的,本人一定努力!"康文盛看看蓝天,回头又看看那拉说:"想法有很多,首先是帮你,让皇上太后对你接待有惊喜!再方面,你也得帮我办成点事儿。"牛状元奇怪地看着康文盛,康文盛说:"雁过留声,人过留名,我想让皇上一行在我家住一宿!修行宫前,我开始修建了南大院,那院子现已建成!"那拉巡抚惊讶问:"哦,你咋还有这想法?"牛状元说:"不过外,国难当头时,人心不古,像我岳父这样,又不是现职官员,对皇上还忠心耿耿,皇上也该有个姿态!"那拉巡抚说:"中,我定要帮你办成这美事儿!"康文盛说,你操作,我出费!"那拉巡抚哈哈大笑说:"精明的生意人,一眨眼,就知扁鼓往哪敲哩!"康文盛说:"我不会让大人脸上无光彩的!"那拉巡抚说,有了你这话:"我就知该咋撒鹰了!"康文盛说:"走,回家还喝金银花茶!"那拉巡抚说:"中,君子好说话,小鬼难纠缠,咱才走几步路,心里就互通有无了!"几个人不由哈哈大笑。

会客厅里,丫鬟冲沏了茶水。那拉巡抚喝了一口,就感慨说:"还是五指岭金银花茶啊,刚喝到口里,一股子清香气!"康文盛说:"这次皇上如果到,就用这茶来招待!"牛状元说:"物以稀为贵,这茶还真是好东西哩!"那拉巡抚说:"我还想知道,康大人咋能让老佛爷特高兴?"康文盛拉住那拉巡抚的手,在他手掌里画了个元宝样子,说,肯定他正缺此物呢!那拉巡抚啪地拍了下桌子说:"最实际的供奉,咱弟俩又尿到一壶了!"康文盛哈哈笑了说:"你也要记住,皇上我家住一夜!"那拉巡抚拍下胸脯:"老中!"

四十七

这天，慈云禅寺兵士岗哨林立，一派肃严气氛。那拉巡抚林荫道上陪同住持迈步。住持说："施主啊，原先要知这势头，就难答应你的要求了！阿弥陀佛，佛家清净之地！把我弟子们都禁锢了，老衲心里别扭啊！"那拉巡抚说："不就一天吗？你快把屋子拾掇下，我还要跟一位大人说话呢！"住持说："阿弥陀佛！"

那拉巡抚边走边看，康明楼朝他走过来说："巡抚大人，要找我？"那拉巡抚说："走，前边屋里说句话！"俩人进了方丈房。住持拨了小佛像前的油灯，走了出去。康明楼问："你给带的有消息吗？"那拉巡抚说："我来前，见了你的文盛哥，他让我告诉你，在太后面前多美言些，最好能让皇上留住他家一夜，他要给皇上献厚礼呢！这对于他，对于你，对于我，都是大事儿啊！"康明楼说："你在太后那，一句顶我一万句啊！"那拉巡抚说："我姑生性多疑，咱两个都吹你文盛哥，她可能就会相信！"康明楼说："中，看你眼色行事。现在，太后还在歇息，估计到半后晌，你跟她有说话的机会。没别的事儿，我就要去了，你知道，我虽官职不低，但在皇上左右，就不像你怎自由了！"这时，外面有人喊康明楼，他说："看，又猫叫春哩！"那拉巡抚说："宫内规矩多，你去吧！"

康明楼到了大槐树下，大太监李莲英横眉竖目问："你去哪儿了？"康明楼说："那拉巡抚叫我！"李莲英说："这是么地方，你竟然怎放肆，就是天老爷找，你也该知老佛爷安全大于天！来人，让他长点记性！"一壮汉撸着胳膊，对着他笑了笑说："将军就忍着点吧！"壮汉左右开弓朝康明楼脸扇去。那拉巡抚出门，看见了此情景，慌忙走到他们身边，跳起来就朝壮汉蹬去，一脚把壮汉蹬倒在地。李莲英还发着愣，嘴巴上也挨了巡抚两巴掌。他们定睛看，面前站的竟是那拉巡抚了。那拉巡抚说："刚才我有预感，没想到你们还玩真的！如果不想干，我说说一说，马上都滚蛋！你们竟敢打康将军？"李莲英捂脸笑着说："这可是宫里规矩啊！"那拉巡抚问："咋，我就怎没面子？"康明楼笑着说："巡抚大人，平日都这样！"那拉巡抚说："今天那是对我不客气了，走，你先到我姑那去，看哪鳖儿敢

560

挡路！"李莲英眼睛气得直眨巴。

慈禧太后坐在雕花椅上，宫人正伺候她品茶。康明楼与另一个伺卫站门口，警惕地观望四周围。慈禧太后皱了眉头问："这是什么茶，这么好喝啊！"宫人答："回老佛爷话，这是河南巡抚带来的茶，小的也说不清楚。"慈禧太后问："那拉在哪里？"宫人答："老佛爷，他已旁边屋恭候多时了！"片刻，宫人在前，那拉跟随着走进来。他给慈禧太后施礼："姑姑万福！"慈禧太后说："你这孩子，咋拘谨了呢？来姑姑跟前嘛！"那拉巡抚说："恐影响您歇息呀！"慈禧太后笑眯眯地："当几年官，变成巧嘴八哥了！我问你，你给我带的什么茶，恁爽口，余香还悠长哩？""这茶的来历，您还得问问康将军，这都是他哥康文盛贡献的！"慈禧太后惊讶说："哦！康将军，你也过来！"康明楼走到她面前："小将候听老佛爷吩咐！""你哥家都喜欢用什么茶？""回老佛爷话，金银花地丁茶！"慈禧太后说："这就是你的不对了，有这样的好东西，为啥平时不敢对我说？"康明楼说："小地方山野东西，不敢想能登大雅之堂！"慈禧太后说："也怪会说话呀，那康文盛是弄啥营生的？""做生意的！"那拉巡抚说："姑，您可能知道，带领村民抗击捻子，捐资修筑黄河决口大堤，皇上封他为四品官员的康大掌柜，就是他哥呀！"慈禧太后说："哦，那可是船行江河，生意遍布多省的大户人家呀！怎么，他就是康将军的哥哥吗？"康明楼答："是本家哥，经商都好多代了，他仗义输财，办了许多功德事！"慈禧太后说："难能可贵呀！"那拉巡抚说："人家的家国情怀啊，少见。自从我到洛阳当知府以来，他没少帮我呀！就说这次吧，入河南道路维修、行宫设施，都是人家出的钱啊！"慈禧太后沉吟："国难当头，难得这样铁心的忠臣了！"那拉巡抚说："康家住的地方可是风水宝地啊！"康明楼接了话茬："我们那有河图洛书、伏羲画八卦的洛汭，夏朝古都斟鄩、诗圣杜甫故里、北宋皇陵、古东周都城！"那拉巡抚说："那真的人杰地灵，我提议，您路过那，最好康家住一天，解下远路疲惫。赏下耐看的风景啊。您和皇上太辛苦了，康文盛还准备奉献您意想不到的宝贝呢！"慈禧太后高兴地说："如果是这样，真还该去呢！毕竟中国文化根之所在啊！"

洛河滩扎起个松柏门楼，康文盛下边仰脸看，不时指点门楼上的人，让那里再多扎柏枝，显得一派绿意盎然些。

说着，那天就来了。各村差役敲着铜锣，扯开喉咙吆喝道："各位父老乡亲们，县令发话了，明天是黄道吉日，光绪二十八年九月二十四，咱这要过皇上了，凡是年轻的，俊俏的，身板硬朗的，都要穿新崭崭衣裳，官道上迎接皇上去，有兴一睹皇上风采，一辈子也就一回呀！"有村民问："皇上跟平常人一样吗？"有村民答："皇帝大约只吃不屙吧？"问者说："那还不憋死吗？"答者说："你见过神仙屙尿吗？"问者说："朱元璋当皇帝前，是个放牛娃。汉刘邦原来也是老百姓。只不过他们撞大运了！明天咱不干活儿了，看看皇帝啥货色！"答者说："去就去，一辈子一回！"

次日，黑石关官道两边，各撒一道白灰线，线外站满了老百姓，颗颗头颅歪扭着，张望来路啥动静。衙役们不时挥舞白蜡条，吆喝吓唬着人们说："后边退，谁出线，别怪挨条子！"道路外，摆张方桌子，那里站了一排人，接受仔细检查的。这时，又来俩村民，身着新衣服，匆匆朝官道走去，被外围衙役拦截了，让登记去，他们怯生生站到了桌子那，有衙役从上到下摸身体。衙役又问是哪村人，叫啥名？胖的说："都张岭村的，我叫张三春，他叫李立夏！"衙役说："要守规矩！"胖的问："皇帝要来了，俺能看不能看？"高个儿村民说："如果不让看，俺就走毬了！"衙役眼横说："敢走，立马绑到监狱里！"胖子说："哎，那皇帝来了，让俺弄毬啥？"衙役说："看过戏吗？大臣见皇上，还笏板遮面呢，何况是平民百姓哩！跪下请看圣人脚了！"高个儿惊讶地说："回去非找敲锣鳖儿王五算账不中，他让我们穿着新衣服，来看过皇上，原来是诓俺磨驴蹄哩！"衙役说："快去吧，再晚，就要到洛河东边排队了！"俩人猛然醒悟似的，就朝官道那跑去了。

一座邙山山峰突兀着，那是县界。两边都是官员和百姓，都探长脖子等待着。康文盛抬头看了看天，太阳放射着耀眼的光芒。县令也抬头看看天："说，时辰差不多！"康文盛："嗯，估计快到了！"突然，那山峰上站了个疯子，大声吆喝着："娘呀，我老饥啊！娘呀，我老饥啊！"他开始朝下扔起土坷垃，人们骚动了，纷纷躲避飞下的土坷垃。衙役班头对县令说："咋办？石头庄的疯子，我们交代过家里了，让看管好，不知咋又跑出来了！"县令说："先捆起来再说！"康路畅说："可甭，我弄几个肉夹烧饼，一瓶酒，立马就灌醉他了！"衙役班说："这是好法儿！"县令说："山头上也要再站些人，如果那上边再有捣乱者，就犯杀头罪了！"过一会儿，骚动停止，又恢复了正常。

突然，炮声隆隆。人们都朝西边官道上望，人头攒动了，产生些小拥挤。衙役们挥舞起白蜡条，朝拥出白线者边甩打边吆喝着："后退！快后退，眼睛珠难伸一丈长！"官道上出现了长队伍，走最前的是仪仗火铳手，不停地放铳开着道。华盖阳光下煌煌的，顿时带给了人们神秘感。县令也出现了短暂迷惘，又似猛然大悟，吆喝着："快，都跪，都跪！"人们扑扑通通都跪了地，衙役们也猛烈地挥舞白蜡条，驱使大家老实些。许多人不时乜斜眼，偷看那支长队伍。衙役们挥舞白蜡条，厉声吆喝着："谁抬头，小心吃条子！"不知谁领头，大家都像戏曲的人，喊着："吾皇万岁！万万岁！"声音缥缈颤抖些。县令、康文盛、牛状元些官员，也都规矩跪在了地上。

仪仗火铳手队伍后，是众多护卫，接着是一抬抬轿子。康文盛眼睛余光瞄瞄，看康明楼那拉巡抚两个人。眼前似出现了康明楼，眼前似又没了康明楼。他跟老百姓高呼着吾皇万岁万万岁！心里却在忐忑着，咋，巡抚他俩没把事儿弄好？正想着，一道黑影站在面前，是那拉巡抚了，对他说："康大人，皇上准备驻驾你家，立马准备去！"康文盛慌忙又呼道："吾皇万岁万万岁！"突然，康明楼也在朝他眯眯笑呢，摆手示意他快走。康文盛即刻退后，踢儿子和牛状元屁股："走，回家迎驾去！"

他们骑马奔跑了起来。

松柏门楼那儿，铺了红毡子，一直伸展南大院。康文盛督促着："快点，来了！"许多衙役也跑步，顺着新修的道路，朝康店村这边散布开，看热闹百姓也被叫喊着，跪到了新路两边沿。远处火铳声传来，康文盛带家人，也跪到了松柏门前。康文盛斜眼观看着，庞大队伍近眼前。一队轿子接近松柏门。大太监李莲英用鸡公嗓子叫唤道："直隶府候补康文盛接驾！"康文盛站起，上前两步，又跪下，应答："小臣康文盛在！"李莲英令："前边引路！"康文盛进了松柏门，一队轿子随后跟着。

一大片蓝砖蓝瓦新建筑，中轴线正面，宽大的方五丈大房，方五丈两侧，布局东西方三丈，方五丈前两侧，为两层厢房楼，再两侧东西俩跨院。在异花奇木绿荫里，甬道铺红毡前是一假山，假山前，生长着茂盛的佛肚竹，两侧早置了大匾，黑底金字正楷书，一边是皇恩浩荡，另边是源远流长。李莲英呼道："停轿！"抬轿者止步，一抬抬轿子里，诸多官员走下来。宫人们扶持下，中间两挺轿子里，先走出了慈禧太后，又走出了瘦弱的光绪皇帝。瘦皇上伸了个大懒腰，有点儿意味深长的劲儿。慈禧太后左看右也看，打量院落和建筑，脸色有点阴郁状，对旁边宦官说："这些个房舍，咋恁眼熟哩？"宦官说："回老佛爷话，这建筑有皇宫特点啊！"那拉巡抚说："姑姑，皇宫里引个头，民间跟着走，祥瑞之气啊！"那拉巡抚回过头，告诉康文盛："说说你家房屋吧！"康文盛低头迈前两步说："小臣家的房屋，高师傅的杰作啊，样式雷的徒弟！"慈禧太后说："我说呢，师傅个高，徒弟不孬啊！真想不到，洛河边还藏个大富翁呢！"康文盛连忙跪地、牛状元也跟着跪地，康文盛大声地说："小臣能有今天，托您和皇上的鸿福啊！"慈禧太后嘿嘿笑："按照你们的话说，你这个老头儿，上鞋不用锥子——针（真）中啊！"康文盛仍然伏地答："谢老佛爷夸奖！"慈禧太后说："先领我们歇息吧！"

那拉巡抚引领，慈禧太后进了下榻处，打量屋子，迎面是诗歌中堂，很劲道的魏碑字。她侄子那拉赞作。她读道："河伯洛神驾浪涛，金匾挂上康家窑。红心献国天铭记，功德已超嵩山高。"两边以竖轴画为联，上联是河图洛书画，下联是诗圣康水采文章图。慈禧太后说："你诗歌有长进了！读过唐诗三百首，不会作诗也会溜！把心里感受写出来，好诗也就半成了！"她走到了绝美的顶子床前，手抚摩那雕刻，爱不释手了。那拉巡抚说："这叫顶子床！"慈禧太后感慨："这床，皇宫也没啊！将来，我要让人也做张！"那拉巡抚说："我让康老头包圆吧？他这张床，五个木匠做了三年！"慈禧太后惊讶说："我说怎这么精美！不过，京城恁多巧木匠，用不着你给张罗了！来，咱再说说话，我想听听这一带还有啥典故？"那拉巡抚说："古代中国的中心，故事多得很，如果你有兴致，就多住些时日，让那康老头给说说，他渊博着哩！"这时，一个太监进来说："老佛爷，康家送来了沏好的茶水，小的们尝过了，好新鲜啊！"慈禧太后品尝着那茶水，意味深长地哈了声说："太奇妙了，五指岭金银花地丁茶，天地之造化啊！"那拉巡抚说："好地好茶啊！"慈禧太后说："看这金碧辉煌，多天我都没这样高兴了！"

慈禧太后确实郁闷许久了，八国联军糟蹋了京都，使他们仓皇西逃，又求爷告奶给人家说了许多好话，又陪金钱又割地，才又能重新返京城，而一路老百姓冷眼相看，一路官员不温不热。只有到侄子的领地，新道路、新行宫，再加上洛河、邙山、嵩山、康家富丽堂皇的庄园，诸类宜人的景物，使笼罩心头的阴霾消散了许多。老佛爷心境特别好，康明楼透露了此信息。康文盛听了后，塞大太监李莲英手里张银票说："这些年，对我兄弟康明楼多照顾，就算我请您喝薄酒了！"李莲英说："有需要帮忙的，就说！"康文盛说："真还有事儿要您安排呢，老佛爷说有事要找我！"李莲英说："最快到后晌了，您就听信儿吧！"

慈禧太后坐上宽大的雕木椅子，眯缝着眼睛。大太监李莲英轻轻走进来，规矩地站在那。慈禧太后说话了："有事儿？"李莲英说："康大人已等候多时了，见不见他？"慈禧太后说："让他进来吧！"康文盛走进来，跪在地上说："小臣给老佛爷请安了！"慈禧太后说："起来吧！今儿中午，满汉全席招待我，手艺怪到家呀！"康文盛连忙磕头说："谢老佛爷夸赞！"他又摸出张银票，双手送慈禧太后眼前说，国难当头，小臣的一片诚心！"慈禧太后看看低跪的康文盛，看看银票说，一百万两！你修路修行宫用多少？"康文盛答："回老佛爷的话，也用了一百多万两！"慈禧太后说："了不起呀！想不到山窝里还有百万富翁呢！"她把银票塞到了衣袖里。康文盛说："感谢老佛爷抬举夸赞！"慈禧太后让他坐下说话。"我见到你家最宝贵的东西了！"康文盛答："留余匾吧？"慈禧太后说："从那匾上，我知道你家为啥能从明代富到现在了！"他们随缘，问着，答着，谈的颇有兴致。

次日，方五丈大屋里，缕缕古铜色的夕阳射了进来，外面树上鸟儿欢唱着。里面按皇上上朝的规格，皇帝坐了龙位，旁边坐着慈禧太后。两边还站着随从大臣。大太监李莲英呼道："宣康文盛、康路畅、康路远、牛宣上朝！"康文盛等先后走进来。皇上说："多年来，康家对国家忠心耿耿，对民众济贫济弱，朕赠诸位每人一件黄马褂，赠朕书写的"神州甲富康百万"匾额，并颁发圣旨，要求各地鼎力通融康家生意！"康文盛等连忙跪地，呼道："谢主龙恩！"已经白发苍苍的康文盛内心里，一股说不上来的味儿，一生经营生意上的艰辛，一幅幅图画样出现在了眼前，他不禁淌出了泪水。

后记

神龟园为挂御赐匾额，专门举行个大仪式，自然热闹了好一番。康路畅迁住南大院，"神州甲富康百万"匾额亦被移往那，成了康家传世的圣物。不想，民国时一场洛河暴涨，南大院洪水灌入，那匾额顺水漂离了康家院，忽悠悠地漂入洛河里，又卷入了涛涛黄河里。很庆幸，那块最宝贵的留余匾，却一直传袭下来了，与北京故宫正大光明匾一起，成了中华名匾。

我曾在部队从事新闻工作。一次偶然的机会，听到了驻地张家口一老汉唱了首扬善民歌，"一朵莲花就地开，上头又挂善人牌……王母娘娘造仙船，鲁班倒坐桅杆前……头船渡的沈万山，二船渡的康百万……"在"阶级斗争"年代里，我非常惊讶。许多年来，那苍凉的歌声时不时在我耳边萦绕。

在我所熟识的一些人中，有与康百万家族有这样那样的联系者。我很小的时候，就听到了许多康百万的传说，诸如貔貅子给康家叼宝之类。后来，命运之神又分配我主抓了十三年的文物工作。我小时候曾经敬畏过的公社书记生长在康店村，时任康百万庄园文物保护管理所所长，我们很能谈得来。之后有段时间，为了做好文物保护工作，我得罪了人，被发配到距离康百万庄园不远的村庄下乡三年，我就住到了庄园里。那时旅游者非常稀疏，而庄园展览内容仍然还紧绷着阶级斗争弦。我在做好扶贫帮困工作的同时，继续努力收集资料，通过康所长，我结识了在康百万家打工的许多老人，其中有康百万家的老船工、老油漆匠、老长工等等。从那些老人的言谈中，使我对康家有了与当时相拗的另种看法，而与张家口老汉赞誉康百万的歌词距离渐近。还有一次我参与收集《船工号子》，一个老船工看我那么认真，给我讲述了许多康家船队的故事，还赠送我一本家传的石印书，那是康家船工必备的读本，带有康家船运的部分图画。我还察看阅读了许多康家的碑刻。然后，利用业余时间，开始琢磨，在文字中游弋，经过几年业余打磨，写出了长篇小说《神州甲富康百万》，2002 年被作家出版社出版。后来，按照北京中视公司约定，在著名电影大师吴天明指导下，我将小说改编成了电视连续剧剧本《活财神康百万》，被国家影视专家评价为"故事曲折生动，人物鲜活，文化蕴含深厚，是近年来少有的大作品"。电视剧本的内容远远超越了原小说的容量。十多家影视公司争要那个剧本，最后，影视版权被河南影视集团买断。再后，在上海著名出版家张晓敏劝说下，我根据电视剧剧本重写了这部长篇，意图使之更好看些。出版社方面对此书评价甚高，约好在第十八届全国书博览会书博会前出版，由于河南影视集团以剧情保密为由拒绝，失去了那次机会。

我又经历了近二十年的打磨，想通过书中文字告诉读者朋友，康百万家族创造出四百余年的富裕史，很值得我们探索与追寻，特别是"留余"的理念蕴含了很质朴的哲理。"留余"是一种精神源泉，不断浇灌滋养着康家奇异的财富大树。在"留余"理念指导下，康家饱含家国情怀的营商精神似成了传家一种规矩，因此康百万的称号持续了十三代，四百余年。

到清同治年间，因分家析产，康百万家开始步入下坡路。1938 年，日本人大举入侵中国，康家传人康庭兰仍艰难经营维持祖业，但运往青岛整列车棉花被日军纵火点燃，往上海的整列车棉花又被日军炮击化为了灰烬，许多康家商行被烧、被抢；康家另个传人康子昭，原为刘镇华的幕僚，不忍见家庭涌出腐败子弟，不忍看国家衰败，便辞职归乡，一方面拯救教育家族的异类，另一方面组织宣传抗日，并四处筹集资金支持东北马占山抗日部队。接到抗日部队吃败仗的噩耗，面对国破家衰，其心灰意冷，拔枪自杀。他的善良、英武、正直感动了所有认识他的人，当地官府、百姓数万人为他送葬，并竖立了"刚毅恢宏"碑以示纪念。康百万后人中，康洪波、康春芳等果敢地投奔延安，加入了拯救中华民族的拼搏中；在这片庞大的庄园里，爱国将领特殊党员赵寿山创办的培训我党干部的教导队曾转移至此，后刘伯承又在此办过解放军二野女大。康家兴办的金谷寨新学，亦培养出了一批栋梁之材，从这个学校里，走出了王国权、陈雷、柯岗、康荦军等一批新中国的高级领导干部。

康百万庄园，为国家文物保护单位、AAAA级旅游景区，每天都有众多的游人，来这里阅读康百万的历史。我曾在电视剧本里写过一首歌词，或许能体现出我写这部书的初衷——

清凌凌的洛河缠绵地在诉说，好大片青堂瓦舍的大庄园，一个意味深长的历史符号，凝固的一首诗篇。那神龟山高耸的古寨堡，那精美的碑楼石坊间，涌动着几百年的烟岚，弥漫啊弥漫。滔滔黄河也曾经记得，活财神船队的叶叶白帆，风儿悠扬着船工号子，周济民生的物流到西北东南。大河上下兴隆的商铺里，传播着留余与良善。处世哲理启迪着人们，昨天今天明天……

这本书能够出版，感谢成书过程中一切帮助过我的人，特别感谢著名文艺评论家周志宏教授为此书作的序，感谢文友卢耀灿兄挤时间为我校改文字。由于大家的督促，使我了却了一桩多年的心愿。

六稿完成于 2023.09.08